O AMANTE DO VULCÃO

F
G
D
H
H

O AMANTE DO VULCÃO

SUSAN SONTAG

Tradução:
ISA MARA LANDO

Tradução revista e aprovada pela autora

3ª reimpressão

COMPANHIA DAS LETRAS

Título original:
The volcano lover
A romance

Capa:
Cynthia Krupat
sobre vista da erupção do Vesúvio
em 9 de agosto de 1779, desenhada por Pietro Fabris
para o *Supplement to the Campi Phlegraei: observations on the volcanos of the Two Sicilies,*
de sir William Hamilton, Nápoles, 1779 (primeira capa), e vista
da erupção da noite de domingo, 8 de agosto de 1779,
do mesmo volume (lombada)

Preparação:
Marcia Copola

Revisão:
Marcos Luiz Fernandes
Ana Maria Barbosa

Isa Mara Lando agradece as valiosas sugestões de Reinaldo Moraes

Dados Internacionais de Catalogação na Publicação (CIP)
(Câmara Brasileira do Livro, SP, Brasil)

Sontag, Susan, 1933-
O amante do vulcão / Susan Sontag ; tradução Isa Mara Lando; tradução revista e aprovada pela autora. — São Paulo : Companhia das Letras, 1993.
ISBN 85-7164-310-5
1. Hamilton, Emma, Lady, 1765-1815 - Ficção 2. Hamilton, William, Sir, 1730-1803 - Ficção 3. Nelson, Horatio Nelson, Viscount, 1758-1805 Ficção I. Título.

93-0345 CDD-813.5

Índices para catálogo sistemático:
1. Romances : Século 20 : Literatura norte-americana 813.5
2. Século 20 : Romances : Literatura norte-americana 813.5

1994

EDITORA SCHWARCZ LTDA.
Rua Tupi, 522
01233-000 — São Paulo — SP
Telefone: (011) 826-1822
Fax: (011) 826-5523

P A R A   D A V I D
amado filho, camarada

DORABELLA (*à parte*): *Nel petto un Vesuvio*
d'avere mi par

Così fan tutte, 2º ato

PRÓLOGO

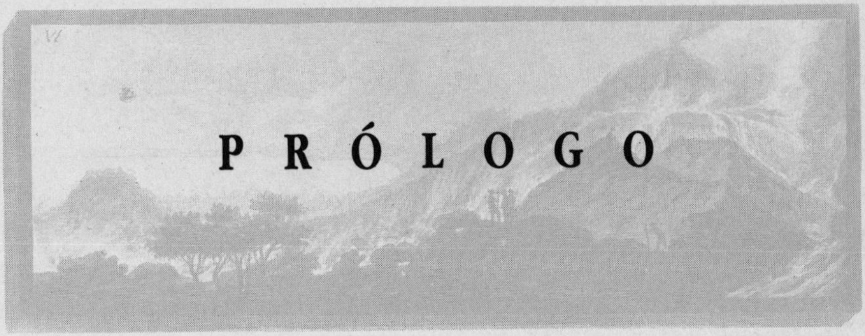

É a entrada de um mercado de pulgas. Não se paga ingresso. É grátis. Gente mal-ajambrada. Vulpinos, brincalhões. Por que entrar? O que você espera ver? Estou vendo. Estou constatando o que há no mundo. O que sobrou. O que foi descartado. O que não se quer mais. O que teve de ser sacrificado. O que alguém pensou que poderia interessar a outro alguém. Mas é lixo. Se existe algo aqui ou ali, já foi peneirado. Mas lá pode haver algo valioso. Não exatamente valioso. Mas algo que *eu* poderia querer. Querer resgatar. Algo que me fale. Que fale aos meus anseios. Que fale com alguém, fale de algo. Ah...

Por que entrar? Será que você tem todo esse tempo livre? Você vai olhar. Vai passear. Vai perder a noção do tempo. Acha que tem bastante tempo. Sempre leva mais tempo do que você pensa. Daí você vai se atrasar. Ficará aborrecida com você mesma. Quererá ficar. Sentirá tentação. Sentirá aversão. As coisas são encardidas. Algumas, quebradas. Mal remendadas ou sem remendo nenhum. Elas me falarão de paixões, de caprichos que não preciso conhecer. Preciso. Ah, não. De nada disso eu preciso. Algumas coisas acariciarei com os olhos. Outras preciso pegar na mão, afagar. Enquanto sou observada, com perícia, pelo vendedor. Não sou ladra. E, provavelmente, não sou compradora.

Por que entrar? Só de brincadeira. Um jogo de reconhecimentos. Saber o que, e saber quanto era, quanto deveria ser, quanto será. Mas talvez não para fazer uma oferta, regatear, adquirir. Só para olhar. Para flanar. Sinto o coração leve. Não tenho nada em mente.

Por que entrar? Há muitos lugares como este. Um campo, uma praça, uma rua coberta, um arsenal, um estacionamento, um píer. Isso aqui poderia ser em qualquer lugar, embora por acaso seja aqui. Estará cheio de todos os lugares. Mas eu estaria entrando aqui. De jeans, blusa de seda e tênis: Manhattan, primavera de 1992. Uma experiência degradada de pura possibilidade. Este aqui com seus cartões-postais de estrelas de cinema, aquela ali com sua banca de anéis Navajo, este com suas jaquetas de aviador da Segunda Guerra, aquele com suas facas. Os carrinhos em miniatura deste aqui, os pratos de cristal daquela ali, ele com as cadeiras de ratã deste, ela com as cartolas, o outro com as moedas romanas, e ali... uma pedra preciosa, um tesouro. Poderia acontecer, e eu poderia ver, poderia querer. Poderia comprar para dar de presente, sim, para outra pessoa. Pelo menos, ficaria sabendo que aquilo existe, e acabou aparecendo aqui.

Por que entrar? Já há o suficiente? Eu poderia descobrir que não está aqui. O que quer que seja, muitas vezes não tenho certeza, poderia recolocá-lo na banca. O desejo me conduz. Digo a mim mesma o que eu quero ouvir. Sim, há o suficiente.

E entro.

•

É o final de um leilão de quadros. Londres, outono de 1772. O quadro, em sua volumosa moldura folheada a ouro, está encostado na parede próximo à frente do imenso salão, uma *Vênus desarmando Cupido* atribuída a Correggio, em que seu proprietário depositara tantas esperanças — não vendido. Erroneamente atribuído a Correggio. A sala aos poucos se esvazia. Um homem alto, de feições afiladas, quarenta e dois anos (era um homem alto para a época), vem vindo devagar, seguido a uma respeitosa distância por um rapaz da metade da sua idade com marcada semelhança familiar. Ambos são magros, pálidos, com a expressão fria e aristocrática.

Minha Vênus, diz o mais velho. Tinha certeza de que seria vendida. Havia muito interesse.

Mas, infelizmente, observou o mais jovem.

Difícil entender, refletiu o mais velho, quando a distinção do quadro parece falar por si. Está genuinamente perplexo. O mais jovem ouve com um apropriado vinco na testa.

Já que me doía separar-me dela, creio que eu deveria ficar também contente por não tê-la vendido, continuou o mais velho. Mas a necessidade me obrigou, e não considero demasiado alto o preço que pedi.

Olhou fixamente para sua Vênus. Muito difícil, continuou o mais velho, referindo-se agora não à dificuldade de compreender por que o quadro não fora vendido (nem à dificuldade de manter os credores à distância) mas à decisão de vender; pois eu tinha um fraco por este quadro, disse ele. Então compreendi que deveria vendê-lo e, portanto, me preparei para abrir mão dele; e agora, já que ninguém ofereceu aquilo que sei que ele vale e ele continua meu, deveria amá-lo como antes; mas não vou, aposto. Tendo cessado de amá-lo a fim de vendê-lo, não posso mais desfrutar dele da mesma maneira; porém, se sou incapaz de vendê-lo, quero amá-lo outra vez. Seria grosseiro da minha parte achar que sua beleza se estragou com esta aventura infeliz.

O que fazer? O quanto amá-lo? ponderava ele. Como amá-lo agora.

Creio, senhor, disse o mais jovem, que o único problema é onde guardá-lo. Com certeza se encontrará um comprador. Posso ter sua permissão para tentar, em seu nome, junto a colecionadores do meu círculo que talvez o senhor não conheça? Eu ficaria feliz se pudesse fazer uma sondagem discreta depois que o senhor partir.

Sim, é hora de partir, disse o mais velho.

Saíram.

•

É a boca de um vulcão. Sim, boca; e língua de lava. Um corpo, um monstruoso corpo vivo, macho e fêmea. Ele emite, ejeta. É também um interior, um abismo. Algo vivo, que pode morrer. Algo inerte que por vezes se agita. Existe apenas intermitentemente. Uma constante ameaça. Se previsível, em geral não prevista. Caprichoso, indomável, malcheiroso. É isso que significa primitivo? Nevado del Ruiz, monte Saint Helens, La Soufrière, monte Pelée, Krakatoa, Tambora. O gigante adormecido que desperta. O gigante desengonçado que volta suas atenções para *você*. King Kong. Vomitando destruição, e depois voltando a afundar na sonolência.

Eu? Mas eu não fiz nada. Apenas aconteceu de eu estar ali, atolado na minha rústica rotina. Onde mais eu iria morar, eu nasci aqui, lamenta-se o camponês de pele morena. Todo mundo tem que morar em algum lugar.

Claro que podemos considerá-lo como um grande espetáculo pirotécnico. Tudo é questão de meios. De se ver a uma distância suficiente. Há encantos feitos apenas para a admiração à distância, diz o dr. Johnson; nenhum espetáculo é mais nobre que um incêndio. A uma distância segura, é o espetáculo máximo, instrutivo e emocionante. Depois de uma colação servida na vila de sir *** saímos no terraço, equipados com telescópios, para observar. O penacho de fumaça branca, o rumor já muitas vezes comparado a um distante rufar de tambores: abertura. E começa então o espetáculo colossal, o penacho se avermelha, se avoluma, se eleva, uma árvore de cinzas que sobe cada vez mais alto, até achatar-se sob o peso da estratosfera (com sorte veremos sulcos em laranja e vermelho deslizando pela encosta) — isso durante horas, dias. Então, *calando*, vai diminuindo. De perto, porém, o medo revolve as entranhas. Esse barulho, esse ruído abafado é algo que nunca se poderia imaginar, que não se consegue absorver. Um jorro contínuo de um som granuloso, um ribombar titânico que parece aumentar de volume continuamente e, no entanto, é inconcebível que se torne mais alto do que já é: o bramido de um vômito amplo como o céu, que inunda os ouvidos, que te arranca a medula dos ossos e te desmonta a alma. Mesmo os que se definem como espectadores não conseguem escapar de um assomo de asco e terror nunca antes conhecido. Numa aldeia ao pé da montanha — poderíamos tentar ir até lá — o que de longe parecia um jorro torrencial é um lamaçal que vai se estendendo, exsudando uma matéria viscosa negra e vermelha, empurrando paredes que por um momento ainda ficam em pé e logo desabam com um ruído trêmulo de sucção; pressionando, inalando, devorando, desatando os átomos de casas, carros, vagões, árvores, um a um. Então é isso o inexorável.

Cuidado. Cubra a boca com um pano. Abaixe a cabeça! A escalada noturna de um vulcão em atividade moderada e pontual é uma das grandes aventuras. Depois do esforço para subir por um lado do cone, chegamos ao lábio da cratera (sim, lábio) e espiamos lá embaixo, esperando que o âmago esbraseado comece a fazer das suas. Como faz a cada doze minutos. Não tão perto! Está começando. Ouvimos um gorgolejar de baixo profundo, e a crosta cinzenta ganha um brilho fosforescente. O gigante está prestes a exalar. E o cheiro sufocante de enxofre é insuportável, quase. A lava forma um lago, mas não transborda. Voam pedras incandescentes e carvões em brasa, não muito alto. O perigo, quando não é muito perigoso, fascina.

Nápoles, 19 de março de 1944, à tarde, quatro horas. Na casa de campo, os ponteiros do grande relógio de pêndulo param em outra hora fatal. De novo? Ele estava quieto há tanto tempo.

Como a paixão, a que serve de emblema, ele pode morrer. Agora se sabe, mais ou menos, quando uma remissão da atividade pode começar a ser considerada uma cura, mas os especialistas hesitam antes de declarar morto um vulcão há muito inativo. O Haleakala, que teve sua última erupção em 1790, ainda é oficialmente classificado como dormente. Sereno por estar sonolento? Ou por estar morto? Parece morto — a menos que não esteja. O rio de fogo, depois de tudo consumir no seu caminho, se tornará um rio de pedra negra. As árvores não mais crescerão aqui, nunca mais. A montanha torna-se o cemitério da sua própria violência: a ruína que o vulcão provoca inclui a sua própria ruína. Cada vez que o Vesúvio entra em erupção, um pedaço do seu topo é cuspido fora. Ele perde a forma, fica menor, mais desolado.

Pompéia foi enterrada sob uma chuva de cinzas, Herculano sob uma avalanche de lama que desceu pela encosta da montanha a cinqüenta quilômetros por hora. Mas a lava engole uma rua devagar, alguns metros por hora, para que todo mundo possa sair da frente. Também temos tempo de salvar as nossas coisas, algumas. O altar com as imagens sagradas? O pedaço de galinha não comido? Os brinquedos das crianças? Minha nova túnica? Tudo que é feito a mão? O computador? Os potes? O manuscrito? A vaca? Tudo de que precisamos para recomeçar é nossa própria vida.

Não acredito que estejamos em perigo. Está indo para lá. Olhe.

Você vai embora? Eu fico. A não ser que ele chegue até... lá.

Aconteceu. Acabou.

Eles fugiram. Lamentaram-se. Até que a dor também virou pedra, e eles voltaram. Arrasados pela aniquilação completa, olharam para o chão inflado sob o qual seu mundo estava enterrado. A cinza debaixo dos pés, ainda morna, não mais lhes escorchava os sapatos. Esfriou ainda mais. As hesitações se evaporaram. Não muito tempo após 79 d.C. — quando a fragrante montanha atapetada de vinhedos, coroada pelas florestas onde Espártaco e os milhares de escravos que a ele se uniram tentavam esconder-se das legiões que os perseguiam, pela primeira vez se revelou ser um vulcão — a maioria dos sobreviventes tratou de reconstruir, de reviver; ali. Sua montanha agora tinha um feio buraco no topo. As florestas estavam incineradas. Mas também elas haveriam de crescer de novo.

Uma visão da catástrofe. Isto aconteceu. Quem esperaria uma coisa dessas. Nunca, nunca. Ninguém. É a pior. E, se é a pior, então é única. Ou seja, irrepetível. Vamos deixá-la para trás. Não sejamos profetas do mau agouro.

A outra visão. Única, por enquanto: o que acontece uma vez pode acontecer de novo. Vocês vão ver. Esperem só. É verdade que podem ter que esperar por muito tempo.

Nós voltamos. Nós voltamos.

PARTE UM

1

Sua primeira licença acabava de terminar. O homem que de agora em diante seria conhecido em toda a Nápoles elegante como Il Cavaliere, o Cavaliere, começava a longa jornada de volta ao seu posto, ao "reino das cinzas". Era assim que um de seus amigos londrinos chamava a cidade.

Quando chegara, comentou-se que parecia muito mais velho. Continuava magro: um corpo inchado de macarrão e tortas de limão teria assentado mal a um rosto tão fino e inteligente, de nariz aquilino e sobrancelhas espessas. Perdera, porém, a palidez da sua casta. O escurecimento de sua pele branca desde que partira, sete anos atrás, era notado com algo próximo da censura. Apenas os pobres — isto é, a maioria das pessoas — eram queimados de sol. Não o neto de um duque, filho mais novo de um lorde, companheiro de infância do próprio rei.

Nove meses na Inglaterra devolveram-lhe ao rosto ossudo uma agradável brancura e alvejaram-lhe as marcas de sol nas mãos esguias, mãos de músico.

As grandes arcas, o novo aparador de lareira fabricado por Adam, as três caixas de mobília, os dez baús de livros, os oito caixotes de pratos, remédios e utensílios domésticos, os dois barris de cerveja escura, o violoncelo, e ainda o cravo Shudi de Catherine, encerado e lustrado, haviam partido duas semanas atrás num navio cargueiro que aportaria em Nápoles dentro de dois meses, enquanto ele embarcaria num brigue de aluguel que o deixaria em Boulogne e dali começaria uma viagem por terra quase da mesma duração — com paradas para fazer visitas e apreciar quadros em Paris, Ferney, Viena, Veneza, Florença e Roma.

Apoiado em sua bengala no pátio do hotel em King Street, onde seu tio e sua tia haviam se alojado nessas últimas agitadas semanas em Londres, Charles, sobrinho do Cavaliere, contribuía com sua presença taciturna aos preparativos finais dos coches de viagem. Todos ficam aliviados quando parentes idosos e exigentes que residem no estrangeiro terminam sua visita. Mas ninguém gosta de ficar para trás.

Catherine já se instalou com sua criada na carruagem maior, fortificando-se para a extenuante jornada com uma dose de láudano e água ferruginosa. O coche de trás, mais largo e mais baixo, levava a maior parte da bagagem. Os criados do Cavaliere, não querendo amarrotar a libré marrom de viagem, iam ficando para trás, remexendo em seus próprios compactos pertences. Ficou para os carregadores do hotel e um lacaio de Charles a tarefa de montar em cima do coche e verificar se uma dúzia de pequenas arcas, caixas e malas, o baú de roupas de cama e de banho, a escrivaninha de ébano, e por fim as sacolas de pano com a bagagem dos criados estavam bem amarrados, com cordas e correntes, no teto e na traseira. Apenas o engradado longo e plano com três quadros que o Cavaliere comprara na semana anterior vinha amarrado ao teto da primeira carruagem, para garantir uma jornada com o mínimo de sacolejos até o brigue em Dover. Um dos criados verificava a bagagem por baixo, simulando um exame rigoroso. A carruagem que levava a asmática esposa do Cavaliere não devia ser sacudida.

Enquanto isso, outra grande mala de couro, quase esquecida, foi trazida às pressas do hotel e enfiada entre as bagagens que seguiriam no coche, o qual balançou e abaixou um pouco mais. O parente preferido do Cavaliere pensou no navio cargueiro que levava outras bagagens de seu tio, ainda muito mais numerosas, e que talvez já estivesse chegando a Cádiz.

Mesmo para aquela época, em que quanto mais alta a posição social maior o número e o peso das coisas consideradas indispensáveis a um viajante, o Cavaliere levava uma bagagem de volume excepcional. Menor, porém, do que quando chegara, com quarenta e sete grandes arcas a menos. Um dos objetivos de sua viagem, além de visitar amigos, parentes e seu amado sobrinho, agradar à esposa saudosa de casa, renovar contatos úteis na corte, garantir que os secretários de Estado apreciassem melhor a habilidade com que vinha representando os interesses britânicos naquela corte tão diferente, assistir às reuniões da Real Sociedade e supervisionar a publicação, em forma de livro, de sete de suas cartas sobre assuntos vulcânicos, era trazer de volta a maior parte dos tesouros que coletara — incluindo setecentos vasos antigos (erroneamente chamados de etruscos) — e vendê-los.

Já fizera as visitas à família e tivera o prazer de passar longos períodos na companhia de Charles, sobretudo na propriedade de Catherine no País de Gales, que Charles agora administrava para o Cavaliere. Impressionara mais de um ministro, ou assim pensava. Fora recebido duas vezes e uma vez jantara a sós com o rei, que ainda o chamava de "irmão de criação" e em janeiro o sagrara Cavaliere da Ordem de Bath, distinção que este quarto filho ousava considerar como apenas o primeiro degrau numa escalada de títulos a serem conquistados por suas próprias realizações. Outros membros da Real Sociedade o congratularam pelos seus ousados feitos de observação a curta distância do monstro em plena erupção. Assistira a alguns leilões de quadros e fizera compras judiciosas. E o Museu Britânico adquirira seus vasos etruscos, o lote inteiro, assim como algumas pinturas de menor importância, os colares e brincos de ouro de Herculano e Pompéia, algumas lanças e capacetes de bronze, dados de âmbar e marfim, pequenas estatuetas e amuletos, pela gratificante soma de oito mil e quatrocentas libras (um pouco mais que a renda anual da propriedade de que Catherine era herdeira), apesar de o quadro em que depositara suas maiores esperanças não ter sido vendido. Deixava a Vênus lasciva e nua, segurando triunfante o arco de Cupido acima da cabeça, pela qual pedira três mil libras, com Charles no País de Gales.

Ia voltando mais leve, além de mais branco.

Furtivamente passando uma garrafa de mão em mão, o cozinheiro e os lacaios do Cavaliere conversavam com os carregadores num canto do pátio. Um sol aureolado de setembro ia se levantando. O vento nordeste trouxera até Whitehall uma nuvem de fumaça e um forte cheiro de carvão, suplantando os costumeiros eflúvios malcheirosos da madrugada. Da rua vinha o tropel de outras carruagens, carroças, carretas e diligências que partiam. Um dos pôneis do primeiro coche agitava-se, inquieto, e o cocheiro puxou as rédeas e estalou o chicote. Charles olhou em volta procurando por Valerio, o criado de seu tio, para restaurar a ordem entre os criados. Franzindo o cenho, consultou o relógio.

Alguns minutos depois o Cavaliere saiu do hotel, seguido pelo obsequioso proprietário e sua esposa, assim como Valerio, que vinha trazendo o violino predileto do Cavaliere num estojo de couro trabalhado. Os criados silenciaram. Charles ficou esperando um sinal, e seu rosto alongado adquiriu uma expressão mais alerta que acentuou a semelhança entre os dois. O silêncio respeitoso continuou quando o Cavaliere parou, olhando para o céu pálido, cheirando o ar fétido, distraidamente tirando um fiapo da manga. Virou-se então, dirigindo um sorriso de lábios finos a seu sobrinho, que veio depressa para o seu lado, e os dois homens foram caminhando de braços dados até a carruagem.

Dispensando Valerio com um gesto, Charles abriu a porta para seu tio, que subiu, curvou-se e entrou, e passou-lhe então o Stradivarius. Enquanto o Cavaliere se instalava no assento forrado de veludo verde, Charles inclinou-se para perguntar, com sincero afeto e atenção, como sua tia estava se sentindo, e dizer suas últimas palavras de adeus.

Cocheiros e postilhões estão em seus lugares. Valerio e os outros criados montam na carruagem maior, que baixa ruidosamente mais algumas polegadas. Adeus, Charles. A janela se fecha isolando o ar infestado de carvão, tão perigoso para os asmáticos, isolando os gritos de partida e incentivo. Os portões se abrem, e coisas e animais, servos e amos invadem a rua num tropel.

O Cavaliere tirou suas luvas cor de âmbar e tamborilou no assento. Estava pronto para voltar, aguardava com prazer a viagem — sentia-se bem nas circunstâncias extenuantes — assim como os novos encontros e aquisições que ela traria. Toda a ansiedade de ir embora desaparecera no instante em que entrara na carruagem e se transformara no júbilo da partida. Entretanto, sendo um homem atencioso, pelo menos com a esposa, de quem gostava tanto quanto jamais gostara de qualquer pessoa, não expressou a alegria crescente que sentia enquanto passavam devagar, enclausurados, através do clamor que irrompia nas ruas cada vez mais movimentadas. Esperaria por Catherine, que tinha os olhos fechados e respirava com dificuldade pela boca entreaberta.

Ele tossiu — em substituição a um suspiro. Ela abriu os olhos. A veia azul que lhe pulsa na têmpora não é uma declaração. No canto, sentada num tamborete baixo, com permissão de falar apenas quando lhe dirigissem a palavra, a criada inclinava o rosto rosado e úmido para o *Alarme aos não-convertidos*, de Alleine, que sua ama lhe dera. O Cavaliere pegou ao seu lado a maleta contendo o atlas de viagem dobrável, encadernado em couro, o estojo de correspondência, a pistola e um volume de Voltaire que já começara a ler. Não há motivo para o Cavaliere suspirar.

Que estranho, murmurou Catherine, sentir frio num dia tão temperado. Temo — tinha uma tendência, nascida do desejo de agradar, de acrescentar a uma afirmação estóica outra de autodesvalorização —, temo que já me acostumei aos nossos verões bestiais.

Talvez você esteja usando roupas muito quentes para a viagem, observou o Cavaliere com sua voz aguda, um tanto anasalada.

Peço a Deus que eu não fique doente, disse Catherine, estendendo sobre as pernas um xale de pêlo de camelo. Vou fazer tudo para não ficar doente, corrigiu-se, sorrindo enquanto enxugava os olhos com um lenço.

Eu também sinto a tristeza de me separar dos nossos amigos, e especialmente do nosso querido Charles, replicou o Cavaliere com gentileza.

Não, disse Catherine. Não estou infeliz por voltar. É verdade que tenho medo da travessia e depois das dificuldades do — abanou a cabeça, interrompendo-se —, mas sei que logo vou respirar com mais facilidade. O ar... Fechou os olhos por um momento. E o mais importante para mim, acrescentou, é que você está feliz por voltar.

Vou sentir falta da minha Vênus, disse o Cavaliere.

A sujeira, o mau cheiro, o barulho estão do lado de fora — assim como a sombra da carruagem que passa, escurecendo as vitrines das lojas. Londres parece um espetáculo para o Cavaliere, o tempo recuando no espaço. A carruagem balança, range, sacode, dá guinadas súbitas; os vendedores, carroceiros e outros cocheiros dão gritos, mas num timbre diferente dos gritos que ele irá ouvir; estas são as mesmas ruas bem conhecidas que ele poderia estar atravessando para assistir a um leilão, comparecer a uma reunião da Real Sociedade ou visitar seu cunhado, porém hoje não passava por elas rumo a lugar algum, mas simplesmente as atravessava — entrara no reino dos adeuses, das finalidades, das últimas paisagens privilegiadas que ficam instantaneamente arquivadas como lembranças; da antecipação. Cada rua, cada curva barulhenta manda uma mensagem: o que já passou, o que logo será. Oscilava entre o desejo de olhar, como se para gravar tudo no cérebro, e a inclinação de confinar seus sentidos à carruagem fresca, a considerar (como na verdade ocorre) que já tinha partido.

O Cavaliere gostava de espécimes, e poderia ter encontrado muitos na incessante multidão de mendigos, criadas, vendedores ambulantes, aprendizes, lojistas, batedores de carteira, aliciadores de fregueses, carregadores, meninos de recados, que vão serpenteando perigosamente perto das rodas. Aqui, até os miseráveis se apressam. Não param, não se agrupam, não se agacham nas esquinas nem dançam para divertir-se: uma das muitas diferenças entre as multidões daqui e da cidade para onde ele ia voltando, diferença que poderia ser registrada e ponderada — se é que havia razão para observá-la. Mas não era costume do Cavaliere refletir sobre a agitação e a balbúrdia de Londres; não costumamos ver nossa própria cidade como pitoresca. Quando a carruagem ficou detida por um barulhento quarto de hora, entre carroças de frutas e a carreta de um irado amolador de facas, ele não acompanhou o cego de cabelo ruivo que se arriscou a atravessar a rua alguns passos mais adiante, estendendo o bastão à frente, sem atentar para os veículos que vinham na sua direção. Aquele interior portátil e perfumado, revestido de toda a parafernália dos privilegiados, suficiente para ocupar todos os sentidos, diz: Não olhe. Não há nada lá fora que valha a pena ver.

Se não sabe o que fazer com seus olhos famintos, tem aquele outro interior, sempre adjacente: um livro. Catherine abriu um volume sobre as crueldades papais. A criada está com seu alarmante sermão. Sem baixar a vista, o Cavaliere esfregou o polegar numa suntuosa encadernação de couro, sentindo o alto-relevo do título e de seu autor favorito. O mendigo, atropelado por uma carroça, é jogado para trás e cai sob a roda da carreta de um toneleiro que vem avançando com dificuldade. O Cavaliere não estava olhando. Olhava em outra direção.

Dentro do livro: Cândido, agora na América do Sul, acaba de chegar cavalheirescamente, com sua espingarda espanhola de dois canos, para salvar duas moças nuas que corriam graciosamente por uma planície, seguidas de perto por dois macacos que lhes mordem o traseiro. As jovens atiram-se então sobre os cadáveres dos macacos, dão-lhes ternos beijos, molham-nos com suas lágrimas e soltam gritos lastimáveis, revelando a Cândido que aquela perseguição, uma perseguição amorosa, fora inteiramente bem recebida. Macacos como amantes? Cândido não está só espantado, está escandalizado. Mas o sábio Cacambo, escolado nos costumes do mundo, observa respeitosamente que seria melhor se seu querido amo tivesse recebido uma boa educação cosmopolita, para não ficar sempre surpreso com tudo. Tudo. Pois o mundo é vasto, com bastante lugar para costumes, gostos, princípios e usos de todos os tipos, que, uma vez considerados dentro da sociedade onde surgiram, sempre fazem sentido. Observai-os. Comparai-os, sim, para vossa própria edificação. Mas quaisquer que sejam vossos próprios gostos, aos quais vós não tendes de renunciar, por favor, querido amo, não tenteis identificá-los com mandamentos universais.

Catherine deu uma risada suave. O Cavaliere, sorridente, pensando em nádegas nuas — primeiro de mulheres, depois de um macaco —, ergueu a vista. Era freqüente os dois estarem em harmonia, mesmo que por razões diferentes. Está se sentindo melhor? perguntou ele. O Cavaliere não se casara com uma macaca. A carruagem prosseguia em seu caminho. Começou a chover. Londres expirava atrás deles. O séquito do Cavaliere ia voltando às suas paixões — paixões predominantes. O Cavaliere continuou acompanhando Cândido e seu criado até o Eldorado, Catherine fitava seu próprio livro, o queixo da criada caiu até o peito, os cavalos resfolegantes tentavam escapar do chicote, os criados no coche de trás riam e bebiam, Catherine continuava lutando para respirar, e logo Londres era apenas uma estrada.

2

Estavam casados, e sem filhos, há dezesseis anos.

Se o Cavaliere, que como tantos colecionadores obsessivos era por natureza um solteirão, casou-se com a única filha de um rico fidalgo rural de Pembrokeshire a fim de financiar a carreira política na qual embarcara após dez anos de serviço nos altos escalões militares, essa não foi uma boa razão. A Câmara dos Comuns, quatro anos representando um burgo de Sussex onde ele nunca pôs os pés, acabou não oferecendo mais escopo para seus notáveis talentos do que o exército. Uma razão melhor: trouxera-lhe dinheiro para comprar quadros. Possuía também algo mais valioso que o dinheiro. Cedendo à necessidade de casar-se — um tanto contra a minha inclinação, como haveria de dizer, muitos anos depois, a um outro filho mais novo e sem recursos, seu sobrinho —, encontrara o que chamava de duradouro conforto. No dia do casamento Catherine colocou no pulso um bracelete contendo uma mecha do cabelo do Cavaliere. Ela o amava abjetamente, mas sem autopiedade. Ele ganhou a reputação improvável, porém justa, de ser um marido dedicado à esposa. O tempo se evapora, o dinheiro é sempre necessário, os confortos se encontram onde menos se espera, e a excitação surge em terreno estéril.

Ele não pode saber o que nós sabemos sobre ele. Para nós ele é parte do passado, uma silhueta austera de peruca empoada, casaco longo e elegante, sapatos com fivela, perfil aquilino erguido com inteligência, olhando, observando, firme em seu distanciamento. Parece frio? Está simplesmente conseguindo, conseguindo brilhantemente. Está absorvido, entretido pelo que vê — tem um cargo diplomático importante, ainda que não de primeira linha, no estrangeiro — e mantém-se ocupado. Sua hiperatividade é a do deprimido heróico. Já conseguiu superar, um após o outro, muitos vértices de melancolia, por meio de espantosos rompantes de entusiasmo.

Ele se interessa por tudo. E mora num lugar que pelo simples volume de curiosidades — históricas, naturais, sociais — é quase insuperável. Maior que Roma, era a cidade mais rica e mais populosa da península italiana, e, depois de Paris, a segunda maior cidade do continente europeu; era a capital dos desastres naturais e tem o monarca mais indecoroso e plebeu, os melhores sorvetes, os mais alegres vagabundos, o mais pesado torpor, e, entre os aristocratas mais jovens, o maior número de futuros jacobinos. Sua incomparável baía continha peixes extraordinários, assim como a costumeira abundância de espécimes comuns. Tinha ruas pavimentadas com blocos de lava e, a algumas milhas de distância, as ruínas lugubremente intactas, recém-descobertas, de duas cidades mortas. Sua Ópera, a maior da Itália, extasiava pelos castrati, outro produto local de renome internacional. Sua garbosa aristocracia, altamente sexuada, reunia-se nas mansões para jogar cartas, em serões enganosamente chamados de *conversazioni,* que muitas vezes só cessavam ao raiar do dia. Nas ruas a vida se amontoava, transbordava, extravasava. Certas comemorações na corte incluíam a construção, em frente ao palácio real, de uma montanha artificial ornamentada com carne, caça, bolos e frutas, que ao soar de uma salva de canhões era desmantelada pela multidão voraz, sob os aplausos dos superalimentados que assistiam dos balcões. Durante a grande fome da primavera de 1764, as pessoas iam à padaria com longas facas escondidas na camisa, prontas para matar e aleijar, se necessário, para conseguir uma pequena ração de pão.

O Cavaliere chegou para assumir seu posto em novembro daquele ano. As procissões expiatórias de mulheres com coroas de espinhos e cruzes nas costas já haviam passado, e os saqueadores debandado. Os figurões locais e diplomatas estrangeiros já haviam recuperado as pratarias que esconderam nos conventos. À corte, que fugira dezesseis milhas para o Norte para abrigar-se em sua colossal residência em Caserta, lugubremente horizontal, estava de volta ao palácio real da cidade. O ar se enchia dos odores de mar e de café, de madressilva e de excremento, animal e humano, em vez de cadáveres apodrecendo nas ruas às centenas. Os trinta mil mortos na peste que se seguiu à fome também estavam enterrados. No Hospital dos Incuráveis, os milhares de moribundos com doenças epidêmicas não mais morriam de fome como antes, a uma média de sessenta ou setenta por dia. Suprimentos de cereais vindos do estrangeiro haviam restabelecido o nível aceitável de miséria. Mais uma vez os pobres se divertiam tocando pandeiro e cantando a plenos pulmões, mas muitos mantinham as longas facas dentro da camisa, que antes usavam para conseguir pão, e agora matavam uns aos outros com mais freqüência pelos motivos costumeiros, civis. E os camponeses emaciados que convergiram para a cidade na primavera ali ficaram, multiplicando-se. Mais uma vez a *cuccagna* seria erguida, selvagemente desmontada e devorada. O Cavaliere apresentou suas credenciais ao rei, que tinha treze anos de idade, e a seus regentes; alugou uma espaçosa mansão de três andares com uma vista de tirar o fôlego para a baía, para Capri e o vulcão inativo, por cento e cinqüenta libras por ano em dinheiro local, e começou a organizar o máximo emprego possível para suas restauradas energias.

Morar no estrangeiro facilita ver a vida como um espetáculo — é uma das razões pelas quais as pessoas de recursos se mudam para o estrangeiro. Ali onde os aturdidos pelos horrores da fome, da brutalidade e da incompetência do governo viam uma interminável inércia, uma letargia, uma lava endurecida de ignorância, o Cavaliere via um fluxo. A cidade dançante do expatriado muitas vezes é a cidade imobilizada do reformador ou revolucionário local, malgovernada, comprometida com a injustiça. Distâncias diferentes, cidades diferentes. O Cavaliere nunca estivera tão ativo, tão estimulado, tão mentalmente vivo. Tão agradavelmente distanciado. Nas igrejas, nas ruas estreitas e íngremes, na corte — tantos espetáculos havia aqui. Na excêntrica vida marinha da baía, observou, deliciado (não havia rivalidade entre a arte e a natureza para este intrépido conhecedor), um peixe com pequeninos pés, um ambicioso evolucionário que, contudo, não conseguira sair da água. O sol castigava, implacável. O Cavaliere caminhava num chão escaldante, esponjoso, quente sob seus sapatos. E num solo cheio de ossos, repleto de fendas e tesouros.

As obrigações da vida social, das quais tanta gente ciosamente se queixa, a manutenção de um palacete com cerca de cinqüenta criados, incluindo diversos músicos, fazia suas despesas subirem sem cessar. Seus proventos de emissário mal bastavam para os luxuosos entretenimentos exigidos para se impor à imaginação das pessoas influentes, parte necessária do seu emprego; para as expectativas dos pintores que patrocinava; para o preço das antiguidades e quadros pelos quais ele tem de competir com uma legião de colecionadores rivais. É claro que no fim ele irá vender o melhor daquilo que comprar, e assim faz. Uma simetria gratificante: colecionar a maioria das coisas requer dinheiro, porém a maioria das coisas colecionadas, por sua vez, se transformam em mais dinheiro. Embora o dinheiro fosse um subproduto necessário, ligeiramente desonroso, de sua paixão, colecionar continuava sendo uma ocupação viril: não apenas reconhecer, mas outorgar valor a certas coisas, incluindo-as na sua coleção. Isto provinha de um sentimento senhoril de si mesmo que Catherine — como, na verdade, quase todas as mulheres — não poderia ter.

Sua reputação de conhecedor e homem culto, sua afabilidade, o favor de que veio a desfrutar na corte, superior ao de qualquer outro emissário, fizera do Cavaliere o mais proeminente morador estrangeiro da cidade. Diga-se para crédito de Catherine que não era cortesã; revoltava-se com as extravagâncias do Rei, rapaz de uma grosseria estupidificante, e com sua esposa esnobe, fértil e inteligente, que detinha a maior parte do poder. Assim como ele tinha a seu crédito o fato de que conseguia divertir o Rei. Não havia motivo para Catherine acompanhá-lo aos jantares no palácio real, em que se atirava comida nos convidados, e para os quais o Cavaliere era convocado três ou quatro vezes por semana. Nunca se entediava quando estava com ela; mas também ficava feliz de estar sozinho, de passar o dia inteiro em seu barco, pescando na baía, quando sua cabeça se aquietava ao sol, ou então mirando, revisando, relacionando seus tesouros em seu estúdio agradável e fresco, ou no depósito, ou folheando os novos livros sobre ictiologia, eletricidade ou história antiga que mandara vir de Londres. Nunca se consegue saber o suficiente, ver o suficiente. Ali há muitos anseios. Sentimento de que fora poupado em seu casamento, um casamento inteiramente bem-sucedido — no qual foram satisfeitas todas as necessidades que tiveram permissão para surgir. Não havia frustração, pelo menos da sua parte; portanto, nenhum anseio, nenhum desejo de estarem juntos o máximo possível.

Virtuosa onde ele era cínico, enfermiça quando ele era robusto, terna quando ele se esquecia de ser, tão correta quanto suas mesas postas para sessenta pessoas — a amável herdeira, não demasiado insossa, esmerada cravista, com quem ele se casara parecia-lhe ser puramente esposa, até onde ele conseguia imaginar um tal ser. Saboreava o fato de que todos a achavam admirável. Conscienciosamente dependente e não fraca, a ela não faltava autoconfiança. A religião a animava; seu aborrecimento com a falta de religiosidade do marido por vezes a fazia parecer autoritária. Além da pessoa e da carreira do Cavaliere, a música era o principal interesse que os dois tinham em comum. Quando Leopold Mozart e seu filho-prodígio visitaram a cidade dois anos antes, Catherine tremeu, como era de se esperar, quando se sentou para tocar para eles, e tocou então esplendidamente como sempre. Nos concertos semanais realizados na mansão do emissário britânico, para os quais toda a sociedade local aspirava a ser convidada, até as pessoas que mais falavam alto e mais comiam durante todas as óperas da estação acabavam se calando. Catherine os domava. O Cavaliere era um exímio violoncelista e violinista — tivera aulas com o grande Giardini em Londres, aos vinte anos — mas ela era mais musical, o que ele reconhecia sem problemas. Gostava de ter razões para admirá-la. Mais ainda do que querer ser admirado, gostava de admirar.

Embora a imaginação do Cavaliere fosse razoavelmente lasciva, seu sangue, ou assim pensava ele, era temperado. Naquela época os homens com os privilégios que ele tinha costumavam ser corpulentos ao chegar à terceira ou quarta década de vida. O Cavaliere, porém, não perdera nada do apetite por exercícios físicos que tinha quando jovem. Preocupava-se com a constituição delicada, não exercitada, de Catherine, a ponto de às vezes sentir-se constrangido com o ardor com que ela recebia seus pontuais abraços. Havia pouco calor sexual entre os dois. Porém, ele não lamentava não ter uma amante — seja lá o que os outros pudessem pensar dessa esquisitice. Ocasionalmente, a oportunidade se jogava ao seu lado; o calor subia e ele se via passando de uma úmida palma da mão para várias camadas de roupa, desenganchando, desatando, tateando, empurrando. A aventura, porém, o deixava sem desejo de continuar; sentia-se atraído por outros tipos de aquisição, de posse. O fato de que Catherine não nutria mais que um interesse benevolente por suas coleções talvez fosse até bom. É natural que os amantes da música gostem de colaborar, de tocar juntos. Extremamente não natural colecionar em conjunto. Cada um quer possuir (e ser possuído) sozinho.

•

É da minha natureza colecionar, disse ele certa vez à esposa.

"Louco por quadros", um amigo da juventude o chamava — a natureza de um sendo para outro a idéia da loucura; do desejo imoderado.

Em criança colecionara moedas, depois autômatos, depois instrumentos musicais. Colecionar expressa um desejo livre, flutuante, que se apega e se reapega — é uma sucessão de desejos. O verdadeiro colecionador não é presa daquilo que coleciona, mas do ato de colecionar. Com vinte e poucos anos o Cavaliere já formara, e fora forçado a vender para pagar dívidas, várias pequenas coleções de quadros.

Ao chegar como emissário começou de novo a colecionar. A uma hora de distância a cavalo, Pompéia e Herculano estavam sendo escavadas, desnudadas, revolvidas; mas tudo o que os ignorantes escavadores desenterravam devia ir diretamente para os depósitos do palácio real em Portici, nas proximidades. O Cavaliere conseguiu comprar uma grande coleção de vasos gregos de uma família nobre de Roma à qual eles haviam pertencido por várias gerações. Colecionar é resgatar coisas, coisas valiosas, do descuido, do esquecimento, ou simplesmente do destino ignóbil de estar na coleção de outra pessoa e não na nossa. Mas comprar uma coleção inteira em vez de perseguir nossa presa item por item — não foi uma jogada elegante. Colecionar também é um esporte, e sua dificuldade é parte do que lhe confere honra e pique. Um verdadeiro colecionador prefere não adquirir por atacado (assim como os caçadores também não querem que a caça simplesmente seja trazida até eles), não se satisfaz colecionando a coleção de outra pessoa: apenas adquirir ou acumular não é colecionar. Mas o Cavaliere estava impaciente. Não há apenas necessidades e exigências internas. E desejava continuar formando aquela que seria a primeira de suas coleções napolitanas.

Ninguém na Inglaterra ficara surpreso ao ver que ele continuava a colecionar quadros e correr atrás de antiguidades após sua chegada a Nápoles. Porém, seu interesse pelo vulcão mostrava uma nova faceta da sua natureza. Ser louco por vulcões era mais louco do que ser louco por quadros. Talvez o sol tivesse lhe subido à cabeça, ou talvez fosse a notória lassidão do Sul. Logo a paixão foi racionalizada como um interesse científico, e também estético, pois a erupção de um vulcão podia ser considerada, no sentido amplo do termo, bela. Não havia nada de estranho nas noitadas em que convidava os hóspedes para assistir ao espetáculo do terraço de sua casa de campo perto da montanha, tal como as festas de apreciação da lua oferecidas pelos cortesãos no Japão da era Heian. O estranho é que ele queria estar ainda mais perto.

O Cavaliere descobrira em si um gosto pelas coisas levemente plutonianas. Começara saindo a cavalo com um lacaio até a área sulfurosa a oeste da cidade, onde tomava banho nu num lago que havia dentro de um vulcão submerso, já extinto. Chegar até seu terraço, naqueles primeiros meses, para apreciar à distância a bem-comportada montanha imóvel ao sol podia provocar um devaneio sobre a calma que se segue a uma catástrofe. O penacho de fumaça branca, os ocasionais roncos e jatos de vapor pareciam *tão* perenes, nada ameaçadores. Dezoito mil aldeões de Torre del Greco morreram em 1631, numa erupção ainda mais mortífera do que a que sepultou Pompéia e Herculano e o erudito almirante da frota romana, Plínio, o Velho, perdeu a vida num episódio famoso; mas, desde então, nada que merecesse o nome de desastre.

A montanha teria de acordar e começar a cuspir para conseguir a plena atenção desse homem tão ocupado, tão diversificado. E foi o que ela fez, no ano seguinte à sua chegada. Os vapores que subiam do topo ficaram mais densos e volumosos. Uma fumaça negra misturou-se então às nuvens de vapor, e à noite o halo do cone estava tingido de vermelho. Até então absorvido pela caça aos vasos e a quaisquer achados menores obtidos nas escavações em que conseguisse pôr as mãos ilicitamente, começou a subir a montanha e tomar notas. Na quarta escalada, chegando à encosta superior, passou por um montículo de enxofre de seis pés de altura que não estava lá na semana anterior. Na escalada seguinte à montanha coberta de neve — era novembro — o topo deste montículo emitia uma chama azul. Ele se aproximou e ficou na ponta dos pés, até que um ruído como de artilharia vindo de cima — ou seria de trás? — agarrou-lhe o coração e o fez recuar de um pulo. Cerca de quarenta jardas mais acima, na abertura da cratera, subia uma coluna de fumaça negra, seguida por um arco de pedras, uma das quais aterrissou ao seu lado. Sim.

Estava vendo algo que sempre imaginara, sempre quisera saber.

Quando uma verdadeira erupção começou, em março do ano seguinte, quando uma nuvem em forma de um colossal pinheiro — exatamente como descrita na carta do sobrinho de Plínio para Tácito — jorrou do alto da montanha, ele estava em casa estudando violoncelo. Olhando do telhado aquela noite, viu a fumaça tornar-se rubra como uma labareda. Alguns dias depois veio uma explosão trovejante e um jorro de pedras esbraseadas, e aquela noite, às sete horas, a lava começou a transbordar pelo topo, jorrando rumo a Portici. Levando consigo apenas um criado, um cavalariço e um guia local, deixou a cidade a cavalo e passou a noite toda no flanco da montanha. Um metal liquefeito, em que pedras em brasa flutuavam como barcos, jorrava como uma cascata sibilante a apenas vinte jardas de distância. Viu-se sem medo, sempre uma ilusão agradável. A aurora surgiu e ele começou a descer. Uma milha mais abaixo alcançou a dianteira da torrente de lava, que se empoçara num côncavo profundo, detendo-se ali.

Dali em diante, a montanha nunca mais ficou livre de sua coroa fumegante, do ocasional arremesso de escórias em brasa, das cuspidas de fogo, da baba de lava. E agora ele sabia o que fazer sempre que a escalava. Coletava espécimes da lava já fria numa sacola de couro forrada de chumbo, e engarrafava amostras dos sais e enxofres (de um amarelo profundo, vermelho, laranja) que apanhava nas fissuras escaldantes no topo da cratera. No Cavaliere qualquer paixão tomava a forma de uma coleção, se justificava por tornar-se uma coleção. (Logo outras pessoas começaram a levar pedaços do vulcão, agora interessante, em sua escalada única; mas acumular souvenirs não é colecionar.) Isto era puro colecionar, despido da perspectiva de lucro. Nada aqui para se comprar ou vender. Do vulcão ele podia apenas fazer um presente, para sua glória e glória do vulcão.

Mais uma vez apareceu fogo no topo: preparava-se uma exibição muito mais violenta das energias da montanha. Ela rosnava, crepitava, sibilava; suas emissões de pedras por mais de uma vez obrigaram até mesmo este, o mais perseverante dos observadores, a deixar o cume. Quando uma grande erupção ocorreu no ano seguinte, a primeira em grande escala desde 1631, seu butim aumentou, uma coleção de rochas vulcânicas ampla e variada o bastante para ser doada ao Museu Britânico, que ele remeteu à própria custa. Colecionar o vulcão era sua paixão desinteressada.

Nápoles fora acrescentada ao Grande Tour, e todos que vinham esperavam maravilhar-se nas cidades mortas sob a orientação do douto emissário britânico. Agora que a montanha já se revelara capaz de voltar a ser perigosa, eles queriam ter a grande, aterrorizante experiência. Ela se tornara mais uma atração e um gerador de empregos para os sempre necessitados: guias, carregadores, transportadores de liteiras, fornecedores de provisões, cavalariços, carregadores de lanternas caso a escalada fosse feita à noite — a melhor hora para se ver o pior. Nada inexpugnável em relação a montanhas de verdade como os Alpes, ou mesmo o monte Etna, quase três vezes mais alto, o Vesúvio oferecia, na melhor das hipóteses, um exercício, esporte apenas para amadores. O exterminador podia ser galgado por qualquer um. Para o Cavaliere, o vulcão era íntimo. Não achava a subida muito árdua nem os perigos muito amedrontadores, ao passo que a maioria das pessoas, subestimando o esforço, ficavam consternadas ao ver como era árduo, amedrontadas pela visão dos riscos. Quando retornavam, ele ouvia as histórias dos grandes perigos que haviam corrido, das girândolas de fogo, da saraivada (ou chuva) de pedras, do barulho que acompanhava (canhões, trovões), do mau cheiro infernal, pestilento, sulfuroso. A própria boca do inferno, isso que é! Pois as pessoas acreditam mesmo que seja aqui, diria ele. Ah, não estou falando no sentido literal, o visitante (se fosse inglês, portanto em geral protestante) replicaria.

Contudo, mesmo desejando que o vulcão não fosse profanado pelos arquejantes, os obesos e os que se auto-elogiavam, o Cavaliere ansiava — como qualquer colecionador — por exibi-lo. E era obrigado a fazê-lo se o visitante fosse um amigo ou parente vindo da Inglaterra ou algum dignitário estrangeiro, enquanto o Vesúvio continuasse a ostentar sua expressividade. Esperava-se dele que conduzisse uma escalada. Frederick Hervey, seu excêntrico amigo dos tempos de escola em Westminster, prestes a ser nomeado bispo, veio passar um longo mês; o Cavaliere levou-o num domingo de Páscoa, e Hervey queimou o braço com uma golfada de eflúvios vulcânicos; o Cavaliere supôs que o homem iria vangloriar-se disso pelo resto da vida.

Difícil imaginar que alguém pudesse se sentir proprietário dessa lendária ameaça, com sua corcova dupla, com cerca de cinco mil pés de altura, sito a oito milhas da cidade, exposto à vista de todos, de fato o marco mais característico da paisagem local. Objeto algum poderia ser menos possuível. Poucas maravilhas naturais eram mais famosas. Pintores estrangeiros acorriam aos bandos para Nápoles: o vulcão tinha muitos admiradores. O Cavaliere começou a tratar, pela qualidade das suas atenções, de fazê-lo seu. Pensava mais nele que qualquer outra pessoa. Minha querida montanha. Uma montanha como amante? Um monstro? Com os vasos, as pinturas, as moedas ou as estátuas, contava com certos reconhecimentos convencionais. Esta paixão se dirigia a algo que sempre surpreendia, alarmava; que excedia todas as expectativas; e que nunca despertava a resposta que o Cavaliere desejava. Porém, para aquele colecionador obsessivo, a apreciação das outras pessoas sempre parecia dissonante, contida, nunca suficientemente apreciativa.

•

As coleções unem. As coleções isolam.

Elas unem os que amam a mesma coisa. (Mas ninguém ama como eu; o bastante.) Elas isolam dos que não compartilham essa paixão. (Infelizmente, quase todos.)

Então vou tentar não falar sobre o que mais me interessa. Falarei sobre aquilo que interessa a você.

Mas isso me fará lembrar, muitas vezes, daquilo que não posso compartilhar com você.

Ah, escute. Pois então você não vê? Não vê como ela é bela?

•

Não é claro se ele era um professor e explicador nato (ninguém fazia melhor a excursão a Herculano e Pompéia), ou se aprendeu a sê-lo porque tantas pessoas próximas eram mais jovens que ele e poucas tão cultivadas quanto ele. Na verdade, foi destino do Cavaliere ter todos os relacionamentos importantes de sua vida, contando ou não contando Catherine, com pessoas muito mais jovens. (Catherine era a única pessoa predizivelmente mais jovem, com oito anos menos que ele: espera-se que a esposa seja mais jovem que o marido.) O régio companheiro de sua infância era sete anos e meio mais novo; o Rei de Nápoles tinha vinte e um anos menos que ele. As pessoas mais jovens eram atraídas pelo Cavaliere. Ele parecia sempre tão interessado nelas, em estimular seus talentos, quaisquer que fossem; tão auto-suficiente. Mais avuncular do que paternal — nunca quis ter filhos —, sabia ser interessado, até mesmo responsável, sem ter grandes expectativas.

Charles, filho de sua irmã Elizabeth, tinha vinte anos quando chegou, na etapa mais meridional do seu Grande Tour. O menininho pálido e autoconfiante que o Cavaliere avistara algumas poucas vezes tornara-se um jovem inteligente, meticuloso em demasia, com um acervo modesto e prudente de quadros e antiguidades e uma extravagante coleção de pedras preciosas e minerais. Queria impressionar seu tio e assim fez. O Cavaliere reconheceu o olhar do colecionador, abstrato, errante, amável porém tenso — a mineralogia iria ser a paixão predominante da vida de Charles — e de imediato simpatizou com ele. Cioso na busca de entretenimento, Charles contratou os serviços sexuais de uma cortesã local, chamada madame Tschudi (parenta distante da família fabricante de cravos), sentou-se algumas noites na ópera no camarote de seu tio, comprou sorvetes e melancias dos vendedores na via Toledo, e confessou que não achava Nápoles encantadora nem pitoresca, mas miserável, tediosa e suja. Ouviu com devoção sua tia tocar cravo (Kuhnau, Royer, Couperin). Inspecionou com inveja a coleção de pinturas, estátuas e vasos do tio; mas os brutos fragmentos de tufo com lava ou conchas marinhas incrustadas, os fragmentos de uma bomba vulcânica ou os sais amarelos ou cor de laranja brilhante que o tio lhe mostrou só serviram para fazê-lo pensar com paixão em seus rubis cristalizados, safiras, esmeraldas, diamantes — estes, sim, podiam ser chamados de belos. Lavava as mãos com freqüência. E recusou-se resolutamente a escalar a montanha.

Um tio tão tremendo, mesmo que benevolente, seria intimidante demais sem alguma grande excentricidade que fizesse os outros se sentirem um pouquinho protetores. Declinando o segundo convite do Cavaliere para acompanhá-lo numa escalada, Charles alegou uma fraqueza intestinal, a falta de gosto pelo perigo. Esperava que fosse considerado um elogio, e não uma impertinência, se invocasse a alusão clássica mais óbvia (na Inglaterra muitos amigos do Cavaliere a mencionavam): Lembre-se, eu não gostaria de ficar sabendo que o senhor sofreu o mesmo destino de Plínio, o Velho. E agora o Cavaliere, que acabava de adquirir um sobrinho favorito, podia devolver o elogio: Então você será Plínio, o Jovem, e relatará ao mundo a minha morte.

•

Naquela época, como agora, uma subida tinha vários estágios. O caminho que em nosso século se transformou em rodovia ainda não existia. Mas já havia uma trilha por onde se subiam dois terços da distância, até a depressão natural que fica entre o cone central e o monte Somma. Esse vale, agora atapetado com a lava negra da erupção de 1944, tinha árvores, arbustos e relva alta. Ali os cavalos ficavam pastando enquanto os peregrinos do vulcão continuavam subindo a pé até a cratera.

Depois de deixar seu cavalo com o cavalariço, pegar seu bordão e jogar a sacola sobre o ombro, o Cavaliere marchou com firmeza encosta acima. O importante é conseguir um bom ritmo, fazer a coisa sem pensar, quase num devaneio. Caminhar como se respira. Fazer o que o corpo quer, o que o ar quer, o que o tempo quer. E isso está acontecendo esta manhã, bem cedo nesta ocasião, exceto pelo frio, exceto pela dor de ouvido da qual seu chapéu de abas largas não o protege. Para trabalhar sem pensar não deve haver nenhuma dor. Passou pelas árvores (um século antes as encostas tinham densas florestas e caça abundante), e para além da linha das árvores, onde o vento soprava mais cortante. A trilha escureceu, ficou mais íngreme, passando por sulcos de lava negra e grandes rochedos vulcânicos. Agora a sensação começou a ser de uma escalada; seu passo tornou-se mais lento, a distensão dos músculos agradavelmente perceptível. Não precisou parar para recobrar o fôlego, mas parou várias vezes para examinar o solo de um marrom avermelhado, procurando as rochas pontiagudas com veios coloridos.

O solo tornou-se cinzento, solto, fofo — cedendo e assim dificultando cada passo. O vento soprava contra a sua cabeça. Perto do topo seus ouvidos doíam tanto que ele os tapou com cera.

Chegando ao cume com sua orla rochosa, fez uma pausa e esfregou as orelhas macias e geladas. Lançou o olhar para baixo, fitando a película azul iridescente da baía. Então virou-se. Nunca se aproximava da cratera sem apreensão — em parte medo do perigo, em parte medo da decepção. Se a montanha cuspisse fogo, se lançasse no ar, se transformasse em chamas, numa muralha de cinzas em movimento, isso seria um convite para o olhar. Ela estaria se exibindo. Mas quando a montanha estava relativamente quieta, como estava há vários meses, convidando a um exame mais próximo, ele procurava algo novo e ao mesmo tempo verificava se tudo continuava igual. O olhar indagador deseja ser recompensado. Mesmo nas almas mais pacificadas o vulcão inspira uma ânsia de se ver a força destrutiva.

Subiu com dificuldade até o topo do cone e olhou para baixo. O vasto buraco, com centenas de pés de profundidade, estava repleto até a borda com o nevoeiro da madrugada. Tirou o martelo da sacola e procurou um veio colorido na beira do abismo. A névoa ia subindo à medida que o sol aquecia o ar. A cada lufada de vento tudo clareava, a visão alcançava mais e mais embaixo, sem revelar nenhum fogo. Jatos de vapor de um branco sujo subiam pelas fissuras das paredes alongadas da cratera. O núcleo incandescente interno se escondia sob a crosta de lava endurecida. Nenhum lampejo. Tudo maciço — cinza, inerte. O Cavaliere suspirou e recolocou o martelo na sacola. A matéria inorgânica produz em nós uma impressão muito melancólica.

Talvez não seja o poder de destruição do vulcão o que mais agrada, embora todos gostem de uma conflagração, e sim seu desafio à lei da gravidade, à qual toda massa inorgânica está sujeita. O que primeiro nos agrada no mundo das plantas é sua projeção ereta e vertical. É por isso que gostamos das árvores. Talvez gostemos de apreciar um vulcão pela sua elevação, como o balé. Como voam alto as pedras derretidas, tão mais alto do que a nuvem em forma de cogumelo. A emoção é que a montanha explode, mesmo que precise depois, tal como a dançarina, retornar à terra; mesmo que não caia simplesmente mas desabe, desabe sobre nós. Primeiro, porém, ela sobe, ela voa. Enquanto todo o resto puxa, arrasta para baixo. Para baixo.

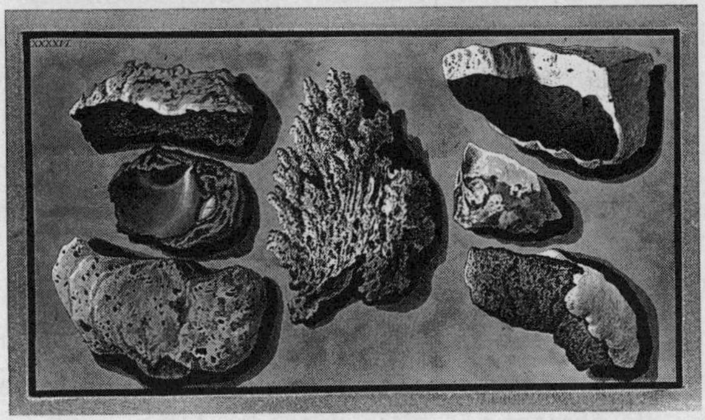

3

Verão. Na verdade, por uma coincidência sem sentido, dia 24 de agosto — aniversário da grande erupção de 79 d.C. O tempo: úmido, opressivo, infestado de moscas. No ar o cheiro fétido de enxofre. Janelas altas abrindo-se para a baía inteira. Pássaros cantando no jardim do palácio. Uma delicada coluna de fumaça equilibrando-se no cimo da montanha.

O Rei está no toalete. Com as calças caídas nos pés, franzindo o cenho com esforço, expelindo pelo traseiro. Embora tenha apenas vinte e quatro anos, ele é gordo, gordo, gordo. Sua barriga, cheia de estrias como a de sua esposa (que já passou pela sexta gravidez de seu cômputo final de dezessete), balança de lá para cá na imensa *chaise percée* de porcelana. Já se regalara numa copiosa refeição, carne de porco e de javali, macarrão, flores de abobrinha e sorvetes, que começara mais de duas horas antes. Cuspira vinho num de seus criados preferidos e atirara bolinhas de pão em seu agressivo e seco primeiro-ministro. O Cavaliere, que comia frugalmente mesmo sem esses espetáculos repugnantes, já estava sentindo o estômago pesado. O Rei anunciou então que, tendo desfrutado de uma excelente refeição, esperava ter agora uma excelente purgação dos intestinos, e desejava ser escoltado por um dos distintos convivas de sua mesa, seu amigo e excelente companheiro de caçadas, o ministro britânico plenipotenciário.

Ai, ai, minha barriga! (Gemidos, peidos, suspiros.)

O Cavaliere, com seu traje de gala cada vez mais úmido, com a estrela e a faixa vermelha, está em pé contra a parede, aspirando o ar fétido por entre os lábios finos. Poderia ser pior, pensa o Cavaliere, pensamento que o vem consolando pela maior parte da vida. Desta vez o que ele quer dizer é que o Rei poderia estar com diarréia.

Está vindo, estou sentindo!

A brincadeira brutal e infantil do Rei, de ser revoltante, de tentar chocar. A brincadeira do aristocrático Cavaliere inglês de não reagir, de parecer não estar chocado. A imagem ficaria melhor, pensou o Cavaliere, se eu não estivesse suando quase tanto quanto ele.

Não, não é. Não consegui! Não consigo! Ah, o que vou fazer?

Talvez Sua Majestade pudesse concentrar-se melhor no chamado da natureza se ficasse sozinho.

Odeio ficar sozinho!

O Cavaliere, piscando com as gotas de suor que lhe descem pela fronte, ficou pensando se esta não seria uma das grossas brincadeiras de mau gosto do Rei.

Quem sabe a comida não estava boa, disse o Rei. Eu tinha certeza de que estava. Como não poderia ser boa se estava tão gostosa?

O Cavaliere disse que estava muito gostosa.

O Rei disse, Me conte uma história.

Uma história, disse o Cavaliere.

(Cortesão: pessoa que repete as últimas palavras que você acaba de dizer.)

Sim, me fale de uma montanha de chocolate. Uma enorme montanha toda feita de chocolate. É essa que eu gostaria de escalar.

Era uma vez uma montanha escura como a noite.

Escura como chocolate!

E dentro dela tudo era branco, com cavernas e labirintos, e —

Era frio lá dentro? interrompeu o Rei. Se for quente o chocolate derrete.

É fria, disse o Cavaliere, enxugando a testa com um lenço de seda embebido em essência de angélica.

É como uma cidade? Como o mundo inteiro?

Sim.

Mas um mundo bem pequeno. Bem aconchegante. Eu não precisaria de tantos criados. Eu gostaria que fosse um mundo pequeno com gente dentro, talvez pessoinhas pequenas também, e que fizessem tudo o que eu quero.

Mas elas já fazem, observou o Cavaliere.

Não, não, protestou o Rei. O senhor sabe que eu recebo ordens da Rainha, de Tanucci, de todos menos o senhor, meu bom e querido amigo. Preciso de um mundo de chocolate, sim! Esse é o meu mundo. É tudo o que eu quero. Todas as mulheres, sempre que eu quiser. E elas também poderiam ser de chocolate, e eu as comeria. O senhor nunca imagina que tal seria comer gente?

Lambeu a mão gorda e branca. Mmm, a minha é salgada! Enfiando a mão na axila, continuou: E teria uma grande cozinha. E a Rainha me ajudaria a cozinhar, ela detestaria isso. Ela teria que descascar o alho, milhões de dentinhos de alho reluzentes, e eu os enfiaria dentro dela e aí nós teríamos bebês de alho. E as pessoas correriam atrás de mim, me implorando para lhes dar de comer, e eu jogaria comida nelas, faria elas comerem.

Franzindo a testa, baixou a cabeça. Uma série de ruídos borbulhantes atingiu o auge com uma profunda e cavernosa exalação dos intestinos.

Ah, que bom, disse o Rei. Estendeu a mão e deu um tapa no traseiro magro do Cavaliere. O Cavaliere assentiu com a cabeça e percebeu que seus próprios intestinos se moveram. Mas é essa a vida de um cortesão, não é mesmo? O Cavaliere não era um dos dirigentes deste mundo.

Me ajude, disse o Rei ao mestre da Câmara Real, postado à porta aberta. Estava tendo dificuldades para se levantar, tão gordo era.

O Cavaliere considerou o espectro das relações humanas em relação às coisas asquerosas. Num extremo, Catherine, que ficava estarrecida com a vulgaridade maníaca do Rei assim como com tantas outras coisas na corte. No outro extremo o Rei, para quem o asco era fonte de prazer. E ele próprio no meio, onde um cortesão deve ficar, nem indignado nem insensível. Ficar indignado seria, em si, uma vulgaridade, um sinal de fraqueza, de falta de berço. Os hábitos excêntricos dos grandes deste mundo devem ser suportados. (Pois não fora o Cavaliere companheiro de infância, sete anos mais velho, de outro rei que às vezes dava sinais de completa loucura?) Não se pode mudar o jeito de ser das pessoas. Ninguém muda, todo mundo sabe disso.

•

O desajeitado Rei se impressiona facilmente, quase tanto pela atitude imperturbável do esguio Cavaliere inglês como pela inteligência de sua esposa Habsburgo, que lhe fora importada de Viena quando ele tinha dezessete anos, e que desde o nascimento do primeiro filho senta-se no Conselho de Estado e é a verdadeira governante do reino. Como seria agradável se, em vez daquele homem ameaçador, arrogante e sombrio que ocupa o trono em Madri, alguém como o Cavaliere tivesse sido seu pai. O Cavaliere gosta de música, não é verdade? Assim também o Rei; para ele é como o alimento. E não é o Cavaliere também um esportista? Além de estar sempre escalando aquela abominável montanha, ele adora pescar, cavalgar, caçar. E caçar é a paixão mais imperiosa do Rei, que a pratica excluindo qualquer esforço, qualquer dificuldade e eventual perigo que a limita e que se considera ser aquilo que dá gosto e legitimidade à matança de animais. Os batedores encurralavam intermináveis colunas de javalis, veados e lebres, e os faziam então passar em frente ao Rei, que ficava em pé numa guarita de sólidos tijolos, no parque de sua residência campestre, ou montado a cavalo no meio do campo. De cem tiros, nunca errava mais de um. Daí então descia e punha mãos à obra, mangas arregaçadas até o cotovelo, esquartejando os corpos fumegantes, ensangüentados.

O Rei gostava do cheiro de sangue que se exalava das carcaças, do cheiro de tripa ou macarrão engrossando no caldeirão, de seus próprios labores excretórios no toalete ou de sua ninhada de crianças, do cheiro de pinheiros e do perfume embriagador do jasmim. O longo e bulboso órgão que lhe valera o apelido de Rei Narigão era tão imperioso como assustadoramente feio. Os cheiros quentes o atraíam: comida apimentada, animais recém-mortos, uma mulher úmida se entregando. Mas também o cheiro de seu temível pai, o odor da melancolia. (Consegue sentir de leve este cheiro no Cavaliere, em quem é muito mais esmaecido, reprimido.) O cheiro animal, reconfortante de sua esposa o atraía para o corpo dela, mas depois, quando ia caindo no sono, outro cheiro (ou o sonho de outro cheiro) o acordava. As moléculas pungentes lhe acariciavam o interior das grossas narinas, voavam até o cérebro. Gostava de tudo o que é informe, abundante. Os odores focalizam, distraem. Os odores se apegam, acompanham. Eles se estendem, se difundem. Um mundo de odores é ingovernável — não se domina um odor, ele nos domina — e o Rei na verdade não gostava de governar. Ah, que bom seria um reino pequenino!

Sua sensualidade era a única inteligência que possuía; deliberadamente deixado quase analfabeto por seu pai, fora criado para ser um governante fraco. Seu gosto por confraternizar com a imensa tribo de vagabundos da cidade lhe valeu o apelido de Rei Mendigo, mas suas superstições eram as compartilhadas por todos daqui, não só pelos incultos. Seus divertimentos eram um pouco mais originais. Além das travessuras grosseiras e dos esportes mortíferos, que ele praticava numa escala singularmente grande, as ocupações servis o distraíam das limitações impostas pelos ridículos cerimoniais da corte. Chegando ao grandioso palácio em Caserta, o Cavaliere certa vez encontrara o Rei ocupado em retirar as lamparinas da parede e limpá-las. Quando um regimento armou as barracas no terreno do palácio de Portici, o Rei montou uma taberna no acampamento e passou a vender vinho para os soldados.

O Rei não age como Rei (que decepção!), não desempenha sua pura diferença em relação aos outros: nenhum espírito, nenhuma grandiosidade, nenhuma distância. Apenas grossura e apetite. Mas Nápoles costumava chocar, assim como enfeitiçar. Leopold Mozart, bom católico de Salzburgo, cidade provinciana e implacavelmente clerical, ficou estarrecido com as superstições pagãs da nobreza e a crua idolatria do cerimonial da igreja. Os viajantes ingleses se indignavam com as pinturas indecentes e os objetos fálicos em Pompéia. Todos desprezavam os caprichos do jovem Rei. E um lugar onde todos ficam chocados é um lugar onde todos contam histórias.

•

Tal como todos os diplomatas estrangeiros, o Cavaliere tinha seu aprimorado estoque de histórias sobre os desmandos do Rei, com as quais regalava os visitantes ilustres. Não é o humor escatológico do Rei que o faz invulgar, o Cavaliere podia começar dizendo. Anedotas sobre a defecação são comuns na maioria das cortes italianas, pelo que sei. É mesmo? dizia o interlocutor.

Se o Cavaliere começava detalhando suas idas com o Rei ao toalete, podia passar para outra história a respeito de chocolate.

Essa história, que já contara a muitos visitantes, se relacionava a fatos ocorridos três anos depois de sua chegada como emissário. Já concluídas as negociações entre Carlos III da Espanha, pai do Rei de Nápoles, e Maria Teresa da Áustria para uma aliança entre as duas dinastias, já tendo a imperatriz escolhido uma de suas muitas filhas, já reunido o dote que poderia espalhar-se por um acre de terreno, e estando a chorosa noiva com sua vasta comitiva já pronta para a partida — e em Nápoles a ultrapompa de um casamento real já em estágio adiantado de planejamento (a decoração dos lugares públicos, o projeto dos doces e dos fogos de artifício alegóricos, a composição da música para procissões e bailes), e os nobres e a colônia diplomática já se armando para as despesas extras com os banquetes e os novos trajes de gala... ninguém estava preparado para o emissário da corte de Habsburgo, todo vestido de negro, que chegou com a decepcionante notícia de que na véspera da partida a arquiduquesa, de apenas quinze anos, sucumbira à epidemia de varíola que então grassava em Viena e que quase levara também a imperatriz.

Sabendo da notícia naquela mesma manhã, o Cavaliere vestiu seus trajes de gala e partiu em sua melhor carruagem para oferecer suas condolências. Ao entrar no palácio pediu para ser escoltado até o Rei, porém não foi levado aos aposentos reais e sim a uma alcova numa arcada que dava numa grande galeria, de cerca de trezentos pés de comprimento e forrada de quadros de caça, onde o príncipe de San ***, o tutor do Rei, esperava, pensativo. Não, não pensativo. Fumegando de raiva. No outro extremo da galeria uma procissão barulhenta, aromática, dourada, iluminada por tochas e velas, vinha avançando em sua direção.

Vim expressar os meus sinceros —

O olhar desdenhoso do príncipe.

Como o senhor vê, a dor de Sua Majestade não tem limites, disse o príncipe.

Avançando para eles, seis jovens carregavam nos ombros um caixão coberto de veludo carmesim. Um padre vinha acompanhando, balançando um incensório. Duas belas criadas traziam vasos de ouro cheios de flores. Vestido de negro, o Rei, com seus dezesseis anos, vinha atrás, com um lenço negro junto ao rosto.

(Você sabe o que as pessoas aqui fazem nos funerais, interrompia o Cavaliere, sempre ansioso para compartilhar informações. Nenhuma demonstração de dor é excessiva.)

A procissão se aproximou do Cavaliere. Ponha-a aqui no chão, disse o Rei.

Inclinou-se para o Cavaliere e tomou sua mão. Venha, o senhor pode pranteá-la também.

Majestade!

Venha! berrou o Rei. Não tenho licença para caçar, eles não me deixam sair de barco para pescar —

É só por um dia, interrompeu o velho príncipe, furioso.

O dia inteiro — o Rei bateu o pé — tenho que ficar aqui dentro. Estávamos brincando de pular sela e depois de luta livre, mas isto aqui é melhor. Muito melhor.

Puxou o Cavaliere até o caixão, no qual jazia um rapaz de vestido branco rendado, os olhos, de cílios aveludados, bem fechados, com as faces rosadas e as mãos, cruzadas no peito, cheias de pequeninas manchas de um marrom cremoso.

(O mais jovem dos camareiros, de quem os outros caçoavam por ser bonito como uma moça, obrigado a representar o papel da falecida arquiduquesa, observa o Cavaliere. Pausa. E as manchas de chocolate... você pode adivinhar o que elas significam. Para falar a verdade, não adivinho, diz seu interlocutor. O Cavaliere explica: eram as pústulas da varíola.)

O peito do rapaz levanta e abaixa delicadamente.

Olhem, olhem, parece de verdade!

O Rei arranca uma tocha de um dos ajudantes e pára numa pose operística. Oh, meu amor! Minha noiva está morta!

Os que carregavam o caixão riram com escárnio.

Não, não riam. A luz da minha vida! A alegria do meu coração! Tão jovem. Ainda virgem, ou pelo menos assim espero. E morta! Como essas belas mãos brancas que eu teria beijado, belas mãos brancas que ela teria colocado aqui — ele mostra, na sua anatomia, onde.

(O Cavaliere não acrescenta que já vira mais de uma vez a virilha real — a pele muito branca do Rei, cheia de marcas de herpes, que seu médico considerava um sinal de boa saúde.)

O senhor não tem pena de mim, gritou o Rei para o Cavaliere.

(Tampouco relata o Cavaliere como por fim conseguiu safar-se de lá, porém menciona que durante toda essa farsa um padre que parecia um anão continuou a recitar a missa fúnebre. Não era um padre de verdade, dizia seu interlocutor. Com certeza outro camareiro, fantasiado de padre. Considerando os absurdos a que os padres se prestam aqui, respondia o Cavaliere, bem poderia ter sido um padre de verdade.)

O rapaz no caixão transpirava e os pingos de chocolate começavam a derreter. O Rei, tentando não rir, cobre a boca com as mãos. Vou encomendar uma ópera com esse tema, exclama ele.

Etc. etc. etc., conclui o Cavaliere.

E talvez a palavra ópera faça o Cavaliere lembrar-se de uma cena que presenciara há pouco no Teatro San Carlo com Catherine, na estréia de uma nova obra de Paisiello. Era a última noite de Carnaval. Dois camarotes mais adiante estava o Rei, que vinha regularmente para assistir, cantarolar, gritar e comer; em vez de sentar-se no camarote real, muitas vezes tomava um dos camarotes superiores, cujos assinantes consideravam uma honra serem assim deslocados. Naquela noite o Rei pedira um prato de macarrão, primeiro impondo os aromas de óleo, alho, queijo e molho de carne sobre os vizinhos. Inclinou-se então sobre o parapeito e começou a atirar com as duas mãos a comida escaldante na platéia lá embaixo.

(O Cavaliere faz uma pausa, esperando uma reação. E o que faziam os pobres espectadores? perguntava o interlocutor. Você pode supor que eles se incomodavam, diz o Cavaliere, mas aqui parece que todo mundo se diverte com as brincadeiras do Rei.)

Enquanto alguns pareciam desconcertados vendo surgirem manchas gordurosas em seus mais finos trajes — e seus esforços para limpar-se faziam o Rei rolar de rir —, muitos consideravam a chuva de macarrão como sinal da preferência real e, em vez de evitá-la, acotovelavam-se tentando conseguir alguns bocados e comê-los.

(Que espantoso, diria seu interlocutor. Aqui parece que o Carnaval dura o ano inteiro. Mas é totalmente inofensivo, suponho.)

E deixe-me contar-lhe, poderia continuar o Cavaliere, sobre outra batalha de comida incentivada pelo Rei, esta bem menos cômica. Aconteceu no ano seguinte à paródia de enterro de que já lhe falei, quando a irmã mais nova da noiva morta, nomeada sua substituta, e que chorou ainda mais copiosamente do que a irmã mais velha ao saber de quem estava noiva, fora despachada de Viena; felizmente, esta arquiduquesa chegou intacta, e seguiram-se os dias da boda. Agora o que eu devo explicar, explica o Cavaliere, é que aqui todas as comemorações importantes da corte incluem a construção de uma montanha artificial toda coberta de comida.

(Uma montanha? perguntava o interlocutor.)

Sim, uma montanha. Um gigantesco andaime piramidal, feito de vigas e tábuas, erguido por equipes de carpinteiros no meio da grande praça em frente ao palácio, depois recoberto e transformado numa escultura parecendo um parque totalmente verossímil, com grades de ferro e estátuas alegóricas guardando o portão.

(Posso perguntar de que altura? Não tenho certeza, diz o Cavaliere. Pelo menos quarenta pés.)

Assim que a montanha terminou de ser construída, tribos de fornecedores e seus auxiliares começaram a subir e descer. Os padeiros no sopé do monte iam empilhando imensos filões de pão. Os fazendeiros suspendiam caixotes de melancias, pêras e laranjas. Os avicultores traziam galinhas, gansos, frangos, patos e pombos e pregavam as aves vivas, pelas asas, nas cercas de madeira fincadas ao longo das trilhas que levavam ao topo. E milhares de pessoas iam chegando e acampando na praça enquanto a montanha era recoberta com suas hierarquias de alimentos, adornados com bandeirolas e guirlandas de flores, e guardada vinte e quatro horas por dia por um círculo de soldados armados, montados em nervosos cavalos. No segundo dia dos banquetes dentro do palácio, a multidão já se multiplicara por dez, e suas facas, punhais, machados e tesouras estavam bem à vista. Por volta do meio-dia um rugido se levantou quando os açougueiros entraram na praça, arrastando uma procissão de bois, carneiros, cabritos, bezerros e porcos. Enquanto amarravam os animais à base da montanha, um murmúrio percorreu a multidão.

(Vejo que preciso me armar de coragem para o que vem agora, diz o interlocutor, depois que o Cavaliere fez uma pausa de efeito.)

O Rei, então, segurando a mão de sua noiva, saiu no balcão. Outro rugido se elevou, não muito diferente do que saudou a procissão dos animais. Quando o Rei agradeceu os vivas da multidão, os outros balcões e janelas superiores do palácio logo se encheram com os principais membros da corte, alguns dos nobres mais importantes, os membros prediletos do corpo diplomático —

(Já ouvi dizer que ninguém tem mais preferência junto ao Rei do que o senhor, diz o interlocutor. Sim, diz o Cavaliere, eu estava lá.)

Soou então o canhão no topo da fortaleza de Sant'Elmo, anunciando que o assalto podia começar. A multidão faminta respondeu com um uivo e rompeu o círculo de soldados montados, que recuaram buscando a segurança dos muros do palácio. A golpes de joelhos e cotovelos, socos e empurrões, os meninos e rapazes mais ágeis se adiantaram e começaram a escalar a montanha, que logo pululava de gente, alguns escalando mais alto, outros descendo com sua pilhagem, outros parados a meio caminho, trinchando as aves e comendo os pedaços crus, ou jogando-os para os braços estendidos de suas mulheres e crianças lá embaixo. Enquanto isso, outros enfiavam suas facas nos animais amarrados à base da montanha. Seria difícil dizer qual de nossos órgãos sensoriais era assaltado com mais força: o nariz, pelo cheiro de sangue e de excrementos dos animais aterrorizados; os ouvidos, pelos berros dos animais sendo chacinados e os urros das pessoas que caíam ou eram empurradas de cima da montanha; os olhos, ao ver os pobres bichos debatendo-se em agonia ou algum infeliz que, levado ao frenesi por todas essas sensações, às quais é preciso acrescentar os aplausos e gritos de estímulo vindos das janelas e balcões, em vez de enfiar a faca na barriga de um porco ou cabrito, a enfiara no pescoço de um vizinho.

(Espero que eu não lhe esteja dando uma impressão muito má das classes inferiores daqui, observa o Cavaliere. Na maioria das circunstâncias eles são muito amáveis. É mesmo? exclama o interlocutor — e, refletindo sobre a selvageria e não sobre a injustiça humana, nada mais disse.)

O senhor ficaria surpreso, continuava o Cavaliere, ao ver como leva pouco tempo para saquear a montanha. E hoje isso acontece ainda mais depressa. Pois esse foi o último ano em que os animais foram esquartejados vivos. Nossa jovem rainha austríaca ficou revoltada com o espetáculo e implorou ao Rei que impusesse alguns limites à barbaridade desse costume. O Rei então decretou que os bois, bezerros e porcos seriam primeiramente abatidos pelos açougueiros e só pendurados na cerca depois de esquartejados. E é assim que se faz hoje. Como o senhor vê, concluía ele, existe progresso até mesmo aqui, nesta cidade.

•

Como pode o Cavaliere comunicar a um ouvinte o quanto o Rei é asqueroso. Impossível descrever. Não conseguiria engarrafar os odores fétidos que o Rei emite e colocá-los debaixo do nariz de seus ouvintes, nem enviá-los a seus amigos da Inglaterra a quem deleita com suas histórias, tal como faz com os sais e enxofres do vulcão que envia regularmente à Real Sociedade. Não pode ordenar que lhe tragam um balde de sangue e demonstrar, enfiando seus próprios braços até os cotovelos, o espetáculo do Rei esquartejando centenas de animais depois de um dia da carnificina que ele chama de caça. Não imitará o Rei postado no mercado do porto, ao sol poente, vendendo os peixes-espada que pescou aquele dia. (Ele vende os peixes que pesca? Sim, e discute o preço. Mas deve-se acrescentar, disse o Cavaliere, que depois ele atira o dinheiro para o séquito de vagabundos que sempre o acompanha.) Embora seja um cortesão, o Cavaliere não é um ator. Não poderia tornar-se o Rei, nem mesmo por um momento, para mostrar ou demonstrar. Esta não é uma atividade viril. Ele apenas relata; e, ao relatar, o caráter odioso da coisa vai diminuindo e se torna uma narrativa, nada que perturbe demais. Neste reino da imoderação, do excesso, do transbordamento, o Rei é apenas um item. Já que ele tem apenas palavras para contar, pode então explicar (a educação estupidificante do Rei, as superstições ignorantes dos nobres), pode condescender, pode ironizar. Pode ter uma opinião (não consegue descrever sem tomar partido sobre o que está descrevendo), e essa opinião já terá se mostrado superior aos fatos dos sentidos, já os terá descorado, desodorizado, abafado seu vozerio.

Um cheiro. Um gosto. Um toque. Impossível descrever.

•

Esta é uma fábula que o Cavaliere lera num livro escrito por um daqueles ímpios autores franceses de que gostava, cujos meros nomes já bastavam para fazer Catherine suspirar e fazer caretas. Imagine um parque com uma bela estátua de mulher, não, a estátua de uma bela mulher, e a estátua, isto é, a mulher, segurando arco e flechas, não nua, mas como se estivesse nua (a maneira como a túnica de mármore se cola a seus seios e quadris), não Vênus mas Diana (as flechas pertencem a ela). Sendo ela mesma tão bela, com uma faixa prendendo o cabelo cacheado, está morta para toda a beleza. Agora, continua a fábula, vamos imaginar alguém capaz de trazê-la à vida. Estamos imaginando um Pigmalião que não é artista; ele não a criou, apenas a encontrou no jardim, em seu pedestal, um pouco maior que o tamanho natural, e decidiu realizar com ela uma experiência: um pedagogo, um cientista, então. Alguma outra pessoa a fizera, e depois a abandonara. Agora ela lhe pertence. E ele não está encantado com ela. Mas tem um pendor didático e deseja vê-la desabrochar até atingir o máximo de suas capacidades. (Talvez depois ele se apaixone por ela, provavelmente contra sua razão, e queira fazer amor com ela; mas essa é outra fábula.) Assim, ele age devagar, pensativamente, com o espírito da experiência. O desejo não o pressiona, não o faz querer tudo de uma vez.

O que faz ele? De que modo a traz à vida? Com muita cautela. Quer que ela se torne consciente e, adotando a teoria bastante simplista de que todo o conhecimento vem dos sentidos, decide abrir-lhe os órgãos sensoriais. Devagar, lentamente. Dará a ela, para começar, apenas um dos sentidos. E qual deles irá escolher? Não a vista, o mais nobre dos sentidos, não o ouvido — bem, não há necessidade de percorrer a lista inteira, mesmo curta como é. Vamos nos apressar a relatar que em primeiro lugar ele lhe concede, talvez sem generosidade, o sentido mais primitivo, o do olfato. (Talvez ele não queira ser visto, pelo menos não ainda.) E devemos acrescentar que, para a experiência funcionar, temos que supor que esta criatura divina tenha alguma existência interna ou poder de reação sob a superfície impermeável; mas esta é apenas uma hipótese, embora necessária. Nada ainda se pode inferir quanto a essa vida interior. A deusa, beleza encarnada, não se move.

Assim, agora a deusa da caça é capaz de sentir odores. Seus olhos de mármore, ovóides, ligeiramente protuberantes sob o pesado cenho não vêem, seus lábios ligeiramente entreabertos e a língua delicada não sentem nenhum sabor, sua pele acetinada de mármore não sentiria a tua pele nem a minha, suas lindas orelhas como conchas marinhas não escutam; porém, suas narinas cinzeladas recebem todos os odores, próximos e distantes. Ela sente o cheiro dos plátanos e dos álamos, odores resinosos e acres, sente o cheiro dos minúsculos excrementos dos vermes, da graxa nas botas dos soldados, de castanhas assadas, bacon queimado, sente o cheiro dos jasmins, heliotrópios e limoeiros, sente o cheiro rançoso dos veados e javalis fugindo dos galgos e dos três mil batedores a serviço do Rei, as efusões de um casal copulando no bosque nas proximidades, o cheiro doce da grama recém-cortada, a fumaça das chaminés do palácio, de muito longe o gordo Rei no toalete, consegue cheirar até a erosão causada pela chuva no mármore de que ela é feita, o cheiro da morte (embora da morte ela nada saiba).

Há odores que ela não sente porque está no jardim — ou porque está no passado. É poupada dos cheiros da cidade, como os de lixo e lavagem atirada das janelas às ruas durante a noite. E dos carros com motor de dois tempos e dos tijolos de carvão marrom (o cheiro da Europa do Leste na segunda metade do nosso século), das indústrias químicas e refinarias de petróleo nos arredores de Newark, o cheiro de cigarro... Mas por que dizer que ela é poupada? Ela teria prazer em sentir também esses cheiros. Na verdade, eles vêm de muito longe, é o cheiro do futuro que ela sente.

E todos esses odores, que nós consideramos bons ou ruins, repelentes ou encantadores, a inundam, enchem cada partícula do mármore de que é feita. Ela tremeria de prazer se pudesse, mas não lhe foi concedido o poder do movimento, nem sequer da respiração. Eis um homem ensinando, emancipando uma mulher — decidindo o que é melhor para ela — e portanto agindo com cuidado, sem inclinação para ir até o fim, satisfeito com a idéia de criar um ser limitado — para que possa melhor ser e permanecer bela. (Impossível imaginar esta fábula com uma mulher cientista e uma bela estátua de Hipólito; isto é, uma estátua do belo Hipólito.) Assim a divindade da caça tem apenas o sentido do olfato, o mundo dentro dela, sem espaço algum; porém, o tempo nasce, porque um cheiro se segue a outro, domina outro. E com o tempo, a eternidade. Ter o olfato, apenas o olfato, significa que ela é um ser-que-cheira e, portanto, quer continuar a cheirar (o desejo aspira a perpetuar-se ao infinito). Porém, é fato que os odores por vezes desaparecem (na verdade, alguns se foram tão depressa!), embora alguns retornem. E, quando um odor vai sumindo, ela se sente — e fica — diminuída. Ela começa a sonhar, essa consciência que cheira, como poderia reter os odores, armazenando-os dentro de si, para nunca mais perdê-los. E é assim que, mais tarde, surge o espaço, apenas o espaço interior, enquanto Diana começa a querer guardar diferentes odores em diferentes partes de seu corpo marmóreo: o excremento de cachorro na perna esquerda, o heliotrópio num cotovelo, a doçura da grama recém-cortada no ventre. Tinha carinho por eles, queria-os todos. Ela experimenta dor, não a dor (mais precisamente, o desprazer) de um mau cheiro, pois ela nada sabe do bem e do mal, não pode se permitir fazer essa luxuosa distinção (todos os odores são bons, pois qualquer odor é melhor que nenhum odor, melhor que o olvido), mas a dor da perda. Qualquer prazer — e o cheirar, seja o que for que ela cheira, é puro prazer — torna-se uma experiência de perda antecipada. Ela deseja — ah, se apenas soubesse como! — tornar-se uma colecionadora.

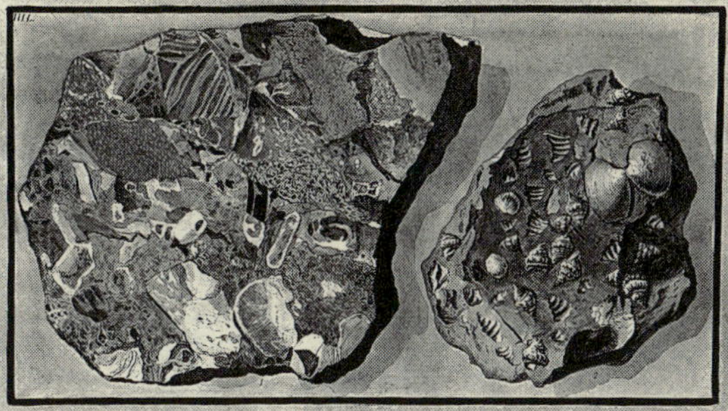

4

Mais um inverno. Um mês de massacres de animais com o Rei no sopé dos Apeninos, bailes de Natal, alguns visitantes estrangeiros ilustres a entreter, a correspondência com sociedades eruditas, uma excursão com Catherine a Apúlia para visitar algumas escavações novas, os concertos semanais do casal (mas Catherine está enferma). A montanha, drapeada de neve, se agitava, fumegava. A coleção de pinturas do Cavaliere, até então nitidamente concentrada nos clássicos, agora incluía dezenas de guaches e óleos feitos por artistas locais, representando a paisagem vulcânica e os nativos em seus vistosos trajes e brincadeiras alegres. Esses quadros são muito baratos (avaliados por palmo ou jarda de tela pintada) e estão alinhados na galeria que leva ao seu estúdio. Assistia ao milagre representado na catedral duas vezes por ano, do qual, segundo se acreditava, dependia o bem-estar da cidade: a liquefação de um coágulo de sangue do santo padroeiro. O coágulo de superstição mais conhecido da cidade. Procurando encenações menos familiares do atraso local, o Cavaliere conseguiu uma audiência com a famosa vidente Efrosina Pumo.

No início o clima era completo: a ruela tortuosa, os tijolos se esboroando, a porta desmantelada com uma inscrição indecifrável, a sala baixa e úmida com as paredes caiadas e o teto manchado de fuligem, as velas votivas respingando, o caldeirão no fogo, o catre de palha no chão ladrilhado, o cachorro negro correndo para lhe farejar a virilha. Deixando Valerio do lado de fora com um punhado de clientes da sibila que esperavam por sua ração de curas e predições, o Cavaliere se sentia um tanto... bem, voltairiano: num estado de espírito etnológico. Sozinho. Turista das superstições alheias. Sentindo-se superior, desfrutando da sensação de ser superior, desdenhando qualquer superstição, mágica, fanatismo, irracionalidade, porém não avesso à perspectiva de ser surpreendido, confundido. Disposto a ouvir ressoar uma voz morta, ver uma mesa se mover, ouvir essa mulher totalmente desconhecida adivinhar o nome com que chamava sua mãe em criança, descrever a verruga como uma framboesa em sua virilha... pois então o mundo seria, afinal, ainda que não tão vulgarmente como aqui se crê, milagroso.

Em vez disso, e devemos nos contentar com isso, era um mundo de prodígios. Belezas. Maravilhas, e soberana entre elas o vulcão. Mas milagres, não.

Dizem que alguns anos antes a mulher previra o mês e o ano das duas erupções, a menor e a maior, que perturbaram a longa sonolência do vulcão. Pretende fazê-la falar sobre isso. Mas, naturalmente, não pode tocar no ponto de imediato, como bem sabe por viver há mais de uma década entre essa gente indolente, astuciosa. Deverá ouvir muitas expressões servis de gratidão pela honra de receber a visita do mais excelente e exaltado Cavaliere, o mais querido amigo e conselheiro do jovem Rei (que os anos lhe tragam sabedoria!), que se dignara a abaixar a cabeça para entrar em sua humilde morada. Deverá tomar uma beberagem adocicada que ela chama de chá, servida por um rapazinho magricela de seus quinze anos com o olho esquerdo como um ovo de codorna, e deixar que sua mão esguia repouse, aberta, na gorducha palma da mão da mulher.

Ela começa dizendo que ele terá uma longa vida, ao que o Cavaliere levantou as sobrancelhas, torceu o nariz.

Uma longa vida aqui, murmurou ela. Não é o que o Cavaliere gosta de imaginar, e esse foi um exercício de imaginação. Ele continuava esperando que a Nápoles se seguiria uma posição melhor; digamos Madri. Ou Viena.

Ela lhe disse então que uma grande felicidade o esperava.

Vamos falar de outros assuntos que não o meu destino, disse o Cavaliere, retirando a mão para fugir ao seu exame. Na verdade, não estou procurando informação alguma sobre mim mesmo.

É mesmo? Então Sua Excelência é de fato um homem fora do comum, algo em que tenho todas as razões para acreditar. Qual é o homem que não se interessa por si mesmo?

Ah, disse o Cavaliere. Não estou fingindo desinteresse. Tenho tanto amor por mim mesmo como qualquer um.

Calculou que ela devia ter uns cinqüenta anos, embora nunca se pudesse ter certeza com os habitantes conhecidos como "o povo" (isto é, a maioria das pessoas), já que eles, em especial as mulheres, costumavam parecer mais velhos do que eram. Um rosto astucioso, bonito, com olhos cor de âmbar, não, verdes, um queixo forte, o cabelo grisalho enrolado numa trança no topo da cabeça; um corpo quadradão, disfarçado pelo volume dos xales rosa e vermelho que lhe pendiam dos ombros. Sentava-se numa grande cadeira de carvalho encostada no arco da parede. O Cavaliere fora cerimoniosamente instalado numa cadeira forrada de travesseiros rasgados, destinados ao seu conforto.

A maioria dos que me consultam querem saber quando irão se apaixonar, disse ela. Ou ganhar uma herança. Ou morrer.

O Cavaliere respondeu que gostava muitíssimo de sua esposa, e sabia que suas perspectivas de herança eram nulas. E que só um tolo desejaria saber a data de sua morte e assim estragar o tempo que ainda lhe restava.

Parece que Sua Excelência acredita ser velho.

Nunca me senti jovem, disse ele com irritação. Sente que esse pensamento é novo. A pretensa sibila ainda não lhe apresentara nenhuma surpresa, mas ele próprio já se surpreendera.

E esses sentimentos conservam o senhor mais jovem do que sua idade atual, disse ela com um gesto amplo, teatral. Quando se trata de juventude e idade, Efrosina é... especialista! Já falei que Sua Excelência ainda viverá por muitos anos. Não é isso que todo mundo quer ouvir?

Ele não responde.

Sua Excelência não está curioso?

Pelo contrário, respondeu abrupto, estou excepcionalmente curioso. Foi a curiosidade que me trouxe... aqui.

Fez um gesto que dizia: a esta sala, este país, este absurdo. Devo ser paciente, disse para si mesmo. Estou entre selvagens. Desviando a vista da mulher, interceptou o olhar do rapaz de um olho só — criado? acólito? — agachado num canto, que tinha o mesmo olhar penetrante da mulher, porém mais eloqüente, já que pela metade.

Estou curioso para saber exatamente como é a sua maneira de proceder. A senhora lê cartas, consulta as entranhas de animais, ou mastiga folhas amargas e cai em transe —

O senhor é impaciente, patrão. Um verdadeiro filho do Norte.

Que interessante, pensou o Cavaliere. Esta mulher não é tola. Quer conversar comigo, não apenas mostrar-me seus truques.

Efrosina abaixou a cabeça por um momento, suspirou e fez então um sinal de cabeça ao rapazinho, que pegou num armário do canto alguma coisa envolta num pano verde-malaquita e a colocou na mesa armada entre os dois. Sob o pano, que ela retirou devagar, havia uma caixa sem tampa de um vidro grosso, leitoso. Olhando fixamente para a caixa, ela pôs o pano no peito como um babador, murmurou algumas palavras inaudíveis fazendo alguns passes com as mãos; fez então o sinal-da-cruz e abaixou a cabeça. O espetáculo começara. Ah, disse o Cavaliere, incentivando-a.

Estou vendo demais, murmurou ela.

O Cavaliere, que sempre quer ver mais, sorri para si mesmo, saboreando o contraste.

Ela ergueu o rosto, os olhos esgazeados, a boca retorcida.

Não, não quero ver desastres! Não!

O Cavaliere concordou com a cabeça, apreciando o drama dessa luta contra o conhecimento travada em seu benefício. Suspirando, ela levantou o cubo com as duas mãos diante do rosto.

Eu vejo... vejo água! A voz dela tornara-se rouca. Sim! E o fundo do mar cheio de arcas abertas, despejando seus tesouros. Vejo um navio, um navio colossal —

Oh, água, interrompeu ele. Depois terra. Depois ar, e suponho que vamos chegar ao fogo antes do cair da noite.

Ela recolocou o cubo na mesa. Sua voz voltou ao normal, macia e insinuante. Mas Sua Excelência gosta de água. Toda Nápoles gosta de vê-lo sair em seu barco para passar o dia inteiro pescando na nossa esplêndida baía.

E eu escalo a montanha. Isso também é conhecido.

Sim, Sua Excelência é admirado por sua bravura.

Ele não respondeu.

Talvez Sua Excelência esteja interessado na sua morte, afinal de contas.

Morte, morte. Ele ia fechando as válvulas de sua atenção.

Se eu não consigo tranqüilizá-lo, dizia ela, posso assustá-lo, patrão?

Não me assusto com facilidade.

Mas o senhor já escapou por pouco, e mais de uma vez, de ser atingido por um míssil em fogo. O senhor podia inclinar-se e perder o equilíbrio. Podia descer e não conseguir mais sair.

Tenho os passos muito firmes.

O senhor sabe como a montanha é temperamental. Qualquer coisa pode acontecer de um momento para o outro.

Sou muito adaptável, disse ele. E para si mesmo: estou observando, estou coletando provas. Reacomodou-se na cadeira de junco.

Estou respirando, disse ele.

A sala abafada o estava deixando sonolento. Ouviu a mulher cochichar, o rapaz sair da sala, um grande relógio fazer tique-taque, uma mosca zumbir, um cachorro latir, sinos da igreja, um pandeiro, o pregão de um aguadeiro. Um magma de sons que foram sumindo e revelando um silêncio, e atrás desse silêncio, porém mais distintos, como se embrulhados separadamente, o relógio, as vozes, os sinos, o cachorro, o pregão, o rapaz voltando, o som do seu próprio coração batendo, e depois o silêncio. O Cavaliere estava tentando ouvir uma voz, uma voz muito fraca, quase inaudível, enquanto esta voz volumosa, encorpada, prosseguia com sua cantilena sobre os perigos da montanha. Ele continua tentando ouvir a voz. Resoluto em sua busca de experiências, o Cavaliere é perito em prestar atenção. Você treina sua mente, a focaliza em alguma coisa: é como um olhar fixo mental. Fácil uma vez que se sabe que é possível fazê-lo. Não é preciso que esteja escuro. Tudo é do lado de dentro.

O senhor está acordado, patrão?

Estou sempre acordado, declarou o Cavaliere. Tinha fechado os olhos.

Agora o senhor está escutando mesmo.

Lá dentro de sua cabeça ele se lembrou de indagar por que estava sentado ali, e pensou que seria divertido relatar essa aventura a seus amigos.

Vamos começar pelo passado? perguntou a voz de Efrosina.

O quê? disse ele, queixoso. A pergunta foi repetida. Ele abanou a cabeça. Não, o passado não!

Mesmo, disse ela, se eu conseguisse trazer o espírito da sua mãe?

Deus me livre! exclamou o Cavaliere, abrindo os olhos para encontrar o olhar dela, estranho e penetrante. Como as pessoas daqui sempre afirmam que adoram a mãe, talvez de fato adorem, e assim ela não poderia saber quão indesejável seria até mesmo uma visita imaginária daquela beldade augusta, sem afeto, de quem ele aprendera em criança não esperar nada. Nada.

Gostaria de ouvir sobre o futuro, murmurou ele. Esquecera-se de indagar por que Efrosina supusera que sua mãe estava morta, até que se lembrou: já estava velho, de modo que ela agora seria muito velha. E nada bela.

O futuro próximo, acrescentou com prudência.

Fechou os olhos de novo, sem querer, e então os abriu ouvindo uma mixórdia de sons convulsos.

Efrosina empalidecera. Estava olhando fixo para o cubo, gemendo e sibilando.

Não gosto do que eu estou vendo. Ah, patrão, por que o senhor me pediu para ver o futuro? Não. Não. Não...

Tremendo, suando profusamente, sacudida por ataques violentos de tosse e soluços, ela dava um espetáculo de extremo mal-estar. Não, não está certo, pois alguém que treme, sua, tosse e soluça está realmente se sentindo mal. Mas não deixa de ser um espetáculo.

Vamos continuar com o jogo.

A senhora está vendo alguma coisa? Algo sobre o vulcão?

Agora ela não pode deixar de chegar ao ponto.

Eu disse ao Cavaliere que não era velho, murmurou ela com voz roufenha. *Eu*, sim, sou velha! Meu Deus, como eu estou horrível. Ah, estou vendo, assim que eu ficar velha demais serei salva. Ficarei jovem de novo. Viverei séculos! Depois — começou a rir —, depois serei Emília. E depois Eusapia. Sim, e viajarei então para muitos lugares, como Eusapia Paladino serei famosa em toda parte e até mesmo o professor americano se interessará por mim. E então, onde estava eu — enxugou os olhos com a ponta do xale —, sim, Eleanora. Eleanora é muito má — ela ri. Mas... daí sairei de Nápoles e irei para Londres, sou Ellie e sou a chefe de uma grande —

O vulcão! exclamou o Cavaliere. Já tendo orientado Efrosina para que a sessão não fosse sobre seu destino pessoal, não esperava que ela embarcasse nessa cantilena incompreensível sobre ela própria.

A senhora é capaz de ver quando ele vai entrar em erupção novamente?

Efrosina olhou para ele com insolência. Patrão, eu verei aquilo que o senhor quer que eu veja.

Inclinou-se para a frente, soprou a vela na mesa e fixou os olhos no cubo. Agora vejo. Oh — abanou a cabeça com um espanto exagerado —, oh, que feio!

O quê?

Estou vendo uma ruína enegrecida. O cone se acabou.

O Cavaliere perguntou quando isso aconteceria.

Tão mudado, continuou ela. Todas as florestas acabaram. Não há mais cavalos. Há uma estrada negra. Agora vejo uma coisa engraçada. Legiões de gente subindo a montanha com esforço, um empurrando o outro. Todo mundo parece tão alto. Altos como o senhor, patrão. Mas usam roupas tão estranhas, não dá para distinguir os cavalheiros dos criados, todos parecem criados. E perto do topo... Alguém numa cabana vendendo pedaços de lava e caixas de pedras coloridas, azuis, vermelhas e amarelas, e lenços e pratos com desenhos da montanha. Ah, temo que avancei demais.

Não faça isso, disse o Cavaliere.

O futuro é um buraco, murmurou Efrosina. Quando a gente cai nele, não se pode ter certeza de até onde a gente vai. O senhor me pediu para olhar e eu não controlo até onde vejo. Mas eu vejo... Sim.

O quê?

Vinte e seis.

E ela levantou a vista.

Vinte e seis erupções? Tantas assim?

Vinte e seis anos, patrão.

Anos?

Quantos anos o senhor ainda terá. É um bom número. Não se zangue comigo, patrão.

Ocupou-se em acender de novo a vela, como se evitasse fitá-lo. O Cavaliere enrubesceu de aborrecimento. Havia algo mais? Não. Ela estava tirando o pano do colo e cobrindo o cubo.

Eu desapontei o senhor, patrão, sei disso. Mas venha de novo. A cada vez vejo algo diferente. Perdoe Efrosina por não lhe contar mais nada hoje sobre o vulcão.

Um ruído lento do lado de fora da porta.

As pessoas vêm a mim com muitos medos, disse ela. Não posso aliviar a todos.

Alguém estava batendo. Talvez fosse Valerio.

Prometo que falaremos sobre ele da próxima vez, disse ela. (O medo? O vulcão?) Ela falará com seu filho que escala o vulcão desde pequeno e conhece seus segredos.

O Cavaliere não compreendeu de quem ela estava falando. Mas, decidindo que já havia desperdiçado bastante tempo com essa demonstração evasiva dos poderes da clarividente, enfiou a mão na bolsa para pôr algum dinheiro na mesa. Efrosina o deteve com um gesto imperioso, declarando que a honra da visita de Sua Excelência já era pagamento suficiente e que era ela quem desejava lhe dar um presente, e deu ordem a Tolo, ou seria Bartolo — como foi que ela chamou o garoto caolho? —, para acompanhar o Cavaliere e seu criado até em casa.

•

O Cavaliere considerava a si mesmo — não, ele era — um emissário do decoro e da razão. (Não é isso que nos ensina o estudo da arte antiga?) Além de ser um investimento extremamente lucrativo e um exercício para sua paixão por colecionar, havia uma moral nessas pedras, nesses cacos, nesses objetos esmaecidos de mármore, prata e vidro: modelos de perfeição e harmonia. A antiguidade inculta, desperta para o demoníaco, ficava em boa medida oculta desses primeiros patronos da antiguidade. O que o Cavaliere deixava passar na antiguidade, o que não estava preparado para ver, era o mesmo que o deliciava no vulcão: os buracos e cavidades grosseiras, grutas escuras, abismos, precipícios e cataratas, poços dentro de poços, rochas debaixo de rochas — o lixo e a violência, o perigo, a imperfeição.

Poucas pessoas conseguem ver o que já não está dentro da sua cabeça. O grande antecessor do Cavaliere no amor pelos vulcões, Athanasius Kircher, que vivera um século antes, observara o Etna e o Vesúvio em ação e entrara em suas crateras, seguro por cordas e polias. Porém, essas ousadas observações tão próximas, empreendidas com tanto risco e tanto desconforto (como seus olhos devem ter ardido com a fumaça, e seu peito doído com as cordas), não impediram o ladino jesuíta de apresentar um relato inteiramente imaginário sobre o interior do vulcão. As pinturas que ilustram o seu *Mundus subterraneus* mostram um corte do Vesúvio, como uma concha vazia envolvendo outro mundo, provido de céu, árvores, montanhas, vales, cavernas e rios de água assim como de fogo.

O Cavaliere ficou pensando se teria coragem de tentar uma descida enquanto o vulcão continuava quieto. Naturalmente, não imaginava encontrar o mundo subterrâneo de Kircher, assim como não acreditava que o vulcão fosse a boca do inferno ou que uma erupção, tal como uma grande fome, fosse um castigo divino. Era uma pessoa racional, flutuando num mar de superstições. Um conhecedor de ruínas, como seu amigo Piranesi em Roma, pois o que era a montanha senão uma grande ruína? Uma ruína capaz de tomar vida e causar ainda mais ruína.

Nas pranchas que encomendou para ilustrar os dois in-fólios que fizera recentemente a partir de suas "cartas vulcânicas" à Real

Sociedade, o Cavaliere aparece em algumas imagens, a pé ou a cavalo. Numa delas está observando seu criado banhar-se no lago d'Averno; em outra — uma ocasião memorável —, escoltando a comitiva real até a beira de uma fenda para onde corria a lava. Uma paisagem nevada, onde a montanha parece particularmente serena, não tem observador; mas a maioria das imagens que mostram as estranhas figuras e mutações produzidas pela atividade vulcânica contêm figuras humanas: um espetáculo exige a representação de um olhar. Entrar em erupção é sua natureza, a natureza de um vulcão, mesmo que o faça só de tempos em tempos. Esta seria a imagem... se você optar por ter uma só.

Enquanto o Vesúvio se aproximava de uma nova erupção, o Cavaliere o escalava com mais freqüência, em parte para sentir o quanto se tornara destemido. Seria a predição da sibila de uma longa vida? Por vezes ele se sentia mais seguro escalando a montanha fumegante do que em qualquer outro lugar.

A montanha oferecia uma experiência diferente de qualquer outra, uma medida diferente. A terra se alargou, o céu cresceu, o golfo se ampliou. Você não precisa se lembrar de quem você é.

O Cavaliere está postado no cume, no fim da tarde. Observando o declínio uniforme do sol, cada vez maior, cada vez mais vermelho, mais suculento, rumo ao mar. Esperando pelo momento mais belo, aquele que ele gostaria de prolongar, quando o sol cai no mar e por um segundo assenta-se num pedestal feito de si mesmo — antes de cair com perturbadora determinação atrás da linha do horizonte. À volta do Cavaliere a barulheira atroz do vulcão preparando-se para a próxima erupção. Fantasias de onipotência. Ampliar isto. Fazer cessar aquilo. Cortar o som. Como no fundo da orquestra o percussionista, depois de extrair uma cascata de trovões dos dois grandes tambores à sua frente, rápido pousa as baquetas e extingue o som colocando a palma das mãos com tanta leveza, com tanta firmeza, no topo do tambor, e então aproxima o ouvido do instrumento para verificar se continua afinado (a delicadeza desses gestos, depois do portentoso martelar) — assim se poderia silenciar um pensamento, um sentimento, um medo.

•

A rua estreita. Um leproso deitado ao sol. Cachorros ganindo. Outras visitas a Efrosina Pumo na sala de baixo.

O Cavaliere continuava a surpreender a si mesmo. Ele, a quem todos, inclusive ele mesmo, consideravam tão cético — impermeável, para desespero de Catherine, a qualquer apelo da religião, ateu por temperamento e por convicção —, era cliente secreto de uma vidente vulgar. Tinha de permanecer secreto porque se o contasse a qualquer pessoa teria que ridicularizá-lo. E então a coisa seria absurda. Suas palavras matariam a mágica. Mas enquanto suas visitas continuassem secretas a experiência poderia ficar suspensa em sua mente. Verdadeira e também não verdadeira. Convincente e também não convincente.

O Cavaliere gostava da sensação de ter um segredo, uma pequena fraqueza que podia indulgenciar em si mesmo; uma fragilidade simpática. Ninguém deve ser inteiramente consistente. Tal como seu século, o Cavaliere era menos racional do que dizem os relatos.

O sono da razão engendra mães. Essa mulher de busto grande, unhas quebradas e um jeito peculiar de olhar o provocava, o divertia, o desafiava. Gostava de disputar com ela.

A sibila falou oracularmente dos poderes que possuía, proclamou sua dupla cidadania no passado e no futuro. O futuro existe no presente, disse. O futuro, como ela o descrevia, parecia ser o presente que dera errado. Uma perspectiva aterradora, pensou ele. Por sorte, não verei muito dele. Então lembrou que ela lhe profetizara mais um quarto de século. Possa o futuro não chegar antes disso!

•

Em sua terceira ou quarta visita, ela se ofereceu, por fim, para ler as cartas para ele.

O rapaz trouxe uma caixa de madeira com tampa. Efrosina levantou a tampa e tirou o baralho de tarô, que colocou, ainda envolto num quadrado de seda púrpura, no centro da mesa. (Qualquer coisa preciosa deve ser guardada bem embrulhada, e desembrulhada devagar, bem devagar.) Depois de libertar as cartas de seu invólucro, estendeu o pano de seda sobre a mesa. (Qualquer coisa preciosa deve ser protegida do contato com uma superfície vulgar.) Embaralhou as cartas e passou-as ao Cavaliere para que embaralhasse outra vez.

O baralho era engordurado. E, ao contrário das belas cartas pintadas a mão que ele já vira nas salas de famílias nobres, estas eram impressas com blocos de madeira, em cores cruas e borradas.

Quando ela as tomou de volta, abriu-as em leque num gesto carinhoso, fitou-as por um momento e fechou os olhos.

Estou fazendo as cores ficarem brilhantes na minha mente, murmurou ela.

De fato, disse o Cavaliere, as cores estão desbotadas.

Estou imaginando as personagens, disse ela. Eu as conheço. Estão começando a se mexer. Vejo como elas se movem, vejo a brisa soprar em suas vestes. Vejo o roçar da cauda do cavalo.

Abrindo os olhos, ela inclinou a cabeça. Sinto o cheiro da grama. Ouço os pássaros na floresta, sons da água, sons de passos.

São apenas figuras, disse o Cavaliere, surpreso com sua impaciência: com Efrosina? ou com as figuras?

Fechando o baralho, ela o ofereceu a ele para que tirasse uma carta.

Não é costume abrir o baralho?

Este é o jeito de Efrosina, patrão.

Ele retirou uma carta e a entregou. Ah, exclamou ela, Sua Excelência escolheu a si mesmo.

O Cavaliere, sorrindo: E o que a senhora fica sabendo a meu respeito nesta carta?

Ela olhou para a carta, hesitou e disse então numa cantilena monótona: que o senhor é... patrono das artes e das ciências... hábil em dirigir as marés da fortuna para os canais que convêm aos seus fins... tem ambição pelo poder... prefere trabalhar nos bastidores... reluta em confiar nos outros... eu poderia continuar — ela levantou a vista —, mas diga a Efrosina, estou certa, patrão?

A senhora diz isso porque sabe quem eu sou.

Meu senhor, esse é o significado da carta. Eu não invento nada.

E eu não fico sabendo nada de novo. Deixe-me ver.

Na carta que ela lhe passou entre o indicador e o dedo médio havia o desenho tosco de um homem vestido com trajes elegantes, segurando na mão direita uma grande taça ou vaso, a esquerda repousando negligente ao lado de seu trono. Não.

Mas *é* Sua Excelência. O Rei de Copas. Não poderia ser nenhum outro.

Efrosina virou o baralho e espalhou as cartas no grande quadrado de seda para mostrar-lhe que cada uma era diferente, que ele poderia ter lhe dado qualquer uma das setenta e oito cartas. Contudo, escolhera esta.

Muito bem. A próxima carta.

Efrosina embaralhou e ofereceu-lhe as cartas. Desta vez ele olhou a carta que escolheu antes de entregá-la. Uma mulher segurando na mão esquerda uma grande taça ou vaso, trajada com um longo vestido flutuante, num trono de proporções mais modestas.

Ela assentiu: A esposa de Sua Excelência.

Por quê? perguntou ele irritado.

A Rainha de Copas tem muito talento artístico, disse Efrosina. Sim, e é afetuosa... romântica... tem algo de sobrenatural, a gente sente isso... tem uma percepção fora do comum... com uma beleza interior que não depende de auxílio externo... e sem nenhum —

Basta, disse o Cavaliere.

Estou descrevendo a esposa de Sua Excelência, ou não?

A senhora está descrevendo a maneira como todas as mulheres desejam ser descritas.

Talvez. Mas não como todas as mulheres são. Diga a Efrosina se descreveu corretamente ou não.

Há uma semelhança, disse o Cavaliere com má vontade.

Sua Excelência está preparado para outra carta?

Por que não, pensou o Cavaliere, com a próxima carta pelo menos vamos deixar minha família em paz. Tirou outra carta.

Ah...

O quê?

Entusiasmado... amável... um homem que traz idéias, ofertas e oportunidades... artístico e refinado... com freqüência entediado, precisando de estímulos constantes... com princípios elevados, mas facilmente conduzido... Assim é o Cavaleiro de Copas!

Efrosina estudou as cartas por um momento. Uma pessoa capaz de grande duplicidade, patrão.

Olhou para ele. Sua Excelência reconhece o homem que estou descrevendo, estou vendo no seu rosto. Alguém com um relacionamento próximo. Não é filho. Não é irmão. Talvez —

Deixe-me ver a carta, disse o Cavaliere.

A carta mostrava Charles como um jovem a cavalo, sem chapéu, o cabelo longo caindo nos ombros, vestido com uma túnica simples e um casaco curto, segurando uma taça ou vaso com a mão estendida como se o oferecesse a alguém. O Cavaliere devolveu a carta para Efrosina.

Não imagino quem possa ser, disse ele.

Ela o olhou com ironia. Vamos tentar mais uma? O senhor não acredita em Efrosina. Mas as cartas não mentem. Preste atenção, vou embaralhar bem.

Outra carta, outro jovem.

Mas é espantoso, exclamou Efrosina. Nunca, e já faz toda uma vida que leio cartas, alguém tirou quatro cartas consecutivas do mesmo naipe.

A carta que ele tirara representava um jovem caminhando por uma estrada, olhando fixamente um grande vaso que ele segura com a mão esquerda e sustenta com a palma da mão direita. O topo do vaso está coberto por uma dobra do seu manto, como se para esconder o conteúdo. Veste uma túnica curta que mostra seus quadris e o volume de seus genitais.

O Valete de Copas, disse ela solenemente, é um jovem poético muito dado à... reflexão e ao estudo... com grande apreciação pela beleza mas talvez sem bastante... empenho para tornar-se um artista... outro jovem parente... não consigo ver, mas creio que é um amigo de sua esposa... que vai —

O Cavaliere fez um gesto impaciente com a mão. Mostre-me alguma outra coisa, alguma outra habilidade, disse ele. Estou interessado em todos os seus truques.

Mais uma carta, patrão.

Mais uma. Suspirando incisivamente, estendeu a mão e tirou mais uma, a última.

Ah, esta é para mim, exclamou Efrosina. Mas também para o senhor. Que sorte!

Não é outro membro da família dos Vasos, espero.

Ela fez que não, sorrindo, e lhe mostrou a carta.

Sua Excelência não reconhece o jovem loiro com uma sacola de couro jogada no ombro e uma rede de caçar borboletas?

O Cavaliere não respondeu.

Sua Excelência não vê que o rapaz está prestes a pisar num precipício?

Precipício?

Mas não há perigo, continuou ela, já que ele é imortal.

Não estou vendo nada disso! Quem é ele?

O Bobo.

E quem é o Bobo? exclamou o Cavaliere, corando. O rapaz caolho saiu das sombras no canto.

Meu filho.

•

Na casa de Efrosina mais uma vez.

Ela lhe disse que podia fazê-lo entrar em transe, embora não tivesse certeza se ele iria gostar. Sua Excelência quer ver aquilo que já vê.

Foi necessário fazer um pouco de pressão para convencê-la. Todas as luzes foram apagadas, exceto a vela votiva. O jovem Pumo trouxe uma bebida. O Cavaliere reclinou-se em sua cadeira.

Não vejo nada, disse ele.

Feche os olhos, patrão.

Ele flutuava. Deixou a letargia que estava debaixo da energia assomar e tomar conta dele. Deixou seu temperamento, como uma ponte retrátil, abrir-se para deixar passar o grande navio de uma visão.

Abra os olhos...

A sala desaparecera. Deve ter havido algum narcótico na bebida, que o fez imaginar-se dentro de um gigantesco calabouço, uma gruta, uma caverna. Nela rebrilhavam imagens. As paredes eram de um branco leitoso como a caixa de vidro que ela lhe mostrara em sua primeira visita, como as mãos gordas do Rei. Numa parede viu um grupo de figuras que dançavam.

O senhor está vendo sua mãe? perguntou a voz de Efrosina. As pessoas sempre vêem a mãe.

Claro que não estou vendo minha mãe, disse o Cavaliere, esfregando os olhos.

Mas o senhor vê o vulcão?

Ele começava a ouvir um sibilar difuso, um ra-ta-tá em tom baixo. Um ruído quase silencioso, como o movimento quase imóvel dos dançarinos.

O ruído e o movimento da melancolia.

Vejo fogo, disse o Cavaliere.

Queria ver fogo. O que viu foi o cume enegrecido, aplainado, de que ela falara. A montanha sepultada, jazendo em suas ruínas. Viu por um momento, apesar de que haveria de esquecer-se depois: o terrível futuro. A baía sem peixes, sem crianças nadando; o topo da montanha sem penacho, um desolado monte de cinzas. O que aconteceu com o belo mundo, exclamou o Cavaliere, e estendeu a mão para a vela sobre a mesa como se quisesse vê-la acesa outra vez.

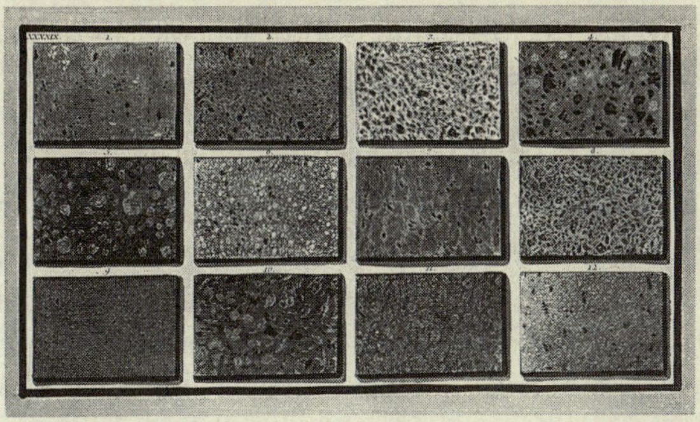

5

O marquês de Sade descreveu a Itália — esteve lá em 1776 e conheceu o Cavaliere, que estava prestes a tirar outra licença — como "o mais belo país do mundo, habitado pelo povo mais atrasado do mundo". Feliz do estrangeiro que muito viaja, que vai e vem, saciado de impressões que se transformam em juízos e por fim em saudades. Mas todos os países são encantadores, e também todos os povos. Cada variante, cada pedaço do ser tem em si algo de encantador!

•

Quatro anos depois da primeira licença, o Cavaliere e Catherine retornaram à Inglaterra e mais uma vez ali ficaram quase um ano. Enquanto a insignificância do seu cargo se tornara mais evidente, com os secretários de Estado preocupados com a revolta nas colônias americanas e a rivalidade com a França, as contribuições do Cavaliere para a cultura e o refinamento do gosto foram mais aclamadas do que nunca. Ele se tornara um emblema, tal como a estrela e a faixa vermelha da Ordem de Bath que usou ao posar para sir Joshua Reynolds; podia ser identificado pelos sinais de suas paixões. O retrato mostra o Cavaliere sentado junto a uma janela aberta, à distância o Vesúvio com um pequenino penacho branco, e nos joelhos, acima da perna bem modelada por uma meia branca, um livro aberto, o volume sobre sua coleção de vasos.

Às vezes numa reunião, ou num leilão com Charles, ou num teatro, ele pensava no vulcão. Tentava imaginar qual seria o estado de suas turvas entranhas nesse exato momento. Imaginava o calor no rosto, o chão tremendo debaixo das suas botas, o pulsar acelerado na nuca depois do esforço da subida, o pulsar da lava subterrânea. Lembrava-se da vista da baía emoldurada por rochedos, da curva extensa da cidade. Numa festa, a conversa continuava. Era notável que ele estivesse aqui e ela estivesse lá. Um Vesúvio nunca poderia ser inferido da Inglaterra, onde havia desastres (um inverno excepcionalmente frio, o Tâmisa todo congelado) mas não um princípio de desastre, monárquico, dominando toda a cena.

Onde estava ele? Sim. Aqui. Em Londres. Com amigos a visitar, quadros a comprar e vasos que trouxera para vender, um artigo sobre as recentes erupções a ser lido para a Real Sociedade, comparecer em Windsor, café da manhã com seus parentes, visitas à propriedade de Catherine no País de Gales. Pouca coisa mudara. E nada mudou com sua volta, embora a asma de Catherine tivesse piorado. Seus amigos pareciam acostumados com sua ausência. Ninguém achou que sua aparência jovem, esguia, bronzeada, merecesse comentários. Cumprimentaram-no por sua invejável situação, ao sol, podendo permanecer lá onde todos desejavam visitar. E quão benéfico para a querida Catherine. Ele se tornara um expatriado. Era importante porque estava lá. Os amigos do Cavaliere ainda o censuravam pelo que imaginavam ser uma imprudência. Selecione os tesouros daquela terra lendária e traga-os para nós, mas não se arrisque demais com seus estudos vulcânicos. Lembre-se do destino de Plínio, o Velho. Parecia mais uma visita do que uma licença passada em casa.

•

Há um ano estava de volta. Charles escreveu que naquele ano a propriedade de Catherine daria uma boa renda, e relatou que há pouco adquirira uma pequena coleção de pedras preciosas e raros escaravelhos antigos. Seu amigo Walpole escreveu dizendo que não estava conseguindo fazer a viagem que planejava fazer para visitá-lo. Uma carta levava um mês para ir ou voltar de Londres.

A correspondência do Cavaliere — em inglês, francês e italiano — chegava a tomar-lhe três ou quatro horas todas as manhãs. Havia despachos a seus superiores em Londres, com retratos acerbos dos principais atores da cena local; os mais sinceros eram cifrados. Uma boa carta — digamos, para Charles, ou para Walpole, ou para seu amigo Joseph Banks, presidente da Real Sociedade — era longa e podia abordar muitos assuntos. O que acontecia de notável na corte ("a política está em maré muito baixa por aqui"), as escavações nas cidades mortas, a saúde periclitante de Catherine, novos emparelhamentos sexuais entre os nobres e os residentes estrangeiros, os encantos de uma recente excursão a Capri ou a uma aldeia na costa de Amalfi, objetos "belos" ou "realmente elegantes" ou "curiosos" que ele acabou de adquirir, e o vulcão ("um fundo de entretenimento e instrução"). As tramas amorosas eram uma ocupação de tempo integral naquelas partes, como observou numa carta a lorde Palmerston. Ele, porém, se ocupa diferentemente, considerando como seria desagradável para Catherine um tal uso do seu lazer, e considerando também que já encontra bastante divertimento em seus estudos de história natural, de antiguidades e do vulcão. Relatava as peripécias da montanha, uma experiência com eletricidade que confirmava a de Franklin, a descoberta de uma nova espécie de ouriço-do-mar em meio aos peixes exóticos que apanhara na lagoa entre os rochedos, no chalé de verão que ele agora alugava em Posillipo, e o número de javalis e veados que matara na companhia do jovem Rei, e as partidas de bilhar que conseguira, prudentemente, perder para o Rei. Cartas para estimular cartas. Que pedem mexericos, que transmitem mexericos. Cartas que dizem: eu sou o mesmo. Sem nada para reclamar. Estou me divertindo. Este lugar não me mudou, mantenho as mesmas superioridades da minha educação, não me transformei num nativo.

Às vezes parecia um exílio, às vezes parecia o lar. Tudo aqui era tão calmo. Nápoles continuava bela como uma pintura. O negócio principal dos ricos era se divertir. O Rei era o mais extravagante dos brincalhões, e o Cavaliere, o mais eclético.

Escrevia cartas de recomendação... para um músico demitido de seu cargo na ópera, para um clérigo buscando promoção, para os pintores alemães e ingleses que afluíam à cidade, atraídos pela abundância de temas, para um marchand de quadros, para um jovem tenor irlandês de cabelo ruivo, de apenas quinze anos, sem tostão e com imenso talento (este haveria de fazer uma notável carreira internacional): o Cavaliere era um benfeitor assíduo. Mandou trazer da Inglaterra para o Rei um casal de filhotes de galgo irlandês. Do relutante primeiro-ministro, conseguiu os impossíveis bilhetes para um baile de máscaras na corte, para dar a quinze indignados residentes ingleses que não haviam sido convidados.

Escrevia com rapidez, em letra grande e linhas irregulares, com pouca pontuação; mesmo quando passava a limpo deixava manchas e palavras riscadas — não tinha compulsão pela limpeza. Porém, como muitas pessoas que tiveram uma infância melancólica, tinha grande capacidade para a autodisciplina. Nunca recusava um esforço, nem uma tarefa que pudesse incluir em seu amplo senso de dever, de cálculo, de benevolência.

Qualquer semana produzia várias dezenas de pedidos de ajuda, patrocínio ou benefício de algum tipo, incluindo muitos vindos da outra metade, ainda mais exótica, do reino governado pela corte napolitana. Um conde siciliano pediu a ajuda do Cavaliere para reaver o posto de chefe dos estudos arqueológicos em Siracusa, do qual, segundo ele, fora expulso por uma trama armada em Palermo. O mesmo conde fora intermediário do Cavaliere para capturar várias pinturas, entre elas seu querido "Correggio" (ainda não vendido!), das coleções de famílias nobres sicilianas vítimas de recentes apertos financeiros. Alguns requisitantes adoçavam seus pedidos oferecendo informações, ou com presentes mais tangíveis. Um monsenhor de Catânia, pedindo a ajuda do Cavaliere para obter o arcebispado de Monreale, falou-lhe de uma camada de argila existente entre duas camadas de lava no monte Etna. Um cônego de Palermo, que acompanhara o Cavaliere em sua única escalada ao Etna, enviou junto com seu pedido de ajuda para obter uma promoção eclesiástica um relatório sobre as pesquisas de antiguidades na Sicília, amostras de sua coleção de fósseis marinhos, uma cópia de uma lista de pedras preciosas compilada durante doze anos, dois pedaços de lava do Etna e uma ágata.

Além de ter a reputação de ser um facilitador ideal, o Cavaliere era conhecido como um homem a quem se podia confiar o relato de uma paixão, um interesse, um acontecimento pitoresco. Um francês que vivia na Catânia escreveu-lhe relatando a recente erupção do Etna. Um monge em Monte Cassino anunciou que estava lhe enviando um dicionário de dialetos napolitanos. Um homem ousado e cheio de apetites a ponto de considerar-se interessado em tudo pode esperar um bom número de cartas de estranhos.

Enviavam-lhe poemas e amostras de cinzas vulcânicas; ofereciam-lhe quadros, capacetes de bronze, vasos, urnas cinerárias. Diretores de bibliotecas públicas italianas lhe escreviam para agradecer a doação dos quatro volumes que publicara sobre sua coleção de vasos, ou a edição ampliada em dois volumes de suas cartas vulcânicas, com as lindas pranchas feitas por um artista local que ele protegera e treinara — ou para requisitar exemplares dessas obras. Um fabricante de caixas de *papier-mâché* em Birmingham escreveu para elogiar o Cavaliere por ter facilitado o acesso, a ele e a Josiah Wedgwood, aos desenhos gravados nos vasos antigos de sua coleção, desenhos que agora circulavam por toda a parte em suas caixas (ele esperava o favor de uma encomenda), assim como na Porcelana Etrúria de Wedgwood, proporcionando assim um grande refinamento no gosto contemporâneo. Suas admirações e seu talento para a benevolência o conectavam a muitos mundos. Havia convites para tornar-se membro honorário da Accademia Italia de Siena e na Gesellschaft Naturforschender Freunde zu Berlin (a carta era em francês), cujo presidente também pediu ao Cavaliere algumas rochas vulcânicas para o acervo da instituição. Um jovem de Lecce escreveu pedindo a ajuda do Cavaliere para conseguir justiça para sua irmã que fora estuprada, e oferecendo um talismã que aumenta o fluxo do leite. Um de seus agentes em Roma escreveu dando uma estimativa de cento e cinqüenta escudos para restaurar três esculturas — um baixo-relevo báquico, um pequeno fauno de mármore e a cabeça de um Cupido — que o Cavaliere acabava de comprar. De Verona veio o prospecto de uma publicação sobre peixes fósseis, feita pela Società dei Litologi Veronesi, com o pedido de que o Cavaliere se tornasse assinante. Um emissário em Roma pediu ajuda, em nome do príncipe de Anhalt-Dessau, para conseguir os raros volumes sobre as descobertas em Herculano, publicados nos últimos vinte anos pela Academia Real de Herculano. Alguém em Resina anunciava ao Cavaliere que lhe estava enviando amostras de cinzas vulcânicas. Um mercador de vinhos em Beaune escreveu para inquirir respeitosamente quando poderia esperar receber o pagamento pelas cem caixas de Chambertin enviadas ao Cavaliere dezoito meses antes. O comerciante de sedas de Paterson, Nova Jersey, que o visitara no ano anterior, enviou-lhe, como prometido, uma cópia de seu relatório sobre métodos de fixação de tintas com alumita, utilizados nas fábricas de seda napolitanas. Um informante local escreveu contando que os franceses, navegando em falucas napolitanas, estavam fazendo contrabando naquela região. Outro informante relatou a carreira e a morte de Tito Greco, chefe de uma gangue de bandidos na Calábria. Alguém de Nápoles mandou-lhe um amuleto para evitar o mau-olhado. E alguém em Positano que tinha mau-olhado, e em cuja porta vizinhos colocavam vísceras de animais todas as noites, lhe pediu proteção.

•

O Cavaliere tinha uma memória prodigiosa. Anotava poucas coisas. Tudo estava na sua cabeça: o dinheiro, as quantias, os objetos... uma profusão prodigiosa. Enviava listas com as necessidades de sua biblioteca para comerciantes de livros em Paris e Londres. Correspondia-se com antiquários e negociantes de arte. Barganhava com restauradores, embaladores, entregadores, corretores de seguros. O dinheiro era sempre uma distração, como deve ser para um colecionador: ao mesmo tempo uma medida e um falsificador do valor.

Aos marchands de quadros e em muitas cartas a Charles, queixava-se dos altos preços das coisas que queria comprar — dos quadros e, mais ainda, dos vasos. Preços que aumentavam, em parte, porque *ele* as colecionava. O que lhes aumentava o valor.

Doce destino do colecionador (ou do formador de gosto... mas os formadores de gosto em geral são colecionadores): estar na dianteira e, quando os outros chegam, ter um preço fora de competição por aquilo em que foram pioneiros. (O que pode acabar sendo menos desejável, porque agora há tanta gente interessada naquilo.)

Ele — pois em geral é um homem — encontra alguma coisa não apreciada, negligenciada, esquecida. É demais chamar isso de descoberta; chamemos de reconhecimento. (Com a força, a alegria de uma descoberta.) Começa a colecioná-la, ou escrever sobre ela, ou ambas as coisas. Devido a estes esforços de proselitismo, algo que ninguém apreciava ou a que ninguém dava atenção passa agora a ser interessante ou admirável para muita gente. Outros começam a colecionar a mesma coisa. Ela se torna mais cara. Etc.

•

A arte de Correggio. E o ventre de Vênus. Pode-se realmente possuir — mesmo que apenas por um curto tempo. O objeto mais famoso que o Cavaliere adquiriu na vida, um vaso romano do século I a.C., de vidro trabalhado, foi dele por apenas um ano. (Vendeu-o então para a duquesa de Portland pelo dobro do preço que pagara.) Não importa. Há tantos objetos. Nem um único é tão importante assim. Não existe colecionador monógamo. A vista é um sentido promíscuo. O ávido olhar sempre quer mais.

•

Que tremor quando você o vê. Mas você não diz nada. Naturalmente, não quer que o atual proprietário perceba o valor que aquilo tem para você; não quer puxar o preço para cima, nem fazê-lo desistir de vender. Assim, você disfarça, examina outra coisa, segue andando, ou então vai embora, dizendo que vai voltar. Você faz todo um teatro demonstrando estar um pouquinho interessado, mas não demais; intrigado, sim, até tentado; mas não seduzido, encantado. Não pronto para pagar até mais do que o preço pedido, pois você tem que tê-lo.

Assim o colecionador é um fingidor, alguém cujas alegrias estão sempre mescladas com ansiedade. Porque sempre há algo mais. Ou algo melhor. Você tem que tê-lo porque é um passo a mais rumo ao ideal de completar sua coleção. Mas essa finalização ideal pela qual todo colecionador anseia é um alvo ilusório.

Um conjunto completo de alguma coisa não é o fim que deseja o colecionador. A produção inteira de algum notável pintor falecido poderia concebivelmente, improvavelmente, acabar em algum palácio, subterrâneo ou iate. (*Todas* as telas, até a última? Será que você, comprador imperioso, pode ter certeza de que não havia mais nenhuma?) E mesmo que você pudesse ter certeza de que tem todos os objetos, até o último, a satisfação de ter tudo isso acabaria inevitavelmente decaindo. Uma coleção completa é uma coleção morta. Não tem posteridade. Depois de construí-la você a amaria cada vez menos, ano a ano. Em breve desejaria vendê-la ou doá-la, e embarcar numa nova caçada.

As grandes coleções são vastas, não completas. Incompletas: motivadas pelo desejo de completar. Sempre há mais um. E mesmo que você tenha tudo — o que quer que isso seja — você talvez queira uma cópia (versão, edição) melhor do que a sua; ou, se são objetos produzidos em massa (cerâmica, livros, artefatos), simplesmente uma cópia extra, caso a sua seja perdida, roubada, quebrada ou estragada. Uma cópia de reserva. Uma coleção-sombra.

Uma grande coleção particular é um concentrado material que continuamente estimula, superexcita. Não só porque sempre pode receber acréscimos, mas porque em si já é demais. A necessidade do colecionador é precisamente de excesso, exagero, profusão.

É demais — e é justo o suficiente para mim. Alguém que hesita, que pergunta, Será que eu preciso disso? Será que é mesmo necessário? não é um colecionador. Uma coleção é sempre mais do que é necessário.

•

O Cavaliere no primeiro andar, além da primeira antecâmara, onde os que vinham a negócios esperavam por uma parcela da sua atenção: no seu estúdio.

O gabinete parecia atulhado, em desordem. Nas mesas, antigos entalhes e terracotas; espécimes de lava, camafeus e vasos nos armários; cada trecho de parede coberto de pinturas, incluindo uma atribuída a Leonardo, e guaches de artistas locais representando o Vesúvio em erupção. E telescópios na janela assestados no golfo. O lema inscrito em dourado no alto de uma parede, sob a cornija, *La mia patria è dove mi trovo bene* (Minha pátria é onde me sinto bem), dava a nota certeira de insolência. Aqui o Cavaliere passava a maior parte do dia, saboreando seus tesouros. Suas formas, escreveu ele, eram simples, belas, e variadas além de qualquer descrição.

•

O Cavaliere no subterrâneo, em seu porão dos tesouros, seu "quarto de despejo".

Aqui se encontravam vasos rejeitados, pinturas excedentes e uma mixórdia de sarcófagos, candelabros, bustos antigos com sinais de restauro excessivo. E além de obras inferiores, não merecedoras de serem mostradas, aqui o Cavaliere guardava certas antiguidades que o Rei e seus conselheiros ficariam infelizes de saber que estavam em mãos estrangeiras. Embora todos os visitantes ilustres vissem os objetos no gabinete do Cavaliere, poucos eram levados para um giro nos armazéns do porão. Todo colecionador é potencialmente (se não na realidade) um ladrão.

•

Não se pode ter tudo, disse alguém; onde você iria guardar? Um chiste bem moderno: algo que se poderia dizer agora, quando o mundo parece congestionado, quando o espaço encolhe, quando os poderes telúricos ganham força. Improvável que tenha sido dito na época do Cavaliere.

Na verdade, pode-se ter muita coisa. Depende do seu apetite, não de suas condições de armazenamento. Depende do grau a que você consegue se esquecer de você mesmo e do quanto você realmente se sente mal.

•

O Cavaliere no observatório que construíra no andar superior, nos lados sul e oeste da mansão. Em pé na varanda que ladeava metade da sala circular, podia-se descortinar uma imensidão de céu azul, terra e baía, sem virar a cabeça. Nada se compara a essa vista no meio de uma grande cidade, em toda a Europa — como tem sorte o Cavaliere! E ele ainda multiplicou a paisagem — instalado no meio dela, como que num penhasco. Ou numa câmara obscura. Recobriu a outra metade da sala com espelhos, nos quais se refletia, ao pôr-do-sol, o fantasma de Capri do outro lado; à noite, a baía marmorizada pelo luar e, às vezes, uma lua cheia que parecia emergir da cratera do vulcão.

O Cavaliere no longo banco coberto de brocado que circundava a metade espelhada da sala, reclinando-se nas almofadas, lendo um livro, levantando a vista. Como ele se sente bem! O que lhe poderia faltar? Esta é minha pátria.

•

O Cavaliere em sua sala de estar no terceiro andar. Via a coluna de fumaça cinzenta levantar-se, inchar e oscilar contra o céu. A noite caiu. Viu uma massa avermelhada projetando-se para cima. Catherine tocava a espineta numa sala próxima. O espesso riacho de lava se alargou.

•

O Cavaliere na encosta da montanha, com Bartolomeo Pumo. Sozinho com ele; apenas um par de seres humanos. O Cavaliere com alguém mais jovem, como costumava acontecer — mas, como Bartolomeo era um criado, ele não precisava se comportar de maneira avuncular. E, como o rapaz era tão quieto e não era servil da maneira usual, ele se deixava conduzir. Era prazeroso nem sempre saber mais, deixar-se guiar. Apenas os dois, na democracia da natureza. Quando havia outras pessoas, Pumo voltava a cair em seu papel e tomava seu lugar na cadeia da injustiça.

O irmão da Rainha, o arquiduque Joseph, estava de visita, e o Cavaliere conduziu a comitiva real numa escalada para observar a nova erupção. Apesar das centenas de criados levados nesta expedição para garantir o bem-estar do grupo, não havia conforto capaz de evitar que o ar ficasse cada vez mais quente à medida que subiam. O Rei começou a agitar-se e pediu que depusessem sua liteira no chão.

Que calor, rugiu ele.

Como era de se esperar, disse a Rainha, lançando ao irmão um olhar exasperado de cumplicidade.

Oh, como minha esposa está com frio, disse o Rei, aos risos. Sem nenhuma simpatia. Inclinou-se para a liteira vizinha. Veja como estou suando, meu irmão, gritou o Rei, e tomando a mão de seu atônito cunhado colocou-a embaixo da sua camisa. Essa grotesca familiaridade produziu uma instantânea erupção de mau humor no arquiduque austríaco. Momentos depois ele achou o rapaz caolho tão impertinente que lhe quebrou um pedaço de pau na cabeça. (O prudente Bartolomeo estava apenas gritando que era perigoso ficarem onde estavam.) E o Cavaliere, que estava observando um montículo de pedras-pomes cuspido pelo vulcão, não conseguiu protegê-lo.

O Cavaliere não é nenhum democrata. Contudo, seu coração frio não é insensível a uma certa noção de justiça. Não teria o comportamento de seu avô, de quem se contava que, estando bêbado numa taberna perto de Londres, arrebentara os miolos de um jovem criado e se retirara sem perceber o que havia feito. O dono da taberna, aflito, seguiu-o até seu quarto e disse: "Meu patrão, sabe que o senhor matou aquele rapaz?". Gaguejou então o ancestral do Cavaliere: "Ponha na conta".

•

O Cavaliere em seu gabinete, em meio a um despacho para lorde Palmerston, levantando a vista de sua mesa.

É sua encomenda, disse Catherine à porta. Ela já chegou.

Ela? Com certeza não é ela, minha querida. Prometeram-me um macho.

Deslizou a carta sob o mata-borrão e levantou-se.

Onde está?

Ela sorriu. Numa caixa, disse.

Bem, temos que soltá-lo.

Ainda estava num amplo engradado, tão negro que não se podia distinguir sua forma, de olhos brilhantes, se coçando. A caixa fedia. O robusto mordomo, Vincenzo, postava-se ao lado com ar de importância, lenço no nariz, enquanto dois jovens pajens também se coçavam.

Os criados devem estar com medo que você comece uma coleção de animais, observou Catherine.

Já há criaturas selvagens suficientes na vizinhança, replicou o Cavaliere. Meu plano é acrescentar só mais uma. E para Pietro, boquiaberto, e Andrea, que não continha o riso: Bem, não vamos mais deixar o coitado preso.

Andrea pegou algumas ferramentas e deu um passo à frente.

O que você está esperando? Coragem! Ele não vai te fazer mal.

Ele está olhando para mim, Excelência! Não gosto do jeito que ele olha para mim.

É claro que ele está olhando para você. Está tentando descobrir que tipo de animal você é.

O rapaz estava paralisado, os olhos esbugalhados. O suor irrompeu-lhe no lábio superior. O Cavaliere lhe deu uma pancadinha suave na cabeça, pegou o martelo e a alavanca e pôs-se a abrir a caixa ele mesmo.

Com um grunhido, o lustroso macaco indiano passou pelas tábuas que iam caindo e pulou no ombro do Cavaliere. Os criados recuaram e fizeram o sinal-da-cruz.

Estão vendo? Olhem como ele é amigável.

O macaco pôs a pata na peruca do Cavaliere e soltou um gritinho. Apalpou a peruca e em seguida examinou a palma da mão negra, fechando-a e abrindo-a. O Cavaliere tentou tirá-lo do ombro, mas o macaco foi mais rápido e pulou no chão. O Cavaliere pediu uma corda. Deu ordens para que o macaco fosse instalado no depósito principal do porão, atado porém confortável. Voltou então para seu estúdio. Terminou o despacho para lorde Palmerston, consultou um dos volumes sobre macacos que recebera de seu livreiro em Londres, o capítulo sobre alimentação, e começou uma carta para Charles. Quando Catherine veio, uma hora depois, chamá-lo para o almoço, o Cavaliere deu ordens para que o macaco também fosse alimentado. Uma tigela de arroz e uma tigela de leite de cabra adoçado e diluído em água, disse com autoridade.

À tarde desceu ao porão para visitar seu novo tutelado. Um espaço fora aberto sob uma alta janela no canto, o chão forrado com palha, e as duas tigelas estavam vazias. O macaco avançou para o Cavaliere, porém ficou preso pela corrente. Falei corda, pensou o Cavaliere. Uma corda é suficiente. O macaco chacoalhava a corrente e emitia um estridente hu-hu-hu-hu, que manteve por cerca de dez minutos, mal parando para tomar fôlego. Por fim, ofegante, exausto, deitou-se. O Cavaliere se aproximou e agachou-se para acariciar sua cabeça, o longo pêlo nos braços, e correr os dedos pela barriga e as pernas do animal. O macaco balançou de lá para cá fazendo um rrrr suave; quando as carícias pararam, agarrou o polegar do Cavaliere e o encostou na sua barriga. O Cavaliere soltou a corrente, levantou-se e esperou para ver o que o macaco faria. Este olhou para o Cavaliere, olhou em volta para o enorme salão, a floresta de objetos. O Cavaliere se preparou para uma corrida e um salto sobre sua pessoa. O macaco parecia assentir sabiamente com a cabeça para seu novo dono, e então pulou sobre o antigo busto de Cícero (na verdade uma cópia do século XVII, como o Cavaliere bem sabia) e começou a lamber seus cachos de mármore. O Cavaliere riu.

•

O Cavaliere em seu estúdio, terminando outra carta para Charles. O macaco enrodilhado em torno dos pés de uma estátua de Minerva, cochilando ou fingindo cochilar. Vestido com um colete magenta como os que usam os nativos, deixando nu o traseiro peludo e o longo rabo — totalmente à vontade. O menor cidadão do reino particular do Cavaliere. Este acrescenta um breve pós-escrito sobre a chegada do macaco: Tornei-me absolutamente inseparável de um macaco das Índias Orientais, uma criatura encantadora e alerta de menos de um ano de idade, que me proporciona uma nova fonte de entretenimento e observação.

Na época do Cavaliere os conhecedores da natureza gostavam de notar, confessando-se impressionados, as afinidades entre os macacos e os seres humanos. Porém, os macacos, ainda mais que as pessoas, são animais sociais. Um único macaco não pode expressar a natureza de um macaco. Um único macaco está no exílio — e os ataques de depressão aguçam sua inteligência nata. Um único macaco é bom para parodiar o humano.

Jack, continua o Cavaliere sua descrição para Charles, Jack é o nome que eu lhe dou, tem uma cara inteligente, muito preta, realçada por uma barba castanho-clara. Sobre o tema da inteligência, era mais explícito com correspondentes cuja inteligência respeitava. Ele, Jack, é mais inteligente que a maioria das pessoas com quem é meu destino associar-me aqui, escreveu o Cavaliere numa carta para Walpole. E seus movimentos são mais elegantes, suas maneiras mais distintas.

•

O Cavaliere na sala onde toma o desjejum. Ao lado, uma mesa coberta de camafeus, entalhes, pedaços de lava e pedras-pomes recolhidos na cratera, um novo vaso que acabara de comprar. Jack está com ele. Em menos de um mês o macaco tornara-se tão manso e adestrado que atendia o chamado do Cavaliere, sentava-se numa cadeira ao seu lado na mesa de café e servia-se delicadamente de um ovo ou de um pedaço de peixe do prato do Cavaliere. Seu modo costumeiro de tomar líquidos — gostava de café, chocolate, chá, limonada — era mergulhar na xícara seus dedos negros e peludos e lambê-los. Mas quando estava com muita sede levantava a xícara com as duas mãos e bebia como seu amo. Do que o Cavaliere comia, gostava em especial de laranjas, figos, peixe e tudo o que fosse doce. À noite às vezes ganhava um copo de marasquino ou do vinho local do Vesúvio. O Cavaliere, que quase não bebia, gostava de ver seus convidados olharem Jack molhar os dedos e lamber, molhar e lamber. Ficava então embriagado como uma criança, uma criança encarquilhada e barbuda, um pouco bagunceira, e então de repente, desajeitadamente, adormecia.

Nas conchas do mar, nos botões, nas flores, Jack encontrava um rico tesouro de objetos para olhar e brincar. Tinha uma destreza espantosa. Pegava uma uva, descascava-a meticulosamente, colocava-a na mesa, olhava-a e soltava um suspiro, antes de enfiá-la na boca. Seu esporte era caçar insetos. Procurava aranhas nas fendas da parede e conseguia pegar moscas com uma só mão. Ficava vendo o Cavaliere estudar violoncelo, seus olhos grandes, perfeitamente redondos, fixados no instrumento, e o Cavaliere começou a sentá-lo bem na frente nos serões musicais de todas as semanas. Mas muitas vezes quando ouvia música — era claro que gostava de música — roía as unhas; talvez a música o deixasse nervoso também. Ele bocejava, masturbava-se, procurava piolhos no rabo. Às vezes apenas andava de lá para cá, ou ficava sentado olhando fixo para o Cavaliere. Talvez estivesse entediado. O Cavaliere nunca se entediava.

O macaco tinha um temperamento extraordinariamente doce e confiante. Pegava a mão do Cavaliere e caminhava com ele, com o auxílio da outra mão apoiada no chão. O Cavaliere tinha de inclinar-se um pouco para acomodar-se às necessidades do macaco. Não gostava de modificar sua postura, e não queria um substituto de criança. Começou a acrescentar uma ponta de provocação ao tratamento que dava ao macaco, uma pontinha de crueldade, um toque de privação. Sal no seu leite. Um cascudo na cabeça. Hu, hu, hu, hu, lamentava-se o macaco, quando o Cavaliere o visitava de manhã cedo. Jack pegava sua mão. O Cavaliere a retirava.

Certa manhã, quando o Cavaliere desceu ao porão, a enxerga do macaco estava vazia. Ele roera a corda. Estava escondido. O obstinado Cavaliere fechou-se com barricadas em seu estúdio. Os criados, esbravejando, procuraram em todos os aposentos da mansão. Na terceira noite o encontraram na adega, com um livro de Piranesi acerca de lareiras, encadernado em couro, todo mordido, sem salvação. Alessandro deu um passo à frente para laçá-lo com a corda; o macaco rosnou e mordeu-lhe a mão. O Cavaliere foi chamado. Jack encolheu-se, mas deixou o Cavaliere levantá-lo do chão. O macaco puxou a peruca do Cavaliere. Este o segurou com mais firmeza. Foi como se Jack tivesse ido para um retiro, para reconsiderar sua própria natureza, e saído mais macaco: astuto, briguento, libidinoso, travesso. O Cavaliere não queria uma criança de imitação. Queria um protegido de imitação, um bufão... e o pobre Jack o amava tão abjetamente a ponto de aquiescer. Agora seu treinamento, sua real utilidade para o Cavaliere podia começar.

Ensinou Jack a imitar os olhos semicerrados do conhecedor, trazendo-o quando os visitantes examinavam os objetos do Cavaliere. Eles levantavam a vista e viam o macaquinho de estimação do Cavaliere examinando um vaso com uma lente, ou comicamente folheando um livro, ou girando na mão um camafeu e segurando-o contra a luz. Muito valioso. Sim. Decididamente. Sim, estou vendo. Muito interessante.

Segurando a lente, Jack apertava os olhos, levantava a vista, coçava a cabeça e voltava a seu exame.

Será uma falsificação?

Falso!

Falso!!

Jack então parava e largava o objeto. (Se um macaco fosse capaz de sorrir, ele poderia ter sorrido.) Estou só olhando. Cuidado nunca é demais.

Os visitantes do Cavaliere riem do macaco. O Cavaliere ri de si mesmo.

Deixava o macaco atormentar os criados e até mesmo Catherine, que, como relutava em ter demasiados gostos e inclinações que a separassem do marido, declarava-se apegada ao macaco também. Jack parecia sempre adivinhar quando Catherine saía de um aposento para ir ao reservado, e corria atrás dela para pregar o olho no buraco da fechadura. Na frente de Catherine Jack se masturbava diligentemente, e quando o Cavaliere o levava a uma pescaria agarrava o pau do pajem Gaetano. Suas brincadeiras escabrosas divertiam seu amo. Mesmo quando certa vez derrubou um vaso, o Cavaliere não ficou realmente aborrecido (é verdade que não era um dos mais valiosos e, quando consertado, ninguém notaria a diferença). Jack era uma pequena nota de rodapé na sua vida que dizia: tudo é vaidade, tudo é vaidade.

•

O mundo parecia feito de círculos concêntricos de ridículo. No centro o Cavaliere rodopia com Jack. No jardim zoológico social, tudo podia ser previsto. Não haveria de conseguir outra nomeação diplomática. Sabia como sua vida continuaria até o fim: tranqüila, interessante, intocada pela paixão. Apenas o vulcão continha uma surpresa.

1766, 1767, 1777... 1779. Cada erupção maior que a precedente, cada uma embelezando ainda mais a perspectiva de uma catástrofe. Esta foi a maior de todas. As portas e janelas da sua casa de campo perto de Portici balançavam nas dobradiças. Jack pulava de lá para cá, nervoso, escondia-se debaixo das mesas, atirava-se no colo do Cavaliere. Catherine, que detestava o macaco quase tanto quanto os criados, fingia preocupar-se com aquela pessoinha, com seus pequenos medos. Deram a ele uma dose de láudano. Catherine voltou ao cravo. Admirável Catherine, pensou o Cavaliere.

Observando do terraço, o Cavaliere viu jatos de vapor branco subindo até atingir uma altura e um volume quatro vezes maior que a própria montanha, e aos poucos se encherem de laivos negros, exatamente como Plínio, o Jovem, descrevera sua erupção: *candida interdum, interdum sordida et maculosa* (às vezes branca, às vezes negra e manchada) segundo a quantidade de terra que a nuvem carregava. Seguiu-se uma tormenta de verão, o tempo ficou tórrido, e alguns dias depois uma fonte de fogo vermelho elevou-se da cratera. Podia-se ler à noite na cama com o fulgor da montanha a várias milhas de distância. Numa comunicação à Real Sociedade, o Cavaliere descreveu essas nuvens negras, tempestuosas, e a brilhante coluna de fogo com clarões de relâmpagos como algo mais belo do que alarmante.

•

Cada um projeta no vulcão a quantidade de raiva, de cumplicidade com a destruição, de ansiedade quanto à capacidade de sentir que já existe na sua cabeça. O marquês de Sade tirou de sua estadia de cinco meses em Nápoles, perto do Vesúvio então adormecido, as fantasias de maldades que qualquer coisa capaz de violência lhe inspirava. Muitos anos depois, em seu *Juliette*, iria escrever uma cena vulcânica para essa campeã das malvadezas, em que ela sobe até o topo com dois companheiros, um homem cansativo que ela logo atira no abismo incandescente e um homem desejável com quem ela então copula à beira da cratera.

Sade preocupava-se com a saciedade; não conseguia conceber a paixão sem provocação. O Cavaliere não se preocupava com a possibilidade de esgotar seus sentimentos. Para ele o vulcão era um estímulo para a contemplação. Mesmo barulhento, o Vesúvio oferecia algo semelhante ao que ele experimentava com suas coleções. Ilhas de silêncio.

•

Maio de 1779. Na encosta do Vesúvio, iluminada pelo fulgor alaranjado das rochas derretidas. Parou ali imóvel, seus olhos de um cinza pálido bem abertos. A terra tremia sob os seus pés. Sentia seus cílios e sobrancelhas se moverem com o ar candente que soprava. Não podiam continuar subindo.

O perigo não estava no chão mas no ar letal, insuportável. Com passos seguros, pressionados pela nuvem de fumaça e as pedras que caíam às suas costas, caminhavam na diagonal, fugindo do rio de lava, andando contra o vento para não serem atacados de frente pela fumaça. De repente o vento mudou, soprando nos seus rostos jatos escaldantes de enxofre. A fumaça cegava, asfixiava, girava em torno deles, impedindo a descida.

À esquerda, um abismo. À direita a corrente de lava. Petrificado, procurou Bartolomeo, que desaparecera na fumaça. Onde está o rapaz? Ali, indo pelo caminho errado, gritando e fazendo-lhe sinal para que o seguisse. Por aqui!

Contudo, impedindo o caminho estava aquela enorme, aterrorizante corrente de lava granulosa e alaranjada, de mais de sessenta pés de largura.

Por aqui, gritava Bartolomeo, apontando para o outro lado. As roupas do Cavaliere começavam a fumegar. A fumaça lhe atacava os pulmões, fazia arder-lhe os olhos. E diante deles jorrava um rio de fogo. Não vou gritar, disse para si mesmo. Então é isto a morte.

Venha! gritava Bartolomeo.

Não posso, gemeu o Cavaliere, a mente recuando enquanto o rapaz corria em direção à lava. A fumaça asfixiante, os gritos do rapaz — já estava profundamente mergulhado em si mesmo. Bartolomeo pisou de leve na margem do rio de lava e começou a atravessar. Cristo caminhando sobre as águas não teria espantado mais seus seguidores. O rapaz não afundou na superfície derretida. O Cavaliere o seguiu. Era como caminhar sobre carne. Enquanto continuasse a andar, a crosta de lava lhe sustentaria o peso. Em poucos momentos já tinham atravessado e do outro lado estavam de novo contra o vento, tossindo fora os vapores. Examinando as botas chamuscadas, o Cavaliere lançou um olhar para Bartolomeo, que esfregava o olho bom com a mão suja. Era quase como ser invulnerável. O Cavaliere com seu ciclope, o Rei de Copas com seu Bobo — talvez não invulnerável, mas em segurança. Com ele, em segurança.

•

Agosto de 1779. Sábado, seis da tarde. O grande abalo deve ter estremecido as fundações da vila do Cavaliere no sopé da montanha, ou coisa pior. Mas ele estava em sua casa na cidade, e na segurança do observatório viu a montanha lançar uma chuva de pedras de um vermelho incandescente. Uma hora depois uma coluna de fogo líquido começou a subir e logo atingiu uma altura espantosa, o dobro da montanha, um pilar de fogo de dez mil pés de altura, salpicado de fumaça negra, riscado por relâmpagos em ziguezague. O sol desapareceu. Nuvens negras desceram sobre Nápoles. Os teatros fecharam, as igrejas abriram, procissões se formaram, as pessoas se aglomeravam na rua em santuários iluminados por velas, e de joelhos rezavam para são Januário. Na catedral o cardeal ergueu o receptáculo com o sangue do santo bem à vista de todos e começou a aquecê-lo com as mãos. Vale a pena ver de perto, disse o Cavaliere — pensando na montanha, não no milagre. Mandou chamar Bartolomeo e partiu a cavalo pelas ruas iluminadas, adentrando a noite do campo, passando por estradas negras, vinhedos carbonizados e árvores nuas, fulminadas, rumando para a montanha incandescente.

De repente a erupção parou e, exceto pelos montes de cinzas fosforescentes no Vesúvio e os pequenos riachos de lava na parte superior das encostas, tudo era escuridão.

Uma hora depois, quando a lua cheia se levantava, o Cavaliere chegou a uma aldeia numa encosta inferior que jazia meio enterrada na poeira e na escória negra, toda encarquilhada de calor. A lua subiu mais alto. A aldeia escura, dentada, esfoliada, empalideceu — lunarizou-se.

Depois de desmontar e passar seu cavalo para Bartolomeo, o Cavaliere foi levado pelas veredas iluminadas de luar, obstruídas por cinzas fosforescentes e pedras negras. A aldeia recebera uma chuva de pedras que chegavam a pesar cinqüenta quilos; poucas casas se queimaram, mas todas as janelas que viu estavam quebradas e alguns telhados haviam caído. Pessoas com a cabeça negra de sujeira, levando tochas, caminhavam com ele, ansiosas para contar suas histórias. Sim, tinham ficado em casa, que escolha teriam? Os que tentaram sair protegendo a cabeça com travesseiros, mesas, cadeiras ou tampas de barris voltaram correndo, feridos pelas pedras ou asfixiados pelo calor, a poeira e o enxofre. Ele escutou os horrores. Depois foi levado para ver uma família que buscara refúgio prematuramente, no dia anterior, e perecera misteriosamente. ("Ninguém mandou eles irem para o porão, Excelência, nem ficar lá!") Na entrada baixa que dava para o porão, um dos aldeões foi à frente com sua tocha para iluminar um quadro nada artístico. Mãe, pai, nove filhos, vários primos e um casal de avós: todos sentados eretos contra a parede de terra, olhando fixo para a frente. As roupas intactas. Os rostos sem contorção — de modo que não deviam ter morrido de asfixia. Tinham a aparência perfeitamente normal exceto pelo cabelo, um cabelo sem vida, grosso de poeira branca, o qual, já que os camponeses não usam peruca, lhes dava a aparência de estátuas.

Seria interessante saber o que foi que os matou, pensou consigo o Cavaliere. Um forte abalo do vulcão vindo das profundezas da terra? A rápida difusão de um gás vulcânico letal? Atrás dele o garoto, seu jovem Bartolomeo, respondeu com firmeza ao seu pensamento. Patrão, eles morreram de medo.

6

O Valete de Copas chegou no fim de outubro. É claro, quem mais seria senão ele. O Cavaliere ficou aborrecido consigo mesmo por não ter adivinhado quem seria.

De fato um parente, primo em segundo grau do Cavaliere, William Beckford tinha então vinte anos de idade, era estupendamente rico, autor de um livrinho irônico de biografias imaginárias, conhecedor de arte e colecionador militante, voluntarioso, autocomplacente, com ânsia de visões, tentações, tesouros. Numa versão irrequieta e abreviada do Grande Tour (partira da Inglaterra apenas dois meses antes), atingira seu extremo sul em velocidade recorde, chegando às praias hospitaleiras do Cavaliere bem a tempo para o vento quente, um dos grandes ventos da Europa meridional (mistral, Föhn, siroco, tramontana) que são utilizados, tal como os dias anteriores à menstruação, para explicar a inquietação, a neurastenia, a fragilidade emocional: uma síndrome pré-menstrual coletiva que ocorre sazonalmente. A atmosfera era nervosa. Cães ganiam vagando pelas ruas imundas e íngremes. As mulheres deixavam bebês recém-nascidos na porta das igrejas. Com os olhos brilhantes, exausto, pulsando com sonhos de algo mais e mais exótico, William estirava-se num sofá de brocado e dizia, Com certeza não é só isso. Me mostre mais. Mais. Mais.

O Cavaliere reconheceu no seu jovem parente alguém como ele mesmo, aquela espécie rara que nunca, nem por um momento no curso de uma longa vida, ficaria entediado. Mostrou-lhe suas coleções, seu butim, sua herança autoconcedida. (Não poderia esquecer que esse rapaz era, ou logo haveria de ser, o homem mais rico da Inglaterra.) Os armários cheios de maravilhas. As pinturas dispostas em três ou quatro fileiras nas paredes, a maioria italianas e seiscentistas. Meus vasos etruscos, disse o Cavaliere. Esplêndidos, disse William. Uma amostra da minha coleção de rochas vulcânicas. Objetos de sonho, disse William. E este é o meu Leonardo, disse o Cavaliere. É mesmo, disse William. Os comentários do jovem eram maravilhosamente agudos, apreciativos. Uma simpatia genuína de ambos os lados despertou. Mas o Cavaliere não precisava de um novo (mais grandioso, mais difícil) sobrinho. Era Catherine quem necessitava, Catherine que estendeu a mão humildemente, apaixonadamente, para adquirir uma alma irmã e um filho-sombra.

Cada um se sentiu imediatamente apreciado pelo outro. Ele disse isso a ela. Ela disse isso a ele. Os dois se deleitavam em tudo aquilo em que eram iguais — o belo rapaz de quadris fortes, cabelo cacheado e unhas roídas, a mulher magra de quarenta e dois anos com seus olhos grandes, um pouco fixos. Pertencem a gerações diferentes, tiveram vidas tão diferentes. Contudo, têm tantos gostos iguais, as mesmas decepções. Das histórias passaram às confidências, cada um abrindo um pacote de sofrimentos e aspirações. William, sendo o mais jovem e sendo homem, achou que era direito seu começar.

Falou de sua vida interior, repleta (assim ele lhe diz agora) de vagos anseios. Descreveu sua vida em casa, em Fonthill, percorrendo melancolicamente seus aposentos, lendo livros que o faziam chorar, cheio de insatisfação consigo mesmo e de sonhos tolos (que ele pretende nunca abandonar, por mais velho que fique), vituperando contra a estupidez de sua mãe, de seus tutores, de todos que o rodeavam.

Você já leu um livro chamado *Os sofrimentos do jovem Werther*? A meu ver cada linha é resplandecente de gênio.

Este era um teste em que Catherine tinha que passar.

Sim, disse ela. Eu também adoro esse livro.

Aconteceu depressa, como tantas vezes acontece. Ali está fulano de tal, um conhecido que você encontra de vez em quando em festas ou concertos, e em quem você nunca pensa. Então um dia uma porta se abre e você despenca num abismo de infinito. Com espanto e gratidão você pergunta: Será que essa alma profunda pode ser a pessoa que eu achei que era apenas... um mero...? Sim.

Quero ficar sozinho com você. E eu, meu caro, com você.

Do seu estúdio na vila perto de Portici, o Cavaliere os viu no terraço, lado a lado, sem falar. Do terraço, viu-os passeando devagar no caramanchão rodeado de murta e de vinhedos. Do corredor, viu-os juntos ao piano. Ou então Catherine tocava e William reclinava-se no canapé ao lado de uma mesinha de três pés e folheava os livros do Cavaliere. O Cavaliere estava contente ao ver que Catherine tinha alguém para si, alguém que preferia a companhia dela à do próprio Cavaliere.

Não se limitavam a tocar juntos, como Catherine fazia com o marido. Improvisavam juntos, rivalizando para produzir o som mais expressivo, o decrescendo mais pungente.

Catherine confessou que compunha em segredo. Nunca tocara seus '"pequenos movimentos" para ninguém. William implorou que tocasse para ele. O primeiro foi um minueto, com uma melodia rápida e alegre. Os outros — a apreciação dele pelo minueto a encorajou — tinham uma forma mais livre, um tom mais grave: lentos, interrogativos, com longos acordes queixosos.

William confessou que sempre quisera compor mas sabia que lhe faltava o fogo criativo. Ela lhe disse que ele era jovem demais para saber disso.

Não, eu só sirvo para sonhar, mas — levantou a vista — isto não é adulação. Catherine, você é uma grande musicista. Nunca vi ninguém sentir a música como você.

Quando toquei para Mozart, disse ela, eu tremia quando me sentei. O pai dele percebeu, vi que ele percebeu.

Eu tremo com qualquer coisa, disse William.

Cada um se sente compreendido (por fim!) pelo outro. William considerava que era destino de um homem como ele ser mal compreendido por todos. Agora havia aquela mulher angelical que o compreendia perfeitamente. Catherine talvez pensasse, erradamente, que estava escapando do egoísmo masculino.

Ele lhe trazia presentes lisonjeiros. Uma relação muito cosmopolita. Encontrara uma mulher cultivada, cheia de sabedoria e estilo, que o incentivava: todo rapaz precisa de uma autoridade. E ela, numa idade em que pensava que isso não era mais possível, tem um novo homem na sua vida: toda mulher precisa, ou acha que precisa, de um acompanhante.

Desde o início Catherine sentira uma antipatia visceral por toda a corte — ela, nascida na alta burguesia, era mais exigente que o Cavaliere, notoriamente aristocrático. Seu marido aceitava isso considerando que Catherine era mais reclusa, e respeitando-a ainda mais por isso. Catherine prefere levar uma vida de eremita, foi o exagero carinhoso do Cavaliere numa carta para Charles, ao passo que ele próprio precisava estar sempre acompanhando o Rei. A união dos dois destinava-se a confirmar que eram diferentes, do modo como a maioria dos casais — dois irmãos, marido e mulher, chefe e secretária — dividem os papéis. Você será reservado, eu serei gregário; você será falante, eu serei lacônico; você será gordo, eu serei magro; você lê poesia, eu mexo com a minha motocicleta. Com William, Catherine estava experimentando a forma mais rara de casal, em que duas pessoas, tão diferentes quanto possível, afirmam ser tão iguais quanto possível.

Ela quer fazer o que agrada a ele e ele quer fazer o que agrada a ela. Os dois se comovem e admiram a mesma música e a mesma poesia; sentem repulsa pelas mesmas coisas (matança de animais, conversas vulgares, as intrigas dos salões aristocráticos e de uma corte grotesca).

O Cavaliere, cuja vida é inevitavelmente muito ocupada por matanças de animais, conversas vulgares e intrigas de salão e da corte, alegrava-se ao ver que Catherine tinha alguém com quem falar, com quem ser sensível. E teria que ser com um homem — era estranho, mas Catherine parecia não gostar muito da companhia feminina —, porém um homem muito mais jovem que ela, de modo que ela pudesse se fazer de mãe; e, idealmente, um homem que amasse outros homens, poupando ao Cavaliere a preocupação de que pudesse haver iniciativas impróprias.

Sem ciúmes, não, com aprovação, o Cavaliere observava que Catherine parecia mais jovem na companhia do rapaz, e mais feliz.

Os dois estavam sentados no terraço, de onde se divisava Nápoles e a baía. Agora eram seis horas e entraram num aposento com janelas para o Vesúvio. A criada favorita de Catherine trouxe o chá. A luz suavizou-se, empalideceu. As velas se acenderam. O lufa-lufa dos criados e o canto das cigarras eram sons que eles não iriam ouvir. Se a montanha fez algum barulho, eles o ignoraram.

Depois de um longo silêncio, Catherine foi ao piano. William escutava com os olhos úmidos.

Cante, por favor, disse ela. Você tem uma voz linda.

Não quer cantar um dueto comigo?

Ah, ela riu. Eu não canto. Não gosto, não consigo...

O que, querida Catherine?

O Cavaliere chegou à noite, de botas, todo manchado de sangue, suado, recém-saído da chacina de animais com o Rei, e os viu juntos ao piano, rindo suavemente, os olhos brilhantes. Mas eu também sou sensível, pensou ele. E agora fui jogado no papel daquele que não compreende.

•

A voz de tenor ligeiro de William sustentou a última nota, e em seguida cessou. O som do piano tornou-se inaudível, o coração da expressividade do instrumento.

Catherine, murmurou William.

Ela se virou para ele e deu um sim com a cabeça.

Ninguém nunca me compreendeu como você, disse ele. Você é um anjo. Mulher preciosa. Ah, se eu pudesse ficar aqui, sob a sua influência benéfica! Eu ficaria completamente curado.

Não, disse Catherine, você tem que voltar para a Inglaterra, para os seus deveres. Não tenho dúvidas de que você irá dominar essas fraquezas, produto da sua extrema sensibilidade, que resultam de um coração terno demais. Esses sentimentos são como uma febre que passa.

Não quero voltar para casa, disse ele, e desejou ter a coragem de tomar sua mão. Como ela parecia bonita agora. Catherine, quero ficar aqui com você.

William pensa que está sofrendo de uma doença espiritual, que assume a forma de um apetite ilimitado por coisas vagas e exóticas. Como isso é lisonjeiro para ele mesmo. O que está acontecendo é que ele não tem licença de abraçar o que ele quer abraçar. Quase toda inquietação é uma inquietação sexual. O amor de sua vida tinha onze anos quando se conheceram, e William o vinha namorando e acariciando há quatro anos até que foram encontrados juntos, certa manhã, na cama do garoto. Quando o visconde de Courtenay proibiu William de voltar a sua casa e ameaçou processá-lo se ele ousasse aproximar-se mais uma vez de seu filho, William atravessou o canal da Mancha e seguiu para o Sul.

Procurou o abrigo de céus mais antigos. Mas não há alteridade que satisfaça o inquieto exílio sexual. Nenhum lugar é rude o bastante, estrangeiro o bastante. (Só depois — na lembrança, no relato.) No Norte do Sul ele recriou o mesmo escândalo, do qual mais uma vez foi obrigado a fugir: uma paixão por um rapaz de quinze anos, filho de uma família nobre de Veneza, rapidamente descoberta por outro pai irado, que o expulsou da cidade e o jogou península abaixo — até o fascínio de Nápoles, o torpor de Nápoles, e o coração solitário de Catherine.

•

Ela se sente mais forte, tem mais energia, e (como notou o Cavaliere) parece mais bonita. Ele ia se aperfeiçoando, sob sua benéfica influência. Tinham encontrado um porto seguro, a variação mais forte da privacidade: um ostracismo social voluntário. Cada um ansiava pela companhia exclusiva do outro.

É claro que não estavam literalmente sozinhos. Como convinha a um homem mais rico que qualquer lorde, William era incapaz de viajar sem seu tutor, seu secretário, seu médico particular, um mordomo, um cozinheiro, um padeiro, um artista para desenhar as paisagens que ele desejava guardar na memória, três criados, um pajem etc. etc. E Catherine e o Cavaliere tinham um vasto séquito na mansão da cidade, na vila próxima ao palácio real em Portici e no retiro de caça em Caserta, com cinqüenta aposentos. Os criados estavam por todo lugar, possibilitando tudo, mas, tal como as figuras em negro do teatro nô que entram no palco para arrumar o volumoso traje de uma personagem ou trazer um adereço, os criados não contam.

Sim, estavam sozinhos.

Esta relação, que tinha a emoção vibrante de algo ilícito, era conduzida na frente do Cavaliere e com a sua bênção. Embora concebida para não ser consumada, era, mesmo assim, um romance. O que os libertava para amar um ao outro era o fato de que cada um estava insatisfatoriamente apaixonado por outra pessoa. Sim, era o fato de que Catherine estava abjetamente apaixonada pelo Cavaliere depois de vinte e dois anos de casamento e que William sentia paixões convulsivas por rapazes púberes e bem guardados de seu próprio círculo que lhes permitia apaixonarem-se um pelo outro, sem precisar se preocupar com isso nem fazer nada a respeito.

Estando apaixonados e sem poder reconhecê-lo, gostavam de generalizar sobre o amor. Haverá algo mais cruel e mais doce, perguntava William. O coração tão cheio que não consegue falar, só consegue sonhar e cantar — você conhece esse sentimento, Catherine, sei que conhece. Do contrário você não poderia compreender tão bem aquilo que eu sinto e devo esconder de todos.

O amor é sempre um sacrifício, disse Catherine, que sabia do que estava falando. Mas aquele que ama, acrescentou, tem uma parte melhor do que aquele que se deixa ser amado.

Odeio ser infeliz, disse William.

Oh, suspirou Catherine, e refletiu sobre sua longa história de mulher infeliz sem ter direito algum de considerar-se como tal, tão grata ainda se sentia ao Cavaliere por ter se casado com ela. Considerando-se sem atrativos — e desprezando a si mesma pela vaidade que esse pensamento revelava —, tinha uma reverência de patinho feio por seu elegante marido, que achava tão atraente com seu longo nariz adunco, suas pernas finas, suas sentenças curtas, seu olhar firme. Ela ainda ansiava por ele sempre que ele se ausentava por mais de um dia, seus joelhos ainda fraquejavam sempre que ele entrava num aposento e se aproximava dela. Ela adorava a sua silhueta.

Você não está me julgando? murmurou William.

Você já julgou a si mesmo, meu caro. Você só precisa continuar nesse caminho melhor ao qual você aspira. Sua franqueza, sua delicadeza de sentimentos, a música que nós tocamos, tudo isso me diz que seu coração é puro.

Confissões mútuas da pureza essencial um do outro, da inocência, por mais diferentes que fossem suas vidas e por mais impura que fosse a dele.

William, resista à sedução de uma paixão suave e criminosa! Assim ela chamava o amor do jovem por outros de seu sexo, que não poderia deixar de despertar o talento sempre alerta de Catherine para a desaprovação. Amor que não chocava o Cavaliere, amigo de Walpole e Gray, patrono do estudioso renegado que assumira o nome de barão d'Hancarville (foi quem compilou os livros sobre os vasos do Cavaliere): já naquela época o mundo dos colecionadores e conhecedores, em especial de antiguidades, continha um número desproporcionado de homens que amavam outros de seu próprio sexo. O Cavaliere se orgulhava de ser livre de preconceitos sexuais vulgares, mas achava que essa inclinação era uma desvantagem, que expunha seu adepto a situações socialmente inconvenientes, e às vezes também, infelizmente, ao perigo. Ninguém podia esquecer o horrível fim do grande Winckelmann, num hotel ordinário em Trieste, doze anos antes, esfaqueado por um michê a quem ele mostrara alguns dos tesouros que estava levando a Roma. William, cuidado! Fique com os rapazes da sua própria classe.

•

Ambos são desajustados, amando o que não podem ter. E são aliados. Ela o protege; ele a faz sentir-se desejada. Cada um precisa do outro com tanta afinidade. Como seria lisonjeiro para ambos se os outros pensassem que são de fato amantes. Isso significaria que o consideram capaz de ser amante de mulheres, e a ela como ainda atraente. Ambos como almas corajosas capazes de jogar toda a cautela aos ventos. Essa relação, que raramente termina na cama, é uma das formas clássicas do amor romântico heterossexual. Em vez de consumação, há elevação. Uma sociedade secreta de dois, ambos estavam constantemente exaltados, ruborizados com a cumplicidade.

A voz de ambos torna-se mais profunda, entremeada de pausas. Suas mãos se emparelham no teclado, o rosto dela se inclina para o dele, se curva para ele. Sorrisos interiores, falta de ar, as belezas penetrantes de Scarlatti, Schobert e Haydn. Ignorando os espasmos do vulcão. Sem quererem ser distraídos por paisagem alguma.

Quando ela tocava, ele via a música. Era um arco que subia dos pés dela, que batiam o ritmo com delicadeza, fluía por seu corpo e saía pelas mãos. Ela se inclinava para a frente, uma mecha de cabelo natural caindo sobre a testa, seus braços ligeiramente flácidos inclinados como que para abraçar o teclado, seu rosto radiante moldado pelos sentimentos, os lábios entreabertos para um mudo suspirar e cantar.

Um amante teria reconhecido as expressões de Catherine no piano, e qualquer outra pessoa teria tido uma involuntária revelação de como ela se comportava com um amante. Fazendo caretas, estremecendo, assentindo com a cabeça, sorrindo beatificamente — ela atingia várias oitavas de abandono ao prazer. Era então, quando William a via mais claramente como um ser sexual, que se sentia mais atraído por ela, mais intimidado, e mais comovido. Ela era tão inocente, supunha ele, quanto ao que a música significava para ela e fazia com ela.

Às vezes, disse Catherine, sinto que a música me invade até o ponto do esquecimento total, quando minha vontade e minha intenção não mais existem. A música penetrou tão profundamente em mim que só ela dirige meus movimentos.

Sim, disse William, eu também sinto isso.

Haviam atingido aquele estado de perfeita concórdia vibratória, quando tudo o que observavam parecia uma metáfora para o seu relacionamento. Numa excursão a Herculano, maravilharam-se juntos com os edifícios imaginários — Eles têm de ser imaginários, Catherine! — representados em afrescos na Villa degli Misteri, cujas colunas esguias não precisam sustentar nada, mas apenas emoldurar o delicado espaço: elementos independentes de edifícios que não existem senão para si mesmos, para a luz e para a graça.

Assim eu construiria, disse William.

Na entrada da caverna da sibila de Cumas, sentiram-se unos com todo o mundo antigo.

Em Averno contemplaram as águas paradas da cratera submersa, que nos tempos antigos se acreditava ser a entrada do inferno, onde Virgílio fez Enéias descer ao mundo subterrâneo.

Lembra-se do aviso da sibila a Enéias? *Facilis descensus Averno*, proclamou William em sua voz aguda e nervosa, lançando um olhar afetuoso para Catherine. *Sed revocare... hoc opus, hic labor est.*

Sim, meu caro, sim. Não seja ocioso.

Com Virgílio posso afirmar que é fácil descer ao inferno. Porém, voltar... Oh, Catherine, com você, com a sua compreensão... não é trabalho, não é esforço.

Para serem felizes juntos, não precisam mais se sentirem superiores aos prazeres locais. Durante a estréia no Teatro San Carlo de mais uma ópera sobre uma noiva salva de um harém dos mouros, o castrato Caffarelli os fez chorar. Poucas vezes ouvi música tão ruim e tão bem cantada, murmurou William. Notou como ele sustentou o legato no dueto? Notei, notei sim, disse ela. Não é possível que som algum seja mais belo.

Catherine despertava para a sensualidade, assim como para a beleza da cidade, vendo-a refletida nas reações de William. Ela bloqueara tudo isso até agora, tanta aversão sentia pela corte dissoluta, a nobreza indolente, o paganismo da religião, a violência e a pobreza estarrecedoras. Com William, ela se permitia notar a energia erótica que fluía pelas ruas. Guiada pelo olhar libidinoso de William, deixava seu olhar demorar-se na boca madura e nos longos cílios negros de um jovem ferreiro de peito nu. Pela primeira vez em sua vida, já muito gasta, muito velha para seduzir, sentia-se tomada pela beleza dos homens jovens.

E da luz dourada. E das paisagens. As romãzeiras. E, meu Deus, o hibisco!

Sob as camadas da história, tudo fala de amor. Segundo o folclore do lugar, a origem de muitos locais napolitanos é uma história de amor infeliz. Outrora esses lugares foram homens e mulheres que, devido a um amor malfadado ou frustrado, se metamorfosearam naquilo que hoje se vê. Até mesmo o vulcão. O Vesúvio já foi um jovem, que viu uma ninfa bela como um diamante. Ela tocou seu coração e sua alma, ele não conseguia pensar em mais nada. Respirando cada vez mais calorosamente, ele investiu sobre ela. A ninfa, chamuscada com suas atenções, pulou no mar e tornou-se a ilha que hoje se chama Capri. Ao ver isso, Vesúvio enlouqueceu. Foi se agigantando, seus suspiros de fogo aumentaram, pouco a pouco se transformou numa montanha. E agora, tão imóvel como sua amada, eternamente fora do seu alcance, ele continua a lançar fogo e faz tremer a cidade de Nápoles. Como a indefesa cidade lamenta que o jovem não tenha conseguido o que desejava! Capri jaz na água, bem à vista do Vesúvio, e a montanha arde, arde, arde...

•

Como somos devotados um ao outro, eles poderiam ter dito. (Quantas vezes o amor por si mesmo vem disfarçado de devoção altruísta!)

Cada um testava a paciência do outro: que ela tem seu próprio modo de ser, que ele tem idéias perigosas. Mas ela é mais cautelosa que ele, pois ele vai partir (é jovem e é homem), e ela não pode. Pois aquilo deve terminar. É a mulher, é claro, que sai perdendo: o rapaz vai embora e amará outra vez, física e romanticamente. Para ela, ele é o seu último amor.

Ao partir, em janeiro, ele estava sofrendo. Chorou. Ela, sem dúvida mais triste que ele, ficou com os olhos secos. Abraçaram-se. Vou viver para as suas cartas, disse ele.

•

Quando te deixei estava perdido em sonhos, disse ele em sua primeira carta. Contou-lhe o quanto tinha saudades dela, descreveu as paisagens eloqüentes que o faziam lembrar... de si mesmo. Cada lugar o lançava num devaneio, tornava-se uma representação da sua própria mente (e de seus poderes), de suas próprias associações. Sua caligrafia era caprichosa, extravagante — Catherine achou-a difícil de decifrar — e ele era verboso nas descrições.

Onde quer que William estivesse, estava também em algum outro lugar. Em Miseno estava com Plínio, o Velho. Na entrada da caverna da sibila estava com Virgílio. Ou apenas com seus sentimentos indescritíveis. O fluxo de referências livrescas, a pronta transformação de cada realidade num sonho ou numa visão pareciam menos encantadores em suas cartas. Sem dúvida porque ela não era mais co-autora de suas fantasias, mas apenas receptora.

Ela esperava tudo de si mesma: sinal de caráter forte. (Ela nunca achara notável o fato de tocar cravo tão esplendidamente.) Mas tentava não esperar muito dos outros, para não corromper-se com a decepção. De William não esperava nada. Ela era William... ou ele era ela. Amar alguém é tolerar imperfeições que nunca desculparíamos em nós mesmos. E, se ela achasse que o egocentrismo das reações dele necessitava de defesa, provavelmente teria invocado a juventude do rapaz, ou simplesmente seu sexo.

Era como um sonho, William costumava dizer sobre algo que acabara de ver. Eu sonhei, lancei-me para trás até aquele tempo. Continuei caminhando, refletindo a cada passo. Deitei-me por uma hora apreciando as águas tranqüilas. Irritei-me ao ser despertado das minhas visões.

Descrevia cada parada de sua viagem como uma peregrinação. E cada lugar podia ser uma ocasião para uma reclusão inspirada, para uma desorientação voluptuosa. Aonde quer que ele fosse, haveria um momento em que poderia perguntar: Onde estou?

E Catherine, Catherine, eu não me esqueci. Onde está você?

A intimidade dos dois, isso também parecia um sonho.

Eu costumava ouvi-la como se estivesse em transe, disse William sobre as sessões musicais de Catherine, muitos anos depois. Transportado como nunca fui por nenhum outro intérprete. Você não imagina como ela tocava maravilhosamente — referindo-se, como sempre que se lembrava dela ao instrumento, apenas à sua maneira de tocar as composições alheias. Parecia, disse ele, que ela havia lançado sua própria essência na música, cujos efeitos eram emanações de uma mente pura, não contaminada. A arte e a pessoa eram uma coisa só. Ela vivia, sem se corromper, um anjo de pureza no meio da corte napolitana, lembrava-se William. Uma vez que naquela época louvar uma mulher era invariavelmente chamá-la de santa ou de anjo, William ansiava para que suas palavras fossem tomadas como mais que a homenagem costumeira. Você precisaria saber o que é aquela corte, escreveu ele, para compreender todo o significado disso. Nunca vi uma criatura com a mente tão celestial.

Durante toda a sua rápida viagem subindo a península, incluindo uma fútil parada em Veneza (para suspirar mais uma vez pelo jovem Cornaro), William continuava a escrever para Catherine, relatando suas loucas e fantásticas imaginações que só com ela podia compartilhar, e declarando que se tivesse suficiente fortaleza de espírito — Pouco me importa que o mundo me ache caprichoso! — mudaria sua resolução de seguir para a Inglaterra e voltaria imediatamente para Nápoles. Nada o faria mais feliz do que passar mais alguns meses na companhia de Catherine, e com ela dar boas-vindas à primavera, ler para ela debaixo do rochedo favorito e ouvi-la tocar música.

Da Suíça, falou sobre a música que *ele* estava compondo. Você já leu sobre os gnomos que se escondem nos abismos de tremendas montanhas? As melodias estranhas e exóticas que acabo de tocar no cravo eram exatamente, imagino eu, a música de dança dos elfos e pigmeus — ágil e melodiosa —, emotiva e subterrânea. Poucos mortais, exceto nós dois, querida Catherine, têm ouvidos para captar os sussurros que nas horas escuras emanam dos rochedos.

E mais uma vez: Como lamento, querida Catherine, ter de abandonar as esperanças de passar a primavera em Portici e conhecer os densos bosques da Calábria ao seu lado. Todas as minhas preces serão para voltar e ouvi-la durante horas inteiras sem interrupção, e minha maior ansiedade é que por algum tempo não nos veremos. Nunca poderia esperar conhecer outro ser humano que me compreendesse tão perfeitamente. Escreva-me sempre se tiver a menor sombra de compaixão pelo seu atento e afetuoso —

Cruzando os Alpes, disse ele, sentiu que o ar era mais puro e mais transparente do que qualquer outro que já respirara. Descreveu longas caminhadas em que atravessou uma infinidade de vales, ladeados de rochedos e repletos de vegetação aromática, e viagens mentais, em que saltava de rocha em rocha e construía nos pináculos castelos no estilo de Piranesi. E lhe disse que nunca parava de pensar nela. Só você pode imaginar os pensamentos solenes que tenho numa noite clara e gelada, escreveu ele, quando todas as estrelas estão visíveis. E também: Gostaria que você ouvisse o que os ventos estão me sussurrando. Escuto as coisas mais estranhas do Universo e meu ouvido está repleto de conversas aéreas. Que multidão de Vozes me trazem os ventos frios que sopram nestas vastas e fantásticas montanhas. Penso em você, aí onde é sempre verão.

Em Nápoles o inverno tornou-se excepcionalmente frio. Catherine começou a piorar. Seu médico, um velho escocês de pele coriácea (ela pensava nas faces macias de William) que vivia em Nápoles há anos, vinha vê-la quase todo dia. Será que estou tão doente assim, perguntou ela. São apenas dez milhas, eu gosto do exercício, replicou ele sorrindo. A suavidade do seu olhar deixou-a constrangida.

Agora estou em Paris, escreveu William. Minha deliciosa reclusão já acabou. A Inglaterra me espera. Mas oh, Catherine, temo que jamais servirei para nada neste mundo exceto para compor melodias exóticas, construir torres, projetar jardins, colecionar objetos do Japão antigo e imaginar viagens à China ou à Lua.

Em Nápoles nevou pela primeira vez em trinta anos.

Por mais distante que Nápoles fosse da Inglaterra, era ainda mais distante da Índia, a pátria de Jack. O Cavaliere notou com o coração apertado que o macaco estava adoecendo. Jack não mais pulava para todo lugar, mas se arrastava da mesa para a cadeira, do busto para o vaso. Levantava a cabeça devagar quando o Cavaliere o chamava. De seu peitinho vinha um chiado rascante. O Cavaliere lembrou que talvez estivesse muito frio no depósito. Pensou em dizer a Valerio que mudasse Jack para um andar superior, mas acabou esquecendo. Teria saudades do seu pequeno companheiro de troças. Já começara a cortá-lo fora do coração. E havia mais que as distrações costumeiras.

Era a época da campanha do Rei de caça ao javali. O Cavaliere transferiu o núcleo de sua casa — Catherine, os instrumentos musicais indispensáveis, uma seleção de livros e um reduzido contingente de trinta e quatro criados — para a casa de campo em

Caserta, onde o vento soprava ainda mais frio. Para poupar Jack dos rigores do clima do interior, deixou-o na cidade aos cuidados do jovem Gaetano, que recebeu instruções de não perder o animal de vista. O Rei convocou o Cavaliere para uma semana de caça nos sopés dos Apeninos. Oh, estou acostumada com as ausências dele, disse Catherine ao dr. Drummond, que vinha visitá-la dia sim dia não. E ainda: Não quero que meu marido se preocupe comigo.

Também queria que ele não se preocupasse com o pobre Jack. Como prepará-lo para o inevitável? Pois ela se preocupava com isso, até mesmo com isso. No domingo chegou a notícia de que Jack não despertara aquela manhã. O Cavaliere virou-se e ficou em silêncio por um longo momento. Voltou a abotoar sua jaqueta de caça e virou-se novamente. O chão ainda está congelado? perguntou. Não, veio a resposta. O Cavaliere suspirou e deu ordens para que o enterrassem no jardim.

Ela ficou aliviada ao ver que ele não parecia muito desconsolado, mas ela própria se entristeceu com o destino daquela criaturinha estrangeira que servira ao Cavaliere tão ardentemente. Lembrou-se de como ele se sentava no formato de uma clave de sol, com a cauda felpuda caprichosamente enrolada debaixo do traseiro.

Da Inglaterra, William escreveu que começara e já quase terminara um novo livro. Era um relato de suas viagens e de todas as suas fantasias e encontros imaginários com os espíritos dos lugares. Mas apressou-se a asseverar, para tranqüilizá-la, que, embora o livro esteja totalmente imbuído dos acentos visionários de Catherine, ela não será mencionada. Ele assumirá inteira responsabilidade por todas as idéias que os dois engendraram juntos, defendendo-a da malícia e da inveja do mundo. Ninguém conseguirá criticá-la ou implicá-la. O papel dela em sua vida permanecerá para sempre secreto, um mistério sagrado. Ele representará os dois para o mundo.

Sem dúvida.

Ela se sente aniquilada. Mas pelo menos existirá algo que representa os dois.

Mandou imprimir quinhentos exemplares, anunciou ele. Depois escreveu que mudou de idéia e mandou que a edição fosse toda destruída, exceto cinqüenta exemplares. Ela estava protegida, ele não. Caindo nas mãos erradas, o livro podia ser mal interpretado. Ele não queria expor-se ao ridículo.

Mas ele sempre pertencerá a você, Catherine, escreveu ele.

Ela não queria se sentir abandonada, mas sentiu-se.

Ele escreveu que estava relendo o livro favorito dele — não, dos dois.

Catherine, Catherine, você se lembra daquele trecho no início do *Werther*, depois que o herói diz: "É destino de um homem como eu ser mal compreendido", quando ele recorda o amigo da sua juventude. Claro que você se lembra. Mas não posso resistir à tentação de copiá-lo, pois expressa tão perfeitamente o que eu sinto. "Digo para mim mesmo: Você é tolo ao procurar algo que não se pode encontrar nesta terra. Mas ela era minha, senti seu coração, sua grande alma, em sua presença eu parecia ser mais do que de fato era porque eu era tudo o que podia ser. Meu bom Deus, haveria então uma única força na minha alma que não fosse utilizada? Será que eu não poderia desdobrar na presença dela todas as emoções maravilhosas com que meu coração abraça a Natureza? Não era nossa relação um entremear perpétuo do sentimento mais sutil com o espírito mais agudo, cujas alterações, por mais extravagantes que fossem, portavam a marca do gênio? E agora? — Ai, os anos que ela já vivera antes de mim a levaram ao túmulo antes de mim. Jamais a esquecerei — nem a firmeza de sua mente, nem sua divina fortaleza."

Ah, pensou Catherine, ele está me matando. Esse pensamento não a chocou tanto quanto deveria.

O Cavaliere voltou, corado, nervoso, da caçada. Na manhã seguinte, durante o desjejum, olhando para o rosto pálido e enrugado de Catherine — como ela parecia usada, enquanto ele ainda se sentia tão vigoroso como sempre, a carne vibrante com o exercício e com a lembrança de sensações agudas, com o vento, os gritos, os cheiros acres, o duro dorso do cavalo entre as pernas —, ele a odiou por envelhecer, por estar sempre dentro de casa, por parecer tão vulnerável como era. Por estar triste — e o porquê, ele achava que sabia. E, ciumento, não pôde resistir à tentação de ser cruel.

Permita-me lembrá-la, minha querida, de que nós dois estamos de luto.

Ela não respondeu.

Você perdeu meu jovem primo. Mas eu perdi Jack.

Mais uma carta de William, na qual ele se queixava de que Catherine não respondera à sua última e à sua penúltima. Não me abandone, anjo! A verdade era que ela estava começando a finalizar o luto. William começara a parecer remoto. Será que eu senti tudo isso? Tanto assim? Assim como o som decai no inaudível, a euforia decai na indiferença, e isso é sempre esperado, o modo como os sentimentos exaltados se enfraquecem, se desfazem com o tempo. Estava ficando mais difícil imaginar o que ela sentira quando William estava lá. Aquela intensidade era como, como... até mesmo ela poderia agora usar a palavra sonho.

7

SINTOMAS. Dificuldade para respirar, uma dor em torno do coração. Falta de apetite. Mal-estar nos intestinos, dor no lado e no peito, regurgitações crônicas, nada lhe pára no estômago, sensação de fraqueza no braço direito — a maioria desses sintomas diminuiu. Dores de cabeça. Falta de sono. Cabelos brancos no travesseiro todas as manhãs. Grande dificuldade para respirar. (Fraquezas de mulher: informes, genéricas. Um homem cai doente, uma mulher de berço vai definhando.) Desprezo por si mesma. Ansiedade por ser motivo de preocupação para o marido. Repulsa pela tagarelice fútil das outras mulheres. Pensar sobre o céu. Impressão de frieza universal.

DIAGNÓSTICO. O dr. Drummond suspeita de paralisia. Ou pensa que os poderes vitais estão totalmente esgotados. Ela tem apenas quarenta e quatro anos, mas está enferma há décadas.

ORAÇÕES. Dar graças a Deus por todas as Suas mercês, humildemente pedindo perdão por seus pecados do passado, implorando indulgência para seu ímpio esposo. Mais pensamentos sobre o céu, onde todos os males são reparados. Senhor, tenha piedade e corrija-nos.

CARTAS. A amigos e parentes da Inglaterra, cartas de um desalento excepcional. Temo que nunca mais nos veremos. E para o marido, em fevereiro, quando a orgia de caça ainda continuava e o Cavaliere se ausentava com freqüência, uma carta de uma abjeção excruciante: Como são tediosas as horas que passo na ausência do amado do meu coração, e como me é cansativa cada cena. Ali está a cadeira onde ele se senta; não o vejo lá, meu coração sente um baque e meus tolos olhos se enchem de lágrimas. Todos esses anos que estamos casados, ao invés de diminuírem o meu amor, aumentaram-no até este ponto e o entrelaçaram à minha existência de uma tal maneira que ele não pode mais alterar-se. Que fortes esforços já fiz para dominar meus sentimentos, mas em vão. Como já argumentei comigo mesma, mas sem resultado. Só aqueles que já sentiram conhecem a infeliz ansiedade de um amor não dividido. Quando ele está presente cada objeto tem uma aparência diferente; quando ele está ausente, quão sozinha e isolada me sinto. Procuro paz na companhia alheia e sinto-me ainda mais desassossegada. Ai, tenho apenas um prazer, uma satisfação, e esta se concentra toda nele.

MÚSICA. Não é bem verdade que ela não tenha nenhum interesse, absolutamente nenhum, quando ele se ausenta. Mas os sons ao cravo são mais plangentes. A música eleva, porém não apaga.

PAIXÃO. A partida de William a deixou mais vulnerável do que nunca. Porém, uma tal paixão no casamento não é natural. E: é sempre correto tentar superar esta paixão, distrair-se. Ela visita alguns novos sítios descobertos nas cidades mortas, participa de uma reunião musical na mansão do embaixador austríaco, visita uma dama siciliana de alta estirpe que, depois de despachar dez, não, onze pessoas pelo punhal ou pelo veneno, foi por fim denunciada pela sua própria família e, como punição, confinada, luxuosamente confinada, num convento perto de Nápoles. Sua idade estava por volta dos vinte e três, relatou Catherine ao marido. Ela me recebeu sentada na cama, recostada em travesseiros de cetim, ofereceu-me biscoitos e refrescos, e conversou educadamente e com grande animação. Parecia inimaginável que alguém com maneiras tão distintas fosse capaz de tais atrocidades. Tinha um rosto tímido, até bondoso, relatou Catherine, espantada — fato que não teria impressionado nem o menos esclarecido entre os naturais do país onde ela agora residia, já que qualquer campônio sabe que é comum vender mercadoria estragada debaixo de uma boa tabuleta;

mas Catherine era do Norte, educada com finura, nem camponesa nem aristocrata, e genuinamente piedosa, uma protestante que assumia que há uma equivalência entre o interior e o exterior. Ela não parece uma assassina, disse Catherine suavemente.

•

Catherine falava em voz muito baixa, o Cavaliere haveria de lembrar-se. Às vezes era preciso inclinar-se para ouvi-la. Um pedido de intimidade? Sim. E também sinal da sua raiva reprimida.

•

Veio a primavera, um cálido e fragrante mês de abril. Ela passava boa parte do tempo na cama. As cartas de William falavam, jubilosas, irritantes, de um futuro. Mas Catherine sabia que para ela não havia futuro. Só podia pensar no passado, amar o passado.

O Cavaliere estava numa expedição arqueológica em Apúlia por mais de uma semana. Catherine, sem poder deixar a cama, sentia-se mais debilitada de hora em hora. Numa quente noite de abril, debatendo-se nos estertores de um doloroso ataque de asma que ela achou que talvez fosse o começo do fim, buscou alívio numa carta.

Catherine nunca tivera medo, e agora tinha medo. O longo e árduo trabalho de morrer dera nova ênfase ao pesadelo recorrente do asmático de ser enterrado vivo. Ajudaria escrever um bilhete para o Cavaliere, pedindo-lhe que não fechasse o caixão por três dias depois que ela morresse. Mas, para dizer isto, teria que começar dizendo que teme que dentro de alguns dias, não, horas, será incapaz de lhe escrever; declarar então que lhe é impossível expressar o amor e a ternura que sente por ele, e que ele, só ele, foi a fonte de todas as suas alegrias, ele, a mais cara de todas as suas bênçãos terrenas, e que esta palavra, terrena, a transporta destes sentimentos extravagantes e inteiramente sinceros pelo Cavaliere para a lembrança de bênçãos celestiais ainda maiores, e para a expressão de sua esperança de que ele possa algum dia ganhar a fé.

Catherine não crê, na realidade, que ele vá se tornar devoto (e ele não se tornou). Seu anseio para que ele ceda à crença religiosa vem da sua própria necessidade de uma linguagem exaltada, rapsódica. Queria que ele reconhecesse a realidade daquela dimensão, e portanto daquela linguagem, para que os dois pudessem compartilhá-la — para que pudessem, por fim, ser verdadeiramente íntimos.

Mas é claro que ele nunca conhecerá a compensação rapsódica. Apesar de todos os sentimentos sombrios e constritivos que... e aqui ela começou a lutar para respirar e lembrou-se do que tencionara colocar nesta carta, uma verdadeira carta de adeus, além de declarar seu amor, pedir-lhe que esquecesse e perdoasse seus defeitos, desculpá-lo por deixá-la sozinha tanto tempo, abençoá-lo e pedir-lhe que se lembrasse dela com carinho — sim, ela queria pedir algo. Que eu não seja fechada depois de morta até que seja absolutamente necessário. Terminou lembrando a ele que determinasse no seu testamento que fosse cumprida a promessa que lhe fizera, de que seus ossos irão jazer junto aos dela, na igreja Slebech, quando a Deus aprouver chamá-lo, o que ela espera que não suceda durante muitas décadas, período no qual — esta é uma sentença exaustiva, de grande fôlego, como os asmáticos têm especial prazer em escrever —, período no qual ela espera que ele não permaneça sozinho. Que todas as bênçãos terrenas e celestiais o acompanhem e que você possa ser tão amado como eu o amei. Subscrevo-me, sua fiel esposa etc.

Lacrou a carta, sentiu aliviar-se o peso em seu peito e dormiu tranqüilamente como não fazia há semanas.

Chegou o verão, com seu calor opressivo, assustador. O Cavaliere ficou zangado com Catherine por morrer — causando-lhe incômodo, abandonando-o. Quando, em julho, o casal se mudou para a vila vesuviana, a predileta de Catherine entre as três residências, o Cavaliere encontrou muitas razões para demorar-se dias seguidos no palácio real, sito nas proximidades. O dr. Drummond vinha todas as manhãs vê-la, trazendo mexericos para fazê-la sorrir, docinhos para estimular seu apetite, e, uma vez por semana, sanguessugas para fazer-lhe sangria. Certa manhã de agosto ele não chegou. Ela devolveu o almoço intacto às três horas da tarde e mandou inquirir por um criado, que voltou com a notícia de que o doutor não viera com sua carruagem pois decidira vir montado em seu novo cavalo de caça, e a uma milha da vila fora jogado do cavalo e levado de volta à cidade numa liteira. Os ferimentos, segundo disseram, eram graves. Depois, muito graves: a espinha quebrada e um rim perfurado. Morreu uma semana depois. Quando lhe trouxeram esta notícia, Catherine chorou pela última vez.

O Cavaliere sempre achou que o fato de ela se sentir um tanto responsável por este horrível acidente, ocorrido quando o doutor estava a caminho para visitá-la, apressou a morte de Catherine, que sobreveio apenas doze dias depois. Sentada em sua cadeira favorita, em frente ao bosque de pervincas, ela desmaiou e foi carregada para casa. Quando a puseram na cama, abriu os olhos e pediu um pequeno retrato oval do Cavaliere, que colocou sobre o peito com a face para baixo. Fechou os olhos e morreu aquela noite sem voltar a abri-los.

•

Para os que não a tinham conhecido bem, ele a evocava assim.

Minha esposa, dizia ele, era miúda, esguia, de aparência elegante e maneiras distintas. Tinha o cabelo loiro claro, que não embranqueceu com a idade, olhos vivos, belos dentes, um sorriso inteligente. Sua maneira de ser era reservada, seus gestos discretos, e era perita em contribuir com algumas palavras para animar uma conversa sem nem cogitar em dominá-la. Sua constituição era delicada, e no curso de sua vida a saúde fraca influenciou-lhe em muito a disposição de espírito. Bem-educada, cultivada e esplêndida musicista, era muito requisitada na sociedade, a qual, porém, costumava evitar, por motivos de saúde e autopreservação. Ela era uma bênção e um consolo para os que a conheciam, e sua falta será dolorosamente sentida por todos.

Recordava as virtudes da esposa, seus talentos, suas preferências. Na verdade, falava sobretudo de si mesmo.

O sofrimento transforma a pessoa num ser estranho, disse o Cavaliere a Charles numa carta. Estou muito mais desolado, muito mais triste do que esperava ficar.

Algo terrível lhe acontecera, pela primeira vez. O mundo é um lugar traiçoeiro. Você vai andando por aí, levando sua vida, e de repente já se acabou, ou tudo piorou. Outro dia mesmo, em Portici, um pajem real abriu a porta de uma capela abandonada, entrou numa *mofetta*, que é como chamam os bolsões de gás frio e venenoso segregado pelo vulcão, e morreu instantaneamente. Desde então o Rei, aterrorizado, não fala de outra coisa, e acrescentou mais alguns amuletos e talismãs à grande quantidade que normalmente já costuma prender em suas roupas de baixo. E veja o que aconteceu ao velho Drummond, quando vinha a cavalo visitar... não, lembrou-se de repente o Cavaliere, aquele a quem aconteceu algo terrível é ele mesmo. Ele não tinha talismãs mágicos; tinha sua inteligência, seu caráter.

Algo terrível. Algo para se enfrentar com fortaleza. Tive uma vida feliz, pensou ele.

O homem sábio está preparado para tudo, sabe como ceder, como resignar-se, é grato pelos prazeres que a vida ofereceu, e não se encoleriza nem choraminga quando a felicidade (como tem que ser) termina.

E não era ele um grande colecionador? Portanto continuamente absorvido, distraído, divertido. Não sabia como era profundo seu sentimento por Catherine, ou sua necessidade dela. Não sabia que precisava tanto assim de alguém.

Os colecionadores e curadores de coleções muitas vezes reconhecem, sem muita dificuldade, seus sentimentos misantrópicos. Eles confirmam que dão, sim, mais importância às coisas inanimadas do que às pessoas. Que os outros fiquem chocados — eles é que sabem das coisas. Nas coisas pode-se confiar. Elas nunca mudam sua natureza. Seus atrativos não se desgastam. As coisas, coisas raras, têm valor intrínseco; as pessoas têm o valor que a nossa necessidade nos obriga a lhes atribuir. Colecionar dá ao egoísmo os acentos da paixão, que é sempre atraente, enquanto nos arma contra as paixões que nos fazem sentir mais vulneráveis. Colecionar dá mais segurança àqueles que se sentem privados e detestam sentir-se privados. Ele não sabia o quanto o amor de Catherine também o fazia sentir-se seguro.

Ele esperava mais da sua capacidade de distanciamento, a qual confundia com seu temperamento. O distanciamento não bastaria para ajudá-lo a passar por esse desgosto. Era preciso estoicismo, o que implica que a pessoa realmente está sentindo dor. Não esperava que pela pressão da dor sua vida iria retardar-se tanto, ensombrecer-se tanto. O amor de Catherine parecia radiante agora, agora que se extinguira. Nenhuma lágrima banhou seus olhos quando se sentou à beira da cama de Catherine e tirou seu retrato da mão dela que já se enrijecia, nem quando devolveu o retrato a ela, colocando-o no caixão antes de ser fechado. Embora não chorasse, seu cabelo (de súbito mais grisalho), sua pele (mais seca, mais enrugada) falavam por ele, pranteavam por ele. Mas não sabia, de modo nenhum, incriminar-se. Amara tanto quanto podia e fora mais fiel do que era costume. O Cavaliere sempre soube perdoar a si mesmo.

Sentou-se sob um caramanchão que dava para o bosque de pervincas, exatamente onde Catherine estava sentada quando desmaiou e foi trazida para casa. Onde ela sempre se sentava com William. Uma teia densa e complexa se estendia numa abertura ocular no topo do caramanchão. Observou-a distraído por algum tempo, até lembrar-se de procurar a aranha, que por fim localizou suspensa, imóvel, do filamento mais externo. Tomando então seu cajado, de um golpe só partiu a teia de cima a baixo.

As cartas do Cavaliere falam de uma melancolia fixa, ingovernável. O peso, o tédio, a indolência — como era aborrecido escrever essas palavras — estão se tornando meu destino. O Cavaliere não gostava de sentir demais, porém ficou alarmado ao ver o evidente arrefecer dos sentimentos. Queria continuar não sentindo demais, nem de menos (assim como não queria ser jovem nem velho). Queria não mudar. Contudo, tinha mudado. Você não me reconheceria agora, escreveu a Charles. Sendo por natureza cheio de vida e de energia, receptivo, interessado em tudo, venho me tornando indiferente a muita coisa que antes me dava prazer. Isto não significa indiferença para com você, caro Charles, ou para com qualquer outra pessoa, mas uma indiferença geral que tudo envolve. Ergueu a pena e considerou o que escrevera.

Confio que a apatia não seja minha condição inescapável, continuou, tentando bater numa tecla otimista.

Tinha planejado publicar mais uma edição, com mais pranchas, de seu livro sobre vulcões. O plano foi abandonado, contou a Charles; não consegue superar o sentimento de cansaço. Acerca de uma recente viagem a Roma para apreciar quadros, relatou: A melancolia me perseguiu até aqui também. Minhas novas aquisições deram-me pouco prazer. Descreveu a Charles uma delas, uma pintura de um mestre menor toscano do século XVII, lembrando a transitoriedade da vida humana. Sua mensagem era voluptuosamente pertinente, sua execução admirável. Fitou com olhar inexpressivo o engenhoso ângulo das flores e do espelho, a carne macia da jovem que contemplava a si mesma. Pela primeira vez na sua vida aumentar uma de suas coleções não lhe deu prazer.

Seu corpo ágil, vigoroso, lhe permitia andar a cavalo, nadar, pescar, caçar, escalar a montanha com tão pouco esforço como sempre. Mas era como se houvesse um véu entre ele e aquilo que observava, tirando o sentido de tudo. Ao sair certa vez para uma pescaria noturna, acompanhado apenas por Gaetano e Pietro, ficou observando os dois criados tagarelarem em seu dialeto incompreensível, golpeando o ar como se as palavras e as frases precisassem ser impelidas com os maxilares. As vozes que ecoavam, vindas de outros barcos que cruzavam e recruzavam a baía negra, a noite negra, soavam como gritos de animais.

Sim, ainda tinha o mesmo físico vigoroso. O que ele notava era um envelhecimento dos sentidos e da sua capacidade de entusiasmar-se. Sentia seu olhar tornar-se mais opaco, a audição e o paladar menos apurados. Concluiu que era porque estava ficando velho. As razões são inúmeras para este esfriamento generalizado, explicou ele — aqui a morte de Catherine está sendo reconhecida —, mas talvez seja sobretudo a passagem dos anos. Lutou para resignar-se a essa redução das capacidades.

Nunca se sentira jovem, como já dissera à vidente. Mas quando Catherine morreu sentiu-se, de repente, velho. Está com cinqüenta e dois anos. Quantos anos Efrosina lhe dissera que ainda tinha para viver? Ele próprio dera as cartas e jogara. Ficou pensando como diabos haveria de ocupar a eternidade dos vinte e um anos ainda por vir.

•

Estar desacompanhado. Estar sozinho. Baixar até seus próprios sentimentos.

Ali encontrar nevoeiros e vapores. E logo pequenas protuberâncias de velhas cóleras e anseios. Depois, um grande vazio. Você pensa no que fez, fez com brio — grandes rasgos de ação, grandes empreendimentos. Toda essa energia se esgotou. Tudo se torna um esforço.

Saciado, seu apetite pelo excesso. Agora basta.

•

Alguns meses depois da morte de Catherine, percorrendo a devastação deixada por um terremoto na Calábria, fitando os corpos enrijecidos, empoeirados, retirados das ruínas, as fisionomias convulsas, as mãos fechadas como garras — as pessoas deprimidas costumam ser voyeuristas —, depois vendo retirada ainda com vida uma criança que ficara soterrada oito dias debaixo de uma casa com o punho apertado contra o rosto, de tal modo que lhe abrira um buraco na face.

Sim, mostre-me mais horrores. Não recuarei.

•

Por um momento, apenas um momento, viu-se como um louco, disfarçado de ser racional. Quantas vezes já subiu esta montanha? Quarenta? Cinqüenta? Cem?

Ofegante, com um amplo chapéu protegendo do sol seu rosto magro, fez uma pausa e mirou o cone lá em cima. Do topo do vulcão — muito acima da cidade, do golfo, de suas ilhas.

Estava bem em cima, olhando para baixo. Um pontinho humano. Longe de todas as obrigações da simpatia, da identificação: o jogo da distância.

Antes, tudo o afirmava. Conheço, logo existo. Coleciono, logo existo. Interesso-me por tudo, logo existo. Veja tudo o que eu conheço, tudo o que me é caro, tudo o que conservo e transmito. Eu construo meu próprio legado.

As coisas haviam se voltado contra ele. Agora elas dizem: Você não existe.

A montanha diz, Você não existe.

Os padres dizem, O vulcão é a boca do inferno.

Não! Estas monstruosidades, vulcões, "montanhas ignívomas", longe de serem emblemas ou presságios do inferno, são válvulas de segurança para os fogos e vapores que de outra forma causariam estragos ainda mais freqüentes.

Ajoelhou-se na valeta que rodeava o cone e pôs as palmas das mãos no cascalho coberto de poeira; deitou-se então de barriga para baixo, protegido do vento, e apoiou o rosto no chão. Tudo estava em silêncio. O silêncio falava da morte. Assim como a luz densa, estagnada, amarelada, assim como o cheiro do enxofre que subia das fissuras, as pedras empilhadas, as cinzas e a vegetação seca, as nuvens como lajes de pedra no céu azul anil, a lisura do mar. Tudo fala da morte.

Vamos adotar um enfoque positivo. A montanha é um emblema de todas as formas de morte por atacado: o dilúvio, a grande conflagração (*sterminator Vesevo*, como diria o grande poeta), mas também da sobrevivência, da persistência humana. Neste caso, a natureza soltando sua fúria cega também faz a cultura, faz artefatos, ao assassinar, ao petrificar a história. Em desastres assim, há muito para se apreciar.

Debaixo do solo havia lava escoriácea, tufos de minerais reluzentes, rochas incrustadas de fósseis e a sombria obsidiana em vias de tornar-se transparente, sob a qual jaziam mais camadas inertes que englobavam o núcleo de rocha derretida, pois a montanha, a cada vez que explodia, deformava ainda mais o solo, deixava-o mais espesso e cheio de camadas. E descendo a encosta, sob as saliências da rocha e os tufos de giesta amarela, até lá embaixo, até as aldeias e o mar, há mais e mais camadas de coisas humanas, artefatos, tesouros. Pompéia e Herculano jaziam soterradas e agora — um milagre da época — foram exumadas. Porém, logo ao lado está o mar Tirreno, que se fechava sobre o reino de Atlântida. Sempre há mais alguma coisa a ser descoberta.

O solo contém tesouros para os colecionadores.

O solo é onde os mortos vivem, empilhados em camadas.

Com a face colada ao chão, o Cavaliere desceu ao nível mineral da existência. Lá se foi a corte, com seu Rei violento e exuberante, lá se foram os belos tesouros que conseguira acumular. Será possível não estar mais apegado a eles? Sim, neste momento ele não se importa mais.

•

O Cavaliere gostaria de ter tido uma visão de redentora plenitude e graça, tal como se costuma ter no topo de uma montanha. Mas ele só consegue pensar em subir mais e mais. Imaginou subir aos ares naquela nova maravilha francesa, o balão, com um grupo de assistentes; não, só com o jovem Pumo; e poder avistar o Vesúvio lá embaixo, ver de cima a montanha cada vez menor. A fria felicidade de uma ascensão sem esforço, subindo, subindo, até o porto seguro do puro céu.

Ou teria gostado de evocar uma altaneira visão do passado, tal como William ofertara a Catherine. Mas tudo o que lhe vem à mente é uma catástrofe. Digamos, uma vista panorâmica da grande erupção de 79 d.C. O barulho assustador, a nuvem em forma de pinheiro, a morte do sol, a montanha explodindo, vomitando fogo e vapores venenosos. A cinza cor de rato, a lama marrom que vem descendo. E o terror dos habitantes de Pompéia e Herculano.

Tal como ocorreu num duplo urbanicídio mais recente, uma das cidades assassinadas é muito mais famosa mundialmente do que a outra. (Como já disse um gaiato, Nagasaki tinha uma má assessoria de imprensa.) Assim, deixemos que ele prefira estar em Pompéia, vendo a morte chover, talvez sem vontade de fugir enquanto é tempo porque já naquela época ele é uma espécie de colecionador audaz. E como poderia partir sem suas coisas? Assim, talvez enquanto sua rua, depois seus joelhos desaparecem debaixo das cinzas, teria sido ele quem se lembrara do verso da *Eneida*, aquele que os escavadores descobriram escrito na parede de uma casa: *Conticuere omn*... (Tudo ficou em silêncio.) Arquejando, lutando para respirar, não vivera para terminar a inscrição.

Tal como num sonho (quando se está às portas da morte), ele salta fora da malfadada cidade e tenta ser alguém observando. Por que não ser o mais famoso observador, e vítima, da erupção? Pois se, cedendo ao óbvio, pudesse imaginar a si mesmo não como semelhante, mas como o próprio Plínio, o Velho, se pudesse sentir o sopro do vento na proa do barco do almirante rodeando o cabo de Miseno, se pudesse estar com Plínio até o fim, quando, com os pulmões enfraquecidos pela asma (oh, Catherine!), sucumbiu à fumaça letal... Mas ao contrário de seu jovem primo, que está sempre imaginando ser outra pessoa (e aos quarenta anos de idade irá congratular a si mesmo por ser eternamente jovem), o Cavaliere tem dificuldade para imaginar que é qualquer outra pessoa que não ele mesmo.

Aquela noite, dormiu no flanco do vulcão.

Se ele sonha, sonha com o futuro — saltando por cima do futuro que lhe resta (sabe que o futuro não contém nenhum grande interesse nem felicidade) diretamente para o futuro que resulta na sua morte. Pensando no futuro, o Cavaliere examina sua própria não-existência. Até a montanha pode morrer. E também a baía — embora o Cavaliere não consiga imaginar isto. Não consegue imaginar a baía poluída, a vida marinha toda morta. Viu a natureza oferecendo perigo; não consegue imaginar a natureza correndo perigo. Não imagina quantas mortes ainda estão à espera desta natureza: o que acontecerá ao ar que acaricia com suavidade, à água verde-azulada onde os nadadores se divertem e os garotos contratados pelo Cavaliere mergulham em busca de espécimes marinhos. Se uma criança pulasse na baía agora, sua pele se descolaria dos ossos.

No tempo do Cavaliere as pessoas tinham padrões mais altos de destruição. Achavam que valia a pena notar que o mundo não é liso como um ovo. O litoral acidentado dá para um mar incipiente, e a terra seca tem superfícies partidas, cheias de protuberâncias; e havia rudes montículos: montanhas. Manchado, borrado, sulcado — sim, em comparação com o Éden ou com a esfera primordial, este mundo é uma grande ruína. Na época, não sabiam o que a ruína poderia ser!

•

Esperou um vento clarificador. E o torpor se endurecia sobre todas as coisas, como o rio de lava.

Olhou dentro do buraco, e como qualquer outro o buraco disse, Pule. O Cavaliere lembrou-se de ter levado Catherine, depois da morte do pai desta, até o Etna, que estava então em plena erupção, e de ter parado no sopé da montanha na cabana de um eremita (há sempre um eremita), que insistiu em contar mais uma vez a lenda do antigo filósofo que pulou na cratera fervente para testar se era imortal. Presumivelmente, não era.

•

Estava esperando uma catástrofe. É esta a corrupção da profunda melancolia: sua sensação de desamparo se espalha e inclui outras pessoas; facilmente imagina (e, portanto, deseja) uma calamidade mais geral.

Roncos agourentos, que os turistas e também o Cavaliere recebiam com alegria. Cada visitante queria que o vulcão explodisse, "fizesse alguma coisa". Queriam sua ração de apocalipse. Uma visita a Nápoles num intervalo entre cataclismos, quando o vulcão parecia inerte, era por força um tanto decepcionante.

•

Foi a época em que todas as obrigações éticas foram, pela primeira vez, levadas a exame, o início da era que chamamos de moderna. Se uma pessoa podia, apenas apertando um botão, sem nenhuma conseqüência para si mesma, causar a morte de um mandarim no outro lado do mundo (muita esperteza escolher alguém tão longe), seria possível resistir à tentação?

As pessoas são capazes de realizar as ações mais pesadas se se fizer com que estas pareçam não ter peso.

Como é fina a linha entre a vontade de viver e a vontade de morrer. Como é tênue a membrana entre a energia e o torpor. Tantas pessoas mais poderiam ceder à tentação de cometer suicídio se este fosse facilitado. Que tal... um buraco, um buraco bem profundo, que se pusesse num lugar público, para uso geral. Digamos na esquina da Quinta Avenida com a rua 70, em Manhattan. Onde fica a Coleção Frick. (Ou um local mais proletário?) Uma tabuleta ao lado do buraco diz: 16h — 20h / 2ª 4ª 6ª / SUICÍDIO PERMITIDO. Só isso. Uma tabuleta. Ora, com certeza pulariam pessoas que antes nem tinham pensado no assunto. Qualquer cratera é um abismo, se se colocar o rótulo adequado. Voltando para casa do trabalho, ou saindo para comprar um maço de maléficos cigarros, desviando para apanhar a roupa na lavanderia, procurando na calçada a echarpe de seda vermelha que o vento deve ter lhe arrancado dos ombros, você se lembra da tabuleta, você olha para baixo, você traga depressa, exala devagar, e pergunta — como Empédocles em Etna — por que não.

PARTE DOIS

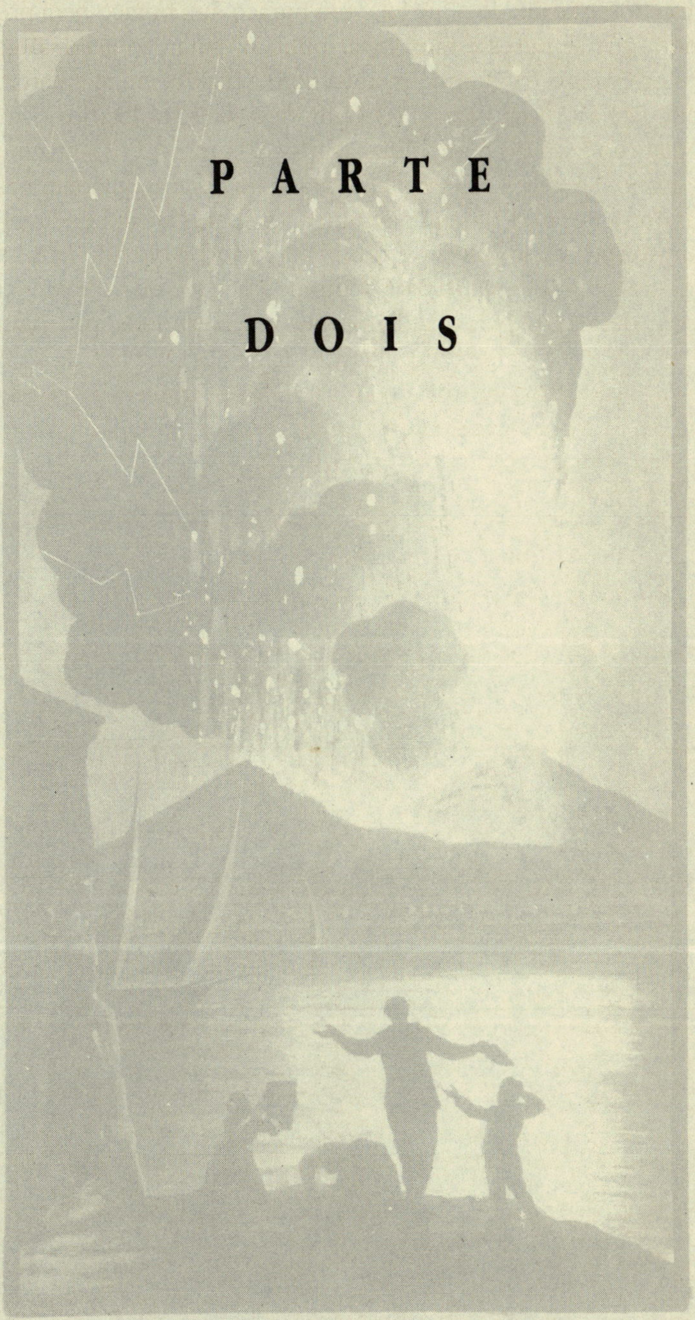

1

Nada se iguala à exaltação do melancólico crônico quando vem a alegria. Mas, antes de ter licença para chegar, ela deve fazer o cerco ao coração cansado. Me deixe entrar, ela geme, ela berra. O coração tem que ser forçado.

Aconteceu quatro anos depois. Primeiro a morte de Catherine teve de ser absorvida pelo metabolismo bem afinado do Cavaliere. Pediu outra licença, a fim de levar o corpo para ser enterrado no País de Gales. Aqui não havia ninguém cujo consolo o consolasse. A morte de Catherine o levou perigosamente próximo a um estado de que não gostava, o de pensar sobre si mesmo. Aplicou seu remédio costumeiro, que era pensar sobre o mundo. Com o pouco tempo que lhe sobrava após os deveres e distrações de costume, ocupou-se em visitar algumas novas escavações na pétrea Calábria (*Catherine não existe mais*). Ali, numa aldeia das redondezas, foi levado a um festival em honra aos santos Cosme e Damião, que culminou num serviço religioso na igreja para abençoar um objeto de um palmo e meio de comprimento, muito reverenciado pelas mulheres estéreis, conhecido como o Dedão do Pé. *Não existe mais*! Empoeirado, radiante, o Cavaliere voltou para Nápoles. A uma erudita sociedade dedicada ao estudo da antiguidade (*Catherine está morta*) o Cavaliere enviou um artigo relatando esta saborosa descoberta dos vestígios de um antigo culto priápico ainda existente sob a capa do cristianismo, que oferecia uma nova prova da semelhança entre a religião papista e a pagã; lembrando o predomínio das efígies representando os órgãos geradores masculinos e femininos descobertos nas escavações; e especulando que o segredo de todas as religiões era a adoração das forças vitais — os quatro elementos, a energia sexual — e que a própria cruz era provavelmente um falo estilizado. *Morta*! Agora que Catherine se fora, ele não tinha motivos para refrear o cético e o blasfemo.

Tudo mudou e nada está mudado. Não reconhecia sua necessidade de companhia. Porém, quando seu amigo e protegido, o pintor Thomas Jones, prestes a voltar definitivamente para a Inglaterra, desistiu da casa que alugara, o Cavaliere lhe ofereceu hospitalidade por alguns meses e habituou-se a ir de manhã até o quarto de Jones, transformado em estúdio. Via-o preencher pequenas telas monocromáticas em seu belo cavalete de oliveira, com coisas que lhe pareciam estudos sobre o vazio: um canto de telhado, uma fileira de janelas do último andar do edifício em frente.

Que curioso — mas Jones deve ter suas razões. Tudo rimava com o estado do Cavaliere.

Mas o que você está pintando, perguntou o Cavaliere polidamente. Não compreendo o tema.

Momentos em que algo escapa, quando qualquer coisa parece possível e nem tudo faz sentido.

Em junho veio a permissão do Ministério das Relações Exteriores para passar sua terceira licença em casa, e ele embarcou. Com o corpo de Catherine no porão do navio e na sua cabine um vaso romano que se supunha provir do início do reino do imperador Augusto, uma das mais raras antiguidades a chegar ao mercado durante décadas, que comprara ano passado em Roma e estava trazendo para a Inglaterra para vender. Era o objeto mais valioso que jamais haveria de passar pelas suas mãos.

O Cavaliere sentira a mordida da paixão quando o vira pela primeira vez. Desenterrado dois séculos antes numa colina funerária imperial, recém-escavada logo ao sul dos limites da antiga Roma, era então e ainda é considerado a mais bela peça romana de baixo-relevo em vidro. Nada poderia ser mais adorável que a

Tétis representada no friso, languidamente reclinada no divã nupcial. Depois que o Cavaliere o trouxe de Roma, o vaso muitas vezes lhe vinha à mente. Nunca se cansava de olhar para ele, de segurá-lo no alto para ver a verdadeira cor do fundo, um azul-meia-noite que não se distinguia do negro exceto quando penetrado pela luz, e de deslizar os dedos sobre as figuras em baixo-relevo incisas no vidro de um branco cremoso. Infelizmente, esse não era um objeto pelo qual podia se dar ao luxo de apaixonar-se. Embora o testamento de Catherine tivesse deixado tudo, sem restrições, para ele, sempre necessitava de mais dinheiro. O vaso era famoso demais para que pensasse em conservá-lo. Depois de adquiri-lo por um bom preço, mil libras, o Cavaliere tinha altas esperanças de conseguir um lucro substancial.

Após deixar o vaso em Londres e receber visitas de pêsames de alguns amigos e parentes, levara o caixão para a propriedade no País de Gales, que agora pertencia a ele de direito e de fato; partira numa chuva leve com Charles para enterrá-lo no chão da igreja, mandou Charles embora e ficou na casa por várias semanas. Era o pico do verão. A chuva injetava o verde na terra natal de Catherine. Ele caminhava pela propriedade e às vezes até bem longe, nos campos, todos os dias, em geral com os bolsos cheios de ameixas silvestres, e se sentava um pouco olhando o mar. O luto trazia seu langor característico. Pensamentos entristecidos, lembranças afetuosas de Catherine, mescladas de autopiedade. Paz, paz para Catherine, pobre Catherine. Paz para nós todos. As folhas verdes farfalhavam nas árvores ao alto. Este era o sol, esta era a luz temperada que algum dia haveriam de florescer sobre seu próprio corpo em putrefação; e esta — entrara na igreja fria por um momento — era a laje que algum dia traria também o seu nome.

Mesmo antes da sua chegada, a Londres dos colecionadores já estava em polvorosa com seu vaso romano. A notícia trazida por Charles de que a rica e obstinada duquesa viúva de Portland ambicionava sua prenda o trouxe de volta a Londres. Pediu duas mil libras. A duquesa vacilou. Disse que iria pensar. Um ou dois meses se passaram; o Cavaliere sabia não insistir. Entretendo-se da melhor forma possível, visitou a coleção particular da duquesa, que continha ramos de coral, caixas de borboletas iridescentes, conchas marinhas semelhando jóias, fósseis de insetos, ossos de mamute (que se pensava serem de um elefante romano), raros in-fólios sobre astronomia, antigos medalhões e fivelas, vasos etruscos. Um agrupamento de objetos não mais estranho do que muitas outras coleções daquele período (sua principal singularidade é que a colecionadora era mulher), mas decididamente aleatório demais para o gosto do Cavaliere. O filho da duquesa, já na meia-idade e zeloso de sua herança, aconselhou-a a não comprar, pelo preço que na época era assombrosamente alto. A duquesa começou a querer seriamente comprar o vaso.

O Cavaliere passava menos tempo na corte e mais com Charles, e permitiu-se ser lisonjeado e mimado pela jovem exuberante, encantadora que Charles tomara para viver com ele havia três anos e que, seguindo as instruções de Charles, o chamava de tio Plínio e o beijava delicadamente no rosto. Era alta, tinha a figura robusta e sua cabeça, com o cabelo castanho arruivado, os olhos azuis e a boca madura, poderia rivalizar com a beleza de certas estátuas clássicas, pensou o Cavaliere, se o queixo não fosse tão pequeno. Seu sobrinho já lhe contara sua história: filha de um ferreiro de aldeia, viera para Londres aos catorze anos como ajudante de criada doméstica, fora seduzida pelo filho do patrão e logo encontrara ocupações mais dúbias, inclusive posar seminua como "ninfa da saúde" nos aposentos de um médico que afirmava curar a impotência; fora levada para a casa de campo de um baronete que a expulsou quando ela engravidou (sua filhinha morava no campo), e cujo amigo íntimo, para quem a moça se voltou em desespero, era... Charles. Dezesseis anos mais velho que ela, seu salvador não se espantou ao ver que tantas eras se comprimiam em meros dezenove anos. Supunha-se que uma mulher como ela galgava o mais alto possível e era então exaurida, rapidamente. Nela não havia, portanto, nada de especial, além de seus encantos físicos. No entanto, havia. Charles queria ser justo. Queria também vangloriar-se. Imagine só, disse Charles. Ela é muito talentosa. Eu a ensinei a ler e a escrever e agora ela lê livros inteiros de auto-aperfeiçoamento; ela gosta muito de ler e se lembra de tudo o que lê. O Cavaliere notou que ela se lembrava de cada palavra dita em sua presença. Embora sua maneira de falar fosse vulgar e sua risada ruidosa demais, quando estava em silêncio parecia transformada. O Cavaliere a viu olhar, observar, os olhos úmidos de atenção. E tem bom gosto para a pintura, continuou Charles, como aliás bem deveria ser, já que vive comigo há três anos e nosso amigo Romney tem obsessão por ela. Ele já a utilizou para dezenas de retratos e desenhos e não quer nem ouvir falar de outro modelo, exceto quando eu me recuso a lhe emprestar minha garota. Com isso o Cavaliere se lembrou de que tinha de arranjar tempo para posar mais uma vez para Romney, pois queria ter outro retrato de si mesmo.

A duquesa fez uma contra-oferta de mil e seiscentas libras. O Cavaliere ficou firme.

Não passara muito tempo na corte, já que as idéias de promoção ou de outra nomeação para Madri, Viena ou Paris estavam há muito abandonadas. Sentia-se mais velho sem Catherine ao seu lado. Posou para seu retrato. Disse a si mesmo que era hora de voltar. Disse isso aos outros.

Mil e oitocentas libras, disse a duquesa, zangada. Negócio fechado. Fez algumas compras, incluindo o quadro que Romney pintara da garota de Charles como sacerdotisa de Baco, para levar para Nápoles.

Voltou, caiu de novo na sua vida, primeiro tratando de uma quantidade de deveres atrasados, requisições e demonstrações de bem-estar — continuava sabendo muito bem como se ocupar. E compreendia que se deve combater a apatia com novos exercícios. Empreendeu uma vasta tarefa, que iria consumir vários anos: projetar cinqüenta acres de jardins ingleses no parque do palácio em Caserta. Continuou colecionando, escalando e catalogando. Melhorou seu talento para retirar tesouros das escavações em Pompéia e Herculano debaixo das barbas dos arqueólogos do Rei. Qualquer coisa pode ser feita neste país se você souber a quem pagar.

Diversas viúvas inglesas de seu círculo, agradáveis e amantes da pintura, pareciam estar se propondo a remediar sua solidão, uma em Londres na véspera da sua partida, outra em Roma, onde ele parou por algumas semanas na volta, sobretudo para encontrar-se com o sr. Byres, seu marchand predileto naquela cidade. A dama de Roma o tentou. Era rica, tinha ótima saúde e tocava harpa muito bem. Com certa alegria, fez a Charles um relatório de seus encantos, sabendo como ficaria nervoso seu amado sobrinho, que contava ser o único herdeiro do tio sem filhos. É verdade que a idade da dama excluía a possibilidade de filhos. Contudo, sendo uma década mais moça que o Cavaliere, provavelmente viveria mais que ele. Mas o Cavaliere logo pôs de lado a idéia de um casamento racional. Até mesmo esta dama, tão digna, tão inibida, pressagiava uma ruptura de seus hábitos, um reajustamento. O que o Cavaliere queria acima de tudo era calma. Fora feito para ser solteiro... e como viúvo terminaria seus dias.

O que menos desejava, conscientemente, eram mudanças de qualquer tipo. Estava tão bem de vida quanto possível. Contudo, sentia o corpo arder. Não se pode negar a fantasia. O fogo interior não estava inteiramente extinto. E assim, hoje, contra seu bom senso, estava permitindo que ela chegasse. A moça inocente, ingênua — ela *era* inocente, o Cavaliere via isso muito bem, apesar de todas as suas experiências —, chegando aqui, com a mãe. Como Charles estava de olho numa rica herdeira (que mais devia fazer o segundo filho de um lorde?), Charles tinha de levar as coisas a sério. Isto é, não podia mais ser guiado pelos seus afetos. Isto é, tinha de ser cruel com uma mulher. Mas, tendo decidido livrar-se da moça, não tinha coragem de dizer a ela e, mais ainda, pensou que seu tio, recém-enviuvado, talvez apreciasse a companhia dela. O tio herdando a amante do sobrinho? O Cavaliere sabia que Charles não estava apenas se desincumbindo de um encargo e colocando o tio em dívida para consigo; esperava também afastar a possibilidade de que o tio decidisse consolar seus últimos anos com uma nova esposa. Logo mais poderia encontrar-se na posição de não ser mais seu herdeiro. Porém, se o tio gostasse bastante da garota (que, é claro, ninguém poderia desposar), Charles estaria seguro. Muito esperto, Charles.

Ela partira de Londres com sua mãe em março, na companhia de um pintor escocês idoso, amigo do Cavaliere, que estava voltando para Roma e concordara em tomar as duas mulheres sob sua proteção. Valerio fora enviado a Roma para trazê-las o restante da jornada. O Cavaliere estava tomando o desjejum e lendo quando ouviu o grande portão se abrir. Foi até a janela e viu a carruagem entrando no pátio, já rodeada por criados e pajens. Saltando do assento ao lado do cocheiro, Valerio ofereceu a mão à jovem, que desceu com passo leve, e logo passou a ajudar a mais velha, uma mulher robusta, a sair da carruagem. Quando atravessaram o pátio rumo à escadaria de mármore vermelho, à direita, várias criadas foram ajeitar o vestido amarelo da jovem, um pouco empoeirado, e ela parou por um momento, sorrindo, tocando as mãos estendidas, reagindo com deleite ao efeito que ia causando. O que o Cavaliere notou foi um chapéu, um grande chapéu azul, movendo-se sobre o jogo de luzes nas pedras do calçamento.

De repente pensou em Jack, e sentiu falta dele. Voltou para a mesa do desjejum. Tudo bem fazê-la esperar. Há também um livreiro à sua espera. Terminou seu chocolate e foi para a Saleta de Estar onde, segundo suas ordens, a moça e a mãe deveriam aguardar.

Passando pela porta que Gasparo lhe abria, viu-as sentadas a um canto, cochichando. As mulheres logo o notaram e levantaram-se às pressas. A moça, que segurava o chapéu no colo, virou-se para colocá-lo na cadeira quando se levantou. Vendo aquele *contrapposto* do corpo e em seguida a virada, ele sentiu um choque físico, como se seu coração tivesse despencado até o ventre. Não se lembrava de que era tão linda. De uma beleza estupenda. Devia ter visto como era bela desde o ano anterior, desde que adquirira essa beldade sob a forma de uma imagem, como a bacante no quadro de Romney pendurado no corredor que dava para seu estúdio, que ele vê todos os dias. Mas ela é muito mais bela que o quadro.

Dando um profundo e jubiloso suspiro, atravessou a sala e correspondeu à reverência tímida da jovem e à inclinação desajeitada da mãe. Deu ordens a Stefano para mostrar à sra. Cadogan os dois quartos no final do segundo andar que lhes destinara. A jovem inclinou-se num impulso e roçou os lábios em seu rosto. Ele deu um passo atrás como se tivesse levado um arranhão.

Devia estar exausta com a longa viagem, disse ele.

Estava tão feliz, disse ela. Era seu aniversário, continuou. Achou a cidade tão bela. Pegou a mão dele, queimou a mão dele, e o puxou para o terraço. E, de fato, a cidade era linda — ele viu isso mais uma vez — banhada numa névoa iluminada de sol, com os telhados vermelhos em cascata, os jardins floridos, as amoreiras e limoeiros, os cactos e as palmeiras, altas e esguias, se projetando para o alto.

E aquilo, tio? exclamou ela, apontando para a montanha e seu penacho de fumaça avermelhada. Será que ele vai entrar em erupção?

Está com medo? perguntou ele.

Eu não, de jeito nenhum! exclamou ela. Eu quero ver! Quero ver tudinho! É tudo tão... belo, disse ela sorrindo, contente por ter achado uma palavra tão refinada.

Era jovem, ainda mergulhada no êxtase de estar viva; isso o tocou. E sabia das suas virtudes — de sua abjeta devoção a Charles, que fizera uma campanha de quase um ano até que o tio concordasse em recebê-la. Sua grande paixão é a admiração, escreveu Charles ao Cavaliere. E ela já admira o senhor, disse Charles. O Cavaliere achou que poderia gostar de portar-se com ela de uma maneira mais desinteressada do que outros homens haviam feito. Dar-lhe-á abrigo — talvez fosse melhor instalar as duas nos quatro aposentos de frente no terceiro andar — e mostrará à jovem as admiráveis paisagens.

O senhor pode fazer dela o que quiser, dissera Charles. O material, posso garantir, é bom.

Entretanto, no início ele não se sentiu muito pedagógico. No momento, queria apenas olhar para ela. Não consegue ainda dominar a emoção que sua beleza lhe provoca. Será um sinal da velhice o fato de ter caído por ela instantaneamente? Pois ele está velho. Sua vida já acabou. Acrescentar esta beldade à sua coleção? Não. Iria polir um pouquinho. E depois mandá-la para casa. Charles era mesmo um tratante.

Assim o Cavaliere temporizou e procrastinou nas semanas seguintes, incapaz de acreditar que estava recebendo mais uma chance, que a vida é capaz de entrar novamente em erupção. O que tinha a ver com ele tanta juventude? Embora soubesse que ela estava à sua disposição para ser possuída (ou assim pensava ele), tinha medo de fazer papel de tolo e estava genuinamente comovido com a credulidade da moça. Ela realmente acreditava que Charles viria buscá-la dentro de alguns meses. Mesmo assim, seria um tolo se não tomasse a gratificação que ela lhe oferecia, sem fazer barulho, sem sentimentalismo. Com certeza ela compreendia. Devia estar acostumada com os homens e sua maldade — ser passada de um para o outro. Verdade que ela realmente amava Charles. Mas devia estar esperando uma iniciativa sua. Pobre Emma. Desalmado Charles. E colocou sua mão ossuda sobre a dela.

A intensidade da rejeição da moça, suas lágrimas, seus protestos o irritaram — Charles lhe prometera uma pessoa tratável — e o impressionaram também. Naquele modo, velho como o mundo, com que os homens julgam as mulheres, sua estima por ela aumentou porque ela o recusou. Contudo, ela parecia apreciar genuinamente sua companhia, e não apenas admirá-lo. Parecia ansiosa para aprender. Decerto, então, estava feliz. O Cavaliere lhe deu uma carruagem para seu próprio uso. Mostrou-lhe — a mãe, plácida e feiosa, sempre presente — as maravilhas da região. Levou-a a Capri e juntos visitaram as soturnas ruínas da vila de Tibério, de onde os arqueólogos predadores já haviam despojado os deslumbrantes assoalhos de mármore trabalhado, apenas uma geração atrás. Levou-a a Solfatara, onde passearam na planície escorchante, sulfurosa. Às cidades mortas, onde espiaram um amontoado de casas soterradas. E ao Vesúvio, partindo às quatro horas da madrugada, com a lua cheia, numa carruagem que os levou até Resina, onde Tolo e as mulas estavam à espera para levá-los até o riacho de lava que se derramava a três milhas do topo. Enquanto ela observava, ele a observava. Percebia que ficava fascinada por tudo o que ele lhe mostrava; enchia-o de perguntas. Parecia querer apenas agradá-lo; e, se por vezes, quando ele vinha encontrá-la no terraço para admirar o pôr-do-sol, seu rosto estava úmido de lágrimas, era compreensível: ela estava longe de casa, o bandido do seu sobrinho realmente deveria ter lhe contado a verdade, e ela era muito jovem — o que foi que Charles disse? (Ele fora vago quanto à idade da moça.) Devia estar pelos vinte e três, o que fazia o Cavaliere, com cinqüenta e seis, a idade de Plínio, o Velho quando sucumbiu à fumaça venenosa, cerca de trinta e três anos mais velho do que essa Vênus do campo.

•

Na verdade a diferença entre os dois era de trinta e seis anos. Ela fez vinte e um naquele dia de abril em que chegou a Nápoles.

Ah, Charles, nese dia você sempre soria pra mim & ficava em casa & era bonzinho pra mim e agora estou tão lonje. Da sua primeira carta.

Charles deveria chegar no outono. Assim dissera ele. Ela lhe escrevia a intervalos de poucos dias. O calor aumentava, as moscas e piolhos se multiplicavam. Ela tentava parecer alegre para o Cavaliere, que lhe prodigalizava presentes, dos quais o principal era sua presença.

Ele toma café almossa janta & está sempre ao meu lado me olhando no rosto, relatou ela a Charles. Não posso mecher a mão a perna ou o pé que ele comenta que é grasioso & bonito. Tem dois pintores na casa me pintando mas não são tão bons como Romney. Uzei o chapél azul que você me deu. Ele me deu um chale de pelo de camelo & um vestido limdo que custou vinte e cinco guinéls & mais umas coizinhas que eram da muler dele. Ele vive disendo que eu sou uma grande obra de arte & eu fico xateada vendo que ele me ama.

Suas cartas para Charles se tornaram mais abjetas, mais dolorosas. Diz ao seu querido Charles, Charles, que ela lhe pertence e só a ele pertencerá, e ninguém irá tomar o lugar dele. Conta-lhe sobre todas as maravilhosas paisagens que viu, e que tanto preferiria ver na companhia dele. Implora-lhe que escreva; que venha a Nápoles como prometeu, agora. Ou que mande buscá-la.

Depois de dois meses veio uma carta.

Querido Charles, ela respondeu, ah, meu corassão está enteiramente partido. Charles Charles quanta endiferensa e friesa quando você me aconselha a ir para cama com ele. Seu própio tio! Ah isso é o pior de tudo — mas eu não vou ficar com raiva, não vou não. Se eu tivesse junto com você eu matava você & a mim também os dois juntos. Nada mais adiamta, só voltar pra casa com você. Se isso não acontecer vou voltar para londres e cair em todos os essessos e todos os víssios até morrer e deichar meu destino como um avizo para todas as moças para não serem boas demais. Sim porque você me fez te amar — você me fez ser boa — & agora você me abandonou & nossa ligassão vai ter um fim violemto se tiver que acabar. E terminou: Não é do seu interese me despresar porque você não sabe o poder que eu tenho aqui. Só que numca vou ser amante dele — se você me fizer uma desfeita, eu fasso ele cazar comigo. Deus te abensoe para sempre.

Isto foi escrito no dia primeiro de agosto. Ela continuou a escrever, a implorar, a dizer adeus, e manteve o Cavaliere à distância por mais cinco meses. Em dezembro ela informou a Charles que resolvera aproveitar as coisas do melhor modo. Dessidi ser rasoável, escreveu ela. Sou uma muler bonita & a gente não pode ser tudo ao mesmo tempo.

•

Impossível descrever...

É impossível descrever a beleza dela, disse o Cavaliere; impossível descrever como ela me faz feliz.

É inposível descrever como eu sinto fauta de você, Charles, escreveu a moça. Inposível descrever como estou zangada.

E acerca do vulcão em erupção, com que o Cavaliere se deleitava outra vez: É impossível descrever a bela aparência das girândolas de pedras incandescentes, que em muito superam os fogos de artifício mais assombrosos, escreveu o Cavaliere, passando então a fazer uma série de comparações, nenhuma das quais faz justiça ao que ele vê. Pois, tal como qualquer objeto de grande paixão, o vulcão reúne muitos atributos contraditórios. Entretenimento e apocalipse. Um ciclo de substâncias exibindo todos os quatro elementos: começando com a fumaça, depois o fogo, depois a lava fluida, terminando em rochas de lava, o mais sólido tipo de terra.

Acerca da moça, o Cavaliere costumava dizer para si mesmo, ou para os outros: Ela parece... ela é como... ela podia fazer o papel de... É mais que parecença. Incorporação. Sua beleza era aquela que ele já adorava nas telas, ou sob a forma de uma estátua, na parede de um vaso. Ela a Vênus com flechas, ela a Tétis reclinada esperando seu noivo. Nada jamais lhe parecera tão belo como certos objetos e imagens — o reflexo, não, a lembrança de uma beleza que nunca existiu realmente, ou que não existia mais. Agora ele percebia que as imagens não eram apenas o registro da beleza mas também seu arauto, seu precursor. A realidade se estilhaça em imagens inumeráveis, e as imagens ardem no coração porque todas falam de uma só beleza.

O Cavaliere tem a bela *e* a fera.

As pessoas não podiam deixar de dizer, devido ao empréstimo substancial que fizera a Charles, que seu sobrinho lhe vendera a garota. Que pensem o que quiserem. Se havia uma vantagem em viver tão longe de casa, nessa capital do atraso e da indulgência sensual, era que ele podia fazer o que quisesse.

No passeio das carruagens ao pôr-do-sol na via Chiaia, ele a apresentou para a sociedade local e, num domingo, ao Rei e à Rainha. Não podia levá-la ao palácio, mas ao ar livre, a céu aberto, ela podia ser apresentada a todo mundo. Todos os verdadeiros amantes da beleza ficavam cativados por ela, isso ele percebia bem. E também as pessoas comuns, mendigos e lavadeiras nas ruas, que a tomavam por um anjo. Quando ele lhe mostrou Ischia, alguns camponeses se ajoelharam diante dela, e um padre que veio à casa fez o sinal-da-cruz e declarou que ela lhes fora enviada para um propósito especial. As criadas que o Cavaliere lhe dera vinham pedir-lhe que intercedesse por elas em suas orações, pois, diziam, ela se parecia com a Virgem. Ela bateu palmas de alegria ao ver os cavalos enfeitados com flores artificiais, borlas carmesins, penachos na cabeça. O cocheiro inclinou-se com ar grave, retirou uma pluma e lhe deu. Quando as pessoas a viam, se iluminavam. Era tão efusiva, tão cheia de alegria. Quem não gostasse dela era um terrível esnobe. Como não admirá-la e não alegrar-se na sua presença?

Jovem como era e sem as vantagens do berço e da educação, tinha uma espécie de autoridade natural. A sra. Cadogan parecia quase intimidada por ela, tratando-a mais como patroa do que como filha. Poder-se-ia pensar que esta camponesa feiosa e apagada, amiga de tomar uns tragos, fosse uma parenta distante que a moça contratara como acompanhante sem salário. O fato de que a mãe invariavelmente os acompanhava quando saíam fazia com que ele prezasse ainda mais profundamente dentro de si a excitação que sentia. Os prazeres rotineiros enchiam-se de suspense, ganhavam mais amplidão e intensidade. No sol inclemente de uma manhã de julho saíram a cavalo pela estrada da colina, margeada de pinheiros, até o chalé que o Cavaliere possuía em Posillipo, para esperar amainar o calor do dia no terraço, sob os grandes toldos alaranjados que se enfurnavam e batiam com a brisa marinha. Deliciado, ele a via saborear as frutas frescas, o forte vinho do Vesúvio; permaneceu na sombra do terraço quando ela desceu os degraus escavados na rocha para banhar-se, e ficou admirando-a imersa com água até o busto, primeiro corajosamente batendo os braços, depois colocando a mão molhada na nuca e parando nesta pose adorável por um longo momento, enquanto uns garotos a espiavam por detrás das rochas e sua mãe com duas criadas aguardavam com roupas e toalhas. Não importava se ela o amava, de tanto que ele a amava, amava observá-la.

O Cavaliere nunca se cansava de catalogar o jogo dos estados de espírito da jovem, o modo como uma aparência fluía e desembocava em outra, a variedade, a abrangência de suas expressões. Por vezes era provocante, por vezes casta e tímida. Às vezes robusta, quase como uma matrona, às vezes uma garotinha inquieta, esperando ser coberta de presentes. Como era encantadora quando experimentava um chapéu, um cinto ou um vestido que ele desenhava para ela, rindo sem afetação, admirando-se.

Não será melhor eu virar a cabeça assim? dizia ao jovem pintor alemão que o Cavaliere instalara em casa para pintar o retrato dela.

Ou assim?

Tal como uma atriz, estava acostumada a exercer um efeito sobre as pessoas quando entrava numa sala. Era resultado da sua maneira de andar, da lentidão exata com que virava a cabeça, punha a mão no rosto... bem assim. A autoridade da beleza.

Que tipo de beleza?

Não a beleza que é linear, e requer uma purgação da carne: beleza de contorno, da compleição, do perfil, do cabelo sedoso e do frêmito das narinas delicadas. (A beleza que, depois da primeira juventude, tem de fazer regime, deseja ser magra.) Esta é a beleza que emerge da autoconfiança, da confiança de classe. A beleza que diz, Não nasci para agradar. Nasci para ser agradada.

Não aquela beleza, a beleza oriunda do privilégio, da vontade, do artifício... mas outra quase tão autoritária quanto esta: a beleza de alguém que tem de lutar por um lugar e não pode aceitar nada como fato consumado. A beleza que fala de volume, que deseja ser, e não pode ser outra coisa além de carne. (E no final transforma-se em gordura.) A beleza que acaricia a si mesma com lábios cheios e abertos, convidando o toque de outros lábios. Beleza que é generosa e se inclina para o admirador. Posso mudar, sim, porque quero te agradar.

A beleza dela, do segundo tipo, tanto ingênua como soberana, não precisava ser completada nem polida. Entretanto, ela parecia ter se tornado, se possível, ainda mais adorável desde que chegara, com sua beleza se expandindo à medida que vibrava com algo sensual, úmido, cintilando no ar, debaixo de um sol tão diferente do sol inglês. Talvez ela precisasse desse novo cenário, desses novos modos de apreciação; talvez precisasse até sofrer (chorou por Charles, amava-o de verdade); precisava do luxo de que nunca desfrutara; precisava ser — em vez da pequena jóia de um diletante cauteloso e nervoso, seqüestrada num subúrbio londrino, obedientemente lhe servindo o chá — a orgulhosa propriedade, exibida em público, de um grande colecionador.

•

O que fazer com a beleza? Você a admira, a elogia, a embeleza (ou pelo menos tenta), a exibe; ou então a esconde.

Será possível ser dono de algo supremamente belo e não querer mostrá-lo aos outros? É possível, se você teme a inveja deles, se você teme que alguém virá tomá-lo e levá-lo embora. Alguém que rouba uma pintura de um museu ou um manuscrito medieval de uma igreja tem de mantê-lo escondido. Mas como o ladrão deve sentir-se despossuído. Parece a coisa mais natural exibir a beleza, emoldurá-la, encená-la — e ouvir os outros admirarem, ecoarem nossa admiração.

Você sorri. Sim. Ela é absolutamente maravilhosa.

Maravilhosa? Ela é muito mais que isso.

O que é a beleza sem um coro, sem os sussurros, os suspiros, os murmúrios?

Mas quem sabe melhor que o Cavaliere o que é a beleza, a beleza na qual se cai. Sou cortado, sou abatido. Estou caindo, cobre-me com tua boca.

•

A beleza tem de ser exibida. E ela pode aprender a melhor maneira de se exibir.

As perfeições dela e a felicidade dele não significavam que ele não quisesse aprimorá-la. A mansão do Cavaliere vivia cheia de tutores, de manhã à noite. A jovem tinha seu professor de canto, seu professor de desenho, seu professor de italiano, seu professor de piano. Com seu talento natural para os estudos, logo tornou-se fluente em italiano — chegando a falar melhor do que o Cavaliere, que tinha mais de vinte anos de residência —, de modo que ele acrescentou aulas de francês, que ele falava bem, com sotaque inglês. Ela logo dominou o francês, e com menos sotaque, o que testemunhava a excelência do seu ouvido. O próprio Cavaliere lhe deu aulas de o-rei-de-Roma-ruma-a-Madri para tornar mais aceitável seu sotaque em sua própria língua, e não parava de criticá-la por sua ortografia infantil.

O inglês da jovem continua incorrigível, uma torrente de agás mudos e gritinhos pueris, por mais firmemente que ele a instrua. Ela é capaz de incorporar novas prendas, como o francês e o italiano; pode aprender artes, como cantar e desenhar, que nunca praticara. Pode tornar-se prendada apesar de vulgar, mas não consegue retirar a camada básica de vulgaridade. Não consegue caminhar por cima dos próprios pés.

Pensara que estava abandonada. Que fora passada para trás. Segue em frente, ligeira. Ao seu redor havia muitas mulheres da sua idade, bem-nascidas, uma mais lânguida que a outra. Ela não caminha, corre. Era também naturalmente muito inteligente, o que aumentava sua energia. Pediu mais aulas: deseja que tudo, começando pelo próprio dia, seja preenchido. Oito horas... nove horas... dez horas... e assim por diante, tantas horas quantas se podem acumular num único dia. O Cavaliere perguntou se ela estava cansada.

Ela deu uma risada barulhenta e tapou a boca de lábios cheios. Cansada!

O Cavaliere acrescentou aulas de botânica e geologia. A jovem agora tem um professor de dança. Aprende a tocar piano, passavelmente. Porém, canta como um anjo. O castrato Aprile, contratado para lhe dar lições avançadas de canto, três por dia, disse que nunca ouvira uma voz tão natural, o que o Cavaliere não tomou como uma bajulação grosseira, mas como a pura verdade. Ele adorava ouvir seus melismas aéreos enquanto cuidava de sua correspondência matinal. Quando ela não estava estudando línguas ou música, estava se alimentando na biblioteca. Esperava agradar o Cavaliere, e de fato agradou, dizendo-lhe que gostava de Sterne e de Voltaire.

Corada de prazer, projetando a voz bem alto, para que passasse acima dos convidados até chegar às tochas e aos criados no fundo da sala, ela cantava nas reuniões do Cavaliere. Ansiava para ir a um baile no palácio. Embora acompanhe o Cavaliere a todo lugar, não pode ser recebida na corte. Mas encontrava o Rei com freqüência, com seu séquito de vagabundos e desocupados. Ele toma sua mão e beija seus dedos. Até a Rainha já lhe sorriu. Todo mundo lhe faz os mais derramados elogios. Ela se senta ao lado do Cavaliere em seu camarote forrado de seda, no Teatro San Carlo.

Sra. Hart, ela chama a si mesma.

Não sabe mais quem é, mas sabe que está subindo. Vê o quanto o Cavaliere a ama. Sente que tem domínio. As prendas vêm voando como pássaros e pousam na sua cabeça. Ela bebe, ri alto. É agitada, sanguínea. Aquece o Cavaliere à noite, ele pousa a cabeça angulosa em seu busto cheio e macio e desliza seus joelhos entre os dela.

•

Tal como muitas beldades lendárias, ela não procura a beleza naqueles por quem se apaixona. (Uma beleza realmente grandiosa contém beleza suficiente para dois.) Não gostara mais de Charles por sua aparência altiva e refinada, e não gostava menos do Cavaliere por ele ser um velho com o peito encovado.

Com uma insaciável ansiedade pela aprovação do Cavaliere, lia alto para ele passagens de um manual de autocontrole para mulheres que Charles lhe dera, *Os triunfos do temperamento*. Conhecia o autor, o sr. Hayley. Era um amigo de Romney. Ele a incentivara. Estou triunfando sobre meu temperamento, disse ela ao Cavaliere. Já me tornei razoável. Você vai ver. Minha adorável querida, disse o Cavaliere.

Seria a maneira como os olhos dela o acompanhavam? Não submissos, como os de Catherine; não implorando atenção, na esperança de encontrarem e serem arrastados por outro olhar — mas brincalhões, ardentes, atraindo-o para dentro do seu olhar.

O talento que ela mostrava para a alegria, sua falta de exigências, sua saúde esplêndida o deliciavam. Nunca mais precisaria tolerar a fragilidade de uma mulher, as queixas de uma mulher.

No poema do sr. Hayley, que ela deliberadamente mantinha na mesa-de-cabeceira, Serena, a protagonista, está sempre calma, bem-humorada, prestativa, imperturbável pelas censuras e dificuldades. Numa palavra, serena. Era assim que o Cavaliere a queria — não o tempo todo, é claro, pois senão ela seria sem graça, sem sedução, sem encanto, mas sempre que ele vai contra a vontade dela ou a decepciona. Ela não deve reclamar quando ele a deixa, pois precisa deixá-la agora, embora não queira; tem de encontrar o Rei para uma caçada ou um jogo de bilhar. Em janeiro, quando o Rei estava no auge de sua volúpia pela caça, o Cavaliere a levou consigo até a casa de campo em Caserta, onde Catherine passara tantas semanas solitárias. Era um teste, em que ela passou esplendidamente. Quando ele tinha de ausentar-se para ficar com o Rei, ela lhe escrevia bilhetinhos dizendo que estava estudando para agradá-lo e que ele a fazia feliz. Ele sonhava com suas coxas grossas.

Até as imperfeições dela lhe eram queridas: o queixo pequeno e retraído, a mancha rósea de um eczema nos cotovelos que aparecia pelas mangas de um vestido fino, as estrias de gravidez na barriga, a risada que às vezes se tornava uma gargalhada estrepitosa. O que significa que realmente ele a amava.

A paixão do Cavaliere desafiava o que todos sabem sobre a paixão: que ela é estimulada (na verdade, mantém-se viva) pela dúvida, pela separação, ameaça, recusa, frustração; e é incompatível com a posse, a segurança. Porém, a posse não diminuíra nada. O Cavaliere estava sexualmente enfeitiçado. Não sabia que queria tanto ser abraçado.

Por força do hábito, da afeição, da incapacidade de guardar rancor, ela continuava a escrever a Charles — sobre seus triunfos. Tenho uma soíte de quatro quartos que dão para a baía & uma caruajem só pra mim & meus própios criados & pagens, e as costureras estão fasendo uma porsão de ropas para mim. Todas as damas da corte adimiram o meu cabelo. Eu cantei numa reunião musical, duas cansões sérias & duas cômicas & diseram que minha voz é tão boa quanto a de um "castrato". Todo mundo bateu paumas para mim. Teve gente que chorou quando me ouviu cantar. E seu tio me ama de verdade & eu amo ele também & minha única preocupasão é faser ele felis. Nós paseamos no jardin público todas as noites. Vamos sempre na ópera & eu levei uns vizitantes estranjeiros para verem os tenplos gregos em Pesto... Além do "nós" do casal (como em "Nós achamos que as colunas dóricas são muito pezadas & não muito elegantes"), há o "nós" de lugar (como em "Nós podemos ter uma erupsão muito grande daqui a pouco, e eu espero mesmo que sim"). Ela adotou a montanha, vendo o quanto os pensamentos do Cavaliere se detêm nela, e fala com naturalidade da erupção que ocorreu logo depois da chegada dele, vinte e três anos antes ("Foi muito memorável, mas não tão terível assim"), como se ela também tivesse estado lá. Seu tio ri de min, escreveu a Charles, & dis que agora eu vou ser rivau dele com a momtanha.

Ela está tomando o lugar do vulcão.

Tal como o vulcão, está se tornando uma maravilha local com reputação internacional. O embaixador russo, o conde Scavronsky, deve ter achado que sua beleza valia uma descrição num despacho para sua soberana, pois Catarina, a Grande, pediu que um retrato da moça lhe fosse enviado a São Petersburgo.

Como poderia o Cavaliere não estimá-la?

Começou a confiar nela. Era horrível pensar em tudo o que ela já sofrera. Um objeto não fica maculado porque esteve em posse de donos menos merecedores. O que importa é que ele chegou ao seu destino, foi inserido no círculo das posses daquele que mais merece possuí-lo.

•

Pobres dos objetos únicos e valiosos cujo destino é se tornarem acessíveis, sob a forma de brinquedos, a todo mundo. Estar a salvo em algum museu ou coleção particular não evita esta espoliação paralela.

Foi esse o destino do célebre objeto cuja venda fora o maior golpe do Cavaliere como negociante de arte. Um ano depois de ceder aos encantos do seu belíssimo vaso romano, a duquesa viúva de Portland morreu e o vaso passou para seu filho, o Terceiro Duque, que o emprestou por algum tempo a Josiah Wedgwood, atento cúmplice do Cavaliere no grandioso projeto de elevar o gosto do público. Cerca de vinte réplicas do vaso azul-meia-noite foram feitas numa pedra negra macia — o ceramista industrial, amante declarado das formas simplificadas, haveria de considerá-lo sua obra-prima. Wedgwood nem sequer tentou igualar a cor ou a pátina do original e, ao simplificar, viciou seu contorno aristocrático. As alças do vaso se curvam para dentro em vez de acompanhar a curva do corpo, os ombros são mais arredondados, o pescoço mais curto. Talvez o Cavaliere tivesse achado aceitável aquela versão um tanto atarracada, já tendo superado há muito qualquer resistência aristocrática a essa maneira nova, mercantil, de difundir a influência de suas coleções. Mas com certeza teria se espantado com a progênie do vaso que a firma Wedgwood começou a produzir às dezenas de milhares no século seguinte. Vasos de Portland em verde-oliva, amarelo, rosa pálido, lilás, azul-lavanda, cinza, negro e marrom; vasos de Portland de vários tamanhos, como pequeno, médio e grande. Todos podiam ter, deveriam ter um vaso de Portland — e da maneira que desejassem: era esse o plano da companhia. Ele aumentava, diminuía, podia ser de qualquer cor. O vaso tornou-se um conceito, um tributo a si mesmo.

Quem pode agora realmente amar o Vaso de Portland?

A posse mais valiosa é sempre idêntica a si mesma. A moça é agora a sua mais valiosa posse. E um objeto valioso confere valor ao proprietário. Um colecionador fica feliz por ser conhecido, conhecido principalmente como o proprietário daquilo que — com tanto esforço — foi colecionado.

•

Assim o velho colecionou a jovem; não poderia ter sido ao contrário. Colecionar é uma atividade sociável e ao mesmo tempo uma pirataria. As mulheres são educadas para não se sentirem competentes nem gratificadas pela procura, pela competição, pela superação dos lances que o colecionar (ao contrário de adquirir em larga escala) exige. Os grandes colecionadores não são mulheres, assim como os grandes contadores de piadas. Colecionar, como contar piadas, implica pertencer ao mundo em que objetos já prontos circulam, são alvo de competição, são transmitidos. Colecionar implica uma participação confiante e plena num tal mundo. As mulheres são treinadas para serem participantes marginais ou secundários neste mundo, assim como em muitos outros. Competir pela aprovação — não pelo competir em si.

•

Você me conta uma piada. Eu *adoro* a sua piada. Ela me faz rir tanto que sinto uma dor nos lados, meus olhos lacrimejam. E é tão espirituosa e sutil. Até profunda. Tudo isso numa piada. Tenho de passá-la adiante.

Aí vem outra pessoa. Vou contar a sua piada. Quer dizer, *a* piada. Não é sua, é claro. Alguém a contou a você. E agora eu vou contá-la a outra pessoa, se conseguir me lembrar dela. Antes que a esqueça quero compartilhá-la com alguém, ver aquela pessoa ter a minha reação (rugir às gargalhadas, assentir com apreciação, os olhos meio úmidos), mas para ser o lançador, não o apanhador, não devo estragar a maneira de contar. Tenho de contá-la da maneira como você contou, ou pelo menos tão bem quanto você. Tenho de sentar-me ao volante da piada e dirigi-la adequadamente, sem ranger o câmbio nem cair numa valeta.

Sendo mulher, vou me preocupar mais com minha capacidade de sair com a piada e enfiá-la na mente dessa nova pessoa do que se eu fosse homem. (Você, é claro, é homem.) Posso começar pedindo desculpas e explicando que, embora eu não seja boa para lembrar-me de piadas e quase nunca conte piadas, esta eu preciso contar, não resisto. E então começo, nervosa, tentando lembrar exatamente como você fez. Imito suas entonações. Faço as suas ênfases, as suas pausas.

Consigo terminá-la, apesar de não ter ficado bem certa, não tão boa como quando você contou. A nova pessoa dá um largo sorriso, uma risada, suspira. Mas duvido que eu esteja tendo tanto prazer em contar esta piada como você teve. Estou fazendo algo que não me vem naturalmente, que é a imitação de uma habilidade. Gosto de ser espirituosa, sou boa para tornear frases — meu jeito com as palavras. Uma piada nunca é minha. Digam se vocês já conhecem esta, diz o contador de piadas, prestes a compartilhar sua última aquisição. E tem razão ao supor que ela já foi contada por outras pessoas: as piadas circulam.

A piada é este bem impessoal. Ela não traz a assinatura de ninguém. Ela me foi dada — mas você não a inventou; estava sob a minha custódia, e eu decidi passá-la adiante, mantê-la em circulação. Ela não fala sobre nenhum de nós. Não descreve a você nem a mim. Tem vida própria.

Ela estoura — como um disparo, como uma gargalhada, como um espirro; como um orgasmo; como uma pequena explosão, um transbordamento. O ato de contá-la diz, Estou aqui. Sei o bastante para apreciar esta piada. Sou sociável e expressiva o suficiente para passá-la adiante. Gosto de entreter os outros. Gosto de me exibir. Gosto de ser apreciada. Gosto de me sentir competente. Gosto de estar atrás do meu rosto e de dirigir este pequeno veículo até seu rápido destino — e aí descer. Estou no mundo, que tem muitas coisas que não são eu e que eu aprecio.

Passe adiante.

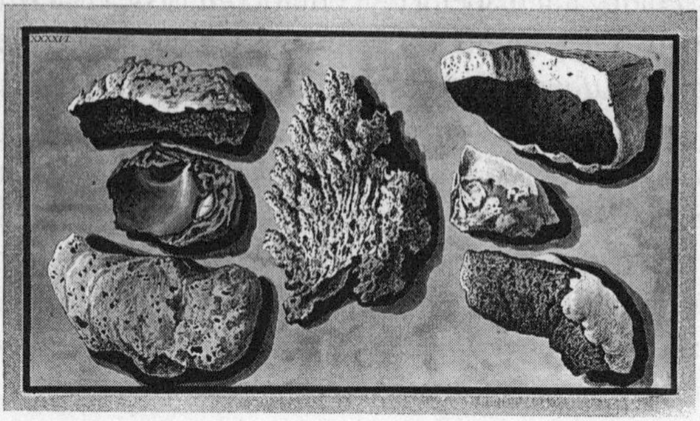

2

Tableau. Estão de costas para nós, e vemos o que eles estão vendo, saudando, apontando um para o outro, com o braço estendido para a frente e para o alto, na maneira característica da época de saudar um maravilhoso espetáculo à distância. Uma vastidão de ruínas; uma lua brilhante navegando por trás de uma moldura de nuvens; o penacho de fumaça da montanha.

Já se maravilharam à distância — a experiência como um promontório — antes de subir laboriosamente a encosta da montanha, onde a cada passo era preciso ficar de olhos bem atentos às pedras pontiagudas para não tropeçar, e agora, após a escalada final, já estão no topo, alcançaram o amplo fosso em torno do cone onde, mais uma vez, em terreno plano, olham para cima — e podem fazer o gesto, o gesto que diz *ali* — mas está *aqui*, perigosamente próximo. Estão sendo atingidos por uma chuva de pedras e cinzas. O cone vai arrotando uma fumaça negra. Uma pedra incandescente cai a apenas alguns passos de distância — cuidado com o braço! Mas todos estão envolvidos com a paisagem, ou pelo menos o poeta está. Outra paisagem. Ele não subiu até aqui para continuar olhando para cima. Quer olhar para baixo, para dentro.

Vejam, está parando. O poeta tirou seu relógio de bolso. Vocês podem se agachar ali, atrás daquele rochedo. Vou ver por quanto tempo o monstro vai se comportar. Esse monstro atingido, é como a respiração de um monstro atingido, com cerca de doze minutos de intervalo entre as respirações, é o que seu relógio lhe diz, durante os quais a chuva de pedra também diminui; e num dos intervalos o poeta sugeriu a seu temeroso amigo, o pintor, que poderiam convencer seus guias a puxá-los depressa até o topo para uma rápida olhada dentro da cratera.

Assim foi feito e pararam no lábio da enorme boca, como mais tarde o poeta haveria de escrever. Uma brisa leve soprou a fumaça para longe, as borbulhas, gargarejos e cuspidas cessaram, mas o vapor que se elevava de mil fissuras velava o interior da cratera, não permitindo mais que um breve relance das paredes de pedra cheias de fendas. A cena, escreveu ele, não era instrutiva nem agradável.

O monstro tomou então um novo fôlego e de suas entranhas veio um tremendo rugido de trovão — não, das profundezas do caldeirão subiu uma nuvem de escaldante fumaça e poeira — não, do mais poderoso canhão, centenas de pedras, grandes e pequenas, foram cuspidas no ar —

Os guias os puxavam pelo casaco. Um deles, o rapaz caolho que o Cavaliere recomendara ao poeta, levou-os depressa até um penhasco para que se abrigassem atrás. O barulho era muito forte para se poder apreciar a vasta extensão do golfo lá embaixo e da cidade à distância, cujos contornos, como um anfiteatro em ângulo oblíquo ou como uma cadeira titânica, a gente tem a impressão de poder assimilar como um todo, num só olhar. O pintor gritou, Vou descer. O poeta ficou então mais alguns momentos agachado sob uma saliência do rochedo, para demonstrar sua coragem e relembrar várias outras imagens, e em seguida também bateu em prudente retirada.

Este foi Goethe, com seu amigo, o pintor Tischbein, na primeira de suas três escaladas à montanha. O poeta, não mais na flor da juventude mas em excepcional boa forma aos trinta e sete anos, enfrentou conscienciosamente o dragão cuspidor de fogo. Se o velho Cavaliere inglês consegue fazê-lo regularmente, ele também consegue. É o que faz todo cavalheiro fisicamente capaz sempre que vem até aqui a turismo. Mas o poeta, ao contrário do Cavaliere, não acha belo o espetáculo. Sente frio e calor, cansaço e desconforto, também um pouco de medo. Tudo isso parece um pouco tolo. Aqui não se vêem os alegres e despreocupados nativos galgando com dificuldade essa assustadora montanha que se eleva a algumas milhas de seu paraíso. Definitivamente um esporte para estrangeiros. E, entre os estrangeiros, em especial os ingleses. Ah, esses ingleses. Tão refinados e tão grosseiros. Se eles não existissem, ninguém nunca os inventaria. Tão excêntricos, tão superficiais, tão reservados. Mas como se divertem.

A gente deve tentar se divertir com eles.

O poeta chegou à noite. Acompanhado por outro pintor alemão residente em Nápoles, ele e seu amigo já tinham sido recebidos pelo Cavaliere e levados a conhecer os tesouros de seus salões públicos. As paredes cobertas de pinturas, guaches e desenhos, as mesas onde se empilhavam vasos e entalhes, os gabinetes forrados de curiosidades geológicas. Parecia não haver nenhum método nem organização, a primeira coisa que os visitantes alemães notaram. E isso criava certa impressão desagradável, não só de abundância mas de desordem ou caos. Mas, olhando bem de perto (o olhar que todo colecionador almeja), seria possível reconhecer a sensibilidade e a sensualidade da pessoa que reunira todas estas expressões do seu gosto, como Tischbein haveria de recordar muitos anos depois. As paredes, disse ele sobre as paredes do Cavaliere, mostrava sua vida interior.

Então o poeta, e apenas o poeta, foi convidado pelo Cavaliere a conhecer seus depósitos subterrâneos. (O privilégio de tal visita era reservado apenas para os convidados mais ilustres.) E o poeta, que relatava tudo a seu amigo pintor, ficou assombrado com outro tipo de profusão. No depósito havia uma pequena capela, inteira. De onde ele a teria retirado? O pintor abanou a cabeça, levantou os olhos para o céu. O poeta viu dois candelabros de bronze trabalhado que decerto provinham das escavações em Pompéia. E muitos objetos sem qualquer distinção. As coleções dos andares superiores eram um mapa das fantasias do Cavaliere, um mundo ideal. O porão era o cavernoso ventre da coleção do Cavaliere, pois todo colecionador logo atinge um ponto em que está colecionando não só aquilo que quer mas também aquilo que na verdade não quer porém tem medo de deixar passar, medo de que algum dia possa querer, possa valorizar. Ele não consegue deixar de me mostrar esses objetos, pensou o poeta, até mesmo os que não deveria mostrar.

É claro que exibir as coisas da gente pode parecer ostentação, mas o colecionador não inventou nem fabricou essas coisas, delas é apenas um humilde servo. Não louva a si mesmo ao exibi-las, mas oferece-as humildemente para a admiração alheia. Se os objetos que o colecionador possui fossem de sua própria fabricação, ou mesmo se fossem uma herança, então de fato pareceria ostentação. Porém, construir uma coleção, a atividade ansiosa de inventar nossa própria herança, nos livra da obrigação da reticência. Para o colecionador, exibir sua coleção não é uma falta de educação. Na verdade o colecionador, tal como o impostor, não tem existência se não sair a público, se não mostrar aquilo que ele é ou decidiu ser. Se não puser suas paixões à mostra.

•

Contaram ao poeta que o Cavaliere adquirira uma jovem bela o bastante para ser uma estátua grega, e depois se apaixonara por ela, começara a aprimorá-la e a educá-la como faria qualquer protetor que é homem, mais velho, rico e bem-nascido (tudo o que sua amada não é), e se tornara uma espécie de Pigmalião ao contrário, transformando sua Bela numa estátua; ou, mais precisamente, um Pigmalião com bilhete de ida e volta, pois era capaz de transformá-la em estátua e depois novamente em mulher, como quisesse.

De acordo com o gosto do Cavaliere, naqueles serões ela usava trajes da Antiguidade, uma túnica branca com uma faixa na cintura, e o cabelo arruivado, ou, segundo outros, castanho, caindo livremente pelas costas ou preso com um pente. Segundo um relato, quando ela consentia em iniciar uma apresentação, dois ou três xales de caxemira lhe eram trazidos por uma robusta senhora, uma espécie de governanta ou talvez uma tia viúva; com certeza mais que uma criada, pois tinha permissão de sentar-se ao lado e assistir. As criadas então traziam uma urna, uma caixa de perfumes, um cálice, uma lira, um pandeiro, um punhal. Com estes poucos objetos, ela tomava posição no meio da sala escurecida. Quando o Cavaliere se aproximava, com um longo círio na mão, a apresentação tinha início.

Sobre a cabeça ela atirava um longo xale que chegava até o chão e a cobria por completo. Assim oculta, enrolava-se em outros xales e começava a fazer os ajustes internos e externos (drapeado, tônus muscular, sentimentos) que lhe permitirão emergir como outra pessoa, uma pessoa diferente. Para fazer isto — não era como colocar uma máscara — deve-se ter uma relação muito solta com o próprio corpo. Para fazer isto deve-se ter um dom para a euforia. Ela flutuava, ela pousava, ela se imobilizava — o coração martelando, enquanto enxugava a transpiração do rosto. Uma rápida seqüência de expressões faciais, tendões tensos, mãos enrijecidas, a cabeça pendendo para trás ou para o lado, uma inspiração profunda —

E então ela de repente levantava o xale, seja atirando-o fora ou elevando-o um pouco, e fazendo-o parte da vestimenta da harmoniosa estátua viva em que se transformara.

Mantinha a pose só o suficiente para que fosse interpretada, e logo voltava a cobrir-se. Atirava então novamente o longo xale para revelar outra figura sob uma nova disposição dos xales — conhecia uma centena de maneiras de arranjar os drapejados. Uma pose se seguia à outra, pelo menos dez ou doze, quase sem interrupção.

•

Primeiro o Cavaliere lhe pedira que posasse dentro de uma grande caixa forrada de veludo e aberta de um lado, depois dentro de uma enorme moldura dourada. Porém, logo percebeu que a arte da jovem já era moldura suficiente para essas simulações. Sua vida inteira a preparara para ser a galeria de estátuas vivas do Cavaliere.

Aos catorze anos, recém-chegada a Londres, sonhara em ser atriz, como as esplendorosas criaturas que via à noite saindo pela porta dos artistas em Drury Lane. Aos quinze, como figura semivestida nos quadros vivos criados por um terapeuta sexual da moda, aprendeu a ficar em pé sem se mexer, respirando superficialmente, os músculos do rosto tensos até a impassividade — expressando alheamento em relação às atividades sexuais que ocorriam ao lado, sob a supervisão do dr. Graham, no Leito Celestial. Aos dezessete, como modelo favorita de um dos grandes retratistas da época, aprendeu a pensar criativamente nas emoções e na maneira de expressá-las, e então manter essas expressões por longo tempo. O pintor disse que muitas vezes ela o surpreendia e inspirava sua concepção do tema; que era uma verdadeira colaboradora, e não um modelo passivo. Para o Cavaliere, ela posava como ela mesma posando — numa seqüência de poses, um show de slides ao vivo dos momentos icônicos da literatura e da mitologia antigas.

•

Era um empreendimento de extrema precisão. Primeiro era preciso escolher o tema. O Cavaliere abria seus livros e mostrava à jovem as pranchas, ou a levava até uma pintura ou uma estátua de sua coleção. Conversavam sobre as histórias antigas. Ela sempre queria representá-las todas. Então, já de posse do assunto, vinha o desafio — encontrar o momento certo, o momento que apresenta o significado, que condensa a essência de um caráter, de uma história, uma emoção. Era a mesma dura escolha que tinham de fazer os pintores. Como escreveu Diderot, "O pintor só tem um momento; ele não pode registrar dois momentos diferentes, assim como não pode registrar dois movimentos diferentes".

•

Ilustre a paixão. Mas não se mova. Não... se mova. Não é uma dança. Você não é uma proto-Isadora Duncan numa imagem congelada, apesar dos pés descalços, do traje grego, dos braços e pernas livres e do cabelo solto. Ilustre a paixão. Mas como uma estátua.

Você pode se inclinar — sim, desse jeito. Ou segurar alguma coisa. Não, um pouco mais alto. E vire a cabeça para a esquerda.

Sim, pode parecer que está dançando. Parecer. Absolutamente imóvel. Assim. Não. Não creio que ela ficasse de joelhos. O pé esquerdo um pouco mais livre. Recline-se um pouco. Sem sorrir. Os olhos meio fechados. Sim. Assim mesmo.

•

Todo mundo dizia que suas expressões eram absolutamente notáveis e convincentes. Porém, ainda mais notável era a rapidez com que passava de uma pose para outra. Mudança sem transição. Da dor para a alegria, da alegria para o terror. Do sofrimento para o êxtase, do êxtase para o horror. Parece ser o dom feminino por excelência conseguir passar sem esforço, instantaneamente, de uma emoção para outra. O que os homens querem que as mulheres sejam, e o que eles desprezam nas mulheres. Num minuto, isto. No outro minuto, aquilo. Naturalmente. Assim fazem todas as mulheres.

Em princípio, personalidades e emoções de todos os tipos eram representadas. Porém, as ninfas e as musas, as Julietas e as Mirandas eram muito menos numerosas que as abandonadas e vitimizadas. Mães enlutadas por seus filhos — sua Níobe; ou levadas por uma injúria intolerável a matá-los — sua Medéia. Jovens arrastadas pelo pai para o altar do sacrifício — sua Ifigênia. Mulheres ansiando pelos amantes que as desprezaram — sua Ariadne. Ou prestes a matar-se de desespero ao serem abandonadas — sua Dido; ou a expiar a desonra de uma violação — sua Lucrécia. Estas eram as poses que suscitavam maior admiração.

Quando o poeta a viu, apenas um ano depois que ela chegara a Nápoles, ela começava a apresentar-se nas reuniões do Cavaliere. Seu amante liberara um espantoso talento, que ela haveria de praticar por muitos anos e que nunca deixaria de ser admirado, até mesmo pelos seus mais ferozes detratores. Seus dons artísticos eram idênticos à sua beleza. Porém, sua beleza era mais como um gênio, com a convicção da sua própria persistência, até em circunstâncias desanimadoras. Pois mesmo depois que sua beleza terminou, ela continuou a sentir-se como uma beldade — disponível para exibição e apreciação. Até mesmo quando se tornou pesada, continuou sentindo-se leve.

Não queria ser vítima. Não era uma vítima.

Não sente mais a falta de Charles. Está resignada, está triunfante. Sabia que nunca mais experimentaria o amor apaixonado, nem tinha esperanças de experimentá-lo. Mas era genuinamente afeiçoada ao Cavaliere e fiel a ele sem esforço. Ela sabe dar prazer, e o faz quando requisitada. O fato de que Charles era um tanto frio e tenso na cama não a fizera sentir-se rejeitada. O fato de que o Cavaliere se revelou mais amoroso que seu sobrinho a fez compreender, pela primeira vez, o que significa ter poder sexual sobre alguém. Agora ela se sente como uma mulher (mais seguro do que ser uma jovem) — como muitas mulheres, todas elas irresistíveis. Sua capacidade de expressão, seu desejo insaciável de fazer contato com os outros encontraram sua expressão mais elevada nesse teatro de emoções antigas, simuladas.

•

Na época, considerava-se a antiguidade um modelo para o presente, um conjunto de exemplos ideais. O passado era um mundo pequeno, ainda mais diminuído pela nossa grande distância em relação a ele. Possuía apenas nomes familiares (os deuses, os grandes sofredores, os heróis e heroínas) representando virtudes familiares (constância, nobreza, coragem, graça), personificando uma idéia irrefutável de beleza, tanto feminina como masculina, e uma sensualidade potente, não ameaçadora — por ser enigmática, quebrada, descolorida.

As pessoas queriam ser edificadas. Na época o conhecimento estava na moda — e o filistinismo, fora da moda. Uma vez que cada pose da protegida do Cavaliere era uma figura da mitologia, do teatro ou da história da antiguidade, vê-la encenar suas Atitudes, como eram chamadas, era passar por uma espécie de teste de conhecimentos.

Ela desata o cabelo, levanta-se, ergue os braços em súplica, deixa cair a taça no chão, ajoelha-se e aponta a faca para o peito...

O público prende a respiração. Murmúrios. Inícios de aplauso, enquanto alguém que não reconhece a figura ouve a informação sussurrada de outro convidado. Os aplausos se intensificam. E os gritos: "Bravo, Ariadne!".

Ou "Bravo, Ifigênia!".

E ao lado o Cavaliere, a um só tempo diretor de cena e espectador privilegiado, assentia gravemente. Teria sorrido se achasse apropriado sorrir. Observando a imobilidade tensa do velho, sua idade e sua magreza contrastando com a juventude e a opulência da moça, o poeta sorriu.

•

O momento significativo! disse o poeta em seu francês estudado. É isso que a grande arte deve transmitir. O momento mais humano, mais típico, mais tocante. Meus parabéns, madame Hart.

Obrigada, disse ela.

Sua arte é extremamente invulgar, disse o poeta com gravidade. O que me interessa é como a senhora passa tão depressa de uma pose para outra.

É apenas algo que me vem, disse ela.

Mas é claro, disse ele sorrindo. Compreendo. É função da arte esconder as dificuldades da sua execução.

É apenas algo que me vem, repetiu a jovem, corando. Decerto ele não estaria lhe pedindo que explicasse mesmo como fazia.

Como a senhora faz? perguntou o poeta. A senhora visualiza mentalmente a personagem que está encarnando?

Creio que sim, disse ela. Sim.

Seu cabelo parecia úmido. O poeta ficou imaginando como seria abraçá-la. Ela não era seu tipo. Sentia atração por mulheres mais bem articuladas, ou então mais humildes, menos animadas. Seu talento a fizera febril. Pois não havia dúvida de que sua apresentação era notável. Ela não era apenas, como todos diziam, uma obra de arte, mas era também uma artista. Uma modelo como artista? Por que não? Mas o gênio era algo diferente. E também a felicidade. Pensou de novo que o Cavaliere tinha sorte. Quanto a ele, era feliz porque não desejava mais do que tinha.

Houve uma pausa longa e embaraçosa. A jovem não vacilou enquanto este rígido alemão a olhava fixamente.

O senhor gostaria de tomar um vinho?

Mais tarde, disse o poeta. Não estou acostumado a esse calor.

Sim, exclamou a jovem. Está calor. Muito calor.

O grande objetivo da arte é atingir a imaginação, disse o poeta. Ela concordou. E, ao buscar a verdadeira grandeza desse desígnio, às vezes pode ser necessário para o artista desviar-se da verdade histórica estrita e vulgar. Ela suava. E então disse ao poeta que lera, que admirara até a obsessão, o seu *Werther*, e tinha muita pena da pobre Lotte, que devia ter se sentido tão culpada por ter inspirado, inocentemente, uma paixão fatal naquele jovem demasiado suscetível.

A senhora não tem pena desse jovem demasiado suscetível?

Ah, sim, disse ela. Mas... mas tenho mais pena de Lotte. Ela estava tentando agir corretamente. Não fez por mal.

Sinto pena do meu herói, disse o poeta. Ou pelo menos senti. Tudo isso agora é muito remoto para mim. Eu tinha apenas vinte e quatro anos quando escrevi aquele livro. Não sou mais a pessoa que eu era naquela época.

A moça, que tem apenas vinte e dois anos, não pode imaginar que o homem à sua frente já foi da sua própria idade. Ele deve ter mais ou menos a idade de Charles. É estranho o que acontece com os homens. Eles não se importam em ser jovens.

E a história era verdadeira? perguntou ela educadamente.

Todo mundo pergunta isso, disse o poeta. Aliás, todo mundo pergunta se é a minha história. E confesso que de fato emprestei minha pessoa — mas, como a senhora vê, eu continuo aqui.

Tenho certeza que seus amigos ficam muito contentes com isso, disse a moça.

Creio que a morte de Werther foi o meu renascimento, disse o poeta solenemente.

Ah.

O poeta estava sempre — sempre estaria — no processo de renascer. Definição do gênio?

Para seu grande alívio ela viu o Cavaliere se aproximar. Eu estava apenas congratulando madame Hart pela vivacidade de sua apresentação, disse o poeta.

Com certeza o brilhante Cavaliere estaria à altura deste ponderoso visitante. Os homens conversariam, e ela poderia observar.

Porém, a conversa entre o Cavaliere e o poeta não transcorreu muito melhor do que a que se travara entre o poeta e a protegida do Cavaliere. Nenhum sentiu grande apreciação pelo outro.

O Cavaliere nunca lera aquele notório e lacrimoso romance sobre o egoísta que é desprezado pela amante e se mata com um tiro: desconfiava que não iria gostar. Felizmente, seu ilustre convidado era não apenas um dos mais famosos escritores do continente e principal ministro de um pequeno ducado alemão como também tinha interesses científicos, especialmente em botânica, geologia e ictiologia. Assim, conversaram sobre plantas, pedras e peixes.

O poeta começou a explanar sua teoria sobre a metamorfose das plantas. Já há alguns anos venho examinando as folhas, pistilos e estames de muitas espécies, e esses estudos me levaram a postular um modelo a partir do qual seria possível construir um número infinito de plantas, as quais poderiam existir todas e muitas de fato existem. Aqui, caminhando à beira-mar, tive uma nova idéia. Pode-se dizer que tive uma iluminação. Estou convencido de que esta Planta Primal realmente existe. Quando eu for embora de Nápoles irei à Sicília, que, segundo dizem, é o paraíso dos botânicos, e onde tenho a esperança de encontrar um espécime. Etc. etc. etc.

Estou fazendo um jardim inglês em torno do palácio de Caserta, disse o Cavaliere, sempre ansioso para herborizar, assim que o poeta terminou. Caserta pode de fato rivalizar com Versalhes, mas convenci Suas Majestades que com respeito aos jardins eles não precisam ceder à moda francesa. Seguindo minha sugestão, contrataram o mais eminente paisagista do estilo inglês, e esse jardim, quando completado, conterá uma flora da mais deliciosa variedade.

Como era decepcionante o Cavaliere. O poeta mudou de assunto e passou a falar sobre a Itália.

Fui completamente transformado pela Itália, disse ele. O homem que saiu de Weimar no ano passado não é o mesmo que chegou a Nápoles, e que o senhor está vendo agora.

Sim, disse o Cavaliere, cujo interesse pela autotransformação (tema favorito do poeta) era tão pequeno quanto o que tinha, apesar de tudo o que sabia sobre jardins e sobre o vulcão, pelas teorias botânicas ou geológicas. Sim, a Itália é o mais belo país do mundo, creio eu. E é verdade que não há cidade mais bela do que Nápoles. Dê-me o prazer de mostrar-lhe a vista do meu observatório.

Beleza, pensou o poeta com desprezo. Que pobre de espírito, que epicureu, era este inglês. Como se não houvesse mais nada no mundo além da beleza! Ali estava um homem incapaz de aprofundar-se naquilo que o interessava. Um mero diletante, é como o teria chamado, se diletante não fosse na época um termo elogioso.

Transformação, suspirou o Cavaliere. Ali estava um homem incapaz de não se levar a sério. Refletiu que o poeta sem dúvida exagerava o grau em que fora transformado por sua viagem à Itália e que essa fixação pela autotransformação era, na verdade, um egoísmo um tanto arrogante.

E ambos tinham razão. Porém, as convicções do poeta são mais valiosas para nós; sua vaidade mais perdoável; seu senso de superioridade mais... superior. Quando se trata do gênio, como da beleza — tudo, bem, quase tudo, é perdoado.

Trinta anos mais tarde, na sua *Viagem à Itália*, Goethe haveria de escrever que passara momentos deliciosos em companhia do Cavaliere. Não estava dizendo a verdade. Na época era bastante jovem, bastante inquieto, para não ter se divertido em absoluto. Para ter se incomodado por não ter aprendido nada em nenhuma conversa daquela noitada — pois sentiu-se mentalmente subnutrido, assim como subapreciado. Estou me dedicando a meu próprio aperfeiçoamento, escrevia o poeta a seus amigos. E ao prazer, sim — isso também. Tenho prazeres e eles estimulam e ampliam minha capacidade de sentir. Como se sentira superior àquelas pessoas. E como era superior.

•

Na maioria das histórias em que uma estátua ganha vida, a estátua é uma mulher — com freqüência uma Vênus, que sai do pedestal para retribuir o abraço de um homem ardente. Ou uma mãe, mas neste caso ela costuma permanecer em seu nicho. As estátuas de santas e da Virgem não se tornam ambulantes; há movimento apenas nos olhos compassivos, numa boca terna, numa mão delicada — falando ou fazendo um gesto ao suplicante ajoelhado, para consolar ou proteger. Raramente uma estátua de mulher ganha vida a fim de se vingar. Porém, quando a estátua é de homem, seu propósito é quase sempre fazer o mal ou vingar um mal. Uma estátua masculina que desperta — na versão moderna, uma máquina que recebeu forma humana e movimento — vem para matar. E o fato de ser realmente uma estátua dá-lhe a virtude marcial da obstinação, torna-o inflexível, implacável, imune às tentações da compaixão.

É um jantar festivo. Gente sofisticada trajando roupas belas e reveladoras está se divertindo na atmosfera em que esses festeiros dedicados mais se divertem — algo que combina o bordel e o salão, sem os esforços nem os riscos de ambos. A comida, seja consistente ou delicada, é abundante; o vinho e o champanhe são caros; a luz é atenuada e lisonjeira; a música e o aroma das flores na mesa, envolventes e difusos; ocorrem algumas brincadeiras sexuais, tanto as desejadas como as do outro tipo (''Estamos só nos divertindo'', diz o pretenso Don Juan, interrompido por alguém que nota que ele está implacavelmente pressionando uma mulher com suas atenções indesejadas); os criados são eficientes e sorriem, na esperança de uma boa gorjeta. As cadeiras são confortáveis e os hóspedes saboreiam profundamente a sensação de estarem sentados. Há delícias para os cinco sentidos. E alegria e loquacidade e lisonja e interesse sexual genuíno. A música acalma e estimula. Desta vez, os deuses do prazer estão recebendo o que lhes é devido.

E aí vem esse convidado, essa presença estranha, que não está aqui para se divertir, absolutamente. Vem para acabar com a festa e arrastar o chefe dos foliões para o inferno. Você o viu no cemitério, sobre um mausoléu de mármore. Bêbado de autoconfiança, e também um pouco nervoso por estar nesse cemitério, você fez uma piada para seu companheiro. E depois deu um alô para ele, lá em cima. Convidou-o para a festa. Foi uma piada mórbida. E agora ele está aqui. É grisalho, talvez barbudo, com uma voz profunda e um andar desajeitado, artrítico, não só porque é velho mas porque é feito de pedra; suas juntas não flexionam quando ele caminha. Um pai de granito, imenso e ameaçador. Vem para executar um julgamento, julgamento que você acreditava estar fora de moda ou não se aplicar a você. Não, você não pode viver para o prazer. Não. Não.

Ele se aproxima e te desafia a apertar-lhe a mão. A terra treme, no salão de festas o chão se abre como uma bocarra, as labaredas começam a subir —

Talvez seja um sonho e você acorde. Ou talvez esteja experimentando isso de uma maneira mais moderna.

Ele entra, o convidado de pedra. Mas não vai te matar, e provavelmente é mais jovem, moço mesmo. Não vem para se vingar. Ele até pensa que queria ir a uma festa (não pode ser um monumento o tempo todo) e não despreza o desejo de divertir-se. Mas não pode evitar ser ele mesmo, o que significa trazer consigo suas idéias mais elevadas, seus melhores padrões. Ele, o convidado de pedra, lembra aos foliões a existência de outro caminho, mais sério, para a experiência. E isso, é claro, vai interferir nos prazeres de todos.

É verdade que você o convidou, mas agora você está arrependido, e, se não tomar as precauções necessárias, ele vai acabar com a festa.

Depois de conhecer alguns dos seus convidados, ele começa a desistir da noitada. Talvez depressa demais. Mas ele está acostumado a cortar as coisas depressa. Ele não acha que a sua festa está tão divertida assim. Ele não disfarça — mistura-se. Fica pelos cantos da sala. Talvez olhe os livros, ou corra os dedos pelos objetos de arte. Ele não ressoa com a festa. A festa não ressoa com ele. Sua mente está demasiado cheia de coisas. Entediado, ele se pergunta por que veio. Sua resposta agora: estava curioso. Gosta de sentir sua própria superioridade. Sua própria diferença. Consulta o relógio. Cada gesto seu é uma censura.

Você, um dos convidados — ou, ainda melhor, o anfitrião —, leva na brincadeira esta presença carrancuda. Você tenta ser encantador. Ele se recusa a ser encantado. Ele pede desculpas e procura algo para beber. (Estará emburrado ou preparando-se para te denunciar?) Ele volta, tomando um copo de água. Você vira as costas e une-se aos outros. Você zomba dele — ele é um alvo fácil para as zombarias. Que convencido. Que egoísta. Que pomposo. Será que ele não sabe se divertir.

Levante o astral, convidado de pedra!

Ele continua a contradizer o que lhe dizem, a deixar claro que não está achando graça. E não consegue a sua atenção. Você voa de convidado em convidado. Pois uma festa não é um tête-à-tête. Uma festa serve para reconciliar seus participantes, esconder suas diferenças. E ele tem a descortesia de querer expô-las. Será que não conhece a prática civilizadora da hipocrisia?

Não é possível que vocês dois tenham razão. O fato é que se ele estiver certo, você está errado. Ficará revelado que sua vida é rasa, seus padrões oportunistas.

Ele quer raptar a sua mente. Você não vai deixar. Você diz a si mesmo que a frivolidade é um objetivo nobre. Que também uma festa é um mundo ideal.

Mais cedo ou mais tarde ele vai embora. Aperta a sua mão. A mão dele é fria. Você volta a se acomodar. A música está mais alta outra vez. Que alívio. Você gosta da sua vida. Você não vai mudar. Ele é pretensioso, arrogante, sem senso de humor, agressivo, condescendente. Um monstro de egoísmo. Mas ai, ele também é de verdade.

•

Em outra visita a Nápoles, o poeta pediu ao Cavaliere que lhe recomendasse um comerciante de lava, para poder levar consigo uma adequada variedade de amostras.

Viajar é comprar. Viajar é saquear. Ninguém que veio aqui foi embora sem uma coleção de algum tipo. Nápoles transformava cada um num colecionador amador. Conseguiu transformar em colecionador até o marquês de Sade, que, temendo ser preso na França, chegara onze anos antes sob um pseudônimo — embora sua falsa identidade tivesse sido desmascarada pelo emissário francês e ele tivesse sido obrigado a ser apresentado à corte napolitana com seu verdadeiro nome, já infame. Cinco meses depois, quando Sade voltou à França, antes remeteu dois enormes baús cheios de antiguidades e curiosidades.

Antes de partir para a Sicília, o poeta fez várias outras visitas ao museu real em Portici, que afirmou ser o alfa e o ômega de todas as coleções de antiguidades. Visitou Paestum e confessou-se irritado com as colunas dóricas atarracadas. (Quando voltou da Sicília, numa segunda visita, foi capaz de apreciá-las.) Não retornou, contudo, a Herculano e Pompéia, que percorrera rapidamente logo depois de chegar e das quais não gostara. Melhor observar os movimentos dos caranguejos à beira-mar. Que coisa deliciosamente esplêndida são as coisas *vivas*, escreveu ele. Melhor passear no jardim em Caserta, do qual o Cavaliere tinha tanto orgulho, e olhar as roseiras e canforeiras. Sou amigo das plantas, escreveu ele. Amo a rosa. E sentiu-se invadido por uma onda de saúde e auto-aprovação. Como fico satisfeito por manter meu pequeno estudo sobre a vida em todas as suas formas multifárias. Fora com a morte — essa odiosa montanha, essas duas cidades cheias de casas aglomeradas que pareciam predizer que iriam transformar-se em túmulos.

Escrevia cartas a seu soberano e a seus amigos em Weimar. Continuo olhando. Estou sempre estudando. E, mais uma vez: Você não vai me reconhecer. Eu mesmo mal me reconheço. É por isso que vim à Itália, por isso abandonei meus deveres. Terminara a versão final de sua *Iphigenia* e acrescentara duas cenas a seu *Fausto*, para sempre inacabado, durante uma estadia sexualmente reveladora em Roma. Fizera muitas observações sobre plantas e Palladio. Para evitar a tentação da nostalgia pelo passado clássico perdido, tomava notas sobre o comportamento pitoresco da gente comum nas ruas. Fizera progressos em seus desenhos. Não estava decepcionado consigo mesmo. Essa produtividade era mais um sinal de seu bem-estar.

Era importante não apreciar demais. Uma vez que a pessoa decide sair para o mundo e entra em íntima interação com ele, escreveu a uma amiga, é preciso ter muito cuidado para não ser arrebatado por um transe. Ou mesmo enlouquecer.

Estava se preparando para voltar. Nápoles é para aqueles que só vivem, escreveu — pensando no Cavaliere. Bela e esplêndida como é, naturalmente não se poderia morar aqui. Mas aguardo com prazer o momento de lembrar-me dela, escreveu ele. A memória destas paisagens dará sabor a toda uma vida.

As pessoas guardavam cada mínimo pedaço de papel em que o poeta escrevia qualquer palavra. Sua fama fizera dele uma antiguidade instantânea — a ser colecionado por seus admiradores. Esse grande poeta, cuja sede de ordem e de seriedade levara a viver como funcionário público, homem da corte, já é um dos imortais. Representava em público, sendo ele mesmo uma obra de arte. Sentia o eco da eternidade em cada frase que dizia. Cada experiência era parte de sua educação, de seu auto-aperfeiçoamento. Nada poderia dar errado numa vida concebida de maneira tão feliz, tão ambiciosa.

Aquilo com que concordamos nos deixa inativos, mas a contradição nos torna produtivos. Palavras do poeta. Palavras de sabedoria. Uma sabedoria e um tipo de felicidade inacessíveis para o Cavaliere, e das quais ele jamais sentiria falta.

•

Tudo deve ser compreendido, e tudo pode ser transformado — eis a visão moderna. Até os projetos dos alquimistas hoje parecem plausíveis. O Cavaliere não tentava compreender mais do que já compreendia. O impulso do colecionador não incentiva o desejo de compreender ou de transformar. Colecionar é uma forma de união. O colecionador está reconhecendo. Adicionando. Aprendendo. Notando.

O Cavaliere encomendou de um artista alemão local uma série de desenhos de doze Atitudes. *Desenhos fielmente copiados da natureza em Nápoles* era o título. Contudo, eles não transmitiam nada, pensou o Cavaliere, da sedução daquelas apresentações.

Contratou também outra pessoa para anotar e desenhar as poses e encenações da montanha.

Consciencioso como era, o Cavaliere não poderia ser um observador em tempo integral. Já havia alguns anos, desde a grande erupção de 1779, vinha financiando um padre genovês, recluso e estudioso, que vivia sozinho e sem criados perto do sopé da montanha, para manter um diário de tudo o que via. Este padre Piaggio nunca deixava seu posto de eremita — uma montanha é uma solicitação aos eremitas —, levantando-se ao amanhecer e executando suas observações, regulares como devoções, a intervalos fixos várias vezes por dia. Da janela de sua minúscula casa tinha uma visão perfeita. Já preenchera quatro volumes manuscritos com suas anotações, cuidadosamente legíveis, sobre o comportamento da montanha e com fluentes desenhos a lápis retratando o fluxo dos rios de lava e a fumaça espiralada que subia da cratera.

Muita coisa nestas anotações e desenhos era repetitiva. Como não haveria de ser? Quem podia mudar a montanha? O Cavaliere gostou em especial de uma história que o padre lhe contou sobre um filósofo naturalista de Praga que chegara à corte quarenta anos antes, quando Carlos de Bourbon, pai do atual Rei, ainda estava no trono, com um plano detalhado para salvar as aldeias em torno do Vesúvio do perigo que pairava sobre elas. Suas várias especialidades, que ele nomeou como mineração, metalurgia e alquimia, o levaram a estudar o vulcão por muitos anos em seu laboratório em Praga. Ali concebera sua solução. Tratava-se de reduzir a montanha a apenas mil pés acima do nível do mar, e então abrir um estreito canal desde o topo, já aterrado, até a praia, de modo que se a montanha explodisse novamente o restante de seu fogo se concentraria e correria diretamente para o mar.

Considerando a magnitude da tarefa, a força de trabalho requisitada não era grande, observou o homem de Praga. Dê-me vinte e nove mil homens, Majestade, disse ele, e em três anos o monstro estará decapitado.

Seria o homem de Praga apenas mais um charlatão? Possivelmente. Deveria ter permissão de tentar, assim mesmo? O Rei, que gostava de projetos ousados, consultou seus ministros. Estes ficaram estarrecidos com o plano. Alterar a forma da montanha, declararam eles, seria um sacrilégio. Na catedral, o cardeal leu um anátema.

Já que esta era uma nova era, com novas idéias, novas máquinas — iam-se descobrindo novas formas de terraplenagem, projeto e construção —, não era surpresa que havia pouco o projeto fora retomado por um engenheiro local, armado de uma tecnologia mais sólida, que apresentou seus desenhos para a inspeção do casal real. A Rainha, que se imaginava patrona do Iluminismo, consciente da necessidade de reformas judiciosas na política e na manufatura, apresentou a proposta para ser estudada por sábios locais e ministros competentes. Excluam a noção de sacrilégio, ela os instruiu; pensem apenas na viabilidade.

Veio a resposta: sim, é viável. Pois os povos da antiguidade, sem dispor de nossos maravilhosos meios modernos, não construíram mais alto e com maior precisão do que acreditaríamos possível? E derrubar é mais fácil do que construir. Se uma máquina humana de dezenas de milhares de trabalhadores conseguiu erigir aquela maravilha, a Grande Pirâmide de Gizé, uma mobilização similar de energias e de obediência a um governante visionário poderia realizar outra maravilha, o rebaixamento do Vesúvio. Porém, mudar a forma, diminuí-la, não alteraria a natureza da montanha. Não deteria uma erupção nem facilitaria a canalização. O perigo não era a montanha mas sim o que jazia debaixo do pedestal de terra onde a montanha se assentava, bem mais embaixo.

Porém, pode ser feito, disse a Rainha, irritada. Sim, pode ser feito. Então nós o faremos, se assim decidirmos. Mesmo que distanciados dos antigos reis-deuses do Mediterrâneo, esses déspotas esclarecidos ainda reivindicavam seu direito a um governo com poder absoluto, sancionado por um mandato divino. Na verdade, sua autoridade vinha sendo solapada pela zombaria, pelo Iluminismo. Na verdade, não detinham mais nada de seu poder absoluto. Nem remotamente.

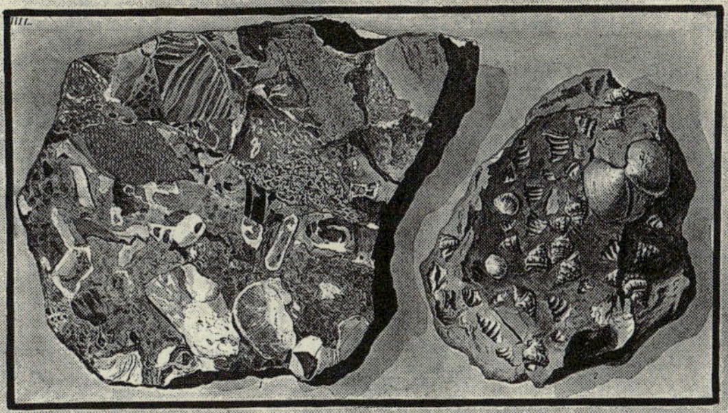

3

O inverno fora excepcionalmente frio em toda a península, desde Veneza, onde a laguna congelara e podia ser atravessada a pé, ou mesmo de patins, como numa pintura holandesa, até Nápoles, cujo inverno fora ainda mais rigoroso do que aquele de sete anos antes que acabara com o pobre Jack. A neve permaneceu durante semanas nas ruas pavimentadas com blocos de lava, e recobriu toda a montanha. A geada foi tão devastadora como uma chuvarada de cinza quente. Pomares e jardins pereceram, assim como os menos resistentes das dezenas de milhares de mendigos da cidade, que não tinham nem sequer um teto para protegê-los do vento gelado. Entre os bem abrigados, os rigores hibernais sem precedentes despertaram um espírito de apreensão. Com certeza tais anomalias não eram meros fatos da natureza. Eram emblemas, equivalentes, arautos de uma catástrofe que estava a caminho.

•

Como um vento, como uma tempestade, como um incêndio, como um terremoto, como uma avalanche de lama, como um dilúvio, como uma árvore que cai, uma torrente que ruge, um banco de gelo que se parte, como uma maré, como um naufrágio, como uma explosão, como uma tampa lançada fora, como um fogo que consome, como uma praga que se alastra, como um céu que escurece, uma ponte que desaba, um buraco que se abre. Como um vulcão em erupção.

Decerto mais que as simples ações das pessoas: escolher, ceder, enfrentar, mentir, compreender, ter razão, ser enganado, ser coerente, ser visionário, ser implacável, ser cruel, estar enganado, ser original, ter medo...

•

Na primavera o Vesúvio continuou em atividade, trazendo mais viajantes para a cidade para se maravilharem com ele, desenharem suas formas, se possível galgá-lo, e criando uma demanda ainda maior por quadros representando o vulcão em todos os seus humores, demanda que os habilidosos artistas e vendedores locais procuravam atender, acelerando sua produção. E no fim de julho, quando se espalhou a notícia da queda da Bastilha, caiu verticalmente a demanda pelas imagens do vulcão como o elemento que coroava uma paisagem serena. Agora todos ansiavam por imagens do Vesúvio em erupção. De fato, por algum tempo quase ninguém pintou o vulcão a não ser nesse estado. Tanto para os partidários da revolução como para a horrorizada classe dominante de todos os países europeus, nenhuma imagem do que estava acontecendo na França parecia tão adequada como a do vulcão em ação — convulsão violenta, sublevação vinda de baixo, e ondas de forças letais que dilaceram e alteram permanentemente a paisagem.

Como o Vesúvio, a Revolução Francesa também foi um fenômeno. Mas a erupção vulcânica é algo perene. Enquanto a Revolução Francesa era vista como algo sem precedentes, o Vesúvio vem entrando em erupção há muito tempo, está em erupção agora, e voltará a entrar em erupção: a continuidade e a repetitividade da natureza. Tratar a força da história como uma força da natureza era algo que tranqüilizava e também distraía. Sugere que embora este talvez seja apenas o começo, o começo de uma era de revoluções, isso também passará.

O Cavaliere e seus conhecidos não pareciam diretamente ameaçados. Estatisticamente falando, a maioria dos desastres acontece em outro lugar, e nossa capacidade de imaginar a aflição provocada por esses desastres, quando numerosos, é limitada. Por enquanto estamos em segurança e, como dizem, a vida (em geral referindo-se à vida dos privilegiados) continua. Estamos em segurança, embora depois tudo possa ser diferente.

Amar os vulcões era colocar a revolução no seu lugar. Viver na proximidade da lembrança de um desastre, viver entre ruínas — Nápoles, ou a Berlim de hoje —, é ter a garantia de que se pode sobreviver a qualquer desastre, até ao maior deles.

•

A amada do Cavaliere nunca parara de escrever a Charles. Escrevera para implorar, para censurá-lo, denunciá-lo, ameaçá-lo, tentar despertar sua piedade. Três anos mais tarde, ela continuava escrevendo quase com a mesma freqüência. Se Charles não era seu amante, teria de ser seu amigo. Tão grande era seu talento para a fidelidade que raramente compreendia quando alguém não gostava dela ou se cansava dela. Tinha uma tal aptidão para deleitar-se que não conseguia imaginar que Charles não receberia bem as suas cartas, não ficaria contente por saber suas novas e as de seu querido tio, a quem ela se esforçava ao máximo para fazer feliz (não era isso que Charles queria?) e que era tão bondoso, tão generoso com ela.

Escreveu relatando que acompanhara o Cavaliere em escaladas à montanha, e que nunca vira um espetáculo tão belo, embora tivesse pena da lua, cuja luz parecia pálida e doentia perto da luz do vulcão em erupção (pouco bastava para fazer jorrar sua compaixão); e que fora com ele às escavações em Pompéia, onde lamentou as pessoas que haviam perecido tantos séculos atrás. Ao contrário de Catherine, que nunca acalentara a idéia de subir ao Vesúvio e não gostara de ser levada no séquito de seu marido para contemplar as cidades mortas (embora as tivesse visitado com William), estava pronta a fazer tudo, qualquer coisa que o Cavaliere propusesse, e parecia ter uma energia ilimitada. Se ela pudesse, se ele permitisse, de bom grado teria ido, de botas e abrigo de pele, às caçadas de javali com o Cavaliere (ela montava a cavalo muito bem, coisa que ele não sabia). Teria visto o Rei mergulhado até a cintura em vísceras sangrentas e encontrado alguma maneira de apreciar esse espetáculo horripilante, embora não fosse absolutamente voyeurista — lançando mão de uma experiência pessoal não muito grande desse tipo de selvageria (embora seu amante anterior a Charles, o pai de sua filha, que a ensinara a cavalgar, tivesse sido um fidalgo rural matador de animais) ou do que ia aprendendo nos livros.

Espantoso, sim. Uma vez eu vi... quer dizer, é como, é como, como... Homero, ela poderia ter exclamado. E não estaria inteiramente errada.

O Cavaliere a observava afetuosamente enquanto ela se expandia no papel de sua companheira, como que estagiando para ser uma dama. Sempre fora muito rápida para aprender. Foi assim que sobrevivera, e assim triunfara.

Ia adquirindo a marca dele, pensou o Cavaliere, como faz a argila com o polegar de um escultor. Amoldava-se com vivacidade e perícia. Os aspectos em que ele precisava adaptar-se a ela eram mínimos. Na presença dela tinha de reprimir parte de sua tendência natural à ironia. Mesmo inteligente como era, neste ponto ela não conseguia acompanhá-lo. Tanto por temperamento como pela classe a que pertencia, não era sensível à ironia. Seu temperamento não tinha praticamente nada de melancolia, que é o outro lado da ironia; e ela não nascera para aquele tipo de esnobismo que se orgulha de sua expressão indireta. A ironia é a resposta padronizada do *gentleman* inglês expatriado à esquisitice, à rudeza dos nativos entre os quais ele é obrigado (mesmo que por escolha própria) a viver. Ser irônico é uma maneira de mostrar nossa superioridade sem ser mal-educado a ponto de indignar-se. Ou ofender-se. A jovem não via razão para não mostrar-se ofendida quando assim se sentia; ou para não indignar-se, o que muitas vezes lhe acontecia — nunca por ofensas feitas a ela (quanto a estas, era muito indulgente ou facilmente aplacada) mas por alguma desfeita ou malefício feito a outrem.

Se tinha uma reação esnobe, só conseguia expressá-la diretamente. Nossa, que gente mais vulgar, exclamava ela, voltando de uma noitada — o Cavaliere a levava a toda parte, e todos a recebiam bem. Ninguém é tão bom, tão culto, tão atraente como você, dizia ela ao Cavaliere.

E ninguém, pensava o Cavaliere, é tão versátil como ela.

Como mulher ela se tornou, como o Cavaliere, paladina da intervenção. Sua esfera de atividade é a que as mulheres costumam assumir: atentar aos sentimentos, às aflições. Mais um talento revelado: uma presteza para adivinhar o que os outros estavam pensando, sentindo, precisando; o que os outros queriam, queriam para si mesmos, queriam que ela fosse. Mesmo sendo egocêntrica, seus sentimentos mais predizíveis eram a admiração, a lealdade, a simpatia... não são as paixões de um narcisista. O sofrimento emocional de qualquer pessoa a levava às lágrimas. Chorava com o espetáculo do enterro de uma criança passando pelas ruas, com as confidências que recebera numa festa de um jovem americano, negociante de sedas, enviado em missão ao estrangeiro pela empresa da família para esquecer a moça que rompera o noivado com ele. O sofrimento físico de qualquer pessoa a fazia crer que era capaz de fazer algo a respeito. Preparou um remédio da medicina popular galesa para as dores de cabeça de Valerio. Tentava tirar do silêncio qualquer pessoa taciturna. Procurou conversar com o rapaz caolho que era guia do Cavaliere. Ah, coitadinho do olho dele!

•

Em 1790, após passar seu primeiro ano pós-Bastilha em Roma, a pintora itinerante Elisabeth Vigée-Lebrun chegou a Nápoles para uma estadia prolongada e, como era inevitável, trazia uma apresentação ao principal patrono dos pintores, tanto locais como estrangeiros, cuja companheira, casualmente, era uma jovem que fora uma das mais famosas modelos dos pintores da época. Vigée-Lebrun não perdeu tempo em pedir ao Cavaliere que lhe encomendasse um retrato de sua sedutora companheira, já tão representada, e o Cavaliere concordou com entusiasmo, consentindo em pagar honorários substanciais. Já possuía uma dúzia de retratos dela. Mas nunca eram demais. Provavelmente, nem pensou no fato de que este seria o primeiro retrato dela feito por uma das poucas pintoras profissionais da época.

Uma vez que a companheira do Cavaliere ainda era um modelo, e não um tema em si, a questão era saber qual figura da mitologia, da literatura ou da história antiga ela representaria. Vigée-Lebrun decidiu, não sem um pouco de malícia, pintá-la como Ariadne. O momento escolhido foi depois que Ariadne foi abandonada por Teseu, sem cerimônia e muito contra a sua vontade, em Naxos. Embora a cena se passasse logo depois, Ariadne não parece nada desesperada. No primeiro plano, na entrada de uma gruta, com um vestido branco longo e solto, parcialmente coberto pela sinuosa cascata da abundante cabeleira castanha que lhe cai pelos ombros, chegando até o ventre e os joelhos carnudos, está sentada num tapete de pele de leopardo, inclinada sobre uma rocha, uma das mãos decorativamente apoiando a face, enquanto a outra segura uma taça de bronze. Está de costas para a entrada, olhando para o interior da gruta, como se tanto o espectador, cujo olhar ela fita com uma candura inane nos olhos bem abertos, quanto a luz brilhante que se irradia sobre o rosto, o busto, os braços nus estivessem mais para dentro da gruta. Atrás dela vê-se o alto-mar e ao longe, na linha do horizonte, um pequenino navio. Presume-se que seja o comandado por Teseu, o herói cuja vida ela salvara e que prometera levá-la de volta para sua terra natal e casar-se com ela, mas que, em vez disso, deixou-a no meio do caminho, abandonando-a à morte nesta ilha deserta.

Sim, deve ser o navio de seu amado — enfunando as velas com o vento após esse ato traiçoeiro e covarde. Não pode ser o navio de Dionísio, o deus do prazer e do vinho, que virá salvá-la, e fazer dela *sua* consorte, oferecendo-lhe assim um destino muito mais glorioso do que aquele que ela pensara ser o melhor que poderia alcançar. Não sendo um mero mortal, Dionísio não precisa chegar de navio. Pode simplesmente chegar voando. Mas talvez já tenha voado e aterrissado, e esteja no fundo da caverna preparando-se para fazer amor com Ariadne, e ela já tenha esquecido Teseu, que acaba de sair do nosso campo de visão (e que, embora aliviado de livrar-se dela, sente um pouco de remorso, tanto quanto pode sentir um grosseirão que se considera um cavalheiro); talvez ela já tenha tomado o vinho que o deus lhe ofertara para secar-lhe os olhos (Esqueça Teseu! Mas eu já...) e relaxar-lhe o corpo, numa antecipação de seus amplexos.

Ou será apenas o espectador que está sendo seduzido, aqui no fundo da caverna, assim como a mulher real seduzia a todos, fazendo brilhar seu sorriso radiante, glorioso, cheio de empatia, para todo mundo. Mas não com o sorriso diretamente sugestivo que se vê na pintura. Ela é mais saudável, mais ansiosa para agradar, menos autoconfiante do que aqui se vê. Nunca, em todos os seus retratos já feitos, fora representada tão patentemente como uma cortesã. Desagradável representação, feita por uma mulher independente que sobrevive à custa de seu talento e inteligência, de outra mulher que joga o mesmo jogo perigoso. Mas, embora irreverente, o retrato foi um sucesso. A artista conhecia seus patronos. Deve ter apostado que o Cavaliere (enfeitiçado) e a moça (inocente e vaidosa) não veriam o retrato como outros poderiam ver; veriam apenas mais um tributo à sua vitoriosa beleza.

Entre os numerosos papéis e personas que ela se acreditava capaz de retratar, tinha especial prazer em representar mulheres cuja sorte era tão diferente de seu feliz destino, tais como Ariadne e Medéia, princesas que sacrificaram tudo — passado, família, posição social — por um amado estrangeiro e depois foram traídas. Ela as via não como vítimas mas como pessoas excepcionalmente expressivas: pessoas tocantes e heróicas na intensidade de seus sentimentos, na maneira impetuosa e total com que se entregavam a uma única emoção.

A jovem elaborou suas Atitudes, aperfeiçoou a encenação e a dramaturgia. Não era mais necessário que o Cavaliere ficasse ao lado, segurando um círio. Era iluminada por duas grossas e altas velas, colocadas atrás de biombos à esquerda e à direita. Por vezes utilizava objetos de cena, inanimados e também humanos. A condessa de ***, outra refugiada dos estarrecedores eventos de Paris, e que viera morar em Nápoles, junto à corte governada pela irmã da rainha francesa, aguardando a rápida punição dos revolucionários ateus e a restauração dos plenos poderes, garantidos por ordem divina, de suas reverenciadas majestades Luís XVI e Maria Antonieta — essa condessa tinha uma filha, criança pálida e inteligente de sete ou oito anos, mais ou menos a mesma idade da filha que a companheira do Cavaliere já não via há mais de quatro anos (e cuja pequena pensão anual Charles agora pagava, seguindo as instruções do Cavaliere, com a renda da propriedade do País de Gales) e que, imaginava ela, se parecia com sua filha, ou com o que sua filha (pobre criança abandonada!) deveria se parecer agora. Ela chorava pensando na filha, e requisitou a filha da condessa para participar das Atitudes. Diante dos convidados do Cavaliere, certa noite, elaborou três quadros vivos com a criança. Estes se materializaram numa sucessão estroboscópica, pois ela já não precisava sequer da ligeira pausa necessária para cobrir-se entre uma Atitude e a seguinte.

O primeiro tema foi o rapto das sabinas, a emoção era o terror e o momento foi a captura em plena fuga de uma jovem matrona romana, tentando em vão escapar com a filha apertada junto ao peito. Ela havia preparado a criança, nervosa e confiante, para este tema, mostrando-lhe figuras dos livros do Cavaliere. Porém, os dois temas seguintes foram inspiradas improvisações. Num único movimento, empurrou a criança para o chão e levantou-lhe os bracinhos, cruzando-lhe as mãos em súplica, deu um passo atrás, tomou-a pelo cabelo e colocou um punhal contra sua garganta. Aplausos e "'Bravo, Medéia!''. Caiu então de joelhos, envolvendo a criança petrificada e quase desfalecida com seu corpo todo, contorcendo-se num soluço silencioso e gélido, e recebeu a consagração de um "'Viva Níobe!''.

Era algo que ia além da atuação, pensou o Cavaliere, assistindo com seus convidados. E mais uma vez ficou impressionado ao ver como eram extraordinários os poderes de imaginação da jovem, sua empatia por emoções que não poderia ter conhecido, e regozijou-se com os *bravos* como se fossem elogios feitos a si mesmo. Que criatura extraordinária era ela.

•

Foi o início da era das revoluções, foi o início da era do exagero.

A jovem ia se tornando tudo o que ele desejava que ela fosse. Ocorreu ao Cavaliere que poderia considerar aquilo que até então fora impensável, tornar-se a única coisa que ela desejava que ele fosse — embora ela tivesse a delicadeza de nunca mencionar.

O que mais ele poderia querer possuir no outono de sua vida além dessa adorável, e adoradora, criatura?

Veja como ela conquistou a todos.

Um pequeno jantar, com apenas cinqüenta convidados, em honra do duque del ***. A consorte do Cavaliere presidindo do seu lado da longa mesa. Usava uma túnica grega, um quíton, que o Cavaliere mandara fazer para ela, segundo a túnica usada por Helena de Tróia em um de seus vasos. Enquanto ela se vestia, a sra. Cadogan se recusara a deixá-lo entrar. E quando ela apareceu ele ficou arrebatado. Parecia tão bela como sempre — poder-se-ia dizer mais?

À direita dela sentava-se o rubicundo e perfumado príncipe ***, notório sedutor; à sua esquerda, o conde ***, notório maçante. A jovem tinha um assombroso talento para agradar, inclinando seu lindo rosto, ora para este, ora para o outro. Contra-seduzia o sedutor, conversando com ele sobre os encantos de sua esposa, e com tamanha perícia e fervor que até ele começou a pensar afetuosamente naquela mulher tão ignorada, passando a interessar-se mais pela sagacidade de sua companheira de mesa do que pelo seu busto branco como a neve. Cativou também o maçante, ouvindo-o discorrer sobre cada um de seus triunfos sociais numa recente viagem a Paris e relatar que conhecera um advogado chamado Danton e o jornalista Marat e, embora aqui não fosse de bom-tom dizer isso, achou que os revolucionários não eram os ogros e pretensos regicidas que ele esperava encontrar, mas homens de bom senso que apenas queriam efetuar certas reformas muito necessárias, as quais poderiam ser realizadas numa monarquia constitucional. Sim, dizia ela. Ah, sei. E depois? E o que foi que o senhor disse? Ah, que resposta inteligente.

Ela ria alto, e ergueu seu copo primeiro para um, depois para o outro. O Cavaliere ouvia sua voz, deliciava-se com o lustro da sua face. De tanto em tanto ela olhava para ele e recebia um aceno de aprovação. Por mais ocupada que estivesse com os outros — e ninguém ouvia mais ardentemente que ela —, ele sentia que ela nunca deixava de estar concentrada, paciente e apaixonadamente concentrada, na existência *dele*, como se dissesse: Faço tudo isso por você, para que você se orgulhe de mim. O que mais poderia pedir um Pigmalião?

Agora o conde estava entediando a mulher à sua esquerda, a princesa ***, com suas idéias sobre o torvelinho na França: que os revolucionários não eram um bando de desvairados, e iriam refrear-se no último momento, a senhora vai ver, não têm nenhum interesse em mergulhar o país no caos nem em perturbar as relações da França com os outros poderes europeus etc. etc.; e, enquanto a princesa ainda estava no meio de sua resposta vagamente afirmativa, o homem à *sua* esquerda, sir ***, que ouvia as palavras do conde e acabava de perceber o que significavam, interrompeu impetuosamente e, ignorando a princesa, falando literalmente por cima da sua cabeça, como se ela não existisse, como muitas vezes fazem os homens quando seus interesses são feridos por algo que outro homem acaba de dizer, denunciou o conde como um maldito republicano e um subversivo, derramou seu vinho e fez com que a mesa toda parasse de conversar, e, enquanto o Cavaliere interpôs sua afabilidade tranqüilizante, sua consorte acrescentou sua sincera concordância com o que sir *** acabava de dizer sobre os perigos da situação na França (o oposto do que dissera o conde ***), porém o disse de uma maneira tão calorosa e inocente que o tedioso conde não se sentiu traído; na verdade, cada um dos dois homens sentiu que a adorável e espirituosa jovem, companheira do Cavaliere, concordava consigo quanto àquele assunto tão ingrato. Tão cativante era seu talento social — apesar de, não, até mesmo por causa dos, indeléveis traços de sua origem plebéia, pensou o fascinado Cavaliere. Era cálida, era dadivosa. Ele não poderia viver longe de seu sorriso estival. E lançou para ela seu sorriso fino e seco quando cessou o tumulto acerca dos malditos eventos na França, e ela se voltou para ele, as faces ruborizadas, envaidecida com sua aprovação, e ergueu para ele seu copo de vinho vermelho, soprou-lhe um beijo e bebeu-o de um só gole, num gesto simpático embora menos que elegante.

Quando a pessoa certa faz a coisa errada, esta passa a ser a coisa certa. E assim ela era, como ele já concluíra (rubro de alegria, não necessitava de vinho), eminentemente, surpreendentemente, inexaustivamente certa para ele.

Ela voltara agora a divertir o príncipe ***, que, sem ter qualquer opinião sobre os acontecimentos na França, estava mal-humorado, e a quem ela prometera narrar algo que acontecera quando chegara a Nápoles com sua querida mãe quatro anos atrás, ainda menina, como disse, sem experiência da vida, antes que seu querido amigo e protetor a tomasse pela mão, mas atilada o bastante para ter se enamorado da cidade de imediato — a história de um horrendo drama que ocorrera poucas semanas depois de sua chegada.

Mas o senhor não vai acreditar, disse ela.

O que, cara sra. Hart, disse uma dama inglesa de visita, sentada do outro lado da mesa.

Dezoito homens, uns assassinos que resolveram acampar aqui no pátio.

Quantos?

Dezoito!

E passou então a contar que uma gangue de bandidos, perseguidos pelos soldados municipais, irromperam no pátio e tomaram como reféns dois criados, um jovem cavalariço e um pajem que era um dos músicos da casa, e, ameaçando cortar-lhes a garganta, protegeram-se com barricadas na ala leste do pátio, e que os soldados queriam atacar e dominá-los, mas o Cavaliere lhes recusara a permissão para entrar, desejando evitar a inevitável carnificina e preocupando-se especialmente em salvar a vida do cavalariço e do violinista, amarrados a um canto, e que assim acamparam ali por uma semana inteira —

Uma semana?

Sim! E fizeram fogueiras, cantaram, gritaram, beberam e cometeram indecências um com o outro, as quais, infelizmente, ela fora obrigada a presenciar de uma janela, já que eles, isto é, ela, sua querida mãe, o Cavaliere e todo o resto da casa também eram prisioneiros, impossibilitados de sair da mansão, naturalmente tinham muito para comer e beber, e ela continuou tendo suas aulas, e o Cavaliere tinha seus livros e seus estudos, mas mesmo assim passavam muito tempo na janela olhando os dezoito assassinos, que haviam começado a brigar entre si, embora tivessem que manter as janelas fechadas por causa do terrível mau cheiro — vocês podem imaginar a causa, acrescentou desnecessariamente —, pois o querido e bondoso Cavaliere fizera questão que se baixassem alimentos para o pátio duas vezes ao dia, de manhã e à noite, em parte para conquistar a confiança deles e em parte porque não poderia deixar morrer de fome o pobre Luca, que tinha só quinze anos, e Franco, o violinista, e com todos aqueles odores fétidos, os gritos frenéticos e as canções desavergonhadas dos briguentos assassinos, e mais a barulheira dos soldados acampados do lado de fora, que também pouco tinham a fazer além de beber e brigar, assim a coisa continuou até o sexto dia — foi no sexto dia? ela olhou para o Cavaliere, pedindo-lhe que a ajudasse neste detalhe que era o menos vívido da sua história, reconhecendo assim que a história também era dele, que tinham compartilhado juntos essa corajosa aventura; e ele disse, sorrindo galantemente, na verdade foi o sétimo dia; ah, no sétimo dia, exclamou ela, triunfante — e no sétimo dia o Cavaliere conseguiu persuadir o barbudo chefe do bando de assassinos a entregar os dois reféns (ambos verdes de terror e cobertos de piolhos) incólumes, e, já que a situação deles era sem esperança, no final teriam de se entregar, iriam apenas selar o pior dos destinos se não o fizessem agora, ele, o embaixador britânico, prometeu que falaria com os soldados e lhes ordenaria que não os espancassem, e depois faria um apelo ao Rei para que tivesse o máximo de clemência possível, se se entregassem. E, concluiu ela, foi o que eles fizeram.

Espero que esses brutos tenham sido todos executados, disse uma dama do outro lado da mesa. Como mereciam.

Nem todos, disse o Cavaliere. O Rei tem bom coração e é muito dado aos atos de clemência, em especial para com as classes inferiores.

Que história espantosa, disse alguém.

E inteiramente verdadeira, exclamou ela.

E assim foi, refletiu o Cavaliere, salvo que isso tinha lhe acontecido um quarto de século antes, a ele e a Catherine, logo depois que ele chegara para assumir seu posto e a cidade, mal saída da grande fome, ainda se encontrava num estado de quase-anarquia: uma história que ele contara à jovem e que ela agora relatava como algo que acontecera com ela mesma. Naturalmente, mesmo constrangido ao ouvi-la contar e enfeitar a história com tanta arte, não se sentiu tentado a interromper e corrigi-la, dizendo não, quando isso aconteceu você não estava aqui comigo. Você não tinha nem nascido. E, quando ela terminou, ao constrangimento seguiu-se uma ansiedade, o medo de que a invenção dela fosse desmascarada por alguém à mesa que vagamente se lembrasse de ter ouvido sobre o incidente, que acontecera há tanto tempo, e ela ficaria humilhada e ele, seu patrono e amante, faria papel de tolo. Mas, quando ficou claro que não havia ninguém ali que conhecesse a história, sua ansiedade passou e o que ele sentiu foi uma pontada de desilusão, pois acabava de descobrir que sua querida era mentirosa e dada às fanfarronices vulgares. E a este sentimento seguiu-se outro muito diferente, mais compassivo: pois então ficou alarmado, temendo pela razão dela, perguntando-se se acaso isso significava que ela muitas vezes não sabia a diferença entre uma história que ouvira e uma experiência própria. Sentiu-se então aborrecido e um pouco triste, tomando a mentira como prova da imaturidade dela, não, da sua insegurança, supondo que ela se apropriara da sua história porque sentia que não tinha suficientes histórias interessantes de sua própria vida para contar, ou pelo menos histórias que podiam ser narradas em companhia. E por fim não se sentiu mais constrangido nem ansioso nem desiludido nem alarmado nem aborrecido nem triste... mas comovido, imensamente, alegremente comovido por este sinal de o quanto ela se sentia parte dele, a tal ponto entregando sua querida pessoa ao seu carinho e tutela que não mais sabia onde terminava ela e começava ele. Parecia um ato de amor.

•

Tal como Ariadne, a companheira do Cavaliere haveria de ter um destino mais glorioso do que imaginara possível. Vigée-Lebrun tinha mais razão do que sabia — o que não torna mais bondosa a intenção por trás do retrato.

Jamais confie num artista. São sempre diferentes do que parecem — até os mais conformados, que vivem como cortesãos.

Vigée-Lebrun adulou o Cavaliere, aceitou dele muitos favores, conseguiu encomendas para retratos de outras personalidades locais e um considerável sucesso social, em grande parte graças ao seu patronato e hospitalidade. Costumava hospedar-se na mansão da cidade, e em julho e agosto foi muitas vezes convidada a participar de um pequeno grupo que tinha por hábito ir ao chalé de três aposentos em Posillipo, logo acima da praia, onde o Cavaliere e sua companheira passavam as horas mais quentes do dia, voltando só quando as primeiras brisas se elevavam no fim da tarde. Ela adulava a Bela, e esta, crédula como sempre, pensava que a pintora fosse sua amiga. Jamais confie num artista.

Mas também jamais confie num patrono. No ano seguinte, o Cavaliere e sua nova companheira voltaram para a Inglaterra — era a quarta licença dele desde a sua chegada a Nápoles com Catherine, vinte e sete anos antes. Fora uma época difícil para novas aquisições; suas despesas aumentavam; não tinha grandes tesouros para vender: apenas algumas estátuas "restauradas" (isto é, pesadamente rejuntadas), uma variedade de armaduras, candelabros, amuletos fálicos, moedas de procedência dúbia e duas pinturas atribuídas a Rafael e Guercino. Havia ainda outro objeto na bagagem do Cavaliere. Parece que, durante uma tarde quente de verão passada no chalé em Posillipo, Vigée-Lebrun impulsivamente desenhara numa porta duas pequenas cabeças a carvão. Presente da artista. Que o Cavaliere não viu razão de não transformar em lucro, como ela haveria de queixar-se em suas memórias muitos anos depois — já que ele mandara serrar a superfície da porta e a estava levando à Inglaterra para vender.

•

O Cavaliere estava pronto para cometer o escandaloso, o impensável. O sorriso de seu régio irmão de criação, quando o Cavaliere aludiu à possibilidade de um casamento, foi, na melhor das hipóteses, uma permissão tácita; sabia que a filha da sra. Cadogan nunca poderia ser apresentada como sua esposa na corte inglesa. Entretanto, antes de deixar Nápoles ele passara um momento a sós com a Rainha, que lhe garantiu que na corte do Reino das

Duas Sicílias não haveria obstáculo para receber a encantadora jovem de quem ela, a Rainha, já gostava tanto, uma vez transformada em legítima esposa; e assim não havia razão para não fazer feliz a jovem e a si mesmo.

Com certeza Charles, que não se casou (e nunca se casará) apesar de todos os seus esforços, iria compreender. E quanto aos parentes e amigos que poderiam rir pelas suas costas ao ver um velho (estava com sessenta e um anos) dar seu nome a uma notória beldade da origem mais humilde — que fossem para o diabo. Já vivera bastante tempo como epicurista racional. Tempo até demais.

Será que Catherine, Catherine que o compreendia tão perfeitamente, o teria reconhecido agora? Não.

No início não contou a ninguém, exceto Charles, sua intenção, embora suas irmãs, seu irmão mais velho e todos os seus amigos já houvessem concluído por si que esse desastre era inevitável. Ficaram num hotel. A sra. Cadogan foi visitar parentes. Então ele, Charles e a jovem partiram para o País de Gales, onde o Cavaliere se encontrou com o administrador da propriedade e verificou as contas. Ela olhava para Charles com desvelo maternal e todos os dias colocava flores no túmulo de Catherine. Na terceira semana de sua estadia, pediu licença para visitar sua filha em Manchester, a quem não via há tantos anos. E pediu também ao Cavaliere algum dinheiro para dar à família que criava a menina, além de outras pequenas quantias para uma prima e um casal de tios doentes na aldeia onde nascera, que sua mãe entregaria. A jovem sempre mantivera contato com seus parentes e lhes enviara presentes de Nápoles; e o Cavaliere, com sua delicadeza, nem pensaria em recusar, apesar de suas preocupações financeiras. Assim, ela partiu... e chorou, apaixonou-se por sua filha e chorou mais ainda quando teve que deixá-la. Sonhava em trazer a criança para Nápoles; nada a teria feito mais feliz. Mas não ousou pedir isso ao Cavaliere, embora ele decerto não lhe recusasse nada; ela sabia que isso o deixaria constrangido (ninguém acreditaria que ela já fora casada) e ela sabia também que, se a criança estivesse lá, ela a amaria mais e mais e talvez amasse menos o Cavaliere. Era esperta o bastante para saber que seu sucesso com ele exigia que lhe dedicasse atenção integral.

Assim a criança tinha de ser, e foi, sacrificada.

E por isso a jovem nunca se perdoou; e, talvez, nem ao Cavaliere.

Agora era verão e voltaram para Londres. O Cavaliere resolveu fazer uma visita de uma semana a Walpole, agora idoso e frágil, a quem temia ver pela última vez, e mostrar os divertidos exageros de Strawberry Hill, o castelo pseudomedieval de seu amigo, à sua companheira, que entrou em êxtase com janelas pintadas e a esmaecida luz religiosa, na qual sentiu o impulso de apresentar para seu admirado anfitrião uma inspirada representação da cena da loucura da *Nina* de Paisiello. De volta à cidade, esperava-os uma carta oferecendo à jovem um contrato na Ópera de Londres por duas mil libras por ano. Diga a Gallini que você já foi contratada para o resto da vida, disse o Cavaliere com um sorriso, divertido ao ouvir-se dizer algo tão néscio e tão cativante.

A vida londrina oferecia ao Cavaliere reuniões da Real Sociedade e da Sociedade dos Diletantes; também não resistiu à tentação de ir a alguns leilões de quadros. E a jovem foi passar algum tempo com seu velho amigo, o sr. Romney, para falar-lhe de sua gloriosa vida em Nápoles, e ele ouviu gravemente e incentivou-a a contar mais; também utilizou-a novamente como modelo, desta vez para uma pintura de Joana d'Arc, enquanto a posição social da jovem ainda o permitia. Ela tagarelava sem cessar e pediu-lhe que desse lembranças ao sr. Hayley e lhe dissesse que seu livro sobre o autocontrole era sua leitura de cabeceira; de fato ela se tornara serena e, veja só, agora era uma verdadeira dama, falava italiano e francês, sabia cantar e todo mundo gostava dela, e o Rei de Nápoles flertava com ela e lhe apertava as mãos, mas não era por mal, mas a Rainha, oh, a Rainha, que mulher maravilhosa, e que mãe maravilhosa, que acabara de dar à luz o décimo quarto filho, embora alguns tivessem morrido — infelizmente o Rei não a deixava em paz, dizia ela, afinal ele era homem e, portanto, não tinha muito autocontrole, e se engraçava também com as jovens camponesas que trabalhavam na real fábrica de seda nas terras do palácio em Caserta, e dizia-se que eram seu harém particular —, essa querida Rainha se tornara uma verdadeira amiga sua — ela subia pelas escadas do fundo do palácio, pois naturalmente não podia ser recebida oficialmente já que, gaguejou, até que, corrigiu-se —, o que queria dizer é que ela e a Rainha haviam se tornado verdadeiras amigas e ela levava uma vida maravilhosa e só sentia um pouco de pena de Charles, que não tinha conseguido casar-se com a herdeira, e estava tão sozinho, e não é bom para um homem estar sozinho, embora Charles ainda tivesse seu lugar no Parlamento, sua coleção de pedras e a administração da propriedade do Cavaliere com que se ocupar, e, como devia estar tendo problemas financeiros, ela ia pedir ao Cavaliere que o ajudasse com um presente ou um pequeno empréstimo que pudesse —

E Romney, ocupado em desenhar suas tranças de um luminoso castanho-claro, levantou a vista. Começou então a contar-lhe sobre a viagem que fizera no ano anterior a Paris, onde encontrara um virtuoso pintor chamado David, que pusera sua arte a serviço da revolução (ele, Romney, recentemente fizera o retrato de um inglês, um certo sr. Thomas Paine, que era simpatizante da revolução), e que precisava confessar a sua velha amiga, confiando na sua discrição, que ficara muito impressionado com os revolucionários e suas idéias. Por exemplo, explicou Romney, a revolução quer fazer a herança divisível, o divórcio possível e a escravidão ilegal, reformas estas que qualquer pessoa que pense corretamente concordaria que já deviam ter se efetuado há muito tempo. E a jovem, que teria sido justa se a justiça se limitasse à generosidade, prontamente adotou sua opinião. Por que, de fato, deveria o filho mais velho herdar tudo (condenando filhos mais jovens como Charles e o Cavaliere a perpétuas atribulações financeiras), e por que as pessoas que fazem infelizes uma à outra não poderiam ser felizes legalmente com outra pessoa; e, sim, o que poderia ser mais horrível do que a escravidão: ela ouvira falar dos horrores da escravidão, por exemplo, na Jamaica, onde aquele abominável comércio fizera um dos primos do Cavaliere, dono da maioria das plantações de cana-de-açúcar da ilha, o homem mais rico da Inglaterra. Com tudo isso ela não poderia deixar de concordar. E além da justiça das idéias dos revolucionários, conforme lhe explicou Romney (ela nunca ouvira ninguém explicá-las dessa maneira), o ardor com que ele falava da revolução e da chama purificadora da liberdade que haveria de queimar a madeira seca e morta da velha sociedade fez o coração dela pulsar com força — o ardor sempre a inspirava — e tudo o que Romney disse foi tão convincente e tão belo, e resta pouca dúvida de que, se tivesse permanecido em Londres, a amada do Cavaliere também teria se tornado uma simpatizante secreta da revolução, pelo menos por algum tempo.

Em setembro ela começou a posar para um retrato formal feito por Romney intitulado *A embaixatriz* — a primeira vez em que foi retratada como ela mesma, não mais um modelo mas um tema em si, por fim. No fundo vê-se um negro e fogoso Vesúvio — significando Nápoles, onde seu futuro esposo era emissário; significando também o Cavaliere. E, para confirmar o retrato, no terceiro dia depois das sessões de pintura realizou-se uma cerimônia de casamento na pequena e exclusiva igreja de St. Marylebone, na presença de cinco parentes e amigos do Cavaliere e da sra. Cadogan. Quando Charles chegou, mais pálido que de costume, sentou-se na terceira fileira da igreja. Sua mãe, a irmã predileta do Cavaliere, recusara-se a comparecer. Este casamento não era para a Inglaterra — o Cavaliere não podia deixar de notar os sorrisos de condescendência — mas para a sua outra vida, a segunda, que lhe restava (mais doze anos, se acreditasse na profecia da vidente), em Nápoles. Até mesmo a Bela, que gostava de agradar e acreditava que costumava agradar, não conseguiu iludir-se a ponto de ignorar que os parentes do Cavaliere desaprovavam o casamento, por mais que ela o fizesse feliz. O único parente que parecia gostar dela era aquele primo imensamente rico que o Cavaliere lhe dissera ser muito excêntrico e, como resultado de suas excentricidades (que o Cavaliere prometeu descrever em outra ocasião), também era evitado pelo resto da família e não tinha boa recepção na corte; e assim, explicou o Cavaliere, embora tivesse sido grande admirador de sua querida Catherine, era talvez um aliado natural de seu casamento, um dos poucos. Pois ele tinha vários amigos, Walpole, por exemplo, e esse jovem primo, que sabiam o que significava desafiar as convenções em nome da felicidade, e não achariam escandaloso que o Cavaliere buscasse sua felicidade com ela.

Na recepção que se seguiu à cerimônia este primo, um jovem pouco mais velho do que ela, foi especialmente gentil, tomando-lhe as mãos e olhando-a nos olhos — tinha um belo cabelo cacheado e uma boca de lábios cheios —, e disse na sua voz aguda, estranha, que ficava contente de saber que ela fazia feliz o Cavaliere, e que nesta vida era importante seguir os próprios sonhos. E a noiva do Cavaliere disse educadamente, um pouco timidamente, que esperava que o primo do Cavaliere voltasse a visitar Nápoles, onde ela teria o prazer de entretê-lo e conhecê-lo melhor. E é claro que estendeu o convite a Charles, mas sinceramente, pois quem sabe quando o veria de novo. Disse ela com malícia, Agora você pode cumprir sua promessa de vir a Nápoles.

No dia seguinte, véspera da partida do casal, ela conseguiu que vários amigos do Cavaliere prometessem visitá-los. Sentia-se apreensiva quanto à volta. Parecia estranho ser a mesma pessoa que partira para o estrangeiro pela primeira vez, fora enviada a um país longínquo para visitar o tio de seu amante, uma jovem inocente, já (sem que ela soubesse) traída, e agora uma mulher com tudo o que uma mulher poderia querer: um marido, uma vida, um mundo cheios de finura e distinção. Oh, por favor, venha e veja!

Depois que atravessaram o canal da Mancha, a maior parte desses sentimentos londrinos desapareceram: o desejo de incluir a todos na sua felicidade, no seu triunfo — e as nascentes simpatias pró-republicanas que o sr. Romney lhe tinha inspirado, pois durante sua escala em Paris ela teve a inesperada honra de ser apresentada a Maria Antonieta e receber da rainha, em confiança, uma carta para entregar à sua real irmã. Instantaneamente reconvertida à causa da monarquia em toda parte, a esposa do Cavaliere dedicadamente levou a carta para a *sua* Rainha.

•

1793. Já estão de volta há um ano. A satisfação do Cavaliere florescia, desabrochava.

Não que nunca tivesse sido feliz. Não que não tivesse sido quase sempre feliz. Porém, antes o controle de sua satisfação dependia da sua capacidade de assumir uma distância apropriada de si mesmo e de suas paixões. Sua felicidade tivera a autoconsciência de uma paisagem descortinada do topo de uma montanha, e os contrastes deliberados daquelas animadas pinturas de uma cena, vista do alto, em que algumas pessoas estão semeando e arando, outras levando a colheita para o mercado, outras bebendo na praça da aldeia, crianças brincando, namorados se acariciando...

É claro que já conhecera a felicidade! Mas sua felicidade fora composta de muitas pequenas partes, como um retrato em mosaico que não revela que é um rosto enquanto não se dá um passo atrás. Agora podia ficar bem de perto e ver tanto os pequeninos fragmentos como o rosto amplo e cativante. Ainda mantinha os mesmos gostos, ainda gostava de ler, pescar, tocar violoncelo, escalar a montanha, examinar espécimes marinhos, travar uma conversação culta, olhar uma mulher bonita, adquirir um novo quadro — o mundo era um teatro de felicidade. Mas agora havia uma pessoa no centro do mundo, unificando-o. A escolhida de seu coração continuava afetuosa como sempre — o corpo cálido da jovem contra o seu, ela ia amadurecendo. E se interessava por tudo. Acompanhou-o às novas escavações em Paestum (concordara inteiramente com seu desprezo pelas colunas dóricas brutais e primitivas do Templo de Netuno); estudava botânica para ajudá-lo a completar o jardim inglês em Caserta; adorava a vida na corte, parecia fascinada pelos vasos e as coleções de pedras do Cavaliere. Bastava que ele estendesse a mão a alguma coisa e aquilo se tornava seu.

Com gratidão, ele cedeu à experiência da saciedade. Como era inevitável, parte de seu ardor pelas coleções começou a diminuir. Não era mais a caçada que o obcecava, mas a pura alegria de possuir. Não extraía menos prazer de olhar as coisas que possuía, mostrá-las aos outros e ver neles a admiração e a inveja. Porém, a necessidade de aumentar suas coleções declinara. O interesse financeiro, mais que o desejo, o impulsionava a continuar adquirindo novos quadros, vasos, bronzes, ornamentos. O desejo de colecionar *pode* enfraquecer com a felicidade — uma felicidade bastante aguda, bastante erótica — e o Cavaliere era feliz, feliz a esse ponto.

Relatos sobre os recém-casados chegaram à Inglaterra. O Cavaliere, diziam, continua tão amoroso como sempre, e sua dama não menos vulgar, com o sotaque e as maneiras de uma garçonete de bar, grasnando, zurrando, cacarejando. Poucos se dignavam acrescentar que ela parecia extremamente bondosa. Formavam o mais improvável dos casais — a manteúda regenerada e o aristocrata idoso e nada arrependido, com suas maneiras finíssimas e seus horizontes de apreciação que se estendiam ao infinito — e, graças às exigências especiais e à liberalidade genérica daquele cenário meridional, um casal muito bem-sucedido. Ela se tornara uma esposa sem perder o desvelo e os encantos de uma amante. Ela o ajudava, não só como esposa (ou não só como fazia Catherine), mas como colaboradora. Seus talentos se irmanavam aos dele. Já que ele precisava passar muito tempo com o Rei, ela agora passava muito tempo com a Rainha. Suas tarefas são simétricas: a dele, ser o primeiro nos favores do Rei; a dela, ser a primeira aos olhos da Rainha.

O Cavaliere deve acompanhar as diversões do Rei. Ela deve acompanhar os encargos da Rainha. Moderadamente inteligente, o que a faz muito mais inteligente que o marido, a Rainha tem todas as atribulações de um número imoderado de partos e uma compreensão parcial da realidade política, além de seus deveres, frustrações e distrações normais. A esposa do Cavaliere, com sua grande capacidade de absorver informações e de identificar-se com os outros, logo se tornou uma confidente ideal. Ela e a Rainha correspondiam-se todos os dias. Remando vigorosamente no mar poliglota da época, essa Rainha austríaca não escreve em alemão, nem em italiano ou em inglês, mas num francês mal soletrado. Assina-se Charlotte. Há visitas várias vezes por dia, assim como cartas diárias.

Em Nápoles, secretos simpatizantes jacobinos acrescentaram ao retrato difamatório que faziam do casal real a acusação de que a Rainha e a esposa do Cavaliere são amantes. E essa acusação foi vigorosamente negada pelos esnobes da beleza, que não conseguem imaginar uma relação física entre a esposa do Cavaliere e uma mulher de quarenta anos com o rosto de uma feiúra dramática e o corpo maltratado por catorze partos — motivos para um desmentido que são tão clichês como a própria acusação. (A Rainha tinha poder verdadeiro, e uma mulher no poder, temida como viril, muitas vezes é acusada de ser uma rameira. Na França, uma campanha anti-realista mais ampla lançara acusações de incesto, assim como lesbianismo, contra sua irmã.) A acusação era falsa. O temperamento efusivo e sentimental da esposa do Cavaliere raramente se derramava no erotismo. Entretanto, ela realmente tinha grande necessidade do afeto e da amizade feminina — na verdade, gostava mais da companhia das mulheres do que dos homens. Adorava que as mulheres lhe desabotoassem o vestido, como acontecia em seu quarto com cinco ou seis criadas numa tarde quente, mexericando, experimentando roupas, bebendo uns copos, escutando suas desilusões amorosas, mostrando-lhes a última dança ou um novo chapéu de penas brancas vindo de Paris. Era assim que se sentia mais mulher, rodeada por suas criadas que a adoravam e também pela mãe, que conservou ao seu lado enquanto esta viveu. A tagarelice delas a acalmava. E ela então as fazia silenciar e prender a respiração, deixava os olhos de todas elas brilhantes e úmidos — como também os seus — com uma canção.

•

Outono de 1793. A Rainha, sua querida Charlotte, não consegue deixar de imaginar a cena.

Retrato de uma mulher condenada à morte. Na carreta que a transportava até aquela, aquela, aquela... máquina, aquela nova máquina, as mãos frouxamente amarradas nas costas, o cabelo cortado curto para expor-lhe a nuca. Retrato de uma mártir. Está toda de branco: vestido simples, meias grosseiras, um toucado informe na cabeça. Seu rosto está envelhecido, cansado e tenso. O único vestígio de sua antiga glória é sua postura rígida e ereta.

Ela pisca. Os olhos ardem porque passou tantos meses na prisão. As rodas da carreta chacoalham e rangem. As ruas estão estranhamente silenciosas. O sol brilha. A carreta chega, ela sobe os dez degraus de madeira tosca. Ali está seu capelão murmurando preces, fitando seu crucifixo, as lágrimas escorrendo pelo rosto. E uma voz, a voz de outra pessoa, dizendo, Não vai doer, Majestade. Parece que vem do homem encapuzado. Ela desvia os olhos daquela estrutura que parece uma escada, de uns catorze pés de altura, com sua lâmina em forma de machado toda enferrujada de sangue, e sente seus ombros serem empurrados para baixo, fazendo-a inclinar-se, não, deitar-se, com a barriga e as pernas sobre a tábua, deitar-se bem assim. Alguém a puxa pelos ombros um pouco mais para a frente, para que sua garganta se ajuste no côncavo formado pela metade inferior de um tronco de madeira, e a parte superior então se fecha sobre a nuca. Ela sente uma correia lhe apertando a cintura e outra lhe atando os tornozelos, amarrando-a à tábua. A cabeça está sobre uma cesta marrom, o sangue lhe aflui ao rosto. Ela resiste ao peso da cabeça e a levanta para ver, por cima da plataforma, o mar de cabeças da multidão, levanta-a para amenizar o contato doloroso da beira da tábua com suas clavículas, da madeira contra a garganta, que a sufocava, que começava a cortar-lhe a respiração, viu um par de grandes botas enlameadas avançando na sua direção e ouviu os urros da multidão ainda mais sonoros, e em seguida o silêncio; aqui vem um estranho rangido: alguma coisa se levantando, mais alto, mais alto; o sol brilhando mais, de modo que ela fecha os olhos; o som, ainda mais alto, pára —

•

Não!

A Rainha agitou-se na cama e gemeu; logo despertou, abriu os cortinados da cama e levantou-se. Havia semanas que passava noites inquietas, esperando notícias de Paris. Como a situação na França ia piorando, estavam agora à mercê da Inglaterra — o único país com suficiente força, e também vontade, para opor-se à maré da revolução. O comandante naval britânico que ancorara na baía por cinco dias, o capitão Nelson, conseguira uma grande vitória sobre os franceses e dera seu apoio à resolução britânica; mas a Rainha tinha pouca confiança em soluções militares. Embora a oferta de um resgate tivesse sido recusada, ela ousava ter esperanças. Matar um rei já era impensável. E matar o rei deles deveria bastar-lhes. O que poderiam querer de uma estrangeira, uma mulher; com certeza não iriam executar a irmã mais jovem da rainha.

Não iriam, não poderiam...

Quando chegou a notícia de que Maria Antonieta fora executada, houve consternação na corte. A Rainha retirou-se para Portici, seu palácio favorito. Temia-se que enlouquecesse. Recusava-se a ver seus filhos (acabara de dar à luz pela décima quinta vez); recusava-se a tomar banho e trocar de roupa. Uivava de raiva e desespero, acompanhada em coro por sua tribo de quarenta criadas austríacas. Até o Rei ficou comovido com a dor da esposa, embora não tivesse muita sorte para consolá-la, pois cada tentativa de fazer um gesto de ternura acabava por deixá-lo excitado e ele buscava deitar com ela. Os amplexos do marido eram a última coisa que a Rainha desejava. Ela vomitava convulsivamente. Os médicos queriam fazer sangrias. A esposa do Cavaliere passava dias inteiros no palácio, acompanhando-a em seus gritos e lágrimas, banhando-lhe a cabeça e cantando para ela. Só o seu canto conseguia acalmar a Rainha. A música cura. Quando o avô do Rei, Filipe v, caíra no abismo da depressão, a maior voz do início daquele século, a de Carlo Broschi, conhecido como Farinelli, lhe trouxera alívio. Até o surgimento do miraculoso castrato na corte dos Bourbon em Madri — onde ficaria detido com um vasto salário durante nove anos —, o monarca, em estupor, não comia nem bebia, não trocava de roupa, não governava. Durante nove anos Farinelli chegava ao real quarto de dormir todas as noites, pontualmente à meia-noite, e até as cinco da manhã cantava as mesmas quatro canções vezes e vezes seguidas, intercalando-as com sua conversação elegante. E Filipe v comia, bebia, deixava-se lavar e barbear e examinava os papéis que seus ministros lhe deixavam.

Assim a esposa do Cavaliere, com sua bela voz, acalmava a Rainha. Dia após dia ia ao palácio para sentar-se com ela num quarto escurecido, voltando para casa de olhos vermelhos tarde da noite. Nunca vi uma coisa tão lastimável, dizia ela ao Cavaliere. O sofrimento dessa pobre mulher não tem limites.

Com seu incansável dom para a empatia, sentia-se quase tão atingida pela dor como a Rainha. Mas a Rainha foi se acalmando, entre ataques de choro, e o mesmo aconteceu com a esposa do Cavaliere.

A Rainha voltou à cidade e retomou o seu lugar no Conselho de Estado.

Ela era mulher, disse a Rainha. Apenas uma mulher.

(Majestade!)

Mas eu me vingarei.

(Como pode o insignificante Reino das Duas Sicílias punir a poderosa França?)

Deus punirá a França, os ingleses ajudarão a Deus e nós ajudaremos os ingleses, disse a Rainha.

(Vossa Excelência quer dizer que os ingleses nos ajudarão, disse o primeiro-ministro.)

Sim, disse a Rainha. Nossos amigos.

E assim fizeram eles — assim fez ele.

•

A cidade atrasada e labiríntica do Cavaliere, tão agradavelmente isolada de todos os eventos transformadores, ia sendo arrastada para o que então se considerava o mundo real, aquele definido pela ameaça francesa. Assim como esse exigente espectador.

Um clube que se denominava Sociedade dos Amigos da Liberdade e da Igualdade começou a reunir-se em segredo e fazer planos para modernizar o reino, e logo se dividiu em dois clubes, um a favor de uma monarquia constitucional e outro decidido a ir até o fim por uma república. Alguém foi indiscreto, uma conspiração para assassinar o Rei foi descoberta ou inventada, e dos presos, que incluíam juristas, professores, homens de letras, médicos e descendentes de algumas das famílias mais antigas e mais nobres do reino, nove foram condenados a severas penas de prisão e três foram executados. A Rainha jactou-se amargamente da extrema clemência da justiça napolitana, em contraste com a carnificina francesa. A lava da revolução ia jorrando, o Terror acabava de atingir seu clímax — e em junho de 1794 a natureza rimou com a história e o Vesúvio entrou em erupção com uma violência sem precedentes na experiência do Cavaliere. Foi a pior, ou a melhor, erupção desde 1631, e seria contada como a terceira maior nos quase dois mil anos da história moderna do vulcão.

Afinal de contas, o vulcão não devia ser tratado com condescendência, segundo categorias tão triviais como grandeza, interesse e beleza. Esse era o terror — escurecendo os dias e ensangüentando as noites. No céu noturno, um rugir de amplas labaredas jorrou para cima e para os lados, como se buscasse fugir do fino talho diagonal da lava cor de laranja que despencava. O mar negro ficou vermelho e a lua, de um alaranjado sangrento. Durante toda a noite foi se alargando a faixa de lava que jorrava e caía. No breve intervalo da pálida aurora, um cordame de fumaça negra se desenrolou e subiu, inflando no topo como um funil todo de fumaça e fogo que chegava até o céu, cada vez mais semelhante a uma coluna, primeiro materializando uma pilha de grandes anéis de fumaça em torno de sua haste, depois alargando-se até engoli-los. Ao meio-dia o céu escurecera e o sol era uma lua enegrecida pelas nuvens. A turva baía, porém, continuava de um vermelho sangrento.

Uma visão paralisante, silenciadora.

O maior choque para o Cavaliere veio quando uma luz mais indiferente já lavara o céu e a paisagem costumeira já retornara ao horizonte. Foi tão penoso como ver uma árvore frondosa, de muitos ramos e com séculos de idade, atravessada em diagonal, rachada no coração do tronco. A montanha não pode cair, como uma grande árvore derrubada num furacão; mas pode ser mutilada. E como a consternada dona de casa em seu quintal que tem de reconhecer que, se é verdade que ventos assim velozes poderiam bastar para acabar com a árvore, ela já estava em dificuldades, e aponta para as entranhas expostas do tronco tombado, de um marrom repulsivo, esfarelado, roído pelo cupim, assim o admirador de um formoso vulcão precisa pensar que alguma fraqueza nas suas paredes de sustentação tornou esta indignidade inevitável. A força da erupção arrancara a nona parte de sua altura, cortando o topo bem na horizontal. A esposa do Cavaliere chorou de pena da montanha, que agora se tornara feia. O Cavaliere, sentindo algo não muito diferente, afirmou que via na nova forma da montanha apenas um destino — e uma nova razão para uma rápida escalada, assim que a erupção arrefecesse.

Tolo, você está aí?

Sim, patrão.

Eu gostaria de ver.

Sim, patrão.

No fim de junho, acompanhado por Bartolomeo Pumo, agora barbudo, o Cavaliere, com seus sessenta e quatro anos, chegou ao topo da montanha dramaticamente modificada, que há trinta anos ele escalava. O cone se fora. Em seu lugar havia agora uma imensa cratera denteada.

Eu gostaria de chegar mais perto.

Sim, patrão.

Mas o chão queimava através das botas de sola grossa, e ele sufocava com as exalações venenosas dos vapores sulfúricos e vitriólicos.

Tolo, você está aí?

Sim, patrão.

Vamos voltar?

Sim, patrão.

Devia ter sentido medo, mas não sentiu. A montanha tinha o direito de explodir. A missão destrutiva do vulcão inspirava nele uma satisfação, uma satisfação crescente, que ele acharia difícil admitir.

Mas o que poderia ser mais apropriado para este grande colecionador de objetos valiosos do que colecionar também o próprio princípio da destruição, um vulcão. Os colecionadores têm a consciência dividida. Ninguém está mais naturalmente aliado às forças da sociedade que preservam e conservam. Porém, todo colecionador é também um cúmplice do ideal da destruição. Pois o próprio caráter excessivo da paixão por colecionar também faz do colecionador um homem que despreza a si mesmo. Cada paixão de colecionador contém em si a fantasia da sua própria abolição. Desgastado pela disparidade entre, por um lado, a necessidade de idealizar e, por outro, tudo o que é baixo, puramente materialista, na alma de um amante dos belos objetos e troféus do glorioso passado, ele pode almejar purgar-se num fogo consumidor.

Talvez todo colecionador já tenha sonhado com um holocausto que virá aliviá-lo da sua coleção — convertendo tudo em cinzas, ou soterrando tudo sob a lava. A destruição é apenas a forma mais forte do despojamento. O colecionador pode estar tão decepcionado com sua vida que quer despojar-se de si mesmo, como naquele romance sobre um estudioso inebriado pelos livros, com um lendário tesouro de vinte e cinco mil volumes necessários, insubstituíveis (aquele sonho, a biblioteca perfeita), que se arremessa na fogueira que construiu com aquilo que mais amou. Mas, se um tal irado colecionador sobreviver ao seu incêndio ou ao seu ataque, provavelmente desejará começar outra coleção.

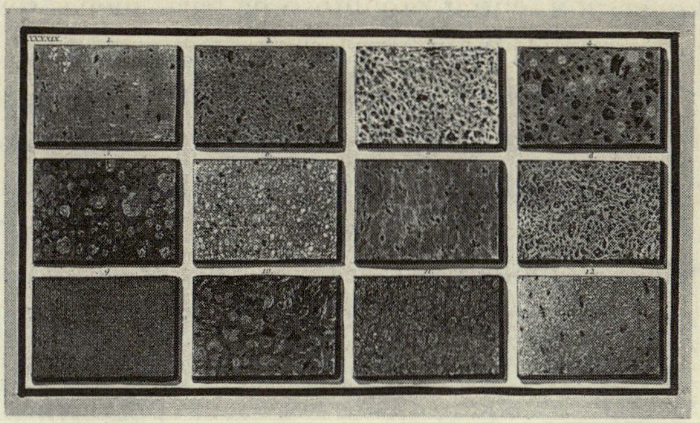

4

Costumava ser descrito como um homem pequeno. Sem dúvida era baixo, bem mais baixo que o Cavaliere e sua jovem esposa, e magro, com um notável rosto moreno, queimado de sol, a cabeça grande e quadrada, sobrancelhas espessas, olhos de pálpebras pesadas, uma profunda reentrância sob o nariz arrojado, lábios cheios, a boca larga onde já faltava um bom número de dentes. A primeira vez que o viram, ele ainda não tinha travado nenhuma batalha importante. Mas tinha o olhar, o olhar famélico que revela o poder de concentrar-se inteiramente em alguma coisa, de alguém destinado a ir longe. Preste atenção nele, disse o Cavaliere — especialista em detectar as perspectivas de futuro, ou a falta delas, em homens mais jovens —, ele será o mais valente herói que a Inglaterra já produziu. O ímpeto de reconhecimento do Cavaliere não foi tão notável. Um astro é sempre um astro, mesmo antes de encontrar o veículo apropriado, e mesmo depois, quando os bons papéis não estão mais disponíveis. E aquele capitão, com seus trinta e cinco anos, era sem dúvida um astro — tal como a esposa do Cavaliere.

Ela, apesar de seu grande talento para a efusão, não enxergara *aquilo*. Sim, a chegada dele fora emocionante, foi emocionante estar com o Cavaliere na janela do observatório e ver o navio de duas cobertas e sessenta e quatro canhões que ele comandava, o *Agamemnon*, entrar orgulhoso na baía, apenas seis meses depois que a malvada França declarara guerra contra a Inglaterra. E sua breve estadia fora memorável — sobretudo devido ao papel que ela desempenhara. O capitão trouxera para o Cavaliere despachos urgentes de lorde Hood. Tropas napolitanas eram necessárias para reforçar a coalizão que se armava para defender Toulon, onde uma facção monarquista tomara o poder, contra as forças republicanas que avançavam; e foi ela quem conseguiu para ele seus seis mil homens quando o Cavaliere não arrancava nem um sim nem um não do amedrontado Rei e seus conselheiros; conseguiu-os pelo caminho que as mulheres usam, a escada dos fundos, levando o pedido para o quarto de dormir da mais poderosa voz no Conselho de Estado, que ali jazia reclusa, prestes a dar à luz um décimo sexto príncipe ou princesa, e garantindo o apoio dela. Convidado a jantar no palácio real, o capitão obteve o lugar de honra, à direita do Rei, e a esposa do Cavaliere, sentada à sua direita, traduziu suas tentativas de conversar com o Rei acerca da ameaça francesa e uma longa e confusa anedota do Rei sobre um javali gigante que ele matara e que no final das contas tinha três testículos. Ela ficou satisfeita achando que o tinha impressionado. A visita durou cinco dias. Depois dele vieram muitos outros visitantes ilustres. Ela não viu nele nada de especial.

Ele partiu. A história o promoveu. Era uma época de homens concentrados, de ambição desmesurada e pequena estatura, que não necessitavam de mais que quatro horas de sono por noite. Sob o pálio de muitos céus, no mar revolto, no navio agitado, ele perseguia o inimigo. Tinha agora muitas batalhas a seu crédito. A guerra confiscou parte de seu corpo. O *Captain*, com setenta e quatro canhões, depois outro navio de setenta e quatro, o *Theseus*, eram sua ilha, seu reino, veículo, plataforma. Cinco anos se passaram. Ele se tornou um herói, *o* herói para os governantes de Nápoles, que viviam aterrorizados pelo homenzinho concentrado que assumira o controle de uma revolução fraturada e transpusera as energias desta para uma campanha aparentemente invencível visando a conquista francesa da Europa e o destronamento de velhas monarquias por toda parte. Ele nos salvará, só ele pode nos salvar, disse a Rainha. O Rei concordou. O emissário britânico, representando toda a extensão do poder britânico, não podia deixar de concordar. Nos últimos dois anos o Cavaliere trocara muitas cartas com o jovem capitão, agora almirante, descrevendo seus esforços para conquistar a covarde Nápoles para a causa britânica. A esposa do Cavaliere também vinha lhe escrevendo. Ela amava admirar, e aqui estava alguém que realmente valia a pena admirar. Ela precisa de sua dose de arrebatamento. Precisa com freqüência cada vez maior.

Ricocheteando pelo Mediterrâneo, o lago da guerra, ele os mantinha informados, sucintamente, de seu acúmulo de pavorosos ferimentos.

Tudo era simples, físico, doloroso, exaltador. O mundo consistia nos quatro elementos — terra e água, poder de fogo e o ar distanciador. Dos muitos vasos de guerra cujo comando ele ambicionava, cada um com seu nome altissonante, sua história, temperada em suor e sangue, seu era agora o *Vanguard*, com setenta e quatro canhões, levando mais de seiscentos oficiais e marinheiros. Passava o mínimo de tempo possível em sua ampla cabine de almirante, luxuosamente mobiliada. Dia e noite caminhava pelo tombadilho. Tinha o privilégio de sempre ver o sol levantar-se e pôr-se. Nada lhe obstruía a vista. Na água você sempre está em movimento, mesmo que esteja parado. Pássaros flutuavam lá em cima como minúsculas pipas, e nuvens de tecido vertical desenrolavam-se, balançavam, amarfanhavam-se, giravam, arqueavam-se ao vento, arrastando o navio para a frente, inserindo-o em algum clima; o movimento é sempre para dentro de um clima. Ciclos de luz, ciclos de deveres — ele supervisionava todos. Quando ficava muito cansado, postava-se no castelo de popa, imóvel, e deixava que o vissem. Acreditava que postar-se ali surtia um certo efeito mágico — já o vira atuar sobre seus homens, e não só no fragor da batalha — e acreditava que isso assustava o inimigo. E de fato era assim.

Vingada, gritou a Rainha, quando chegou a Nápoles a notícia de que a esquadra do jovem almirante destruíra a frota francesa no Nilo. Hype hype hype ma chere Miledy Je suis folle de joye, escreveu para sua querida amiga, a esposa do embaixador inglês, que desmaiara ao ouvir a notícia, a feliz notícia da vitória dele.

Levei um tonbo & me maxuquei, mais não tem importânsia, escreveu ela ao almirante. Para mim seria gloriozo morer assim — não, não, eu não gostaria de morer antes de ver & abrassar o Vencedor do Nilo.

•

E o herói entrou de um salto na vida de todos eles.

Dia 22 de setembro de 1798. No comando de uma pequena flotilha de impressionantes barcos cheios de emblemas que partiram no calor do meio-dia para encontrar o *Vanguard* estava a barca real, pilotada pelo almirante da frota napolitana, Caracciolo, com o Rei e a Rainha e vários de seus filhos sob os toldos vivamente enfeitados, seguida por uma barca com músicos da capela real. A barca com a bandeira britânica levava o Cavaliere e sua dama, suntuosa em azul e dourado, as cores dos Bourbon: vestido azul com renda dourada, xale azul-marinho com âncoras douradas e brincos de ouro representando âncoras. A banda real acertara bem com a melodia de "Rule, Britannia", e o Cavaliere sorria, pensando nas palavras.

Todo teu será o oceano;
E cada praia que ele circundar, tua será.

Logo atrás mesclavam-se cerca de quinhentas falucas, barcaças, barcos a vela e pesqueiros, balançando e encostando um no outro, cheios de gente gritando e acenando. Quando a família real e o Cavaliere com sua esposa começaram a subir no navio, a multidão aclamou o Rei, e o herói tirou a viseira verde que usava e a colocou no bolso.

Nosso libertador, disse o Rei. Libertador e preservador, disse a Rainha. Oh, exclamou a esposa do Cavaliere quando o viu, abatido, tossindo, o cabelo empoado porém muito comprido, a manga direita vazia presa com um alfinete ao peito de seu uniforme de gala, um talho vermelho acima do olho cego onde fora atingido por um estilhaço na Batalha do Nilo. Oh! E atirou-se contra ele.

Ela caiu no meu braço, foi uma cena muito comovente, contou o herói à sua esposa numa longa carta descrevendo a magnificência de sua recepção: a baía apinhada de barcos que lhe davam boas-vindas, os estandartes, as salvas de tiros, o troar dos canhões nos baluartes de Sant'Elmo acima da cidade, e os vivas da multidão, trajando veludo e galões, que procurava tocá-lo quando desembarcou, seguindo-o como uma onda pelas ruas. A luz do sol feria seu olho quando não usava o tapa-olho, e Nápoles estava repleta de luz do sol. Mas a abençoada noite chegou, com um esplêndido espetáculo de fogos de artifício que terminou com a bandeira britânica e as suas iniciais traçadas no céu, e fogueiras e danças nas praças íngremes. A recepção que tive por parte das classes inferiores foi realmente tocante. Na mansão do Cavaliere três mil lâmpadas ardiam para um banquete em que compareceu o obsequioso almirante Caracciolo, banquete que o herói saboreou e suportou.

Seu braço direito doía, o braço fantasma que começava lá em cima perto do ombro direito; ele se agitava com espasmos de tosse, tinha febre. Vinha se contendo, detestava queixar-se. Sempre fora pequeno e magro, porém vigoroso. Sabia suportar o insuportável. Ficar doente era como uma onda. A gente se segura e ela passa. Até a agonia da amputação, sem nem um gole de rum, e a agonia adicional, devida à imperícia do cirurgião, quando o toco do braço supurou durante três meses, mesmo aquilo era apenas uma onda.

Como as ondas que balançavam o barco da dor — o barquinho a remo que levou o herói para longe da batalha em que ele nunca tivera chance de lutar. O barco do qual saíra como herói destro, puxando a espada para comandar um assalto noturno anfíbio a um forte espanhol; barco que recebera seu corpo sem sentidos quando ele tombou para trás, o cotovelo direito dilacerado pela metralha, e que seus homens, frenéticos, viraram e dirigiram para o mar aberto na esperança de alcançar a nau capitânia antes que ele morresse de hemorragia. Recobrara a consciência, agarrando o torniquete junto ao ombro, quando passavam por um de seus escaleres, que fora atingido abaixo da linha-d'água e estava afundando, e ele insistira em parar para apanhar os sobreviventes — outras ondas, mais uma hora antes de chegar até o sombrio *Theseus*, que balançava, ancorado. Vociferando com os que queriam ajudá-lo, Deixem-me em paz! Tenho minhas duas pernas e um braço! amarrou uma corda em torno do braço esquerdo e içou-se para bordo, chamou o cirurgião para que viesse cortar o braço direito, bem lá em cima, onde estava o torniquete, e meia hora depois estava de pé, dando ordens ao imediato da nau numa voz severa e calma.

Agora era um herói canhoto.

E o que era a sua bravura comparada com a do capitão do *Tonnant*, de oitenta canhões, no mês anterior na Batalha do Nilo, que perdeu os dois braços e uma perna numa saraivada de balas britânicas. Recusando-se a ser levado para os porões, este Dupetit Thouars mandou trazer uma tina de farelo da cozinha do navio e ordenou que o colocassem lá dentro, enfiado até o pescoço, e assim continuou dando ordens de artilharia por mais duas horas, até que o sangue e a consciência se escoaram. As últimas palavras que vieram da cabeça na tina de farelo empapado de vermelho imploraram à tripulação que afundasse o navio mas não se rendesse. Esse era um homem valoroso! exclamou o herói — cujo mundo heróico tinha um lugar amplo e necessário para a bravura, e para a dor abominável, bravamente suportada.

E também para a covardia: a tripulação do *Tonnant*, observando que a cabeça de seu capitão não falava mais, tirou o navio do alcance da artilharia, entregando-se ao vencedor britânico dois dias depois. Mas não é o objetivo de um herói transformar em covardes seus inimigos?

Um herói era estóico. E um herói também era franco quanto à sua sede de glória. Solene filho de um clérigo, perdera a mãe aos nove anos e partira para o mar aos doze, a cabeça cheia de nobres modelos tirados dos livros; amava citar Shakespeare e via-se como Hotspur, sem o final miserável: galhardo, impetuoso, caloroso... e, portanto, ambicionando honras. Não via a si mesmo como crédulo e vaidoso. Admirava o valor, a firmeza, a generosidade, a franqueza. Queria aprovar a si mesmo. Queria não decepcionar a si mesmo. Tencionava ser um herói. Queria merecer louvores, ser condecorado, lembrado, figurar nos livros de história. Via a si mesmo em pinturas históricas, como um busto, uma estátua no pedestal, ou mesmo no topo de uma alta coluna em praça pública.

Desejara ser mais alto, mas amava ver-se em uniforme de gala. Tinha uma esposa na Inglaterra, uma viúva com quem se casara por amor, a quem se considerava dedicado e a quem vira pela última vez quando o mandaram para casa um ano antes para recuperar-se da malfadada amputação. Admirava o caráter digno da esposa e seu bom gosto para vestir-se, e considerava que ela lhe fizera uma honra ao concordar em ser sua esposa. Levara consigo para o mar seu enteado Josiah, filho único do primeiro casamento de Fanny, e a mantinha informada em suas cartas semanais sobre os progressos e as traquinagens do garoto. Não esperava mais ter filhos. Sua fama garantiria a continuação do seu nome, seus grandes feitos seriam a sua progênie.

Começara a treinar para escrever rápida e legivelmente com a mão esquerda dois dias depois da amputação, embora achasse difícil não ficar olhando aquele novo animal, as costas da sua mão esquerda — tinha a sensação de que outra pessoa estava escrevendo suas cartas e despachos.

Não queria sentir-se fraco, e até agora nunca se sentira fraco, nem mesmo no barco, nem mesmo quando o cirurgião cumpriu suas ordens. Talvez nunca se sentisse fraco porque ninguém jamais o confortara nem o tratara como sofredor. Quando criança anunciara que não queria ser tratado como criança, que era forte e que ninguém devia se preocupar com ele — ele estava lá para preocupar-se com os outros; e desde então seu pai, seus irmãos e irmãs, sua esposa haviam tomado suas palavras ao pé da letra. As pessoas queriam acreditar nele; fazia parte de ser um astro.

Protestou para o Cavaliere e sua esposa que queria ficar num hotel. Eles não queriam nem ouvir falar disso. Foi posto na cama, no melhor apartamento, o superior, da residência do emissário britânico. Implorou à esposa do Cavaliere que não se preocupasse com ele. Precisava apenas ficar um pouco sozinho, e haveria de se recuperar. A casa era muito grande, à maneira italiana, com mais criados que uma mansão inglesa do mesmo nível, como seria de se esperar num país atrasado, mas ela insistia em realizar pessoalmente muitas tarefas de enfermagem, auxiliada pela mãe. Ele desmaiou logo depois que foi posto na cama, e acordou com a voz interiorana e os cuidados populares da sra. Cadogan. Vamo, vamo, num precisa ficá cum medo, num vou machucar o sinhô, óia, vô levantá os seus ombro... Lembrou-se de como sua esposa relutava ao trocar seu curativo todos os dias, como ficara chocada ao ver o toco do braço ulcerado, quente, vermelho. Enquanto isso, a esposa do Cavaliere abria bem as janelas e descrevia a estupenda vista da baía e de Capri e da montanha fumegante à distância que, como ele sabia, era de especial interesse para o Cavaliere. Contou-lhe mexericos da corte. Cantava para ele. E tocava nele. Cortou as unhas da sua mão esquerda e banhou com leite sua pobre testa retalhada. Quando se inclinava para lavar e aparar seu cabelo, o odor das suas axilas era como o de laranjas, ou mais doce, como o dos lírios; ele nunca soubera que uma mulher podia ter este cheiro. Ficava de olhos fechados e inspirava o odor pelas narinas.

Ela parecia admirá-lo tanto, e ele gostava disso.

Como todo mundo, ele conhecia sua história: a mulher decaída, tomada sob a proteção do Cavaliere, que se tornara uma esposa irreprochável. Entretanto, ela possuía um calor e uma maneira direta de ser que nunca se encontra no mundo das cortes. E por vezes fazia perguntas que uma dama bem-educada não faria. Por exemplo, perguntou a ele sobre seus sonhos, pergunta um tanto impertinente, porém ele gostou. O problema é que ele não tinha sonhos, nenhum de que pudesse lembrar-se, apenas lembranças — de batalhas, do barulho, do sangue e do medo. Havia um sonho que tivera várias vezes recentemente: sonhava que tinha os dois braços. Estava no convés em plena batalha, sentimentos reprimidos, levando ao olho a luneta com a mão direita e acenando para o capitão Hardy com a esquerda; a cena era totalmente verossímil, exatamente como ocorreu e como poderia ser pintada, salvo que, como aquilo não podia ser mais assim (não lembrava se tinha recuperado também seu olho), sabia que devia estar sonhando e fazia força para acordar. Mas não poderia contar esse sonho. Pareceria um pedido de compaixão.

Tentou inventar alguns sonhos. Sonhos apropriados para um herói. Sonhei, disse ele, que estava subindo uma grande escadaria. Ou: Sonhei que estava no balcão de um palácio. Ou, temendo que esses sonhos parecessem muito cheios de vanglória: Sonhei que estava sozinho, num vale, andando por um imenso campo cheio de flores. E... (Continue!) ...Sonhei que estava a cavalo, galopando, sonhei que estava atravessando um lago enevoado, sonhei que estava num grande banquete — não, isso era muito insípido.

Mas que diabo as pessoas sonham? Será que esquecera como se conversa com uma bela mulher? Inferno e danação! Não era melhor que um animal. Tudo em que pensava, há tanto tempo, eram mapas e táticas e o preparo dos canhões e as condições do tempo e as linhas do horizonte e as linhas de batalha e às vezes a mulher de Livorno e sempre Napoleão e agora a dor no braço direito, o braço ausente, a dor fantasmagórica.

Cansado e febril como estava, tentava de novo.

Sonhei que estava num teatro — não, sonhei que consegui entrar num castelo e encontrei um quarto secreto — não, agora lembro, sim, eu estava num penhasco e lá embaixo a torrente rugia — não, estava atravessando o mar nas costas de um golfinho e ouvi uma voz me chamar, a voz de uma sereia — não. Sonhei, sonhei —

Ela devia adivinhar que ele os inventava, para entretê-la. Ele próprio não teria achado esses sonhos convincentes; pareciam quadros. Ele não se importava de inventá-los. Só gostaria que fossem invenções melhores. Procurava uma maneira poética...

•

Às vezes é aceitável não dizer a verdade, toda a verdade, quando se relata ou se descreve o passado. Às vezes isso é necessário.

Segundo as normas da pintura histórica da época, o artista deve preservar a verdade maior de um tema contra os reclamos de uma verdade literal, isto é, inferior. Abordando um tema grandioso, é a grandiosidade do assunto que o pintor deve tentar descrever. Assim, por exemplo, Rafael foi elogiado por desenhar os apóstolos como nobres em corpo e postura, e não como as figuras tacanhas e desajeitadas que ele achava que as Escrituras nos descreviam. "Diz-se que Alexandre era de baixa estatura; um pintor não deveria representá-lo assim", declarou sir Joshua Reynolds. Um grande homem não tem uma aparência tacanha ou vulgar, não é aleijado nem manco, não aperta os olhos, não tem o nariz bulboso nem uma peruca deselegante — ou, se tem, isso não faz parte da sua essência. E a essência do tema é o que o pintor deve mostrar.

Nós preferimos enfatizar o caráter comum dos heróis. As essências nos parecem não-democráticas. Sentimo-nos oprimidos pelo chamado à grandeza. Consideramos o interesse pela glória ou pela perfeição como sinal de insalubridade mental, e decidimos que os grandes realizadores devem seu excesso de ambição a um defeito na atuação da mãe (demais ou de menos). Queremos admirar, mas achamos que temos o direito de não sermos intimidados. Não gostamos de nos sentir inferiores a um ideal. Assim, fora com os ideais, com as essências. Os únicos ideais permitidos são os saudáveis — aqueles a que todos podem aspirar, ou confortavelmente imaginar que possuem.

•

Uma sereia!

Como, caro senhor?

Ele devia ter adormecido por um momento. Ela o olhava com ternura.

Constrangido, ele murmurou: Já terminei de lhe contar?

Sim, disse ela, o senhor estava no castelo real onde o rei e a rainha davam um grande banquete em sua homenagem, como nós queremos dar daqui a alguns dias se o senhor já estiver bem, para comemorar seu aniversário e expressar a eterna gratidão deste país, decaído mas tão belo, que foi levantado pelo senhor, pela sua valentia.

É claro que estou bem, disse ele, tentando levantar-se, mas com um gemido voltou a cair desfalecido na cama.

•

Ela amava vê-lo dormir, com a mão esquerda entre as coxas, como uma criança. Parecia tão pequeno e vulnerável. Lutando contra a dor em suas entranhas, ela ficava contente de poder dizer "nós" — meu marido e eu, a Rainha e eu: nós achamos, nós admiramos, nós nos preocupamos, nós estamos tão gratos, nós mostraremos ao senhor como estamos gratos. O que ela de fato fez.

Nunca a mansão do Cavaliere parecera tão esplêndida ou fora iluminada com tanto brilho como uma semana depois, no aniversário do herói, quando foi transformada num santuário para sua glória.

Para ele era como um dos seus devaneios de infância, todos gritando seu nome e o aclamando, e ele erguia o copo enquanto brinde após brinde era oferecido ao salvador da causa monarquista. Bem como ele imaginara — exceto que estava erguendo o copo com a mão esquerda, e o braço direito doía, queimava, e ele ainda se sentia febril e um pouco nauseado, talvez fosse o vinho. Normalmente era muito abstêmio.

Absorvia os sorrisos e os vestidos alegres das damas, a esposa do Cavaliere radiante num traje de cetim azul, e os floreados tributos; e acima de tudo via seu próprio nome, suas iniciais, seu rosto — nos candelabros, vasos, medalhões, broches, entalhes, faixas —, multiplicando-se para onde quer que ele se voltasse. Nas últimas semanas seus anfitriões tinham dado trabalho às oficinas de cerâmica da cidade. O herói, assim como os anfitriões e também os residentes britânicos e os oficiais de sua esquadra, ancorada na baía, haviam jantado em pratos e bebido em taças ornamentadas com suas iniciais. E, quando os oitenta convivas à mesa dirigiram-se ao salão de baile para unir-se a outras duas mil pessoas que o Cavaliere e sua esposa tinham convidado para dançar e cear, faixas e botões com seu ilustre nome foram distribuídos a todos. Ele enfiou oito de cada na manga direita para mandar a Fanny, a seu pai e a alguns de seus irmãos e irmãs, para mostrar as homenagens que recebera.

Como está, caro senhor, sussurrou a esposa do Cavaliere, tomando seu braço enquanto caminhavam para o salão de baile.

Muito bem, muito bem.

Sentia-se muito fraco.

Sob um dossel no centro do vasto salão estava um objeto alto, envolto na bandeira britânica e em seu estandarte azul. Por um momento teve a absurda fantasia de que fosse um pedaço de um mastro do *Vanguard*. Aproximou-se, com a esposa do Cavaliere ainda lhe segurando o braço. Teve vontade de apoiar-se ali por um momento.

Não vá se apoiar aí, disse ela. Era como se tivesse lido seus pensamentos. É surpresa, sabe, mas não está lá muito firme. A gente não quer que ele caia!

Deixou-o então para ir ter com o Cavaliere, que estava perto dos músicos. O baile ia começar, e ele ficou pensando como iria se arranjar. Não queria ser visto sentado. Mas ainda não era o início da dança, pois os músicos haviam atacado o "God save the King", que a esposa do Cavaliere começou a cantar, dando um passo à frente. Que bela voz tinha ela! Parecia dar nova vida aos versos familiares e inspiradores; e então, sim, ele ouvira bem, seu próprio nome. "O primeiro no rol da fama", ela cantava.

A ele vamos cantar;
Proclamar a sua fama,
Honra do solo britânico,
Que as margens do Nilo fez ressoar —
Deus salve o Rei!

E ele corou enquanto milhares de pessoas no grande salão de baile começaram a aplaudir e aclamar, e quando ela repetiu a nova estrofe, dando sinal para que todo o salão a acompanhasse, todos cantaram seu nome, em seu louvor. Ela e o Cavaliere então se postaram sob o dossel e todo o vozerio silenciou quando ela puxou as bandeiras do objeto semelhante a um mastro, revelando uma coluna na qual estava gravado o *Veni vidi vici* do conquistador e os nomes dos capitães da Batalha do Nilo, seus irmãos em armas, quase todos ali presentes, e que se adiantaram para segurar-lhe o braço e respeitosamente reafirmar sua gratidão pelo privilégio de servir sob seu comando. O Cavaliere parou ao lado da coluna e fez um pequeno discurso de boas-vindas comparando-o a Alexandre, o Grande, sendo interrompido no final pela esposa do Cavaliere exclamando que deveriam fazer uma estátua dele de ouro puro e colocá-la no centro de Londres, e que assim seria feito se na terra natal todos compreendessem o quanto lhe deviam — ele se sentiu aureolado. E então muitos outros se agruparam em torno dele, sorrindo-lhe, alguns o tocando, como fazem as pessoas daqui, e sorrindo, sorrindo. Oh, se seu pai e Fanny pudessem vê-lo agora!

Voltou-se para o Cavaliere para fazer seu discurso de agradecimento por essa magnífica comemoração. A honra que vocês me fazem, começou ele.

Nós é que estamos honrados, disse o Cavaliere, e agora foi a vez de ele tomar o braço do herói.

Os músicos então começaram a tocar e o herói, supondo que a esposa do Cavaliere esperava que ele fosse seu par na quadrilha, dirigiu-se para ela. Não, não, não para dançar, ela teria de compreender, mas para tentar expressar seus agradecimentos.

O Cavaliere, tão inebriado com o jovem almirante, à sua própria maneira, como sua esposa estava à maneira dela, contemplava afetuosamente. Quão brilhante a ocasião, como depois de um eclipse. Tudo o que era negro parecia agora resplandecente, luminoso. Sua casa e todas as coisas radiantes e eloqüentes que nela havia, e que ele temia logo ter de abandonar, sua casa — agora residência oficial do herói — abriga o futuro assim como o passado.

•

Pensara que seu paraíso de expatriado estava soçobrando. Nos primeiros meses do ano, quando a aliança internacional contra a França parecia fracassar, Nápoles se curvara à vontade francesa. Primeiro veio a indignidade de ter de receber como novo embaixador ninguém menos que monsieur Garat, o homem que lera para Luís XVI sua sentença de morte. O influente primeiro-ministro antifrancês fora então demitido e substituído por outro favorável a um acordo com a França. Enquanto isso, os exércitos de Napoleão avançavam impunemente e o jovem almirante britânico continuava percorrendo o Mediterrâneo, tentando sem sucesso confrontar-se com a esquadra francesa.

O Cavaliere não entrou em pânico, não era sua natureza. Mesmo assim, suponhamos que o exército francês começasse a descer pela península desde a capital papista, já sob seu controle, e certa manhã ele ficasse sabendo que eles estavam logo ali na costa, atrás dos Campi Phlegraei. Ainda haveria tempo para ele, sua esposa e seus hóspedes ingleses (sempre havia hóspedes) fugirem; não se preocupava com isso. Porém, temia pela segurança de seus haveres. As coisas valiosas também são vulneráveis — ao roubo, incêndio, enchente, perda, maus-tratos, negligência dos criados, aos raios letais do sol, e à guerra, que para o Cavaliere significava sobretudo vandalismo, pilhagem, confisco.

Todo colecionador sente-se ameaçado pelos fatores imponderáveis que podem trazer um desastre. O que significa que toda coleção — em si mesma uma ilha — precisa de uma ilha. E coleções grandiosas costumam inspirar idéias grandiosas de armazenamento e proteção. Um colecionador infatigável do Sul da Flórida, que faz suas expedições de compra viajando no derradeiro trem particular dos Estados Unidos, adquiriu um gigantesco castelo em Gênova para guardar sua vasta coleção de objetos decorativos; e os Nacionalistas Chineses, que em 1949 embalaram em algodão e palha de arroz todas as obras-primas portáteis da arte chinesa que estavam então no nível do solo (pinturas em seda, pequenas esculturas, jades, bronzes, porcelanas e caligrafia) para levar consigo para Taiwan, guardam-nas em túneis e câmaras escavadas numa montanha, junto a um imenso museu onde não cabe mais que uma minúscula fração do seu butim. Em geral os locais de armazenamento não precisam ser tão fantasiosos nem tão fortificados para serem seguros. Porém, se guardada num lugar que não dá a sensação de segurança, a coleção é uma constante fonte de ansiedade. Sobre o prazer paira o fantasma da perda.

Quem sabe talvez não seja necessário fugir de Nápoles. Porém, se for, três décadas de acumulação não são fáceis de empacotar, embalar, retirar. (O Judeu Errante não pode ser um grande colecionador, exceto de selos. Há poucas grandes coleções que se podem levar nas costas.) O Cavaliere achou prudente registrar no papel exatamente o que tinha, fazer — pela primeira vez — um inventário completo.

Naturalmente esta não seria sua primeira lista; os colecionadores são inveterados fazedores de listas, e quem quer que goste de fazer listas é um colecionador real ou potencial.

Colecionar é uma espécie de desejo insaciável, um donjuanismo dos objetos em que cada novo achado desperta uma nova intumescência mental, e gera o prazer adicional da contagem, da enumeração. O volume e o caráter incansável da conquista perderiam algo de seu objetivo e sabor se não existisse em algum lugar um livro-caixa com as nossas variadas *mille e tre* (e, de preferência, um factótum para atualizá-lo), a feliz contemplação do qual em dados momentos evita a exaustão do desejo a que o atleta erótico é condenado e contra a qual ele luta. Mas as listas são um empreendimento muito mais espiritual para o atleta do consumismo material e mental.

A lista é em si uma coleção, uma coleção sublimada. Não é preciso possuir de fato as coisas. Conhecer já é ter (felizmente, para aqueles sem grandes meios). Já é uma reivindicação à posse, um tipo de posse, pensar nelas desta forma, a forma de uma lista: que é valorizá-las, classificá-las, dizer que merecem ser lembradas ou desejadas.

Do que você gosta: suas cinco flores favoritas, ou especiarias, filmes, carros, poemas, hotéis, nomes, cães, invenções. Imperadores romanos, atores, restaurantes, pinturas, pedras preciosas, cidades, romances, amigos, museus, jogadores de tênis... apenas cinco. Ou dez... ou vinte... ou cem. Pois, a meio caminho do número que você estabeleceu, você sempre desejaria dispor de um número maior. Você esqueceu que havia tantas coisas de que você gosta.

O que você já fez: todo mundo com quem você dormiu, todos os estados em que já esteve, países que visitou, casas ou apartamentos em que morou, escolas onde estudou, carros que já possuiu, bichos que já teve, empregos onde já trabalhou, peças de Shakespeare a que já assistiu...

O que há no mundo: o nome das vinte óperas de Mozart, ou dos reis e rainhas da Inglaterra ou das cinqüenta capitais dos estados norte-americanos... Até mesmo fazer tais listas é uma expressão do desejo: o desejo de conhecer, de organizar, de ver as coisas arrumadas, de guardar na memória.

O que você de fato tem: todos os seus CDS, suas garrafas de vinho, suas primeiras edições, as fotos antigas que você comprou em leilões — estas listas podem não fazer mais que ratificar o desejo de aquisição, a menos que, como acontece com o Cavaliere, suas aquisições estejam em perigo.

Ele deseja saber o que possui, agora que pode perder tudo. Quer ter para sempre, pelo menos em forma de lista.

Para o Cavaliere, é uma missão de salvamento. Mas, apesar deste desagradável incentivo, via a tarefa com bastante prazer. Olhar cada item que colecionou, colocar os objetos em algum tipo de seqüência, perceber a exata situação quanto à variedade, profusão, excelência e, sim, incompletude, de cada uma de suas coleções: seria um prazer bem como um labor, um labor voluptuoso, que ele não delegaria a ninguém de sua casa.

Começando pelo corredor que levava à escadaria inferior, foi de sala em sala, de andar em andar, de lembrança em lembrança (tudo estava ali), seguido por seu par de secretários ingleses, Oliver e Smith, que anotavam tudo o que ele dizia, por Gaetano com uma vela e uma fita para as medidas, e ainda um pajem levando um banquinho. Nunca vira sua casa nesta luz perturbadora, como um estranho poderia ver — um curador servil, um assessor taciturno, ou o brutal emissário de um déspota estrangeiro cobiçoso de objetos de arte. Ficou impressionado. Levou quase uma semana para fazer o inventário; pois ele se demorava, ia saboreando. Retirou-se então para seu gabinete e passou um dia inteiro escrevendo tudo. Com a data de 14 de julho de 1798, dois meses atrás, em sua caligrafia descuidada porém legível, em muitas páginas manuscritas, depois encadernadas em couro vermelho e colocadas numa gaveta de sua escrivaninha bem trancada — excetuando suas coleções de minerais vulcânicos, esqueletos de peixes e outras maravilhas naturais, está tudo ali: os mais de duzentos quadros, incluindo obras de Rafael, Ticiano, Veronese, Canaletto, Rubens, Rembrandt, Van Dyck, Chardin, Poussin, muitos guaches do Vesúvio em erupção, os catorze retratos de sua esposa, os vasos, as estátuas, os entalhes em vidro, até o último candelabro, sarcófago e luminária de ágata nos depósitos subterrâneos, excluindo os objetos que logo se revelariam como adquiridos ilegitimamente nas escavações oficiais do reino.

Este era o estado de espírito naquele verão, quando Nápoles esperava o ataque dos franceses península abaixo, e o Cavaliere, afortunado por poder prever com muita antecedência o fim da vida privilegiada que conhecera (não estamos em Pompéia ou Herculano), fez seu inventário e começou a pensar em como evacuar suas possessões mais estimadas.

E agora o perigo fora rechaçado pela grande vitória que seu inigualável amigo conseguira contra a armada francesa, com certeza o início da contenção da escalada francesa na Itália que começara há dois anos — fato que hoje comemoravam em seu aniversário. O Cavaliere já providenciara para que uma parte substancial de suas posses fosse mandada de volta à Inglaterra: sua segunda coleção de vasos antigos, muito maior e mais refinada do que aquela que vendera ao Museu Britânico quando voltara à Inglaterra em sua primeira licença. Esses vasos estavam sendo meticulosamente embalados por seus agentes e criados, e dentro de alguns dias seriam colocados em caixotes e embarcados num cargueiro britânico ancorado no porto. Seria tolo cancelar essas providências só porque a ameaça da ocupação francesa ou (pior ainda) de uma insurreição republicana retrocedera. Que fossem para a Inglaterra os vasos, e ali vendidos, decidira ele. Preciso do dinheiro. Dinheiro, sempre uma necessidade. Este era o lado baixo do ciclo das coleções — pois colecionar é um ciclo, não um progresso. A galhardia do colecionar surge no nadir do ciclo, quando os objetos se foram e a pessoa recomeça da estaca zero. Consolou-se pensando na alegria de formar uma nova coleção de vasos, ainda maior do que esta.

Ansiava por recomeçar.

•

O Cavaliere está no cais supervisionando o embarque de seus caixotes de tesouros no *Colossus*. O herói continua de cama, mas sente-se mais forte. A sra. Cadogan lhe traz caldo de galinha e a esposa do Cavaliere senta-se ao seu lado enquanto ele põe em dia sua correspondência. A seu irmão, pároco como o pai, escreveu relatando suas vitórias e expressando o desejo de que seus serviços não fossem esquecidos. O crédito deve me ser dado apesar da inveja, escreveu ele. (Esperava receber o título de visconde por sua vitória no Nilo.) Para Fanny escrevia jactando-se ainda mais francamente. Tal como a esposa do Cavaliere que escrevia para Charles todos esses anos, ingenuamente repetindo cada um dos elogios feitos a si mesma, o herói repetia à sua esposa cada palavra de louvor. Todos me admiram. Até os franceses me respeitam. Eram muito semelhantes, o herói lacerado e a matrona exuberante — com algo infantil em ambos que o Cavaliere notava e que o comovia.

As pessoas me seguem nas ruas e gritam meu nome. Agora já estava em pé, e foi a esposa do Cavaliere quem o acompanhou ao palácio real em suas conversações com o Rei e os ministros, ao porto onde sua presença era necessária para resolver disputas entre seus marinheiros e os astutos napolitanos: Fico tradusindo tudo para o nosso grande óspede, escreveu ela a Charles. A simpatia dela pelos interesses dele, pelo mundo dele, era incansável. Fez amizade com todos os seus oficiais e trazia as reivindicações que faziam para seu almirante, reverenciado porém tão distraído. Agora que a aluna sequiosa fora suplementada pela mãe infatigável, ela ajudava os jovens marinheiros a escrever cartas às namoradas na Inglaterra e tentou ensinar Josiah a dançar a gavota. Quando Josiah lhe contou que fora ele quem apertara o torniquete salvador no braço do padrasto, ela se inclinou e beijou as mãos do garoto. Mandou presentes e poemas sobre a glória do herói à sua esposa, e, quando chegou a notícia de que ele recebera apenas o título de barão, o grau mais baixo da nobreza, embora com uma pensão anual de duas mil libras, ela impulsivamente enviou uma carta a Fanny expressando sua indignação pela ingratidão do almirantado.

Também o Cavaliere escreveu ao Ministério das Relações Exteriores para protestar pela desconsideração para com o herói. Nada agrada mais aos três do que estar juntos sozinhos. Certa noite no Grande Salão, onde há quarenta quadros do Cavaliere, eles improvisam uma rotina doméstica. O Cavaliere toca o violoncelo e sua esposa canta para o herói. Em dado momento o Cavaliere tenta acalmar a exasperação do herói quanto à indecisão do Rei, enquanto a esposa do Cavaliere observa com um profundo sentimento de felicidade. Não se pode esperar que essas pessoas mudem, disse o Cavaliere. Pelo amor de Deus, eles *têm* que compreender o desastre que vem pela frente, exclama o herói, fazendo gestos eloqüentes com a mão esquerda; à medida que vai ficando mais agitado, o toco do braço direito se contorce visivelmente dentro da manga vazia. Ela fita afetuosamente o Cavaliere, que continua sua sucinta explanação sobre a lamentável deficiência mental do Rei. Ela olha intensamente para o herói, cobrindo-o com a força curativa de seu ardor. Os três então saem ao terraço para olhar o Vesúvio, que nos últimos tempos estava invulgarmente calmo. Por vezes o Cavaliere fica no meio e os dois o ladeiam, como seus dois filhos já maduros, que bem poderiam ser. Por vezes ela caminha no meio, o herói (mais baixo que ela) à sua esquerda — ela sente o calor do braço que lhe falta pressionando-lhe o corpo — e o Cavaliere (mais alto) à sua direita. E o Cavaliere continua contando ao herói algumas superstições locais acerca da montanha.

•

Como deve ser a aparência de um herói? Ou de um rei? Ou de uma beldade?

Nem este herói, nem este rei, nem esta beldade têm aquilo que Reynolds consideraria como uma aparência apropriada. O herói não parece herói; este rei nunca aparentou nem agiu como rei; a beldade, ai, não é mais uma beldade. Falando claro: o herói é um homenzinho mutilado, desdentado, exausto, franzino; o Rei é um homem grosseiramente gordo, com herpes e o nariz enorme como um focinho; a beldade, inchada pela bebida, agora é volumosa além de alta, e aos trinta e três anos parece longe de ser jovem. Apenas o Cavaliere (aristocrata, cortesão, estudioso, homem de gosto) conforma-se ao tipo ideal. É alto, esguio, de feições finas, intacto; e, embora seja de longe o mais velho desses quatro futuros cidadãos do universo da pintura histórica, é o que está em melhores condições físicas.

Naturalmente, isso não importava a eles. O que interessa é que nós, tão distantes dessa época em que se esperava da pintura que representasse uma aparência ideal, e que alegamos achar humanizadora a feiúra e a imperfeição física, mesmo assim acreditarmos que requer explicação, e é um tanto indecoroso, quando os fora-de-forma e os não-mais-jovens agem romanticamente um com o outro, quando eles (tolamente, como dizemos) idealizam.

•

O trio parecia tão natural. O Cavaliere tinha um novo jovem na sua vida, mais filho do que sobrinho. Sua esposa tinha alguém que podia admirar como nunca admirara ninguém na vida. O herói tinha amigos como nunca tivera; ficava genuinamente lisonjeado com a admiração do idoso e elegante Cavaliere, vencido pela calidez e a atenção de sua jovem esposa. E, além da exaltação de uma amizade cada vez mais intensa, uniam-se ao sentir que eram atores num grande drama histórico: salvar a Inglaterra, e a Europa, da conquista francesa e do republicanismo.

O herói sentia-se plenamente recuperado e preparava-se para voltar ao mar. Havia despachos e cartas a escrever, a ministros, a amigos na Inglaterra, aristocratas influentes, a outros comandantes britânicos no Mediterrâneo. Havia encontros com ministros napolitanos, com o casal real e com o primeiro-ministro antifrancês, deposto porém ainda poderoso. O governo Bourbon estava perpetuamente reunido em conselho para decidir se deveria enfrentar os franceses, com o Cavaliere instando para que enviassem um exército a Roma e o herói ansioso para que Nápoles entrasse na refrega, tornando-se assim aliada explícita (isto é, base militar) da Inglaterra, dando ao plano seu influente apoio. E, uma vez que esta desavisada expedição foi aprovada, havia manobras militares para revisar, e tudo isso tramado numa fermentação emocional de patriotismo, auto-importância, frustração, ansiedade, e um ativo desprezo pela maioria dos atores locais em cena... como sempre se sentem os agentes de um império mundial quando lutam para exercer sua influência numa longínqua satrapia meridional, rica em tradições de corrupção e indolência, onde tentam inculcar as virtudes marciais e a necessidade de resistir contra a superpotência adversária.

Seus superiores o notificaram de que estava sendo esperado em Malta com sua esquadra. Voltando de uma infrutífera reunião com o Conselho de Estado, escrevera ao conde St. Vincent que mal podia esperar para levantar velas e sair desse país de poetas e rabequistas, prostitutas e canalhas. Mas não queria deixar o Cavaliere e sua esposa.

Depois de três semanas de convalescença e adulação, em meados de outubro, alguns dias depois que o *Colossus* içou velas para a Inglaterra levando os vasos do Cavaliere, o herói partiu para Malta buscando novos embates com o inimigo. O Rei, sabendo que dele se esperava que comandasse um exército e passasse algum tempo em seu palácio na pedregosa Roma, foi a Caserta para em primeiro lugar caçar um pouco. O Cavaliere também se retirou para Caserta, após dar ordens para que começassem a embalar seus quadros — só por precaução, só por precaução. E da grande casa de campo sua esposa escrevia todos os dias ao herói, dizendo-lhe o quanto sentiam sua falta. À noite o Cavaliere voltava de um longo dia de exercício e de contemplação da sangueira, e acrescentava seu pós-escrito.

A matança diária de muitos animais levantou o ânimo do Rei, que agora ansiava por cavalgar à testa de um exército num belo uniforme. A Rainha, cuja inteligência sobrevivera em parte à gradual depressão de seu ânimo, começou a duvidar da sensatez da expedição. Foi a esposa do Cavaliere, como relatou ao herói em suas cartas, que persuadiu a Rainha a não desanimar. Evocara vividamente qual seria a alternativa a assumir a ofensiva neste momento: a Rainha, seu marido e seus filhos levados à guilhotina, e a eterna desonra à sua memória por não lutar bravamente até o fim para salvar sua família, sua religião, seu país das mãos dos vorazes assassinos de sua irmã e da família real francesa. O sr. tinha de ver, escreveu a esposa do Cavaliere. Eu fiqei de pé & extendi o brasso esqerdo como o sr. sempre fas, & fis um discurso explendido, & a querida Rainha chorou & dise que eu tinha rasão. Costumava falar com franqueza sobre o braço amputado do herói, pois ele não era dessas pessoas que envolvem a gente num obstinado jogo de ignorar uma mutilação ou incapacidade: a cega que afirma que você está com ótima aparência e admira sua blusa vermelha, o homem de um braço só que diz que ontem na ópera não conseguia parar de aplaudir. Nas cartas que o herói escrevia todas as noites, recluso em sua cabine, dirigidas ao casal amigo, falava disso também. Tenho correspondência suficiente para dois braços, disse ele. E muitas vezes fico cansado de escrever. Mas, excetuando a suprema felicidade de voltar a ver vocês dois, não há nada que eu aguarde tanto todos os dias quanto o prazer de escrever-lhes. Agradeceu à esposa do Cavaliere por levantar o espírito marcial da Rainha. E repetiu que sentia falta de ambos, que era grato pela amizade deles, que sua gratidão é maior do que consegue expressar, que eles o honraram mais do que ele merecia — é como se ninguém até então tivesse sido bondoso com ele — e que ter convivido com eles e conhecido seu afeto o estragara para as demais companhias, que o mundo agora parece árido quando está separado deles, que seu mais caro desejo é voltar e nunca deixá-los. Gosto muito da sra. Cadogan também, acrescentou.

•

De novo doente e precisando de cuidados, o herói voltou depois de três semanas e juntou-se a seus amigos em Caserta. De lá enviava cartas à esposa, e o mesmo fazia a esposa do Cavaliere, que escrevia sobre a saúde do herói e enviava mais poemas, mais presentes. Ele, em sua carta semanal, disse à esposa que, com exceção de seu pai e dela mesma, contava com o Cavaliere e sua esposa como os amigos mais queridos que tinha no mundo. Vivo aqui como um filho da casa. O Cavaliere tem a bondade de instruir-me em diversas questões científicas interessantes, e sua esposa faz honra ao sexo feminino. Nunca vi mulher igual a ela em país algum.

Duas semanas depois todos foram obrigados a voltar a Nápoles, de onde um exército de trinta e dois mil homens inexperientes — liderados por um general austríaco incompetente, nominalmente comandados pelo Rei, e incluindo entre os recrutas o guia caolho do Cavaliere, Bartolomeo Pumo — marchou rumo ao Norte, para Roma. O Cavaliere e sua esposa estão no cais com a multidão que dá vivas despedindo-se do herói, que deverá levar mais quatro mil soldados para tomar Livorno, ainda neutra, e interromper as comunicações entre Roma e os exércitos franceses que ocupam grande parte do Norte da península.

O herói nota com alguma preocupação que o Cavaliere parece um tanto frágil e tem as costas encurvadas, e que sua esposa está pálida e é evidente que se esforça para ser corajosa. Volte logo para nós, diz o Cavaliere. Com mais louros na fronte, diz sua espòsa.

Algumas horas antes ela lhe dera um bilhete fazendo-o prometer que só o leria quando estivesse a bordo do *Vanguard*. Ele beijara o bilhete e o guardara junto ao coração.

Abriu-o alguns minutos depois de entrar no barco que o levaria até a nau capitânia.

Ali estava, na caligrafia adorável que ele conhecia: uma torrente de desejos por sua segurança, protestos de eterna amizade, expressões de gratidão. Mas ele ia ficando sequioso. Queria mais — algo mais. Que ela dissesse que o amava? Mas ela dizia isso o tempo todo, o quanto ela, ela e o bom Cavaliere, o amavam. Algo mais. Avidamente chegou à última página, segurando firme entre os joelhos as folhas que já lera, borrifadas de água do mar, enquanto seus homens remavam, levando-o para o *Vanguard*. Algo mais. Ah, lá estava.

Não dessa em terra quando chegar em Livorno. Me perdoe qerido amigo se digo que nesa cidade não eziste nada de bom para você.

Ele se surpreendeu. Então ela ouvira a história do seu único flerte em todos esses anos de casamento; sabia que fora muito comentado. Em Livorno com o *Captain*, quatro anos atrás, conhecera uma mulher encantadora casada com um marido frio e indiferente, um oficial naval; sentiu pena dela, depois admirou-a, depois achou que poderia estar apaixonado por ela — por cinco semanas.

Sorriu. Se a sua querida amiga tinha ciúmes, então ele sabia que era amado.

•

Tolos! Tolos! O fato de que ele fora um tolo não passou pela cabeça do Cavaliere. Embora tivesse sido o primeiro a acreditar que o governo Bourbon poderia criar e pôr em campo um exército competente para vencer os franceses, o Cavaliere não tinha o hábito de culpar a si mesmo.

O herói fizera a sua parte, levando suas tropas até Livorno, onde permaneceu durante castos três dias. Mas como o herói poderia imaginar que a França permitiria que Roma caísse aos pés dos napolitanos?

Tendo assinado um tratado de paz com a França dois anos antes (Farsa! Vergonha! Ignomínia! vituperava a Rainha), oficialmente o Reino das Duas Sicílias era neutro, e o Rei e seus conselheiros — astutamente, como pensam — não declararam guerra à França. Esta expedição, anunciam eles, não se dirige contra a França. É apenas uma resposta fraternal a um apelo do povo de Roma — que sofre sob o governo republicano que lhes foi imposto seis meses antes por fanáticos jacobinos — a fim de restaurar a lei e a ordem. O general francês que ocupara Roma desde fevereiro, e sob cuja égide fora declarada a República Romana, prudentemente retirou seus soldados algumas milhas fora da cidade. Depois que o exército napolitano tomou Roma sem ter de disparar um só tiro, o Rei entrou com a pompa que considerava lhe ser devida, foi até sua residência, o Palazzo Farnese, lançou um pedido para que o papa, banido pela República, voltasse, e começou então a divertir-se. Duas semanas depois a França declarou guerra ao Reino das Duas Sicílias, e o exército francês começou a retornar para a cidade.

Na noite em que o Rei soube da notícia da volta dos franceses, trocou suas vestes reais por um disfarce, um traje plebeu vários números menor que sua corpulenta figura, e foi para casa. Aquele fiasco vergonhoso, a ocupação napolitana de Roma, mal durou mais uma semana. O herói previra que, se a marcha sobre Roma fracassasse, Nápoles estaria perdida. Sua predição foi correta.

Quando a maior parte do desalentado exército napolitano chegara em casa, depois do Rei mas antes dos franceses, que vinham marchando para o Sul ordenadamente, o Cavaliere mandou buscar Pumo. Preocupava-se com ele. Teria sobrevivido à sua temporada como soldado, ou jazeria agora em alguma valeta com uma bala na cabeça? Chegou a notícia de que seu guia não regressara. O Cavaliere sentiu-se mais incrédulo do que infeliz. Era impensável que Tolo, seu afortunado Tolo, não soubesse como enfrentar esse perigo, como enfrentara tantos outros; o restante do que estava acontecendo, porém, era exatamente o que ele temera.

O Rei vituperava, gemia, persignava-se. A Rainha, numa feroz reação contra seu breve flerte com as idéias progressistas, tornara-se ultimamente quase tão supersticiosa como o marido, e escrevia orações em pedacinhos de papel, que enfiava no espartilho ou engolia. A todos ao redor, declarava que só mesmo um exército de napolitanos fugiria de um inimigo numericamente inferior na proporção de seis para um, e que ela sempre soubera que aqueles napolitanos indolentes não tinham a menor chance de conservar Roma. Slogans antimonarquistas apareciam nas paredes todas as manhãs: os franceses estão chegando, e antecipando sua proteção, a mesma proteção que haviam dado aos patriotas em Roma, os simpatizantes jacobinos marcavam presença. Os súditos ardentemente leais ao Rei, os pobres da cidade, apagam os slogans republicanos e se reúnem na grande praça diante do palácio para exigir um desmentido dos rumores que circulam dizendo que a família real está prestes a fugir para Palermo. Não se preocupam em absoluto com sua Rainha estrangeira, mas querem que seu amado Rei fique, ele tem de prometer que vai ficar. Venha, apareça, Rei Mendigo! E o Rei foi obrigado a aparecer na varanda, com a Rainha ao lado, para mostrar à multidão que os dois ainda estão ali — que ele vai ficar, lutar contra a França e protegêlos — enquanto a Rainha, olhando fixo para a praça, pisca os olhos para rechaçar a imagem da guilhotina se levantando no local onde antes se erguia a *cuccagna*. O herói, para quem todos olham em busca de salvação, precisa evacuá-los imediatamente. A vida e a morte estão nas mãos do herói.

•

A Rainha não queria nem ouvir falar em confiar as jóias da Coroa, seus diamantes e quase setecentas arcas cheias de ouro em barras e em moedas (valendo cerca de vinte milhões de libras) a ninguém exceto a esposa do Cavaliere. Tudo isso foi enviado à noite à residência do emissário britânico, reembalado com o timbre da marinha britânica e depois levado até o porto, onde foi embarcado na nau capitânia do herói. E foi a esposa do Cavaliere quem encontrou e explorou um esquecido túnel que ia do palácio real até um pequeno porto nas vizinhanças, onde o restante dos bens reais portáteis, incluindo as mais finas pinturas e outros haveres valiosos dos palácios de Caserta e Nápoles e os melhores objetos do museu de Portici, assim como as vestimentas pessoais e roupas de cama e mesa do casal real, foi levado nas costas de marinheiros britânicos em baús, caixotes e cofres, cada lote acompanhado por um bilhete da Rainha, e guardado a bordo dos navios mercantes ancorados na baía.

A esposa do Cavaliere, uma torrente de energia e coragem, ia e vinha entre a Rainha e a sua casa, onde ela e a mãe supervisionavam a classificação das vestimentas, roupas brancas e remédios — o que se supõe que as mulheres sabem empacotar — enquanto o Cavaliere dava ordens para o encaixotamento dos bens culturais: sua correspondência, seus papéis, partituras e instrumentos musicais, mapas e livros. Os poucos criados que podiam ser dispensados dessas tarefas levavam bilhetes, escritos de próprio punho pela esposa do Cavaliere, para todos os residentes britânicos, dizendo-lhes que começassem também a embalar seus bens e se aprontassem para partir de um dia para outro.

O Cavaliere retirou-se para seu estúdio e está lendo, tentando não pensar no que acontece ao seu redor — uma das principais utilidades de um livro.

Felizmente, já enviara todos os vasos dois meses antes, e a maioria de seus trezentos e quarenta e sete quadros já estavam embalados. Todos os colecionadores da Itália viviam no terror daquele insaciável predador das artes, Napoleão, que obrigara as cidades que conquistara a entregar pinturas e outras obras de arte como uma espécie de imposto de guerra. Parma e Modena, Milão e Veneza, cada uma entregara uma cota de vinte obras-primas, e o papa recebera ordens de fornecer uma centena dos tesouros do Vaticano, tudo isso para uma "Entrada triunfal dos objetos das ciências e das artes coletados na Itália" na capital francesa, realizada no último mês de julho, duas semanas depois que o Cavaliere fizera seu inventário, quando uma longa procissão de inestimáveis artefatos, incluindo o *Laocoonte* do Vaticano e os quatro cavalos de bronze de San Marco, desfilou pelos bulevares de Paris, foi apresentada numa cerimônia oficial ao ministro do Interior e então enviada ao Louvre.

Os franceses não queriam nenhuma de suas pinturas. Mas o que dizer de suas coleções de minerais vulcânicos, suas estátuas, bronzes e outras antiguidades? Apenas algumas destas poderia levar consigo. Que pesada carga, afinal, é ser um colecionador!

Já sonhara algumas vezes com um incêndio onde ficava paralisado pela indecisão, incapaz de dar ordens a seus criados quanto aos poucos objetos a salvar. E agora o sonho da perda tornou-se realidade. Porém, fugir antes do incêndio da guerra ainda é melhor do que ser pego numa erupção, onde teria de correr para as ruas só de camisolão, sem levar nada, ou tentar levar algumas coisas e ser encurralado pela lava que vem despencando. Ele pode levar muita coisa. Mas não tudo. E tudo lhe é tão caro.

•

O povo está irado — e o herói achou prudente levar seus navios mais ao largo no golfo, fora do alcance dos canhões napolitanos, onde agora estão ancorados, subindo e descendo nas águas turbulentas. Na noite fria e chuvosa de 21 de dezembro ele desembarcou com três barcaças, foi até o palácio, levou o Rei, a Rainha e os filhos, incluindo o mais velho e sua esposa, o bebê recém-nascido e a ama-de-leite, o médico real, o capelão real, o chefe dos guarda-caças e dezoito criados e damas de companhia até o túnel secreto que ia dar no porto, e os conduziu por uma escarpada colina até o *Vanguard*. O Cavaliere com sua esposa e sogra, para disfarçar sua fuga, haviam ido naquela noite a uma recepção na residência do embaixador turco, de onde escaparam discretamente e caminharam até o porto. Ali subiram em sua própria barca e foram recebidos com gritos de alívio pelos membros de sua mansão escolhidos para acompanhá-los. Os secretários ingleses do Cavaliere pareciam quase tão esgotados como se esperava que estivessem os napolitanos: o mordomo, dois cozinheiros, dois pajens, três criados e várias criadas a serviço da esposa do Cavaliere. E Fatima, sua nova favorita — uma bela copta negra, casto troféu que o herói lhe trouxera da Batalha do Nilo e lhe dera de presente —, explodiu em soluços ao ver sua ama. Outra barca, levando dois ex-primeiros-ministros do Reino das Duas Sicílias, os embaixadores austríaco e russo e seus dependentes e criados, os seguiu na ventania que se intensificava.

O herói esperava içar velas bem cedo na manhã seguinte: o tridente de Netuno se cravava no topo do seu braço latejante, preparava-se uma tempestade. Mas o Rei não queria permitir que o *Vanguard* levantasse âncora antes que setenta de seus cães de caça fossem trazidos de Caserta e embarcados num dos navios britânicos prontos para seguir para Palermo. O Rei, que não confiaria nem sequer seus cães a um navio napolitano, postou-se no tombadilho do *Vanguard* e passou a tagarelar excitadamente com o Cavaliere sobre as caçadas aos galos silvestres que fariam na Sicília, enquanto o almirante Caracciolo andava de lá para cá no tombadilho do *Sannita*, suportando sua humilhação final. Não só a família real escolhera ser transportada pelo almirante britânico, como não confiara nem um único caixote com suas posses ao principal navio napolitano. Por fim, na noite seguinte, o *Vanguard* obteve permissão para sair do golfo e aventurar-se no mar tremendo. Ia seguindo, e não liderando, uma flotilha que incluía os outros dois navios de guerra da esquadra do herói; o *Sannita* e outro navio de guerra napolitano, dos quais a maior parte da tripulação desertara e que agora eram manobrados por marinheiros britânicos; um vaso de guerra português; e os navios mercantes, nos quais foram distribuídos dois cardeais, diversas famílias nobres napolitanas, todos os residentes britânicos, os residentes franceses, muitos dos quais aristocratas fugindo da revolução, um vasto número de criados e a maior parte dos haveres do Cavaliere e seu séquito.

Em todos os numerosos baús que por insistência da Rainha a acompanhavam, ela não pensara em colocar roupas de cama. Quando isso foi notado, a esposa do Cavaliere prontamente lhe deu as suas, a sra. Cadogan preparou uma cama para o Rei e este foi dormir. A esposa do Cavaliere sentou-se com a Rainha sobre uma valise contendo sessenta mil ducados das economias reais e segurou-lhe a mão. Seu filho mais novo, Carlo Alberto, de seis anos, estava deitado num colchão num canto da cabine num sono que não parecia natural, chiando e suspirando. Antes de deixar a Rainha, a esposa do Cavaliere limpou as secreções de sono dos olhos da criança e enxugou-lhe o suor pegajoso do rosto pálido. Os filhos mais velhos do casal real estavam do lado de fora, nos conveses inclinados pela maré, correndo atrás dos marinheiros ingleses, escravos do mar que cruzavam o navio freneticamente, a fim de prepará-lo para o ataque da tormenta, e atrapalhando seu trabalho. Estavam fascinados pelas tatuagens e úlceras mal cicatrizadas de escorbuto que os marinheiros exibiam no rosto, pescoço e braços.

Na manhã seguinte a tempestade irrompeu com força total, e cada balanço do navio parecia mais extremo. As ondas chicoteavam o casco. O céu esbofeteava as velas. As tábuas de carvalho do casco gemiam, rangiam. Os marinheiros trocavam impropérios. Os passageiros adultos faziam todas as coisas, em geral barulhentas, que as pessoas fazem quando acham que vão morrer — rezavam, choravam, caçoavam, sentavam-se de lábios cerrados. O herói, confessando que nunca vira uma tempestade tão violenta em todos os seus anos no mar, continuou no convés. A esposa do Cavaliere ia de cabine em cabine com toalhas e tigelas, ajudando os passageiros nauseados. O Cavaliere ficou na sua cabine e vomitou até não restar mais nada em seu estômago. Tentou tomar um pouco de água de uma garrafa e notou o tremor das mãos.

•

Para o cego, todo acontecimento é repentino. Para o aterrorizado, todo acontecimento chega cedo demais.

Eles estão vindo te buscar, te levar para o pelotão de fuzilamento, para a forca, para a fogueira, a cadeira elétrica, a câmara de gás. Você tem de ficar em pé; mas não consegue. Seu corpo, ingurgitado de medo, está tão pesado que não consegue se mover. Você gostaria de poder levantar-se e caminhar entre eles, sair pela porta aberta de sua cela com dignidade; mas não consegue. Assim, eles precisam te arrastar.

Ou, então, *aquilo* está chegando, já está em cima de você, de você e dos outros; sinos ou sirenes já tocaram (raide aéreo, furacão, enchente), e você se abrigou nesse espaço que parece uma cela, o mais longe possível do perigo, e procurando não atrapalhar os que estão treinados para enfrentar a emergência. Mas nem por isso você se sente mais seguro; sente-se encurralado. Não há para onde correr, e, mesmo que houvesse, o medo torna seus membros pesados, você mal consegue se mexer. É um peso estranho que você arrasta da cama para a cadeira, da cadeira para o chão. E você treme de medo ou de frio; e não há absolutamente nada que você possa fazer salvo tentar não ficar mais aterrorizado do que já está. Se ficar bem quieto, pode fingir que é isso que você decidiu fazer.

O Cavaliere não sabia bem o que mais o incomodava na tempestade. Talvez fosse a necessidade de agachar-se na semi-escuridão da cabine abarrotada, fragorosa, clangorosa — a menor cabine do mundo. Talvez fosse sua roupa encharcada e o frio; fazia um frio terrível. Talvez fosse o barulho: o ranger do navio, as madeiras vibrando e batendo uma na outra, e aquele terrível baque, talvez um mastro se partindo; aquele estouro, que deveria ser as velas superiores se despedaçando; os uivos da tormenta e a cacofonia de gritos e exclamações humanas. Não, o pior eram os odores repulsivos. Todas as vigias e portinholas estavam fechadas. No navio inteiro, um pouco mais largo que uma quadra de tênis e com o dobro do comprimento, levando cinqüenta passageiros além da tripulação de mais de seiscentos, havia apenas quatro latrinas, todas inutilizáveis. Ele quer respirar fundo, respirar o ar puro e fresco que chega a ferir as narinas. Em vez disso, seu nariz é atacado por rançosos odores intestinais.

Se estivesse do lado de fora poderia ver, poderia enfrentar: o navio subindo, avançando e logo caindo para trás entre duas altas muralhas de água negra. Estava com medo de morrer? Sim, de morrer assim. Seria melhor subir ao convés, se suas pernas trêmulas conseguissem vencer a passagem escorregadia. Saíra da cabine para tentar encontrar sua esposa, caminhara pelo estreito corredor inclinado, chafurdando num palmo de água fria e excremento e vômito, e virara à direita. Apagou-se então a vela que segurava. Teve medo de se perder. Ansiava por sua Ariadne, que viesse e o consolasse — que lhe estendesse um fio. Mas ele não era Teseu, não, era o Minotauro acuado no labirinto. Não o herói, mas o monstro.

Firmando-se nas paredes viscosas e nas cordas toscas, voltou à sua minúscula cabine. A vela continuava acesa no candeeiro. Assim que fechou a porta o navio deu um mergulho nauseante e ele foi jogado contra a parede. Escorregou para o chão e segurou-se na cabeceira da cama; em seguida apoiou-se nela, ofegante com o choque e com a dor contundente no osso externo. A vela bruxuleou. O Cavaliere balançava violentamente de um lado para o outro. Todos os móveis eram aparafusados no chão, porém ele não. Fechou os olhos.

O que foi que a vidente disse? Respire.

Receita: quando você estiver triste, quando estiver sozinho, quando não vier ninguém, você pode chamar os espíritos para lhe fazer companhia. Abriu os olhos. Efrosina Pumo estava agora sentada na cabine com ele, acenando com a cabeça num gesto preocupado. E Tolo também estava lá, de modo que não era verdade que fora abatido por um soldado francês na retirada de Roma. Tolo está lhe segurando os tornozelos, firmando-o para que não caia. E Efrosina está alisando sua testa.

Não tenha medo, patrão.

Não estou com medo, pensou. Estou humilhado.

Já não via Efrosina há muitos anos. Ela devia estar muito velha, porém parece mais jovem do que a primeira vez que a visitou, tantos anos atrás. Perguntou-se como isso seria possível. E Tolo também parece mais jovem, não é aquele sujeito barbudo, musculoso, com um olho meio fechado, que o acompanhara nas escaladas à montanha durante vinte anos (tornando-se um pouco menos ágil, até mesmo ele), mas novamente o garoto delicado, vulnerável, que fora outrora, com o olho leitoso bem aberto.

Será que eu vou morrer, murmurou o Cavaliere.

Ela abanou a cabeça em negativa.

Mas o navio vai virar.

Efrosina já lhe disse quando. O senhor ainda tem mais quatro anos.

Só quatro anos, pensou ele. Não é tanto assim! Sabia que deveria sentir-se aliviado.

Não quero morrer desse jeito, disse, sombrio.

E notou então — por que não notara antes? — que Efrosina lhe estendia um baralho de cartas.

Me deixe lhe mostrar seu destino, patrão.

Mas ele mal conseguiu ler a carta que escolhera. Viu apenas alguém de cabeça para baixo. Será que sou eu? pensou. Do jeito que o navio balança, parece mesmo que estou de cabeça para baixo.

Sim, é Sua Excelência. Note a expressão de distanciamento no rosto do Enforcado. Sim, patrão, é o senhor.

O Cavaliere, um homem suspenso de cabeça para baixo, com as mãos atadas nas costas, pendurado num patíbulo pelo tornozelo direito?

Sim, com certeza é Sua Excelência. O senhor se atirou de cabeça no vazio, mas está calmo —

Não estou calmo!

O senhor tem fé —

Não tenho fé!

Ele examinou a carta por um momento. Mas isso quer dizer que vou morrer.

Não — e ela suspirou. A carta não significa aquilo que o senhor pensa. Olhe com o olho da indiferença, patrão. Efrosina deu uma risada sem alegria. Não só o senhor não será enforcado, patrão, como também juro que o senhor viverá o bastante para enforcar outras pessoas.

Mas ele não queria saber de cartas. Queria que Efrosina o distraísse, transformasse a tempestade num quadro na parede, fizesse com que as paredes negras virassem brancas, o espaço recuasse, o teto se elevasse.

A tempestade voltou a esbofetear o navio e ele ouviu o ruído de algo se arrebentando e gritos no convés. Outro mastro partido? O navio agora tombava com mais força para um lado. Vai virar agora, ele já está sentindo. Tolo! O ar vai começar a se encher de água. Tolo!

O garoto continuava lá, massageando seus pés.

Não consigo encontrar minha calma, murmurou.

Pegue sua pistola, patrão, o senhor se sentirá mais seguro. A voz de Tolo. Conselho de homem.

Minha pistola?

Tolo lhe trouxe a maleta de viagem, que continha duas pistolas que ele sempre levava consigo, enquanto Efrosina lhe enxugava o suor da fronte. Tirou-as da maleta. Fechou os olhos.

Sente-se mais seguro agora?

Sim.

E foi assim que seus dois companheiros o deixaram, com uma pistola em cada mão, tentando, apesar das guinadas e baques da tempestade, manter a máxima imobilidade.

•

A esposa do Cavaliere acabara de deixar a cabine do embaixador austríaco, o príncipe Esterházy, que estava vomitando e rezando, quando percebeu com um sobressalto que não via o Cavaliere há várias horas. Foi então até sua cabine, caminhando pelo corredor que adernava com violência.

Que alívio sentiu quando abriu a porta e o viu, sentado num baú; e que susto, ao ver que ele segurava uma pistola em cada mão.

Oh, o que é isso!

Glu glu glu, disse ele numa voz fantasmagórica, sem tom.

O quê?

É o som da água salgada na minha garganta, ele gritou.

Na sua garganta?

No navio! Na minha garganta! Assim que eu sentir o navio afundando — e brandiu as pistolas — pretendo me dar um tiro.

Segurando no batente da porta, ela o olhou fixamente até que ele desviou a vista e parou de brandir as pistolas.

Glu glu, disse ele.

Ela ficou tomada de pena pelo seu medo e infortúnio. Sua boca parecia inchada. Porém, ela não correu para consolá-lo, como vinha consolando tantas outras pessoas no navio. Pela primeira vez ela não é dele. Isto é, pela primeira vez ela desejou que ele fosse diferente do que era — um velho lastimável, enfraquecido pelo vômito, ofendido pelo mau cheiro, pela proximidade de demasiados animais humanos e pela ausência de qualquer decoro.

O navio não vai afundar, disse ela. Não com nosso grande amigo no leme.

Venha sentar-se ao meu lado, disse o Cavaliere.

Volto daqui a uma hora. A Rainha —

Seu vestido está manchado.

Volto daqui a uma hora no máximo. Prometo!

E voltou, e naquela noite, era véspera de Natal, o vento amainou. Ela convenceu o Cavaliere a subir ao convés para ver uma bela cena: os vulcões ativos das ilhas Lipari, Stromboli e Vulcano, flamejantes, lançando suas labaredas para o céu. Ficaram juntos. O vento os estapeava, enchia seus rostos de sal, e o fogo vulcânico iluminava o céu pontilhado de estrelas.

Olhe, olhe, murmurou ela, abraçando-o. E o levou então de volta à cabine, onde a presença de Efrosina e Tolo ainda se fazia sentir.

Deixou o Cavaliere dormindo, decidida a não se deitar na cama enquanto sua presença fosse necessária. Ao raiar do dia voltou à cabine para acordá-lo e o levou até o convés coalhado de escombros. O mar se aplainara, a bola vermelha do sol nascente iluminava com luz rósea as velas enfunadas, e os fantasmas dos dois que tinham vindo consolar o Cavaliere começaram a esvanecer-se. Ela lhe mostrou um bilhete que recebera às quatro da manhã, enquanto estava na cabine da Rainha tentando fazer dormir Carlo Alberto, que se contorcia e esperneava. Dirigido a ela pelo herói, requisitava a felicidade de contar com o Cavaliere, sua dama e a sra. Cadogan para compartilharem com ele o almoço de Natal, ao meio-dia na cabine do almirante. Que bela manhã, disse ela.

O almoço estava em meio, com o herói exausto sem comer nada, o Cavaliere, nauseado, tentando comer, e as duas mulheres (a sra. Cadogan dormira apenas uma hora) comendo com muito apetite, quando foram interrompidos por alguém que batia, martelava, espancava a porta. Era uma criada da Rainha, que entre soluços implorou à esposa do Cavaliere que corresse à cabine da Rainha. A sra. Cadogan desculpou-se e seguiu a filha. Ao chegarem viram a Rainha e um médico inclinados sobre o garotinho. Olhe! exclamou a Rainha. Il meurt! Os olhos da criança estavam revirados e ele tremia, tomado de espasmos, apertando os punhos, enfiando os polegares nas palmas das mãos. A esposa do Cavaliere tomou a criança nos braços e beijou-lhe a testa fria.

As convulsões são um efeito comum do medo, disse o médico. Quando o principezinho voltar a si e perceber que a tempestade passou —

Não, gritou a esposa do Cavaliere. Não!

Ela embalava a criança que ia enrijecendo, enquanto a Rainha vituperava seu destino e a sra. Cadogan enfiava um pedaço de toalha entre os dentes do menino e enxugava-lhe a espuma da boca. Os gritos dos marinheiros os avisaram de que Palermo estava à vista. Palermo! Enquanto os intervalos entre os paroxismos se abreviavam, a esposa do Cavaliere segurou o menino com mais firmeza junto ao peito, embalando-o, respirando com ele, como se pudesse fazer a respiração dele unir-se à dela, e cantarolando hinos religiosos ingleses da sua infância. Ele morreu naquela noite em seus braços.

Logo depois da meia-noite o *Vanguard* ancorou, e uma hora depois a Rainha, aturdida e chorosa, subiu num pequeno barco com duas de suas filhas e alguns criados. O Rei recusou-se a deixar o navio até que seus súditos sicilianos organizassem uma recepção à altura na esplêndida marina; nunca antes visitara sua segunda capital.

A esposa do Cavaliere quis acompanhar a Rainha, mas temeu que durante a manhã o herói fosse precisar dos seus serviços como intérprete.

Estava esgotada. Era correto dormir agora.

No dia seguinte, por volta do meio-dia, aos vivas de uma multidão barulhenta e inquisitiva e uma ensurdecedora salva de canhões, o Rei desembarcou. O almirante, ladeado por seu casal de amigos, observava, severo, do castelo de popa. Não estava de bom humor. Embora todos sob sua custódia, salvo o desafortunado príncipe, estivessem sãos e salvos, a sensação não era como a de seus triunfos. Os outros vasos de guerra e os vinte navios mercantes que haviam saído de Nápoles — transportando com abominável desconforto, porém sem incidentes, cerca de dois mil refugiados, os criados e cães prediletos do Rei e as criadas da Rainha — já tinham chegado. A tempestade emboscara apenas o seu navio, a nau capitânia. Três velas superiores estavam rasgadas, o mastro principal e o cordame muito danificados. Sentiu-se desnecessariamente atingido. Talvez estivesse simplesmente muito cansado. A esposa do Cavaliere estava bem acordada, satisfeita com sua conduta durante a emergência — portara-se bem, pensara apenas nos outros —, e saboreava o espetáculo da multidão monarquista. Estava tendo uma aventura. Sentia-se irresponsável. Desejaria que pudessem permanecer um pouco mais a bordo. O Cavaliere postou-se entre eles — o trio fantasmagórico de que ele fizera parte durante a tempestade fora substituído pelo trio verdadeiro, ele com sua esposa e o amigo do casal. Sentia-se um pouco tonto, aliviado por não estar com estertores de vômito, impaciente para recolocar os pés em terra firme. Congratularam um ao outro pela boa fortuna que lhes coubera.

5

Mais uma tempestade.

Após deixar Nápoles em outubro, percorrendo intrépido o Mediterrâneo, passando por naus de nações em guerra, atravessando o estreito de Gibraltar e entrando no oceano, rumando para o Norte ao longo do litoral ibérico, depois do litoral francês, atendo-se à franja ocidental da Europa, o cargueiro *Colossus*, levando em suas entranhas dois mil raros vasos antigos, dirigira-se para a Inglaterra e já perto do fim de sua jornada de dois meses, no litoral das ilhas Scilly, deu com uma tempestade inclemente, protéica, tremeu, adernou, fez água, fraturou-se, afundou e naufragou. Houve tempo para salvar todos os membros da tripulação. Tempo até para baixar num bote salva-vidas um único caixote do porão, que os marinheiros acreditavam conter um tesouro — não um dos caixotes com o timbre do Cavaliere. As águas turbulentas cobriram um verdadeiro tesouro, a segunda e maior coleção de vasos que o Cavaliere reunira.

Água. Fogo. Terra. Ar. Quatro modos de desastre. Os bens perdidos no fogo desaparecem. Transformam-se em... ar. Os bens perdidos para a inimiga do fogo, a água, não se consomem, embora possam quebrar (se porosos, como o papel, inchar e apodrecer). Eles ainda existem, possivelmente intactos, porém afundados, confiscados, fora do alcance. Continuam lá, decaindo imperceptivelmente, cravejados de criaturas marinhas, movendo-se a esmo sob as marés, subindo e logo sendo sugados, voltando ao seu pequenino espaço — destino mais infeliz do que jazer debaixo da terra, pois estão muito mais embaixo, muito mais inacessíveis. O que a terra cobre não é tão difícil de se descobrir, e pode ter sido misteriosamente conservado pelo soterramento. Veja as cidades fadadas, e depois enterradas, pelo Vesúvio. Mas ficar coberto de água...

Tendo sobrevivido à *sua* tempestade, o Cavaliere ainda não sabe que seus vasos já tinham se perdido na água várias semanas antes da fuga de Nápoles. O *Vanguard* chegou em segurança ao porto de Palermo. E o alívio por sobreviver àquela passagem humilhante, batida pela tempestade, amainou sua angústia pela partida precipitada, que lhe permitira levar apenas um número seleto de objetos estimados, além de seus quadros. Tentava não pensar em tudo o que deixara para trás em suas mansões magnificamente mobiliadas, que agora estavam sem proteção, aguardando seus saqueadores. Pensou em seus cavalos e em suas sete belas carruagens, e recordou a espineta, o cravo e o piano de Catherine.

Mas decerto não precisava concluir que nunca mais veria suas propriedades abandonadas. Nunca mais entreteria convidados em sua vila vesuviana. Nunca mais sairia a cavalo de madrugada do chalé em Caserta ouvindo os gritos dos batedores e os latidos dos cães. Nunca mais veria a beleza banhar-se junto aos rochedos de Posillipo. Nunca mais se postaria à janela de seu observatório, admirando a imensidão da baía e sua querida montanha. Não. Não. Sim? Não. O Cavaliere estava tão mal preparado para a coisa como ela era quanto qualquer expert em desastres.

•

Temporariamente então, apenas por um breve momento, morariam em Palermo: o Sul do Sul.

Toda cultura tem seus sulistas — pessoas que trabalham o mínimo possível, preferindo dançar, beber, cantar, brigar, matar suas esposas infiéis; que têm os gestos mais vivos, os olhos mais brilhantes, as roupas mais coloridas, veículos decorados mais fantasiosamente, um maravilhoso senso de ritmo, e charme, charme, charme; gente sem ambição, não, gente preguiçosa, ignorante, supersticiosa, desinibida, que nunca chega na hora, visivelmente mais pobre (como não haveria de ser assim, dizem os nortistas); que, apesar de toda a sua sujeira e pobreza, levam uma vida invejável — isto é, invejada pelos nortistas, direcionados para o trabalho, sensualmente inibidos, sujeitos a governos menos corruptos. Somos superiores a eles, dizem os nortistas, claramente superiores. Não fugimos de nossos deveres nem contamos mentiras como se fosse a coisa mais natural; trabalhamos duro, somos pontuais, mantemos nossa contabilidade em ordem. Mas eles se divertem mais que nós. Todos os países, inclusive os países do Sul, têm o seu Sul: abaixo do equador, ele fica no Norte. Hanói tem Saigon, São Paulo tem o Rio, Delhi tem Calcutá, Roma tem Nápoles, e Nápoles, que para os que ficam no topo desta península dependurada na barriga da Europa já era a África, Nápoles tem Palermo, cidade em forma de lua crescente, a segunda capital do Reino das Duas Sicílias, ainda mais quente, ainda mais pagã, ainda mais desonesta, mais pitoresca.

Como que desafiando o estereótipo, nevava em Palermo, Palermo com todas as suas palmeiras, quando chegaram, logo depois do Natal. Nas primeiras semanas de janeiro acamparam em alguns vastos salões de uma vila quase sem móveis e sem nenhuma lareira; uma cidade sulista nunca está preparada para uma onda de frio. O herói parecia atado à escrivaninha, escrevendo furiosos despachos. Enrolado em mantas, o Cavaliere tremia, ruminava seus pensamentos e suportava um impiedoso ataque de diarréia. Apenas sua esposa, que não suportava ficar desocupada, saía com freqüência, sobretudo para ficar junto à Rainha, que supervisionava a instalação de sua grande família no palácio real. Voltava à noite para relatar ao Cavaliere e ao amigo do casal o desleixo dos criados locais, o compreensível desânimo da Rainha e a deserção do Rei, que se ocupava em conhecer os teatros, mascaradas e outros prazeres de sua outra capital.

Qualquer que fosse o clima, o Cavaliere, sua esposa e seu amigo sabiam que estavam mais para o Sul, e portanto entre pessoas ainda menos confiáveis, mais canalhas e mentirosas, mais excêntricas, mais primitivas. Segue-se o pensamento de que é importante não mudar a maneira como sempre tinham vivido. Acautelaram-se como fazem as pessoas que sabem que fazem parte de uma cultura superior: não devemos nos deixar levar, não devemos descer ao nível da... selva, rua, mato, lama, montanha, interior (à sua escolha). Pois se você começar a dançar em cima da mesa, abanar-se, sentir sono quando pega um livro para ler, adquirir um senso de ritmo, fazer amor sempre que sentir vontade — você já sabe. O Sul te pegou.

•

O tempo esquentou no meio do mês quando o Cavaliere concordou com relutância em pagar a soma exorbitante que lhe foi pedida para alugar um palácio perto do Mole, pertencente a uma família nobre siciliana com a reputação de excêntrica, até mesmo pelos padrões locais. Imagine um príncipe cujo brasão de armas é um sátiro segurando um espelho para uma mulher com cabeça de cavalo! O palácio, porém, desfrutava de uma soberba vista, e seu interior, com paredes recobertas de sedas coloridas e retratos de sombrios ancestrais, era generosamente mobiliado; serviria como embaixada britânica temporária. Infelizmente, estava muito carregado de sua saturnina história para que o Cavaliere o transformasse também num lar: isto é, um museu de seus entusiasmos. Semanas depois da mudança, ele ainda não desempacotara a maior parte do que conseguira trazer de Nápoles.

Aqui, neste exílio inesperado e assustadoramente caro, formavam um trio ainda mais intenso. Uma mulher grande e um homem pequeno, cheios de sentimentos um pelo outro, e um homem alto e emaciado que ama os dois ardentemente e se rejubila em sua companhia. Embora por vezes o Cavaliere ficasse contente ao ver sua esposa e o amigo saírem, pois a animação dos dois o deixa exausto, quando se ausentavam por mais de algumas horas ansiava para que retornassem. Porém, desejava que não houvesse sempre tantas pessoas à sua mesa. Um bom número dos residentes ingleses em Nápoles que haviam se refugiado junto com eles encontravam o caminho até sua casa todas as noites. Esses jantares inesperadamente grandes, para vinte, trinta, quarenta, cinqüenta pessoas, terminavam apenas quando a esposa do Cavaliere se levantava da mesa, ou caía, ou se ajoelhava — não necessitava de nenhum objeto de cena para iniciar uma demonstração das suas Atitudes — ou sentava-se ao piano para tocar e cantar; já aprendera algumas áreas sicilianas, tristes e graciosas. As noitadas pareciam muito longas para o Cavaliere. Porém, não poderia deixar de receber seus compatriotas, nenhum dos quais estava tão bem alojado como ele — em toda a Palermo havia apenas um hotel, superlotado, à altura dos antigos padrões — e os preços abusivos extorquidos desses turistas cativos eram duas ou três vezes mais altos que antes. O desconforto geral exigia que o Cavaliere mantivesse com garbo o nível de vida a que estavam acostumados. Chegando de seus alojamentos improvisados em carruagens de aluguel, pelas quais tinham de pagar preços desagradavelmente altos, pensavam os refugiados ao entrar na residência brilhantemente iluminada do embaixador britânico: É assim que nós vivemos. É a isso que temos direito. Esse luxo, essa extravagância, esse refinamento, esse excesso de comida; esta obrigação de nos divertirmos.

Depois do jantar e do entretenimento oferecido pela esposa do Cavaliere, os serões em geral transformavam-se em noitadas de carteado mescladas a mexericos e observações condescendentes sobre a luxúria dos costumes locais. Os refugiados contavam uns aos outros suas velhas histórias e levavam com bom humor as inconveniências de sua nova situação. Nada deveria estragar sua capacidade para o prazer — para os seus prazeres. Guardavam suas queixas, queixas veementes, para as cartas, em especial as dirigidas aos amigos e à família na Inglaterra. Mas é para isso que servem as cartas: para dizer algo de novo, e dizê-lo com eloqüência. O convívio da sociedade servia para se dizer algo de velho — predizível, jogado, descuidado — que não assustaria o ouvinte. (Só os selvagens deixam escapar o que sentem.) As cartas serviam para dizer — Confesso, reconheço, devo admitir. As cartas levavam muito tempo para chegar, o que encorajava o destinatário a esperar que no tempo transcorrido os infortúnios do remetente se haviam amainado.

Alguns estavam tomando providências para voltar à Inglaterra. Pois as notícias eram más — isto é, eram bem o que os refugiados esperavam. Duas semanas depois que o governo fugira de Nápoles os franceses entraram na cidade com um exército de seis mil soldados, e no fim de janeiro uma conspiração de aristocratas e professores esclarecidos engendrara uma monstruosidade que se autodenominava República Partenopéia, ou República Vesuviana.

A maioria dos refugiados se inclinava a considerar Nápoles perdida. Um estrangeiro que desfrutou da boa vida num país pobre, da vida antes da revolução — um tal expatriado não demora a ver o mais negro futuro para o país inteiro quando seus privilégios são revogados. Até o Cavaliere começou a pensar, com certa relutância, em aposentar-se e voltar para a Inglaterra. Entretanto, não via como poderia safar-se de Palermo. Ainda não. Seu magnífico amigo, de quem tudo dependia, não falava nenhuma língua estrangeira e não poderia compreender, como um diplomata profissional, o duplo sentido da fala da corte. Não podiam deixar o Rei e a Rainha, enquanto o destino do país ainda pendia na balança. Já falara com o Rei, porém o Rei, relatou ele com mais aspereza do que pretendia, cedia a um desalento sem palavras — sempre que as notícias frescas de Nápoles o obrigavam a ignorar o quanto estava se divertindo.

Na verdade o Rei, sempre que se lembrava de esquecer seus prazeres, estava furioso. Nada disso teria acontecido se Nápoles tivesse continuado neutra, berrava ele para sua esposa. Era tudo culpa dela — tudo por causa da parcialidade dela para com os ingleses; isto é, para com a esposa do Cavaliere. A Rainha ouvia as tiradas do Rei em silêncio, o silêncio denso de uma mulher que sabe que, embora seja mais inteligente que o marido, não passa de uma esposa, sujeita aos caprichos dele. Ela — apesar de sua desconfiança intacta pelo povo, por mais que este alardeasse lealdade à família real e à Igreja — estava convencida de que a ocupação francesa e também essa farsa, uma república que passara a existir sob o patrocínio e a proteção da França, não poderiam durar. As pessoas atacavam os soldados franceses que se arriscavam a sair à noite pelas ruelas da cidade. Dois soldados tinham sido assassinados num bordel por clientes do bairro, e uma turba atacara um acampamento francês, conseguindo massacrar doze soldados adormecidos. E além disso, disse a Rainha à esposa do Cavaliere, temos uma aliada, a sífilis. Na época uma horrível enfermidade, que rapidamente matava ou incapacitava, a sífilis, que os italianos chamavam de "doença francesa" e os franceses, "mal-de-nápoles", podia se encarregar de subtrair pelo menos mil soldados.

As atividades do herói, e não os assuntos do Cavaliere, haviam se tornado a principal preocupação da casa. Comandantes de outros navios chegavam para consultar-se com ele. Era necessário organizar a defesa da Sicília, caso Napoleão fosse tentado a invadir a ilha. E o cardeal Ruffo, que viera com eles a Palermo, ofereceu-se para voltar e organizar uma resistência armada contra a ocupação francesa. Sugeriu que se fizesse um desembarque clandestino na costa da sua terra natal, a Calábria, onde possuía diversas e vastas propriedades. Entre seus próprios camponeses conseguiria recrutar um exército; afirmou à Rainha que, com uma promessa de anistia de impostos e o direito à pilhagem irrestrita quando Nápoles fosse reconquistada, esperava conseguir entre quinze e vinte mil homens. A Rainha apoiara o plano de Ruffo, embora, com uma única exceção, ela não confiasse em nenhum de seus súditos. Ela contava mais com um bloqueio britânico de Nápoles, que obrigaria as forças francesas, que já ocupavam uma área demasiado grande, a retirar-se. Depois que os franceses se fossem, os republicanos ficariam sem defesa diante da justa cólera do povo. Graças a Deus — a Rainha se persignava — o povo encontrara um alvo adequado para suas energias sanguinárias.

Até agora o avanço francês rumo ao Sul parara em Nápoles; parecia improvável que Napoleão planejasse atravessar o estreito de Messina. Porém, o medo da revolução chegara a Palermo. Embora ainda não se ouvissem vozes revolucionárias, a aparência dos companheiros de viagem já havia chegado: cabelo mais curto para as mulheres, mais longo para os homens. Observe a evolução dos estilos de penteado na classe instruída! O Rei deu ordens para que qualquer pessoa que aparecesse num camarote na ópera ou no teatro com o cabelo não empoado deveria ser expulso. Os homens que tinham o cabelo comprido até abaixo da orelha deveriam ser presos e ter o cabelo cortado; entre eles, todos os que escreviam artigos ou livros foram presos e suas residências foram revistadas em busca de mais provas de simpatias revolucionárias. Uma dessas provas era encontrar um livro, qualquer livro, de autoria de Voltaire, cuja obra — desde 1791, quando seus restos mortais foram levados ao Panteão numa grande cerimônia apoteótica — agora era sinônimo da causa jacobina.

Estranho pensar que possuir um livro de Voltaire poderia custar ao estimado leitor três anos nas galés. Que caipirão era aquele Rei analfabeto! O Cavaliere, na privacidade de seu gabinete, continuava sentindo a maior admiração pelo sábio de Ferney, que decerto ficaria estarrecido ao saber que se tornara santo padroeiro da revolução e do Terror. Quem poderia ter previsto que a deliciosa zombaria voltairiana quanto às idéias preconcebidas seria um dia tomada como convite para derrubar os arranjos legais em prol da ordem e da estabilidade? Quem, além dos ingênuos ou ignorantes, pensava que devia pôr em prática aquilo que o agradara num livro? (Por acaso sua paixão pelos artefatos da antiga Roma o levara a adorar Júpiter e Minerva?) Infelizmente, alguns de seus ilustres amigos de Nápoles haviam feito exatamente isso. O Cavaliere temia que eles ainda teriam de pagar um pesado preço por sua ingenuidade.

Não, ler é precisamente entrar em outro mundo, que não é o do leitor, e voltar restaurado, pronto para suportar com equanimidade as injustiças e frustrações deste mundo. Ler é um bálsamo, um divertimento — não uma incitação. E ler foi sobretudo o que o Cavaliere fez nessas primeiras semanas enquanto ainda se sentia doente, inclusive reler um ensaio de Voltaire sobre a felicidade. Era a melhor maneira de suportar o exílio, o estar em outro lugar: estar no outro lugar de um livro. E, enquanto se fortalecia, poderia aos poucos estar onde estava.

A diarréia e o reumatismo continuavam deixando-o muito indisposto para acompanhar o Rei, que se retirara para caçar numa de suas propriedades no interior. Porém, os agridoces encantos desta cidade começaram a despertá-lo. Os fulvos palácios que circundavam o porto com suas fantasias híbridas (bizantino-mouro,

mouro-normando, normando-gótico, gótico-barroco). Como pano de fundo, a massa de calcário rosado do monte Pellegrino: podem-se ver as montanhas ou o mar no final de quase todas as ruas. Os jardins de oleandro, esmílace, agave, iúca, bambu, bananeiras e pimenteiras. Palermo, admitiu ele, poderia ser considerada tão bela, à sua maneira, como Nápoles, embora lhe faltasse um vulcão à distância, fumegando sob o céu de um azul brilhante e sem nuvens. (Quem dera fosse alguns anos mais jovem e pudesse planejar uma expedição ao Etna, que escalara apenas uma vez, tantos anos atrás!) Seu senso de beleza voltara a despertar — e, com ele, os velhos hábitos que o definiam como um comprador do belo. Sendo um dos homens mais famosos do reino e conhecendo, pelo menos por correspondência, todas as pessoas notáveis e instruídas da cidade, era assediado com convites para ver, examinar, adquirir. Os colecionadores esperavam excitar sua inveja. Os antiquários desfilavam seus tesouros. Ele olhava, permitia que lhe mostrassem, sentia o tremular do desejo. Mas não adquiria nada. Não era apenas a preocupação com suas finanças que o inibia. Não havia nada de irresistível, não havia nada que ele sentisse que tinha de comprar.

•

O temperamento do colecionador é exigente, cético. A autoridade do colecionador reside em sua capacidade de dizer: não — isso não. Embora haja um acumulador vulgar na alma de todo colecionador, sua avidez deve ser igualada pelo poder das suas recusas.

Não, obrigado. É muito bonito, mas não é exatamente o que eu estava procurando. Quase, mas não é bem isso. O bico do vaso tem uma fissura como um fio de cabelo, o quadro não é tão bom como outro desse pintor sobre o mesmo tema. Quero uma obra mais antiga. Quero um exemplo perfeito.

A alma do amante é o oposto da alma do colecionador. O defeito ou jaça é parte do encanto. Um amante nunca é um cético.

Eis um trio. O elemento mais velho é um grande colecionador que se tornara, tarde na vida, um amante; e cujo instinto de colecionar vem arrefecendo. Um colecionador frustrado que teve de deixar suas coleções fora da sua custódia — abandonando algumas, enviando outras para longe (onde encontraram o destino que o colecionador mais teme), embalando o restante; e que agora vive sem suas coleções, sem o conforto e a distração dos belos objetos, cujo mérito deriva em parte do fato de pertencerem *a ele*. E que não tem tido motivação para acumular mais nada.

Os outros dois são pessoas cujos objetos mais queridos são os que adornam e anunciam sua presença. Emblemas de quem eles são, com o que se importam, como são amados pelos outros. Ele acumula medalhas; ela acumula aquilo que a embeleza, e o que proclama seu amor por ele. Enquanto o Cavaliere, com seu afinado senso para os objetos — a necessidade que têm de respirar, o fato de que inevitavelmente tomam qualquer espaço onde são colocados —, achou que o palácio do príncipe estava saturado com a personalidade do dono e ali não poderia instalar seus próprios tesouros, sua esposa, com sua aprovação, logo espalhou os retratos do herói, suas bandeiras, troféus, porcelanas, canecas e objetos de vidro feitos em sua honra por toda a sua nova residência temporária, transformando-a em mais um museu dedicado à glória do vencedor da Batalha do Nilo. Para ela nenhum espaço era atulhado demais.

O envolvimento do amante com os objetos é o oposto do envolvimento do colecionador, cuja estratégia consiste numa ardorosa auto-anulação. Não olhe para mim, diz o colecionador. Eu não sou nada. Olhe o que eu tenho. Não é belo, não são belos?

O mundo do colecionador fala da existência esmagadoramente grande de outros mundos, energias, esferas, épocas diversas daquela em que ele vive. A coleção aniquila a pequena fatia de existência histórica do colecionador. A relação do amante com os objetos aniquila tudo exceto o mundo dos amantes. Este mundo. Meu mundo. Minha beleza, minha glória, minha fama.

•

No início ele fingira não notar o olhar dela; depois passou a devolver o olhar. Olhares passavam entre os dois como longas e profundas respirações.

A disposição que sentem de entregar-se às emoções fortes, que os faz diferentes do Cavaliere e tão parecidos um com o outro, não significa que compreendessem o que estavam sentindo ou o que deveriam fazer a respeito. O Cavaliere, que não conhecera a paixão até encontrar a jovem que transformara em sua segunda esposa, logo reconhecera o que sentia. Mas é verdade que o Cavaliere não estava interessado em ser compreendido. O herói quer ser compreendido — o que para ele significa receber elogios, simpatia e incentivo. E o herói é um romântico: isto é, sua vaidade era igualada por uma capacidade invulgar de humildade quando suas afeições estavam em jogo. Sentia-se tão honrado pela amizade do Cavaliere, pela amizade e depois o amor (ousava dar o nome de amor) da esposa do Cavaliere. Se sou amado por pessoas deste quilate, então sei que tenho valor. Está enfeitiçado pelos dois, e na companhia deles reluta em pensar mais além de seus sentimentos imediatos de júbilo.

A esposa do Cavaliere sabe o que sente, mas pela primeira vez na vida não sabe o que fazer a respeito. Não pode impedir-se de flertar; é parte da sua natureza tanto quanto seu talento para a monogamia. A lealdade é uma das virtudes que ela pratica com menos esforço — não que seja avessa ao esforço: ela também tem um temperamento heróico. Nenhum dos dois quer ofender, humilhar ou magoar o Cavaliere. Ambos hesitam em prejudicar as idéias mais preciosas que têm sobre si mesmos. O herói é um homem de honra. A esposa do Cavaliere é uma manteúda regenerada cuja genuína devoção e serena fidelidade ao marido atestam que deixou totalmente para trás sua antiga identidade. O herói queria continuar a ser o que sempre fora. Ela queria continuar a ser aquilo em que tão espetacularmente se transformara.

Todos tinham por certo que os dois eram amantes. Na verdade, ainda não tinham sequer se beijado.

Como se por um acordo mútuo, tentavam exaurir sua paixão através de expressões de adulação mútua inteiramente públicas e inteiramente sinceras. Numa ocasião, um jantar para o embaixador russo, ela se inclinou e beijou suas medalhas. Ele não corou. E ele relatava a cada novo convidado os feitos heróicos *dela*, que os outros já tinham ouvido. Tudo o que ela fizera por ele, pela causa britânica. A coragem dela durante a tempestade na saída de Nápoles — não se deitara durante toda a viagem — e sua desprendida ajuda ao casal real: Ela se tornou escrava deles, disse ele. E pronunciar a palavra escrava o emocionava de uma maneira que ele não compreendia. Tornou a repetir: Ela se tornou escrava deles.

Santa Emma, ele a chamava às vezes, com a expressão mais séria no rosto. Paradigma da perfeição! Queria admirar a si mesmo, porém era ainda mais rápido em admirar qualquer pessoa que amava. Admirava seu pai, tinha admirado Fanny, admirava o Cavaliere e agora admirava a mulher que era a esposa do Cavaliere. Dizer que a amava mais do que já amara qualquer pessoa na vida é o mesmo que dizer que a admirava mais do que a ninguém. Ela era a sua religião. Santa Emma! Ninguém ousava sorrir. Porém, os refugiados estavam ficando inquietos. A gratidão ao herói que os guiara na fuga para Palermo fora substituída por resmungos mal-humorados. Ali estavam, encalhados, e ele parecia calmo. Não seria hora de reencontrar a frota britânica no Mediterrâneo e vencer mais uma batalha? Ou voltar a Nápoles, retomar a cidade dos franceses e derrubar o governo-fantoche republicano? Por que tanta demora?

É claro, todos sabiam por quê.

Sempre que ela apresentava uma seqüência das suas célebres Atitudes — o mesmo repertório, a mesma arte fascinante, que até seus críticos mais severos continuavam julgando admirável — ali estava ele, assistindo enlevado, a manga direita estremecendo, nos lábios um sorriso cativante, beatífico. Meu Deus, mas é esplêndido, exclamava. Se as maiores atrizes da Europa estivessem hoje aqui conosco, quanto poderiam aprender com a senhora.

Os convidados trocavam olhares de entendimento. Agora ela não estava apenas personificando Cleópatra; era Cleópatra, seduzindo Antônio; era uma Dido cujos encantos detêm Enéias; uma Armida que enfeitiçou Rinaldo — as narrativas familiares da história antiga e dos épicos que todos conheciam, em que um homem destinado à glória faz uma breve escala no curso de sua grande missão, sucumbe aos encantos de uma mulher irresistível, e fica. E fica. E fica.

A influência das mulheres sobre os homens sempre foi depreciada, temida, por seu poder de tornar os homens gentis, amorosos — fracos; o que significa considerar que as mulheres representam um especial perigo para os soldados. A relação de um guerreiro com as mulheres deve ser brutal, ou pelo menos empedernida, de modo que ele possa continuar preparado para a batalha, pronto para a violência, unido a seus irmãos, resignado à morte. Para que possa ser forte. Mas este guerreiro estava realmente em frangalhos, e precisava de tempo para curar-se e ser cuidado. Levou tempo para consertar e reequipar o *Vanguard*, muito danificado pela tempestade. E sua presença em Palermo era útil. Embora ainda não se sentisse bastante bem para voltar ao mar, continuava ocupado, traçando planos para enviar um esquadrão sob o comando do capitão Troubridge para bloquear o porto de Nápoles. E a esposa do Cavaliere o estava ajudando. Era a glória dele que ela amava. Juntos estão caminhando rumo a um grande destino, para ele. E ela não era uma mulher com a cabeça de um herói no colo mas, à sua própria maneira, também uma heroína.

•

Ele queria agradá-la. Ela queria tão desesperadamente agradá-lo.

Ambição e desejo de agradar — eis duas coisas que não são incompatíveis, para uma mulher. Se você agrada, você é recompensada. Quanto mais agrada, maior sua recompensa. É por isso que a monogamia pode funcionar tão bem para uma mulher. Você sabe a quem precisa agradar.

Agora havia dois homens, o marido e o amigo, a quem a esposa do Cavaliere queria agradar.

As preocupações financeiras do Cavaliere se acumulavam. Fora obrigado a pedir vários empréstimos do amigo do casal, confiando em que poderia devolver o dinheiro assim que sua grande coleção de vasos fosse vendida em Londres; nesse meio tempo ia discretamente vendendo alguns entalhes, pedras preciosas, estatuetas e outros amores menores dentre as antiguidades que salvara de Nápoles. Sua esposa tinha um plano: tentaria ganhar dinheiro para as despesas atuais na mesa de jogo. Mas aquilo que começara como mais um impulso de intervenção em resposta às dificuldades de outrem se transformou numa paixão. Outra paixão. Jogar, beber, comer — todas as suas atividades eram irrefreadas, tornavam-se desejos ardentes. E o desejo aguçado, redobrado de agradar aumentou ainda mais o volume de sua personalidade, seus apetites.

O Cavaliere sabia o que ela pretendia quando jogava *faro* e *hazard* até tarde da noite e começou a contar com seu sucesso, o que transformava numa experiência penosa, quer observá-la, quer ignorá-la. Ele desprezava qualquer coisa em si mesmo que tendesse a implorar: nestas noites costumava retirar-se cedo. O herói permanecia ao lado dela, sussurrava em seu ouvido, sorria beatificamente quando ela ganhava, apostava nela mais uma rodada quando ela perdia. Como era brilhante no jogo, seja ganhando, seja perdendo, pensava o herói. Ninguém jamais teria chance contra ela se não fosse por uma cativante fragilidade que por vezes a deixava um pouquinho confusa. Ele notara que ela ficava tocada depois do segundo copo de conhaque. Que estranho, pensava ele. Se ele próprio tomasse dois copos de conhaque, não ficaria afetado. Tão indiferente à bebida como às cartas (o herói era quase tão abstêmio como o Cavaliere), não compreendia que a rapidez com que ela se embriagava não era sinal de uma suscetibilidade fora do comum e sim de alcoolismo avançado.

Ela é, de fato, uma jogadora talentosa, mas por vezes continua jogando depois de um prolongado período de boa sorte, arriscando seus preciosos ganhos, a fim de mantê-lo perto dela. Pois nunca fica tão confusa a ponto de esquecer a presença elétrica do herói ao seu lado, ou atrás, ou do outro lado da sala conversando, gesticulando e, na verdade, tão consciente dela como ela dele.

Agora que ela sabe o quanto deseja tocá-lo, sua antiga liberdade de tocá-lo se tornara uma aventura contrafeita de gestos delicados, compensatórios. Parando ao pé da escadaria para dar boa-noite aos convidados, ela toca distraída a manga vazia presa ao casaco para tirar um fiapo: notou um pequenino acúmulo de sono no olho direito dele, o olho cego, e só gostaria de poder limpá-lo. Ele imagina o toque sem o braço: quando estão face a face, por vezes ele se sente tombar na direção dela.

Ela observa seus lábios, entreabertos quando ele ouve; quando ele fala, por vezes ela percebe que não escutou nem uma palavra que ele disse. As feições dele parecem tão grandes.

É mais fácil quando não estão face a face, mas lado a lado, tentar interessar-se pelos outros. Direita e esquerda assumem novas inflexões. A direita é o lado em que o herói está mutilado — seu olho imóvel, sua manga vazia. Ela nota que ele invariavelmente se senta à sua direita, de modo a oferecer-lhe seu lado intacto.

Os posicionamentos habituais dão lugar a novas e trêmulas manipulações. Sentado ao lado dela na mesa de jogo, ele percebe que ela está coçando o joelho esquerdo, e deseja que ela pare antes de deixar uma marca em sua adorável pele. (O eczema dela voltou, como acontece de tempos em tempos, mas ele não teria como saber disso.) Sem pensar, ele se inclina mais perto para olhar as cartas que ela segura na mão direita, perto o suficiente para sussurrar um conselho para a próxima jogada, o que — como ele de algum jeito já sabia — faz parar a mão que coçava o joelho debaixo da mesa.

Como são conscientes do corpo um do outro dentro de suas roupas. Como são conscientes do espaço que os separa.

Num banquete, ela percebe que a coxa esquerda dele não pode estar a mais de seis — não, sete — polegadas da sua coxa direita. Estão no meio do quarto prato. Embora ele consiga comer muito bem com seu elegante utensílio de ouro, um talher híbrido de faca e garfo (a lâmina virada para a direita, os dentes para a esquerda) que lhe foi enviado por um admirador após a Batalha do Nilo, ela toma seus próprios talheres, inclina-se para ele, para mais perto dele, e em troca desta audácia, nascida de um desejo intolerável, afasta a perna direita várias polegadas, apertando-a contra sua própria perna esquerda. E cuidando para que seus ombros não se toquem enquanto se põe a cortar a carne no prato dele.

Esta noite ela não é a única pessoa na mesa a importunar-se com a distância entre uma coisa e outra.

Serei eu — uma das convidadas inglesas discorria sobre um estranhíssimo fenômeno que observara —, serei eu a única pessoa neste grupo que viu uma ilhazinha de forma pitoresca em frente à cidade, não muito mais distante do que a nossa bela Capri fica de Nápoles?

Uma ilha?

Mas de Palermo não se vê nenhuma ilha, disse outro convidado.

É o que todos me garantiram, disse afetadamente a srta. Knight.

E quando foi que a senhora viu esta... ilha? Seu inquiridor era lorde Minto, ex-embaixador em Malta e amigo do herói, hóspede da casa há várias semanas.

Não fica visível a maior parte do tempo. Quando o céu está inteiramente sem nuvens, não consigo distingui-la.

Mas a senhora a vê quando o dia está nublado?

Não nublado, lorde Minto, se o senhor quer dizer encoberto. Quando há algumas nuvens ligeiras no horizonte.

Lady Minto riu. Com certeza o que a senhora viu é uma nuvem e achou que fosse uma ilha.

Não, não pode ser uma nuvem.

E por que não, por favor?

Porque tem sempre a mesma forma característica.

A mesa estava silenciosa. A esposa do Cavaliere esperava que o herói entrasse na conversa.

Muito lógico, disse o Cavaliere. Continue, srta. Knight.

Não sei se estou sendo lógica, disse ela. Mas não posso negar o que me dizem meus cinco sentidos.

Muito certo, disse o Cavaliere. Continue, por favor.

Ouso dizer que sou muito persistente, continuou ela, e então pareceu hesitar, como se não tivesse certeza se descrevera aquele traço que tanto admirava em si mesma de uma maneira atraente ou não.

Mas a senhora viu mesmo uma ilha? Uma ilha de verdade?

Sim, lorde Minto, exclamou ela. Vi sim. E depois de vê-la uma dúzia de vezes eu a desenhei, e mostrei meu desenho a alguns oficiais nossos. Eles imediatamente o reconheceram como uma das ilhas Lipari que fica —

Vulcano, interrompeu o Cavaliere.

Não creio que seja este o nome.

Stromboli?

Não, creio que não.

A senhora consegue ver até as Lipari, exclamou a esposa do Cavaliere. Oh, como eu gostaria de enxergar assim longe.

Um brinde à obstinação da srta. Knight, disse o herói. Uma mulher de caráter, e caráter é o que eu mais admiro numa mulher.

A srta. Knight ruborizou-se tanto com esse elogio do herói que a esposa do Cavaliere impulsivamente estendeu o braço e deu-lhe umas palmadinhas na mão. Uma transmissão de sentimentos, onde um elogio inspirado por ela mas dirigido a outra deu-lhe a chance de fazer um contato vicário com a mão do herói.

É totalmente impossível avistar daqui as ilhas Lipari, declarou lorde Minto.

Uma vez que a srta. Knight, depois de ser alternadamente atacada e lisonjeada pelos homens mais importantes da mesa, parecia à deriva em sentimentos femininos auto-silenciadores, o Cavaliere aproveitou a oportunidade para apresentar um relato da base científica das miragens e outras anormalidades óticas — ele vinha lendo um livro sobre isso.

Creio que devemos aceitar a afirmação da srta. Knight quanto a ter visto uma ilha, disse ele, com a voz reluzente de autoridade. Pois lorde Minto não diria que já viu seu próprio rosto? Quer dizer, é claro, com o auxílio de um espelho. Assim a srta. Knight viu uma ilha longínqua nas águas imóveis da baía de Palermo, o reflexo da ilha, projetado da mesma forma que uma câmera lúcida transmite a imagem de um objeto numa superfície plana, porém usando as nuvens, posicionadas em certo ângulo, em vez do prisma de três ou quatro lados da câmera lúcida. Muitos artistas conhecidos meus acham este engenhoso instrumento muito útil para desenhar.

A esposa do Cavaliere observou aos demais que seu marido era especialista em todas as questões científicas. Não tem ninguém, disse ela com firmeza, que sabe mais do que ele.

Mal posso esperar até o próximo dia em que haja nuvens ligeiras para ver essa ilha fantasmagórica da srta. Knight, disse o sr. MacKinnon, um banqueiro. Talvez, se as nuvens estiverem em boa posição, possamos ver nossa Nápoles —

Oh, eu não gostaria de ver nossa Nápoles agora, disse a velha srta. Ellis, que vivera lá durante trinta anos.

Talvez o Cavaliere consiga ver o Vesúvio, disse o herói, alegre. Tenho certeza de que está sentindo falta do seu vulcão.

A esposa do Cavaliere pensava que não é verdade que gostaria de enxergar longe. Tudo o que ela quer ver está bem aqui.

•

Como é possível que não um, mas dois homens fascinantes estejam loucos por ela? Que ambos sejam tão cegos à sua vulgaridade, à maneira desavergonhada como ela os adula?

O herói parecia ainda mais embasbacado, o Cavaliere mais murcho e passivo, ela mais frenética e ansiosa para exibir-se. Na sua vida anterior, em Nápoles, a esposa do embaixador britânico nunca teria pensado em acrescentar uma dança, menos ainda uma dança folclórica de abandono erótico, ao seu edificante repertório de estátuas vivas. Agora ela dança a tarantela diante dos convidados, em Palermo. Para seus conhecidos sicilianos, a maneira como ela rodopia, agita o pandeiro e bate os pés não passa de algo estranho. Ou napolitano. Porém, os convidados britânicos — os refugiados de Nápoles e outros que vieram ficar com eles, tais como lorde Minto, que voltava para a Inglaterra, e lorde Elgin, a caminho de assumir seu posto de embaixador na Turquia — ficavam estarrecidos, e achavam seus modos cada vez mais grosseiros e vulgares.

Seu traje: demasiado berrante. Sua risada: ainda mais alta. Sua tagarelice: mais incessante. Na verdade, ela era incapaz da reserva que as pessoas consideram elegante. Não só era palradora por natureza, mas achava que sempre devia dizer alguma coisa, e a arte das meias palavras lhe era tão estranha como a arte de esconder os sentimentos. Estava constantemente se exibindo, ou lisonjeando seu marido e o amigo do casal.

É claro que o herói a lisonjeava de maneira igualmente escandalosa. A melhor atriz do século. A maior cantora da Europa. A mais inteligente das mulheres. E a mais desprendida. Um modelo. Entretanto, por mais que os dois se igualassem em seus transportes de entusiamo, era ela, por ser mulher, que recebia o julgamento mais severo. Fora ela, acreditavam eles, que o seduzira; fora a sua adulação incessante que lhe conquistara o coração e fizera dele seu escravo. Se ela ainda fosse a beldade mais celebrada da época, como fora uma década antes, a lamentável paixão do herói seria bem compreensível. Mas estar aos pés — disto?

Seus deméritos aumentavam. Mas nada fez com que fosse julgada com tanta severidade como seu fracasso naquilo que se considera a maior e mais feminina realização da mulher: a manutenção e bons cuidados com um corpo não mais jovem. Visitantes do estrangeiro relatavam que a esposa do Cavaliere continuava a engordar; a maioria dizia que ela perdera sua beleza por completo; uns poucos admitiam que ainda mantinha um belo rosto e uma bela cabeleira. Embora isto se passasse várias décadas antes que os românticos inaugurassem o moderno culto da magreza, que acabaria por fazer todos, tanto homens como mulheres, se sentirem culpados por não serem magros, mesmo então, quando não era comum que uma pessoa bem-nascida fosse magra, *ela* não devia ser perdoada por engordar.

Estranho que as pessoas consideradas vulgares sejam também invariavelmente consideradas sem autoconsciência, implicando-se que se elas apenas soubessem de sua aparência ou seu comportamento imediatamente o cortariam: melhorariam sua dicção, se tornariam reticentes e sutis, fariam regime. Essa talvez seja a forma mais bondosa do esnobismo, mas não é menos obtusa por ser bondosa. Tente convencer um adulto de boa índole, autoconfiante, de origem plebéia a abandonar uma rica coleção de maneirismos chamados vulgares, tente — e veja o sucesso que terá. (O Cavaliere tentou, e há muito tempo parou de tentar, e de se incomodar: ele a amava.) Assim, presumia-se que ela não tinha consciência das mudanças em seu corpo. Porém, suas roupas favoritas precisavam ser alargadas de tantos em tantos meses, atividade que agora ocupa boa parte das energias de sua querida mãe, ajudada por Fatima: como poderia ela não saber? E, se ela exagera agora no vestir, é precisamente para dizer: não olhem para mim, olhem para meus vestidos de cetim, meus anéis, meu cinto com pendentes, meu chapéu com plumas de avestruz — uma estratégia de auto-anulação um tanto semelhante à do colecionador, mas consideravelmente menos eficiente. Seus detratores olhavam para as duas coisas.

Nenhuma carta enviada à Inglaterra deixava de fazer um comentário cruel sobre sua aparência. Impossível descrever como ela está horrível. Sua pessoa está simplesmente monstruosa em sua enormidade e continua aumentando dia a dia, escreveu lorde Minto. Eu esperava encontrar alguém de encantos físicos inegáveis, escreveu lady Elgin, mas infelizmente, não. Ela está realmente um trambolho!

Os relatos sobre a perda da sua beleza eram tão extravagantes, tão hiperbólicos, como foram outrora os relatos sobre sua beleza. Era como se as pessoas tivessem sido obrigadas a elogiá-la, a deixar passar sua falta de berço e seu passado indecoroso, porque ela era tão bela. Só porque era tão bela. Mas agora que não era mais o epítome da beleza, todos os julgamentos suprimidos — o esnobismo e a crueldade — ressurgiam. O encanto fora quebrado, e todos se uniam num extraordinário coro de despeito e escárnio.

•

Certo dia de primavera, o Cavaliere anunciou que programara uma excursão a uma vila que pertencia ao príncipe cujo palácio na cidade estavam ocupando.

Ficava na planície a leste de Palermo, onde muitas outras famílias nobres construíram casas de campo durante todo o século; em consideração ao olho defunto do herói, hipersensível à luz, sairiam à tarde, com o sol pelas costas. A esposa do Cavaliere não parava de mudar de lugar na carruagem para ter uma visão melhor dos luxuriantes pomares de laranjeiras e limoeiros. Os dois homens estavam em silêncio, o herói mexendo em seu tapa-olho e saboreando a sensação de ser cuidado, o Cavaliere antecipando o prazer de compartilhar o que aprendera em várias descrições daquela vila, em livros escritos por viajantes britânicos à Sicília. Sabia, porém, que não devia dizer muito agora para não estragar a surpresa que reservava para seus companheiros quando chegassem ao seu destino. E que surpresa seria aquela.

Não há excêntrico como um excêntrico sulista. Até mesmo a espantosa casa de campo semelhante a uma catedral que William, o primo rico do Cavaliere, estava construindo na Inglaterra não poderia rivalizar em insolência com a vila construída pelo falecido meio-irmão do príncipe siciliano. O grande edifício de dois andares, de pedras brancas e rosadas, cor-de-carne, que o trio avistou da carruagem, à distância, não dava nenhuma indicação do singular conteúdo da residência. Sua singularidade só foi anunciada quando chegaram aos portões, guardados por dois monstros agachados, sem pescoço e com sete olhos, e viram à frente uma larga avenida margeada de ambos os lados por pedestais que sustentavam outros seres grotescos.

Ah. Ah, veja.

Hora de o Cavaliere começar seus comentários. À sua esposa, dirigiu a informação de que Goethe visitara aquela vila doze anos atrás, quando saíra de Nápoles para a Sicília, um ano antes da morte do príncipe responsável por essas estátuas que agora estavam vendo (há outras, há outras), e teve algum prazer em observar que a reação do grande poeta fora bem convencional: achara a vila horrorosa e supôs que o proprietário fosse louco.

O que foi isso, exclamou a esposa do Cavaliere.

Passavam rapidamente pelo cavalo com mãos humanas, pelo camelo com duas cabeças de mulher em lugar de corcovas, pelo ganso com cabeça de cavalo, pelo homem de cujo rosto saía uma tromba de elefante e cujas mãos eram garras de abutre.

Alguns espíritos guardiões do falecido príncipe, disse o Cavaliere.

E aquilo!

Aquilo era um homem com cabeça de vaca montado num gato selvagem com cabeça de homem.

Vamos parar a carruagem, disse o herói.

Vamos ver muito mais do que isso, disse o Cavaliere. Apontou para a orquestra de macacos com tambores, flautas e violinos que os fitava da beirada do telhado da vila. Vamos continuar.

Lacaios estavam a postos para ajudá-los a descer da carruagem, e um homem atarracado de libré negra, o camareiro, aguardava-os no limiar da grande entrada.

Nunca vi libré negra, murmurou o herói.

Quem sabe ele ainda está de luto por seu amo, disse a esposa do Cavaliere.

O Cavaliere sorriu. Eu não me surpreenderia, minha querida, se você tivesse razão.

Do lado de fora da porta de entrada (empenada, lascada) um anão com a cabeça coroada de louros como um imperador romano cavalgava um golfinho. A esposa do Cavaliere deu umas palmadinhas na cabeça do anão. Há mais lá dentro, disse o Cavaliere, embora a vila já esteja muito espoliada. Seguiram o camareiro subindo uma escadaria bastante suja e chegaram ao primeiro andar, passando por corredores e ante-salas, com mais criaturas compostas e estranhos casais.

Ah, veja!

Um pavão de duas cabeças cavalgando um anjo agachado.

Meu Deus!

Uma sereia com patas de cachorro copulando com um veado.

E veja isto!

A esposa do Cavaliere parara diante de duas figuras sentadas, suntuosamente vestidas, jogando cartas, uma dama com cabeça de cavalo, e um cavalheiro com cabeça de grifo usando peruca e coroa.

Eu gostaria de ter cabeça de cavalo por um dia, exclamou ela. E ver que tal seria.

Ah, disse o herói. Com certeza a senhora seria um belíssimo cavalo.

Eu só gostaria de ver a cara dos nossos convidados quando você se sentasse para jogar *faro* com uma cabeça dessas, disse o Cavaliere. Com certeza você ganharia todas as partidas.

A esposa do Cavaliere fez uma sonora imitação do relincho de um cavalo, e os dois homens caíram na gargalhada.

O Cavaliere estava pronto para participar das zombarias dirigidas aos caprichos do falecido príncipe, unir-se a sua esposa e ao amigo. Mas queria ter certeza de que o divertimento deles era tão saturado de conhecimentos como o seu próprio. Onde quer que estivesse, o Cavaliere tinha a tendência de colocar-se no papel de guia ou mentor. Num funeral, teria dado uma palestra a um companheiro de luto sobre a história da estatuária fúnebre. Que excelente antídoto contra a ansiedade ou a dor pode ser a nossa própria erudição!

Estimulado pela inclinação do príncipe por cavalos com os membros ou a cabeça de alguma outra criatura e seres humanos com cabeça de cavalo, o Cavaliere começou a contar a história de Quíron, Pégaso, e outros extraordinários cavalos da mitologia antiga. Valia a pena notar que esses mutantes eram sempre criaturas semidivinas. Lembre-se do sábio tutor de Aquiles, meio cavalo, meio humano. Ou o hipogrifo, filho de um grifo e uma égua, e que em Ariosto é um símbolo do amor.

Amor. A esposa do Cavaliere ouviu a palavra ressoar no silêncio sepulcral da vila. *Ela* não a pronunciara. Nem o amigo do casal.

O Cavaliere não está realmente pensando sobre o amor, mas a palavra parece um bom talismã contra a violência perturbadora de sentimentos expressa nas grotescas invenções com que o príncipe povoara a vila e suas terras.

O amigo também tentava esquivar-se ao pensamento do amor, e arriscou uma pequena contribuição de sua lavra àquela erudita discussão. No Egito, disse o vencedor da Batalha do Nilo, contaram-me sobre uma imensa estátua que é uma criatura com cabeça e peito de mulher e os membros inferiores de um leão. Deve ser uma coisa aterrorizante de se ver, agachada na areia.

Sim, sim, já li sobre isso! Ela espera os viajantes que passam, faz eles pararem e mata eles. Só os que conseguem responder a uma charada, esses ela poupa.

Esta é outra criatura cruel, minha querida, disse o Cavaliere delicadamente. Mas eu não ficaria surpreso se nós encontrássemos essa sua Esfinge ou a esfinge egípcia, ou algo parecido, aqui nestes salões, entre os companheiros de pedra do príncipe. Vamos procurá-la?

E vamos pensar numa charada para lhe propor, exclamou a esposa do Cavaliere.

Passaram para outra sala, chamando um ao outro enquanto encontravam mais cenas com seres deformados e mal emparelhados, com o camareiro sempre andando atrás, num silencioso reproche à alegria do trio e a seu desejo de condescender ao que estavam vendo.

A imaginação humana sempre foi atraída pela fantasia de alianças biológicas descabidas, e pela realidade de corpos que não têm a aparência que devem ter, que conseguem suportar suplícios que os corpos não conseguem suportar. Os pintores gostavam de inventar tais criaturas quando tinham pretexto. Os circos e as feiras os exibem: monstros, mutantes, pares disparatados, animais fazendo números que violam sua natureza. O Cavaliere pode não ter conhecido Bosch e Bruegel quando tratavam do inferno ou das tentações de santo Antônio, mas já vira representações menos inspiradas dessas montagens anatômicas chamadas demônios ou monstros. Se contivesse apenas essas criaturas monstruosas em cada canto, a residência do príncipe não seria tão original. Ainda mais espantosa era a profusão de objetos fantasiosos, ameaçadores — não, monstruosos.

Lâmpadas com formato de uma perna ou braço humano ou animal.

Mesas construídas de cacos de azulejos e altas demais para ter qualquer utilidade.

Colunas e pirâmides, mais de quarenta, feitas de vários tipos de porcelana e cerâmica; uma delas tem como base um urinol, no topo um círculo de vasinhos de flores e a coluna, de quatro pés de altura, inteiramente composta de xícaras de chá que vão diminuindo de tamanho desde a base até o capitel.

Lampadários cujos componentes, suspensos como brincos em várias camadas, fossem os fundos, pescoços e alças de garrafas e barômetros quebrados.

Candelabros de mais de três pés de altura, construídos a esmo com pedaços de sopeiras, pires, tigelas, jarros, chaleiras, balançando perigosamente. Examinando um deles mais de perto, o Cavaliere viu, surpreso, que entre os cacos de humildes objetos de cozinha colados aleatoriamente havia segmentos de porcelana de qualidade excepcional.

Vasos, cada um dos quais lança do ventre ou da base uma voluta ou uma criatura mutante.

Por fim o Cavaliere começou a sentir um mal-estar, quando a impressão do grotesco foi substituída pela impressão de um imenso sarcasmo. Estava preparado para o grotesco. Não estava preparado para reconhecer que o temperamento do príncipe era uma variante demente do colecionador — embora aquilo que esse colega colecionador havia reunido não fossem objetos encontrados nem comprados, porém fabricados segundo seus desenhos. Colar fragmentos de caríssima porcelana junto com lascas de objetos de cozinha — não era apenas um eco zombeteiro da democracia dos objetos encontrada em muitas coleções aristocráticas, tais como a da duquesa de Portland, que exibia finas pinturas ao lado de conchas e ramos de coral. Como qualquer colecionador, o príncipe se rodeara de coisas para as pessoas notarem, se maravilharem, quando o visitavam. Essas coisas o definiam. Ele era, acima de tudo, o proprietário desses objetos — que falavam por ele, que anunciavam a maneira como ele via o mundo. Eles não diziam aquilo que o Cavaliere, como todos os grandes colecionadores, desejava dizer com os objetos: veja quanta beleza e interesse há no mundo. Eles diziam: o mundo é louco. A vida comum é ridícula, se você a observar de alguma distância. Qualquer coisa pode se transformar em qualquer outra coisa, tudo pode ser perigoso, tudo pode despencar, desmoronar. Um objeto comum pode ser feito de... qualquer coisa. Qualquer forma pode ser deformada. Qualquer propósito comum a que servem os objetos pode ser frustrado.

Quanta coisa havia! Enquanto o trio seguia o camareiro de sala em sala, a capacidade deles de reagir ao que viam começou a ceder sob o peso emocional, sob a absoluta profusão de objetos eloqüentes. Como qualquer colecionador obcecado, o príncipe não conseguia ter tudo o que cobiçava. Como um colecionador, vivia num espaço atulhado — os objetos se acumulavam, se multiplicavam. E o príncipe concebera uma maneira de fazê-los se multiplicarem mais ainda.

Foram levados ao grande salão, uma das muitas salas cujo teto, paredes, portas e até fechaduras eram recobertas de espelhos.

Cadê os monstros, perguntou a esposa do Cavaliere. Aqui não tem monstro nenhum.

O Cavaliere explicou que algumas das criações mais fantasiosas do falecido príncipe já tinham sido levadas embora e destruídas por seu meio-irmão, o atual chefe da família, que não apreciava a contínua notoriedade da vila.

Criados vinham trazendo o chá, servindo-o num grande carrinho feito de centenas de pedaços serrados de antigas molduras douradas, entalhadas em diferentes estilos. O camareiro vestido de negro ficara mais animado desde que entraram nesta sala.

Ah, se o senhor tivesse visto a vila no tempo em que meu falecido amo era vivo, exclamou ele. Todos os candelabros acesos, o salão cheio de amigos de Sua Alteza, dançando e se divertindo.

O príncipe dava bailes? perguntou bruscamente o Cavaliere. Isso me surpreende. Pensei que um homem com seus gostos e seu temperamento preferiria a reclusão.

É verdade, Excelência, disse o camareiro. Meu amo preferia ter a vila só para si. Mas sua esposa por vezes ansiava por companhia.

Sua esposa, exclamou a esposa do Cavaliere. Ele tinha esposa?

Eles tinham filhos? perguntou o herói, que não pôde deixar de pensar que uma mulher grávida confinada neste ambiente daria à luz um monstro.

A meu amo não faltava nada que faz um homem feliz, disse o camareiro.

Isso é difícil de se imaginar, pensou o Cavaliere, que começara a examinar a sala.

Permitam-me sugerir humildemente, disse o camareiro, que Suas Excelências não se sentem —

Não se sentem?

Ele apontava. Ali.

Ah. De fato, havia pouco incentivo para isso. Não em cadeiras com pernas em diferentes comprimentos, garantindo que nelas ninguém se sentaria.

Nem ali, observou o herói, sacudindo o braço para outras cadeiras normais, agrupadas de costas uma para a outra. Nada sociáveis, não é mesmo?

Nem ali, continuou o camareiro solenemente, indicando três belas cadeiras ornamentadas e dispostas da maneira convencional, de modo que os convivas pudessem olhar um para o outro.

E por que não, perguntou a esposa do Cavaliere, lançando-lhe um olhar na linguagem familiar da cumplicidade marital.

Se Sua Excelência tocar numa dessas cadeiras...

Ela avançou em direção a ela.

Cuidado, Excelência!

Ela passou a mão cheia de anéis no assento forrado de veludo e caiu na gargalhada.

O que é, perguntou o herói.

Tem um prego saindo pela almofada!

Quem sabe, disse o Cavaliere, vamos dispensar o chá e sair para o parque. Está um belo dia.

É o que meu amo teria desejado, disse o camareiro.

O Cavaliere, achando desagradável o tom do camareiro, que desde sua chegada lhe parecera levemente impertinente, virou-se com um olhar de reprovação para fazer um gesto para dispensá-lo (uma das raras ocasiões em que se olhava de perto o rosto de um criado), e só então notou que o homem tinha um olho de um azul-aço e o outro de um castanho lustroso — combinando com os objetos híbridos que o falecido príncipe concebera.

A esposa do Cavaliere, treinada por anos de dedicação feminina a observar cada mudança na atenção do marido, viu de imediato o que ele estava observando. Quando o camareiro inclinou-se gravemente e foi recuando para a porta, ela murmurou algo para o herói, que sorriu, esperou que o camareiro saísse e então disse que ficaria feliz de ter um olho castanho e outro azul se pudesse enxergar com ambos. A esposa do Cavaliere exclamou que ele ficaria bonito com olhos de cores diferentes.

Que tal sair, disse o Cavaliere.

Perdoe-me se eu não acompanhá-los por um momento, disse o herói, que parecia um tanto pálido. Estava cansado, muitas vezes ficava cansado. Parecia um esforço até mesmo recolocar o tapa-olho no seu pobre olho, para protegê-lo do tórrido fulgor do sol siciliano.

Por favor, fique com nosso amigo, disse o Cavaliere a sua esposa. Vou gostar de olhar o jardim sozinho.

Contudo, antes de deixá-los não pôde resistir a fazer mais uma observação, para ter certeza de que eles apreciavam integralmente a originalidade da sala em que estavam.

Olhando para o teto, para os painéis irregulares de espelhos enfumaçados, explicou que o predomínio dos espelhos era o que ele considerava a maior novidade na concepção do príncipe. Eu mesmo já pensei, disse ele — e logo parou, desgostoso, lembrando-se da parede espelhada e do panorama perdido de seu observatório em Nápoles.

E notem, continuou ele, abafando a dor, notem com que habilidade foi feito. Partir grandes espelhos numa multidão de espelhinhos, cada um de um tamanho, e depois encaixá-los engenhosamente cria efeitos sem dúvida bizarros. Como cada um faz um pequeno ângulo com o outro, o efeito é de multiplicação, de modo que nós três caminhando aqui em baixo formamos trezentos caminhando lá em cima. Mas creio que esta abundância de efeitos é preferível à monotonia que seria o resultado se se recobrisse uma sala tão vasta com painéis inteiros.

A esposa do Cavaliere e o herói ouviam com atenção e respeito. Ambos estão genuinamente interessados no que o Cavaliere tem a dizer. Ao mesmo tempo, vêem um ao outro — espionam um ao outro — enquanto o Cavaliere continua falando. Uma sala espelhada é uma terrível tentação. Mais ainda uma sala com um teto de espelhos partidos, facetado como o olho de uma mosca, onde eles vêem a si mesmo multiplicados, superpostos, deformados — porém as deformidades criadas pelos espelhos só os fazem rir.

E quando o Cavaliere saiu para olhar outras salas e dar um passeio pelo parque, e eles percebem que agora estão só os dois, quando papai saiu e as crianças ficaram sozinhas no parque de diversões, ali permanecem em silêncio, a dama gorda e o homem baixo de um braço só, e tentam olhar apenas para os espelhos, porém um repente de felicidade que parece não ter fronteiras, um êxtase sem limites, os envolve, e exaustos pela tensão do desejo, hílares de felicidade, viram-se um para o outro e beijam-se (e beijam-se e beijam-se), e a virada e o beijo se estilhaçam, multiplicados nos espelhos lá em cima.

•

Neste ambiente que fala de reclusão, de recusa aos sentimentos comuns, onde o único romance se dá com os objetos, duas pessoas que há muito tempo se amam cederam à mais comum e poderosa das paixões, da qual não há volta.

Para o Cavaliere outra revelação se preparava. Já saíra há quase uma hora, tempo suficiente para deixar sua esposa e o amigo saborear inteiramente a força que haviam liberado e, constrangidos ao verem como era poderosa, querer ir procurá-lo. Encontraram-no no parque, sentado num banco de mármore, de costas para o hibisco escarlate e a buganvília carmesim que subiam por um muro baixo coroado por outros monstros, e ouviram-no descrever numa voz estranhamente apagada outra figura curiosa que observara no caminho para o parque: um Atlas cujo dorso musculoso se curva sob o peso de um barril de vinho vazio. Não puderam deixar de pensar, sentindo-se culpados, se aquele estado de espírito sombrio significava que ele adivinhara o que acabara de acontecer. Porém, já há algum tempo o Cavaliere não pensava em seus companheiros, em absoluto.

Quando descera por um lado da monumental escadaria externa dupla e chegara aos fundos da vila, ainda pensava neles. E então algo que viu o fez perder-se, e com isso perdê-los também.

Foi na capela do príncipe. Assim que o Cavaliere entrou naquele interior úmido, parou em meio a um passo. Alguma coisa, sentiu ele, movia-se lá no alto. Provavelmente um morcego — ele detestava morcegos. Percebeu então que era muito grande, e estava apenas balançando; havia algo pendente do alto teto dourado, agitando-se com a brisa da primavera que ele deixara entrar ao abrir a porta. Conseguiu agora discernir o que era. Uma figura entalhada em tamanho natural de um homem ajoelhado, ajoelhado sobre o nada, em oração. Quando os olhos do Cavaliere se acostumaram à luz fraca, viu que o homem balançava no vazio pendendo de uma longa corrente presa ao topo da sua cabeça. E esta corrente continuava até um gancho que fora aparafusado no umbigo de um grande Cristo pregado à sua cruz, preso no teto horizontalmente. Tanto o Crucificado como o suplicante suspenso no ar eram pintados em cores de um realismo perturbador.

A blasfêmia não poderia afligir este fervoroso ateu. Mas o medo, sim, poderia, sua própria punhalada de medo ao ver o homem pendurado, e a expressão de um medo inconsolável em outro. Aqueles amontoados de pessoas e objetos grotescos não significavam que o príncipe era louco. Significavam que tinha medo.

Aquele foi mais ousado que eu, pensou o Cavaliere, fugindo da capela para esperar sua esposa e o amigo. O príncipe levara a curiosidade e a avidez do colecionador até o estágio terminal, onde o apego aos objetos dá vazão a um ingovernável espírito de escárnio. Tinha muita razão para ter medo e, portanto, queria zombar de seus medos. Sob o peso de seus objetos, ele se abaixara, caíra, fora fundo em seus próprios sentimentos e, naturalmente, ao descer bem fundo, chegara ao inferno.

•

O Cavaliere por fim soube, através de Charles, da perda de seus vasos no *Colossus* no último dia 10 de dezembro. Sua coleção já estava sob o mar quando ele próprio fazia sua perigosa travessia. Ah, se eles tivessem salvado alguns de seus baús, apenas alguns! Pois ficou sabendo que a única arca do porão que os marinheiros decidiram salvar, pensando que continha um tesouro, revelou, quando aberto, conter um almirante britânico preservado em álcool, que estava sendo remetido para ser enterrado na Inglaterra. Dane-se o corpo, escreveu o Cavaliere a Charles.

A morte dos objetos pode desencadear uma dor ainda mais desnorteante do que a morte de uma pessoa amada. As pessoas têm de morrer, por mais difícil que seja manter isso em mente. Quer se viva com tediosa prudência, como fazia agora o Cavaliere, quer se corteje a morte, como fazia seu glorioso amigo cada vez que entrava numa batalha, o fim é o mesmo, inevitável. Porém, objetos tão duráveis e antigos como os magníficos vasos do Cavaliere, especialmente tais objetos, que já sobreviveram a tantos séculos, oferecem uma promessa de imortalidade. Uma das razões pelas quais nos apegamos a eles, os colecionamos, é que não é inevitável que eles algum dia sejam subtraídos do mundo. E quando esta promessa se quebra, por acidente ou negligência, nossos protestos parecem sem sentido. Nossa dor um tantinho indecente. Porém, o luto, que amplifica a dor e assim a aplaca, tem de ser feito.

A incredulidade é nossa primeira reação à destruição de algo que estimamos profundamente. Para começar o trabalho de luto, devemos superar o sentimento de que isso não está acontecendo ou não aconteceu. Estar presente no desastre ajuda. Tendo presenciado o definhar de Catherine, tendo se inclinado sobre ela em seu último suspiro, ele vira que sua infeliz esposa cessara de existir; enlutara-se, perdoara Catherine por morrer, e encerrara o luto. Se seus tesouros tivessem partido num incêndio em sua própria casa, se houvessem sido devorados pela lava, cuja investida ele vira com seus próprios olhos, saberia como elaborar o luto devido aos objetos queridos; o luto faria o seu trabalho — e terminaria, antes que ele ficasse irremediavelmente ferido pela injustiça da perda.

O que não acontece diante dos nossos olhos deve ser aceito em confiança. E a confiança, para o Cavaliere, está escasseando. Saber que seus tesouros se perderam meses atrás, e tão longe, não era diferente de ficar sabendo da morte, também distante no tempo e na geografia, de uma pessoa querida. Uma tal morte traz uma peculiar marca de dúvida. Ficar sabendo um dia que alguém que partiu para o outro lado do mundo, e que você espera reencontrar de um momento para o outro, na verdade já morreu há muitos meses, durante os quais você continuou sua vida, inconsciente dessa subtração que ocorreu, é algo que zomba do caráter irrevogável da morte. A morte se reduz à notícia. E a notícia é sempre um pouco irreal — motivo pelo qual conseguimos assimilá-la em tamanhas quantidades.

O Cavaliere lamentou a perda de seus tesouros. Porém, um luto que começa de uma maneira tão póstuma, e em tais condições de dúvida e descrença, não pode ser experimentado na íntegra. E, como não conseguia realmente prantear, encolerizou-se. Seus poderes de recuperação, sua resistência, já tinham passado por um severo teste, um teste como nunca sofrera antes, nas desalentadoras semanas após sua chegada a Palermo. Mas conseguira reanimar-se e retomar, em escala menor, alguns de seus velhos prazeres. A perda de seus tesouros foi um golpe definitivo. Sentiu aumentar a amargura, logo ele que nunca antes cultivara a idéia de que poderia não ser um homem de sorte.

O mundo do Cavaliere está encolhendo. Ansiava por estar de volta à Inglaterra, apesar de que este retiro provavelmente não seria tranqüilo: devia a seus banqueiros quinze mil libras, que esperava pagar, em boa parte, com a venda de sua coleção de vasos. (Teria de pedir mais dinheiro emprestado de seu amigo, que tem muito menos que ele mas é tão generoso.) Entretanto, sentia que ainda não podia sair de Palermo. Se havia alguma chance de que a primeira capital do reino fosse devolvida ao Rei e à Rainha nos meses vindouros, valia a pena esperar. Sua vida em Nápoles nunca poderia ser restaurada, mas pelo menos os que destruíram sua felicidade e causaram todas essas perdas seriam punidos.

A distância o traiu. E o tempo é seu inimigo. Sua concepção do tempo, e da mudança, tornou-se a da maioria das pessoas idosas: ele odeia a mudança, já que para ele — para o seu corpo — qualquer mudança é para pior. E, se deve haver mudança, então ele quer que aconteça depressa, para que não tome muito do tempo que lhe resta. Está impaciente para descarregar sua raiva. Acompanha as notícias de Nápoles, e reúne-se muitas vezes com o casal real e seus ministros. A virtude da paciência, própria de um diplomata, a arte de esperar que os acontecimentos amadureçam, já o abandonou por completo. Ele quer que tudo aconteça logo, para que possa estar livre, livre para deixar esta horrível Palermo e voltar para a Inglaterra. Por que tudo acontece tão devagar?

Para a esposa do Cavaliere e o herói o mundo também encolheu, porém no sentido mais exaltador. O mundo reduziu-se a eles dois. Qualquer mudança na situação atual implica a possibilidade da separação. E a esposa do Cavaliere está começando a gostar de Palermo, porém ela é a única do trio que tem em si algo do Sul.

Não mude nada!

Em maio o herói deixou Palermo pela primeira vez desde a chegada do grupo, seis meses antes, levando seu esquadrão para além da extremidade ocidental da Sicília, para ver se conseguia detectar novos movimentos da armada francesa. Garantiu a seus amigos que se ausentaria por apenas uma semana. As águas estão calmas. O tempo, excelente. A dor, não mais aguda que de costume, no toco do braço direito lhe diz que não haverá tormenta.

O Cavaliere alegrou-se com este sinal da recuperação do amigo. E a mulher considerada responsável pela inação do herói também se rejubilou com essa prova de sua renovada saúde. Fazendo-o feliz ela também lhe restaurava a energia e este também era o ponto principal; que ele pudesse voltar à guerra e conquistar para a Inglaterra uma glória ainda maior, vitórias ainda maiores. Mesmo assim ela achou a partida dele insuportável. As cartas diárias que escreviam cruzavam rapidamente o espaço que os separava. Mas despachar coisas preciosas, soltá-las no vasto mundo, é sempre um pouco triste, mesmo quando há pouca chance de que elas se percam. Confirma a distância e a separação. Ela não sentiu a partida dele como algo inteiramente real até a primeira vez que lhe escreveu, algumas horas depois. A consciência de que ele não estava longe, de que não ficaria longe tanto tempo, perdeu então todo o seu poder de consolar. Na verdade, o doloroso é saber que logo ele estará segurando a carta, lendo-a. Ela olhava fixo para a carta, pássaro que vai voar até o seu peito. Deveria entregá-la ao tenente de rosto radiante que espera com deferência no umbral do salão, que irá galopar rumo ao Oeste as cem milhas que os separam e colocá-la na mão dele. Mas ela não quer cedê-la, não quer perder a carta, que poderia estar com ele amanhã, enquanto ela está aqui e não pode estar com ele; e, vencida por uma sensação de perda tão estonteante, rompeu em lágrimas. De repente o espaço e o tempo não fazem sentido para ela. Por que tudo não está aqui? Por que tudo não acontece já?

•

O Cavaliere se apaixonara pela mulher que transformara em sua esposa, fascinara-se com seus talentos e encantos, a amara, ainda a ama profundamente; mas, ao contrário do herói, não a adorava. Quando ela entrou na casa dos trinta, passou a desejá-la menos. Há quase dois anos não faziam amor. O Cavaliere se perguntava se ela se importava muito com isso. Muitas vezes a mulher não lamenta quando o desejo do marido termina. Ela nunca o recriminou; e da parte dele não diminuiu a confiança, a admiração, a dependência — todas as coisas que recebem o nome de amor — nem seu prazer em ser bondoso com ela. Mas era a beleza dela, sua beleza sem rival, que ele desejara.

O herói a amava como ela era. Exatamente como era. E isso fazia do seu amor aquele que a grande beldade de outrora sempre quisera. Ele a achava majestosa.

Lá fora, no mundo, ambos adotaram corajosas fachadas para sua aparência menos que ideal. Aqui, dentro do seu amor, a honestidade se torna possível. Já tiveram seus momentos de ternura confessando o constrangimento que sentem acerca de seus corpos. Ele disse que temia que ela achasse seu toco de braço repulsivo. Ela lhe disse que seus ferimentos o faziam ainda mais querido a seus olhos. Ela confessou que ficava constrangida por ser tão mais alta do que ele, e que esperava que ele não se importasse, pois faria qualquer coisa para agradá-lo, pois ele merecia a mulher mais bela do mundo. Ele lhe disse que a considerava sua esposa. Juraram seu eterno amor. Assim que o divórcio ou a morte (palavra que não podia ser pronunciada) os libertasse, iriam casar-se.

O herói nunca antes conhecera o êxtase sexual. E também ela experimentou uma felicidade sem precedentes no seu amplexo. Fez com que ele lhe contasse sobre todas as mulheres com quem já dormira; não havia muitas. Um homem que precisa admirar para desejar decerto levou uma vida sexual modesta. Ele, ainda mais inclinado ao ciúme do que ela, não suportava perguntar-lhe sobre os homens antes do Cavaliere. (Ela ainda não lhe contara que tinha uma filha.) Ele confessou que tinha ciúmes do Cavaliere. Vive obsedado pelo medo de perdê-la. Ela o faz tremer.

Todos foram apanhados em algum tipo de ilusão.

O término de sua vida sexual não tornara o Cavaliere tão insensível às correntes eróticas que fluem entre os outros a ponto de deixar de notar o que acontecera entre sua esposa e o amigo. Na verdade, como todo mundo, ele tinha por certo que os dois eram amantes vários meses antes da excursão à vila dos monstros. Sempre soubera, e um homem que esposa uma beldade trinta e seis anos mais jovem teria de ser um tolo para não saber que algum dia isso iria acontecer. E ele não consegue inocentar-se pelo abandono sexual em que deixou a esposa nos últimos anos, embora não seja realmente sua culpa, diz ele a si mesmo. Pode apenas congratular-se pelo fato de que sua esposa nunca, até agora, lhe dera a mínima causa para ciúme, ou ensejo para humilhação pública; e que, depois de tantos anos de casamento, o afeto dela dirigira-se à pessoa a quem, depois dela, o Cavaliere mais se sente apegado, no mundo todo.

Ao contrário da esposa e do amigo, o Cavaliere não tende a esquivar-se ao peso da lucidez. Está totalmente lúcido acerca dos dois. O ponto em que se engana, porém, é quanto a suas próprias reações. Não tinha consciência de sentir ciúmes, ressentimento ou humilhação. Já que tais sentimentos não seriam nada razoáveis, como poderia ter consciência deles? Ele crê que não deveria se importar. Assim sendo, não se importa. Porém, se importa, pois sabe que sua esposa sente uma emoção que nunca sentiu por ele. Este auto-engano — essa tendência a viver além das suas possibilidades psicológicas e também financeiras — faz parte do desgastado talento do Cavaliere para a felicidade, de seu desejo de não se deixar desencorajar por nada além do indesejável em estágio terminal. Uma pessoa com o temperamento do Cavaliere já está mantendo à distância uma boa dose de raiva e de medo. Era especialista em descartar sentimentos perigosos.

Pelo fato de enganar-se quanto a seus próprios sentimentos, tem mais facilidade de equivocar-se quanto à sua capacidade de enganar os outros. Com a curiosa inocência dos obcecados, o Cavaliere imagina que enquanto continuar fingindo que não sabe conseguirá silenciar as especulações alheias. Está apostando na sua reputação de judicioso homem do mundo: se um tal marido parece convicto de que não há nada de ilícito na amizade de sua esposa com outro homem, então os outros acreditarão em sua dissimulação, na qual ele sabe que é perito, e não nas próprias desconfianças. Uma vida inteira passada entre governantes deu ao Cavaliere uma rica experiência quanto ao poder que têm as mentiras de desviar a atenção de uma realidade infelicitadora, do poder dos desmentidos de prevalecerem sobre a desagradável verdade. Esta será apenas uma aparência a mais, em que ele finge não saber de um fato inconveniente. Não lhe ocorre que quanto mais ele nega aquilo que está acontecendo, mais ele parecerá ludibriado.

O Cavaliere não vê como já está sendo visto, e será considerado pelo resto da sua vida, e mais além: como um renomado corno. Tampouco o herói é capaz de ver aquilo que se tornou aos olhos dos outros, e como será julgado: em parte Lawrence da Arábia, salvador voluntário de governantes nativos incompetentes; em parte Marco Antônio, amante autodestruidor, autor de sua própria ruína.

Ao contrário do Cavaliere, este pelo menos sabia o que estava sentindo. Contudo, tinha dificuldade em compreender os sentimentos alheios quando eram negativos acerca de sua pessoa. As únicas atitudes negativas que conseguia compreender eram o descaso e a indiferença. De costume o último a saber quando alguém o criticava — tinha um forte sentimento da sua própria retidão —, não percebe que está sendo alvo de zombaria e piedade; que seus oficiais e todos os seus homens consideram que seu adorado comandante foi enfeitiçado por uma sereia. Tampouco percebeu o quanto seus superiores no almirantado estavam insatisfeitos com sua conduta: autorizar a absurda marcha napolitana sobre Roma, desviar recursos para evacuar a família real e retardar a retomada da guerra contra os franceses, permanecendo em Palermo, dando prioridade a recolocar no trono o Rei e a Rainha. Erro de julgamento? Não, abandono de qualquer julgamento, em virtude de uma razão pessoal que era motivo de mexericos gerais.

Até mesmo a esposa do Cavaliere, que dos três era a de visão mais clara, à sua maneira também se enganava. Depois de ter uma experiência tão profunda da generosidade do Cavaliere, não consegue acreditar que aquilo tudo não dará certo. Ambos amavam o Cavaliere. Ele os amava a ambos. Por que não haveriam de viver sempre juntos, tendo o Cavaliere como o bom pai. Serão uma família invulgar, mas ainda assim uma família. (A esposa do herói lá na Inglaterra não entrava na equação.) Ousava até ter esperanças de engravidar, depois de todos aqueles anos infrutíferos com Charles e o Cavaliere.

Recentemente sonhara que estava acompanhando o Cavaliere subindo a encosta de um vulcão, como nos velhos tempos. Mas não parecia o Vesúvio. Não, devia ser o Etna. Pelo visto já sabiam que uma pequena erupção começara algumas horas antes; e depois de algum tempo o Cavaliere sugeriu que parassem para comer e descansar, e esperar que a erupção amainasse. Ela tirou a blusa suada e colocou-a para secar; como era delicioso o vento na sua pele; comeram pombos assados numa fogueira que o Cavaliere armou, e como eram suculentos. Continuaram então subindo a encosta, os pés lutando para esmagar a cinza quente, e ela começou a ficar apreensiva quanto ao que veria quando chegassem ao topo. Não seria perigoso se o vulcão continuasse em erupção? E isso de fato estava acontecendo, apesar das palavras tranqüilizadoras do Cavaliere. Alcançaram agora o pináculo, e a sinistra abertura da cratera se escancarava diante deles. O Cavaliere lhe disse para ficar onde estava e chegou mais perto. Parecia estar se aproximando demais. Ela queria chamá-lo, dizer que tomasse cuidado. Mas quando abriu a boca não saiu nenhum som, embora se esforçasse até a garganta doer. O Cavaliere estava bem na beira da cratera. Ia se transformando em algo negro, como as páginas queimadas de um livro. Virou-se, olhou para ela e sorriu. E então, justo quando ela encontrou voz para gritar, ele pulou no abismo em chamas.

Forçando-se a sair daquela cena horripilante, ela conseguiu romper o teto do sono e emergiu na cama, ofegante, banhada de suor. Eu ficaria então viúva. O sonho fora tão vívido. Sentiu um impulso de vestir-se e ir ao quarto do Cavaliere para tranqüilizar-se, vendo se ele estava bem. E, ao perceber o que estava imaginando, ficou abalada, chocada, envergonhada. Será que isso significava que ela desejava a morte do Cavaliere? Não, não. Tudo ia dar certo.

•

Outra noite — tarde, muito tarde. Os convidados já devem ter partido, pensou o Cavaliere, que há muito estava em seus aposentos, suportando a insônia dos idosos e dos aflitos. Tem tanta coisa para pensar, e mais ainda para não pensar: a perda de seus tesouros, suas dívidas, sua incerteza quanto ao futuro, as vagas dores e incômodos em seu corpo alquebrado, um senso ainda mais vago de humilhação. Sua vida, antes tão cheia de escolhas, não oferece agora nenhuma opção aceitável.

Já esteve na cama, buscando uma posição confortável para adormecer, por mais de uma hora. Lá fora na varanda, emoldurado pelas silhuetas das palmeiras, fitava o ar pesadamente perfumado. As nuvens iluminadas pela lua estavam bem baixas; o céu, luminoso, quase rosado. A própria noite aumenta sua sensação irritante de que as horas não avançam; a noite parece suspensa. É pura noite, poderia ser noite para sempre. Não há sequer um movimento das nuvens para mostrar o passar do tempo. Ouviu uma voz de homem cantando um pouquinho desafinado, sem dúvida algum nativo miando suas queixas de amor; o ruído de uma carruagem à distância; um pássaro noturno; e muito ao longe a voz dos marinheiros britânicos num navio que cruzava a baía, cantando hinos. E o silêncio.

Sua ira o impede de voltar para a cama. Embora pareça infantil imaginar Nápoles devastada por uma erupção vulcânica, o Cavaliere não deixa de ter tais fantasias às vezes, enquanto vai tentando adormecer. Ah, quem dera pudesse punir os que tanto o prejudicaram, quem dera pudesse encontrar um acontecimento que correspondesse a seu senso de injustiça e de perda. Voltaria então à Inglaterra. Afinal, tem de viver em algum lugar. Como se sente enfurecido. E inconsolável.

O Cavaliere tinha razão ao supor que os convidados haviam partido. De fato, os criados tinham quase terminado de limpar o grande salão. Sua esposa e o amigo tinham ido para seus aposentos separados; depois, às duas da manhã, ela foi ter com o herói no quarto deste. Trouxe-lhe romãs, figos da Barbaria e bolos sicilianos cobertos de açúcar branco e casca de limão. Ela se preocupa porque ele não come o suficiente; era tão magro, e dormia tão pouco. As horas que passavam juntos — em geral das duas até as cinco da manhã, quando ela voltava aos seus aposentos — eram as únicas em que conseguiam ficar sozinhos; ela podia dormir até tarde, mas ele sempre se levantava de madrugada. E também eles ficaram na varanda e respiraram o ar cálido, com perfume de louro, laranjeiras e amendoeiras em flor, e admiraram as nuvens que tinham baixado do céu, imersas em alaranjado e rosa. Mas não havia nenhum anseio pelo que estava ausente ou ficara para trás. Tudo estava aqui, completo.

Ela amava despi-lo, como se ele fosse uma criança. Ele tinha a pele mais bela entre os homens que ela conhecera, macia como a de uma moça. Apertou os lábios contra o pobre toco de braço cauterizado. Ele se retraiu. Ela o beijou de novo. Ele suspirou. Ela deu-lhe um beijo na virilha e ele riu e a puxou para a cama, naquela posição — já tinham seus hábitos. Ela deitou a cabeça em seu ombro direito, ele a enlaçou com o braço esquerdo. Deitavam-se sempre assim: era tão reconfortante. Aqui é o teu lugar. Teu corpo é o meu braço.

Ela afagou-lhe os cabelos, ajeitando-lhe o rosto para receber seu hálito. Tocou-lhe a face de bela barba nascente. Apertou-o contra si, rabiscando-lhe as costas com as unhas de cima a baixo, e apagando em seguida os rabiscos de baixo para cima com as palmas das mãos. A languidez dos corpos justapostos começou a acelerar-se. Ela jogou a perna sobre os quadris dele e o prendeu junto a si. Ele gemeu e caiu sobre o corpo dela. Começou o trabalho do prazer: o avanço e recuo da pélvis, osso embainhado em carne a dissolver-se, desabrochando em queda livre. Como era profundo. Me toque aqui, disse ela. Quero a tua boca aqui. E aqui. Mais fundo. Abraçando, comprimindo, no início ela temera que a intensidade de seu desejo fosse demasiada para ele; ela o achava tão frágil. Mas ele queria ser dominado por ela, queria ser inundado de emoção.

Peso contra peso; fluido com fluido; o fora contra o dentro, preenchido, pleno. Ele se sentia engolido por ela, e ele queria viver dentro dela.

Ela fechou os olhos, embora nada no mundo lhe agradasse mais do que olhar o rosto dele, sobre o dela, sob o dela; e vê-lo sentir o mesmo que ela sentia. Ela consegue senti-lo transbordar e inundá-la. Nunca imaginou que um homem pudesse sentir como ela sentia. Sempre quis perder seu corpo nos estertores do prazer, tornar-se pura sensação. Mas esse, ela sabia, não é o modo como o homem sente. Um homem nunca esquece seu corpo do mesmo modo que uma mulher esquece, pois o homem empurra seu corpo, uma parte de seu corpo, à frente, para fazer o ato de amor acontecer. Ele lança a parte saliente de seu corpo no ato de amor e depois a recolhe. Assim são os homens. Mas agora ela sabia que um homem era capaz de sentir como ela sentia, no corpo inteiro. Sabe que um homem pode se permitir gemer e agarrar-se, exatamente como ela fazia quando ele se deitava em cima dela e a trespassava. Sabia que ele queria ser tomado por ela tanto quanto ela queria ser tomada por ele. Que ela não tinha de fingir sentir mais prazer do que sentia; que ele cedia a ela tanto quanto ela cedia a ele. Que os dois embarcavam na aventura do prazer com a mesma leve ansiedade quanto à capacidade que tinham de agradar ou ser agradado, e com a mesma facilidade, a mesma confiança. Que eram iguais no prazer, porque iguais no amor.

Enquanto isso, o mundo continua lá fora: o mistério inexaurível da simultaneidade. Enquanto isso está acontecendo, aquilo também está acontecendo. Nesse ínterim, tanto o Vesúvio como o Etna flamejavam e fumegavam. Os integrantes do trio se preparavam para adormecer. O Cavaliere em seu leito, pensando em seus tesouros afogados, no vulcão, em seu mundo perdido. E a amada esposa e o amado amigo entrelaçados em outro leito, pensando um no outro na plenitude do desejo satisfeito. Beijaram-se com delicadeza. Dorme, meu amor. Dorme, ela repete para ele. Ele diz que não consegue dormir; está feliz demais. Fale comigo, diz ele. Eu amo a tua voz. Ela começa a refletir astutamente sobre as últimas notícias de Nápoles: a lenta eficiência do bloqueio do capitão Troubridge, que começara em março; o surpreendente progresso do exército cristão do cardeal Ruffo, agora com dezessete mil homens; a dificuldade de... Enquanto ela falava, ele adormeceu. O herói ama o sono agora.

6

O barão Vitellio Scarpia era um homem excepcionalmente cruel. Cinco anos antes fora encarregado pela Rainha de suprimir a oposição republicana em Nápoles e, como se seu prazer em ministrar punições não fosse credencial suficiente para este cargo, tinha a reputação de ser um de seus amantes (quem próximo à Rainha não a tinha?). Scarpia executava sua tarefa com empenho. Concordou de bom grado com a opinião da Rainha de que todo aristocrata provavelmente abrigava simpatias revolucionárias; sendo siciliano, e detentor de um título de nobreza há pouco tempo, odiava a velha aristocracia napolitana. E, naturalmente, não só os aristocratas mas também os teólogos, químicos, poetas, advogados, estudiosos, músicos, médicos, na verdade qualquer um, inclusive padres e monges, que possuísse mais que dois ou três livros também era suspeito. Scarpia estimava que havia pelo menos cinqüenta mil inimigos reais ou potenciais da monarquia, cerca de um décimo da população da cidade.

Tantos assim? exclamou a Rainha, que tinha de falar em italiano com esse inculto barão.

Provavelmente mais, disse Scarpia. E cada um deles, Majestade, está sob vigilância.

O vasto exército particular de informantes que Scarpia recrutara estava por todo lugar. Um café poderia ser ponto de encontro de um clube secreto de jacobinos ou de algum outro tipo de debate; recentes decretos haviam banido todas as reuniões científicas e literárias, assim como a leitura de qualquer livro ou jornal estrangeiro. A sala de palestras de um botânico poderia ser o ponto em que alguém transmitia um sinal revolucionário, com os olhos ou com as mãos, a algum outro ouvinte. Uma apresentação no Teatro San Carlo poderia ser a ocasião para exibir um colete escarlate ou distribuir um panfleto republicano impresso clandestinamente. As prisões floresciam com os mais respeitáveis — isto é, os mais ricos e mais instruídos — habitantes do reino.

Este foi o único erro. O único erro fora executar apenas trinta ou quarenta. Uma sentença de morte tem um resultado, resultado que encerra aquela determinada ficha. Uma sentença de prisão tem um prazo. A maioria das fichas de Scarpia ainda estavam abertas. Depois de cumprir três anos nas galés por possuir dois livros de Voltaire (já que um único livro proibido valia três anos, deveriam ser seis), o marquês Angelotti transferira suas pérfidas atividades para Roma, onde se unira à revolta que ali grassava contra a lei, a ordem e a Igreja. Era muito raro que os rigores da prisão resultassem num efeito calmante. O irmão do duque della ***, depois de uma pena muito mais curta (cabelo não empoado, seis meses), saíra da prisão com perturbações mentais e se recolhera ao palácio da família, de onde ninguém mais o vira sair; um dos informantes de Scarpia na casa, um lacaio, relatou que o irmão do duque estava seqüestrado no próprio palácio, ordenara que todas as venezianas fossem fechadas com pregos e passava a maior parte do tempo escrevendo poemas ininteligíveis. E, à medida que os malfeitores eram soltos, outros tinham de ser trancafiados. Aquela dama portuguesa da corte, Eleonora de Fonseca Pimentel, que antes compunha sonetos louvando a Rainha, mostrara a um amigo uma "Ode à liberdade" que escrevera, e no último mês de outubro Scarpia conseguira prendê-la por dois anos.

Poetas!

Quando a família real fugiu de Nápoles em dezembro sob a proteção do almirante britânico, Scarpia ali permanecera, encarregado de ser os olhos e ouvidos da Rainha na ausência desta. Rondava pela cidade numa capa negra, como as que usavam os advogados, vendo as previsões da Rainha se tornarem realidade. O marquês Angelotti voltara às pressas de Roma para rejubilar-se com a anarquia que se seguiu à fuga do legítimo governo de Nápoles. Uma multidão invadira a Vicaria para libertar alguns criminosos comuns. Infelizmente, este era o cárcere onde ele mandara prender a Fonseca Pimentel, que saíra de cabeça erguida, dizendo baboseiras sobre a liberdade e a igualdade e direitos do povo. Não fitara ela o rosto da multidão que inadvertidamente a libertara? Eles acreditavam que estavam falando em nome do povo, esses poetas, professores e aristocratas liberais. O povo, porém, tinha outras idéias. O povo amava o Rei (eram ignorantes demais para amar a Rainha), e admirava a distância que havia entre o extraordinário luxo e frivolidade da corte e a miséria e a servidão de suas próprias vidas. Assim como o Rei e a Rainha, o povo odiava a aristocracia culta. Os franceses vinham avançando península abaixo, e o populacho, enraivecido pela partida do Rei, pusera a culpa nos aristocratas. Pois bem, eles tinham razão. Que viesse a conflagração. Que Nápoles fosse limpa desses malditos descontentes com seus livros ateus, suas idéias francesas, seus conceitos científicos e reformas humanitárias. Scarpia dedicou-se a um êxtase de imaginações vingativas. O povo era um bando de porcos, mas o povo estava se preparando para a volta do governo monárquico. Não era preciso que ele fizesse todo o trabalho. O povo o fazia em seu lugar.

•

O barão Scarpia era um homem excepcionalmente apaixonado. Compreendia muito bem as paixões humanas, em especial quando levavam à conduta perversa. Compreendia de que modo o prazer sexual se intensifica ao rebaixar e humilhar o objeto do desejo; era assim que experimentava o prazer. Compreendia como o medo, medo da mudança, medo de tudo o que é ou parece estrangeiro, e portanto ameaçador, se alivia quando as pessoas se unem para atormentar e ferir os que são indefesos bem como diferentes; é isso que ele via acontecer a seu redor. Para Scarpia a paixão era a veemência, a agressão. O que não conseguia compreender é uma paixão que encontra felicidade na recusa da veemência, paixão que torna a pessoa ensimesmada. Tal como a paixão do colecionador.

Apesar do grande número de convertidos que as idéias esclarecidas haviam feito na classe alta, um número ainda maior de privilegiados era constituído de colecionadores, e os colecionadores têm grande dificuldade de aceitar as conseqüências de um levante revolucionário. Suas posses são um investimento no velho regime, por mais volumes de Voltaire que tenham lido. Uma revolução não é um bom momento para os colecionadores.

Colecionar é, por definição, colecionar o passado — ao passo que fazer uma revolução é condenar aquilo que hoje se chama passado. E o passado não é apenas muito grande como também muito pesado. E, se o colapso da velha ordem faz com que você decida fugir, é muito provável que você não consiga levar tudo — era este o dilema do Cavaliere. Você provavelmente não conseguirá proteger o seu tesouro, se tiver de ficar.

•

Esta foi uma das cenas a que o barão assistiu.

Dia 19 de janeiro de 1799. Três semanas depois da fuga de Nápoles, algo terrível estava acontecendo a um conhecido do Cavaliere, seu colega colecionador. Este homem, cujos principais interesses eram a pintura, a matemática, a arquitetura e a geologia, era um dos habitantes mais eruditos e estudiosos do reino. E longe de compartilhar as simpatias republicanas de alguns outros aristocratas cultivados, tais como seu irmão, ele possuía, como a maioria dos colecionadores, um temperamento conservador; na verdade, este colecionador era particularmente avesso às novidades do dia. Propusera-se a acompanhar o Rei e a Rainha a Palermo. Entretanto, sua permissão fora negada. Fique em Nápoles, erudito duque! E veja se gosta do governo desses franceses sem Deus.

Com certeza os soldados franceses que se aproximavam não poderiam ser uma ameaça maior do que as multidões de saqueadores que vagavam pelas ruas, pensou o duque, que permaneceu em seu palácio a fim de deliberar, fazer um plano, anunciar um plano. Numa reunião de família que durou até tarde da noite, em

18 de janeiro, talvez o duque, que se recuperava de um severo catarro, não tivesse presidido o conselho tão rigorosamente como poderia. Os ventos cruzados do perigo fraturaram as costumeiras hierarquias do discurso. O filho mais jovem do duque gritava com sua mãe. A jovem filha do duque interrompia o pai. A duquesa contradizia raivosamente tanto seu marido como sua venerável sogra. Mas a decisão que finalmente tomaram quanto a quem deles deveria ser retirado do perigo, não, não dê a isso o nome de fuga, reinstalou as hierarquias violadas. O duque e seus dois filhos homens iriam retirar-se, esta é a palavra, retirar-se por algum tempo na sua vila em Sorrento — deixando para trás, na segurança do palácio, a duquesa, sua filha, a idosa mãe do duque e o irmão que enlouquecera na prisão.

O duque deveria deixar a capital com seus filhos no dia seguinte, depois de uma reunião de nobres em que se esperava sua participação. Para economizar suas energias para a viagem, enviou seu filho mais velho, que tinha dezenove anos, em seu lugar. O jovem ficou sentado polidamente ouvindo os numerosos discursos dos nobres reafirmando sua lealdade à monarquia Bourbon exilada em Palermo, após o que concordaram em que não tinham outra escolha senão dar boas-vindas aos franceses, que viriam ao menos trazer alguma ordem à cidade; e à uma da manhã voltou para casa, passando pelas ruas estranhamente desertas, para dar seu relatório ao pai. Soube então que, durante as quatro horas em que se ausentara, seu tio tentara enforcar-se na biblioteca porém fora salvo a tempo e posto na cama. Três criados estavam a postos no quarto para evitar nova tentativa.

O filho foi então enviado para trazer o tio, ainda de camisola, para jantar com a família. Enquanto o colocavam em sua cadeira, o mordomo trouxe a notícia de que uma multidão se reunira na entrada do palácio e exigia ver o duque. Contra os conselhos de sua esposa e de sua mãe, o duque, acompanhado apenas de seu secretário, desceu em pessoa para falar com a turba. Entre as cinqüenta e tantas pessoas de rosto bronzeado que se aglomeravam no pátio, reconheceu um mercador de farinha, seu barbeiro, um vendedor de água da via Toledo e o ferreiro que consertava suas carruagens. O mercador de farinha, que parecia ser o cabeça do tumulto, declarou que eles tinham vindo para acabar com o banquete que o duque estava oferecendo a seus amigos jacobinos. O duque sorriu gravemente. Meus caros visitantes, vocês estão enganados. É apenas minha família e eu que estamos jantando, não se trata de banquete algum.

Mais uma vez o mercador de farinha exigiu entrar. Impossível, disse o duque, e virou-se para entrar no palácio. A ruidosa turba, empunhando porretes e facas, agarrou o duque, passou pelos criados e tomou de assalto as escadas. O resto da família fugiu para o andar superior, exceto o irmão do duque, que em seu estupor continuou à mesa, esfarelando um pedaço de pão. Os dois irmãos foram arrastados para o pátio. Alguns homens ficaram vigiando a família, enquanto a pilhagem começava.

As pessoas iam de aposento em aposento, arrancando os quadros das paredes, abrindo arcas e armários, esvaziando gavetas e atirando o conteúdo no chão. Na galeria de quadros, onde ficava a maior parte da magnífica coleção de pinturas do duque; em sua biblioteca, que abrigava uma miríade de valiosos papéis e documentos, um esplêndido tesouro de livros raros e manuscritos inestimáveis, acumulados cento e cinqüenta anos antes por um ancestral ilustre, um cardeal, além de um grande número de obras modernas; em seu gabinete, onde sua coleção de minerais se enfileirava em armários envidraçados; no laboratório químico do duque, onde havia dezenas de instrumentos mecânicos; em sua oficina de relojoaria, onde o duque, que aprendera esta arte com o relojoeiro, gostava de repousar de suas eruditas pesquisas. As janelas dos andares superiores se abriram com violência e lá de cima quadros, estátuas, livros, papéis, implementos e instrumentos foram atirados para o pátio. Enquanto isso, outras pessoas iam carregando para baixo todos os ricos móveis, pratarias e roupas de mesa, e levando tudo para fora do palácio. Aos poucos as portas, janelas, grades das varandas, batentes e corrimãos foram arrancados e levados embora.

Depois de algumas horas e numerosos subornos, a família do duque teve licença para deixar o palácio, após ser revistada para garantir que não havia embolsado qualquer de seus bens. Suas súplicas para que lhes permitissem levar também o duque e seu irmão foram recebidas com zombarias. Pelo menos permitam que meu filho, que está doente, venha conosco, exclamou a velha duquesa. Não. Pelo menos me deixem dizer adeus a meu pai, gritou a jovem filha do duque. Não. Será que vocês também não são maridos, pais, filhos? exclamou a duquesa. Vocês não têm piedade? Sim à primeira pergunta. À segunda: Não.

Em prantos, a família foi levada até a porta dos fundos e empurrada para a rua.

Durante todo esse tempo, o duque e seu irmão, tremendo em sua camisola, estavam sob vigilância no estábulo. Quando se acendeu a fogueira, foram trazidos até o pátio e amarrados em cadeiras para poderem assistir.

Por toda a tarde a queima continuou. O Rafael, o Ticiano, o Correggio, o Giorgione, o Guercino e todos os outros sessenta e quatro quadros... no fogo. E os livros, obras de história, viagens e ciência, volumes sobre artes e manufaturas; as obras completas de Vico, Voltaire e D'Alembert... no fogo. Dentro da fogueira de altas labaredas, aquilo que não queima: sua coleção de pedras do Vesúvio — tiradas do fogo, ao fogo retornam. Os delicados relógios, pêndulos, bússolas, os telescópios com espelhos de platina, os microscópios, cronômetros, barômetros, termômetros, odômetros, grafômetros, ecômetros, hidrômetros, vinômetros, pirômetros... quebrados, derretidos. O dia escureceu. O fogo continuava queimando. A noite caiu. Surgiram as estrelas. E a queima prosseguia. O irmão chorou por algum tempo, implorando para ser desamarrado; depois adormeceu. O duque olhava, com os olhos ardendo. Tossia convulsivamente, sem dizer palavra. Quando não havia mais nada para atirar nas chamas, alguns membros do populacho se aproximaram das cadeiras para lançar-lhes insultos. Jacobinos. Lambe-botas dos franceses. Vários homens então tomaram coragem e puseram as mãos primeiro no duque, tirando-lhe as meias e sapatos, e depois cortando a corda que lhe amarrava as mãos atrás das costas para lhe tirarem o casaco de seda, o colete, a gravata e a camisa de linho. O duque se contorcia enquanto eles lhe arrancavam as roupas, não para opor-se ao que lhe faziam, mas para facilitar-lhes o trabalho, para poder retomar sua rígida postura de retidão sem lamúrias, a única censura que julgava à altura da sua dignidade. De torso despido, voltou a erguer a cabeça. Continuava em silêncio.

Mais coragem, mais crueldade. Um barril de alcatrão, que estava num canto do pátio, fora rolado até perto da fogueira. Alguns homens mergulharam tigelas de madeira no barril e jogaram o alcatrão escaldante no irmão, que acordou com um grito e lançou a cabeça para trás como se tivesse levado um tiro. Alguém então lhe deu um tiro. Desamarraram o corpo e o jogaram na fogueira. O duque deu um berro.

•

Na entrada do pátio alguém observava a cena: um homem de capa negra e bela peruca empoada, ladeado por vários soldados municipais uniformizados. Aqueles dentre a multidão que notavam a sua presença, mesmo sem reconhecê-lo, o fitavam com medo.

O homem de negro olhava fixamente para o duque, não para o seu rosto, mas para o pesado abdômen branco, que se dilatava e se contraía com seus soluços. Seus pés estavam vermelhos — levara tiros nas duas pernas —, mas ele continuava ereto na cadeira, os braços novamente atados nas costas.

Nem o homem de negro e nem seus guardas fizeram menção de intervir. Mas os atormentadores do duque haviam parado. Embora parecessem saber que ele não os deteria, não tinham certeza se podiam continuar. Todos tinham medo do homem de negro — exceto o barbeiro, que era um informante seu.

O barbeiro deu um passo à frente, navalha na mão, e cortou fora as orelhas do duque. Quando elas caíram da sua cabeça, um avental de sangue apareceu na parte de baixo de seu rosto. A multidão urrou, a fogueira estremeceu, e o homem de negro cantarolou com satisfação e foi embora, para que o drama pudesse continuar até o final.

•

Você viu quando eu fui embora, disse Scarpia no dia seguinte, numa taberna junto ao porto, para um homem da turba que estava a seu serviço. O que aconteceu depois? Ele continuou vivo?

Sim, patrão, disse o homem. É o que eu estou dizendo. Ele chorava e o sangue escorria pelo rosto e pela cabeça.

Ainda vivo?

Sim senhor, patrão. Mas o senhor sabe o que acontece quando o suor escorre pelo peito da gente —

(O homem era um carregador de liteira, ocupação que lhe dava especial familiaridade com os caprichos do suor.)

— o senhor sabe, quando o suor escorre pelo peito, e às vezes fica todo aqui no meio —

(O barão, imaculadamente trajado, não sabia; mas continue...)

— pois então, o sangue estava empoçado aqui no meio do peito, e ele ficava tentando fazer o suor escorrer.

O carregador de liteira parou sua narrativa para imitar o gesto, abaixando o queixo até o peito e soprando em direção a um ponto imaginário acima da sua cintura bem fornida.

Soprando. Sabe como é, patrão. Ficava só soprando. Só isso. Para fazer o sangue escorrer para baixo. Daí um camarada nosso achou que ele estava tentando fazer uma mágica, soprar nele mesmo para conseguir desaparecer, e deu mais um tiro nele.

E aí ele morreu?

Quase. Perdeu tanto sangue.

Ainda vivo?

Sim, sim. Daí chegou mais gente nossa e o pessoal começou a atacá-lo com facas. Alguém deu um talho na calça dele e cortou fora... o senhor sabe, e ergueu bem alto e mostrou para o povo. E aí nós enfiamos o corpo dele no barril de alcatrão e o jogamos na fogueira.

•

Quando a notícia desses bárbaros acontecimentos chegou a Palermo, o Cavaliere estremeceu e ficou em silêncio. Gostava do duque, e admirava suas coleções. Muito daquilo que fora destruído era insubstituível. Além dos quadros, na biblioteca do duque havia várias obras inéditas do prolífico Athanasius Kircher e, como o Cavaliere se lembrou, o manuscrito — temia que fosse a única cópia — da autobiografia de seu amigo Piranesi. Que perda. O Cavaliere fez uma careta. Que perda terrível.

Durante dias a esposa do Cavaliere e o herói conversaram sobre pouca coisa senão isso. Viam no destino do duque e de seu irmão a tendência de qualquer multidão indisciplinada de descambar para a selvageria, e a necessidade de proteger a santidade da propriedade, a propriedade dos privilegiados. Estas também eram, naturalmente, as convicções do Cavaliere, porém ele as mantinha menos verbosamente, com menos indignação. Embora uma coleção seja muito mais que uma forma especialmente vulnerável de manutenção da propriedade, o desgosto do colecionador é difícil de compartilhar, exceto com outros colecionadores. E, quanto à vulnerabilidade do estado e da carne, o Cavaliere já quase se resignara.

A Rainha não ficou indignada nem desgostosa. Quando leu a longa carta de seu mais leal agente em Nápoles descrevendo o sangrento destino do duque, de seu irmão e de outros nobres nas mãos do populacho, a Rainha estava tomando chá com o seu mais leal agente aqui em Palermo. Após terminar a carta de Scarpia, passou-a para a esposa do Cavaliere. Je crois que le peuple avait grandement raison, disse a Rainha.

Até mesmo a esposa do Cavaliere retraiu-se por um momento.

A esposa do Cavaliere não gostava de Scarpia. Ninguém gostava de Scarpia. Mas ela tentou, como sempre fazia, ver as coisas do ponto de vista da Rainha. A Rainha já explicara a sua querida amiga que não confiava no príncipe Pignatelli, o regente que o casal real nomeara antes de partir — e, como logo se viu, tinha razão, pois Pignatelli abandonou a cidade algumas semanas depois. Tampouco confiava a Rainha naquele calabrês, o cardeal Ruffo, que estava se preparando para voltar em segredo e liderar a resistência contra os franceses. Porém, no barão Scarpia ela confiava, disse à esposa do Cavaliere.

Vous verrez, ma chère Miledy. Notre Scarpia restera fidèle.

•

Nos dias que se seguiram ao assassinato do duque e de seu irmão, magotes de gente continuaram a saquear e pilhar as propriedades dos aristocratas, e os patriotas, como se autodenominavam, refugiaram-se no forte marítimo de Ovo, de cujas muralhas enxergavam à noite as fogueiras dos acampamentos franceses nos arredores da cidade. Quando o exército do general Championnet entrou em Nápoles, Scarpia escondeu-se. Dos três dias de combates assassinos entre a população e os soldados franceses, e do momento em que a bandeira tricolor foi hasteada sobre o palácio real e os revolucionários saíram da fortaleza, não pôde dar à Rainha um testemunho ocular.

Seu esconderijo, nos aposentos de um bispo que era seu informante, era seguro. Mas, naturalmente, nenhum esconderijo é totalmente seguro; ele próprio teria sabido como seguir seus rastros (os subornos certeiros, a aplicação certeira da tortura). Sabia que os revolucionários deveriam estar à sua procura. Pois não era ele responsável pela morte de alguns conspiradores prematuros? Não perseguira ele muitos daqueles que agora comandavam a República? Juristas, estudiosos, padres que abandonaram a batina, professores de matemática e de química — os vinte e cinco homens nomeados pelo general francês para atuar como governo provisório eram como uma lista de cosmopolitas e subversivos do tipo que Scarpia andara metendo na prisão sempre que tinha um pretexto. Mas aparentemente eles não sabiam como encontrá-lo. Sem o estímulo do medo, Scarpia sentia a essência acre de sua própria pessoa cada dia mais diluída pela cansativa ladainha do bispo — eu-já-sabia, mas-nunca-esperei — e não menos pelo invulgar período de celibato. A primeira vez que se aventurou a sair para arranjar uma mulher, teve certeza de que foi reconhecido. A segunda vez, para exibir-se enquanto via a multidão curiosa apreciar a plantação de um grande pinheiro em frente ao ex-palácio real, não teve tanta certeza. Passou mais alguns dias com o bispo e então voltou para casa, escreveu um longo relatório à Rainha, e esperou ser preso. Esperou e esperou. Seus inimigos, ao que parecia, eram altivos demais para querer vingança.

Aguardava, então, um momento propício quando aqueles filhotes de um pretenso Iluminismo colocaram seus ridículos capuzes vermelhos em estilo frígio, passaram a chamar um ao outro de Cidadão e Cidadã, fizeram discursos, retiraram as insígnias reais, plantaram sua Árvore da Liberdade nas praças da cidade inteira, e formaram um comitê para escrever uma Constituição seguindo o modelo da República Francesa. Eram uns sonhadores, todos eles. Ainda iriam ver. Ele haveria de se vingar.

Sempre se pode contar com a credulidade dos benévolos. Eles avançam, vão marchando, seguem em frente achando que têm o povo atrás de si, e então dão meia-volta e... não há ninguém. A multidão já se dispersou, em busca de comida, vinho, sexo, uma soneca ou uma boa briga. A multidão não quer ser altiva. A multidão quer lutar ou dispersar-se. Os cavalheiros e damas jacobinos com suas idéias sentimentais de justiça e liberdade — pensavam que estavam dando ao povo o que o povo queria, ou aquilo que era bom para o povo. O que, em sua sonora ingenuidade, acreditavam ser a mesma coisa. Não, o chicote, e as demonstrações regulares de pompa glorificando o Estado e o poder eclesiástico, é isso que o povo quer. É claro, esses professores e aristocratas liberais achavam que compreendiam a necessidade que o povo tem de fausto e ostentação, e estavam planejando um festival para celebrar a Deusa da Razão. Razão! Mas que espetáculo é esse! Será que eles realmente esperavam que o povo fosse amar a razão — não, a Razão — assim como amava o Rei? Será que realmente esperavam que o povo adotasse o novo calendário que fora decretado, com versões italianizadas dos nomes do calendário revolucionário francês?

Scarpia viu com alegria que os republicanos logo foram obrigados a reconhecer que essas nomenclaturas e ritos tomados de empréstimo não bastavam para inspirar lealdade nas massas ignorantes. Um artigo no jornal revolucionário editado por Eleonora de Fonseca Pimentel sobre o valor que teria para a revolução uma exibição bem-sucedida do famoso milagre bianual da cidade foi o primeiro sinal de realismo. Mas condescender tão abertamente à fé do povo mostrava o quanto esses prisioneiros da Razão estavam longe da compreensão necessária para dominar o povo. Scarpia, o mais esperto dos manipuladores e dos fanáticos, sabia que assim que se pára de falar sobre a fé e se começa a falar sobre religião — e, com indiscrição ainda maior, sobre o papel da religião na manutenção da ordem e da moral pública — a fé está sendo desacreditada, e a verdadeira autoridade da Igreja comprometida, fatalmente comprometida. O valor da religião! Esse é um segredo que nunca deve ser mencionado em público. Como eram ingênuos!

E impotentes. Pois os ritos tradicionais e os presságios locais que alarmavam ou acalmavam as massas supersticiosas não estavam sob o controle dos republicanos. Veja, por exemplo, o milagre da liquefação da ampola de sangue do santo padroeiro: os republicanos tinham razão em temer que, para demonstrar que a proteção celestial se ausentara da cidade, o arcebispo monarquista impediria que o milagre ocorresse. E, naturalmente, ninguém conseguiria controlar o Vesúvio, presságio para os mais variados fins e suprema expressão da força e da autonomia da natureza. Verdade é que a montanha vinha se comportando bem ultimamente. Os republicanos esperavam que o povo notasse que, mesmo se são Genaro não concedesse a sua bênção, a montanha estava do lado dos patriotas. O Vesúvio, quieto desde 1794, lançou aos ares uma plácida chama, como que de júbilo, na noite em que os fogos de artifício celebravam a proclamação da República, escreveu aquela Fonseca. Mais fantasias de poeta! O povo, porém, não se tranqüilizou com tanta facilidade, embora sempre se pudesse deixá-lo mais temeroso do que já era. Que pena, pensou Scarpia, que não haja algum jeito de provocar uma erupção. Uma grande erupção. Agora.

Muito mais pertinente foi o apelo da Rainha à fé do povo. Ela confiara à sua colega de exílio e mais íntima confidente, a esposa do ministro britânico, a tarefa de espalhar pacotes com as falsas proclamações republicanas que inventara. FOI ABOLIDA A PÁSCOA! FICA PROIBIDA QUALQUER FORMA DE VENERAÇÃO À VIRGEM! BATISMO AOS SETE ANOS! O CASAMENTO NÃO É MAIS UM SACRAMENTO! Bastava que os ingleses os jogassem no correio em Livorno, enviando-os a Nápoles, dissera a Rainha à sua amiga. O Cavaliere, quando sua esposa o informou do plano, perguntou se a Rainha esperava que os ingleses, isto é, ele próprio, pagassem o porte. Não, não, disse a esposa do Cavaliere, ela paga, da sua própria bolsa. Só gostaria de saber quantos desses folhetos chegarão, disse o Cavaliere. Oh, a Rainha não se importa se eles vão chegar ou não. Ela disse que alguns hão de chegar. Alguns de fato chegaram; Scarpia os viu passando de mão em mão. Ele sabia que qualquer proclamação enaltecendo o povo e louvando sua coragem seria menos convincente do que as que incitavam o medo. Povo, veja o que lhe reservam esses agentes do Anticristo Francês! Para os mais prósperos, o dinheiro é mais efetivo: as grandes quantias que a Rainha lhe enviava, tiradas de sua própria bolsa, para conservar a lealdade dos aristocratas que pudessem concluir que não tinham outra escolha senão cooperar com os pretensos patriotas.

A revolução de conto de fadas que eles haviam armado estava sitiada desde o início; Scarpia percebeu, porém, que, embora eles soubessem que seriam obrigados a pegar em armas, nunca compreenderiam o papel necessário da violência do Estado. Embora sua Constituição invocasse o espírito marcial da antiga Grécia e Roma, não tinham a menor idéia de como organizar uma milícia, muito menos um exército. E que raio de polícia, pensou o ex-chefe da polícia secreta de Nápoles, era aquela polícia dos cidadãos? Polícia nenhuma. O mesmo que não haver polícia alguma. Na verdade, a revolução deles estava sem defesa.

•

Infelizmente, as predições de Scarpia estavam corretas.

Uma revolução feita na metrópole por membros das classes privilegiadas, sem apoio no interior do país nem entre as massas urbanas, agora ainda mais pauperizadas pelo êxodo do capital com a fuga do velho regime e a perda das rendas trazidas pelo turismo... uma revolução liderada pelos honoráveis e escrupulosos, que não apenas não estão dispostos a usar a força para suprimir o descontentamento popular como também não têm a ambição de aumentar o poder do Estado... uma revolução ameaçada por uma invasão iminente e já cercada pelo bloqueio naval da capital (piorando a escassez de alimentos) armada pelo grande império da contra-revolução que apoiava o governo no exílio... uma revolução protegida pelas tropas de ocupação, odiadas pelo povo, do império rival que ia conquistando todo o continente... uma revolução ameaçada por um grande levante guerrilheiro nas áreas rurais, financiado pelo governo no exílio e comandado por um ilustre emigrado de grande popularidade... uma revolução subvertida por vastos presentes em dinheiro vindos do estrangeiro, contrabandeados para seus potenciais apoiadores entre as classes privilegiadas, e por uma campanha de informações erradas concebida pelo governo no exílio para persuadir o povo de que seus mais caros costumes estão prestes a serem abolidos... uma revolução imobilizada porque seus líderes, que reconhecem plenamente a necessidade de reformas econômicas, incluem tanto radicais como moderados, e nem uns nem outros conseguem prevalecer. Uma revolução sem o tempo necessário para resolver seus problemas.

Uma revolução assim não tem chance. Na verdade, é o modelo clássico, elaborado naquela década e reutilizado muitas vezes desde então, para uma revolução sem chances. E que passará para a história como ingênua. Bem-intencionada. Idealista. Prematura. O tipo da revolução que, para algumas pessoas, dá um bom nome à revolução; e, para todos os demais, confirma a impossibilidade de um governo que não tem apetite pela repressão.

É claro que o futuro provará que esses patriotas tinham razão. O futuro fará dos malfadados líderes da República Vesuviana heróis, mártires, precursores. Mas o futuro é outro país.

No país que é o único que os revolucionários têm, há escassez e insólitas desordens. Os revolucionários não herdaram exatamente uma economia bem equilibrada. Tudo tinha de ser importado, exceto meias de seda, sabonetes, caixas de rapé feitas de tartaruga, mesas de mármore, móveis ornamentais e grupos de figuras de porcelana, as principais manufaturas do reino. As fábricas de sedas e de cerâmica ofereciam salários de fome a uns poucos selecionados; muitos eram servos ou artesãos; e grande parte da população da cidade estava acostumada a subsistir da mendicância, do roubo e das gorjetas ganhas por pequenos serviços prestados aos grã-finos e aos turistas. Porém, o roubo de todo o tesouro público perpetrado pelo Rei e a Rainha, que saíram do reino sem dinheiro algum, fez cessar o patrocínio, deteve o boom da construção que começara com a chegada da monarquia Bourbon em 1734 (a construção de novas obras públicas, palácios e residências para os ricos, igrejas e teatros, fora uma das poucas fontes regulares de emprego), e suspendeu o turismo (não havia um Grande Tour da revolução). O preço dos alimentos disparou. Quase ninguém agora tinha trabalho.

A necessidade de eliminar a corrupção — na verdade, de reorganizar a sociedade inteira sobre uma base natural e racional, por meio da ciência da legislação — era óbvia para todos os líderes do novo governo, que não eram ingênuos a ponto de achar que governar é apenas educar. Porém, o fosso entre moderados e radicais se ampliava, com os moderados pregando a taxação dos ricos e a redução das isenções da Igreja, e os radicais pedindo a abolição dos títulos e o confisco de todas as propriedades aristocráticas e eclesiásticas. Quando um dos comitês governamentais propôs uma loteria pública como modo de voltar a encher os cofres públicos vazios, a proposta foi denunciada como inadequada, pouco prática ou imoral, sendo este último argumento apresentado pela Fonseca Pimentel nas páginas de seu jornal. A instrução do povo e sua conversão às idéias republicanas — propaganda — era a única tarefa da revolução sobre a qual todos concordavam. Nomes novos e edificantes — Modéstia, Silêncio, Frugalidade, Triunfo — foram dadas à via Toledo, à via Chiaia e a outras ruas principais. Fonseca Pimentel propôs que se publicasse uma gazeta e almanaques para o povo no dialeto napolitano. Escreveu um artigo sobre a necessidade de se reformar o teatro e a ópera. O povo precisava ter espetáculos de marionetes ao ar livre com escapadas mais edificantes para seus polichinelos, e no San Carlo — já rebatizado como Teatro Nacional — as classes instruídas teriam óperas com temas alegóricos como as encenadas na França: *O triunfo da razão*, *O sacrifício no altar da liberdade*, *Hino ao ser supremo*, *Disciplina republicana*, e *Os crimes do antigo regime*.

A coisa toda durou cinco meses. Cinco meses com novos nomes: Chuvoso, Ventoso, Germinal, Florescente, Pradoso...

Os primeiros atos de resistência ocorreram nas aldeias e pequenas cidades — no reino havia mais de dois mil vilarejos e cidadezinhas. Os patriotas da capital espantaram-se com a agitação, e voltaram a reunir-se em comitês para discutir seus planos de apossar-se das grandes propriedades e distribuí-las aos camponeses sem terra.

As notícias pioravam. As forças republicanas enviadas às províncias demonstraram não estar à altura dos pequenos grupos de fragatas inglesas que encontravam. O pretenso "exército cristão" de Ruffo ia tomando aldeia após aldeia. Incluía agora milhares de prisioneiros libertados por ordem real dos cárceres sicilianos e transportados em navios ingleses até a costa da Calábria. Sitiada pelo lado de fora e confrontando deserções e perturbações civis cada vez maiores em Nápoles, a República redobrou seus esforços para conquistar os corações e mentes do povo.

Havia rebeliões por causa de comida. Mais soldados franceses foram emboscados. As Árvores da Liberdade ardiam à noite nas praças públicas.

A Árvore da Liberdade é uma planta artificial, escreveu Scarpia à Rainha. Como não criou raízes aqui, não precisa ser desenraizada. Agora mesmo ela está sendo sacudida com vigor pelos leais súditos de Vossa Majestade, e sem a proteção dos franceses ela cairá por si, logo que o inimigo partir.

Em maio a França, derrotada em numerosas batalhas travadas com a recém-formada Segunda Coalizão no Norte da Itália, retirou suas forças de Nápoles. Capri e Ischia foram ocupadas por fragatas britânicas. Algumas semanas depois, Ruffo entrou na cidade com seu exército de sombrios camponeses e bandoleiros de estradas, e misturou-se às massas de citadinos pobres que gritavam slogans espirituosos como: "Quem tem algo que vale a pena roubar, deve ser um jacobino", e embarcaram numa extraordinária onda de pilhagens e atrocidades. Os ricos eram caçados em suas mansões, os jovens estudantes de medicina com simpatias republicanas em seus hospitais, os prelados de consciência em suas igrejas. Quase mil e quinhentos patriotas conseguiram refugiar-se nos fortes marítimos de Ovo e Nuovo.

A líquida multidão se derramava por todas as fissuras da cidade, sugando em seu abraço letal quem quer que não pertencesse a ela. Uma multidão caçadora, procurando pelos sinais indicativos da identidade jacobina (além de ter algo que valesse a pena roubar): um homem em trajes sóbrios com o cabelo não empoado; alguém de calças compridas; alguém de óculos; alguém que ousava caminhar na rua sozinho ou parecia entrar em pânico ao ver a multidão dobrando a esquina. Ah, sim, e, já que todo o patriota de sexo masculino tinha uma Árvore da Liberdade tatuada no alto da coxa, os que não acabavam logo mortos ou seriamente feridos eram despidos à força e obrigados a desfilar pelas ruas entre os insultos e as zombarias dos vestidos. Não importava que ninguém tivesse jamais encontrado essa tatuagem nos prisioneiros nus. Pois eles não convidam a um beliscão, um soco, uma vaia? A multidão os atormentava, divertindo-se ruidosamente. Aí vem outro jacobino! Vamos procurar a tatuagem! E aí vem uma mulher amarrada numa carreta, com um lençol mal lhe cobrindo a parte superior do corpo nu e alquebrado, numa grosseira alusão a algum traje antigo ideal: Olha lá, mais uma deusa da razão!

A multidão não atormenta como Scarpia. O trabalho do verdadeiro torturador se guia pelo fato de que, para registrar a dor, é necessária a consciência. A multidão não fica menos gratificada se a pessoa torturada já está inconsciente. É a ação de corpos sobre corpos, não de corpos sobre mentes, que a multidão aprecia.

Uma pedra quebrando a janela, a mão que se aperta em torno de um pulso, o estalo do porrete na cabeça, a lâmina ou o pênis intrometendo-se na carne macia, a orelha, o nariz ou o pé jogados na sarjeta ou saindo para fora de algum bolso. Espancar, pisotear, estrangular, surrar, apedrejar, empalar, enforcar, queimar, desmembrar, afogar. Uma completa orgia de disposições homicidas cujo propósito é muito mais que apenas obter vingança ou expressar ressentimento. A vingança do campo contra a cidade, dos iletrados contra os letrados, dos pobres contra os privilegiados — estas explicações não dão conta das energias mais profundas libertadas numa tal convulsão. O rio de lágrimas e sangue que vai atolando, arrastando, engolfando a revolução ameaça também a restauração. Pois aqui está algo como a natureza — que, como é notório, não age em seu próprio interesse nem faz discriminações judiciosas. Antes mesmo que esta energia se esgote, decerto será refreada pelos governantes que a sancionaram.

Ruffo ficou estarrecido com a carnificina que ele próprio desencadeara. Uma quantidade moderada de saques, agressões, estupros e tumultos era o que ele tinha em mente. Mas não a carnificina em massa, isto é, matar a porretadas, facadas, tiros ou na fogueira milhares de habitantes que, por sua posição e distinção, ele tinha de considerar como indivíduos. Mas não tantos estupros. E não o canibalismo, isso não. Ele não imaginara as piras de corpos, mortos e ainda moribundos, o cheiro de carne queimada, dois garotos se regalando com os pálidos braços e pernas de uma duquesa de quem ele já fora confessor e amante. Estava na hora de refrear esta energia. O ato final das hordas monarquistas de Ruffo, logo antes de o cardeal ordenar a cessação das matanças e pilhagens, foi atacar o palácio real e levar embora tudo o que continha. Até o chumbo das janelas foi arrancado.

•

Agora são os amos que devem assumir o controle daquilo que o povo iniciou impulsivamente, de maneira justa, porém grosseira. E não se esquivar da tarefa que cabe aos amos desempenhar.

Quando a notícia da evacuação dos franceses e da retirada dos patriotas para sua Massada chegou a Palermo, a Rainha temeu que Ruffo não fosse tratar os rebeldes com o rigor que seus crimes mereciam. Chamou o herói ao palácio real e pediu-lhe que fosse a Nápoles receber a rendição incondicional dos revoltosos e distribuir justiça — isto é, punição — em nome do Rei. Ela diz, disse a esposa do Cavaliere, traduzindo o francês da Rainha para o inglês do herói monoglota, que o senhor deve tratar Nápoles assim que nem se fosse uma cidade irlandesa num estado semelhante de rebelião.

Ah, disse o herói.

A Irlanda tivera sua revolução inspirada pela França no ano anterior, e a Rainha ficara impressionada pelo rigor com que fora esmagada pelos ingleses.

Naturalmente, era inconcebível que o herói empreendesse esta missão sem a ajuda, o conselho e o talento para línguas do Cavaliere e sua esposa.

Para a esposa do Cavaliere era uma missão ideal, na qual ela se mostraria indispensável tanto à Rainha como ao homem que ela adorava. Para o Cavaliere, era um dever que ele não podia recusar. Ele, porém, não queria que nada perturbasse as belas imagens que conservava de Nápoles. Decerto esperava que o poupariam de assistir aos horrores que, segundo se dizia, estavam ocorrendo na cidade. Podemos nos forçar a olhar, apertando um pouco a vista, para um grandioso quadro mostrando Mársias sendo esfolado, ou olhar com equanimidade, em especial se não somos mulheres, para uma expressiva representação do rapto das sabinas... todos estes são temas canônicos da pintura. E Piranesi elaborara imagens das mais indizíveis torturas que ocorriam em cantos de cárceres engenhosamente vastos. Mas seria diferente ver um esfolamento de verdade, ou os estupros em massa que ocorriam em Nápoles, ou o sofrimento dos milhares que sobreviviam a seus ferimentos e humilhações nas mãos do populacho e jaziam enjaulados em celeiros sem ar, sem comida, dormindo sobre seus próprios excrementos.

No dia 20 de junho, depois de passar sua bandeira do *Vanguard*, avariado, para o *Foudroyant*, de oitenta canhões, o herói deixou Palermo com um esquadrão de dezessete embarcações, três a mais do que tinha sob seu comando na Batalha do Nilo. Quatro dias depois a nau capitânia entrou no golfo de Nápoles, e Marte, em trajes navais de gala e com todas as suas condecorações, caminhou pelo castelo de popa ao lado de sua Vênus num vestido de fina musselina branca com uma longa faixa em torno da cintura e um chapéu de abas largas decorado com fitas e coroado com plumas de avestruz. O Cavaliere, cochilando em sua cabine, sentiu as paredes estremecerem quando o *Foudroyant* baixou sua âncora em trinta braças de água azul-turquesa. Que viagem tranqüila, disse ele, indo ter com os dois. Havia a querida geografia, os esplendores bem conhecidos da paisagem da cidade — com alguns novos detalhes a mais ou a menos. Fogueiras continuavam ardendo pela cidade. Bandeiras de trégua tremulavam em Ovo e Nuovo. O Cavaliere notou que o Vesúvio, emplumado, fumegava benevolamente. E não havia nenhum navio francês à vista.

No dia seguinte o herói recebeu Ruffo na Grande Cabine, como se chamava seu quartel-general na popa do navio, e através do Cavaliere informou ao cardeal que ele, e apenas ele, representava agora os monarcas em Palermo. Ruffo defendeu a idéia de que era preciso parar o derramamento de sangue e restaurar a ordem. Aquilo que começara como uma frígida entrevista logo se transformou numa disputa aos gritos. O Cavaliere conhecia Ruffo, conhecia seu amigo, poderia explicar cada um para o outro. Mas a sala estava tão quente, ele se sentiu cambalear — e sua esposa e o herói lhe imploraram que se retirasse para sua cabine. A esposa do Cavaliere servia de intérprete quando Ruffo explicou o tratado que fizera com os rebeldes entrincheirados nos fortes marítimos. Como a Rainha temia, ele aceitara uma capitulação em termos. Os rebeldes teriam vários dias para pôr suas coisas em ordem, e depois teriam licença de sair do país em exílio permanente. Catorze navios de transporte aguardavam no porto, e muitos rebeldes já estavam a bordo com suas famílias e seus bens. O primeiro navio, já carregado, deveria partir para Toulon amanhã de madrugada.

Ruffo continuava em pé quando o almirante inglês, em sua escrivaninha, levantou a vista e pediu à esposa do Cavaliere que dissesse ao cardeal que a chegada da armada britânica destruíra completamente o tratado. Quando o cardeal protestou dizendo que este já fora assinado e solenemente ratificado por ambos os lados, o herói replicou, agitando o toco de seu braço perdido, que mandaria prender Ruffo se este insistisse em sua traição. O herói ordenou então que os navios de transporte fossem tomados e os rebeldes acorrentados e encarcerados, aguardando a rápida punição por seus crimes. E chamou ainda o capitão Troubridge e ordenou que as tropas britânicas se posicionassem para retomar os últimos baluartes franceses em Sant'Elmo, Cápua e Gaeta.

Devemos dar um exemplo, disse mais tarde o herói ao Cavaliere.

Dar um exemplo significa não ter compaixão — o Cavaliere sabia disso.

O primeiro exemplo devia ser o almirante Caracciolo, que no início de março voltara a Nápoles e oferecera seus serviços à República; quando o exército de Ruffo chegou e a República caiu, buscara refúgio numa de suas propriedades no interior. O herói ordenou a Ruffo que lhe entregasse o almirante; Ruffo recusou-se. Estamos esperando notícias de Caracciolo, que será executado assim que for capturado, escreveu o Cavaliere ao Ministério das Relações Exteriores.

O Cavaliere mal reconheceu o príncipe e almirante napolitano, de quarenta e sete anos de idade, ao ver aquele velho de rosto cinzento e longa barba, disfarçado com roupas camponesas, que fora raptado no dia seguinte por soldados britânicos, devolvido à cidade e imediatamente algemado, levado a bordo do *Foudroyant* e entregue ao comandante.

Caracciolo acreditava que sua condição social — pertencia a uma das mais antigas e nobres famílias do reino, e das que mais demonstravam espírito público — assim como suas décadas de fiéis serviços aos monarcas Bourbon poderiam contar em seu favor. E seus bons amigos, o ministro britânico e sua esposa, com certeza iriam interceder por ele junto ao valente vencedor da Batalha do Nilo. Jamais poderia imaginar que não haveria julgamento algum, que ele não disporia de advogado, que nenhuma prova seria admitida, e que o veredicto seria a ignominiosa sentença de morte reservada para os marinheiros comuns. Caracciolo pleiteou um julgamento adequado (não), implorou a permissão de apresentar testemunhas a seu favor (não), implorou para ser fuzilado (não). E jamais poderia o Cavaliere imaginar, sentado na Grande Cabine escrevendo mais um despacho, com que rapidez aquilo tudo se daria. Às vezes tudo acontece tão depressa. Parecia que haviam se passado apenas alguns minutos desde que Caracciolo fora enfiado na cabine vizinha para um simulacro de corte marcial, segundo as ordens do herói. Quando o veredicto requisitado pelo herói foi anunciado, o Cavaliere levou seu amigo para a grande janela da sacada e sugeriu que seria de bom alvitre seguir a praxe e adiar a execução por mais vinte e quatro horas. O herói concordou e voltou para sua mesa. Caracciolo lhe foi trazido, de cabeça baixa. A sentença deve ser executada imediatamente, disse o herói. Já um cadáver vivo, com o suor lhe jorrando das axilas, Caracciolo foi levado às pressas para o tombadilho e baixado até um bote que o levou até uma fragata siciliana, onde foi levado a bordo e enforcado. De acordo com as ordens do almirante inglês, o corpo do almirante napolitano ficou dependurado na trave mestra até a noite. Só quando o sol de junho se pôs, por volta das nove horas, o herói deu ordem para que se amarrassem bolas de ferro a seus pés, se cortasse a corda e se deixasse cair o corpo, sem mortalha, diretamente no mar.

Segundo as leis da guerra, o herói não tinha direito de revogar o tratado de Ruffo com os rebeldes, nem o direito de seqüestrar e executar o chefe da marinha dos monarcas Bourbon, nem mesmo de recebê-lo como prisioneiro a bordo de um navio inglês; mas aqui não se estava em guerra. Estavam-se administrando as punições.

Bom seria se pudéssemos enforcar o Ruffo, exclamou ele para o Cavaliere. Este aconselhou prudência. Mas havia muitos outros prisioneiros, pelo menos vinte mil, que agora padeciam nos fortes e prisões do Estado, que teriam que ser cuidadosamente examinados para determinar quem precisava de punição. Depois do linchamento vem o assassinato judicial, que envolve uma boa papelada. Na Grande Cabine a esposa do Cavaliere, sentada a uma escrivaninha próxima à do almirante, elaborava listas de prisioneiros para submeter ao veredicto da Rainha.

Estamos restaurando a felicidade no Reino de Nápoles, e fazendo o bem a milhões de pessoas, escreveu o herói à sra. Cadogan, que tinham deixado em Palermo, acerca da obra iniciada em seu quartel-general na baía em junho de 1799. Sua filha está bem, mas muito cansada com tudo o que tem para fazer.

Quando a esposa do Cavaliere não está ocupada ajudando o herói, e escrevendo à Rainha três vezes por dia, recebe os dignitários napolitanos que vêm prestar suas homenagens e pedir-lhe que transmita seus protestos de lealdade à Rainha. Sou a representante da Rainha, escreveu ela a Charles. Infelizmente, o Cavaliere não podia afirmar que desempenhava um papel simétrico. Não poderia chamar a si mesmo de representante do Rei. O Rei não escrevia cartas. Na verdade o Rei, como relatou a Rainha para a *sua* representante, partira para um de seus palácios no campo na região de Palermo e, embora saiba que logo deve fazer uma aparição para receber os protestos de fidelidade de seus súditos, não deseja ser incomodado com notícia alguma vinda de Nápoles. Mas, afinal, o que é que pensa o Rei, perguntou seriamente o herói. Rindo, a esposa do Cavaliere traduziu uma frase da carta matinal da Rainha. Quanto ao Rei, escrevera a Rainha, os napolitanos bem poderiam ser hotentotes.

•

Mais exemplos.

Execuções públicas, realizadas na grande praça do mercado da cidade, começaram num domingo, 7 de julho, véspera da chegada do Rei.

Nem o herói nem seus amigos testemunharam qualquer das execuções. Não estavam sedentos de matança, mas apenas implacáveis. E a distância distancia.

E, contudo, por vezes algo chega bem perto, algo que não se espera. Aconteceu dois dias depois do início das execuções públicas, e um dia depois que o Rei, que chegara de Palermo numa fragata siciliana, usando na lapela uma perna seca de garça como amuleto contra o mau-olhado, estabelecera residência no *Foudroyant*. O Rei subira laboriosamente a escada que dava para o castelo de popa para queixar-se ao Cavaliere do quanto Palermo era tediosa no verão, quando um grito dos marinheiros o levou até a amurada para ver o motivo da agitação. Um peixe. Devia ser um peixe muito grande. Lá embaixo, a cerca de trinta pés da popa, com a cabeça coroada de espuma e o torso ereto, batido pelas águas, balançava-se o seu velho amigo, o almirante Caracciolo, com a barba flutuando na frente do rosto horrendamente apodrecido. Se os marinheiros que gritavam fossem napolitanos, estariam fazendo o sinal-da-cruz. O Rei, aterrorizado, persignou-se, blasfemou e fugiu para baixo. O Cavaliere o encontrou, gemendo e rindo sozinho na escura entreponte, rodeado por seus apreensivos assistentes.

Ele está lá? Ele ainda está lá? gritava o Rei. Empurrem-no para baixo!

Assim será feito, Majestade.

Agora!

Majestade, baixamos um bote para levar o corpo e enterrá-lo na areia.

Por que ele está fazendo isto comigo? gritava aquele homem de uma infantilidade irremediável.

O Cavaliere teve sua última inspiração, resquício do grande cortesão que fora outrora.

Mesmo que Caracciolo tenha sido um traidor, explicou ao Rei, ele agora não lhe deseja nenhum mal. Mas mesmo depois de se arrepender ele não consegue descansar. Foi por isso que ele veio, para lhe pedir perdão.

•

Você é um passageiro. Todos nós somos, freqüentemente, passageiros. O barco, a história, está indo para algum lugar. Você não é o capitão. Mas tem excelentes acomodações.

É claro que lá embaixo no porão estão emigrantes famélicos, ou africanos escravizados, ou marinheiros recrutados à força. Você não pode ajudá-los — embora sinta muita pena deles — e tampouco consegue controlar o capitão. Ainda que esteja cercado de conforto, na verdade você não tem nenhum poder. Um gesto da sua parte poderia aliviar sua má consciência, se é que você tem uma má consciência, mas não iria melhorar materialmente a situação deles. De que modo você os ajudaria se lhes cedesse sua própria ampla cabine, com todo o espaço que você requer para os seus copiosos pertences, já que, embora os que estão lá embaixo tenham poucos pertences, eles são tão numerosos? A comida que você está comendo nunca seria suficiente para alimentar todos eles; na verdade, se fosse preparada tendo aquelas pessoas em mente, não mais seria tão refinada; e é claro que a paisagem ficaria estragada (a multidão estraga a paisagem, a multidão joga lixo etc.). Assim, você não tem outra opção além de desfrutar da excelente comida e da paisagem.

Contudo, supondo que você não seja indiferente, você pensa muito no que está acontecendo. Mesmo que não seja responsabilidade sua, como poderia ser responsabilidade sua, você continua sendo participante e testemunha. (Passageiros de primeira ou de segunda classe, é a partir desses pontos de vista que a maioria dos relatos históricos foram escritos.) E se os perseguidos são gente que poderia ter tido acomodações tão agradáveis como as suas, pessoas da sua própria categoria ou que partilham seus interesses, é muito menos provável que você fique indiferente à desgraça que agora os atinge. É claro que você não pode evitar que sejam punidos, se de fato são culpados. Mas supondo que você não é indiferente, que você é uma pessoa decente, você tentará intervir sempre que pode. Aconselhar a leniência. Ou pelo menos a prudência.

O Cavaliere tentara interceder por alguém, seu velho amigo Domenico Cirillo. Um dos mais eminentes biólogos da Itália, ilustre a ponto de ter sido nomeado membro da Real Sociedade, médico oficial da corte e médico pessoal do Cavaliere e de sua esposa, Cirillo aceitara de bom grado o convite da República para realizar reformas muito necessárias na organização dos hospitais e na assistência médica aos pobres. Há algo em favor do velho Cirillo, disse o Cavaliere ao herói. Sou testemunha da sua benevolência. Infelizmente, não podemos interferir no curso da justiça, disse o herói. O que significava que Cirillo seria enforcado.

•

Eles continuam com sua vida de passageiros, ancorados. Por enquanto, não estão indo a lugar algum.

Aliviada dos esforços de guerra, a nau capitânia está inteiramente dedicada ao comando, à sua própria manutenção e às diversões de seus principais passageiros. O mais difícil de se entreter é, naturalmente, o Rei. Quando os marinheiros lavam os conveses sob o forte sol da manhã e armam um toldo cor-de-rosa onde o Rei deveria dar sua recepção matinal, normalmente o encontram já em pé no castelo de popa, atirando nas gaivotas ou pescando num bote a algumas centenas de jardas do navio. Durante a recepção ele por vezes se afasta dos cortesãos e, com a barriga na amurada, grita para os fornecedores lá embaixo, que vêm da cidade em seus barquinhos. Está pensando no lauto almoço que comerá ao meio-dia, como sempre, na cabine do almirante, com o herói, seu velho amigo, o emissário britânico, e sua encantadora esposa de longos braços brancos, que rivaliza com ele ao desfrutar das montanhas de excelentes peixes e caças que escolheu para o repasto. Ela não se torna lerda depois de comer, como acontece com ele, e depois da refeição oferece um delicioso entretenimento. Quando ela levanta da mesa para cantar e tocar harpa, ele sabe que é para ele que ela está cantando. E decerto foi para ele que ela cantou '''Rule, Britannia'', certa noite enluarada, com toda a tripulação do *Foudroyant* na popa, fazendo coro. Os versos inspiradores e a bela voz da cantora pareciam adoçar o Rei. Gosto mais dela assim gorda, pensou ele sonolento, enquanto os seus *Bravo, bravo!* iam se transformando em roncos.

Já que não podiam ir à cidade, a cidade vinha até eles. Chefes de famílias nobres chegam em barcaças para prestar seus respeitos ao Rei, ao herói e ao Cavaliere e sua esposa, e explicar que jamais cooperaram com a República, ou só o fizeram sob coação. Os comerciantes rodeavam o navio com seus variados ofícios: açougueiros, verdureiros, taberneiros e padeiros oferecendo as primícias do dia, tecelões com peças de seda, chapeleiras com novos chapéus para a esposa do Cavaliere, vendedores de livros trazendo velhos alfarrábios ou volumes recentes sobre as ciências naturais para tentar o Cavaliere. Era simples tentá-lo; fora difícil conseguir livros novos em Palermo. Entre os livros que lhe ofereceram havia raros fólios que o Cavaliere reconheceu, já os folheara nas bibliotecas de amigos que agora definhavam na prisão, esperando — mas não era certo o que lhes aconteceria. Era angustiante pensar que aqueles livros haviam ficado órfãos, embora esse não fosse um bom motivo para não comprá-los. Não, ele não era um colecionador do tipo que, sem nenhuma dor de consciência, arremata tudo o que foi injustamente despojado ou confiscado de outros colecionadores. Mesmo assim, não era melhor que *ele* comprasse os fólios, ele que conhece seu valor e irá conservá-los como um tesouro, do que saber que iam desaparecer ou ser desmantelados e ter suas pranchas arrancadas.

A baía é uma floresta de navios — os do herói têm o casco recém-pintado de negro, com uma faixa amarela ao longo de cada fileira de portinholas e os mastros brancos, suas cores. E branco por toda parte, velas brancas que ficam rosadas todas as tardes com o pôr-do-sol em Capri. Barquinhos decorados com cores alegres todas as noites trazem músicos para tocar para o trio e para o Rei: barcos mais simples levam grupos de putas para os marinheiros (todo mundo sabe que não deve contar para o herói). Os divertimentos sexuais do Rei chegam a qualquer hora.

Em certos dias o Rei, inquieto, ordena que o levem mais para fora da baía, para caçar codornas africanas em Capri. O Cavaliere nunca ia com ele. Suas pernas não têm mais força para as encostas íngremes e pedregosas da ilha. Tampouco acompanhava o Rei quando este ia até o golfo apanhar peixes-espada com o arpão, ou pescar sozinho (embora gostasse muito de pescar), mas passava as tardes lendo no castelo de popa, à sombra, e encontrava sua esposa e o herói na hora do jantar. Às vezes subiam depois até a popa para apreciar o céu noturno e os navios fantasmagóricos que oscilavam, ancorados. Embora o Cavaliere soubesse perfeitamente por que apenas a popa do *Foudroyant* tem três lanternas — é a marca da nau capitânia —, ele às vezes imaginava por um momento, e depois se repreendia por ter um pensamento tão carinhoso e tolo, que as três lanternas representavam sua esposa, o herói e ele mesmo.

Cada um tem seu devaneio de auto-importância e sua experiência, talvez aprimorada pela vida no mar, da falta de limites do ego. O herói considera suas atividades em prol dos monarcas Bourbon como mais um teatro para a sua própria glória. A esposa do Cavaliere as considera como teatro e como glória. E como a incessante aventura do amor. Certa noite, sentada com o herói nos aposentos dele, tirou o tapa-olho da prateleira ao lado da cama e colocou-o em seu próprio olho direito. Chocado, ele implorou que o tirasse imediatamente. Não, me deixe ficar assim um pouco, disse ela. Como eu gostaria de ter só um olho. Quero ser como você. Você *sou* eu, disse ele, como os amantes sempre disseram e sentiram. Mas ela não era apenas ele. Às vezes, quando estavam sozinhos, ela era muitos outros também. Era capaz de andar gingando como o Rei e imitar seu modo de atacar a comida ou de tagarelar no seu dialeto napolitano meio cantado (que o herói apreciava sem compreender palavra); era capaz de imitar o ardiloso Ruffo, com seus olhos de pesadas pálpebras e seu sotaque aristocrático (Sim, exatamente! exclamava o herói); era capaz de se revestir de toda a solenidade britânica e de toda a masculinidade naval como o fiel capitão Hardy e o ambicioso Troubridge; era capaz de mudar as feições, a figura e a voz para imitar os gritos e o andar desajeitado dos marinheiros analfabetos. Como fazia rir o herói. Parava então um momento, e de algum modo o herói já sabia o que ela ia fazer, e ela se tornava o Cavaliere, imitava perfeitamente seu andar rígido, cuidadoso, seus silêncios atentos, quase de censura, e era exatamente a voz dele que discorria sobre as belezas de algum vaso ou quadro, elevando ligeiramente o tom enquanto tentava manter o entusiasmo sob controle. O herói se surpreendia, e pensava se não seria uma crueldade que a mulher que ele amava zombasse do homem que ele respeitava e a quem tratava com condescendência, como a um pai — ele, o homem que todos os dias dava sentenças de morte, preocupava-se em não ser cruel com alguém pelas costas —, mas por fim, depois de um momento de sincero exame de consciência, concluiu que não tinha importância que ela imitasse o Cavaliere, que fizesse uma brincadeira inocente com sua maneira de andar e falar. Achou que não estavam sendo cruéis, absolutamente.

•

O herói e a esposa do Cavaliere têm mais que o suficiente para se distrair. O herói passava a maior parte do tempo na Grande Cabine, reunido com os capitães da sua esquadra. Para as negociações com os oficiais napolitanos precisava da esposa do Cavaliere ao seu lado. Minha fiel intérprete em todas as ocasiões, ele a chamava em público. E há momentos em que os dois podem estar sozinhos, até mesmo ali, e beijar-se, sorrir e suspirar.

Espero que esse país venha a ser mais feliz do que nunca, escreveu o herói ao novo comandante-em-chefe da frota britânica no Mediterrâneo. Lorde Keith replicou chamando o herói e sua esquadra (uma boa parte dos navios britânicos disponíveis para a guerra contra os franceses no Mediterrâneo) para Minorca, onde os ingleses esperavam um combate com a frota francesa. O herói respondeu com insolência que Nápoles era mais importante que Minorca e que a missão que empreendera em Nápoles o impossibilitava de levar sua frota para o encontro, acrescentando que esperava que sua decisão fosse respeitada mas sabia que podia ser julgado por desobedecer a ordens e estava preparado para assumir as conseqüências.

Ainda havia tanto a fazer! Pelo bem do mundo civilizado, e como a melhor ação das nossas vidas, disse o herói ao Cavaliere, vamos enforcar Ruffo e todos os que tramam contra o nosso rei inglês de Nápoles.

Uma semana depois, Keith mais uma vez chamou o herói e mais uma vez o herói recusou, embora dessa vez deixasse partir quatro navios da sua esquadra para participarem da batalha que, como se viu depois, nunca aconteceu.

•

O vento quente do verão do Sul, e o vento quente da história.

Do navio, tal como do observatório do Cavaliere, a vista é imponente.

Do navio, Nápoles é como uma pintura. Sempre vista do mesmo ângulo. As ordens vêm do navio, atravessam as águas, são cumpridas; ocorrem simulacros de julgamentos em que por vezes o acusado nem sequer está presente; os condenados são levados à praça do mercado e sobem ao cadafalso. Não havia um único método de execução. O enforcamento, o mais feio e mais humilhante, tinha preferência. Mas alguns eram fuzilados. Outros, decapitados.

Se os responsáveis por estas mortes queriam dar um exemplo, os que iam morrer queriam mostrar um exemplo. Eles também se viam como futuros cidadãos do mundo da pintura histórica, da arte didática do momento significativo. Esta é a maneira como sofremos, como superamos o sofrimento, como morremos. Mostrar um exemplo significava ser estóico. Embora não conseguissem controlar a palidez do rosto, o tremor dos lábios e dos joelhos, a insubordinação dos intestinos, a cabeça continuava erguida. Quando estavam prestes a morrer, criavam coragem pensando (e não estavam errados) que estavam se tornando uma imagem. Uma imagem, até mesmo dos acontecimentos mais lamentáveis, também deve dar esperanças. Até as histórias mais horripilantes podem ser narradas de uma maneira que não nos faz desesperar.

•

Já que uma imagem pode mostrar apenas um momento, o pintor ou escultor devem escolher o momento que apresenta aquilo que o espectador mais precisa saber e sentir a respeito do tema. Mas o que é que o espectador precisa saber e sentir?

Veja o destino de Laocoonte, sacerdote troiano, que protestou contra a decisão de introduzir na cidade o cavalo de madeira, desconfiando de uma armadilha dos gregos, e a quem Palas Atena puniu por sua astúcia com uma terrível morte infligida sobre ele e seus dois filhos. Veja a representação da agonia mortal dos três na famosa escultura do século I que Plínio, o Velho, considerava superior a qualquer pintura ou bronze pelo virtuosismo da sua técnica, e que os formadores de gosto na época do Cavaliere admiravam por sua discrição — já que ela evoca o pior sem nos mostrar o pior. Era este o clichê predominante acerca da arte clássica: dizia-se que ela mostrava o sofrimento com decoro, dignidade em meio ao horror. Em vez de representar o sacerdote e seus filhos com a aparência que poderiam ter assumido, petrificados pelas duas serpentes gigantescas que vinham coleando em sua direção, a boca escancarada pelos gritos — ou pior ainda, desfigurados pela morte, o rosto inchado, os olhos arregalados —, o que vemos é o esforço viril e a heróica resistência em face da morte que os vai envolvendo. "Assim como o fundo do mar continua pacífico sob a superfície agitada", escreveu Winckelmann, lembrando o padrão oferecido pelo *Laocoonte*, "assim também uma grande alma permanece tranqüila em meio ao embate das paixões."

Na época do Cavaliere, o momento significativo para se representar uma situação intolerável era logo antes que o horror pleno atingisse seu ápice, quando ainda conseguimos encontrar algo edificante no espetáculo. Talvez o que haja por trás dessa curiosa teoria do momento significativo, e de seu preconceito a favor de momentos que não são demasiadamente aflitivos, seja uma nova ansiedade sobre como reagir, ou como representar a dor profunda. Ou a injustiça profunda. Um medo de se importar demais — medo de sentimentos inapaziguáveis, sentimentos que causariam uma ruptura irremediável de protesto contra a ordem social estabelecida.

Na arte se pode olhar para as coisas mais aterradoras. Até mesmo um *Laocoonte* mais adequado ao nosso gosto moderno, à nossa identificação da verdade com os sentimentos dolorosos, ainda seria, felizmente, nada mais que mármore. As serpentes não podem se enrodilhar com força ainda maior em torno do sacerdote troiano e seus filhos. Sua agonia está fixada para sempre neste momento. O que quer que a arte mostre, pior não vai ficar. Társias, o sátiro flautista que teve a temeridade de desafiar o próprio Apolo para uma competição musical, está *prestes* a ser esfolado vivo. As facas estão desembainhadas; o olhar apatetado, preparando-se para (ou não assimilando bem) seu martírio que se aproxima, já se mostra em torno dos olhos e da boca; porém, seus algozes ainda não começaram a... cortar. Nem mesmo um minúsculo pedaço de carne. Sua monstruosa punição está para sempre a apenas alguns segundos de distância.

•

O que as pessoas admiravam então era uma arte (cujo modelo era a arte clássica) que minimizava a dor da dor. Mostrava pessoas capazes de manter o decoro e a compostura, mesmo num sofrimento monumental.

Nós admiramos, em nome da veracidade, uma arte que exibe o máximo de trauma, violência, indignidade física. (A questão é: Será que nós a sentimos?) Para nós, o momento significativo é aquele que mais nos perturba.

•

Há muitos tipos de tranqüilidade, de calma. O herói desafiador para lorde Keith: Tenho a honra de vos dizer que nenhuma capital está mais tranqüila do que Nápoles.

E há também a calma dentro do coração do Cavaliere.

O Cavaliere diz a si mesmo: Calma, calma. Você não pode ajudar. Não está nas suas mãos. Você não tem mais poder. Você nunca teve poder real.

Vendo de longe. Estamos aqui, eles estão lá.

É junho, julho, depois agosto — o auge do verão. No interior do *Foudroyant*, cujo chão, como em todos os navios de guerra britânicos, é pintado de vermelho para disfarçar o sangue derramado nas batalhas, havia pouca luz durante o dia; e nada com que secar a umidade entre os conveses onde, o ano inteiro, não se permite acender fogo exceto na cozinha. À noite, mesmo com as portinholas abertas, as cabines-dormitórios são abafadas. Os amantes suam nos braços um do outro, e o Cavaliere agita-se inquieto em seu leito, conseguindo por fim isolar a dor nos joelhos reumáticos, os cheiros de comida, reais ou imaginários, vindos da cozinha vários níveis abaixo do convés, o incessante ranger do chão e das paredes úmidas, produzido pelo suave balanço do navio.

Teria sido muito mais confortável se tivessem estabelecido residência na cidade conquistada. Um dos palácios saqueados poderia ser rapidamente adaptado ao grupo: a antiga mansão do emissário britânico, ou o próprio palácio real, todo desventrado. Porém, para o Rei e para o trio, mudar-se para terra firme estava fora de questão. Nápoles tornara-se intocável, o coração das trevas.

Poder-se-ia pensar que Nápoles pertencia ao centro imperial, à sempre prezada Europa, pelo fato de ter uma renomada ópera, gloriosos museus, brilhantes reformadores humanitários e um monarca com o grosso lábio inferior dos Habsburgo. Mas não, a cidade fora abandonada por seus governantes e redefinida como uma colônia refratária, ou um país à margem da Europa — a ser disciplinada, implacavelmente, como se faz com as colônias e províncias rebeldes. (Scarpia diz: A crueldade é um dos ramos da sensibilidade. Despojar as pessoas de sua liberdade me diverte. Gosto de manter cativos... Mas aqui não se trata de Scarpia em ação. Isto não é crueldade pessoal, isto é política.) Nápoles devia ser tratada como colônia. Nápoles tornou-se a Irlanda (ou a Grécia, ou a Turquia, ou a Polônia). Pelo bem do mundo civilizado, disse o herói. Estão fazendo o trabalho da civilização — que sempre significa: o trabalho do império. Submissão incondicional! Decepar a cabeça da rebelião. Executar qualquer um que rejeite esta política.

Ruffo acabou não sendo enforcado. Porém, o velho Domenico Cirillo, amigo e médico do Cavaliere e sua esposa, foi; e também o célebre jurista Mario Pagano, líder dos moderados; e o gentil poeta Ignazio Ciaja; e também Eleonora de Fonseca Pimentel, que na prática era a ministra da Propaganda, duas semanas depois que o trio içou velas, em agosto, e voltou a Palermo. E muitos, muitos outros.

Se se tratasse de uma turba, poder-se-ia dizer que a besta se fartara de sangue. Como eram indivíduos, alegando agir pelo bem comum — Meu princípio é devolver à humanidade a paz e a felicidade, escreveu o herói —, diz-se que eles não sabiam o que faziam. Ou que foram enganados. Ou que devem ter se sentido culpados afinal.

Vergonha eterna ao herói!

•

Ficaram seis semanas a bordo do *Foudroyant*. Seis semanas é muito tempo.

É estranho ver Nápoles dia após dia do ângulo contrário, do mar — em vez da paisagem que o Cavaliere vira durante tantos anos de suas janelas e terraços, descortinando o grandioso panorama. Agora com Capri e Ischia por trás e o Vesúvio à direita e não à esquerda, uma fantasmagórica silhueta cinzenta recortada contra o pôr-do-sol, e os palácios e fortes marítimos na via Chiaia vibrando na luminosidade dourada, tridimensional, absorvendo a luz do mar.

E é estranho, também, ver o herói ao contrário. De outro ponto de vista, o da história, o juízo que a posteridade — assim como muitos de seus contemporâneos — haveria de fazer sobre o herói e seus companheiros. O herói, não cavalheiresco e altivo, mas vingativo, presunçoso; até mesmo ludibriado, provando ser capaz de endurecer o coração contra os pedidos mais óbvios da compaixão. O Cavaliere, não benevolente e distanciado, mas passivo, sem espírito. A esposa do Cavaliere não meramente exuberante e vulgar, mas ardilosa, cruel, sedenta de sangue. Todos os três se dedicando a um terrível crime.

Um novo rosto para cada um. Mas, dos três, pensava-se que a mais culpada era a esposa do Cavaliere.

Eram uma família — uma família no caminho do mal. E a família era o modelo do governo, em geral desgoverno, que estava sendo desafiado pela revolução. Uma conseqüência do antigo modelo, no qual a elegibilidade para os postos de comando vinha do fato de se nascer numa família governante, era que as mulheres, algumas poucas mulheres, tinham uma porção visível e muito real do poder. Estando ocasionalmente elas próprias no trono, e muitas vezes sendo conselheiras do monarca, seu filho, marido ou irmão — qualquer que seja o grau da sujeição das mulheres, elas não podem ser inteiramente banidas da vida familiar. (O novo modelo de governo, que revogava qualquer reivindicação legítima que as mulheres tivessem ao governo, era a assembléia — composta apenas de homens, já que derivava sua legitimidade de um hipotético contrato entre iguais. As mulheres, definidas como nem inteiramente racionais nem livres, não podiam fazer parte deste contrato.)

Eram uma família — uma família que entrara pelo caminho errado, na qual a influência de uma mulher passara a predominar. Parte do escândalo causado pelos erros do trio era que uma mulher desempenhava neles um papel tão visível. Tornou-se mais um drama doméstico do antigo regime, mostrando uma mulher poderosa — isto é, exercendo um poder impróprio — que, tendo se aventurado fora da esfera apropriada para as mulheres (filhos, deveres domésticos, alguma atividade artística amadora), tornara-se faminta pelo poder, depravada, e por meio de suas artimanhas sexuais escravizara um homem fraco e corrompera um homem reto.

•

Contavam-se histórias, e inventavam-se outras, sobre a esposa do Cavaliere, para ilustrar a nova reputação que ela adquirira de ser vingativa e desalmada.

Por exemplo, a perseguição ao aristocrata liberal Angelotti, que Scarpia mandara prender por possuir livros proibidos, foi transformada numa história sobre a implacável perseguição feita pela esposa do Cavaliere contra um homem que anos antes a ofendera mortalmente ao referir-se em público ao seu sórdido passado.

Foi em 1794, o ano do Terror, quando Scarpia recebeu da Rainha o encargo de cercar os conspiradores republicanos e simpatizantes da Revolução Francesa. Durante uma grande festa na mansão do emissário britânico, sua esposa discorria com a maneira clamorosa de costume sobre a querida, querida Rainha, os horrores dos franceses, a infâmia da revolução e a perfídia de certos aristocratas que ousavam simpatizar com os assassinos da ordem, da decência e da irmã da Rainha. Esses traidores, disse ela, não mereciam nenhuma compaixão.

Embora o marquês Angelotti, que era um dos convidados, não pudesse achar que era ele o alvo, já que naquela época ainda não era antimonarquista, decidiu tomar aquelas observações como um ataque pessoal. Talvez estivesse apenas aborrecido com a vulgaridade e agressividade dela, como cada vez mais gente agora se sentia. Ou talvez não gostasse de ver uma mulher falar tanto. Qualquer que fosse a razão, diz a história que ele ficou tão irritado com suas ferozes tiradas contra os republicanos que bateu palmas e ergueu o copo. Desejo fazer um brinde à nossa anfitriã, exclamou, e demonstrar o prazer que sinto em vê-la num estado de espírito tão bom, e ocupando uma posição tão elevada, tão diferente daquela em que eu a vi pela primeira vez.

Murmúrios na mesa. Todos os olhos voltaram-se para o marquês.

E onde foi isso, vocês podem perguntar, gritou ele.

Silêncio ávido.

Em Londres, continuou, falando bem alto. Nos Jardins de Vauxhall, uns doze anos atrás. Sim, creio que posso reivindicar a honra de conhecer a esposa do Cavaliere há mais tempo que qualquer pessoa nesta mesa, incluindo Sua Excelência seu marido.

O Cavaliere pigarreou. Só ele continuava comendo.

Sim, continuou o marquês, eu estava passeando com dois amigos, o conde del ***, daqui mesmo, e um amigo inglês, sir ***, quando fui abordado por uma criatura dessas que perambulam à noite pelos jardins públicos procurando uma refeição e dispostas a pagar por ela. Esta não tinha mais que dezessete anos, e era irresistível, desde o chapéu até as meias claras, e tinha uns olhos azuis belíssimos. Creio que nós, napolitanos, temos um fascínio pelos olhos azuis. Despedi-me de meus amigos e devo ter achado a companhia dessa deliciosa criatura ainda mais agradável do que eu esperava, embora, sendo estrangeiro, eu não conseguisse compreender tudo o que ela dizia no seu encantador sotaque interiorano. Ela gostava muito de falar, mas felizmente essa não era a única coisa que ela gostava de fazer. Nossa ligação durou oito dias. Ela não poderia, creio eu, estar muito tempo em sua profissão, pois ainda tinha uma certa inocência campestre, algo que costuma acrescentar um sabor picante àquilo que se pode considerar como um dos prazeres mais acessíveis de uma cidade grande. Como já disse, nossa ligação durou oito dias, deixando-me com recordações não mais intensas do que o encontro merecia. Imaginem minha satisfação, depois de tantos anos, ao encontrá-la de novo e vê-la completamente transformada, transportada para uma outra vida, e instalada aqui entre nós como ornamento da nossa sociedade musical, a alegria do distinto embaixador britânico, e a mais querida amiga da nossa Rainha —

Conta-se que a Rainha ordenou a prisão de Angelotti alguns dias depois a pedido da esposa do Cavaliere, e o marquês foi prontamente sentenciado a três anos nas galés, onde se converteu da causa da monarquia constitucional para o republicanismo. É claro que os contadores de histórias poderiam também ter dito que ele foi preso a pedido do Cavaliere, tão apaixonado era o velho por sua esposa. Mas a culpa sempre recaía sobre ela. Depois que tudo terminou, dizia-se que o herói nunca teria feito o que fez se não estivesse sob a influência da mulher por quem estava tão abjetamente apaixonado, que era a amiga mais íntima da Rainha napolitana. Se estivesse sozinho, pensava-se, o almirante inglês nunca teria consentido tornar-se um carrasco a mando dos Bourbon.

Não só os homens da história eram vistos como joguetes das mulheres, mas também as próprias mulheres. Depois que tudo terminou e aqueles fatos foram o escândalo da Europa, houve quem dissesse que fora a perversa esposa do Cavaliere que influenciara a excitável Rainha e a convencera a ordenar o assassinato judicial dos patriotas napolitanos — embora outros afirmassem que fora a perversa Rainha que transformara em marionete sua crédula e devotada amiga. De qualquer forma, a própria Rainha haveria de ser mais censurada que o Rei. Nascida da ninhada infernal da despótica Maria Teresa, não tinha ela domínio completo sobre seu marido ignorante e passivo? (Se estivesse sozinho, pensava-se, o Rei nunca teria autorizado tais crueldades.) A mulher pode ser acusada por estar na cena do crime, mesmo se for apenas para incentivar os homens. E também é acusada quando, sendo menos que todo-poderosa, ela está ausente. Pois, quando se decidiu que era necessária a presença monárquica na baía de Nápoles para conferir plena legitimidade ao curso sanguinário da restauração, a Rainha quisera, quisera muito, acompanhar seu marido e ir ter com seus amigos a bordo do *Foudroyant*. Mas o Rei, que ansiava por umas férias longe de sua dominadora esposa, ordenara-lhe que permanecesse em Palermo.

Deixar que a mulher ou que as mulheres da história levem a culpa é uma maneira engenhosa de ocultar a plena coerência, enquanto política, dos decretos emitidos na nau capitânia do herói. (Isto muitas vezes é parte da utilidade da misoginia.) Os relatos acerca da Rainha invariavelmente refletiam o eterno desprezo votado às mulheres governantes e às consortes dominadoras — objetos de zombaria e condescendência (por serem indevidamente viris) ou de calúnias que demonstram duplo padrão de juízo (por serem frívolas e sexualmente insaciáveis). Porém, o papel da Rainha de fato se ajustava a um molde bem conhecido — o governo provindo do lar — e ela possuía as credenciais corretas. Já o papel da esposa do Cavaliere no Terror Branco que se seguiu à supressão da República Napolitana parecia inteiramente gratuito e muito mais repreensível. Quem era essa arrivista, essa bêbada, essa mulher fatal, cheia de poses, de exuberância, de exagero nas roupas, essa... atriz? Uma criada de comédia que se insinuou no coração de um drama público e que passa a seguir seu próprio roteiro — pois não é ela uma mulher? e, portanto, não inteiramente responsável? — sempre que quiser.

•

A opinião pública provavelmente veria como mais uma prova da perversidade da esposa do Cavaliere se soubesse que ela, e apenas ela no trio, visitou a cidade martirizada durante as seis semanas em que o *Foudroyant* ficou ancorado na baía. Não poderia ter sido o herói, cujo papel exigia que se mantivesse em seu posto de comando flutuante, para mais bem administrar a sentença decretada sobre a resplandecente cidade saqueada. Tampouco o Cavaliere, que sempre que subia ao convés não podia deixar de procurar, no anfiteatro das construções e jardins acima do porto, a mansão onde vivera por mais de trinta e cinco anos, mais de metade de sua vida. A perspectiva de desembarcar e sucumbir à tentação de inspecionar sua antiga moradia devastada, pilhada e emporcalhada, o enchia de dor já por antecipação. Mas, num escaldante dia de julho, a esposa do Cavaliere desceu em terra por algumas horas, descartando aos risos as súplicas de seu marido e seu amante, que estavam fora de si de preocupação por essa temerária aventura.

Mas irei disfarçada, diz ela alegremente. Enquanto conversavam, Fatima, Julia e Marianne, as três criadas que trouxera de Palermo, lhe costuravam um disfarce. Pois em Palermo não acompanhara com freqüência o herói em suas perambulações noturnas pela cidade, vestida de marinheiro? Para a excursão a Nápoles usará um traje de viúva, que a cobrirá por completo.

Uma carruagem com empregados a serviço dos britânicos foi ao encontro do bote que levou a esposa do Cavaliere a terra, a uma distância segura do porto onde enxameavam mendigos, vendedores, rameiras e marinheiros de vários países. Ali perto, numa segunda carruagem, estavam quatro oficiais do *Foudroyant*, despachados pelo ansioso herói com instruções para não perder de vista a dama e guardar a vida dela com a própria vida. Eles a viram tropeçar ao descer do barco, depois cambalear um pouco enquanto parava para cobrir o rosto com um xale de seda negra. Hoje ela deve ter começado cedo. Meu Deus do céu! Será que devemos ajudá-la? Não, veja, ela já se recuperou. Todo mundo sabia que a sereia do almirante abusava do vinho. Mas estavam enganados. Não era o vinho que ela andara bebendo no barco, mas o choque estonteante da terra firme debaixo dos pés, depois de quase quatro semanas a bordo do navio que balançava sem cessar.

Ela deu o endereço ao condutor, deixou que os lacaios a ajudassem a entrar na carruagem e, no calor escaldante, acomodou-se para espiar por trás da cortina a esteira de edifícios, pessoas e veículos que ia se desenrolando ao seu lado. As ruas continuavam apinhadas de gente, como sempre, mas parecia haver um número anormal de mulheres inteiramente vestidas de negro, tal como ela. Fez uma parada para adquirir um enorme buquê de jasmins e rosas.

Descobriu então o rosto e entrou na fria e cavernosa igreja. No intervalo entre duas missas, tudo estava muito calmo; aqui e ali uma figura negra, em oração, emoldurava-se entre as altas colunas. Molhou os dedos na pia de água benta, ajoelhou-se e persignou-se, após beijar as pontas dos dedos, como se faz aqui. Antes de avançar mais igreja adentro hesitou, pois não podia deixar de esperar que seria reconhecida, que as pessoas acorreriam, como nos velhos tempos, para tocar seu vestido, implorar favores e esmolas da segunda mais poderosa mulher do reino, a esposa do emissário britânico. Quando ninguém percebeu sua presença, ficou um pouco desapontada. Uma estrela, ao contrário de uma atriz, sempre quer ser reconhecida.

No último ano em Nápoles ela passara muitas tardes em San Domenico Maggiore, fingindo examinar as inscrições nas velhas sepulturas da nobreza napolitana; na verdade, para ver as pessoas orando e imaginar o conforto de uma presença bondosa e protetora, sempre a postos para atender nossos chamados. Agora ela queria proteger outra pessoa. O herói sofria dores, muitos tipos de dor, não só a dor no braço e no olho. Ele falava de uma sensação de aperto no coração, e no meio da noite, deitado ao seu lado e já adormecido, gemia lamentavelmente. Ela começara a orar em silêncio pela saúde dele — em criança nunca orara, mas consolava-se orando nessa religião estrangeira — e a Madona muitas vezes lhe vinha à mente. Deitada ao seu lado, ouvindo o sino do navio bater as horas, passou a acreditar que, se conseguisse visitar esta igreja mais uma vez e fazer uma oferenda a essa imagem da Madona, sua oração com certeza seria ouvida. Não queria proteção para si mesma, queria para o homem que a amava. Queria tirar a sua dor.

Foi até o altar lateral, colocou suas flores num vaso dourado aos pés da Madona, acendeu um maço de velas, ajoelhou-se e murmurou para a imagem uma longa e ardente súplica. Quando terminou, ergueu a vista para os olhos da Madona, pintados de azul, e imaginou que via compaixão. Como era linda. Acho que estou sendo muito tola, pensou, e perguntou-se se a Madona teria ouvido aquilo que dissera só para si mesma. Colocou sua oferenda, uma grande soma de dinheiro, numa bolsa de veludo ao lado das flores.

Embora ninguém se aproximasse dela, teve agora a nítida impressão de que estava sendo observada. Quando se voltou, viu ao fundo, ao lado de uma coluna, um homem de ombros largos e boca carnuda; reconheceu-o, mas ele não estava olhando para ela. Talvez quisesse que ela se aproximasse.

Ele sorriu e inclinou-se. Disse-lhe que era uma surpresa vê-la. Não disse: vê-la aqui. É claro que não era surpresa nenhuma. Os espiões de Scarpia no *Foudroyant* o haviam informado da iminente visita à terra da esposa do Cavaliere. Ele estava no porto quando ela desembarcou, e a seguira até a igreja. Embora ela não pudesse apreciar a recente alteração na aparência de Scarpia, o fato de que não mais usava sua sinistra capa negra mas reassumira seus finos trajes de nobreza, Scarpia não deixou de notar as mudanças ocorridas na mulher à sua frente, esta grande beldade de outrora que conseguira virar a cabeça do ingênuo almirante inglês. Deve ter havido muita bebedeira em Palermo. Mas ela possuía um belo rosto e belos pés.

A coragem de Vossa Senhoria é admirável. Mesmo assim, a cidade não deixa de ter seus perigos.

Sinto-me totalmente segura aqui, disse ela. Gosto de igrejas.

Scarpia também gosta. As igrejas o fazem lembrar aquilo que o atrai no cristianismo. Não suas doutrinas mas sua preocupação histórica com a dor: sua palheta de inventivos martírios, torturas inquisitoriais e tormentos dos malditos.

Sem dúvida Vossa Senhoria estava oferecendo preces pelo bem-estar de Suas Majestades e a rápida restauração da ordem neste desafortunado reino.

Minha mãe está adoentada, disse ela, aborrecida por ver que era necessário mentir.

Estava planejando visitar sua antiga casa, perguntou Scarpia.

Decerto que não!

Jamais gostei tanto desta igreja, tão cara à nobreza, como daquela onde costumo comungar, a igreja do Carmine, na praça do mercado. Há uma execução marcada para as duas horas.

A igreja da Madona Negra, disse a esposa do Cavaliere, como se não tivesse compreendido o que Scarpia sugeria.

A senhora pode testemunhar a justa punição de vários dos principais traidores, disse Scarpia. Mas talvez não se sinta capaz de assistir a esse espetáculo, que tanto alegra todos os fiéis súditos de Suas Majestades.

É claro que ela poderia assistir, se fosse obrigada. Ver sangue faz parte da coragem. O que importava isso? Ela podia ver qualquer coisa. Não era melindrosa. Não era uma mulher tola, trêmula, sentimental como a srta. Knight. Mas não conseguiu forçar-se a aceitar o desafio de Scarpia.

Scarpia esperou um momento. No silêncio (que se tornou a resposta dela) havia começado um te deum.

Ou então podemos fazer o que quer que lhe dê prazer, continuou Scarpia em sua voz sarcástica, insinuante. Estou à sua disposição pelas horas que quiser.

A igreja começa a se encher, e agora estão sendo observados.

Pode valer a pena aceitar esta oportunidade de passar uma hora com Scarpia, pensou a esposa do Cavaliere. A Rainha se interessaria em ter seu relatório em primeira mão do chefe de polícia. Mas ela sabia que ao mesmo tempo que ela estaria fazendo um relatório sobre ele, ele estaria fazendo um relatório sobre ela. Todos os seus instintos diziam: tome cuidado! E, como era mulher: seja charmosa!

Ele molhou os dedos na pia batismal e lhe ofereceu um pouco de água benta. Ela assentiu gravemente, tocou seus dedos e persignou-se. Obrigada.

Saíram no calor escaldante, e numa barraquinha da praça ela comprou um pacote de doces de péssima aparência, apesar da advertência de Scarpia. Oh, tenho uma ótima digestão, exclamou a esposa do Cavaliere. Tudo me cai bem.

Ele repetiu seu oferecimento de escoltá-la, e mais uma vez ela recusou. Talvez tivesse gostado de fazer um pouco de turismo, turismo clandestino, na cidade onde passara um terço de sua vida. Mas não com ele. Por que ele não parava de sorrir? Devia considerar-se muito atraente. E era verdade. Scarpia sabia o efeito que exercia nas mulheres, não porque fosse bonito (não era), mas por seu olhar forte, que fazia as mulheres desviarem a vista, e logo fitá-lo de novo; sua voz rouca e profunda; sua maneira de mudar lentamente o peso do corpo quando ficava em pé; o refinamento dos seus trajes; e suas maneiras perfeitas, salpicadas de rudeza. Mas a esposa do Cavaliere não tinha atração por homens ostensivamente viris. Não queria imaginar como ele seria como amante. Também achava difícil conceber como seria alguém que, como ela supunha, não buscava a opinião positiva dos outros, não se preocupava em absoluto com o que os outros pensavam dele. Devia ser verdade, então, o que as pessoas diziam de Scarpia, que ele era extremamente mau. Mas ela também não gostava de pensar nisso. Entre as muitas coisas sobre as quais ela preferia não pensar agora, uma era a maldade humana. O mal é como o espaço. Todo o espaço que existe. Quando você imagina chegar ao fim, só consegue imaginar um limite, ou um muro, o que significa que há algo do outro lado; quando pensa que já atingiu o fundo, há sempre algo que vem batendo lá de baixo.

Ela queria entrar na carruagem fresca e comer seus doces.

Não posso tentá-la com minha companhia?

Não mais intimidada, ela respondeu, com afetação, que precisava privar-se deste prazer porque —

A senhora desapontaria um de seus mais fiéis admiradores?

— porque tenho de voltar ao *Foudroyant* o mais rápido possível, continuou sem se perturbar. Estavam agora ao lado da sua carruagem.

Como ela se atrevia a rejeitá-lo! Mas talvez ele conseguisse provocá-la. Não havia uma história a respeito desta mulher extravagante e Angelotti, dizendo que foram amantes? Na esperança de reavivar uma lembrança desagradável ou embaraçosa, ele a informou de que Angelotti, que fugira para Roma, acabara de ser preso.

Estou certo de que esta notícia lhe dará satisfação.

Oh, sim, Angelotti, disse a esposa do Cavaliere.

Não que ela tivesse perdoado Angelotti. Mas seu insulto fora enterrado debaixo de tantas outras emoções e acontecimentos, tanto triunfo, tanta felicidade. A esposa do Cavaliere se orgulhava de não guardar rancor. Se deseja a morte de todos os conspiradores, é porque a Rainha assim deseja. Sua falta de simpatia (por Cirillo) era simpatia por outra pessoa (a Rainha). Ela não é mais cruel do que o herói ou o Cavaliere. Parece ser a mais cruel apenas porque é a mais emocional — o que se espera que as mulheres sejam. E as mulheres emocionais que não detêm o poder, poder verdadeiro, em geral terminam sendo vítimas.

Como um *flash forward* pode servir para lembrar.

•

Dia 17 de junho de 1800. A Rainha de Nápoles, que continuava a viver em Palermo sem nunca visitar sua primeira capital, embora há mais de um ano já tenha sido restaurado o governo monarquista, chegou a Roma para uma curta visita na véspera de um embate, que se esperava que fosse decisiva, contra Napoleão.

Esta noite ela estava dando uma festa para comemorar a notícia, chegada pela manhã, da derrota de Napoleão pelas forças austríacas em Marengo. Esta falsa boa nova (Napoleão na verdade vencera a batalha) fora seguida no início da tarde por uma pequena notícia má, desta vez genuína. Angelotti, que estava prestes a ser enviado em ferros a Nápoles para ser enforcado — embora não, como diziam as más línguas, para deleite da esposa do Cavaliere, que neste momento está voltando para a Inglaterra com seu marido e seu amante —, Angelotti escapou da prisão na fortaleza papal de Sant'Angelo, onde estava cativo há mais de um ano. A Rainha ficou furiosa com Scarpia, a quem tinha chamado de Nápoles e instalado num dos andares superiores do Palazzo Farnese. Ela espera vingança infalível por parte do seu servidor da mais alta confiança. Encontre-o hoje, ou encare as conseqüências, disse ela. Majestade, disse o barão, sua ordem será cumprida.

O guarda da prisão que ajudou Angelotti a escapar já foi identificado, disse Scarpia à Rainha, e antes de morrer (o interrogatório fora um tanto brusco) revelara o primeiro destino do fugitivo, uma igreja onde sua família tem uma capela. Embora Angelotti já tivesse partido quando Scarpia chegou à igreja, foram encontradas provas incriminando um provável cúmplice. Outro patrício jacobino, disse Scarpia. Mas é claro que eles se intitulam liberais ou patriotas. Esse aqui é pior que o tipo costumeiro. Um artista. Um expatriado sem raízes. Nem sequer italiano de verdade. Educado em Paris — seu pai, que se casou com uma francesa, era amigo de Voltaire. E o filho era pupilo de David, o artista oficial da Revolução Francesa.

Não me importa quem ele é, exclamou a Rainha, irada.

Scarpia apressou-se a informar a Rainha de que o jovem pintor já está preso. Garanto que vamos saber o paradeiro de Angelotti dentro de poucas horas. Scarpia sorria.

A Rainha sabia o que o chefe de polícia queria dizer. A tortura continua sendo legal nos Estados Papais, assim como no Reino das Duas Sicílias, embora os reformadores tenham conseguido aboli-la em outras partes. Ela não é mais prática legal nos domínios mais civilizados dos Habsburgo, nem na Prússia ou na Suécia. Ela lamenta os métodos de Scarpia, embora seja necessário ser realista. Apesar de seu deleite ao ver o destino dos rebeldes napolitanos, a Rainha ficaria chocada ao saber que há quem a considere uma sanguinária. Embora seja sempre a favor das execuções, ela é contra a tortura.

Angelotti deve ser recapturado hoje à noite, está compreendendo?

Sim, Majestade.

Scarpia despede-se e volta para os seus aposentos no andar superior do palácio, onde o pintor será interrogado.

A Rainha, após descarregar sua fúria sobre Scarpia, está decidida a não deixar que esta pequena má notícia lhe estrague a festa.

Enquanto os dois conversam, o grande Paisiello curva-se sobre um teclado em algum lugar do palácio, compondo uma cantata em comemoração da vitória, que será executada hoje à noite. O compositor irá reger, e ela será cantada pela sensação da atual temporada no Teatro Argentina. A Rainha tem um fraco por mulheres que cantam. A estrela da ópera lembrava-lhe sua querida amiga, a esposa do emissário britânico, que tem uma voz ainda mais bela.

A estrela da ópera, como a amiga da Rainha, também é impetuosa, cálida, efusiva, e sabe como se dar no amor.

A diva chegou ao grande salão de baile onde a festa está em curso e fez uma reverência à Rainha. Já vira a partitura de Paisiello e está confiante (nunca se sente senão confiante) quanto à sua parte.

Ela ouve os convidados falando sobre política. Não sabe nada sobre política, nem quer saber. Toda essa conversa sobre a França, ela mal compreende. Seu amante já tentou lhe explicar. Tentou fazer com que ela lesse um de seus livros favoritos, escrito por um certo Russo — ou algo assim, mas era um autor francês, não italiano. Ela não entendeu nada, e ficou se perguntando por que ele lhe empurrava aquele romance. Embora ele tenha amigos como o marquês Angelotti, um aristocrata napolitano que fora preso por ser um dos seis cônsules da República Romana, atéia porém de curta vida, ela sabe que também seu amante pouco se importa com a política. Ele também é um artista. Assim como ela só vive para a sua arte e para o amor, ele só pensa nela e na pintura.

Ela observava o jogo numa das mesas de carteado quando sua criada Luciana lhe entregou um bilhete. Era de Paisiello, que ainda não terminou a cantata e pede que ela distraia a atenção da Rainha iniciando a música da noite sem ele. Naturalmente, ele espera que ela cante uma ária de alguma ópera de sua autoria; ele já compusera quase uma centena. Furiosa por ter de esperar, a diva começou seu recital improvisado com uma ária de Jommelli. A Rainha então requisitou outra ária, comentando que era aquela que sua amiga, a esposa do embaixador britânico, cantava tão lindamente. É a cena da loucura da *Nina* de Paisiello. A diva, que não tinha a menor intenção de atender ao desejo do compositor, não tem como recusar uma ordem real.

Quando Paisiello por fim apareceu com a partitura de sua cantata da vitória, a execução foi um grande sucesso. Sucesso tão grande que a Rainha queria que ela continuasse cantando. Ela canta e canta... sobre o amor eterno, as estrelas, a arte, o ciúme. Ela conhece muito bem o ciúme.

Estava ansiosa para que a noitada terminasse o mais rápido possível. Infelizmente, antes de poder encontrar seu amante, tinha algo desagradável a fazer. Prometera visitar o notório chefe da polícia napolitana, que encontrara naquela tarde na mesma igreja que encomendara a seu amante um grande quadro da Madona. Quando passara por ali um pouco antes, ele parecera distraído, e ao voltar ficou surpresa por não vê-lo mais lá; em seu lugar encontrara aquele seu admirador confesso, rondando junto aos andaimes. Então era este o homem — e diante dele tremia toda Nápoles! E era atraente, ela não podia deixar de notar. O chefe de polícia, flertando com ela de uma maneira um tanto arrogante, tentara convencê-la de que seu amante estava interessado em outra mulher. Ela fora tola a ponto de acreditar, quando ele lhe mostrara, entre os pincéis sujos, um leque de mulher, leque que não pertencia a ela.

A diva é uma mulher que sabe se cuidar. Sabe manter à distância os homens libidinosos. Tal como a esposa do Cavaliere, só consegue se dar por amor. Tratará de descobrir o que o chefe de polícia quer lhe dizer. Depois irá encontrar seu amante, e os dois passarão o fim de semana no chalé que ele possui no interior. Ela tem motivos para crer que ele provavelmente não lhe foi infiel; mas o ciúme é uma das poucas armas que uma mulher possui. Afinal, ela é uma atriz. Talvez ele confesse que de fato achou atraente a mulher na igreja cujo rosto usou como modelo para o rosto da Madona; e ela será fria com ele por alguns minutos, e depois o perdoará, e os dois serão mais felizes do que nunca.

A diva não é dada à vingança. E já viu óperas e peças louvando a clemência. Muitos dramas acerca de monarcas misericordiosos foram representados nesta última década, a mesma década em que vários autocratas até então clementes descobriram que a mão de ferro e o cadafalso também têm sua utilidade. A diva crê que não há nada mais belo que a clemência. Por que as coisas não podem ser como nas óperas de Mozart, como aquela sobre o rapto, que contém a sublime frase: Nada é mais odioso que a vingança. Ou aquela outra sobre a clemência do imperador romano — composta para a coroação do irmão da Rainha de Nápoles, o imperador Habsburgo, como rei da Boêmia — na qual Tito descobre um complô contra sua vida armado pelos que lhe eram mais caros e, declinando de executar os conspiradores, declara: Conjuram os astros, creio, para obrigar-me a despeito de mim mesmo a tornar-me cruel. Não, eles não terão esta vitória!

É verdade que o Tito da ópera, cujo dia, no ano de 79 d.C., começa quando ele anuncia que o Vesúvio entrou em erupção e ordena que o ouro destinado pelos senadores para um templo em sua honra fosse usado para socorrer as vítimas do vulcão, e termina quando ele perdoa o amigo que tentou assassiná-lo, é também o Tito da história, flagelo dos judeus e destruidor do Templo. Mas talvez nós precisemos de todos os modelos de magnanimidade que nos são oferecidos, inclusive os inventados. Até a diva sabe disso, por mais inocente que seja quanto à história.

Talvez a vida não seja como é na ópera, pensa a diva, preparando-se para subir e encontrar o chefe de polícia, mas deveria ser. Nada é mais odioso que a vingança.

•

Sabemos como são os maus. Como Scarpia. O barão Scarpia é verdadeiramente mau. Ele exulta com sua maldade e sua inteligência. Poucas coisas o agradam mais do que exercitar seus dons de enganar. Excelente juiz do caráter alheio, ele compreende que a diva é tão imprudente como ingênua. Para os maus, uma pessoa compreendida é uma pessoa manipulada. Fora muito fácil convencê-la de que seu amante está tendo um caso com outra mulher, o que a levou a cometer uma indiscrição fatal para o fugitivo Angelotti. Mais ainda, há o puro amor de infligir a dor. Quando ela chegou ao andar superior, ele mandou trazer seu amante e torturá-lo para que ela ouvisse — em parte porque ele gosta de torturar, em parte porque a tortura pode produzir as informações que ele procura, e em parte porque gosta de observar o que acontece no rosto dela quando ela ouve os gritos vindos do quarto ao lado. Tuas lágrimas eram como a lava me queimando os sentidos, diz ele. Depois que a tortura a fez falar, Scarpia declara que se ela ceder a ele a vida de seu amante será poupada (o pelotão de fuzilamento usará balas de festim) e os dois terão permissão para deixar Roma. É claro que ele não tem intenção alguma de fazer nada disso. Para os maus, qualquer promessa feita é uma promessa a ser quebrada.

Sabemos como são os bons — e conhecemos a reputação que têm de não serem muito astutos. A diva é generosa, tem o coração cálido. Mas, para ser tão facilmente manipulada, não deixa de ter sua parte de culpa. Se fosse só um pouquinho mais cética — isto é, um pouquinho menos orgulhosa de suas paixões — talvez Scarpia não a tivesse transformado tão facilmente numa isca; pois foi o brandir do leque de outra mulher que a enviara correndo, aquela tarde, à casa de campo de seu amante, onde ela o descobriu não com outra mulher mas com Angelotti, a quem ele estava escondendo, de modo que ela agora possuía a informação que seu amante desejara esconder dela, e que ela pode então divulgar quando Scarpia a confrontar com a insuportável escolha entre trair Angelotti ou deixar morrer seu amante. Enquanto seu amante nunca, nunca teria traído o paradeiro de Angelotti, por mais excruciante que fosse a tortura (ou assim ele acredita), a mulher que o ama não consegue suportar seus gritos. Talvez ela não seja mais emocional que um homem. Também Scarpia é governado por suas emoções. Mas a combinação das emoções com o poder cria... poder. A combinação das emoções com a impotência cria... impotência. Já era tarde demais para o pobre Angelotti, que engoliu veneno quando os homens de Scarpia chegaram para tirá-lo fora do poço. Mas a diva pensou que ao deixar que Scarpia a estuprasse salvara a vida de seu amante. Viu o chefe de polícia dar ordens para uma execução simulada ao romper da aurora; depois, quando ficaram sozinhos, ele assinou os passes que lhes permitiriam deixar a cidade. Mas embora a diva pegue da mesa uma faca afiada e pontiaguda quando Scarpia está prestes a saltar sobre ela — nada pareceria mais poderoso que um assassinato — sua coragem não consegue deter aquilo que sua credulidade já pôs em movimento, seu amante será abatido numa simulação de execução simulada diante de seus olhos, e ela deve pular do parapeito do Castelo Sant'Angelo, acrescentando às três outras mortes a sua própria.

Sabemos como são os muito maus e espertos, e os muito bons e crédulos.

Mas e quanto a todos os outros: os que não são nem maus nem inocentes. Apenas gente normal e importante, tratando de seus assuntos importantes, desejando fazer bom juízo de si mesmos, e cometendo os crimes mais atrozes.

Veja o Cavaliere e sua esposa. Por que não se comoveram com os gritos de suas vítimas? Do pobre Caracciolo, que, como Angelotti, fora encontrado escondido no fundo de um poço. Mas, ao contrário de Angelotti, não preferiu matar-se imediatamente. Ao contrário de Angelotti, não achou que tinha a certeza da morte diante de si. Caracciolo pensava que tinha uma chance. Estava errado.

•

Você pode implorar por sua vida, e não adianta nada. A diva implorando a Scarpia que poupasse seu amante. O idoso doutor Cirillo escrevendo em sua cela, alguns dias depois de sua prisão, acorrentado, ao Cavaliere e sua esposa: Espero que Vossas Senhorias não levem a mal se eu tomar a liberdade de perturbá-los com algumas linhas, para lembrá-los de que ninguém neste mundo pode proteger e salvar um pobre infeliz exceto os senhores...

Pode-se ir com uma coragem sobrenatural. O jovem aristocrata Ettore Carafa, condenado em setembro a ser decapitado, que pediu para ser colocado no cepo olhando para cima e não voltado para baixo, e ficou de olhos abertos enquanto o machado caía. Ou com inspirado distanciamento e premonição. Eleonora de Fonseca Pimentel, que, virando-se para seus colegas prisioneiros à espera de subirem na carreta que os levaria até o cadafalso, recitou um verso de Virgílio: *Forsan et haec olim meminisse juvabit* — Talvez um dia até mesmo isto será lembrado com alegria.

Dignidade ou miserável abjeção, nada afetará aquilo que decretam os implacáveis vencedores, transformados em força da natureza. Tão irredutíveis frente à piedade como o vulcão. A compaixão é o que nos leva além da natureza, além da nossa natureza, sempre provida de sentimentos cruéis. A compaixão, que não é o perdão, significa não fazer aquilo que a natureza, e o interesse próprio, nos diz que temos direito de fazer. E talvez nós de fato tenhamos esse direito, e esse poder. Mesmo assim, como é sublime não fazer. Nada é mais admirável que a compaixão.

7

A política é muito saliente, muito absorvente. Infelizmente, você tem que se preocupar com a política, mesmo que não queira. Mas há muitas outras coisas importantes com que se preocupar. Por exemplo, a escolha do que vestir pode ter grande importância. O que vestir para lisonjear a obesidade — não, para esconder a gravidez. Uma gravidez que é melhor esconder, já que todos acreditam, e corretamente, que o pai é o amante, e não o idoso marido. Um traje volumoso? Um vestido solto? E talvez com um xale por cima, vários xales apesar do calor, já que quem os usa é mestra na arte de drapejar xales.

E o que vestir para responder à desgraça já divulgada ao público, para mostrar que você não toma conhecimento do que as pessoas cuja opinião você preza estão dizendo pelas suas costas. Se você é um herói, pode usar as suas faixas, ordens, estrelas e medalhas. Todas elas. Às vezes você usa a peliça escarlate enfeitada com arminho, chegando até os tornozelos, com que a presenteou o embaixador turco. Seu ornamento de diamante com uma estrela giratória, outro presente (chama-se *chelengk*) do Grão-Senhor de Constantinopla. A espada de ouro com o punho e a lâmina cravejados de diamantes que você ganhou do Rei, juntamente com um ducado na Sicília, para expressar sua gratidão pelas ações causadoras da desgraça que se abateu sobre a tua vida. E

Sempre, junto ao coração, um lenço rendado que pertence à mulher cuja influência, dizem, fez você cometer as ações causadoras da desgraça que se abateu sobre a tua vida.

É importante, também, de que maneira qualquer representação sua será trajada. Para a festa dada pela Rainha no vasto parque do palácio real campestre, para qual foram convidadas cinco mil pessoas, foi erigido um pequeno templo grego, dentro do qual se colocaram efígies de cera do trio em tamanho natural, coroadas de louro. A Rainha requisitara aos modelos das estátuas que contribuíssem com suas próprias roupas. A esguia efígie da esposa do Cavaliere trajava o vestido de cetim púrpura da última noite de gala da ópera em Nápoles, no qual foram bordados os nomes dos capitães do Nilo; a jovial efígie do Cavaliere portava seu traje diplomático completo, com a estrela e a faixa vermelha da Ordem de Bath; entre os dois erguia-se a efígie do herói, com dois olhos de ágata de um azul brilhante, seu traje naval de gala como um campo repleto de medalhas e estrelas reluzentes, e a *sua* Ordem de Bath. No teto do templo agachou-se um músico com seu instrumento, e quando começaram as cerimônias parecia que era a trombeta da estátua da Fama que tocava. O Cavaliere recebeu um retrato do Rei numa moldura cravejada de diamantes; a esposa do Cavaliere recebeu o retrato da Rainha cravejado de diamantes e encimado pela Rainha com a coroa de louros da sua efígie; e o Rei deu ao herói um duplo retrato de Suas Majestades, ornamentado com muitas jóias, e o sagrou na Ordem de São Ferdinando, cujos membros têm o privilégio de não tirar o chapéu na presença do Rei. A orquestra começou a tocar "Rule, Britannia". O céu começou a trovejar: uma grandiosa exibição de fogos de artifício representando a Batalha do Nilo, que concluiu com a espetacular explosão do pavilhão tricolor francês. Quem poderia resistir a uma tal adulação? Eles fitam as estátuas de si mesmos. Parecem de verdade, disse o herói, na falta de algo melhor para dizer.

•

O vergonhoso papel do herói como carrasco a serviço dos Bourbon foi o assunto de conversa de toda a Europa, a Europa dos privilegiados. Enforcar o melhor poeta do país? O mais eminente estudioso da cultura grega? Cientistas renomados? Até os mais ardorosos oponentes do republicanismo e das idéias francesas ficaram chocados com a carnificina da nobreza napolitana. A solidariedade de classe facilmente sobrepujou as inimizades nacionais.

Fazer então do herói um vilão? Mas os heróis são úteis. Não, mais fácil encontrar uma influência sobre o herói que lhe distorcera o julgamento, que o corrompera. Os bons não se tornam maus, mas os fortes podem se tornar fracos. O que o enfraqueceu é o fato de que ele não é mais separado, solitário — como deve ser um herói. Um herói é alguém que sabe como partir, como romper vínculos. Já é bem mau quando um herói se torna um homem casado. Se for casado, não pode ser uxoriólatra. Se for um amante, ele deve (como Enéias) desapontar. Se for membro de um trio, ele deve... mas um herói não deve tornar-se membro de um trio. Um herói deve flutuar, voar alto. Um herói não se apega.

•

Desgraça, desgraça, desgraça.

Tripla desgraça. Três unidas em uma.

O herói, que na verdade se ausentara sem permissão, não podia ser substituído, descartado por seus superiores lá em Londres — embora isso fosse considerado. Porém, os que o apoiaram, aqueles cujo títere ele se tornou, sentiram o peso da insatisfação oficial. O papel do Cavaliere na selvagem retaliação contra os patriotas napolitanos fizera dele, no mínimo, uma figura polêmica. Alguns diziam que ele era um joguete da esposa; outros, do governo Bourbon. É claro que ninguém esperava que um diplomata fosse um paradigma, como se esperava do herói. Mas tampouco devia ser polêmico. Um diplomata que se tornou partidário assumido do governo para o qual foi enviado já prejudicou fatalmente sua utilidade para com o governo que o despachou e cujos interesses ele deve promover. É apenas questão de tempo até que ele seja substituído.

Certa manhã o Cavaliere recebeu uma carta de Charles, que lamentava ter de informar seu tio que ficara sabendo por aquele maldito jornal dos Whigs, o *Morning Chronicle*, que um novo emissário ao Reino das Duas Sicílias, o jovem Arthur Paget, fora nomeado. O Cavaliere não mais conseguiu ocultar de si mesmo toda extensão do desfavor em que incorrera. Não só fora descartado depois de trinta e sete anos em seu cargo, em vez de ter licença para aposentar-se depois de consultado sobre a escolha de seu sucessor; para eles não importava que ele fosse o último a saber. O documento do Ministério das Relações Exteriores chegou um mês depois, com um breve subscrito informando-o que seu sucessor já deixara Londres. Ao ouvir a notícia a Rainha, em lágrimas, abraçou sua mais querida confidente, sua irmã, a esposa do embaixador. Oh, o que farei sem os meus amigos, exclamou ela. É tudo culpa dos franceses.

O fatal Paget, como o chama a Rainha, acaba de chegar a Palermo e depois de cinco dias foi recebido pelo Cavaliere. Aqui está um jovem — Paget tem vinte e nove anos, é nada menos que quarenta anos mais jovem que o Cavaliere — em relação a quem o Cavaliere não sentiu absolutamente nenhuma atração avuncular.

E o senhor vem de que posto, perguntou o Cavaliere friamente.

Fui emissário extraordinário na Bavária.

Mas não ministro plenipotenciário?

Correto.

Ouvi dizer que o senhor esteve neste cargo apenas um ano.

Sim.

E antes disso?

A Bavária foi o meu primeiro cargo.

Naturalmente o senhor fala italiano, disse o Cavaliere.

Não, mas vou aprender. Em Munique aprendi alemão rapidamente.

E o senhor precisará aprender siciliano, pois quem sabe quando Suas Majestades voltarão à sua primeira capital. E o dialeto napolitano também, mesmo que o senhor nem fique conhecendo Nápoles, pois o Rei não fala italiano.

É o que eu ouvi dizer.

Seguiram-se alguns momentos de silêncio, durante os quais o Cavaliere interiormente censurou-se por falar demais. Então, pigarreando nervosamente, Paget criou coragem para dizer que ele estava pronto para apresentar suas credenciais ao Rei e à Rainha assim que o Cavaliere apresentasse sua carta de demissão.

O Cavaliere replicou que como não tinha nenhuma intenção de permanecer nem por um único dia mais no Reino das Duas Sicílias como cidadão comum e já fizera planos para uma viagem turística de um mês, iria ocupar-se desse assunto ao voltar. E lá se foi com sua esposa, a sra. Cadogan e o herói para o *Foudroyant*, novamente lançado ao mar, desta vez não para confrontar um embate com a história (embora o herói deva fazer uma parada em Malta) mas para flutuar para fora da história, para fora do programa de suas vidas.

Seus superiores e antigos amigos no Ministério das Relações Exteriores o descartaram? Pois ele os descartaria por algum tempo de sua mente. Assumiria uma visão mais ampla, mais móvel. Observando o litoral desdobrar-se, quando o majestoso Etna, coroado de nuvens, apareceu, trovejando um pouco, o Cavaliere lembrou-se da deslumbrante vista descortinada do topo na aurora tingida de azul, com toda a ilha da Sicília, Malta, as ilhas Lipári e a Calábria desenhadas lá embaixo como num mapa. Sim, eu fiz isso. Sou o único aqui a ter feito isso. Que vida rica eu tive.

Passando perto do Etna, o *Foudroyant* não estava longe de Bronte, o feudo pertencente ao novo título siciliano do herói. A esposa do Cavaliere estava ansiosa para desembarcar, mais o herói disse que preferia inspecionar a propriedade — cujo solo vulcânico gerava rendas que chegavam a três mil libras por ano, segundo ouvira dizer — quando sua visita tivesse sido adequadamente preparada. O duque de Bronte, declarou ele, não deveria simplesmente aparecer, sem aviso nem arauto, em seus próprios domínios. O Cavaliere, que desconfiava de alguma traquinagem por parte do Rei em sua escolha de um ducado para presentear a seu salvador britânico, já que Bronte é o nome do ciclope que forja os trovões do Etna, achou melhor guardar esta informação para si. O herói de um só olho, que parecia tão orgulhoso de ser um duque siciliano, poderia não achar graça na brincadeira. O Cavaliere julgou-a bastante divertida.

O Cavaliere atingiu o ponto zero do prazer, onde o prazer consiste em conseguir expulsar da mente os pensamentos desagradáveis. Sua demissão, Paget, suas dívidas, o futuro incerto que o esperava na Inglaterra — isso tudo entrava em erupção em sua mente e depois era levado embora pelo vento, tal como as aves marinhas que voavam lá em cima, de popa a proa. O alívio de não se deter naquilo que o preocupava era tão agradável que ele tinha a impressão de que verdadeiramente estava se divertindo. Este navio era o seu lar. Quando pararam em Siracusa por dois dias, para visitar as ruínas do Templo de Júpiter e as famosas pedreiras e cavernas, a esposa do Cavaliere, apesar de seu enjôo matinal, recusou-se a ficar a bordo com a mãe. Não queria perder nenhuma das entusiásticas palestras *in loco* do Cavaliere, e não desejava separar-se do herói nem mesmo por uma hora. A esposa do Cavaliere e seu amigo pareciam tão felizes. Não sendo um marido ingênuo nem complacente, ele realmente amava a esposa e realmente amava o homem cuja idade era próxima à de sua esposa, homem a quem ela agora amava, e eles dois realmente o amavam, de modo que não perdera uma esposa, mas ganhara um filho, não é assim que a coisa estava funcionando?

Como no palácio de Palermo, como na nau capitânia durante seis semanas ancorada na baía de Nápoles, eles se comportam com perfeita correção na presença do Cavaliere. Isto é, não adulam um ao outro mais do que faziam antes de se tornarem amantes. Isto é, eles mentem. Ele não faz idéia nenhuma de quando ou com que freqüência sua esposa vai aos aposentos do herói tarde da noite, ou ele aos aposentos dela. E tampouco quer saber. Sua esposa, com seu trato intestinal invencível e sua comprovada resistência ao enjôo marítimo, agora se queixa, ao desjejum, de problemas digestivos e náuseas com o movimento do navio. É claro que ele não gostaria que eles aludissem abertamente à sua relação, nem que ela mencionasse o enjôo da gravidez — isso seria doloroso. E mesmo assim, perversamente, ele se incomoda ao ver que eles representam na sua frente. Isto o faz sentir-se excluído, tratado com condescendência. Sente-se ignorado, já que é ele quem tem a digestão fraca, é ele quem por vezes sente enjôo marítimo, embora não se pudesse desejar um mar mais tranqüilo.

•

E o que vestir agora que irão viajar de novo, quase que de imediato, pois o herói está ansioso para voltar à Inglaterra, e o almirantado está impaciente para que sua maior arma contra Napoleão conclua sua fase de paladino dos Bourbon e capitão de cruzeiro do desacreditado ex-embaixador britânico e sua irresistível esposa; e é claro que os dois irão com ele. O que vestir, pois esta jornada será longa e complexa. Primeiro por mar, na nau capitânia do herói, até Livorno; depois por terra em muitos veículos de rodas (carruagem, coche oficial, landau), rumando de sul a norte, deixando o calor e os longos dias em direção a um verão mais modesto, viajando através de muitos estados, parando para muitas festividades, sendo que em cada uma é necessário mostrar sua melhor aparência.

Nunca pensaram em não partir juntos. A única questão era saber quantas outras pessoas partiriam junto com o trio e com a sra. Cadogan, além da srta. Knight, que não quer nem ouvir falar em ficar para trás, e de Oliver, um dos dois secretários ingleses do Cavaliere, agora a serviço do herói, mais o costumeiro bando de criados. Que tamanho teria o cortejo.

Quando voltaram do cruzeiro de um mês no início de junho, o Cavaliere apresentou sua carta de demissão e Paget teve licença para apresentar suas credenciais à corte. A Rainha rangeu os dentes, sem olhar para ele nenhuma vez. Em sua mente havia muito mais do que a iminente perda de seus leais amigos, pois ela julgava que a substituição do Cavaliere por um novo emissário significava que os britânicos estavam insatisfeitos com *ela*. Menosprezar Paget e demonstrar solidariedade a seus amigos é uma de suas razões para que ela decida deixar Palermo e ir a Viena visitar sua filha (assim como seu sobrinho e genro) — sua primogênita, Maria Teresa, é agora a imperatriz Habsburgo. (Há outra razão para a partida: sua amarga consciência de quanto se enfraquecera sua influência sobre o Rei.) O herói esperava voltar à Inglaterra por mar com o Cavaliere e sua esposa, mais o séquito e todos os pertences do grupo, o que lhe permitiria levar até Livorno a Rainha e seu cortejo de damas de companhia, capelães, médicos e criados.

Quando seu pedido de levar o *Foudroyant* para a Inglaterra foi recusado, o herói não viu razão para não fazerem uma longa viagem pela Europa e acatar o desejo da Rainha de ser escoltada por seus amigos até Viena.

Quando chegaram a Livorno, onde o irado lorde Keith por fim recuperou o desgarrado *Foudroyant* para os objetivos militares a que se destinava, e enquanto se providenciava a continuação da viagem, veio a notícia de um iminente embate das forças austríacas com Napoleão em Marengo, e a Rainha impulsivamente decidiu não seguir diretamente para Viena, mas fazer uma curta estadia no Palazzo Farnese em Roma (ela dá ordens para que o barão Scarpia vá encontrá-la ali) para esperar o resultado da batalha. Irá ter com seus amigos britânicos em Viena dentro de poucas semanas.

A caminho então, em sete carruagens seguidas por quatro vagões de bagagens, que levavam todos os quadros do Cavaliere e outras possessões salvas de Nápoles. A viagem pela estrada ao longo do Arno cansa os ossos e demonstra ser mais extenuante do que o Cavaliere imaginara. Não conseguia ler, só conseguia fechar os olhos e tentar ignorar a dor nas costas, nos quadris e nos joelhos, enquanto a sra. Cadogan lhe apertava um pano úmido na fronte. Em Florença ficaram dois dias para recepções e visitas. O Cavaliere queria ficar mais tempo. Não só porque não estava se sentindo nada bem. Gostaria de visitar novamente o Uffizi, cujos tesouros foram inexplicavelmente poupados por Napoleão — não se pode parar em Florença e não ver os quadros —, mas sua esposa e o amigo não querem saber disso. Se você está tão doente e cansado, decerto não tem forças para ficar andando e vendo quadros. Sempre tenho forças para ver quadros, disse ele com voz fraca. Como eu me sinto não importa. Me dá prazer.

Não, não, disse sua esposa. Você está doente. Estamos preocupados com você. Você tem que descansar. Depois continuamos a viagem. E assim ele descansou, desanimadamente, eficientemente, sem a punhalada de prazer que já vinha antecipando. Como é tedioso ser apenas um corpo. E então em Trieste, onde há muito poucos quadros dignos de nota, pararam por quase uma semana. O Cavaliere não compreendia o atraso.

A desconsolada Rainha chegou a Viena uma semana depois do grupo, tendo abreviado sua visita a Roma ao ouvir a notícia da vitória de Napoleão. A estadia do herói, do Cavaliere e de sua esposa prolongou-se por mais um mês de festas e bailes em honra do herói. A esposa do Cavaliere também tem seus triunfos. Certa noite ganhou quinhentas libras na mesa de *faro*. Seus quatro dias na propriedade rural de Esterházy terminaram com uma festividade para a qual o célebre compositor residente do príncipe produziu um tributo musical ao herói; com o próprio compositor ao teclado, foi cantado pela esposa do Cavaliere.

Alguns dias depois ela cantou *A Batalha do Nilo* de Haydn novamente, encarregando-se também do acompanhamento, para sua real amiga, que agora morava em ressentida reclusão no palácio de Schönbrunn. Très beau, très émouvant, exclamou a Rainha, que não pôde deixar de lembrar-se de uma voz que ouvira em Roma, quase tão bela quanto a da esposa do Cavaliere. Infelizmente, descrever esta voz significaria misturar sua opinião sobre o afortunado Haydn, autor de uma cantata celebrando uma vitória sobre os franceses que de fato acontecera, com a lembrança do tedioso Paisiello e de *sua* cantata. Poderia ser preciso mencionar que a diva, mulher de grande encanto, cometera suicídio nas circunstâncias mais melodramáticas, naquela mesma manhã depois da apresentação, após assassinar o notoriamente incompetente chefe de polícia.

Baron Scarpia est mort, Miledy, vous l'avez entendu.

Que terrível, exclamou a esposa do Cavaliere. Isto é, como a senhora deve estar abalada!

A Rainha negou que estivesse abalada. Depois de tantas mortes, o que era mais uma? Começou então a chorar e a dizer que todos os terríveis acontecimentos que tivera de suportar a fizeram insensível aos sentimentos humanos — isto é, ela sentia que não era mais mulher. A história inteira então veio à tona, de trás para a frente. Aparentemente a diva ficara ofendida com as atenções do lascivo barão. Não é espantoso, exclamou a Rainha, enxugando os olhos, como esses italianos reagem exageradamente a tudo? A esposa do Cavaliere, tão partidária das reações histriônicas como a Rainha, respondeu que sabia muito bem o que esta queria dizer. Meu marido sempre afirmou que os italianos não têm bom senso, disse ela à Rainha, julgando que o descontentamento com tudo o que fosse italiano assentaria bem ao estado de espírito da Rainha de Nápoles, agora que voltara a sua cidade natal.

A Rainha, uma estrela nitidamente menor no firmamento dos Habsburgo em Viena, fora relegada pelos ministros de seu sobrinho a aposentos menos nobres do palácio de Schönbrunn, fato que ela interpretara (não erradamente) como um descaso, porém a simpatia da esposa do Cavaliere não estava mais tão fixada nos agravos da Rainha. E esta começava a perceber que seus amigos não eram tão estimados em Viena como ela pensara. Não foram poucos os membros da corte dos Habsburgo que ficaram aliviados quando o grupo britânico, depois de exaurir os entretenimentos e as ovações ao herói que Viena podia oferecer, não teve mais desculpa para não continuar a viagem, embora a Rainha parecesse extremamente angustiada nos adeuses, acrescentando mais presentes às jóias e aos retratos de si mesma que já dera a sua amiga, e também presenteando o Cavaliere com uma caixa de rapé, toda em ouro e cravejada de diamantes.

Precipitando-se então pela Europa Central até Praga, a cidade onde se contam lendas sobre estátuas que ganham vida, cidade outrora governada por Rodolfo II, multiobcecado colecionador que comprara em Veneza um Dürer, há muito ambicionado, e depois não conseguira suportar — o Cavaliere lembrou-se disso enquanto ia sacolejando na carruagem de péssimas molas —, não conseguira suportar a idéia de que seu tesouro atravessaria os Alpes aos trancos e barrancos, e ordenou que o quadro, embrulhado em grossos envoltórios, fosse passado a pé pelas montanhas, carregado por quatro vigorosos jovens que se revezariam segurando-o em pé durante todo o caminho. Em Praga o duque reinante, outro sobrinho da Rainha, deu uma festa monumental para celebrar o aniversário do herói, que fazia quarenta e dois anos. Depois ao longo do Elba até Dresden; ali apreciaram a coleção de porcelanas do Eleitor e foram à ópera, onde foi observado que o herói e a esposa do Cavaliere estavam inteiramente envolvidos conversando um com o outro; e onde, num dos bailes dados em sua honra, o herói perdeu um diamante do punho de sua espada de ouro (puseram um anúncio oferecendo recompensa, mas o diamante não foi devolvido). Ali, como em outras paradas, o apetite do herói por tributos, presentes e fogos de artifício foi amplamente satisfeito. Em cada cidade, a comunidade diplomática e os residentes ingleses dispõem de mexericos e observações maliciosas sobre o trio suficientes para avivar muitos diários e cartas. Ele anda coberto de estrelas, faixas e medalhas, escreveu um de seus anfitriões, mais parece um príncipe de ópera do que o Conquistador do Nilo. E ninguém deixava de deplorar a atenção servil que ele dispensava à esposa do Cavaliere, cuja desmesurada apresentação de sua própria pessoa, seja sob a forma de encenações espalhafatosas, apetite por comida e bebida ou mero diâmetro abdominal, também era causticamente notada.

A única indulgência que o Cavaliere requisitou na viagem foi um desvio até a Anhalt-Dessau para visitar o príncipe local, que estivera com ele em Nápoles várias vezes e fora um dos primeiros assinantes de seus escritos vulcânicos, e dez anos antes construíra seu próprio Vesúvio numa ilha de um lago em seus domínios rurais. Com trezentas jardas de circunferência na base e oitenta pés de altura, expelia fogo e fumaça verdadeiros (quando se acendia material combustível dentro de seu cone), e emitia sua versão de lava derretida (na verdade, água bombeada sobre a borda do cone e que descia pelos lados do vulcão passando por janelas pintadas de vermelho, iluminadas por dentro). Diferentemente da estrutura de cinqüenta e quatro pés de altura feita de vidro, fibra de vidro e concreto armado em frente ao hotel em Las Vegas — um vulcão genérico, que entra em erupção a cada quinze minutos (entre o escurecer e uma da manhã) —, o vulcão do príncipe de Anhalt-Dessau era especificamente o Vesúvio, e só entrava em erupção em grandes ocasiões, para hóspedes ilustres. Seis anos atrás ele se apresentara para Goethe. O Cavaliere desejou que se apresentasse também para si. (Afinal, fora o seu Vesúvio assim como as suas observações do vulcão que inspiraram o príncipe, que também construíra ao lado do vulcão uma réplica da vila do Cavaliere perto de Portici.) Seria divertido, disse sua esposa, que não era avessa a uma parada em mais uma corte de um pequenino principado germânico. O Cavaliere mandou avisar o príncipe de que tendiam fazer-lhe uma visita. Infelizmente, porém, o secretário particular do príncipe escreveu-lhe que seu amo estava viajando e o maquinário não podia ser ativado na sua ausência. O Cavaliere sentiu falta de seu último vulcão.

Talvez seja melhor assim, disse a esposa do Cavaliere, que percebeu que o herói estava cansado e ansioso para chegar a Hamburgo e desfrutar de outras festividades. Viajaram pelo rio; ao saírem de Dresden, em cada ponte, em cada janela de onde se via o Elba amontoavam-se espectadores aclamando. De Hamburgo, onde também assinou muitas Bíblias e livros de oração, o herói mandou avisar o almirantado que esperava que uma fragata viesse buscá-los e levá-los à Inglaterra. Não houve resposta ao seu pedido.

•

E o que vestir na Inglaterra, onde o herói não põe os pés há quase três anos. As multidões de adoradores que vão saudá-lo quando o paquete alugado desembarca em Yarmouth, e que rodeiam o herói em todo lugar em que ele pára com seu grupo durante o percurso de carruagem até Londres, não poderiam saber da insatisfação de seus governantes com o herói e com a vida que ele vem levando no último ano. Não leram os relatos zombeteiros sobre o progresso triunfal do herói (apenas dez mil pessoas no país lêem jornais). Tampouco sabem eles a diferença entre as estrelas napolitanas e a estrela da Ordem de Bath presas ao peito de seu uniforme.

Para a multidão, ele ainda era o maior herói que a Inglaterra já conhecera. Para Fanny, ele ainda era seu marido. Fanny e o pai do herói, ligeiramente senil, que vieram do interior para Londres e se alojaram num hotel em King Street, estão esperando há mais de uma semana. O herói abraçou seu pai com genuíno fervor e sua esposa com desconfortável reserva. A esposa do Cavaliere, que usava um vestido branco com o nome do herói e a palavra BRONTE bordada em torno da bainha com fio de ouro e lantejoulas, abraçou a esposa e o pai de seu amante. Jantaram juntos num hotel — uma dolorosa encenação. A esposa do Cavaliere imitou a aclamação das multidões que aplaudiam nas várias paradas da viagem de três dias até Londres, assim como o dobrar dos sinos das cidadezinhas. O taciturno herói, que usava, como faria até morrer, uma miniatura da esposa do Cavaliere no pescoço sob a camisa, mordia o lábio cada vez que Fanny falava. O Cavaliere observou no rosto de Fanny o circunflexo do desânimo e da humilhação.

Para prestar seus respeitos ao almirantado no dia seguinte, o herói foi num traje semi-informal: casaco naval, calça branca naval presa abaixo do joelho com botões navais, meias de seda e sapatos com grandes fivelas. Isso foi prudente, e seus velhos amigos do almirantado, propensos a reprimendas, abrandaram-se ao ouvir o herói fazer uma empenhada explanação sobre seus planos de defesa da costa britânica caso Napoleão fosse tolo o bastante para tentar uma invasão, e sobre seu desejo de voltar à ativa o mais breve possível. Mas o herói cometeu um sério erro de cálculo no dia seguinte, quando compareceu à recepção no palácio com o *chelengk* do Grão-Senhor no chapéu, suas três estrelas no peito (uma da Ordem de Bath, duas por honrarias sicilianas), e no pescoço o retrato do Rei de Nápoles cravejado de pedras preciosas. Não admira que fosse ignorado pelo rei britânico, que mal tomou conhecimento de sua presença, apenas lhe perguntando se recuperara a saúde, e depois virando-se para conversar animadamente com o general *** por cerca de trinta minutos sobre seu desejo de que o exército desempenhasse um papel maior na guerra com os franceses. O monarca britânico não reconheceu o título siciliano do herói, como seu outorgado sabia perfeitamente. (E só o fará dois meses depois, quando o herói recebe uma nova incumbência e parte para conquistar mais uma famosa vitória.) Se o herói tivesse conseguido a atenção de seu soberano ainda que por dez minutos, sem dúvida teria usado parte do tempo para louvar a esposa do Cavaliere e seus indispensáveis serviços patrióticos em Nápoles e Palermo, que mereciam remuneração e agradecimentos públicos. Mas não seria um elogio do herói à mulher que o estava arruinando, nem uma efusiva carta de recomendação da desacreditada Rainha de Nápoles que faria a esposa do Cavaliere menos que uma pária. Isso tudo apenas confirmava o que todos já pensavam.

Os jornais vinham especulando sobre a probabilidade de a esposa do Cavaliere ser considerada apresentável à corte, e sua ausência quando o Cavaliere fez sua própria impecável aparição desencadeou a implacável evocação de uma desgraça física. Se alguns percebiam que sua obesidade também escondia uma gravidez — Sua Excelência desembarcou bem a tempo, notou afiadamente o *Morning Post* —, não foi tanto o escândalo de sua gravidez que fascinou a sociedade como a perda de sua beleza. A PELE. Tão róseas e viçosas são as faces de Sua Excelência que, como diria o doutor Graham, ela parece uma perfeita Deusa da Saúde! (Dupla zombaria: uma alusão à gravidez e uma lembrança de seus breves serviços, meia existência atrás, ao então famoso curandeiro e terapeuta da fertilidade.) SILHUETA. Motivo pelo qual ela fora particularmente celebrada, origem da sua reputação, e agora tão intumescida que perdera toda a beleza original. ATITUDES. Sua Excelência está preparando uma sala para exibir suas Atitudes e planeja oferecer festas de Atitudes. As Atitudes estarão muito mais em voga neste inverno do que a forma ou os traços.

Os caricaturistas não pouparam a ela nem ao Cavaliere. Gillray o representou como um velho grotesco e encarquilhado, absorto numa série de feias estatuetas e um vaso estragado; acima dele estão retratos de Cleópatra de peito nu segurando uma garrafa de gim e Marco Antônio com um braço só e chapéu de bicos, e um desenho do Vesúvio em plena erupção. Mas não havia caricaturas centradas no herói, que está posando para muitos bustos e retratos, e foi apresentado à Câmara dos Lordes — apenas mexericos. Os boatos dizem, e os boatos têm razão, que o herói agora pinta o rosto. Os boatos exageram e afirmam que ele não pesa mais de quarenta quilos.

A Câmara dos Lordes é um palco, a corte é um palco, um jantar festivo é um palco — mesmo um camarote num teatro é um palco. Os dois casais foram juntos a Drury Lane, e quando se sentaram o público inteiro ficou em pé e aplaudiu, a orquestra atacou o "Rule Britannia" e o herói teve de levantar e agradecer. No dia seguinte os jornais relataram que a esposa do herói estava de branco com um chapéu de cetim violeta e uma pequena pena branca, e a esposa do Cavaliere usava um vestido de cetim azul e chapéu da mesma cor, com um belo penacho. No drama que assistiram, o principal papel feminino foi representado por Jane Powell, e a esposa do Cavaliere disse ao marido que a conhecera há muito tempo, ainda antes de conhecer Charles — querendo dizer, supôs o Cavaliere, quando ela era, quando era uma... ele não gostava de pensar nisso. Na verdade, ela conhecera Jane quando servia na casa do doutor ***, com catorze anos de idade, ao chegar a Londres. Jane, outra criada, fora sua primeira amiga. As duas dividiam um quarto no sótão. Ambas iam ser atrizes.

Atuar é uma coisa, ser civilizado (o que inclui atuar) é outra. O Cavaliere só desejaria que o herói mantivesse as aparências — como ele mesmo faz. Pode compreender que o herói fique mortificado com a obstinação do amor de Fanny, que acredita, pateticamente, que, se for bem paciente e agir como se nada tivesse mudado, seu marido ficará satisfeito morando com ela e com o pai na casa de Dover Street. Mas isso não é razão para que o herói demonstre o que sente, como fez num banquete em sua honra oferecido pelo conde Spencer nas dependências do almirantado. Enquanto ia explicando à condessa Spencer, à sua direita, as quatro principais fraquezas da artilharia francesa, Fanny, à sua esquerda, ocupava-se em quebrar nozes para o herói; ao terminar colocou-as ao lado do prato dele num copinho, que ele derrubou com um gesto brusco. O copo se quebrou, Fanny irrompeu em lágrimas e deixou a mesa. Continuando a dirigir para a direita tanto seu olho baço e fixo como o olho móvel, mirando a esposa do primeiro lorde do almirantado, o toco de braço fremendo na manga vazia, o herói continuou sendo brilhante, original, inimitável, discorrendo sobre táticas navais.

Terminara o fingimento de serem dois casais. O herói mudou-se para casa de seus amigos em Piccadilly, oferecendo-se para assumir metade do aluguel anual que o Cavaliere pagava, no valor de cento e cinqüenta libras; o Cavaliere recusou. Logo depois Fanny voltou com o pai do herói para o interior.

O Cavaliere sentia-se obrigado a economizar suas energias. O tempo que poderia ter passado em reuniões da Real Sociedade agora era gasto em encontros com seus banqueiros, que tentavam estabelecer um cronograma razoável para saldar suas dívidas. A abundância e a novidade das mercadorias nas lojas o espantavam. Londres, depois de nove anos de ausência, o impressionou como extraordinariamente moderna, opulenta, vibrante — quase uma cidade estrangeira. Assistiu a alguns leilões, embora não estivesse em condições de comprar nada. Visitou sua coleção de vasos no Museu Britânico. Com freqüência Charles o acompanhava; Charles está sempre disponível. Com Charles, e sem sua esposa, viajou para sua propriedade no País de Gales, agora hipotecada por treze mil libras. O Cavaliere submetera ao Ministério das Relações Exteriores um relato de suas perdas em Nápoles (móveis, carruagens etc.: treze mil libras), e das enormes despesas (dez mil libras) depois de um ano e meio em Palermo. Enquanto mal-e-mal conseguia manter os credores à distância, requereu uma pensão anual de duas mil libras, um pedido modesto. Todos lhe dizem, especialmente Charles, que ele tem direito de esperar também um título de nobreza. Mas ele duvida que conseguirá ambas as coisas. Preferiria ter dinheiro do que ser um lorde. Tarde demais para títulos. Charles lhe pergunta se ele está contente de voltar a Londres. Ele responde, vou me sentir em casa assim que eu me sentir bem.

•

Foram salvos de um final de dezembro em Londres, com sua cornucópia de festas de avaliação de status, por um convite de William, parente do Cavaliere que vivia recluso e envolto em escândalos, para passar a semana de Natal com ele em sua mansão campestre em estilo palladiano, e visitar o estupendo projeto de construção que estava realizando nos bosques de Fonthill.

Ele a chama de Abadia, o que significa que sua arquitetura é inspirada pelo gótico, disse o Cavaliere. Arcos pontiagudos e janelas pintadas, acrescentou, para melhor compreensão do herói.

Como Strawberry Hill, exclamou a esposa do Cavaliere.

Que William não ouça isso, minha querida. Ele é o maior rival e detrator do nosso finado amigo Walpole, e despreza seu castelo.

Haviam parado em Salisbury, onde o herói foi acolhido pelo prefeito e recebeu o título de cidadão honorário, e a carruagem dos três — que seguia devagar para minimizar os solavancos, em consideração à delicada situação da esposa do Cavaliere — foi escoltada por um destacamento de cavalaria de elite até os portões de Fonthill.

Não, disse o Cavaliere depois de uma longa pausa, isto aqui é muito mais grandioso.

O que é grandioso? perguntou sua esposa.

A Abadia! exclamou o Cavaliere. Pois não estava sendo claro? Estamos falando sobre a Abadia, não estamos? Sua torre, pelo que William me contou, será mais alta que o campanário da catedral de Salisbury.

Estava nevando, e o Cavaliere sentia-se emparedado no frio. Era o primeiro Natal que passava na Inglaterra em quantos anos? Pois, da última vez que lá estivera, iniciara a viagem de volta à Itália em setembro. Sim. Dois dias depois do casamento. E a vez anterior, quando trouxera o corpo de Catherine e vendera o vaso, voltara em outubro. A folga precedente passara em casa — mas isso fora há quase vinte e cinco anos, quando estavam em guerra com as colônias americanas —, não tinha partido com Catherine antes do Natal? Tinha certeza que partiram antes do Natal. E ocupou-se fazendo cálculos mentais; as cifras e os rostos entravam e saíam de sua mente, mas parecia importante lembrar direito. O último Natal na Inglaterra, há quantos anos foi? Quantos?

Quantos, perguntou a esposa do Cavaliere.

O Cavaliere, despertando bruscamente de seu devaneio, ficou pensando se sua esposa era capaz de ler seus pensamentos.

Quantos pés, perguntou ela. De altura.

Altura?

Que altura terá a torre da Abadia?

Quase trezentos pés, murmurou o Cavaliere.

Não entendo nada de arquitetura, disse o herói, mas tenho certeza que sem uma ambição imoderada não se alcança nada de verdadeiramente superior.

De acordo, disse o Cavaliere, mas as ambições de William não têm tanta sustentação. Oito meses atrás, ainda na metade da sua altura final, a torre desabou numa ventania. Pelo que parece, ele está deixando seu arquiteto construir não com pedras mas com estuque e argamassa.

Que loucura, disse o herói. Quem não construiria para durar?

Ah, mas ele acredita que vai durar, replicou o Cavaliere, e mandou reconstruir tudo com o mesmo material para a nossa visita. Eu não ficaria surpreso se um dia meu parente decidir morar na torre, para poder olhar o mundo de lá de cima, contemplar nós todos lá em baixo e ver como somos pequenos.

•

William, o William de Catherine, aquele jovem gorducho e pensativo, agora um homem esguio de aparência surpreendentemente jovem aos quarenta e um anos, continuava sendo um músico talentoso. Na primeira noite, tocou para seus hóspedes no grande salão durante quase uma hora (Mozart, Scarlatti, Couperin). Então, com sumária polidez, cedeu o direito de execução musical à esposa do Cavaliere, que ofereceu uma ária siciliana, outras árias de Vivaldi e Händel, e "Udi Udi Purbum", uma canção indiana que aprendera para a ocasião, sabendo da excessiva paixão de William pelo Oriente. Concluiu com várias canções marciais em honra do herói.

Os três haviam passado para a lareira acesa enquanto a esposa do Cavaliere continuava ao piano, tocando suavemente as teclas. Foi William, falando entredentes, que abordou o tema da felicidade, voltando-se primeiro para seu célebre hóspede a fim de pedir uma contribuição.

Felicidade! exclamou o herói. A felicidade para mim significa em primeiro e último lugar servir ao meu país, se meu país ainda precisa, ou mesmo deseja, os serviços de um pobre soldado que já sacrificou a saúde, a vista, e muito mais por sua glória. Porém se meu país não precisar mais de mim, nada me faria mais feliz do que uma morada simples e rústica ao lado de um riacho, onde eu possa passar o resto da vida com meus amigos.

E a dama?

A dama, ao piano, exclamou que ficava feliz quando aqueles que amava eram felizes.

Como você é absurda, minha querida, disse o Cavaliere.

Talvez você tenha razão, respondeu ela sorrindo. Sem dúvida tenho muitos defeitos —

Não! disse o herói.

Mas, continuou ela, tenho bom coração.

Isso não basta, disse William.

A esposa do Cavaliere continuou dedilhando o piano. Udi udi purbum, cantou ela, provocante.

E o que faria o Cavaliere feliz?

Já notei que ultimamente muitas pessoas expressam preocupação com o meu contentamento, disse o Cavaliere. Mas parece que eu não os satisfaço com minhas respostas. Ausência de luta. Estar livre da inquietação. Firmeza dos nervos. Na minha idade, não espero êxtases.

Todos se uniram em coro para dizer-lhe que ele não era *tão* velho.

E William? William, que esperava impacientemente sua vez.

Creio que encontrei a receita da felicidade, disse William. É nunca mudar, permanecer sempre jovem. Ser velho é apenas um estado de espírito. A pessoa envelhece porque se permite envelhecer. E eu me orgulho de não ser, excetuando algumas rugas no rosto, diferente do que era aos dezessete anos. Tenho os mesmos sonhos, os mesmos ideais.

Ah, pensou o Cavaliere, ser jovem para sempre. Não mudar. É perfeitamente possível se a pessoa não se preocupa com ninguém além dela mesma. Se pudesse voltar atrás, é exatamente assim que viveria a vida.

•

No segundo dia William ofereceu a seus hóspedes um passeio de carruagem por parte de sua vasta propriedade, quase toda cercada por uma muralha de doze pés encimada por estacas de ferro, a fim de proteger os animais selvagens em sua custódia e negar a seus vizinhos caçadores o uso de um só que fosse de seus dois mil acres para perseguir a caça indefesa.

Com certeza, disse William, meus vizinhos não atinam que alguém possa objetar à matança de animais inocentes, e acreditam que construí a muralha para encobrir as orgias e rituais satânicos que crêem que eu realizo aqui. Não sou estimado na vizinhança, e se fosse não faria bom juízo de mim mesmo.

À tarde, depois do almoço, enquanto o Cavaliere se demorava na galeria de quadros de William (Dürer, Bellini, Mantegna, Caravaggio, Rembrandt, Poussin etc. etc., assim como muitas pinturas representando uma torre), sua esposa e o herói escaparam para ficar sozinhos por um momento, esperando esquivar-se dos criados e encontrar algum canto onde pudessem abraçar-se. Como crianças travessas, olharam o quarto de dormir de William com cortinados indianos azuis-celeste, e o herói confessou que nunca vira uma cama tão grande. Para a esposa do Cavaliere era a segunda maior cama que já vira, sendo a maior o Grande Leito Celestial do dr. Graham — doze pés por nove, construído sobre um estrado duplo de modo a poder converter-se num plano inclinado, sustentado por quarenta pilares de vidro brilhante de vivas cores, e coberto por seu Dossel Supercelestial de madeiras preciosas incrustadas com especiarias de intenso perfume, espelhado no lado interno e coroado por autômatos tocando flautas, violões, violinos, oboés, clarinetes e tímpanos. Garantido para produzir a fertilidade em qualquer casal estéril. Cinqüenta guinéus por noite.

Oh, é quase tão grande quanto o Leito Celestial.

Que é isso, perguntou o herói.

É a cama em que estou sempre que me deito com você, respondeu sua amada sem perder o compasso, e continuou refletindo astutamente: Aposto que ele sempre deita sozinho nesta cama, apesar de ter toda essa fama de indecente. Pobre William!

Parece que ele desdenha o convívio, observou o herói.

Enquanto isso, o Cavaliere seguia uma linha de reflexão semelhante. Depois de admirar os gloriosos quadros, os livros, as porcelanas rococó, as arcas de laca japonesa, as miniaturas esmaltadas, os bronzes italianos e todos os outros tesouros que lhe foram mostrados, maravilhava-se agora com o fato de ser a primeira pessoa que não trabalhava para William a vê-los. O Cavaliere nunca havia pensado que colecionar fosse uma atividade para um recluso enraivecido.

Estavam acomodados no gabinete de William, cujas mesas de ébano incrustado de mosaicos florentinos tinham altas pilhas de livros que ele estava lendo. Diferentemente da maioria dos bibliófilos, William lia cada volume que adquiria, e com um lápis finamente apontado, numa caligrafia minúscula que com a idade se tornara meticulosamente legível, preenchia a parte interna das capas e as páginas finais com comentários numerados e um julgamento, favorável ou desfavorável, sobre o livro. A escrivaninha estava coberta de catálogos anotados de livreiros e leilões, vários dos quais ele passou ao Cavaliere, indicando o que já mandara comprar por seus agentes.

Suponho que você não seja de explorar livrarias nem assistir a leilões, disse o Cavaliere, citando duas de suas atividades favoritas.

Assistir a qualquer coisa é uma provação para mim, como, na verdade, ter de deixar Fonthill por qualquer razão, exclamou William, que passara anos em exílio peripatético pelo continente europeu antes de estabelecer-se em seus domínios a fim de construir suas coleções e sua Abadia. Mas quando eu tiver abrigado adequadamente os objetos raros e belos que possuo, não precisarei mais sair, nunca mais serei obrigado a ver ninguém. Assim fechado em minha fortaleza, poderei contemplar alegremente a destruição do mundo, pois terei salvo tudo que há nele de valor.

Você não quer dar a outras pessoas a oportunidade de admirar o que você colecionou, disse o Cavaliere.

Por que eu haveria de me interessar pela opinião de pessoas menos inteligentes e menos sensíveis que eu?

Percebo, disse o Cavaliere, que nunca antes pensara que colecionar significa excluir o mundo. Ele não estava em briga com o mundo, com o qual suas coleções sempre tiveram um vínculo lucrativo, além de prazeroso (apesar de que ultimamente era o mundo que parecia estar em briga com ele).

Era claro que seu parente não se importava a mínima com a melhora do gosto do público. Mas, arriscou o Cavaliere, será que William não poderia imaginar suas coleções abertas à visitação e recebendo seu verdadeiro valor por parte de conhecedores de uma época futura com discernimento para apreciar aquilo que ele —

Nada me é mais odioso do que pensar no futuro, interrompeu William.

Então o passado é seu —

Também não sei se amo o passado, interrompeu William outra vez, impaciente. De qualquer forma, o amor não entra nisso.

Era a primeira vez que o Cavaliere via alguém colecionar como um ato de vingança. Vingança facilitada pelo mais imenso dos privilégios. Seu parente nunca precisava considerar se tinha meios para comprar o que lhe cativava a imaginação, ou se aquilo seria um bom investimento, como o Cavaliere sempre tivera de fazer. Colecionar, tal como todas as experiências de William, era uma aventura no infinito, no impreciso, no que não precisava ser contado nem pesado. Ele não tinha nem uma parcela do inveterado prazer que o colecionador sente em fazer inventários. Estes descrevem apenas o finito, como William poderia dizer. Não poderia haver interesse em saber que ele possuía quarenta caixas de laca *maki-e* e treze estátuas de santo Antônio de Pádua, assim como um serviço de jantar de Meissen com trezentas e sessenta e três peças. E todos os seis mil cento e quatro volumes da esplêndida biblioteca de Edward Gibbon, que ele comprara ao saber da morte do grande historiador em Lausanne — William desprezara seu *Declínio e queda* — mas nunca mandara buscar. Pois não só não precisava saber exatamente o que tinha, como às vezes comprava coisas a fim de *não* tê-las, para seqüestrá-las dos outros; talvez até de si mesmo.

Em alguns casos, William refletiu, é a idéia da posse que me basta.

Mas se você não olhar e não tocar o que você possui, disse o Cavaliere, não terá a experiência da beleza, que é aquilo que todos os amantes da arte — todos os amantes, estava prestes a dizer — desejam.

Beleza! exclamou William. Há alguém mais suscetível à beleza do que eu? Não precisa louvar a beleza para mim! Mas há algo ainda mais elevado.

Que é...?

Algo místico, disse William friamente. Temo que o senhor não compreenda.

Pode me dizer, disse o Cavaliere, que estava saboreando este diálogo com seu litigioso parente, e também saboreando a sensação de clareza em sua própria mente. Talvez, pensou ele, a razão pela qual ela anda divagando tanto ultimamente seja que ele nunca mais tivera uma conversação que o desafiasse ou que abordasse qualquer assunto erudito. Tudo se transformara em anedota. Diga-me, pediu ele.

Chegar o mais alto possível, proclamou William. Pronto. Será que fui bem claro?

Perfeitamente. Você se refere à sua torre.

Sim, se o senhor quiser, minha torre. Vou retirar-me para a minha torre e nunca mais descer.

Assim você escapa do mundo que recrimina por tratá-lo mal. Mas você também se confina.

Como um monge que procura —

Você não vai dizer que vive como um monge, interrompeu o Cavaliere, rindo.

Sim, eu serei monge! O senhor não me compreende, é claro. Todo este luxo — William fez um gesto com a mão esguia apontando os cortinados de damasco e a mobília rococó — não é menos um instrumento do espírito do que o chicote que o monge pendura na parede da sua cela e tira à noite para purificar sua alma!

•

Rodear-se de objetos encantadores e estimulantes, uma superfluidade de objetos, para garantir que os sentidos nunca fiquem desocupados, nem a faculdade da imaginação sem exercício — isto o Cavaliere compreendia bem. O que ele não podia imaginar era um desejo de colecionar investido em algo mais elevado que a arte, mais fascinante que a beleza, algo de que a arte, assim como a beleza, é apenas um instrumento possível. O Cavaliere buscava a felicidade, não a plenitude. Nunca, em todas as suas reflexões sobre a felicidade, vislumbrara o abismo entre uma vida feliz e outra que almeja o êxtase. O êxtase não só faz, como diria o

Cavaliere, uma exigência menos que razoável sobre a vida. Deve também tornar-se brutal.

Tal como os sentimentos sexuais, quando se tornam foco de dedicação ou devoção, e são realmente vividos com toda a sua veemência e seu poder de viciar, assim o sentimento pela arte (ou beleza) pode, depois de certo tempo, ser experimentado apenas como excesso, como algo que luta para ultrapassar a si mesmo, para ser aniquilado.

Amar realmente alguma coisa é desejar morrer dela.

Ou viver apenas nela, o que é mesma coisa. Subir e nunca precisar descer.

Quero isso, você diz. E aquilo. E aquilo. E também aquilo.

Vendido, diz o amável negociante.

Se você é rico o suficiente para comprar qualquer coisa que quiser, provavelmente sentirá o impulso de desviar seu engajamento com a insaciabilidade, com o inatingível, para um edifício — uma morada intrincada e sui gêneris, para você e suas coleções. Esta morada é a forma última e suprema da fantasia do colecionador de atingir uma auto-suficiência ideal.

Assim, agora você diz ao seu arquiteto: Quero isto, e aquilo. E aquilo.

E o arquiteto apresenta o obstáculo. O arquiteto diz: É impossível. Ou: Não compreendo.

Você tenta explicar. Utiliza a impura palavra gótico, ou seja lá qual for o estilo retrô do momento. Ele parece compreender. Mas na verdade você não quer que ele compreenda. Estou pensando no Oriente, você diz. E você realmente não quer dizer o Oriente, mas o cenário do Oriente, que você sempre achou que o levava a perder-se naquilo que você chama de suas visões e transes proféticos.

O arquiteto faz aquilo que você quer: por mais difícil que você seja, você é o melhor cliente que ele já teve. Porém por mais fielmente que ele execute as suas fantasias, não consegue satisfazê-las plenamente. Você está sempre pedindo mudanças e acréscimos à estrutura. Novas fantasias vêm à mente. Ou melhor, novas elaborações da sua velha fantasia, aquela que desde o início o levou a empreender a construção.

Quero mais, você diz para o arquiteto aflito e servil, que agora já começa a desconsiderar algumas instruções de seu excêntrico patrão, ou economizar nos materiais de construção. Mais, mais. Uma construção assim tem um caráter aberto de uma coleção. Você pensa que quer terminá-la, mas não quer.

•

E é só porque não está terminada (na verdade, nunca foi terminada) que ele pode mostrá-la aos três, encená-la para eles. Desta vez, este teatro não é deles. Ninguém, nem mesmo o herói, consegue superar a encenação de William.

Ele mandara pendurar archotes nas árvores que se enfileiravam por milhas e milhas ao longo do caminho, e colocara bandas de música ao lado da trilha recém-aberta para a carruagem, e também mais atrás, para obter a solenidade do eco, para encantá-los enquanto passeavam pelos bosques ao escurecer. Quando a primeira carruagem irrompeu em terreno aberto, ainda havia luz suficiente para se distinguirem as cores do herói esvoaçando na torre octogonal daquele prodigioso edifício cruciforme, que já desabrochava em torreões, frontões, balcões envidraçados e torres menores. A bandeira era a única concessão de William em todo este teatro à presença entre seus convidados do homem mais famoso da Inglaterra.

Levou-os ao edifício por uma entrada no transepto oeste, passando pelo Grande Salão, até um recinto chamado Salão do Cardeal, onde um banquete os aguardava, numa mesa de refeitório com serviço de prata. Quando terminaram de jantar, a esposa do Cavaliere ofereceu uma pantomima representando uma abadessa dando as boas-vindas às noviças em seu convento. Parecia um bom tema, confidenciou ela a William depois da encenação.

A maior parte do interior era revestida de andaimes onde se divisavam, nas sombras, as figuras de quinhentos artesãos, carpinteiros, pedreiros e gesseiros que William empregava em turnos ininterruptos. Rindo nervosamente com sua voz tensa e aguda, amaldiçoando a lentidão do arquiteto e a vagareza dos operários, e depois esquecendo seu aborrecimento e sucumbindo a uma visão enlevada daquilo que será, William levou seus convidados por corredores e galerias de teto em arcos, iluminados por candelabros de prata, depois subindo e descendo por escadas circulares que a esposa do Cavaliere, a quem faltava só um mês para dar à luz, enfrentava com valentia. O Cavaliere sorria para si mesmo vendo as figuras encapuzadas, de braços musculosos e nus, segurando grandes velas para iluminar o caminho.

Uma catedral da arte, explicou William a seus convidados, na qual todas as sensações fortes que nossos limitados órgãos sensoriais desejam serão amplificadas e todos os pensamentos edificantes dos quais é capaz nosso tênue espírito serão despertados.

Mostrou-lhes a Galeria, de trezentos e cinqüenta pés de comprimento, onde ficariam seus quadros. A Grande Biblioteca. E o Salão de Música, onde ele faria ressoar em seus teclados toda a música que valesse a pena tocar.

Alguns aposentos, provisoriamente aprontados para a inspeção, eram revestidos de painéis e tinham cortinados azuis-pavão, púrpura e escarlate. Mas William parecia temer cada vez mais que seus hóspedes não compreendessem o que estavam vendo.

Este é meu Oratório, disse ele. Deviam imaginá-lo cheio de castiçais dourados, relicários esmaltados e vasos, cálices e ostensórios cravejados de jóias. Sua arcada em forma de leque será de ouro polido.

Aqui, vocês devem imaginar portas de veludo violeta recobertas de bordados em ouro e púrpura, disse William. E para esta sala, que chamo de Santuário, janelas com treliças como nos confessionários.

Estou com um pouco de frio, murmurou o Cavaliere.

E em cada uma das sessenta lareiras, continuou William imperturbável, haverá cestas de filigrana dourada repletas de carvão perfumado.

A escuridão, o frio, a luz bruxuleante dos archotes — o Cavaliere começava a sentir-se mal. Sua esposa só desejava que houvesse ali uma cadeira ou um genuflexório para seu corpo pesado. Os olhos do herói ardiam com a fumaça das tochas.

Mostrou-lhes sua Câmara da Revelação, que teria o chão revestido de jaspe, onde ele seria enterrado.

Mostrou-lhes o aposento que seria o Salão Carmesim, a ser recoberto de damasco carmesim; sua Saleta Amarela, a ser recoberta de amarelo etc.

Por último, levou-os à imensa sala debaixo da torre central.

O Átrio Octogonal. Aqui vocês devem imaginar, disse William, um revestimento de carvalho e vitrais em todos os grandes arcos, com uma grande rosácea central.

Olha só, exclamou a esposa do Cavaliere. Parece mesmo uma igreja.

Calculo que a altura seja de quase cento e trinta pés, disse o herói.

Vocês devem usar a imaginação, continuou William, irritado. Mas, quando completada, minha Abadia não deixará nada à imaginação. Ela *será* a imaginação, em forma tangível.

Queria tanto que eles a admirassem.

E assim no final — pois William não era excepcional entre os colecionadores, como imaginava — ficou desapontado. Não esperava nada daquele filho de ministro, daquele espectro estofado num uniforme de almirante, cujo único interesse, além da esposa do Cavaliere, era matar gente. Tampouco esperava coisa alguma da namorada do herói, que pertencia àquela deplorável raça de pessoas que são efusivas a respeito de tudo. Mas talvez esperasse alguma coisa de seu marido, do marido de Catherine, de seu exigente e idoso primo, de rosto emaciado e olhar ausente. Não havia nada. Nada. Prometi a mim mesmo quando tinha vinte anos que continuaria para sempre uma criança, pensou William consigo; e preciso suportar ter a vulnerabilidade de uma criança, o absurdo desejo da criança de ser compreendida.

Nunca receberia hóspedes quando as obras da Abadia tivessem progredido o suficiente para que ele a habitasse. Não era uma catedral mas um templo, só para os iniciados: os que compartilhavam seus sonhos e que, como ele, tinham passado por grandes provações e desapontamentos.

Acontece, porém, que o uso futuro desses grandiosos monumentos à sentimentalidade e à autoconsideração invariavelmente desafia as pias restrições de seus construtores. Julgados pela posteridade como exercícios encantadores, delirantes, do mau gosto, destinam-se a serem vistos por gerações de turistas boquiabertos, que estendem o braço por cima das cordas de veludo quando os guardas não estão olhando para correr os dedos pelos objetos preciosos ou os cortinados de seda do megalomaníaco. Mas a Abadia de William, a pujante precursora de todos os palácios estetas da superabundância, da sinestesia e da teatralidade dos próximos dois séculos (tanto os construídos como os evocados em romances), não sobreviveu para sofrer o destino disneyesco do Neuschwanstein de Ludwig II e do Vittoriale de D'Annunzio. Feita com incompetência, a Abadia foi desde o início uma ruína em construção. E, já que esta catedral da arte, com todas as suas espalhafatosas arenas para a autodramatização, era sobretudo uma desculpa para a construção da torre, parece correto que o destino da torre fosse o destino do edifício. A torre não voltou a cair durante vinte e cinco anos, logo depois que Fonthill foi vendida, porém, quando desabou, a nuvem de cimento e estuque apodrecido levou consigo boa parte da Abadia. Ninguém viu razão para não demolir o restante.

•

As coisas decaem, espatifam, desaparecem. Esta é a lei do mundo, pensou o Cavaliere. Sabedoria da idade. E as poucas consideradas merecedoras de reconstrução ou reparo guardarão para sempre as marcas da violência que lhes foi feita.

Numa tarde de fevereiro de 1845, um jovem de dezenove anos entrou no Museu Britânico, foi diretamente até a desprotegida sala onde o Vaso de Portland, um dos tesouros mais célebres e valiosos do museu desde 1810, quando fora emprestado pelo quarto Duque de Portland, ficava guardado numa vitrine, pegou aquilo que mais tarde foi descrito como "uma curiosidade em escultura", e começou a massacrar o vaso. O vaso quebrou-se, fraturou-se, estilhaçou-se, foi descriado. O jovem, assobiando baixinho, sentou-se em frente à pilha de cacos para admirar seu trabalho. Os guardas acorreram.

A polícia foi chamada e o jovem foi levado à delegacia de Bow Street, onde deu nome e endereço falsos; o diretor do museu foi dar a desagradável notícia ao duque; os curadores se ajoelharam para catar todos os pedacinhos. Cuidado para não perder nenhum!

O malfeitor, de quem se soube que era irlandês, estudante de teologia que abandonara o Trinity College depois de algumas semanas de estudo, estava bem menos animado quando foi levado diante do juiz. Quando lhe pediram que explicasse por que cometera esse insensato ato de vandalismo, disse que estava bêbado... ou que sofria de uma espécie de excitação nervosa, um contínuo medo de tudo o que via... ou que ouvira vozes dizendo-lhe para fazer aquilo... ou que invejava o autor do vaso... ou que ficara excitado com a figura de Tétis, reclinada, esperando seu noivo... ou que pensava que a representação do desejo erótico no vaso era um sacrilégio, uma ofensa à moral cristã... ou que não suportava ver uma coisa tão bela ser tão admirada enquanto ele mesmo era pobre, solitário e fracassado. As razões costumeiras apresentadas quando se destroem objetos de valor incalculável, admirados por todos. São sempre histórias de uma obsessão. Marginais e solitários autodefinidos, quase sempre homens, começam a ser obcecados por um edifício de suprema beleza, tal como o Templo do Pavilhão Dourado, ou por representações de uma langorosa beldade feminina, como a Tétis no Vaso de Portland, ou a *Vênus de Rokeby* de Velásquez, ou da beleza masculina nua e ideal, como o *David* de Michelangelo — começam a ficar obcecados, continuam obcecados, elevam-se a um estado de congestionada, fabulosa angústia, o inverso do objetivo do êxtase contínuo, e convencem-se de que têm o direito de se aliviar desse sentimento. Devem arrebentá-lo a bordoadas. O objeto arrebatador está lá. O objeto os provoca. O objeto é insolente. O objeto é, ah, pior que tudo, indiferente.

Atear fogo ao templo. Pulverizar o vaso. Retalhar uma Vênus. Arrebentar os dedos dos pés de um efebo perfeito.

E depois voltar a cair num torpor envergonhado, funesto: de agora em diante, o malfeitor só deve ser perigoso para si mesmo. Pois este não é um crime que se comete mais de uma vez. Esta forma de obsessão por um objeto, a obsessão de destruí-lo, é monógama. Sabemos que o sr. *** não voltará ao Museu Britânico para dar uma paulada na Pedra de Roseta ou nos Mármores de

Elgin — tampouco é provável que qualquer outra pessoa o faça, pois parece que não há mais que dez ou quinze obras de arte no mundo inteiro que criam obsessões (esta estimativa recente, provavelmente baixa, foi feita pelo Superintendente das Belas-Artes em Florença, cidade que tem a honra de abrigar duas delas, a estátua de Michelangelo e o *Nascimento de Vênus* de Botticelli). O Vaso de Portland não está na lista.

Ninguém pode consertar o sr. ***, a quem o magistrado condenou a uma multa de três libras ou dois meses de trabalhos forçados. Tendo apenas nove pence no bolso, foi levado à prisão, e solto alguns dias depois quando alguém pagou a multa. (Seu benfeitor, segundo os rumores, foi um aristocrata clemente, ninguém menos que o próprio duque de Portland, que declarou que não queria dar a impressão de estar perseguindo um jovem que talvez fosse louco.) O vaso, porém, em cento e oitenta e nove pedaços numa mesa no porão do museu, examinado com pinças e lupas, foi reconstituído em sete meses por um habilidoso e intrépido funcionário e seu assistente.

É possível que algo estilhaçado, e depois destramente consertado, seja o mesmo, o mesmo que era antes? Sim, para o olho, se não se olha muito de perto. Para a mente, não.

De volta à sua vitrine, esse novo vaso, nem réplica nem original, era tão parecido com sua encarnação anterior que nenhum visitante do museu notava que fora quebrado e restaurado a menos que lhe informassem. Um perfeito trabalho de reconstrução, para a época. Até que o tempo começa a desgastá-lo. A cola transparente fica amarela e inchada, fazendo aparecer as juntas invisíveis. A arriscada decisão de tentar uma reconstrução melhor do vaso foi tomada em 1989. Primeiro ele teve de voltar aos estilhaços. Uma equipe de especialistas mergulhou o vaso num solvente dessecador para amolecer o adesivo antigo, retirou os cento e oitenta e nove fragmentos um por um, lavou cada um numa solução de água morna e sabão não-iônico e tornou a montá-los com um novo adesivo, que endurece naturalmente, e resina, que pode ser curada com luz ultravioleta em trinta segundos. O trabalho, controlado com microscópio eletrônico e fotografado a cada estágio, levou nove meses. O resultado é ótimo. O vaso durará para sempre, agora. Bem, pelo menos mais cem anos.

•

Algumas coisas não se podem consertar: a vida de alguém, a reputação de alguém.

Nas primeiras semanas de janeiro, o herói foi nomeado segundo no comando da frota do canal da Mancha — ainda dispôs de mais um momento para demorar-se à sombra da desaprovação oficial por sua repreensível conduta durante os últimos dois anos — e ganhou uma nova nau capitânia. Gillray celebrou a volta do herói ao seu destino de herói com uma gravura intitulada *Dido em desespero*. Dido é uma abominável e montanhesca mulher a se levantar da cama, pernas pantagruélicas esparramadas, braços mastodônticos e manoplas carnudas escancarando-se em direção à janela que se abre para uma esquadra de navios de guerra que partem mar afora.

Ah, onde foi, onde foi
Meu valente marinheiro?
Foi lutar contra os franceses,
Por George em seu trono a reinar,
Foi lutar contra os franceses
E perder mais um braço,
E perder mais um olho,
E aqui me deixou com o velho,
Esse velho tão antigo,
Deitada na cama a chorar.

E de fato, num canto escuro da cama pode-se distinguir com esforço a cabeça encarquilhada de um pequeno esposo adormecido.

Há algumas pessoas, tais como o herói, cuja vida e reputação são como o Vaso de Portland, já num museu e valiosos demais para que se permita que desapareçam.

Ele é um guerreiro, o melhor já produzido por seu belicoso país, prestes a tornar-se a maior potência imperial que o mundo já viu. Todos o admiram. A criação da sua reputação já foi longe demais. Não se pode permitir que seja destruída.

Mas quem se importa com essa mulher gorda e vulgar e esse velho emaciado e exausto? Eles podem ser destruídos. A sociedade não terá nada a perder. Nada de importante foi investido neles.

Assim, de agora em diante, nada do que eles fizerem será certo.

Desgraça, desgraça. Dupla desgraça.

E para o herói, em breve, a glória imortal.

É claro, a reputação do herói tem uma fissura. Nada pode apagá-la. Nem a grande vitória que veio a conquistar alguns meses depois, a segunda de suas três grandes vitórias, na qual ele quebrou o controle de Napoleão sobre o Báltico; nem mesmo a vitória final, suprema, em que, ignorado o conselho de não se tornar um alvo usando todas as suas estrelas e condecorações no convés durante a batalha, foi estilhaçado por uma bala de mosquetão disparada da mezena de um navio de guerra francês. Todos os que relatam a história de sua vida têm de tomar uma posição sobre seu período de má conduta no Mediterrâneo, mesmo que seja declarando que esse período não merece discussão. Deve-se manter a velocidade correta da narrativa, assim como se deve manter a distância correta do espatifado e reconstituído Vaso de Portland. Vá mais devagar, ou aproxime-se para examiná-lo mais de perto, e não poderá deixar de vê-lo. Acelere, descreva apenas o essencial — e ele se vai.

•

E o que vestir para disfarçar uma repentina perda de peso, pois este é o problema da esposa do Cavaliere duas semanas depois que o herói içou velas para o Báltico. Por sorte estamos no início de fevereiro e faz muito frio. Resposta: as roupas volumosas dos últimos meses de gravidez, porém acolchoadas, na esperança de que quando as camadas forem gradualmente descartadas, a transformação da silhueta pareça resultar de um regime radical e notavelmente eficiente.

E o que vestir à noite quando, no mais completo segredo, você tira sua filha, de uma semana de idade, de sua casa em Piccadilly e a leva numa carruagem de aluguel até Little Titchfield Street, onde ela deve ficar com uma ama-de-leite até que você dê um jeito de pegar a criança de volta como se fosse filha de outra pessoa, deixada aos seus cuidados. Resposta: um abrigo de peles.

Chegou a notícia da grande vitória de Copenhague, conquistada pelo seu verdadeiro marido, pai da sua preciosa filha, a primeira de que seu amado tinha conhecimento, ele que está louco de dor por não poder estar presente no nascimento da filha, louco de alegria por ser pai, como ele te diz, ele te escreve uma ou duas vezes por dia, e você lhe escreve três ou quatro vezes por dia. Agora ele escreve sobretudo sobre a criança: como ela deve ser batizada, já que está fora de questão não reconhecer a paternidade; fala de sua preocupação pela saúde dela. Isso e o ciúme dele. Ele não crê seriamente que você lhe será infiel, mas está convencido de que todos os homens de Londres se sentem atraídos por você. E a verdade é que vários de fato se sentem. Você pode não ser apresentável na corte, e a srta. Knight, avisada na mesma noite do seu retorno a Londres que qualquer contato com você irá prejudicar-lhe a reputação, não te visitou nenhuma vez. Mas os outros o fazem. Você é recebida e recebe, é preciso haver festas e serões musicais, mesmo que seja apenas por seu marido, a quem você agora considera como o pai que você nunca teve, você era garota quando casou com ele, mas agora é mulher feita, e seu pai-marido precisa mostrar que ainda está bem de vida, sem necessidade urgente de vender suas coleções. Há planos para uma festa onde deverá comparecer o príncipe de Gales. E um amigo do herói ficou satisfeitíssimo de poder informá-lo que o príncipe anda dizendo por toda a cidade que gostou de você. Ele vai ficar perto de você, te dizendo coisas doces, lamenta-se o herói. Ele vai encostar o pé no seu pé! Pois vocês dois vêm trocando cartas loucas e agitadas, ambos estão enlouquecendo com a separação. Você o faz prometer que ele nunca descerá em terra quando seu navio estiver no porto, por mais tempo que se passe, nem permitirá que mulher alguma suba a bordo. Ele cumpre a promessa. E te faz prometer que nunca se sentará ao lado do príncipe de Gales em nenhuma festa (você não cumpriu esta promessa), mas quando o príncipe realmente encostou a perna na sua debaixo da mesa, você rapidamente afastou a perna, e com a desculpa de preparar sua encenação, saiu da mesa. Ele não te fez prometer que você não vai mais se exibir.

E no jantar de gala celebrando a notícia da grande vitória do herói em Copenhague, depois de dar um curto e plácido recital ao cravo, você começa a dançar a tarantela, e então convida lorde *** para dançar com você, e, quando ele parece incapaz de te acompanhar, você pega na mão de sir *** e depois de alguns minutos lembra-se de que deveria ter convidado primeiro seu marido, pobre velha alma, que galantemente te acompanha em alguns passos; você sente o tremor das suas pernas arqueadas. Você então faz sinal a Charles, mas ele recusa. E, quando já se esgotaram os possíveis parceiros no salão, você ainda não está cansada, é claro que andou bebendo, senão como iria atravessar a noite, talvez tenha bebido demais, como é seu hábito, você sabe disso. Mas você não quer parar. Continua dançando sozinha mais um pouco. Como demonstração do folclore napolitano, que você achou que impressionaria seus convidados, já dançou a tarantela muitas vezes em Palermo, mas esta é a primeira vez que você a dança na fria e cinzenta Londres. Não importa, a tarantela está dentro de você. Você sempre teve algum pretexto para representar; era estátua viva ou modelo de um pintor, reproduzindo as posturas e o comportamento de alguma figura da história ou da poesia; você personificava, ou "atitudinizava", como dizem agora os que te ridicularizam; você cantava, com a voz e a alegria de outrem na tua boca. Agora você não tem mais nenhum pretexto, nenhuma máscara. Apenas a sensação de alegria, agora, dançando ao ritmo dessa música que só toca na sua cabeça, aqui em Londres, na sua própria casa, com seu velho marido sentado lá adiante, sem olhar para você, desviando a vista, enquanto todos os outros olham, fitam, você está fazendo papel de tola, mas não importa, você se sente tão viva. Sabe que não é mais tão graciosa como já foi outrora, mas é você, é aquilo que você se tornou, está começando a engordar outra vez, sua mãe e suas criadas novamente desmancham as costuras, e você chama sua negra Fatima e sua loira Marianne, que junto com outros criados apreciam de longe, no umbral da porta, os prazeres dos amos, para dançarem com você a tarantela. As duas se aproximam timidamente e começam a dançar, mas Marianne fica toda vermelha e diz alguma coisa que você não ouve, esgueira-se e vai embora, enquanto Fatima continua dançando tão ardentemente como você. Talvez seja o vinho, talvez seja a pele negra e lustrosa de Fatima, talvez seja seu júbilo pela vitória de Copenhague, e você agora dança segurando a mão negra e suada de Fatima — mais rápido, o coração batendo e teus seios intumescidos de leite batendo contra o peito. Agora você não tem nenhum pretexto, você sempre teve algum pretexto para representar. Você é apenas você. Pura energia, puro desafio, puro presságio. E você ouve os estranhos gritos e exclamações que saem da sua boca, sons extremamente peculiares, até você percebe isso, e vê que está criando um escândalo, seus convidados parecem espantadíssimos. Mas é isso que eles queriam. De qualquer forma, é isso que eles pensam de você. Você só gostaria de poder arrancar a roupa e lhes mostrar seu corpo pesado, as manchas e estrias no ventre, os seios enormes, brancos com veias azuis, os eczemas nos cotovelos e nos joelhos. Você puxa suas roupas, puxa as roupas de Fatima. É assim que eles pensam que você é, girando, gritando, grunhindo, só boca, só seios, só coxas, vulgar, irrefreada, lúbrica, lasciva, carnuda, molhada. Deixe que eles vejam aquilo que de qualquer modo eles pensam que vêem. E você puxa Fatima para bem junto, recebendo no seu hálito, assim você imagina, toda a África, e você a beija na boca, provando as especiarias, os cheiros, todos os lugares longínquos, você quer estar em todos os lugares, mas está apenas aqui, com algo te enchendo o corpo, e você dança, mais depressa, mais depressa. Alguma coisa está explodindo, saindo para fora, é quase como quando a criança estava saindo do teu ventre, é tão apavorante como foi aquilo, você pensou que ia morrer, a mulher sempre pensa que vai morrer quando as contrações vêm mais rápido, e parece impossível expelir do seu corpo aquela coisa enorme. Tal como aquilo, é apavorante, embora não doloroso, não doloroso como dar à luz a vida. Não, é a alegria, a exultação de sentir-se viva, você se tornou uma figura de escândalo, mas você se sente feliz, tem orgulho dele, e sente como é grande o mundo — ele está longe e talvez precise ficar longe durante meses, pode estar ferido, pode ser morto a qualquer momento, será morto um dia, você sabe disso — e sente como está sozinha, e como sempre está sozinha, não tão diferente desta dócil Fatima, uma estranha neste mundo como você, uma mulher, uma serva, que precisa ser o que os outros querem que ela seja. E é tão grande o mundo, e você já viveu tanto, mas todos te condenam, você sabe disso. Mas há a glória dele, a glória dele, e você cai de joelhos, e Fatima te acompanha, e vocês duas se abraçam e se beijam mais uma vez e logo se levantam, e Fatima, de olhos fechados, está lançando estranhos gritos ululantes, que saem também aos borbotões da tua garganta. E os convidados estão muito incomodados, mas há muito tempo você é um incômodo, agora você sempre incomoda as pessoas. Você já viu isso nos olhos deles, você é tudo menos distraída, você apenas finge que não nota. Pois que fiquem todos ainda mais incomodados. É tão boa a sensação de cantar, bater os pés, girar. Por que eles te criticam e zombam de você? Por que você os incomoda? Eles também devem sentir-se às vezes como você se sente agora. Por que as pessoas sempre tentam fazer você parar? Você tentou ser o que eles queriam que você fosse.

•

Minha queridíssima esposa, escreve o herói à esposa do Cavaliere. Separar-me de você é literalmente rasgar a própria carne. Estou tão deprimido que não consigo ficar de cabeça erguida.

Em fevereiro o herói obteve três dias de licença e foi ver sua filha em Little Titchfield Street. Chorou quando segurou o bebê nos braços e apertou-o junto ao peito. Choraram juntos quando ele teve de partir para o mar.

Ela sempre pretendera contar-lhe sobre a outra filha, agora com dezenove anos, a quem dera seu próprio nome de batismo. Mas o momento apropriado nunca viera, e agora era tarde demais. A outra filha era ela própria, ao passo que esta criança tinha o primeiro nome do herói, com a terminação feminina em *a*. Assim, essa criancinha era sua única filha.

Sempre que o Cavaliere saía para passar o dia fora com Charles, ela mandava trazer o bebê. Voltava para a cama e o punha para dormir ao lado dela. O Cavaliere tinha a gentileza de nunca mencionar a existência da criança, e ela lhe era grata por isso. Ele bem poderia repreendê-la. Não, não irá repreendê-la. A mãe dela bate na porta quando o Cavaliere volta. Ela não quer impor a criança sobre ele, é o que ela diz a si mesma. A verdade é que não quer compartilhar a criança com ele, mas um dia... com certeza não muito distante... ele estará... ela não será mais... ela não precisará mais mandar a criança embora!

•

O Cavaliere só repreendia sua esposa a respeito de dinheiro — as despesas de suas recepções, por exemplo, e em especial uma conta de vinhos de quatrocentas libras. Mas ela era tão pouco mercenária quanto era extravagante. Ofereceu-se para vender todos os presentes da Rainha, o colar de diamantes que muitos anos atrás o Cavaliere lhe dera de aniversário, e o restante de suas jóias. Havia um excesso de diamantes no mercado londrino (muitos aristocratas franceses, emigrados e sem tostão, vendendo suas jóias); avaliado na Itália pelo equivalente a trinta mil libras, rendeu-lhes apenas a vigésima parte dessa quantia. Mas bastou, pelo menos, para pagar a mobília da casa em Piccadilly.

Agora ele tinha de vender o que tinha para vender.

O inventário já fora feito há dois anos e meio — parecia toda uma vida — antes da partida de Nápoles. Os poucos quadros que foram desembalados e pendurados na casa de Piccadilly voltaram a ser encaixotados; e as catorze caixas de quadros, assim como vários outros caixotes, foram levados ao leiloeiro.

O difícil é escolher. Fico com isso, mas abro mão daquilo. Não, não posso abrir mão daquilo. *Isso* é difícil.

Porém, uma vez que você decide abrir mão de tudo, não é tão difícil assim. A gente se sente um pouco impulsiva, meio tonta. O importante é não segurar nada, não reter nada.

Uma coleção é, idealmente, adquirida peça a peça — há mais prazer assim —, mas esta seria a maneira mais desagradável de vendê-la. Em vez de morrer retalhado por mil cortes, mais vale um único golpe certeiro e letal. Quando o sr. Christie o informou do resultado dos primeiros dois dias de venda, inteiramente dedicados aos seus quadros, ele mal olhou a prestação de contas. Não queria se deter no fato de que o Veronese e o Rubens haviam conseguido mais do que ele esperava, e o Ticiano e o Canaletto, menos. O importante é que conseguira muito mais do que pagara por eles, quase seis mil libras.

Embora estivesse longe, no mar, o herói dera ordens a um agente para comprar dois dos quinze quadros representando a esposa do Cavaliere. Pague qualquer preço. Preciso tê-los. E para a esposa do Cavaliere: Vejo que você está À VENDA. Como é possível, como é possível que ele se separe dos teus retratos? Quando penso que qualquer um pode comprá-los. Ah, como eu gostaria de poder comprá-los todos! O que o herói mais gostaria de adquirir era a lasciva Ariadne de Vigée-Lebrun; mas, infelizmente, este quadro nunca estivera na coleção do Cavaliere.

Mais dois dias de venda no início de maio renderam mais três mil libras. O Cavaliere fez então seu testamento, o testamento que sempre pensara em fazer, e que agora não tinha motivo para mudar. Sentiu-se mais leve, aliviado de um peso.

•

E o que vestir em casa, no lar que você sempre desejou, um verdadeiro lar, ou seja, uma propriedade no campo, uma fazenda com um riacho. Mesmo ao fazer as honras da mesa, um simples terno negro. E ao caminhar por sua propriedade, vistoriando seu gado, supervisionando a poda das árvores, um chapéu amassado e um casaco de listas marrons jogado nos ombros.

O medo da invasão napoleônica, que durara todo o verão, passara sem que a frota francesa fizesse sua esperada irrupção no canal da Mancha. O herói escrevera ainda mais uma carta ao almirantado. Imploro a permissão de Vossas Excelências para desembarcar, pois necessito de repouso. E pedira à esposa do Cavaliere que procurasse uma casa onde ele pudesse instalar-se quando voltar, como espera, em outubro. Ela encontrou uma propriedade com uma casa de dois andares num terreno ainda virgem em Surrey, a apenas uma hora de viagem da Ponte de Westminster. Sem ouvir o conselho de amigos, que julgaram aquela casa de tijolos, de um século de idade, assim como a área ao redor, demasiado modesta e, por nove mil libras, muito cara, o herói fez um empréstimo para comprá-la e pediu à esposa do Cavaliere que a preparasse para a sua volta. Com sua mãe, ela dedicou-se à decoração da casa. Devia ser uma bela morada, e precisava ser revestida, pintada, espelhada, mobiliada (não haveria de faltar um piano, nem bandeiras, troféus, quadros e louças celebrando as vitórias do herói). Deveria também ser moderna: mandou instalar cinco banheiros e colocou novos fogões na cozinha. E deveria ser também uma espécie de fazenda, com apriscos, galinheiros e chiqueiros.

Eu me divirto com os carneros, porcos e galhinhas como me divertia na corte lá em Nápoles, escreveu ela ao herói. Espero não te aboreser com eses detales.

Minha querida, replicou o herói, prefiro ler e ouvir você falar sobre porcos e galinhas, lençóis e toalhas, conchas e saleiros, estofadores e carpinteiros, a qualquer discurso que ouvirei na Câmara dos Lordes, pois não há assunto que você não ilumine com seu espírito e sua eloqüência. Concordo em ter papagaios africanos na varanda. Diga a Fatima que fique tranqüila, pois espero voltar a tempo para seu batismo. Por favor, lembre-se de mandar o sr. Morley colocar redes na ponte e nas margens do riacho para evitar qualquer possibilidade de que nossa filha caia quando ela vier morar conosco. Lembre-se, por favor, que não quero nada na casa que não seja meu, e conte-me tudo o que você e a sra. Cadogan estão fazendo. Você está falando do nosso paraíso. Não sei como vou conseguir suportar nossa separação por mais tempo. Como o Conquistador anseia por voltar e tornar-se mais uma vez o Conquistado.

Já que sua esposa e sua sogra estavam sempre na casa de Surrey depois da volta do herói, o Cavaliere não teve escolha senão morar lá também, embora ainda conservasse a casa em Londres. Eles não o tinham esquecido. Era para ele que o riacho, que sua esposa batizara de Nilo, fora provido de peixes. Porém ele não tivera permissão de trazer da casa londrina seus livros nem seu cozinheiro francês. Sua esposa observou que estavam à sua disposição a biblioteca e os criados da casa do herói. Ele não sabia explicar por que precisava do cozinheiro francês. Estava cansado de desistir das coisas.

Você desiste disso, daquilo e daquilo outro. E sempre há mais.

A capa de sua carruagem foi roubada quando ele parou numa estalagem para refrescar-se depois de um dia de pesca no Wandle. Ao sair, o Cavaliere viu de imediato que a capa se fora e o postilhão cochilava em seu assento. Lágrimas beliscaram-lhe os olhos. Na viagem de volta não parou de pensar nisso. Contou a sua esposa assim que voltou e conseguiu sua atenção. Ela disse, Ah, essas coisas vivem sendo roubadas.

O Cavaliere sentiu-se extremamente tolo por dar tanta importância à perda da capa de sua carruagem. Seu valor era insignificante. Mas não era questão de dinheiro. Às vezes a gente se apega a coisas que não valem absolutamente nada. Às vezes, em especial quando a pessoa é velha, é a essas coisas a que a gente se apega mais. A perda de uma caneta, um broche ou uma fita dói, dói imperdoavelmente. Ele insistiu em colocar um anúncio a respeito da capa roubada.

É perda de dinheiro dar um anúncio por causa disso, disse sua esposa. Não é como o diamante que nós perdemos em Dresden.

"Perdida, da Carruagem de um Cavalheiro, uma Capa Carmesim Coffoy Hammer, com Franjas de Seda Branca, bordada em Azul e Branco."

Ela nunca vai ser devolvida, disse a esposa do Cavaliere.

E é claro que não foi. Muitas vezes ele sonhava com aquela capa. Poderia dizer que sua perda o afetou mais do que qualquer outra coisa de que se separara nos últimos tempos.

•

Deitar na cama, ceder à contraforça de uma imensa fadiga, flutuar entre o sono e a vigília, lembrar o passado, não ter nada na mente, ter tudo na mente, ver os rostos inclinados sobre você, parecendo preocupados, esta é minha esposa, esta é a mãe dela. Alguém te coloca um pano molhado nos lábios. O que é esse som estranho de alguma coisa raspando? Alguém no quarto está com dificuldade para respirar.

Há intermináveis passagens por onde ele tem de caminhar, até que percebe que não tem mais o uso das pernas. Há coisas que ele deixou sem fazer. É primavera e a janela está aberta, há vozes. Elas lhe fazem muitas perguntas. Como está você, como se sente, está melhor? Decerto não esperam que ele responda. Não foi capaz de dizer, embora quisesse dizer, que precisava urinar. Não vai lhes dizer que o lençol está molhado. Eles podem se zangar. Ele quer que fiquem como estão agora, com seus rostos sorridentes, atentos — o rosto dela, o rosto dele. Ambos lhe seguram as mãos. Que mãos quentes eles têm. Eles o tomam nos braços. Ele ouve o ruge-ruge do tecido. É sua esposa, à sua esquerda. Ele lhe sente o peito. E ali está seu amigo, do outro lado. Está apoiado no braço esquerdo do amigo. Espera não ser muito pesado para eles. Há um grande espaço oco em seu peito, onde antes havia a dor.

Escapa agora do cárcere do pensamento. Sente-se jubilante. Está subindo. É uma ascensão laboriosa. Mas agora a montanha não precisa mais ser escalada. Ele escalou. Por uma espécie de levitação. Passou tanto tempo olhando para cima, e agora pode olhar para baixo, deste lugar alto. É um grande panorama. Então isto é a morte, pensou o Cavaliere.

PARTE TRÊS

GIORGIO III
BRITANNIARVM REGI
AVGVSTO PIO FELICI
P.P.
GVLIELMVS HAMILTON
MAGN BRITANN NEAP
LEGATVS EXTRAORDIN
L.C.N.D.

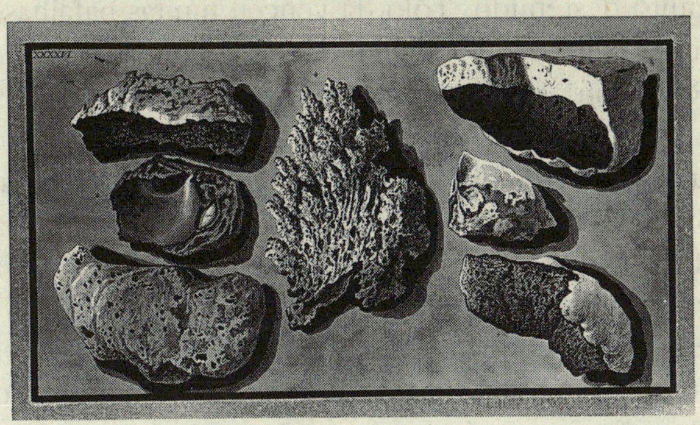

6 DE ABRIL DE 1803

Só porque fechei os olhos e estou deitado bem quieto eles acham que eu não ouço o que estão dizendo, embora eu ouça perfeitamente bem. Mas é melhor assim, o quarto é tão grande, as cortinas que se agitam nas janelas estão sofrendo de uma doença nervosa, a vista não abrange tudo de uma vez. A luz me fecha os olhos. Baixinho, alguém falou, isso não pode durar muito. E eu ouvi tudo o que eles disseram antes enquanto eu dormia, enquanto eu não queria acordar. Ainda não. Acordar é ter uma surpresa. Nunca gostei muito de surpresas. Tolo e minha esposa estão me apertando. Os dois fizeram as pazes depois que fiquei doente. Em Nápoles Tolo se comportava com ela como um criado taciturno, olhando para o chão sempre que ela lhe dirigia a palavra, mas agora eles conversam em voz baixa, depois param de falar, como velhos amigos, e há pouco senti os dois se inclinarem um para o outro por cima do meu peito e seus lábios se tocarem. Como é estranho que meu fiel ciclope napolitano esteja usando um uniforme da Marinha britânica. Talvez tenha vestido esta fantasia para me divertir. Ele me compreende muito bem. Às vezes acontecia de eu me assustar, como naquela vez em que ele me puxou sobre o rio de lava e meu coração trovejava no peito, mas não demonstrei nada, não ficava bem que eu demonstrasse medo. Ele pode supor, erradamente, que agora estou com medo ou desalentado.

Ele é muito destemido, Tolo. Já venceu muitas batalhas. Todos o admiram. Embora de origem humilde, é agora um duque siciliano. O Rei gostaria de transformá-lo no ciclope dos trovões oculto dentro do Etna, mas tenho certeza que Tolo ainda prefere o nosso Vesúvio, como eu prefiro. Não podemos escalar o Etna juntos. Não houve título de nobreza para mim. Mas deixar-me abater por causa disso não oferece nenhum remédio, pois ninguém tem nada a ganhar agitando-se quando está nas garras do medo. Melhor ficar bem quieto. Dando assim a impressão de que não se está com medo, o que tranqüiliza os outros, pois é necessário dar o exemplo, e desta forma a própria pessoa fica mais calma. No caminho de Palermo eu tremia e me agitava com a agitação e o tremor do navio, e Tolo veio sentar-se comigo e segurar meus pés, como eu gostaria que ele fizesse agora, pois eles estão muito frios, seria tão bom se ele me esfregasse os pés. E mesmo que parecesse absurdo pegar minhas pistolas, o que será que eu pensava que poderia fazer com elas, executar a tempestade, consegui sentar-me bem calmamente depois disso, quando Tolo teve de voltar ao convés, porque ele também tinha de dar um exemplo de calma. Sentei-me quieto e fechei os olhos e a tempestade passou. E eu sei que se eu me deitar aqui sem me mexer não terei medo. Agora eles estão falando. Não pode durar muito. Talvez Tolo seja destemido porque ele só vê a metade do que os outros vêem. Meio cego ele venceu suas maiores batalhas. E se eu ficar com os dois olhos fechados não verei perigo nenhum. Onde está o verdadeiro perigo é algo totalmente imprevisível. Meus amigos daqui imaginavam-me em constante perigo devido ao vulcão, e me diziam como ficariam desolados se viessem a saber que eu perecera numa erupção como Plínio, o Velho, mas eles estavam errados ao temer pela minha segurança. Nenhuma calamidade jamais me atingiu, pelo menos não no vulcão. O vulcão era um porto seguro. Mesmo Nápoles era muito saudável. Eu me sentia tão bem. O ar. Não me sinto bem agora. E o mar. Quando eu nadava, mergulhando do meu barco, a sensação deliciosa da água me sustentando os braços e pernas. Estou contente que eles agora estão me segurando, porque meus membros estão muito pesados. Percebo que algo impede a minha respiração. Eu não estaria doente se ainda estivesse em

Nápoles. O ar era atencioso com Catherine. Se Plínio não fosse gordo e sempre sem fôlego, não teria morrido na erupção do Vesúvio. Ele não adivinhou, na época ninguém sabia que era um vulcão. Como devem ter ficado surpresos. Quando ele tomou um navio para salvar algumas vítimas da erupção, os que o acompanharam não pereceram. Só ele sucumbiu às emanações mefíticas. Talvez o vulcão tenha sido nocivo a Catherine. Lembro que ela ficou muito triste por morrer e me pediu para não ser enterrada. Estava muito cansada. Creio que ela agora está descansando no seu quarto. Muita gente quer descansar. Depois de chegar à margem, Plínio sentiu-se cansado e estenderam um lençol no chão para que ele se deitasse para um breve repouso, do qual nunca se recuperou. Ninguém pode saber quando vai morrer, mas pode tomar precauções razoáveis. Enquanto evita precauções não razoáveis. Ah, agora me lembro por que, eu estava segurando as pistolas para me matar quando sentisse o navio prestes a afundar. Eu tinha mais medo da água me enchendo a garganta, me tirando o ar, do que do metal me abrindo a cabeça. Não vou mais entrar em pânico. Que absurdo se eu tivesse me matado porque ouvi um barulho muito alto, porque o navio tombou demais para um lado. Um barulho pode diminuir, um objeto oblíquo pode se endireitar. E então eu teria morrido antes da minha hora. A mãe de Tolo disse que eu não iria morrer na tempestade, e ela tinha razão. Ela me garantiu que eu viveria até a idade que atingi agora, que não me lembro qual é, mas há de me vir num momento. Não gosto de previsões. Qualquer número faz a vida mais curta do que deveria ser. Aos vinte e dois anos, sim, os acontecimentos da juventude são mais fáceis de lembrar, o mês era setembro e o ano 1752, quando o calendário foi mudado, vi uma multidão levando um cartaz que dizia DEVOLVAM-NOS NOSSOS ONZE DIAS, pois os ignorantes pensavam que os dias eliminados estavam sendo subtraídos de suas vidas. Mas nada jamais é subtraído. E ninguém jamais convencerá os ignorantes de que são ignorantes, nem os tolos de que são tolos. Contudo, é natural desejar prolongar nossa existência, por mais desgraçada que seja. Não pode durar muito. Em Nápoles, todos os dias pessoas idosas são atropeladas pelas caleças que investem, com seus insolentes cocheiros gritando para todo mundo sair da frente. Um deles, eu vi, era um sujeito velho, muito velho, muito magro, nada mais que um esqueleto, um esqueleto em farrapos, que não caminhava avançando cada pé para a frente e obliquamente, mas perpendicularmente e batendo o pé no chão, com a sola do pé inteira de uma vez. Isso não era destemor mas obstinação. Eu não quereria andar se não conseguisse me manter na vertical. Mas deitado aqui, mesmo não tendo mais o uso dos meus braços e pernas, mas tendo apenas minha razão e minha tristeza, ainda posso saborear o desenrolar dos acontecimentos. Quem desejaria que a cortina descesse antes do fim da peça. Quem disse que não pode durar muito. Mesmo se nenhuma história jamais termina, ou melhor, uma história se transforma em outra, e esta em outra etc. etc., eu gostaria de saber quando e como o maldito Bonaparte vai receber o que merece e, ah, alguém fechou a janela. Ouvi rodas de carruagem. Creio que eles estão planejando me levar numa viagem. Mas pelo menos vivi para ver o conluio com a infâmia revolucionária cessar na Inglaterra. A natureza humana é tão perversa que é absurdo até mesmo esperar, e muito menos desejar, que a sociedade algum dia possa se transportar para um plano diferente, melhor. O máximo a que se pode aspirar é uma elevação muito lenta. Nada cônico. Pois tudo que sobe muito alto acaba desabando. É difícil qualquer coisa ficar em pé muito tempo. Meu corpo está me deixando. Será que eu conseguiria ficar em pé agora. Eu deveria estar treinando para levantar, se estamos de partida para uma viagem. Eu iria surpreendê-los se me levantasse com minhas pernas frias e pesadas. Tolo virá quando este homenzinho de uniforme de almirante for embora, e me esfregará as pernas. Mas quero que minha esposa fique. Ela não precisa ir sempre com ele. Pode ficar comigo e cantar para mim. Para ela eu até abriria os olhos. Ela está sendo muito gentil agora. Ultimamente ela não tem sido tão gentil comigo como eu teria desejado. Só espero que ela não esteja sendo gentil porque estou doente, pois pretendo ficar toleravelmente bem outra vez. Há pessoas que só se tornam protetoras em relação a alguma coisa quando aquilo está em perigo ou estragado ou quase acabado. Os ignorantes operários de Pompéia e Herculano não tinham nenhuma idéia do que estavam rachando e enterrando com suas pás e picaretas, até que Winckelmann visitou as escavações e denunciou a completa falta de método e cuidado com que estavam sendo realizadas, e assim foi adotado um método mais cauteloso. E aí logo depois ele foi assassinado por um rapaz horrível, nenhum Ganimedes, pelo que me disseram, mas um feio brutamontes marcado de varíola, que meu suscetível amigo convidou para ir a seu quarto de hotel e a quem teve a imprudência de mostrar alguns dos tesouros que estava levando a Roma. Eu teria pensado que Winckelmann só gostava de rapazes de rosto e corpo como as estátuas gregas cuja beleza ele tanto exaltava, mas não há um padrão único para o gosto apesar de todos os legisladores afoitos, e além disso se alguém tem de ser assassinado, se tal é o seu destino, não se pode prever quem será o assassino. Jamais, nem uma vez sequer, temi o brilho de uma faca embora vivesse trinta e sete anos em meio a um povo violento e destemperado. Mas na segurança da minha cama, da minha Inglaterra, não pode durar muito, os terrores noturnos são uma das debilidades que agora tenho de suportar, que espero que passem quando eu me recuperar, gostaria de não estar pensando neles agora. Minha própria mãe vem vindo para mim, abrindo o vestido e fazendo gestos lascivos. Homens e mulheres sentados em círculo se banqueteiam em cadáveres, estalando os lábios e cuspindo pedaços de ossos brancos, como a pedra-pomes que eu coletava no vulcão. E um homem inchado boiando na água e uma mulher grávida pendendo de um patíbulo. Em sonhos fui levado para ser enforcado, muito desagradável, embora eu protestasse que não conseguia andar; em sonhos um bando de homens com facas apertava o círculo em volta de mim enquanto eu jazia na cama desamparado. Agora muitas vezes sonho que estou prestes a ser assassinado. Em geral consigo dominar-me quando desperto, embora estes fantasmas se prolonguem por alguns minutos na minha vigília, mas se necessário eu puxo a corda da sineta e trago o velho Gaetano para sentar-se ao meu lado até eu voltar a adormecer. E uma vez, creio que foi na outra noite, ouvi a mim mesmo gritar, de maneira lamentável, temo eu, e minha esposa e meu ciclope entraram no quarto e perguntaram se eu estava com dores. Não, não há nenhuma dor, respondi. Foi apenas um sonho, mas é surpreendente como era vívido. Não quero deter-me nele. Prefiro, sempre preferi, deter-me no que é agradável, e afortunado, de que tenho muito a lembrar. Em primeiro lugar, minha boa saúde. Em todos aqueles anos em Nápoles quase nunca fiquei doente. Uma ocasional desordem do estômago, nada mais. Meu distinto médico costumava comentar sobre minha forte constituição e firme estado de nervos. Excelente homem, Cirillo. Eu gostava de ouvi-lo discursar sobre as recentes descobertas da ciência dos seres vivos. Eu só precisava conservar os dons da natureza, furtando-me aos excessos de comida e bebida, em especial aos pratos muito temperados, que tornam os fluidos corporais espessos e viscosos, vagarosos e letárgicos, e estreitam seus canais de circulação. E exercer um estímulo moderado e contínuo das funções animais, andando a cavalo, nadando, escalando e praticando outras formas de exercício. A ação corporal invariavelmente me restituía a mim mesmo. E se dentro de casa sofria de abatimento do espírito, bastava-me ler ou tomar meu violino ou meu violoncelo e eu imediatamente ficava alegre outra vez. Eu não era difícil de consolar. A natureza me fez de temperamento estável. A idade me fez fleugmático. Nada me perturba. Não posso ser demasiado incômodo para os que estão cuidando de mim agora. Se eles chamassem Simon para me barbear, meu rosto não estaria tão áspero. Sempre tive sorte. A beleza me rodeou. Eu me rodeei de beleza. Cada entusiasmo uma nova cratera de um velho vulcão. Entrar numa loja ou numa sala de leilões ou no santuário de um colega colecionador, e ficar surpreso. Mas não demonstrar. Aquilo podia ser meu. Quando uma paixão começa a declinar é necessário formar outra, pois toda a arte de passar pela vida toleravelmente consiste em manter-se sempre na expectativa de qualquer coisa. Embora os entusiasmos do Rei, exceto o bilhar e a pesca, fossem conduzidos de maneira imoderada, e ele próprio fosse extraordinariamente repulsivo em sua pessoa e totalmente sem espírito nem discernimento, eu preferia a sua companhia à da inteligente Rainha. As mulheres muitas vezes ficam descontentes, já observei. Creio que muitas se entediam. Eu nunca me entedio enquanto tenho um entusiasmo para compartilhar ou para observar. Apreciei todos os entusiasmos exceto os religiosos, e quando em Viena gostava de pescar no Danúbio. Catherine esperava que eu adquirisse fé, mas não é da minha natureza, que é cética. Eu não poderia negar que as ilusões são necessárias para tornar a vida humana suportável, porém os tristes e amargos relatos do cristianismo não têm nenhum encanto para mim. Não desejo ficar indignado. Minha boca está muito seca. O primeiro princípio da ciência da felicidade é não sucumbir à indignação nem à autopiedade. Nem à água. Gostaria de tomar um pouco de água. Eles não me escutam. A pressão de uma mão. Mas os afetos se extraviam. Uma Vênus não pode permanecer fiel. E eu não sou Marte. Mas recusei todas as oportunidades de vingar-me. Não vendi minha Vênus. Fiel a despeito de mim mesmo, pois de fato tentei vendê-la. Mas nunca amei um quadro tanto quanto meu Correggio. Estou surpreso ao ver que Charles não está no quarto, é falta de gentileza, pois não me esqueci de fazê-lo meu herdeiro. Sei que ele está aborrecido porque eu não tenho mais dinheiro. Charles não é tão feliz como esperava ser. Não houve nenhuma Vênus para Charles. Ele ama suas pedras preciosas, seus escaravelhos e seus anéis. E está muito mais velho agora. Creio que ele já me invejou. Primeiro nas artes da felicidade. Enquanto eu me satisfazia, ao mesmo tempo fui útil aos outros. Nunca superestimei minhas capacidades. Se é verdade que há destinos mais sublimes, afirmo que descobrir o que é belo e compartilhá-lo com outrem também é ocupação digna de uma vida. A arte não deve ser apenas objeto de admiração infrutífera. Eu disse isso. Uma obra de arte deve inspirar os principais artistas e artesãos do nosso próprio tempo. Foi eu quem trouxe de volta para a Inglaterra o vaso que Wedgwood agora produz em muitas cópias. Baixinhos e gordinhos. Quem disse isso? Quando alguém já viveu tanto quanto eu, não pode deixar de misturar tudo, mas estou me esforçando para acertar. É de se esperar que muitos assuntos me venham à mente ao mesmo tempo, pois tive uma vida muito longa. Mas não preciso tocá-los nem lidar com eles. Meus braços e pernas estão pesados e não tenho certeza de onde estão minhas costas. A pesada bagagem, a carga de cada viagem, não poderia ser tão pesada como é meu corpo agora. Algo me pressionando. Tudo muito perto. Uma criança ficou soterrada durante semanas debaixo da casa depois do terremoto, depois que Catherine morreu. Será que ela sabia o suficiente para ter esperança de ser salva, ou será que acreditou que estava enterrada viva para sempre. Estou falando da criança, a criança que ficou apertando o punho contra o rosto e saiu dos escombros com um buraco na face. Os homens não gostam de reconhecer o caráter final da catástrofe. Pagano escreveu um ensaio em que fez do terremoto na Calábria um emblema da dissolução da sociedade e uma volta à igualdade primitiva. Não me lembro por que ele propôs uma idéia tão ridícula. Era muito inteligente, esse Pagano. Mas algo lhe aconteceu, não me lembro o quê. Já notei que os escritores são capazes de elevar qualquer acontecimento ao nível de uma lição, advertência ou punição, mas é minha opinião que um homem de bom senso, por que será que as vozes estão mais baixas, espero que não estejam me deixando agora que minha boca está seca, minha língua está rígida, é minha opinião que um homem de bom senso observará o desenrolar dos acontecimentos com calma, com um distanciamento comedido. Mesmo debaixo deste peso. Quando ocorre uma catástrofe, deve-se tentar salvar a si mesmo e aos outros. Aquele estimável romano, Plínio, o Velho, sentiu-se obrigado a tentar salvar as vítimas do vulcão. Foi educado para ser um cavalheiro. Mas há também os que ensinam a si mesmos como devem se comportar. Isto é comum na época que alcancei ver, em que os talentos podem surgir dos mais baixos escalões. Os de origem humilde aprendem a superar-se. Quando o Vesúvio entrou novamente em erupção, Tolo aportou com seu barco e salvou o Rei e a Rainha e trouxe-nos todos a Palermo. Mas ele perdeu os vasos. Houve uma tempestade e eles foram parar no fundo do mar. Tenho a impressão de que não estou raciocinando com a mesma clareza e equanimidade que sempre tive. Vozes gritando *Bella cosa è l'acqua fresca*. Tolo deveria me dizer por que seus homens resolveram salvar o almirante no caixão em vez dos meus vasos, que teriam trazido deleite e instrução a muitos. Meus banqueiros esperavam que eles fossem salvos. Um almirante não vale muitos guinéus. Estou me referindo ao almirante no caixão, um homem sem grande distinções nem realizações. Mas há muita glória a ser ganha no mar. Quem não louva o intrépido comandante cujo nome esqueci mas que está nos lábios de todos. Não, não Plínio, o

Velho, mas outro almirante, que não é nada corpulento nem sofre de asma. Mas esta era Catherine. Não, ambos. É perfeitamente possível que dois seres humanos se pareçam. Se não fosse assim, como poderíamos compreender qualquer coisa sobre nossos semelhantes, pois é apenas pela assídua comparação dos vários tipos de, sim, o almirante, meu grande amigo, o salvador do nosso país. Assim o Rei de Nápoles o saudou. Suas palavras. Mas estou falando deste país, a Inglaterra. E deste almirante, que se tornou como um filho para mim, e cuja felicidade e paz de espírito significam mais para mim do que as minhas próprias, pois não foram fáceis para mim estes últimos cinco anos, devo reconhecer, o mundo em que me sinto em casa está grandemente alterado. Velhos costumes derrubados. Novos sentimentos que não compreendo e só posso deplorar, pois infelizmente eu de fato os compreendo, e portanto não vou assumir uma compreensão obtusa que nunca foi minha. Para os outros sou um tolo. Ela deveria ser punida por fazer os outros me considerarem um tolo. Posso tomar um pouco de água, será que eles me ouvem. Eu consigo ouvi-los perfeitamente bem.

•

Sinto a mente mais clara agora. Dormir foi restaurador. Não consigo mais ouvir Tolo e minha esposa, embora ainda consiga senti-los. Suas roupas. Se eu não estivesse com tanto frio, estaria muito confortável. Era sempre muito frio no topo do vulcão, quando fazia um calor abominável lá embaixo. Não entendo por que até mesmo os temerosos não queiram subir no vulcão, o que será que eles temem. Nunca consegui convencer Charles a fazer a escalada comigo, e Catherine era frágil demais. E Plínio gordo demais. Não é prudente deixar-se ficar corpulento, embora eu talvez tenha ficado magro demais. Eu devia ter insistido para que eles subissem comigo, é um esforço empolgante, especialmente durante uma erupção. Enquanto eu avanço sem medo, os guias puxam os outros com correias de couro. Todos deveriam escalar o vulcão e constatar por si mesmos que o monstro é totalmente inofensivo. Sinto seu hálito quente e sulfuroso. E o odor de castanhas assadas. Não, pode ser café, mas se eu pedir uma colherzinha de café desconfio que eles não vão me dar, vão dizer que o café vai me deixar acordado. A luz está me deixando acordado agora. Uma corrente de luz de um vermelho-alaranjado. Para atrair os sedentários, os delicados e os debilitados até o topo, vou oferecer-lhes uma reunião musical depois de seus esforços. Catherine tocará piano, e aquela que não mais me ama cantará. Rule Britannia. E eu tocarei o violoncelo, pois a gente não esquece o que aprendeu na juventude. Depois de mandar erguer paredes para nos protegerem do vento, há muito vento dentro da minha cabeça, o vento não deve sair e derrubar o piano de Catherine. Assim protegidos, assim protegidos, Tolo está me apertando a mão, *al fresco*, muito original, é tudo aqui, levado em braços fortes, em dorsos fortes, subindo pelas encostas da montanha. Todos reunidos num local. Vejo que a maioria dos meus convidados está examinando meus quadros e vasos. Alguns estariam interessados nas minhas amostras de rochas vulcânicas. E o que você acha de tudo isso, Jack. O macaco me lançou um olhar que não posso deixar de considerar travesso, Jack abaixou a cabeça e olha para seu pintinho vermelho, Jack está cochichando para mim. Embora todos os males sejam cargas, mesmo assim um espírito ereto pode suportá-los, mas quando os sustentáculos desabam e cobrem o homem com suas ruínas, a desolação é perfeita. Uma criatura extraordinária. Ele me compreende muito bem. Escreverei uma comunicação para a Real Sociedade, que é a academia científica mais importante da Europa e da qual eu tenho a honra. Fortaleza, paciência, tranqüilidade e resignação. E um tremeluzir. Um cheiro frio e embolorado como uma *mofetta*. Ah, cuidado. É possível ser destemido demais. Jack disparou para trás de uma rocha. Alguém deve cuidar para que o safado não se aproxime demais da beira da cratera. Vou salvá-lo. Ele está aqui. Está sentado no meu peito. Sinto seu peso, sinto o fedor dos seu intestinos animais. Não vou mais inspirar com minhas narinas. E quando os hóspedes partirem voltarei ao leito, pois é permitido descansar quando se fez um grande esforço, não é preciso ser idoso para cansar-se depois de um grande esforço. Meu fôlego. Sempre encontrei energia para fazer o que me agradava. E quanto mais me exercitava, mais animado me sentia. É ficar tanto tempo de cama que me enfraqueceu. Ser um antiquário não fez de mim um velho. Ao contrário, os objetos que amei me mantiveram jovem. Meu principal interesse sempre foi a época extraordinária em que vivi. Não gosto do que dizem de mim agora. Os amigos que me compreendiam estão todos mortos. Mesmo para eles eu parecia excêntrico, embora eu talvez não fosse excêntrico o bastante. Mas um homem na minha posição não se defende, como um autor comum, e a cada dia vejo os felizes resultados dos meus esforços para o aperfeiçoamento do gosto e do conhecimento no quarto inteiro. Eu quis dizer outra coisa. Não estou falando do quarto. Entre as pessoas da sociedade. Como um navio, balançando. Almirante. Admirável. Sempre fui claro acerca do que eu admirava e queria explicar aos outros. Eu via que era capaz de manter o interesse deles. A luz é branca. Eles respeitavam minha opinião. Meus entusiasmos me tornaram visível, e é por isso que não preciso abrir os olhos. Esperava-se de mim que eu caísse no excesso. Só o que é excessivo causa uma impressão duradoura. Mas depois eles aprenderam a zombar de mim. O gosto é volúvel, como uma mulher. Eles ainda estão aqui? Braços de mulher embalando minha cabeça. Minha esposa, penso eu, como é reconfortante. Sim, acerca daquilo que me tornou conhecido. A aprovação pode oscilar, mas exerci considerável influência. Gostaria de colocar a mão na frente da boca, o ar está saindo da minha cabeça. Mas minha esposa, que tem boa intenção, está me apertando demais. O ar está jorrando da minha boca. Deixe ver se consigo inspirar um pouco de volta. Daí vou segurá-lo. Pequenos goles. Assim. Afortunado por ter vivido na mesma época e desfrutado da amizade e estima de tantos grandes homens, posso me orgulhar do meu papel ao devotar energias em favor de. Ar. Não, influência. Ainda dentro da minha boca. Aposto que serei lembrado. Mas a história nos ensina que nem sempre continuamos a viver na mente dos homens pelo motivo pelo qual desejamos ser lembrados. A pessoa se aplica diligentemente, suas realizações crescem, realizações genuínas, e então, aí, uma história se vincula ao seu nome, todos a ouvem, todos a repetem, e por fim é disso que todos se lembram. Tal foi o destino de Plínio, o Velho. Agora vou soltar um pouco de ar. Ele que nunca desperdiçou um momento, nunca parou de estudar e de coletar fatos e de escrever seus cem livros, quais seriam os pensamentos de Plínio se pudesse saber que todos os seus vastos labores seriam superados, engolidos, absorvidos, o ar continua saindo, que seu conhecimento não era nada, pois o conhecimento avança, devorando, enterrando o conhecimento do passado, conquistado com tanta dificuldade. Chega de expirar. Que ele seria lembrado apenas por uma história, seu fim. Que é só por causa do Vesúvio que todos ainda pronunciam seu nome. Agora vou inspirar de novo um pouco de ar. Acho que ele ficaria muito desapontado. Só um pouquinho de ar está me voltando. Soltei demais, mas vou conseguir. Bem, bem, já que alguém deve continuar vivo na História por uma só história, um único evento de uma vida longa e plena, suponho que há destinos piores do que ser lembrado como a mais famosa vítima de um vulcão. Tive mais sorte. O vulcão nunca me fez nenhum mal. Longe de punir-me por minha devoção, ele só me trouxe prazer. Desta vez não vou soltar mais nenhum ar da minha boca. Tive uma vida feliz. Gostaria de ser lembrado pelo vulcão.

PARTE QUATRO

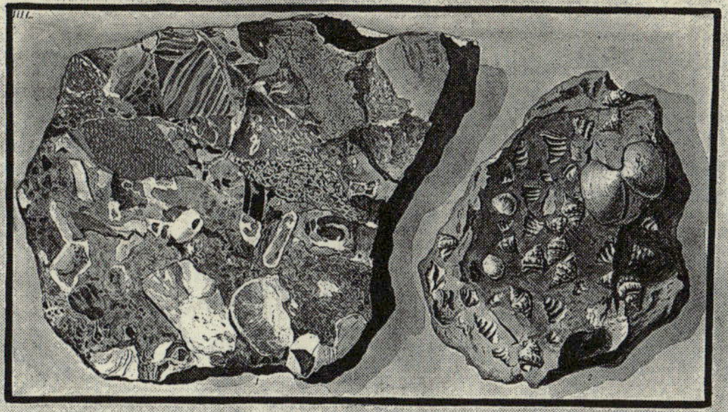

1

Não posso falar de mim sem falar dele. Mesmo quando não o menciono, ele está presente por omissão. Mas falarei de mim também.

Fui sua primeira esposa.

Eu era feiosa. Era doentia. Era devota. Amava a música. Ele se casou comigo pelo meu dinheiro. Apaixonei-me por ele depois que nos casamos. Meu Deus, como eu o amava! Com o tempo ele passou a amar-me, mais do que ele esperava.

Ele não tivera muita afeição das mulheres. Sua mãe, dama de companhia da princesa de Gales e amante de seu real marido, foi um tanto dura com ele. E aos olhos de seu severo pai ele era apenas um quarto filho, quase um estranho, já que em criança foi levado com sua mãe para viver na corte. Que diferença dos meus queridos pais, tão bondosos, que prodigalizavam seu afeto sobre mim e derramaram lágrimas quando parti para viver numa terra pagã, temendo que nunca mais veriam sua única filha, que poderia ser assassinada por bandidos ou perecer com a peste. E eu, filha ingrata, fiquei tão feliz por partir.

Deixamos a Inglaterra, como disse, pois meu marido tornara-se um diplomata. Tinha esperanças de ser nomeado para uma capital mais influente, mas decidira, como sempre fazia, tirar o melhor proveito da situação. Só pelo clima saudável e pela conseqüente melhora da minha saúde, ele haveria de reconciliar-se com a decepção. Logo depois que chegamos, ele descobriu muitas outras vantagens, vantagens para si mesmo, em sua nova situação. Era incapaz de não se divertir, em qualquer coisa que fizesse, e incapaz também de não agradar e impressionar os outros. Ele me permitiu contribuir para sua ascensão sendo uma esposa perfeita.

Eu teria gostado de ser perfeita. Fui uma excelente esposa de embaixador. Nunca negligente, desatenciosa ou deselegante, mas — isso era considerado atraente numa mulher — tampouco parecia estar me divertindo muito, o que poderia ter me levado a querer divertir-me mais, de uma maneira incompatível com meus deveres. Ele sabia que eu nunca lhe falharia. Ele detestava o fracasso, o mau humor, o pesar, tudo o que fosse difícil, e, exceto por adoecer ocasionalmente, cuidei de não lhe dar nenhum motivo de queixa. O que eu mais gostava em mim mesma era o fato de que ele me escolhera, e que eu não o desapontara. O que ele mais gostava em mim era o fato de que eu era admirável.

Eu era considerada muito superior à maioria das mulheres em virtude de meu comportamento solene, minha plumagem insípida, meu apetite pela leitura e meus talentos ao teclado.

Foi um casamento de companheirismo excepcional. Nós dois amávamos a música. Eu sabia como distraí-lo quando ele estava exasperado por algum assunto vil ou tedioso na corte, ou ansioso com alguma negociação prolongada acerca de um quadro ou um vaso em que empenhara o coração. Ele me tratava com a mais extrema atenção, e em conseqüência eu vivia censurando a mim mesma por falta de gratidão ou por uma opressiva predisposição à melancolia. Ele não era o tipo de homem que confrange o coração de uma mulher, mas meu coração não podia deixar de confranger-se; e minha era a culpa, por elevar-me a um nível inconveniente de intensidade na ligação.

Conversar com ele era como conversar com alguém a cavalo.

Eu sentia anseios, que acreditava serem por Deus, ou pela compaixão celeste. Não creio que fossem por uma criança, embora eu lamente não ter tido filhos. Um filho teria sido mais uma alma para amar, e teria me ajudado a sentir menos as ausências dele.

Sou grata pelos consolos da fé. Nada mais dá qualquer resposta à terrível escuridão que, num momento ou em outro, discernimos ao nosso redor.

Em criança um dos meus livros favoritos, que ganhei de meu excelente pai, foi o *Livro dos mártires*, de Foxe. Eu fremia com seus relatos sobre a maldade da Igreja de Roma e a coragem inspiradora dos nobres mártires protestantes, que foram espancados e flagelados, açoitados e apedrejados, cuja carne foi dilacerada com torniquetes em brasa, que tiveram as unhas e os dentes arrancados e as extremidades imersas em óleo fervente, até por fim receberem a graça da fogueira. Eu via as tochas sendo acesas, o manto de chamas envolvendo suas vestimentas, suas costas e ombros arqueando-se para trás, como se quisessem lançar a cabeça para o céu, deixando seus pobres corpos ardendo aqui embaixo. Impressionada, eu refletia com piedade sobre o glorioso destino do bispo Latimer, cujo corpo foi penetrado a força pelo fogo e cujo sangue fluiu abundantemente do coração, como que confirmando seu constante desejo de derramar o sangue de seu coração em defesa do Evangelho. Eu ansiava por ser testada como eles foram e provar minha lealdade à minha fé sofrendo a sagrada morte de um mártir. Sonhos de menina tola e presunçosa. Pois eu não era corajosa, creio, embora nunca tivesse tido a oportunidade de dar provas de coragem. Não sei se teria suportado a fogueira, eu que não suportava sequer olhar de uma distância segura dentro do fogo de um vulcão!

Meu marido carinhosamente me descrevia aos outros como uma eremita. Não tenho o temperamento de uma reclusa. Mas eu não conseguia superar minha repulsa por aquela corte ignóbil, obtusa, e ele muitas vezes devia comparecer à corte, e eu preferia a companhia dele a qualquer outra.

Só nele eu tinha prazer. O que a música me dava não se pode descrever como prazer, pois era mais revigorante que isso. A música me expandia o fôlego. A música me abraçava. A música me ouvia. Meu cravo era minha voz. Em seu som translúcido eu ouvia meu próprio som, puro e fino. Eu compunha melodias delicadas, que não eram originais nem muito ambiciosas. Eu era mais ousada quando executava a música alheia.

Uma vez que comparecer à ópera regularmente era exigido de toda pessoa ligada à corte, na verdade de todas as pessoas da sociedade, eu professava gostar de ópera, como ele genuinamente gostava. Não gosto de teatro. Não gosto do que é falso. A música não deve ser vista. A música deve ser pura. Nunca mencionei esses escrúpulos a nenhum de meus companheiros na ópera, nem mesmo a William, o jovem ardente e infeliz que entrou na minha vida já próximo ao final e deu-me uma amostra do que significa sentir-se compreendida e compreender a mim mesma. Com William, eu podia falar de meus anseios de pureza; na sua companhia, eu ousava reconhecer fantasias incompatíveis com meu destino. Muitas vezes fui chamada de paradigma, de anjo — elogios ridículos —, mas quando William dizia essas palavras, eu as ouvia como efusões genuínas de um coração grato. Achava que ele queria dizer que gostava muito de mim. Fui bondosa com ele. Era meu amigo, pensava eu, e eu sua amiga. Depois compreendi que ele de fato me considerava um anjo, eu que transbordava de humores rebeldes. Certa vez, depois de tocarmos uma sonata a quatro mãos, ele se levantou do piano, reclinou-se no sofá e fechou os olhos. Quando eu o adverti de uma reação demasiado sensual à nossa sessão musical, ele replicou: Infelizmente, é bem verdade que a música me destrói — e o que é pior, adoro ser destruído. Fiquei em silêncio quando poderia ter continuado minha homilia, pois percebi que seria capaz de fazer uma afirmação não menos extremada. Eu não teria dito que a música me destrói, mas sim que eu destruo os outros, com a música. Enquanto eu tocava, até mesmo meu marido não existia.

Eu era mais jovem que meu marido, mas nunca me senti jovem. Não consigo imaginar que eu pudesse ter tido uma vida melhor. A fraqueza feminina me ligava a ele. Minha alma se aferrava à dele. Não me respeitei o suficiente. Fico surpresa ao ver que encontro tantos motivos de queixa, já que acredito que o papel de uma esposa é desculpar, perdoar, suportar tudo. A quem eu teria revelado minha mágoa? Não fiquei cega pela parcialidade do amor, porém julgar meu marido era um esforço excessivo. Eu nunca me zangava. Nunca tinha sentimentos ríspidos ou baixos. É um alívio admiti-los agora.

Creio que devo reconhecer que fui infeliz, ou solitária. Mas não peço piedade. Seria desprezível chorar pelo meu destino quando há tantas mulheres verdadeiramente desafortunadas, como as enganadas e abandonadas por seus maridos, ou as que tiveram um filho apenas para vir a perdê-lo.

Suponho que se possa descrevê-lo como egoísta. Não é fácil para mim dizer isto. Assim que começo a encontrar defeitos nele, eu me lembro de como um homem com a sua formação é educado para considerar seus prazeres e obrigações, e que um homem com o seu temperamento buscaria perder-se nesses prazeres e obrigações, que de mil maneiras lhe exigiriam a atenção, e minha velha afeição se eleva e obscurece meu ressentimento. Sei que ele era capaz de inquietação, pois muitas vezes discorria sobre o tema da felicidade. Quando eu o ouvia suspirar, poderia suportar qualquer coisa.

Creio que devo admitir que ele era cínico. Ele teria escarnecido como tolice de mulher a idéia de que neste mundo despudorado, pré-arranjado, seja possível portar-se de outra maneira. Talvez eu deva admitir até que ele era capaz de ser cruel, pois suponho que se poderia dizer que ele não era um homem de sentimentos ternos. Pode-se replicar que ele era homem, e os sentimentos ternos são domínios do sexo fraco, a quem é poupada a batalha contra a adversidade. Mas não creio que isso seja verdade. Nosso sexo indefeso, a maior parte de nós, encara a adversidade de uma forma tão desprotegida como qualquer homem. E há muitos homens de coração terno, tenho certeza, embora eu só tenha conhecido um, meu querido pai.

A mulher é primeiro filha, depois metade de um casal. Sou definida, defino a mim mesma, em primeiro lugar, como a que era casada com ele. Ele não seria definido, em primeiro lugar, como casado comigo, embora em geral seja lembrado — destino invulgar para um homem — como o que era casado com sua segunda esposa.

Ele não gostou que eu o deixasse. Meu pesar durante minha última doença é indizível. E eu sabia que ele sentiria mais falta de mim do que imaginava. Eu tinha esperança de que ele se casasse de novo. Imaginei que se casaria com uma respeitável viúva um pouco mais jovem que ele, não necessariamente abastada, amante da música. E ele pensaria em mim com afeto. Nós, mulheres, não podemos imaginar o quanto os homens são diferentes de nós. Há algo imperativo que os homens sentem, que torna até os melhores dentre eles propensos a uma conduta lasciva e indecente. Ele me amou, tanto quanto era capaz de amar qualquer pessoa, e depois verdadeiramente amou uma mulher que era tão diferente de mim quanto alguém poderia ser. Mas muitas vezes acontece que a boa esposa, ilhada nas secas virtudes que cultivou a fim de livrar-se de censuras, é abandonada por uma mulher mais viva, mais jovem, mais divertida. Pelo menos fui poupada desta indignidade tão comum, a indignidade que sofreu a esposa do homem que capturou o amor da segunda esposa de meu marido. Tive tudo o que meu marido podia dar a alguém como eu.

Lamento que eu não tivesse podido evitar desejar mais dele. Se ele me deixava sozinha por muito tempo, e se entretinha mais consigo mesmo do que comigo quando estávamos juntos, quem se comporta de outra maneira com uma esposa? Esperava eu o fervor que ele poderia demonstrar a uma amante? Parece pouco cristão da minha parte censurá-lo por não ser o que ele não podia ser.

Eu deveria ser capaz de imaginar uma vida sem ele, mas não consigo. Se eu sequer imaginar que ele poderia ter morrido antes de mim, minha mente se escurece. Nós nunca vivemos separados. Tive o prazer de vê-lo de perto e de longe em muitos salões brilhantes, nos quais ele sempre era a presença mais radiante de todas, e tinha seu retrato para fitar quando ele era chamado e tinha de partir, uma pequena pintura sem grandes méritos a que eu era muito apegada. Foi esse retrato que levei sobre meu corpo para o túmulo.

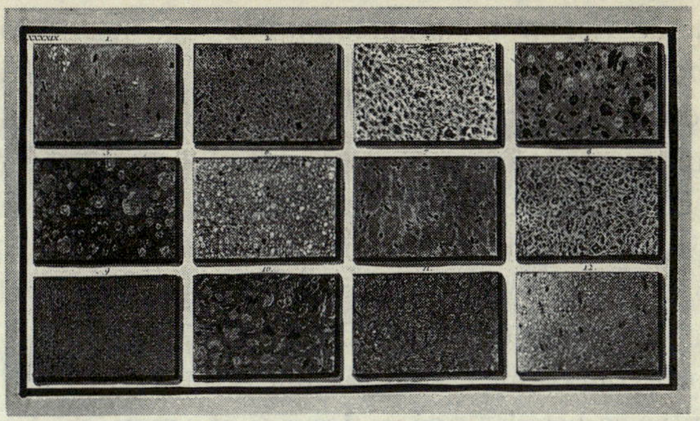

2

Eu sou mãe dela. Vocês sabem de quem eu estou falando: mãe *dela*. Tinha muita gente que achava que eu era empregada de Sua Excelência. Sei ficar no meu canto. Mas eu sou mãe dela.

Numa igreja eu me casei com o velho Lyon, o ferreiro, pai dela, que morreu de febre dois meses depois que a minha querida nasceu. Da mesma forma como ele foi o único marido de Mary, ela foi a única filha de Mary, assim vocês podem imaginar como esta Mary era louca por ela. Além disso eu ainda era jovem e bonita e tinha idéias acima da minha condição, como o povo da minha cidadezinha vivia me dizendo. Ela deve ter puxado de mim um pouco da ousadia dela, nós duas somos muito parecidas, quase como irmãs. Eu só era feliz quando estava com ela. Nós sempre estávamos.

Fui primeiro para Londres, fui atrás do meu coração, foi o Joe Hart da cervejaria, assim que ela foi trabalhar como babá para a sra. Thomas lá da aldeia. Não achei que era errado deixar ela, ela já tinha feito treze anos, e ser mãe ainda não era tudo para mim. Naquela época que eu deixei ela, e vivi sem ela com o Hart, Londres parecia outro país, que farras a gente fazia, eu mesma ainda era jovem. Mas logo depois ela chegou, com seus catorze anos e bem crescida, pois a minha querida era espertinha e conseguiu um emprego de empregada de um médico que tinha uma casa enorme numa praça muito bonita perto da ponte Blackfriars, aquela que quando vieram os tumultos no fim daquele ano, lá de cima os soldados jogavam os mortos no Tâmisa. Era uma multidão de gente bêbada, saqueando e queimando as casas e as lojas da gente bem durante uma semana, mas pararam eles antes deles chegarem na casa do doutor, com todo mundo lá dentro, foi o que ela me disse, quase ficando surdos com os tiros de mosquetão. É terrível ser pobre. Mas pior ainda é não ter nenhuma idéia melhor para subir na vida do que a VIOLÊNCIA.

Ela não queria me encontrar junto com a patroa dela, e nunca visitava a cervejaria onde eu ficava com o meu Joe. A gente costumava se encontrar em segredo feito dois amantes, pra beber um copo juntas ou passear de braço dado nos Jardins de Vauxhall, escutando os passarinhos. Acho que ela contou para o dr. Budd alguma história sobre a família dela, menos vulgar, onde não tinha lugar para a sra. Hart, que é como eu me chamava naquela época, e ele estava ensinando ela a ler. Mas daí um dia ela me contou que o filho dele pegou ela. Uma mãe sempre fica triste de ouvir uma notícia assim quando é a primeira vez, mas eu falei, que mais ela poderia esperar, sendo uma moça tão bonita. Implorei a ela pra não largar o dr. Budd, já que ela podia ter uma boa situação lá, mas ela disse que nunca fez planos de ser empregada, ia ser atriz, uma atriz famosa, ela e a melhor amiga dela, que também trabalhava na casa do dr. Budd. E disse também que tinha ouvido falar de outro médico que estava dando emprego pra moças, mas não pra serem empregadas, era mais como atrizes, mas pra que um médico precisa de atrizes, eu perguntei. Era um tratamento pra pessoas da alta sociedade, ela disse. E então ela foi trabalhar pro dr. Graham até que ela encontrou sir Harry lá perto do Teatro Drury Lane, e ele disse que ia ajudar ela a ser uma atriz de verdade, porque ele ia muito no teatro. Minha pobre querida, tão inocente, mas quem sabe mais das coisas com quinze anos. E ele, um baronete de verdade, com uma bengala toda enfeitada na mão, convidou ela pra passar o verão na casa de campo dele lá em Sussex. Que mudança de sorte, e olha que essa foi só a primeira! Ela já era bem esperta pra imaginar que lá nessa casa ia ter uma turma muito animada, os amigos de sir Harry, e me pediu para ir com ela. Que nem uma dama ela já era, querendo ter sua acompanhante. Só esse verão, ela falou. E depois, eu perguntei. Deus há de prover, ela respondeu, toda alegre. Eu não consigo resistir ao sorriso dela. Na verdade a gente ficou lá até o fim do ano. Assim eu tive que deixar o meu Joe, só por um tempo, mas foi definitivo, o Cadogan veio depois, e daí ninguém mais separou a gente. Ela era mais que uma filha pra mim. Ela cuidava de mim. Me contava tudo. Me levava pra todo lugar aonde ela ia e ela tinha de ir aonde o homem ia, mas sempre me levava. E, quando ela se foi morar com o cavalheiro dela, a minha tarefa era governar a casa, então eu era como uma empregada, mas eu sou mãe dela.

Como eu tinha orgulho dela. Ter uma filha tão bonita, tão admirada. Quando ela era pequena eu já sabia que os homens não iam conseguir resistir a ela. Mas ela não nasceu pra ser uma cabecinha vazia como Sir Harry queria que ela fosse. Ele foi o primeiro, e foi o pior, vai ver que é sempre assim. Ele e os amigos dele passavam o dia inteiro fora caçando e pescando e apostando corrida de caleça por aquelas estradas cheias de lama, e todas as noites eram cartas e dados e charadas e jarras de ponche e vinho do Porto. As charadas, essas sempre terminavam com alguma moça tirando a roupa e sendo levada direto pra cama. Mas mesmo assim a minha querida fazia o melhor possível, e ficava olhando com aqueles lindos olhos brilhantes tudo que os ricos faziam e como eles se vestiam. E sir Harry ensinou ela a andar a cavalo, e ela ficava tão elegante e retinha montada a cavalo. E às vezes vinha Charles passar uma semana, e ela gostava de conversar com ele. E tantos criados, eu não era criada dela, mas ficava no nosso quarto. Eu era mãe dela.

Depois daqueles seis meses com sir Harry, ela escreveu uma carta desesperada pro outro, o Charles, porque a gente precisava de ajuda. Sir Harry parecia melhor do que o Charles porque era mais rico. Mas assim que ele descobriu que vinha chegando uma criança, logo tratou de mandar a gente embora. E como nós não tínhamos jeito de ficar com a filha bastarda do sir Harry, eu não queria que ela se agarrasse ao bebê como faz uma mãe. Que dor eu sentia no meu coração quando a minha querida segurava meu dedo com a mãozinha e me puxava pra junto dela. Uma criança é a melhor felicidade que uma mulher pode conhecer. Não estou falando mal dos homens, já conheci homens, e tive meus bons tempos, e teve homens que gostaram de mim. Mas o amor de uma criança e o amor que uma mãe sente por uma criança é o melhor de todos.

Daí tivemos que esperar um pouco, já de volta em Londres e quase morrendo de fome, e eu sabia qual é o próximo passo pra uma mulher, ah, pensar que minha filha ia acabar assim. Mas daí Charles respondeu à carta dela e a nossa situação mudou. Ele queria que ela fosse viver com ele, mas ela não queria ir sem mim, e ele não achou ruim. Isso durou muito tempo, anos. E eu me dava bem com o Charles dela, sempre fiz questão de me dar bem com o homem que estava apreciando a minha filha, e ele não era como sir Harry, de jeito nenhum, embora fosse amigo dele. Porque ele não era tão rico e quase não pegava numa garrafa e estava sempre com um livro na mão. Ele queria que a minha querida aprendesse a ler livros e escrever cartas, e servir o chá e receber visitas com ele direitinho que nem uma esposa. E eu estava lá, eu estava lá, e assim ele economizava o salário de uma criada, porque ele não tinha muito dinheiro, dizia ele. Ele ensinou ela a escrever um livro dela mesma, numa letra bem bonita, com todas as palavras do lado esquerdo numa fileira até o fim da página, o Pão, Perna de Carneiro, Madeira, Açúcar, Agulha e Linha, Carne de Porco, Esfregões, Noz-Moscada, Velas, Mostarda, Queijo, Cerveja Preta e coisas assim, e embaixo uma linha. E do lado direito as quantias, e ele repassava isso com ela cada semana e dizia que ficava contente de ver como ela era econômica. Mas depois ele me deixou fazer isso no lugar dela, eu queria que ela ficasse livre pra ficar mais com ele, assim ela ia poder melhorar mais, copiando os modos dele e dos seus amigos finos, pra aprender a falar mais do jeito deles e não do meu. E um dos amigos começou a gostar dela, e pediu pra ela posar pra ele, pra um quadro de verdade, e depois disse que não queria mais usar nenhuma outra moça como modelo. Esse sr. Romney, ele adorava a minha filha, dizia que ela era um gênio e que não tinha nenhuma outra mulher no mundo como ela, e olha que eles nem eram amantes. Minha filha era muito exigente.

E assim nós tivemos uma bela vida, eu não podia imaginar nada melhor, com Charles, numa casa grande que era quente no inverno, e eu tinha um quarto só pra mim, e ela ia melhorando o tempo todo, e eu estava feliz também, junto com ela, era tudo o que eu queria, só que conheci o Cadogan e perdi meu coração. Era um homem lindo demais, e depois de uma semana eu disse ao Charles que eu precisava ir lá pra aldeia visitar minha irmã, a que estava morrendo de escrofulose e tinha nove filhos pequenos. Mas a verdade, que a minha querida sabia, porque eu nunca tive segredos com ela, é que eu ia me encontrar com o meu Cadogan. E aí fomos de trem até Swansea, onde o irmão dele tinha uma taberna, e fiquei lá trabalhando como uma escrava por sete meses, dormindo no sótão, e aí ele foi embora com uma sem-vergonha que ele conheceu na taberna, simplesmente desapareceu, e o irmão dele me botou pra fora. Tive que voltar a pé, passando muitos maus bocados na estrada com os homens que trabalhavam no campo, mas não importa, cheguei em Londres sã e salva, e a minha querida ficou muito zangada comigo mas me perdoou, tão feliz ela ficou de ver a mãe. Nós falamos pro Charles que eu tinha me casado com um homem lá da aldeia achando que eu ia ter que ficar por lá, mas aí minha irmã não morreu, e eu acabei voltando pra Londres porque sentia demais a falta da minha filha. O que de certo modo era verdade.

Eu não sei por que escolhi Cadogan pra nome de casada quando precisei contar a história pro Charles, já que era o nome daquele galês que partiu meu coração. Eu podia ter falado que casei com um homem chamado Cooper. Mas meu coração estava apaixonado demais. Então eu falei Cadogan, e Cadogan acabou ficando. Nós mulheres sempre temos mais que um nome. Um homem que mudasse de nome quatro vezes na vida, a gente ia pensar que ele tinha alguma coisa pra esconder. Mas não uma mulher. Imagine um homem que mudasse de nome cada vez que se casasse com uma mulher ou dissesse que se casou. Me dá vontade de rir. Desse jeito o mundo ia virar de cabeça pra baixo.

Bom, mas esse foi o meu último nome, meu último homem, fiquei tão feliz de voltar. E daí em diante esta velha alma carinhosa, porque apesar que eu não era tão velha naquela época eu me deixei ficar com aparência de velha, são os homens que conservam a mulher jovem, e eu já tinha acabado com os homens, só pensava na minha querida e em ajudar a ela. E nunca fui tão feliz, porque essa é a maior felicidade. Os homens são maus, pronto, já disse. Só pensam no prazer deles, e são capazes de bater numa mulher quando estão bêbados. Eu nunca bati em ninguém quando estava bêbada, e aposto que já gostei de gim tanto quanto qualquer homem. Mas as mulheres são diferentes. Os homens são maus, vou dizer mais uma vez e agora vou calar a boca, mas a gente não pode passar sem eles, e fico contente que eu não precisei passar sem eles, como aquelas coitadas daquelas moças da Irlanda que ficam trancadas nos conventos e nunca podem sair. A Igreja romana é tão malvada. Nunca compreendi por que mais tarde a minha querida... mas essa é uma outra história, eu estava falando dos homens. E que nós pobres mulheres precisamos deles, a gente corre pra eles que nem um inseto pra chama de uma vela, a gente não pode evitar, mas a melhor parte é a criança. Esse é o verdadeiro amor, da mãe pelo filho.

Se bem que uma mãe não pode esperar que a criança goste dela assim tanto, ainda mais depois que cresce, já chega que ela precisava de mim e queria que eu ficasse sempre com ela.

A vida, como eu já disse, não podia ser melhor, só que Charles vivia emburrado por causa de dinheiro e fazia a gente economizar cada centavo. Era capaz de sair e comprar pra ele mesmo um quadro velho, numa moldura dourada enorme que devia custar um monte de guinéus, e depois levantava a voz pra minha querida quando via no livro dela entre quatro pence para Ovos e doze xelins para Chá dois pence para Um Pobre. Mesmo assim ele era muito bom pra ela, chamava ela de querida, e ela começou a amar o Charles desesperadamente e só pensava em agradar a ele e ele também gostava dela, eu via isso na cara dele, eu conheço os homens. E ele deu dinheiro pra gente passar duas semanas tomando banhos de mar por causa do eczema nos joelhos e cotovelos dela, tão bonitos. E ele pagou uma família do interior pra cuidar do bebê dela, o que foi muita bondade da parte dele, já que a criança não era dele mas do sir Harry, que não queria nem ouvir falar dela.

Assim tudo corria bem, só que Charles não era tão bom sujeito como parecia. Pois ele decidiu desistir da minha menina tão preciosa pra poder se casar por dinheiro, mas não teve coragem de dizer, mentiu pra ela, e apesar que tudo acabou da melhor maneira, primeiro o coração da minha querida sangrou até que ela se acostumou. Pois o Charles tinha um tio velho muito rico, e queria que o tio pagasse as dívidas dele. Vivia escrevendo cartas pra ele e realmente admirava o tio, e ele era muito alto, mas Charles também, porque eles são da mesma família. Os dois eram parecidos, dois belos homens, só que o tio não parecia sempre tão preocupado como Charles. Ele estava agora na Inglaterra porque tinha perdido a esposa, que era de Gales, e teve que trazer o corpo da coitada da mulher pra não ser enterrado em terreno pagão. E depois disso ele sempre vinha nos visitar. Acho que ele nem estava de olho na minha linda, creio que foi tudo idéia de Charles, mas nunca se sabe, os homens são capazes de virar safados de uma hora pra outra. E aí logo depois o tio voltou pra terra onde ele estava morando, onde ele era um figurão, disse Charles, e Charles queria que nós duas fôssemos visitar ele lá, assim a minha querida ia falar italiano e francês e aprender piano e tudo o que faz uma dama. E a minha querida, que nunca conseguia resistir a uma oportunidade de se melhorar, disse que sim. Ficou tão feliz de ir pra umas terras estrangeiras e ver o que tinha nos livros, mas fez isso principalmente pro Charles gostar mais dela e ter orgulho dela. Sei que ela não imaginou nada mas mesmo assim ela fez Charles jurar um monte de vezes que logo iria pra lá, dentro de poucos meses. Eu não estava com tanta vontade de ir, tinha um pouco de medo da viagem, de sacudir meus velhos ossos em tantas estradas e montanhas. Ouvi dizer que a gente ia atravessar o Alpe, que eu achei que era só uma montanha, e ouvi dizer também que aqueles países são muito perigosos, e que a gente pode morrer porque não agüenta comer aquela comida, que é cheia de pimenta ardida. Mas aí eu falei, se a minha querida quer ir, então eu fico feliz. E ela me deu um beijo.

Foi uma viagem muito comprida, eu nem sabia que um lugar podia ser tão longe, mas muito agradável pra mim porque a gente via paisagens novas o tempo todo, como é natural porque nunca tínhamos ido para aqueles lados. A minha querida se debruçava na janela da carruagem de manhã até de noite, tão alegre de ver tudo que ainda não conhecia. Conosco ia também um pintor amigo de Charles, que morava em Roma e estava voltando pra lá, e ele disse que agora todos os bons pintores tinham que morar na Itália. E aí ela falou pra ele, O sr. Romney não quer morar em Roma, o que foi um pouco de atrevimento da parte dela, porque ela queria dizer que o sr. Romney era melhor pintor do que o senhor, só que ela não disse isso. Mas ele compreendeu. A minha querida amava tanto o sr. Romney, como a um pai. Ela sofreu quase tanto pra deixar ele como pra deixar o Charles, apesar que ela achava que ia se passar no máximo um ano até ela ver de novo o pintor dela, e cinco meses até ver o Charles. Mal sabia ela que haveria de se passar cinco ANOS.

Mesmo que fosse menos tempo, essas mudanças e separações são difíceis de agüentar quando a gente gosta de verdade. Como fico feliz de pensar que depois do Cadogan, que Deus acolha seu negro coração galês, eu nunca mais me separei da minha querida.

Quando chegamos em Roma ela queria ver os edifícios, mas o tio mandou um mordomo buscar a gente e fizemos o resto da viagem com ele, na carruagem do tio. Este mordomo contou pra nós que o seu patrão tinha sete carruagens, e aquela era a menos elegante de todas. Sete carruagens. Como é possível que um homem precise de sete carruagens, mesmo que seja um cavalheiro fino, já que a mulher dele já se foi, e eu imagino que um casal rico quer viajar separado, mas mesmo que a mulher dele estivesse viva eles precisariam só de duas. Então o que ele fazia com as outras cinco? Enquanto eu estava quebrando a cabeça com essas perguntas bobas, porque eram bobas, como eu logo descobri, já que os ricos sempre encontram alguma utilidade pros seus luxos, a gente não precisa se preocupar com isso, a minha querida ia apreciando a paisagem da janela da carruagem, que aliás era vidro de verdade. Ia também fazendo perguntas a esse mordomo Valerio, que falava um pouco de inglês. Ia perguntando o nome das flores e das árvores e das frutas que tinha nas árvores, e escrevendo num bloquinho tudo que ele dizia. E pediu a ele pra dizer bem devagar algumas palavras na língua dele, bom dia e até logo e por favor e obrigado e que bonito e estou tão contente e o que é isso. E ia escrevendo tudo isso também. Ela estava sempre aprendendo.

E quando chegamos no lugar onde a gente estava indo, aquele casarão onde o tio de Charles era embaixador, foi mesmo uma surpresa. Nunca vi uma casa assim, com tantos criados que nem dava pra contar, e o tio deu pra gente quatro quartos grandes e várias criadas pra minha querida, só pra ela. E eu fiquei tão feliz por ela, pois eu via que o tio estava pondo os olhos nela, e eu pensava por que não. Mas ela, pobre querida, no começo não percebeu. Achou que o tio era assim bondoso com ela porque amava tanto o sobrinho. Minha filha tinha um coração tão bom, era capaz de ser muito inocente. Eu tive que dizer pra ela aquilo que era tão evidente como o nariz na cara do tio, e que Charles tinha mandado a gente lá pra isso mesmo, e ela teve um ataque de raiva. Foi a primeira vez que minha filha ficou furiosa com a própria mãe, e foi terrível de suportar. Ela ameaçou me mandar de volta pra Inglaterra no dia seguinte pra pedir perdão ao seu querido Charles por insultar a ele, mas eu não levei a peito. Ela disse que era sua própria mãe que estava tentando vender ela para o tio. O sr. Romney tinha falado pra ela de um quadro representando uma pessoa como eu, disse ela, feito por um pintor francês, que mostrava um artista, uma modelo e no canto uma velha que poderia ser a mãe, mas que na verdade era uma cafetina, e que quem sabe isso era costume em outros países como a França ou a Itália, mas na Inglaterra não era assim. Pois veja o sr. Romney, ela já tinha ido ao estúdio dele tantas vezes sozinha, sem nenhuma acompanhante, e ele nunca encostou a mão nela. E o Charles era amigo dele e não poderia fazer uma baixeza. Como eu era capaz de pensar que Charles iria passar ela pro tio por dinheiro. Então me diga, eu falei, por que você ainda não recebeu nenhuma carta dele desde que a gente chegou aqui, e você escrevendo cartas carinhosas pra ele todo dia. E aí ela ficou tão triste, e chorou, ah, ele tem que vir, eu vou fazer ele vir me buscar. Como eu queria não ter razão, mas tinha. Não digo que uma mãe sempre tem razão, mas às vezes ela tem quando não quer ter.

Mas daí tudo acabou bem, como sempre acontecia com a minha querida, quando ela era jovem. Teve a fase mais baixa de todas, depois que ela contou pro sir Harry que estava esperando filho, eu falei pra ela não contar, mas ela não me escutou. E ele botou a gente pra fora e nós voltamos pra Londres, ela grávida, se bem que não parecia, e logo nós não tínhamos nem mais um tostão, devendo dinheiro no albergue, e ela saiu e ficou oito dias fora. Que aflição eu senti enquanto fiquei esperando, pensando em todos aqueles homens, debaixo das pontes, encostados na parede dos becos, sabe como os homens são. Mas quando ela voltou, pra me poupar, porque ela estava sempre pensando nos meus sentimentos, ela me disse que foi só um homem aquele tempo todo, e um cavalheiro, passeando com seus amigos nos Jardins de Vauxhall, todos muito finos, apesar que ele era estrangeiro, que deu pra ela todo aquele dinheiro, que dava pra gente comer um mês inteiro. E assim que esse dinheiro começou a acabar veio a carta de Charles e nós fomos salvas. E agora foi a mesma coisa com o tio de Charles, a gente vivendo como nunca tinha vivido antes, muito melhor do que com Charles.

A casa dele agora me parece tão pequena. Como esta velha Mary se acostumou depressa a ser servida. Um dia num albergue, no dia seguinte num palácio! Assim é a vida, é o que eu sempre digo. Ou o contrário. Era uma cidade bonita, eu gostava de ver o mar, só que não compreendia nada do que as pessoas falavam, e ela me dizia, você vai ter que aprender a falar a língua. Mas eu nunca aprendi, e deve ser também por isso que as pessoas pensavam que eu era empregada da minha querida. Mas eu era mãe dela.

Como eu já disse, o tio era mesmo um sujeito graúdo por lá. Era muito chegado com o Rei e a Rainha, que foi os primeiros reis que a gente conheceu, e por isso a gente estava muito curiosa. O Rei tinha um nariz enorme, horrível, e a Rainha tinha um beiço saltado. Isso foi uma surpresa. Mas mesmo assim era uma maravilha ver eles passando naquelas carruagens de ouro.

Não digo que a minha querida foi feliz no início. Ela tinha que esquecer o outro, porque era carinhosa de coração, e amava tanto o Charles. Ela chorou e chorou, porque no fim chegou uma carta do Charles dizendo pra ela ir com o tio dele. Eu não compreendia por que ela detestava tanto essa idéia. O velho estava dando aulas pra ela de francês e italiano, e levando a gente na carruagem dele e exibindo ela pra todo mundo. Ele não conseguia tirar os olhos dela, a gente via que ele podia dar pra ela qualquer coisa, mas ela dizia que não. Tinha que encontrar o seu próprio caminho. Mas ela acabou se afeiçoando a ele, que era tão bondoso, e ela tinha o gênio tão bom que não podia deixar de se sentir grata a qualquer um que gostasse dela, e daí no fim tudo deu certo, e ela foi pra cama do velho.

Dei um suspiro de alívio porque eu sabia que isso queria dizer que a gente podia continuar lá mais um pouco, talvez até mais doze meses até ter que voltar pra Inglaterra, e pra que se preocupar com o que ia acontecer depois. Deixa ela se divertir, falei pra mim mesma, ela ainda é jovem. Ela tinha um professor que vinha três vezes por dia cantar com ela, e eu no quarto ao lado às vezes não conseguia dizer quem estava cantando. Quando eu perguntei pro Valerio como era possível um homem cantar tão agudo, ele riu da minha ignorância, e disse que era porque tinham cortado fora os negócios do professor quando ele era menino, e esse era o costume de lá pra fazer um bom cantor, se bem que era proibido por lei, mas as igrejas empregavam todos os meninos desse jeito que eles conseguiam encontrar. E aí ele pôs a mão nos negócios lá dele e fez o sinal-da-cruz. E quando eu contei pra minha querida, achando que ela ia ficar tão surpresa quanto eu, ela disse que já sabia, e que eu devia aceitar que agora a gente estava num país estrangeiro onde eles fazem as coisas diferente do que lá na velha Inglaterra, e que ele era um grande cantor, que tinha dito que ela tinha uma voz maravilhosa. Mas então ele não é homem, eu falei. Ele é mulher? Aí ela falou, não, é homem, e tem homens assim que gostam das mulheres e as mulheres correm atrás deles. Mas o que ele faz se ele não levanta, eu perguntei. E aí ela abanou a cabeça e falou que estava surpresa de ver que eu conhecia tão pouco as artes da cama e nem imaginava o quê. E eu tive que reconhecer que nunca tinha conhecido nenhum homem que queria mais do que uma coisa e isso bem depressa, mas ela me disse que tinha alguns homens, não muitos, que se esforçavam pra agradar uma mulher do mesmo modo que uma mulher se esforça pra agradar um homem. Nunca ouvi falar disso, eu falei. E ela disse que ficava triste de saber que eu nunca conheci isso com os homens.

Mas aí eu falei pra minha mocinha que eu tive horas muito alegres com o pai dela, que sua alma descanse em paz, e com o Joe, e alguns outros, e aquele galês que roubou meu coração, o Cadogan. E ela que dobrasse a língua e não se desse ares de grã-fina com sua velha mãe agora que estava vivendo como uma dama, e que se lembrasse que veio de uma família de gente simples. E ela disse que nunca se esquecia quem ela era, estava só me provocando. Mas eu não pude deixar de pensar qual homem tinha sido um amante tão jeitoso. Não podia ser sir Harry, que vivia bêbado, nem Charles, sempre lavando as mãos, isso não é bom sinal num homem. E o velho tio, apesar que era louco por ela, não parecia ser um homem desse tipo na cama. Mas não perguntei. A gente sempre contava tudo, mas eu não gostava de ver tão claro na minha cabeça ela se deitando com os homens. Pra mim ela sempre ia ser a minha garotinha, com sua pele clara e os olhos tão grandes. Eu fico contente que ela teve homens, pois o que seria de uma mulher sem um homem, especialmente uma mulher como ela que tem esperança de melhorar, de subir na vida. Não dá pra fazer isso de outro jeito. E mesmo assim, às vezes eu queria que o mundo fosse de cabeça pra baixo, quer dizer, que uma mulher não precisasse agradar um homem se ela é uma garota tão inteligente e desenvolta como a minha querida. Mas essa é só a minha opinião.

E eu perguntei pra ela, quanto tempo você acha que vai durar. E ela perguntou o quê, e eu disse com o tio, e ela deu muita risada e falou, pra sempre. E eu falei, não seja boba, você sabe como os homens são, com certeza agora você compreende, depois do que o Charles te fez. E ela disse não, ele é diferente, ele me ama de verdade e eu quero amá-lo e fazer ele muito feliz, o mais possível.

Acho que ela foi feliz com o velho. Pois não tem dúvida que ela fazia ele muito feliz, e ele se desmanchava por ela cada vez mais. E ele era bom comigo também, e me dava um dinheirinho de bolso. E eu sempre comia com eles e era convidada pra ficar quando tinha visita. Ele tinha muitas pedras e estátuas e quadros e coisas assim, a casa era cheia disso por todo o lugar onde a gente se virava, eu fico bem contente que não era eu que tinha que ficar espanando e lustrando tudo. E ela aprendeu o nome das coisas, e conseguia acompanhar tudo o que ele dizia. Quando ele mandou fazer roupas pra ela, algumas eram feitas pra ela se parecer como uma moça pintada naqueles vasos velhos, vermelhos e pretos, que ele tinha por toda a parte, e ela se vestia igual nos vasos e posava pras visitas e todo mundo admirava ela. Eu sentava numa das primeiras cadeiras, mas os convidados não falavam comigo. Alguns vinham da Europa inteira pras festas dele, até da Rússia. E as pessoas de todos esses lugares achavam que a minha querida era a mulher mais linda que eles já tinham visto, e o velho inchava de orgulho dela. Era quase como o que eu sentia, como se ele fosse pai dela, se bem que a gente via que ele era um homem saudável e nem podia esperar a hora de botar as mãos nela, mas muitos pais também são assim com as filhas. Quem sabe se ela não ia passar um mau pedaço com o velho Lyon, que morreu quando ela tinha só dois meses, se ele vivesse mais uns dez anos. Os homens têm o jeito lá deles, e muitos não conseguem deixar uma mulher em paz nem que ela seja sangue do seu sangue. O único amor puro é entre a mãe e a criança. Mas melhor de todos se a criança for uma menina, porque um filho cresce e vira outro homem. Mas uma filha pode ser da gente pra toda a vida.

E assim nós tivemos muitos anos de felicidade nessa terra estrangeira, apesar que eu sempre achei difícil acreditar na felicidade, mas a minha querida acreditava. Sempre que as coisas ficavam ruins eu já via o pior, e ela dizia não, tudo vai dar certo. E ela sempre tinha razão, durante tanto tempo. Ela dizia que um dia ela ainda ia ser Sua Excelência, e eu disse que ela estava louca. E ela tinha razão e o velho casou mesmo com ela e assim a velha Mary virou sogra dele, e ele era mais velho que eu. Mas ele era muito educado e sempre me chamava pelo meu nome, sra. Cadogan. Aposto que o meu galês ia se arrepender de não ter ficado comigo, se ele soubesse como as coisas iam acabar bem pra mim.

Foi quando nós voltamos pra Inglaterra que ele casou com a minha querida, coisa que a família dele não gostou nem um pouco e mal se pode dizer que foi um casamento com tão pouca gente, apesar que foi numa igreja rica. Me fez bem ver a cara do Charles naquele dia. Mas minha querida nunca ficou com raiva dele, todos aqueles anos ela mandava cartas, ela é do tipo que sempre ama quem ela amou, mesmo se foi maltratada, as mulheres são assim, do mesmo jeito que eu ainda penso com carinho no velho Lyon, o pai da minha querida, e Deus que me perdoe, no meu lindo Cadogan. Não penso mais no Joe Hart, esse saiu da minha cabeça, então vai ver que eu não gostava dele tanto assim.

Enquanto a gente estava na Inglaterra voltei pra aldeia e vi os parentes que não tinham morrido, sendo que a minha pobre irmã com escrofulose já tinha, e eu dei pra eles dinheiro e presentes da minha querida. Ela nunca esqueceu a família. Ela tinha uma vontade enorme de ver a filha, que agora já era mocinha, e eu fiquei aborrecida porque ela não me deixou ir junto. Eu ia em todo o lugar com ela, ela sempre queria a minha companhia pra conversar sobre tudo que acontecia, depois que as coisas terminavam. Mas ela falou que pra isso ela precisava ir sozinha. Eu vi que a visita ia ser dolorida, e fiquei chateada que eu não podia proteger ela, como eu sempre fazia.

Quando ela voltou pra mim ela falou, meu coração está doendo. A gente não tinha mais se visto desde que ela tinha quatro anos, e agora ela me achou de novo e começou a me amar, e eu larguei ela. E a mãe carinhosa chorou, que foi a primeira vez desde aquele dia quando nós viemos pra casa do tio, que agora era seu marido, quando ela descobriu que o Charles não vinha buscar ela, Charles tinha vendido ela pro tio. Não é meu destino ser mãe, ela disse. Mesmo eu estando casada com ele agora, ele continua esperando que eu seja como uma amante. E ela chorou de novo. Mas imagine, eu falei enquanto enxugava as suas lágrimas, imagine uma mulher que não derramou nem uma lágrima durante cinco anos inteiros, quantas mulheres podem dizer isso, você devia dar graças pela sua sorte.

Daí nós voltamos, e vimos um balão subir em Paris com um homem dentro, e minha querida conheceu a rainha da França, mas agora ela já estava acostumada a conversar com reis e rainhas. E agora ela era Sua Excelência, e eu era madame mãe de Sua Excelência, madame mãe da esposa do embaixador. E os homens tiravam o chapéu pra mim, apesar que muitos ainda achavam que eu era uma empregada ou acompanhante dela. Nunca aprendi italiano. Não tenho uma cabeça como a da minha filha. Eu era a mulher de vestido preto e touca branca que ninguém reparava, só quando ficavam sabendo quem eu era. Eu era mãe dela.

Agora a minha querida tinha o que ela queria, e a gente podia relaxar e ficar só se divertindo quando comia e bebia e dava risada. Eu ensinei um dos cozinheiros fazer uns pratos que nem a gente comia lá na aldeia, e eu guardava pra ela, e ela vinha no meu quarto tarde da noite depois daquelas noitadas grandiosas que ela tinha que ir com o marido, ou então na ópera. A comilança, a gente chamava, era o nosso segredo. E podia tomar uns goles de um bom gim inglês, em vez daqueles vinhos horrorosos.

O marido dela disse que eu era sempre bem-vinda na ópera, já que às vezes eles iam quase toda noite, mas eu não tive mais motivo de ir depois da primeira vez. Falei pra minha querida, o que adianta já que não compreendo o que eles falam, e ela riu, eu gosto de fazer ela rir de mim, e disse que eu era boba e não precisava compreender as palavras, era como uma peça de teatro, só que com música. E a música era tão bonita. Daí fui umas vezes mas não aproveitei grande coisa, mas minha querida e o marido dela se sentavam bem quietos e ficavam ouvindo. Mas acontece que os dois falavam a língua, e em volta de nós todo mundo ficava comendo e bebendo e jogando cartas e pelos barulhos que eu ouvia e o som de uma cadeira caindo até aquilo que você sabe, e o Rei ficava falando altíssimo no camarote dele, então o que se pode esperar do resto. Eu nunca conseguia entender o que ia acontecer lá embaixo no palco, onde nem todo mundo estava mesmo na peça. A minha querida me explicou. Um deles, disse ela, ficava lá pra lembrar os cantores caso eles esquecessem os versos, de forma que eu imagino que nem eles mesmos compreendiam o que eles estavam falando. E os cantores tinham liberdade pra se comportar no palco como bem queriam, igualzinho aos grã-finos nos camarotes. Numa ópera eu vi uma senhora gorda num canto com dois homens muito bem vestidos do lado da cadeira dela que a minha querida me falou que eram dois admiradores e a mãe da prima-dona, bem ali no palco! A mãe tinha uma mesinha ao lado da cadeira com vinagre e espelhos e doces e pentes e líquidos pra gargarejar, coisas que a filha podia precisar de repente, enquanto outra pessoa cantava uma ária.

Essa sou eu, falei pra minha querida. É isso que eu sempre vou ser pra você. E ela me abraçou, e eu vi que ela ficou com os olhos um pouquinho molhados, ela sabia o quanto eu a amava. Que ela era A LUZ DA MINHA VIDA, pra falar como eles falam nas peças de teatro. Eu nunca ia abandonar nem trair a minha filha. Se ela nem sempre era tão feliz, ela queria tanto ser feliz, ela adorava se divertir e nós duas também passávamos bons momentos quando a gente estava sozinha ou com as criadas. Elas também amavam tanto a minha filha, riam, cantavam, ficavam um pouquinho bêbadas e contavam histórias picantes. Que bela vida ela teve. Como tive sorte de compartilhar tudo isso com ela.

Claro, nada que é bom dura pra sempre, se bem que isso tudo durou muito tempo. Nunca vi nem ouvi contar de um marido tão apaixonado pela esposa como o embaixador pela minha filha, ele tinha adoração por ela. E eu via alguns convidados apontando e piscando um pro outro, reparando o jeito como ele a mimava, isso depois de anos que eles estavam juntos e eram casados. Achavam que ele era um velho tonto e derretido por gostar dela tanto assim, mas do meu ponto de vista nunca ia ser o bastante. Ele não valia nem a metade dela, mesmo sendo sir Isso e Cavaliere Daquilo. Qualquer homem podia se considerar abençoado por ser amado por ela. Minha filha era um tesouro.

E ele era tão mais velho, de modo que era natural que um homem mais próximo da idade dela acabasse atraindo ela. Era bom com o velho e ele deixava ela bem, mas mesmo assim ela era uma moça jovem, cheia de saúde, cheia de espírito, e quem ia resistir ao almirantezinho, todo mundo aplaudindo quando ele voltou da sua grande vitória no Egito contra a esquadra do Napoleão, ele mesmo afundou todos os navios, mas agora estava muito doente e cansado. Com isso eu tinha alguma coisa pra fazer. Pois o que me restava a fazer se não ficar sentada me vendo envelhecer, até que o velho morresse, e aí a gente voltaria pra Inglaterra. Mas daí aconteceu que a gente estava vivendo numa época emocionante, eu fiquei orgulhosa de ser inglesa, que nunca me esqueci que eu era, e o almirante veio morar com a gente, e ele não conseguia tirar o olho da minha querida. Olhava tão fixo pra ela o tempo todo que eu podia jurar que ele via ela até com o coitado do olho cego. Nos primeiros dias ele ficou de cama, e eu ajudava a minha querida a cuidar dele, e eu vi tão claro como via aquele velho vulcão da janela, que ele ia se apaixonar por ela e ela por ele, e a gente ia ter toda uma vida nova na nossa frente com o almirante. Quer dizer que a gente ia voltar pra Inglaterra antes do que eu pensava. Porque apesar que o almirante era casado, quando ele descobrisse que estava apaixonado pela minha filha e tinha encontrado a melhor mulher do mundo, ele com certeza não ia querer mais nem saber da mulher dele. É assim que os homens são.

Além disso acho que eu também ainda tinha um pouco de fogo dentro de mim, porque eu gostei de ver o coração da minha querida acordar outra vez. E isso ia me dar alguma coisa pra fazer, quando eles descobrissem que estavam apaixonados, só que demorou mais do que eu esperava, porque ele era diferente, quem já ouviu falar de um homem fiel à mulher dele. Mas ele era, a minha querida me disse que ele só deitou uma vez com uma mulher, num outro porto da Itália uns anos atrás, mas era uma dama e não uma puta. Eu com certeza nunca ouvi falar de um homem do mar como ele que fosse homem mesmo de verdade, mas também nunca tinha ouvido a minha querida dizer deitou. Ela agora tinha suas fases sérias, até ia às vezes numa igreja e rezava do jeito romano. Como eu digo, os dois demoraram com a coisa feito duas moças inocentes, só olhando um pro outro e depois olhando pro outro lado, mais eu sabia o que estava acontecendo.

E aí tudo aconteceu de repente, e os franceses vinham vindo, e a gente teve que empacotar tudo, e o velho embaixador ficou todo quebrado e quieto por ter que abandonar a casa e a mobília dele, nós fomos embora no meio da noite numa tempestade terrível. O pretendente da minha querida salvou a gente e o Rei e a Rainha e todo mundo, mas a travessia foi terrível, com cinco ou seis numa cabine, todos dormindo em camas de armar e colchões no chão. E nós duas não dormimos nunca. Eu pus o Rei na cama, que bebezão ele era, segurando um sininho bento e fazendo o sinal-da-cruz. E a minha querida pôs a Rainha na cama, a Rainha e ela eram as maiores amigas, ela ia todo dia no palácio visitar a Rainha. E aí a gente ficava andando pelo navio ajudando as pessoas a vomitar e limpando um pouco. Eu não fiquei com medo, e a minha querida não ficou com medo nenhum. Ela foi a mais corajosa, uma verdadeira heroína. Todo mundo admirava ela. E no fim atravessamos e chegamos bem, apesar que a Rainha perdeu o menininho dela, foi a coisa mais triste de se ver, a minha querida segurando aquela criança no colo e tentando fazer ela ficar com vida. Acho que naquela hora eu percebi que ela foi feita pra ser mãe, e ia acabar tendo uma criança, uma criança dela mesma, com aquele almirante pequenininho que amava tanto ela. Uma mãe sabe desse tipo de coisa.

Eu estava tão feliz por ela, por ver ela tão feliz, de um jeito como ela nunca tinha sido antes. E todos aqueles anos sendo a madame mãe da esposa do embaixador eu não tinha muito que fazer além de dar pra ela os pentes e doces e gargarejos dela igual à mãe da prima-dona no palco, mas agora eu podia ajudar a ela, podia ficar de olho no velho, vigiar suas idas e vindas, quando os dois namorados queriam ficar juntos. O almirante era feito um menininho com ela. Dava pra ver que ele queria que eu gostasse dele, porque ele perdeu a mãe ainda garoto, ainda antes de partir pro mar, minha querida me contou. Ele não era como a maioria dos homens. Ele gostava mesmo de ficar com as mulheres e conversar com elas.

Assim nós ficamos mais unidas do que nunca, e a única vez que a gente se separou foi quando eles tiveram que voltar pra Nápoles pra acabar com a revolução depois que os franceses foram embora, eles não podiam me levar, eles me deixaram lá em Palermo durante seis semanas. Esse foi o tempo mais longo que eu fiquei separada da minha querida desde que ela fez dezesseis anos. A gente estava sempre juntas, ela sabia que podia contar comigo.

Depois que eles voltaram nós subimos no navio dele pra ver as vistas, e fizemos uma festa de aniversário pra ela no navio, mas desta vez ela não foi tão boa marinheira, agora esperando filho, bem como eu sabia que ia acontecer. O marido dela levou a coisa muito bem, melhor do que outros podiam levar, nunca disse uma palavra, mas também ele era velho e onde ele ia encontrar outra mulher como a minha filha. Mulher assim nunca existiu. Os dois sabiam disso. Então o velho embaixador não ficou muito triste, só que não podia mais ser embaixador, e todo mundo ficou contente de voltar pra Inglaterra, fizemos uma boa viagem, apesar que aquelas carruagens todas cansavam demais os meus ossos velhos, e aqueles tiros de canhão pro almirante por todo lugar onde a gente ia eram um pouco forte pros meus ouvidos. E quando nós chegamos na Inglaterra bem chegados, ele era aplaudido do mesmo jeito só que mais, e nós levamos três dias pra chegar em Londres. E aí eles tinham que tratar de um negócio deles mesmos, a minha querida já tinha me avisado, a própria mulher do almirante esperando num hotel em King Street. De modo que quando nós chegamos em Londres primeiro eles puseram eu e a srta. Knight em Albemarle Street, onde a gente teve que ficar. A srta. Knight ficou com a gente muito tempo, ela admirava muito a minha filha. Eu estava tão cansada que fui direto pro meu quarto, mas na manhã seguinte quando fui procurar a srta. Knight pra saber se ela queria tomar café, descobri que ela nem tinha passado a noite lá. Ela tinha ido embora uma hora depois que nós chegamos, o dono do hotel me falou, e correu pra casa de uma amiga, pois alguém tinha chegado no hotel e contado umas histórias maldosas sobre a minha querida, que ela não era boa companhia pra uma mulher de respeito. E assim foi, por incrível que pareça, essa srta. Knight que a gente tratava tão bem, minha filha fez questão de trazer ela pra nossa casa quando a mãe dela morreu, ficamos com ela como uma pessoa da família por quase dois anos, nunca mais vimos ela de novo.

Parece que lá em Londres tinha gente de montão com ciúme da minha querida, como não haviam de ter, porque o homem mais famoso de todos estava aos pés dela! Mas a gente não ligava a mínima pra eles e tocava em frente, e trabalho é o que não faltava pra velha Mary, com uma casa nova em Londres, e logo o almirante veio morar com a gente quando a mulher dele viu que ela não era rival pros encantos da minha querida. E aí a criança nasceu. E eu estava lá, eu segurei a mão dela, eu sofri a dor com ela, ela foi tão corajosa que quase não gritou, mas não foi um parto difícil, sendo sua segunda criança, mas a gente nunca falava da primeira, que agora devia ser mulher feita. Ela não queria que o almirante soubesse disso, porque ele tinha tanto orgulho de que a primeira criança dela fosse filha dele. Eu estava lá. Eu era tudo que ela tinha, porque chamaram ele de volta pro mar duas semanas antes. O coitado do homem já tinha perdido os dentes e um olho e um braço e mesmo assim eles não conseguiam passar sem ele, e fizeram ele ir e lutar contra os dinamarqueses, porque ele era o mais corajoso. Ele sentia tanta falta da minha querida, acho que nunca um homem adorou tanto uma mulher como ele. As cartas que ele escrevia pra ela! E em abril a esquadra dele inteira teve que comemorar o aniversário dela e todos os oficiais dele beberam à saúde dela, e ele botou o retrato dela no pescoço. E num porto quando um oficial foi trazer a própria mulher dele pra bordo, o almirante não deixou porque disse que prometeu pra minha filha que nunca ia deixar nenhuma mulher subir a bordo, mas acho que ela não pensou que ele ia chegar a esse ponto. Mas ele estava tão ansioso pra provar quanto amor ele tinha por ela. E aí eles ainda não deixavam ele voltar pra casa, porque foi naquele verão que todo mundo dizia que o Napoleão ia voltar e matar nós todos e plantar a Árvore da Liberdade e tirar as liberdades inglesas. Mas eu não fiquei com nenhum medo. E minha filha também não, a gente sabia quem estava protegendo as nossas praias, e a gente estava procurando naquele verão uma casa no interior pra quando o salvador da nação e amado da minha querida voltasse pra casa e tivesse licença pra descansar seus pobres ossos.

Agora sim, havia alguma coisa pra esta Mary fazer. Uma vida de luxo com empregados, não vou dizer que é ruim, mas eu era mais feliz escolhendo os patos pra botar no canal do almirante e tomando conta dos cavalariços e jardineiros. E a minha querida também estava tendo uma época alegre, porque ela sabia tudo sobre qualquer novidade, não sei como mas sabia, sabia tudo. Não era uma casa grande depois de tudo que a gente já tinha conhecido, só cinco quartos, mas era o que ele queria. Daí ela botou em cada um um toalete e um lavatório e uma pia com a torneira e o tanque de chumbo, e uma banheira pros criados encherem. Tudo isso era muito bom na Itália com aqueles palácios com tantos quartos que nem dá pra contar, mas agora a gente estava de volta na Inglaterra, que pode não ter ruínas nem obras de arte mas as pessoas sabem morar numa casa gostosa e confortável. E o almirante não cabia em si de alegria quando viu o que a gente fez, quando eles deixaram ele voltar pra casa, pro lar que a gente tinha preparado pra ele. E o embaixador também tinha o lugar dele, pois eu via que ele estava se sentindo meio perdido de volta na Inglaterra. Eu não, era como se eu nunca tivesse saído de lá, todos aqueles anos na Itália e ouvindo falar uma língua estrangeira desapareceram. Mas o homem sentia falta da sua glória, e o dinheiro atormentava ele, ainda pior. Estava sempre apertado com os tostões, e quando ele veio morar com a gente no interior, porque ele não podia deixar a esposa dele morar lá sem ele e fazer um escândalo, ele se ofereceu pra pagar metade das despesas da casa. Mas eu sorria vendo os dois grandes homens, o almirante, e esse aí quase cego que ganhou todas aquelas batalhas e o velho Cavaliere que foi criado junto com o nosso rei, ali numa mesa da sala, se debruçando em cima das contas do peixeiro, do cervejeiro, do padeiro, do açougueiro, do leiteiro, do merceeiro, contando libras e xelins e pence, e depois escrevendo seus famosos nomes embaixo no livro depois que aprovavam. Os homens ficam tão importantes e fazem a gente nunca se esquecer disso, que me faz rir quando eles ficam igualzinho às mulheres também.

Com o almirante a coisa continuava, ele era um homem que não mudava. Nunca vi ninguém idolatrar tanto uma mulher, ele ainda não conseguia tirar o olho dela. E o rosto dele brilhava quando ela chegava, nem que ela tivesse saído um momento antes, mas era assim mesmo que eu me sentia cada vez que ela chegava toda a minha vida. Mas eu era a mãe dela. Não existe amor como o amor que uma mãe sem marido sente por uma filha única. Nenhum homem sente isso por uma mulher, nenhuma mulher por um homem. Mas tenho que dizer que o almirante chegava perto do que esta velha mãe sentia. Mas é que nós dois amávamos a mesma pessoa, que era a mulher mais formidável do mundo. E eu tive a alegria de conhecer ela a vida dela toda, e ele só conheceu ela por sete anos.

Foi triste quando o velho marido morreu, se bem que eles já estavam esperando e torcendo pra isso, como era natural, porque daí eles iam poder ficar com a filha deles, e a gente podia ser uma família como se deve, só precisava a esposa do almirante morrer também ou deixar ele se divorciar. O velho não sofreu muito, só parou de pescar, esse foi o primeiro sinal. E aí não falava muito, e aí em fevereiro ele caiu de cama, e no fim quando a coisa piorou ele pediu pra ser levado de volta pra casa de Londres, que era uma bela casa, cheia de móveis de luxo que a minha querida pagou vendendo todas as suas jóias. Quem cuidava dele quase sempre era eu. Ele confiava em mim porque eu era velha como ele, só que não tão velha, e eu ainda estava cheia de ânimo. Eu esfregava os pés dele. E ele morreu lá em abril bem calmo, com a minha querida e o almirante cada um de um lado da cama segurando ele.

Eu levei um choque quando leram o testamento. Foi um testamento malvado e sem coração. Mas a minha querida disse que não tinha importância, que ela sempre soube que Charles era o herdeiro dele, ainda quando ela estava com Charles, antes de conhecer o velho. Mas pensa em tudo o que aconteceu depois disso, eu falei. E ela fez, shh, shh. Ela não me deixava falar no assunto. E Charles botou a gente pra fora da casa um mês depois. Mas nós encontramos outra apesar que era pequena, e esse devia ser o começo de uma nova vida, mas daí a guerra começou de novo e o amor da minha querida teve que voltar pro mar e ficou longe um ano e meio! Os dois ficaram desesperados. Mandavam ele por toda a parte correr atrás do Napoleão, nas Índias Ocidentais e no Mediterrâneo outra vez, até parou em Nápoles. Parece, a minha querida me disse que ele escreveu isso, que a nossa velha casa lá agora era um hotel, e nem é um hotel muito limpo. A gente ficou contente que o velho embaixador não estava mais vivo pra ouvir isso, porque ia deixar ele muito abatido, mas pra gente não incomodou muito, pelo menos não pra mim. A gente tem que saber quando largar a vida antiga, e seguir em frente e não olhar pra trás e ter remorsos, é o que eu sempre digo. Senão você vai ficar sempre triste, porque a gente está sempre perdendo alguma coisa. É assim que é a vida, se você deixa os golpes da vida te abaterem demais, você não vê a nova chance que vem vindo. Se eu não soubesse disso eu não teria tido uma BOA VIDA. E o mesmo pra minha querida, porque nesse ponto ela tinha a mesma opinião que eu.

Então a gente continuou tendo esperança, e no ano seguinte o amado dela voltou pra casa e —

Mas a coisa não aconteceu como a gente esperava. Coitadinha da minha querida. Eles só tiveram dezoito dias juntos, e a casa o tempo todo vivia cheia de oficiais e gente do almirantado.

Eu ficava dizendo pra ela que tudo ia acabar bem, ele sempre voltava pra casa, ele ia voltar outra vez. Mas desta vez, ela falou, vai ter uma grande batalha. É por isso que ele vai. Eu falei pra ela que ele era melhor que os franceses, que ela tinha nascido com uma estrela caridosa, que tudo sempre tinha dado certo, mas desta vez não deu.

E depois que ele morreu, o capitão Hardy contou pra ela que com o nome dela nos lábios, todo mundo nos deu as costas menos os credores. O velho tinha deixado pra ela alguma coisa por ano e trezentas libras pra pagar as dívidas, mas ela tinha muito mais dívidas. E nós mudamos pra uma casa menor, e depois menor ainda, a gente estava com a criança agora que tinha o nome dele, mas não vinha nada da Coroa, nenhuma pensão como ela tinha que ter, nem pra criar a filha DELE direito. E ela tinha que ser generosa, e ter alguns prazeres, que fazem mais dívidas, e empregados e uma governanta pra criança, e bebendo um pouco demais mas eu também, o que mais a gente tinha pra fazer quando todo mundo vira tão cruel. Mas eu falei pra ela, você vai ver que as coisas não vão ser sempre assim, a gente tem uma a outra, e algum homem vai te ajudar. E tinha um vizinho lá no interior que mandava dinheiro pra nós, um homem bom, acho que ele tinha simpatia pela gente porque o povo caçoava dele também. E eu falei que tal o sr. Goldsmid, e ela riu, mas agora a risada dela era amarga, e disse Abraham Goldsmid está muito feliz com a mulher e a bela família que ele tem. E eu lembrei a ela que nenhum homem conseguia resistir a ela, por melhor que fosse a mulher dele, mas ela me fez prometer que nunca mais ia falar da minha idéia sobre ela e o sr. Goldsmid, e assim nada veio daí. Mas o bom homem mandava mesmo um dinheiro de vez em quando pra gente, eu espero que ele entre no céu por isso.

Então no fim não foi pra ser melhor. Porque todo mundo abandonou ela, até aquele que ela mais amava, se bem que ele não morreu de propósito, mas pra que ficar andando pelo navio com seu casaco de almirante e suas estrelas de modo que um atirador francês conseguiu achar ele fácil e matar ele, se ele queria ficar vivo pra voltar pra ela. Os homens são tão bobos. As mulheres podem ser vaidosas, mas quando um homem é vaidoso não dá pra acreditar, porque um homem é capaz de morrer pela vaidade dele. Todo mundo abandonou a minha pobre querida, até eu abandonei ela quatro anos depois que o almirantezinho morreu, eu queria tanto ficar com ela e tomar conta, ela precisava tanto de cuidado, e ela podia contar comigo. Não quero contar o que aconteceu com ela depois. Minha filha ficou muito infeliz quando eu morri.

3

Havia uma certa mágica em torno de mim. Eu sabia disso pela maneira como os outros respondiam, sempre responderam a mim, como se eu tivesse algo de especial. E há também todas as histórias contadas sobre mim, algumas falsas, a maioria verdadeiras.

Só assim posso explicar por que já fui tão elogiada, por que tantas portas se abriam para mim. Eu era muito talentosa, como artista. Mas não pode ter sido só os meus talentos. Eu era inteligente, curiosa, rápida, e embora os homens não esperem que uma mulher seja inteligente, muitas vezes gostam quando ela é, especialmente se ela aplica a mente ao que é de interesse deles. Mas há muitas mulheres inteligentes. E não creiam que eu subestimo o poder da beleza — como poderia eu, já que fui tão escarnecida quando a perdi. Mas há muitas mulheres belas e por que, pergunto eu, uma delas, mesmo só por um tempo, é chamada de a mais bela. Mesmo essa parte da minha reputação, minha celebrada beleza, testemunha alguma coisa que eu tinha que era mais abrangente, que atraía a atenção, como um círculo de luz.

Posso descrever o que isso às vezes me impelia a fazer. Lembrome de quando ainda era criança, andando lentamente pela rua na minha aldeia um dia de inverno, andando lentamente, olhando ao redor, e sentindo o olhar fluir dos meus olhos. Ele absorvia este, e aquele, todos tremendo de frio e de cara azeda em seu labor e em seu ócio. Eu já me sentia diferente, e me ocorreu que eu podia aquecê-los com o meu olhar. Assim, comecei a andar pela rua aquecendo-os, atraindo-os para se voltarem para mim. Era um capricho tolo de criança, claro, e logo deixei isso para trás. Mas quando cresci, sempre que eu andava na rua ou entrava numa sala ou olhava pela janela de uma casa ou de uma carruagem, eu ainda sentia: Preciso encontrar com o meu olhar tantos quantos eu puder.

Aonde quer que eu ia, me sentia escolhida. Não sei de onde eu tirava tanta confiança. Não é possível que eu fosse *tão* extraordinária, e, contudo, eu era. Os outros pareciam tão facilmente satisfeitos, ou resignados. Eu queria despertá-los e fazer com que eles vissem como é gloriosa esta existência. Os outros em geral tentavam ficar calmos. Eu queria que eles apreciassem a si mesmos. Queria que amassem o que amavam.

Era melhor quando eles eram obcecados. Eu não era obcecada, mas estava sempre animada. Mesmo quando bela, nunca fui elegante. Nunca me retraí. Não era esnobe. Era efusiva. Ansiava pela exaltação do afeto ardente. Não precisava de amplexos. Os corpos não tinham que esfregar-se e suar juntos. Eu amava penetrar e ser penetrada com um olhar.

Eu ouvia o som da minha própria voz. Ela abraçava os outros, os encorajava. Mas eu era ainda mais perita em ouvir. Há um momento em que se deve ficar em silêncio. Este é o momento em que você toca a alma do outro. Alguém que está derramando sentimento — que você ajudou a chegar a este ponto, talvez pela demonstração de seu próprio sentimento. E aí você olha profundamente nos olhos do outro. Você faz um pequeno mmmm ou ahhh, um som de incentivo, de empatia. Por agora, você só escuta, realmente escuta, e mostra que guarda o que está ouvindo dentro do seu coração. Quase ninguém faz isso.

Não há dúvida que trabalhei sem tréguas para tornar-me o que eu poderia me tornar, mas também tinha a impressão que o sucesso era fácil, prodigiosamente fácil. Um ano depois de tomar minhas primeiras aulas de canto em Nápoles, com a verba que eu e minha mãe recebíamos para todas as nossas despesas estipulada em cento e cinqüenta libras por ano, a ópera italiana em Madri quis me fazer sua prima-dona a seis mil libras por três anos. E houve várias ofertas assim de contratos com outras óperas européias, todas as quais eu recusei sem remorsos.

Se eu queria cantar, cantava bem. Quando precisava ser corajosa, era fácil para mim ser corajosa.

O que quer que eu não fazia bem, eu não tinha tentado fazer bem — às vezes porque eu compreendera que uma realização mais elevada teria me obrigado a alterar meu caráter e conter seu transbordamento. Assim, eu era competente ao piano, mas nunca toquei como Catherine tocava, tenho certeza. Faltava-me a necessária melancolia, a introspecção. Mas eu conseguia representar emoções com meu corpo, com meu rosto. Todos se maravilhavam com as minhas Atitudes.

Eu não podia fazer nada se tinha talento de atriz. Se eu gostava de agradar. O que eu podia fazer se compreendia tão rápido o que os outros desejam. E quem teria me protegido se eu não tivesse me educado para triunfar sobre meu temperamento. Mas eu usava o meu coração para atrair os outros para mim. Mais de uma vez vi a Rainha, para convencer o Rei em algum assunto de Estado, chegar até a presença dele e então alisar um par de longas luvas brancas sobre os braços. O Rei amava os braços de mulher e suas luvas. Eu não usava truques assim. Não tinha necessidade. É realmente muito fácil agradar. Não é diferente de aprender. No mundo que me perscrutava, meu sotaque era notado com desaprovação, assim como minha ortografia, a qual consegui melhorar. Mas, se eu não amasse tanto minha mãe, não duvido que eu teria me despojado de todos os traços da minha origem rústica, e falado um inglês puro como a luz da lua. Como eu disse, por muito tempo sempre conseguia fazer o que eu realmente queria fazer.

Diziam que eu adulava a todos desavergonhadamente — meu marido, e depois a Rainha, e outras pessoas que podiam me ser úteis em Nápoles, e por fim o meu amado. Eu adulava, sim. Mas eu *era* adulada. O sr. Romney me disse que eu era um gênio, uma divindade, que bastava eu posar e a pintura estava feita; o resto era mera transcrição. Meu marido achava que eu era todos os seus vasos e estátuas, toda a beleza que ele admirava, que ganhara vida. Meu amado sinceramente me achava superior a todas as mulheres. Chamava-me de santa, e dizia a todos que eu era a sua religião. Minha mãe sempre me dizia que eu era a melhor mulher do mundo. E fui julgada a maior beldade da época.

Isto não poderia ser bom para o meu caráter. Mas não é minha culpa que tais coisas foram ditas.

Mesmo quando eu era considerada a mais bela eu de fato tinha um defeito, ou era a minha beleza que tinha o defeito: meu queixo pequeno e recuado. Depois, ainda jovem, meu corpo se avolumou. Eu bebia, não para combater o abatimento do espírito, mas porque às vezes sentia raiva e sabia que seria recriminada, talvez abandonada, se o demonstrasse. Estava sempre com fome. Vi meu queixo ficar pesado. Uma noite abafada, enquanto me revirava na cama, senti minha barriga, e pensei, alguma coisa aconteceu com a minha cintura, meu corpo está mudando. Sem minha beleza, meu escudo, todo mundo podia zombar de mim.

Todos falavam de quão grosseira e monstruosa eu me tornara. Sempre acharam que eu falava demais. Reconheço que eu sempre tinha algo para dizer. Minha vida tinha grande velocidade. Depois se gastou. Meus detratores sem dúvida iam gostar de saber que fiquei bem silenciosa no final.

Não tenho tanto para dizer agora como se poderia imaginar.

Se ele tivesse vivido, eu teria sido feliz. Mas ele morreu, conquistando a grande vitória que se esperava dele. Morreu com meu nome nos lábios e em testamento deixou sua filha e eu como seu legado a seu rei e seu país. Não recebi pensão alguma. Sua filha e eu não fomos sequer convidadas para o funeral, o mais glorioso jamais realizado na Inglaterra. A nação inteira estava em lágrimas. Mas não posso deixar de pensar que alguns ficaram aliviados por ele ter morrido no ápice do seu destino, por não ter sobrevivido para viver como um homem comum, tendo uma vida comum, comigo, nos meus braços, com nossa filha, e mais filhos. Pois eu teria continuado a ter filhos, tantos quantos pudesse, seus presentes de amor para mim e meus para ele.

Não implorei e apelei e me queixei até depois que meu amado morreu. Daí descobri que ninguém iria me ajudar — que meu destino era ser um incômodo, um estorvo para todos.

Depois que meu amado deixou os meus braços para ir a Trafalgar, nunca mais abracei outro homem. Como meus detratores devem lamentar não poderem acusar-me de luxúria. Tampouco havia motivos para me chamarem de mercenária, embora tivessem gostado de espalhar esta calúnia também. Nunca me importei com dinheiro, exceto para gastar ou comprar presentes. Meus afetos nunca foram guiados pelo desejo de levar uma vida fácil: eu ficaria contente de viver em circunstâncias modestas ou mesmo na pobreza com aquele que eu amava. Às vezes penso numa vida totalmente diferente que poderia ter sido minha. Eu não me importaria de ser menos bela, contanto que não fosse feia. Não me importaria de ser uma velha gorda lutando para subir os degraus da igreja no final de uma vida que não fosse tão triste.

As pessoas ainda vão lamentar por ter falado de mim tão cruelmente. Um dia verão que estavam injuriando uma figura trágica.

De que me acusam? Bebida, dívidas, vulgaridade, falta de atrativos, as tentações de uma sereia. Ah sim, e cumplicidade em assassinato.

Vou mencionar uma das histórias contadas a meu respeito que não é verdadeira. Dizem que me senti culpada depois por não intervir para salvar o dr. Cirillo, e por ter sabido na época que em Nápoles se derramava sangue inocente. Diziam que tive pesadelos até o fim da minha vida e que, algumas noites, como lady Macbeth eu caminhava dormindo, gritava e levantava as mãos procurando o sangue. Não creio que eu me sentia culpada. Deveria me sentir culpada de quê?

No fim, todos me repudiaram. Escrevi à Rainha, minha amiga. Ela não respondeu. Fui encarcerada por dívidas. Assim que recebi a liberdade condicional, arrumei duas arcas de roupas e algumas jóias e lembranças e comprei passagens no paquete para Calais que partia da Torre para mim e minha filha — que sabia apenas que era filha de seu pai e que eu, amiga dele, era sua tutora. Em Calais tomei os melhores aposentos no melhor hotel por duas semanas e gastei metade do dinheiro que tinha levado. Daí mudamos para uma fazenda a algumas milhas da cidade. Como não havia escola para ela, eu lhe dava aulas, ensinando-lhe alemão e espanhol — seu francês já era aceitável — e lendo a história grega e romana com ela. E contratei uma mulher da aldeia para levá-la passear de burrico, para que ela fizesse um pouco de exercício.

Minha filha tinha catorze anos quando fugimos da Inglaterra. Eu tinha catorze anos quando saí da minha aldeia e cheguei em Londres, tão feliz e ansiosa para começar minha vida e subir no mundo. Eu vim do nada. Ela era filha do maior herói e da ex-maior beldade da época. Tive uma mãe que sempre me elogiava, o que quer que eu fizesse — uma mãe tola e ignorante cuja companhia e cujo amor me proporcionavam grande prazer e consolação. Minha filha teve uma mãe que nunca a elogiava, que lhe dizia constantemente para lembrar-se de quem era seu pai, que ele estava olhando para ela lá do céu, e que devia ver em todos os momentos apenas o que o fizesse ter orgulho dela — uma mãe de espírito afiado cuja presença a aterrorizava e consternava.

Ninguém da Inglaterra fazia a travessia para nos ver. Eu me tornara tão repulsiva que nunca olhava no espelho. Fiquei amarela de icterícia e inchada de fluidos. Quando fiquei doente demais, voltamos para a cidade e fomos para um quarto escuro numa pensão miserável. Minha cama ficava na alcova. Eu mandava a menina para a casa de penhores toda semana, primeiro com um relógio, depois com um alfinete de ouro, depois com meus vestidos, para ter comida para ela e para que eu pudesse continuar a beber. Ensinei-a a jogar gamão comigo. Eu dormia boa parte do tempo. Meu único visitante era um padre de uma igreja próxima.

Não havia ninguém além de uma criança para atender uma mulher malcheirosa, choramingas, sonolenta, moribunda, ninguém além dela para esvaziar o urinol e lavar os lençóis. Fui muito cruel com ela e ela foi muito responsável.

Bem no final pedi a minha filha que fosse buscar o padre da igreja de Saint Pierre para me confessar. Só então, e pela primeira vez, foi que aquela criatura solene e oprimida, que quando moça haveria de casar-se com um vigário e lembrar-se dos terríveis últimos seis meses na França com soturna benevolência, tentou se opor à minha vontade.

Você não vai me negar este consolo, eu gritei. Como se atreve!

Vou chamar o padre se você me contar quem é minha mãe, respondeu a infeliz criança.

Sua mãe, eu sibilei, é uma mulher desventurada que quer continuar anônima. Não vou trair a confiança dela.

Ela esperou. Fechei os olhos. Ela tocou a minha mão. Eu a retirei. Comecei a cantar para mim mesma. Senti o acre jorro do vômito escorrer pelo canto da boca. Nada, nem mesmo a certeza de perder o céu, me faria contar-lhe a verdade. Por que eu deveria consolá-la se não havia ninguém para me consolar. Ouvi a porta fechar. Ela tinha ido buscar o padre.

4

Eu via o navio deles na baía, da janela da prisão.

Eu e meus amigos já tínhamos embarcado num dos navios de transporte que partiam para Toulon quando eles chegaram, no dia 24 de junho, e anularam o tratado que fora assinado com o cardeal Monstro: fomos arrancados à força do navio e levados para a Vicaria. Como uma das poucas mulheres na prisão, fiquei sozinha numa cela sórdida, de dez passos por sete, com uma cama de campanha para dormir e sem algemas. Dois amigos meus passaram o verão acorrentados à parede com coleiras de ferro, e outros ficaram amontoados, cinco numa cela, dormindo no chão lado a lado. Alguns de nós passaram pela farsa de audiências chamadas julgamentos, mas nossa culpa já tinha sido decidida.

Dia após dia eu via o negro navio singrando o mar. Eu não iria enviar-lhes uma carta manchada de suor ou lágrimas. Não iria implorar pela minha vida.

À noite eu via as lanternas e os brancos mastros reluzindo ao luar. Às vezes eu fitava o navio tanto tempo que conseguia fazer os mastros ficarem imóveis e sentir a prisão balançar.

Via os barquinhos indo e vindo que lhes levavam comida e vinhos e músicos para lhes entreter as noites. Conseguia escutar as altas vozes e os risos. Lembrava-me dos muitos suntuosos repastos à mesa deles. Lembrava-me das reuniões pelas quais o embaixador britânico e sua esposa eram célebres. Em várias noitadas em que ela encenou suas Atitudes, eu li meus versos. Na minha cela escrevi diversos poemas, dois em napolitano e uma elegia ao céu azul e às gaivotas composta em homenagem a meu mestre Virgílio em latim.

Como é glorioso ser um navio rompendo o denso mar de verão. Como é glorioso ser uma gaivota pairando no ar azul do verão. Em criança, muitas vezes me dava em fantasia o poder de voar. Mas corpo adquire gravidade numa prisão. Embora muito diminuída pela magra ração de pão e sopa trazida duas vezes por dia à minha cela, nunca me sentira tão presa à terra. Meu espírito queria alçar-se, mas eu não conseguia nem devanear que voava com o corpo em que eu me transformara. Só podia imaginar que, assim que subisse, iria despencar — ao lado do navio deles, do navio deles — diretamente no mar.

Na aurora do dia 6 de agosto, quando cheguei à minha janela, vi que a nau capitânia se fora. Concluído seu trabalho de autorizar e legitimar o assassinato dos patriotas napolitanos, haviam partido de volta a Palermo. Os enforcamentos e decapitações iriam continuar até a primavera seguinte.

Fui executada duas semanas depois.

Quando vi que não conseguia escapar da execução, exigi ser decapitada e não enforcada. Era o único direito pertencente à minha classe que eu teria gostado de exercer. Meu pedido foi negado pela Junta de Estado com a alegação de que eu era estrangeira. E estrangeira eu era. Nasci em Roma e vivi em Nápoles desde os oito anos de idade. Fui naturalizada quando meu pai, que era português, recebeu um título napolitano de nobreza e assumiu a cidadania napolitana. Fui casada com um oficial da nobreza napolitana. Sim, eu era estrangeira.

Para a encenação da minha morte, eu escolhera um longo vestido negro que se estreitava nos tornozelos, usado pela última vez quatro anos antes no enterro de meu marido. Escolhi este traje não para me apresentar como se de luto por nossas esperanças frustradas, mas porque meu fluxo mensal havia começado e eu preferia usar algo que não mostrasse manchas quando eu me postasse ao pé do cadafalso.

Passei minha última noite tentando dominar meu medo.

Primeiro, tinha medo de perder minha dignidade. Ouvira dizer que os que estão prestes a ser enforcados costumam perder o controle dos intestinos. Temia que meus joelhos se dobrassem quando eu fosse levada pela praça até a plataforma onde ficavam o patíbulo e a escada. Temia ter uma convulsão de inepto terror ao ver o carrasco avançando para mim com a venda, e seu assistente segurando a longa corda com o laço. Os gritos da multidão de Viva o Rei já haviam provocado alguns amigos meus a fazerem de suas últimas palavras Viva a República. Mas eu queria ir para a minha morte em silêncio.

Depois, tinha medo de sufocar antes de eles me enforcarem. Pois eu sabia que depois que o carrasco amarrasse um trapo sujo em torno da minha cabeça, ele ou seu assistente poriam um pesado anel de corda nos meus ombros. Mãos invisíveis o apertariam, e aonde ele me puxasse eu teria de ir, até o pé da escada, e dali para cima — eu teria de seguir a corda. Imaginei a escada vergando com o peso de três. O carrasco acima de mim, puxando-me pela cabeça. Seu assistente abaixo de mim, segurando meus tornozelos e os guiando, empurrando-os de um degrau para o outro.

Depois, tinha medo de não morrer depois que o carrasco subisse na viga para amarrar sua ponta da corda, e seu assistente, apertando ainda mais meus tornozelos, se levantasse, me levando consigo. Será que eu ainda continuaria viva com nós dois balançando no ar, o peso dele forçando meus pés para baixo? Ainda viva quando o carrasco pulasse da viga para montar nos meus ombros, e nós virássemos uma corrente de três elos, dependurada a balançar?

A aurora chegou. Eu me vesti. Fui levada da minha cela para uma sala perto do gabinete do diretor da prisão, e minha alegria ao rever meus amigos — seria enforcada em boa companhia, com sete de meus companheiros patriotas — de repente me deu a impressão de que eu não tinha medo de morrer.

O ar já estava tórrido. Ofereceram-nos água. Pedi café. Um guarda procurou o diretor da prisão e este deu sua permissão. Mas meu café chegou escaldante, e enquanto eu esperava que esfriasse, os que estavam na porta ficaram à espera também. Disseram-me que eu não tinha mais tempo. Eu lhes disse que tinha permissão de tomar meu café primeiro, e que eles teriam de me conceder alguns minutos mais. Havia um poeta entre nós, de apenas vinte e três anos, que usou este espaço de tempo para tirar do bolso um pedaço de papel e escrever alguma coisa. Fiquei pensando se seria mais um poema, ou algumas palavras que ele estava preparando para dizer ao pé do cadafalso. O café ainda queimava a minha língua quando tentei bebê-lo. Recoloquei-o na mesa, ignorando os olhares ferozes que vinham da porta. O poeta continuava escrevendo. Fiquei contente por lhe proporcionar aquelas poucas palavras mais. O bispo estava de joelhos com seu rosário. Era como se eu tivesse feito o tempo parar — mas seria eu quem o faria avançar de novo. Pois enquanto isso meu café ia esfriando inexoravelmente. No momento em que eu conseguisse bebê-lo, o encanto se quebraria, e nós caminharíamos para nossas mortes.

Não me movi. Qualquer movimento de minha parte, eu sentia, teria quebrado o encanto. Eu estava famélica, e tinha escondido entre os seios um pedaço de pão guardado da escassa refeição da noite anterior. Eu poderia comer o pão enquanto esperava o café esfriar. Mas os guardas poderiam dizer que eu tinha permissão para tomar café, não para comer.

Levei a tigela aos lábios mais uma vez e, ai de mim, o café já estava tépido o bastante para se beber.

Pensei — pensamento de mulher, talvez — que eu deveria oferecer uma palavra de consolo aos outros, pois vi que eles estavam pelo menos tão enfraquecidos pelo desespero como eu. Algumas palavras da *Eneida* vieram à mente: *Forsan et haec olim meminisse juvabit* — Talvez um dia até isso será lembrado com alegria. Vi um sorriso passar pelo rosto do meu jovem poeta.

Fomos escoltados para fora da prisão e antes de sermos postos na carreta nossos braços foram firmemente amarrados atrás das costas. Percebi então que meus braços nunca mais se desatariam. Como lamentei não ter sido mais corajosa e comido o pedaço de pão.

A carreta nos levou sob um céu sem nuvens e sem cuidados; através de ruas repletas de gente habituada ao espetáculo repetitivo e corruptor do sofrimento; até a praça do mercado, com seu patíbulo-palco e vasto público reunido para nos ver dançar em pleno ar. Esses espectadores impacientes também eram observados, rodeados por soldados de unidades regulares e do exército do cardeal Monstro, e por dois regimentos de cavalaria. Fomos levados para dentro das muralhas da igreja do Cármine, onde outras tropas estavam de prontidão para o caso de tumulto, e colocados numa guarita sem janelas.

Levaram primeiro nosso oficial de cavalaria. Vinte e quatro anos de idade, filho de uma das grandes famílias ducais, fora vice-comandante da Guarda Nacional. Pareceu não levar mais de vinte minutos. Ouvimos os gritos da multidão.

Levaram então o padre, um homem de setenta e três anos, robusto e vigoroso.

Como via meus amigos irem um por um, fiquei pensando se — talvez por ser a única mulher — eles me guardariam para o fim.

Quando restamos apenas o jovem poeta e eu, eu lhe disse: Espero não constrangê-lo com este pedido, mas já que nossos corpos logo mais serão destroçados e profanados, talvez possamos nos libertar alguns minutos antes dos escrúpulos de pudor que normalmente nos restringem. Sinto uma fome dolorosa e tenho um pedaço de pão dentro do corpete do meu vestido. Você teria a bondade de tentar tirá-lo. Pense que está inclinando a cabeça para o seio de sua mãe.

Inclino minha cabeça com reverência a uma colega poeta, disse ele.

Eu tinha esquecido como era a sensação do rosto de um homem enterrado no meu peito. Como era belo. Ele levantou a cabeça, o pedaço de pão entre os dentes. Tinha lágrimas nos olhos, como eu tinha nos meus. Aproximamos nossos rostos para podermos compartilhar o pão. E então eles o levaram.

Ouvi os gritos da multidão. Isso significava que meu poeta pendia da forca. Eu só gostaria de poder usar uma latrina. E então foi minha vez — e, sim, foi exatamente como eu tinha imaginado.

Meu nome é Eleonora de Fonseca Pimentel. Este é o nome com que nasci (meu pai era don Clemente de Fonseca Pimentel) e o nome com que sou conhecida (retomei meu nome de família depois da morte de meu marido) — ou alguma versão dele. Em geral referem-se a mim como Eleonora Pimentel. Às vezes como Eleonora Pimentel Fonseca. Ocasionalmente como Eleonora de Fonseca. Com freqüência só como Eleonora, quando os historiadores discorrem a meu respeito com certa minúcia em livros e artigos, enquanto meus colegas da Revolução Napolitana de 1799, todos eles homens, nunca são mencionados apenas pelo primeiro nome.

Fui precoce: os prodígios não eram raros entre os privilegiados do meu tempo. Aos catorze anos eu compunha versos em latim e italiano, correspondia-me com Metastásio, e escrevi uma peça chamada *O triunfo da virtude*, que dediquei ao marquês de Pombal. Meus versos circulavam em manuscritos e eram elogiados. Escrevi um epitalâmio para o casamento do Rei e da Rainha em 1768; eu tinha dezesseis anos, a mesma idade da Rainha. Escrevi vários tratados econômicos, inclusive um sobre um projeto de fundação de um banco nacional. Casei-me tarde: já tinha vinte e cinco anos, e meu inadequado marido, quarenta e quatro. Continuei meus estudos de matemática, física e botânica. Meu marido e seus amigos consideravam-me uma esposa estranha, inadequada. Era corajosa, como mulher, para a minha época. Não me limitei a simplesmente deixar meu marido sete anos depois ou, o que era mais comum, pedir a meu pai e meus irmãos que lhe falassem severamente para que ele concordasse com uma separação. Eu o processei pedindo uma separação legal. Houve um julgamento, em que relatei algumas de suas muitas infidelidades, e ele contra-atacou acusando-me de passar a maior parte do tempo lendo, ser atéia, e ter um caso com meu professor de matemática, assim como de outras devassidões, mais difusas. Apesar do escândalo que deflagrei, ganhei meu decreto de separação. Fiquei então sozinha.

Continuei lendo, escrevendo, traduzindo, estudando. Tinha um estipêndio da corte para minhas atividades literárias. Minha tradução do latim para o italiano de uma história da influência papal no Reino das Duas Sicílias foi dedicada ao Rei quando publicada, em 1790. Tornei-me republicana e rompi com meus patronos reais. Devo recitar minha "Ode à Liberdade" — aquela pela qual fui encarcerada? Não. Como poeta eu não tinha talentos mais do que convencionais. Meus poemas mais fortes foram escritos anos antes — sonetos pela morte de meu filho, Francesco, de apenas oito meses de idade.

A revolução explodiu e eu explodi com ela. Criei o principal jornal de nossa República de cinco meses de duração. Escrevi muitos artigos. Embora tivesse consciência dos problemas práticos da economia e da política, não creio que estivesse errada ao considerar a educação como a tarefa mais imperativa. O que é uma revolução se ela não mudar os corações e as mentes? Sei que falo como uma mulher, embora não como todas as mulheres. Sei que falo como uma mulher da minha classe. Eu já lera e admirara o livro de Mary Wollstonecraft quando foi publicado em Nápoles em 1794, mas nunca, em meu jornal, levantei a questão dos direitos da mulher. Eu era independente. Não sacrificara minha mente a alguma idéia trivial do meu sexo. Na verdade não pensava em mim como mulher em primeiro lugar. Pensava na nossa justa causa. Ficava contente esquecendo que era apenas uma mulher. Era fácil esquecer que eu era, em muitas reuniões nossas, a única mulher. Eu queria ser pura flama.

Não se pode imaginar como era infame a vida naquele reino. A depravação da corte, a desgraça do povo, a falsidade das maneiras. Oh, não digam que a época era esplêndida. Era esplêndida apenas para os ricos, era gratificante só para quem não refletisse sobre a vida dos pobres.

Nasci naquele mundo, eu pertencia àquela classe, experimentei os encantos daquela vida tão agradável, desfrutei de suas ilimitadas perspectivas de conhecimento e engenho. Com quanta naturalidade os seres humanos se adaptam à abjeção, às mentiras, e às prerrogativas imerecidas. Aqueles que o berço ou as formas apropriadas de ambição colocaram dentro do círculo do privilégio teriam de ser desajustados convictos — santarrões inveterados ou empenhados na autoprivação — para *não* se divertirem. Mas aqueles que o nascimento ou a revolta expulsaram para o lado de fora, onde vive a maioria dos seres desta terra, teriam de ser obtusos ou ter um temperamento escravo para não enxergar que desgraça é o fato de tão poucos monopolizarem tanto a riqueza como o refinamento, e infligirem tamanho sofrimento aos outros.

Eu era sincera, era arrebatada, não compreendia o cinismo, queria que as coisas fossem melhores para mais que alguns poucos. Estava disposta a abrir mão dos meus privilégios. Não tinha nostalgia do passado. Acreditava no futuro. Cantei minha canção e cortaram-me a garganta. Vi a beleza e arrancaram-me os olhos. Talvez eu fosse ingênua. Mas não me entreguei à paixão cega. Não me afoguei no amor por uma única pessoa.

Não vou me dar o trabalho de falar do meu ódio e meu desprezo por aquele guerreiro, paladino do poder imperial britânico e salvador da monarquia Bourbon, que assassinou meus amigos. Mas falarei dos seus amigos, que também viviam tão satisfeitos consigo mesmos.

Quem era o estimado sir William Hamilton senão um diletante da classe alta desfrutando das muitas oportunidades disponíveis num país pobre, corrupto e interessante para surrupiar obras de arte, ganhar a vida com isso e ficar famoso como conhecedor. Será que alguma vez ele teve um pensamento original, ou sujeitou-se à disciplina de escrever um poema, ou descobriu ou inventou alguma coisa útil para a humanidade, ou ardeu de paixão por qualquer coisa exceto seus próprios prazeres e os privilégios vinculados à sua situação? Ele sabia o bastante para apreciar o que os pitorescos nativos haviam deixado, em termos de ruínas e obras de arte, espalhadas pelo chão. Condescendeu em admirar nosso vulcão. Seus amigos na Inglaterra devem ter se impressionado com seu destemor.

Quem era sua esposa senão mais uma mulher talentosa, agitada, que se acreditava valiosa porque homens que ela podia admirar a amavam. Ao contrário de seu marido e seu amante, não tinha convicções genuínas. Era uma entusiasta, e teria se alistado com o mesmo ardor na causa de quem quer que ela amasse. Posso facilmente imaginar Emma Hamilton, se sua nacionalidade fosse outra, como uma heroína republicana, que poderia acabar com extrema coragem ao pé de algum cadafalso. Esta é a nulidade de mulheres como ela.

Não admitirei que fui movida pela justiça e não pelo amor, pois a justiça também é uma forma de amor. Eu conhecia o poder, eu via como este mundo era governado, mas não o aceitava. Queria dar um exemplo. Queria não desapontar a mim mesma. Mas tinha tanto medo quanto raiva, de maneiras que não reconhecia por sentir-me demasiado impotente. Assim, não falei de meus medos mas de minhas esperanças. Tinha medo de que minha raiva ofendesse os outros, e eles me destruíssem. Apesar de toda a minha segurança, temia que nunca seria forte o bastante para compreender o que me permitiria proteger a mim mesma. Às vezes eu tinha de esquecer que era mulher para realizar o melhor de que eu era capaz. Ou então mentia para mim mesma sobre como é complicado ser mulher. Assim fazem todas as mulheres, inclusive a autora deste livro. Mas não posso perdoar aqueles que não se importavam mais do que com sua própria glória ou bem-estar. Pensavam que eram civilizados. Eram desprezíveis. Danem-se eles todos.

As imagens reproduzidas neste livro provêm, com uma exceção, de pranchas da obra de sir William Hamilton, *Campi Phlegraei, observations on the volcanos of the Two Sicilies*, Nápoles, 1776, 2 vols., Suplemento, 1779. O artista foi Pietro Fabris. A imagem da página 361 é a prancha de dedicatória do primeiro volume da *Collection of Etruscan, Greek and Roman antiquities from the Cabinet of the Hon. Wm. Hamilton*, de D'Hancarville (Pierre François Hugues), Nápoles, 1766-7, 4 vols.

Meu Cavaliere é um duplo de sir William Hamilton, personagem de ficção para quem tomei todas as liberdades adequadas à sua natureza, assim como fiz com as outras personagens históricas que aparecem com seus nomes reais. Desejo agradecer pelo estímulo e pelas informações obtidas nas numerosas biografias e estudos históricos modernos, assim como em memórias e cartas daquele período.

Sou grata à Deutscher Akademischer Austauschdienst (DAAD), que me levou a Berlim em 1989, quando iniciei *O amante do vulcão*, e novamente em 1990; a Robert Walsh e Peter Perrone; e sobretudo a Karla Eoff.

ESTA OBRA FOI COMPOSTA PELA HELVÉTICA EDITORIAL EM GARAMOND LIGHT E IMPRESSA PELA GRÁFICA EDITORA HAMBURG EM OFF-SET PARA A EDITORA SCHWARCZ EM JANEIRO DE 1994.